二 見 文 庫

長い夜が終わるとき

リサ・レネー・ジョーンズ／米山裕子＝訳

Forsaken
by
Lisa Renee Jones

Published by arrangement with
the original publisher, Gallery Books,
a Division of Simon & Schuster, Inc.
through Japan UNI Agency, Inc., Tokyo

Unbroken
by
Lisa Renee Jones

Published by arrangement with
the original publisher, Gallery Books,
a Division of Simon & Schuster, Inc.
through Japan UNI Agency, Inc., Tokyo

長い夜が終わるとき

登　場　人　物　紹　介

エイミー・ベンセン（本名ララ・ブルックス）	24歳の女性。 何者かに命を狙われている
チャド	エイミーの兄。トレジャーハンター
ジア・ハドソン	シェリダンに囚われたチャドを助けた謎の女
ジェリッド・ライアン	チャドの8年来の友人。天才ハッカー
フアン・カルロス	偽ID作りを専門とする男
リアム・ストーン	著名な建築家、資産家。 エイミーの婚約者
テラー・フェルプス	リアムが雇ったエイミーのボディガード
ココ	テラーの知り合いの女性ボディガード
マーフィー医師	リアムがエイミーの治療のために雇った女医
デレク・エスリッジ	リアムの親友で裕福な不動産投資家
ジョッシュ・チェイス	電子機器会社CEO。 リアムの長年の友人
ダンテ	リアムのコンサルタント
シェリダン・スミス	チャドの故郷のテキサスの町を牛耳る石油王
ローリン・スミス	シェリダンの息子
メグ	チャドがかつて付き合っていた女性

Forsaken

六年前

　クソ暑い。ベタつく。むかっ腹が立つ。おれはテキサス州ニュー・ブラウンフェルズから少し出たところの田舎道で、バイクの急ブレーキをかけた。タイヤが横滑りして止まる。右手にはアイドリングしているリムジン。左手では日が沈もうとしている。ヘルメットを取り、顔にかかる長い金髪を払いのけ、バイクを降りた。座席にヘルメットを置き、色褪せたリーバイスにTシャツという姿で腰に両手を当て、リムジンのドアが開くのを眺める。前の座席のドアからスーツを着込んだガタイのいい男が二人降りてくる。そのうちの一人が後部座席のドアを開け、中からローリン・スコットが現れたのを見て、おれは奥歯を噛みしめた。石油成金シェリダン・スコットの三十二歳の息子だ。やつは高価なスーツに身を包み、背筋を伸ばして立った。黒髪は例によってびしっと決まっている。これが乱れるのは、うちのお袋が指を通しているときだけだろう。お袋が親父の借金をチャラにしてもらうためにこのクソ野郎と寝ているってことが、いまだに理解できない。そのせいでおれらがどういうことになってるか、お袋にはわからないのだ。その借金が何を招くことになるか。それがどれほど大事か。それを片付けるためにおれがどんな苦労を背負い込むことになるか。

馬鹿息子は傲慢な顔で、おれに向かってニヤついてみせる。やつの頭をリムジンの窓に叩きつける短くも清々しい妄想に浸り、せめてもの慰めを得た。それを何度も繰り返す。ついでにもう一度リプレイ。ことが済む前にこいつの息の根を止めてやる。そう決意すると、得も言われぬ陶酔感がこみ上げてくる。

「その笑いが、いい知らせを意味するなら嬉しいがね」ローリンはダブルミントガムのCMみたいに瓜二つのボディガードコンビを引き連れ、おれのほうに詰め寄ってくる。このおれのパーソナルスペースに入り込むのがどれほど危ないことか、やつは知らないのだろう。その首をこの指で締め上げ、吐き気がするような高級オーデコロンの匂いを嗅ごうと思えば、すぐに手が届く。お袋がこの匂いをさせて帰ってきた不愉快極まりない経験は、一度や二度じゃない。

「笑ってるかな?」おれは尋ねた。「あんたに会えて嬉しいだけじゃね? 親父さんはどこ?」

「親父にはおまえと差しで話がしたいって言ってきた。シリンダーは見つかったか？」

「まだだよ」嘘をついた。やつが欲しがっているものを見つけたどころか、それがどういうものかももうわかってる。ついでに絶対シェリダンに渡しちゃいけないって理由も。

「へえ、そうか。信頼できる情報筋から、おまえがもう手に入れたって聞いたんだがな。もう何週間も前から持ってるって話だったぞ。おまえがそれを見つけて渡してくれるのを、こっちは何カ月も辛抱強く待ってるってのに」

　血が凍りつくのを感じた。もしそれが本当なら、意味することはたった一つ。おれが所属しているトレジャーハンターのエリート集団の中で、誰かがおれを裏切ったってことだ。おれは動揺をおくびにも出さずに言った。「金を払ったからって信頼できる情報かどうかはわからない。証拠を出させなきゃ。実際おれは持ってないんだから、あんたはまんまと金を巻き上げられたってことだな」

「確かな伝（つて）があると言ったのはおまえだぞ。おれたちが探してるブツを持ってる人物について、手がかりがあると言ったじゃないか」

「その人物は確かな伝ではあったんだが、あいにくと何者かに殺された。消しゴムほどのちっぽけなシリンダーってやつのせいで命を落としたんだ。おれはそんなのはごめんだ。降りさせてもらう」

罵声の一つも浴びせられるものと思ってた。怒りをぶつけられるだろうと。ようすが違う。何か変だ。いや、絶対おかしい。やつはただじっとおれを見ている。ジリジリと時間だけが過ぎていく。「もっと金を吊り上げようとして駆け引きしてるつもりなら――」

「交渉するつもりはない。おれは降りる」

やつはおれを睨みつける。緊迫した時間がさらに続く。「なんなら協会のメンバーに電話して、報酬を上乗せしてやってもいい」

「なんならドナルド・ダックに電話してガーガー鳴かしてくれてもいいけど、もうおれの知ったこっちゃない。金の問題じゃないんだよ」

「そうは言っても、おまえんところの親父さんがうちから金を借りてるからな」

「これでもう借りはない」おれはバイクの後ろに歩み寄り、荷台にくくりつけたダッフルバッグを外した。中にはおれの蓄えの半分が詰まってる。それを地面に投げながら、これで悪党どもを追い払えるよう願っていた。

ローリンが合図をし、ボディガードの一人がバッグをつかんで彼に渡した。「一千万か？」

「ああ、トレジャーハンティングはなかなか実入りが良くてね。だからさっきも言ったとおり、降りさせてもらう。うちの家族はこれで無関係だ。もう二度とうちの母親に近づくな。さもないとおまえをぶっ殺す」

やつは嘲るような表情を浮かべた。「だから言ってるだろう、おまえの金なんか欲しくない。そう簡単に降りるわけにはいかないんだよ。おまえがシリンダーを持ってるって噂だからな。ここではっきりさせておこう。うちの協会の十一人のメンバーは、誰をとっても、おまえの持ってるもののためなら喜んで人殺しをするだろう。そういう連中はこの世にごまんといる。言葉を変えれば、おれらに明け渡して世間にそれを知らせたほうが、おまえやおまえの家族のためだってことだ」

おれは血が凍りつくのを感じながらも、唯一の策にしがみついた。とことん否定するのだ。切り抜けるにはこれしかない。「知るかよ。ないって言ってるだろうが。どんなに脅されようと、ないものはない」

「五億だ」

大した高値がついたもんだ。これではっきりした。胸にナイフが刺さって瀕死の状態の男が、おれに助けを求めながら話してくれたことは真実だった。

あのちっぽけなシリンダーが、全世界の需要を満たすだけのクリーンエネルギーを生み出し、石油業界とそこにいるシェリダン・スコットに壊滅的な打撃を与えるのだ。

「さすがにこの数字だと返す言葉もないようだな」ローリンが畳みかける。

「何語で言ったらわかってくれるのかな。持ってないってば」おれはスペイン語とフランス語、さらにはドイツ語で言ってやった。「ノ・ロ・テンゴ、ジュ・ヌ・レ・パ、イッヒ・ハーベ・エス・ニヒト。もっと続けるか？」

おれのスカした返答を、やつはあんまり楽しんでいないようだ。ローリンはそれをそっくり無視して要求を突きつけてきた。「四十八時間後。今日と同じこの場所にブツを持ってくるか、その金額を払うかだ」やつは背を向け、それきり一言も言わず、振り返ろうともせずに、リムジンに戻っていった。

おれは立ち尽くし、やつを眺めながら、地獄から這い出た悪魔に一杯食わされたような気分だった。あの老人が語っていたのが真実なら、シェリダンにシリンダーを渡すことは、やつに全世界を支配する鍵を渡すも同然だ。シェリダンはいとも簡単にあらゆる産業を破壊し、世界中がやつに依存しなければならないような新たな仕組みを作ることができる。あるいはシェリダンは、いつか世界を救うことができるかもしれないクリーンエネルギーの源を、ひねりつぶしてしまうかもしれない。

やつのような悪党にそんな力を持たせるわけにはいかない。しかし石炭や石油にまつわる金が世界中で幅を利かせ、その多くがこの国の政府に結びついている現状で、その力を託せるような人物が、果たしているだろうか？　おれはヘルメットをかぶりバイクにまたがった。シリンダーを金の亡者たちの手から守らなければならない日が来ることは覚悟していた。それなりの計画も立ててある。おれの人脈をたどれば、偽の試作品（プロトタイプ）を作れる人間が一人くらいはいるはずだ。それをローリンに渡して、少なくとも多少の時間を稼ぐことはできる。その上でトレジャーハンター集団〈アンダーグラウンド〉の内部でおれを裏切った人間を探し出し、きっちり落とし前をつけてもらう。おれ自身、自分が血を見ることを好むタイプだとは思っていなかった。だがシェリダンと出会った日に、すべてが変わってしまった。おれは変わった。もう後戻りはできない。

四時間後にはテキサス州オースティンを横切り、ジャスミン・ハイツへ戻っていた。今夜はここの生まれ育った家に泊まるつもりだ。おれはキッチンで小さな四角いテーブルにつき、コーヒーを飲んでいた。本当ならビールが飲みたいところだが、お袋に止められたのでこれで我慢する。お袋にとって二十四歳はまだ子供ということらしい。

一日の間に伸びた髭を撫でながら、おれは五年前のことを思い出そうとしていた。まだ〈アンダーグラウンド〉に関わってなかったころ。お袋が今のおれに望んでいるようなまともな息子だったころのことを。ララがキッチンの戸口に現れた。肩までの長さのブロンドの髪と子供のころのままの澄んだつぶらな青い目をした妹は、十八よりも幼く見える。妹が近づいてくる。おれは見覚えのある茶色いTシャツとスウェットパンツという格好を眺めて笑った。「なあ、おまえまだお兄ちゃんのお古を着てるのか」

「エジプトにいたときわたしたちツイてたじゃない」ララはおれの向かいの席に腰を下ろしながら言う。「これ、例の墓を掘り当てたときに着てたやつだよ。忘れたの？」

「忘れるわけないじゃないか。おまえときたら、襲撃でも食らったみたいに悲鳴をあげてた」

「興奮してたのよ」妹は笑いながら言い、おれのコーヒーに手を伸ばして一口飲んでから鼻の頭にしわを寄せた。「こんなの飲んで、胸毛生えちゃうんじゃない？　濃すぎて胃に穴があきそう」

「だったらやめとけよ。うちの妹に胸毛が生えたら困る」

ララは笑ったが、すぐに真顔に戻った。「わたしの卒業式のために帰ってきてくれてありがと」

「おれが外すわけないってわかってるだろ」

「終わったらパパはすぐメキシコに行くんだって」

「知ってる」実は親父のもとにメキシコの発掘の仕事のオファーが行くよう、おれが裏で手を回したのだ。それによって親父はこの家からもエジプトからも、そして結果的にシェリダンからも離れることができる。

「お兄ちゃんもまたすぐにどっか行くの？」

「実を言うと、おれたちみんなで一緒に行こうって親父に話したんだ」

ただでさえ大きな妹の青い瞳が、さらに大きく見開かれる。「ええー？　マジで？わたしとお兄ちゃんとママとパパとみんな一緒に？」

「そうだ」

「国内で進学しなきゃいけないって散々言ってたじゃない」

「大学が始まれば、四年間は身動きが取れなくなる。親父ももう若くはないからな」

「チャドったら！　パパに年取ったなんか言ってないでしょうね？」

「パパはもう年だよ。おまえだってわかってるだろう。本人だって身に沁みて感じてるはずさ」

「つまり本当に本当ってこと？　パパもＯＫした？」

「あとひと押しでうんというところだな」

　ララは金切り声をあげ立ち上がると、おれに突進してきて抱きついた。普段より強めに妹を抱きしめる。それでも後悔と恐れに丸呑みにされるような感覚は消えない。とにかく家族のそばにいて、みんなを守りたかった。「チャド」ララは顔を上げ、おれを見上げた。「ママのところに来てた例のあいつだけど、先週も、パパが遠征から帰ってくる直前にここに来てた」

「そんなことに首を突っ込まなくていい」おれは妹に忠告しながら、今まで以上にローリンをぶちのめしたい衝動に駆られた。お袋と一緒にいるところを妹に見せるとは。「前にも言っただろう」

「だけどパパも知ってるんだよ。少なくともわたしはそう思う。ママと喧嘩してるのが聞こえたもの」

「いいからほっとけ。わかったな？」

「ほっとけるわけないじゃん。どうしたら無関心でいられるのよ」

「このおれがそう言っているからだ」

　妹は怒りに顔を赤らめていたが、彼女が反論する前に、おれの携帯電話が鳴った。

ディスプレイを見ると、ずっと待ち望んでいた電話だった。「電話に出なきゃ。とにかくお兄ちゃんが首を突っ込むなと言ったら絶対に首を突っ込むんじゃないぞ」

「チャドって時々とんでもないクソ野郎になるよね」

「そのクソ野郎はおまえのことが大好きだよ。さっさと寝ろ」

「わたしも大好きだよ、クソ野郎」妹は言い捨て、キッチンから出ていった。

おれは顎を撫でながら電話に出た。「ジャレッドか、ありがたい。おまえのハッカーの腕を活かしてほしいんだ」

「言ったはずだ。〈アンダーグラウンド〉の仕事は一回限りだって。今は自分で事業をやってる」

「そうだった。〝堅気に〟なったんだったよな。ったく、おれたち二人とも、そんなのは嘘だって知ってるじゃないか」

「とにかく、独りでやりたいんだ。〈アンダーグラウンド〉のハッカーなら他にもいるだろう」

「おまえほど腕の立つやつはいない。おまえじゃなきゃだめなんだ」

「なあ、チャド、誤解しないでくれよ。あの一回限りの仕事で、妹に抗がん剤治療を受けさせてやることができた。あの金がなかったら、妹は助からなかったかもしれない。おまえへの恩は一生忘れないよ。だけど、とにかく大事なのは、独りのほうが安全だってことなんだ。誰かに裏切られて情報を売られることがないからな」

「その点はおれも激しく同意するよ」

ジャレッドはふんと鼻で笑った。「おまえがやつらの人生を変えちまったんじゃないか」

「おれ自身も抜けようとしてる。ある件でドツボにはまっちまってるんだ。完全に泥沼だよ。家族を守るために策を講じようとはしてるが、十分かどうか自信がない」

一瞬沈黙があった。「詳しく聞かせてくれ」

「シェリダン・スコットには、十一人の取引相手から成る〝協会〟と呼ばれる仲間がいる。そいつら全員に関して、弱点となるような秘密を探してるんだ」

「シェリダン・スコットって石油王のか？　あのシェリダン・スコットなのか？」

「ああ」

ジャレッドが口笛を吹く。「いったいどんなやばいことに巻き込まれてるんだ？」

「話せばおまえに危険が及ぶ」

「だけど手伝ってほしいんだろう？」

「そのとおりだ」

「何も聞かずに信じろってか？　わかった、力になるよ。時間はどれくらいある？」

「もう手遅れかもしれない」

「何をすればいいのか教えてくれ」

「電話じゃだめだ」

「おれの居場所は知ってるだろう。とにかく殺されないうちにおれのところに来い」

「まだやられるつもりはないよ」

　通話を終えると、おれは立ち上がり、家の裏へ行った。明かりをつけずにポーチに出て、闇に包まれ、壁にもたれた。考えるんだ、チャド。ここから抜け出す道を。おまえは誰も見つけることのできなかったシリンダーのありかを突き止めた。だったらここから抜け出す道も見つけられるはずだ。おれは壁を押しやって立ち、一分ほどその場を行ったり来たりしていた。と、左手の視界の隅にチラチラ光るものが見えた。懐中電灯だろうか？　全神経が大声で警告を発していたが、それでもこんなものは気のせいだと自分に言い聞かせた。シェリダンはどうしてもシリンダーを手に入れたいはずだ。おれを殺しはしない。次に頭に浮かんだ考えは、吐き気がするようなものだった。なぜその危険をもっと早くに考えなかったんだろう。やつはうちの家族を人質にしておれの口を割ろうとするかもしれない。

おれはその考えに突き動かされ、ゆっくり階段をおりると、屈み込んでジーンズの裾を上げ、足首につけたホルスターからグロックを引き抜いた。エジプトにいるとき、親父からしつこく言われて、ララと一緒に銃の撃ち方を教え込まれたのだ。壁の陰に身を潜めるつもりで階段から一歩前に踏み出した瞬間、パチパチッ、パン、という音が聞こえ、凍りついたように動けなくなった。一秒後、家が爆発し、おれは宙に投げ出された。時が止まったように感じられた。音のない現実離れした世界。そして次の瞬間、おれはドスンと地面に叩きつけられた。骨の髄まで衝撃に揺さぶられ、全身を痛みが貫いた。

しばらくの間何が起きたのかもわからず呆然としていた。が、なんとか頭を上げ、家のほうを見た。角という角からことごとく火柱が立っている。あらゆる感情が湧き上がってきた。「やめろ！　やめてくれ！」恐怖と痛みと悲しみに押しつぶされそうになりながら立ち上がり、駆け出した。怪我の痛みは感じなかったが、恐怖が血のように吹き出していた。こんなことがあるはずがない。絶対にあってはならない。家族を失うわけにいかない。断じて許さない。耐えられない。ありえない。おれは階段を駆け上がり、燃え盛る家に飛び込んだ。

現在

1

ポタッ、ポタッ、ポタッ。

「くそ！　くそっ、くそっ、くそっ」

おれはズキズキ痛む頭を上げた。凝った首の上で、頭の重みが百キロにも感じられる。おれを閉じ込めているコンクリートの壁を見つめる。このくそいまいましい音はどこから来るんだ？

ポタッ、ポタッ。

気が変になりそうだ。後ろ手に縛られた腕を引っ張ってみる。ロープが肌を締め付ける。椅子の背が肩に食い込んでいる。

「くっそー」

がっくりうなだれ、床を見た。

ポタッ、ポタッ。

視界に赤い点が散らばる。足元に赤い水たまりができている。血か。ああ、そうだ。流血してるってわけか。だから目の前に垂れている髪が、金色じゃなくて赤く見えるんだ。

大きな金属のきしみが聞こえ、ドアが開く。おれは死を覚悟してぎゅっと目を閉じた。もうそろそろ楽になりたい。ジャレッドがおれの頼んだとおりエイミーを助けてくれているなら、おれの役目は終わりだ。妹は生きる権利がある。おれにはない。だがこの期に及んで怖気づくつもりもない。挑むように頭を上げ、瞬きをした。少なくともそのつもりだった。瞼が腫れていて、したのかどうかわからない。見事な曲線を引き立てる黒の細身のタイトスカートを穿いたブルネットの美女が、目の前に立っている。そこから考えれば、もう死んでるってことなのかもしれない。滑らかな象牙色の肌と薄いブルーの瞳は、かなり天使っぽい。そうか、やっぱり死んだのか。ちょい待てよ——まだ全身のいたるところが痛む。ってことは、やっぱりおれにふさわしい場所に来たんだ。おれは地獄にいて、悪魔はセクシーな女の姿でおれを弄（もてあそ）ぼうとしてる。まあこの程度ならましなほうだろう。もっとひどい悪夢は経験済みだ。おれの人生とか。

ポタッ、ポタッ。

いやいや。死んでたら血は流れないだろ。とりあえず血が出てるのは確かみたいだから、この女は地獄でのおれの案内係ってわけでもなさそうだ。いい感じに膨らんだ期待が弾け飛び、おれの人生に現れた新たな悪女に向かってニヤリとしながら、その身体をジロジロ眺め回してやった。彼女に居心地の悪い思いをさせるのと、せめて多少の楽しみを味わってから地獄に落ちるためだ。

「ようねえちゃん。おれの口を割らせようってなら、ピンヒールと美脚だけじゃ到底足りないぞ。まあおれとしても、多少うめき声をあげるぐらいの余力は残ってる。ついでにきみにもいい声を出させてやるよ」

女は背後に隠していたナイフを出した。「ああ」おれはつぶやいた。「そういうのが好みってわけだ、え？　これは面白いことになりそうだな」

「そうよ、チャド」彼女は囁く。脚と同様、声もセクシーだ。「ここからがお楽しみ」彼女はナイフを、まさにおれが願っているところに当てた。鋼がおれの顎下にいい感じに押し当てられる。五日分伸びた髭が皮膚を保護しているが、この女がちゃんとそれを計算しているかどうかは怪しいもんだ。女がおれの目を見た。冷たい青い瞳は、何を考えているのか読めない。男にしてみれば、ただ自分にその力があることを証明するためだけに、思い切り乱して、もっと欲しいと懇願させたくなるような女だ。刃が肌を切り裂くのを待った。それを望んでいたが、なかなかそうならない。

「脱げよ、ねえちゃん」おれは荒っぽく命じた。揺さぶりをかけ、苛立たせて、この駆け引きに勝つつもりだ。「そうすりゃ少なくとも注意を向けてやる。それに、そこの角の監視カメラで見てるやつにも、生涯最高のスリルを味わわせてやることができるからな」

女はまったく怯むようすもなく、ナイフを握ったままおれの両肩に手を置いた。女のおっぱいについて気の利いたコメントを言ってやろうとしていたとき、彼女が膝をおれの脚の間に突っ込んできて、そこそこの強さで股間を押した。「これで注意を向けてくれる?」声を潜めつつ、語気強くして彼女は言う。

「悪くない」たった今やばいと思ったのをおくびにも出さず、平然と答えた。「おれとしちゃあんたの手とか、身体の別の場所のほうが嬉しいけどな。あんただっておれの持ち物を気に入ってくれると思うよ」

女は苛立ったように喉の奥で唸った。それがまた色っぽくって普通なら勃(た)っちまうところだが、たった今、玉が乳首んところまで引っ込むほどギョッとさせられたので、残念ながらそこまではいかない。「ふざけてる場合じゃないのよ」女は吐き捨てるように言い、それ以上膝に体重をかけずに脚を下ろした。それでも彼女の手とナイフはまだおれの肩の上にある。「シェリダンは欲しいものを手に入れるためにまだあなたを生かしておくかもしれないけど。身体のあちこちを切り落とされずに済むと思ってるんだったら、彼のことをまだ甘く見てるってことね」

　おれを捕らえているクソ野郎の名前が出たところで、せっかくの楽しい雰囲気がしらけちまった。おれはむっとし、彼女が触れている肩をがっくり落とした。「あんたのボスはうちの組織のルールを知ってる。やつのお望みの物を調達できる誰かのそばに、身体のどこかが欠けた状態でおれが現れたら、おれは即圧力に屈したと思われる。ブツはあっという間におれの手の届かないところに持っていかれる。おれがきみにおれの名前を叫ばせるよりも早くね。そいつは相当早いってことだぜ」

「見えないところであなたを傷つけることだってできる。わかってるはずよ。彼もわかってる。必ずあなたの口を割らせるわ」女は身を乗り出し、頬をおれの頬に当てた。彼女の長いこげ茶色の髪がおれの顔を撫で、甘い花の香りが鼻をくすぐる。そして彼女は囁いた。「それのありかを、あなたに話させるわけにはいかないの」

　彼女はおれを押しやるようにして身体を離し、ナイフを脇に垂らして立った。血が

――おれの血が――青白い頬についている。彼女の身体に漲る緊張が伝わってきて、おれは胸を殴られたような衝撃を受けた。彼女は断固とした決意を固めているように見える。どこか憤っているようですらあった。生き残りをかけて予想するなら、彼女はこれから、おれに話させるわけにはいかないという今の宣言に沿った形で演技をしてくるはずだ。そうなると問題は一つ。おれにしゃべらせないようにするために彼女が何をしてくるかを考えたとき、彼女が手にしたナイフが、まったく違う意味合いを持って見えてくる。

「やつにはおれの口を割らせることはできない」おれは約束した。「割らせようとして失敗したんだ」

「よく持ったほうよね」彼女は言い返す。「だけどなんなら誓ってもいいけど、そこまでは持たないわ」彼女はおれの返事を待たずに後ろに回り、おれの視界から消えた。と、すぐに彼女の片手がまたおれの肩に乗せられる。おれは抗わなかった。抵抗したところで無駄だ。ここで体力を無駄遣いしても意味はない。代わりにおれは、すぐにも刃が肌に刺さるのを覚悟して身構えた。落ち着いていた。穏やかな気分といってもいいくらいだ。おれは人生でたくさんのろくでもないことをやらかしてきた。なぜかこれが、おれにとって似合いの、まさに正しい死に様なのだと納得できた。そもそもおれが掘り出すべきではなかった秘密を守ろうとしながら死んでいくことが。この世界を破滅させることも救うこともできる秘密。おれはその決断を下す人間にはなりたくない。

いやありえない。絶対におれじゃない。

この秘密を守るために死んでいくのなら本望だ。そう思った。けれどその考えが浮かんだとたん、脳裏にエイミーの顔が浮かんだ。妹の無垢な瞳を思い出し、心を引き裂かれるような痛みを覚えた。おれはジャレッドに、妹を守ってくれとメッセージを残した。ジャレッドが果たして間に合うタイミングで妹のところに駆けつけられたかどうかはわからない。仮に今妹が無事だとしても、あとどれくらい無事でいられるかは誰にもわからない。おれがヘマをし、シェリダンは妹が生きていることを知ってしまった。やつは妹を捕らえようとするだろう。おれしか知らない秘密を、妹も知っていると考えるはずだ。他の連中も妹を追い回すに違いない。妹を守れるのはこのおれしかいない。たとえ妹本人はおれが生きていることを知らなくても。

戦う気力が戻ってきた。肩越しに後ろを見ようとする。「今さら怖気づくなよ。そのナイフを使うつもりなら、おれの顔を見てやってくれ」そう口にした瞬間、大きな爆発音が頭上の天井を揺るがした。やっぱり思ったとおり、おれはどこかの地下室にいる。一瞬のち、足元に煙が湧いてきて、あっという間に部屋一面に広がった。

女はおれの肩を揺さぶり、叫ぶ。「いったい何してくれたの？　何をしたかって聞いてるのよ！」たった今、発煙手榴弾が爆発したってことはおれたち二人とも分かっている。おれは両手を縛られてるから、やったのは彼女しか考えられない。とりあえずこの女の演技力は大したもんだ。彼女はおれの前に立ち、長めの金髪を両手でぐっとつかんでおれの頭を横に倒した。「ねえ、あなたいったい何をしたの？」

おれは訝しさに目を細めた。「おれをコケにすると大変な目にあうぞ。『ローズマリーの赤ちゃん』は観てないのか？」そう息巻いた次の瞬間、煙はおれたち二人を呑み込んだ。

女はおれの髪を放し、膝に両手を置いた。おれの前でしゃがみこもうとしているらしい。「おい、何する？」言いかけたものの、彼女がおれの足首の拘束具を片方ずつ切り、足が自由になったのを感じて、その先を呑み込んだ。

彼女はおれのほうに身を乗り出し、立ち上がる。おれも反射的に一緒に立ちたくなるところだったが、相手を脅かさないよう、手首を縛るプラスチックバンドを切り落としてもらうまでおとなしく座っていた。彼女は煙の中で見失うのを恐れているかのようにおれの肩をつかんだ。自由はもうすぐ目の前にあり、その味を舌で感じられるほどだ。アドレナリンが溶岩のように全身に広がる。彼女はおれの前腕をつかみ、おれは身をこわばらせて拘束具が切り落とされるのを待った。が、女は新しいプラスチックバンドをおれの手首に付ける。おれは咄嗟に、女がそれを彼女自身の腕に結びつけるつもりなのだとわかった。

「やめておいたほうが身のためだぞ」おれは唸り、全力を振り絞って椅子を押しやろうとしたが、椅子はビクともしない。両手首を繋いでいたプラスチックバンドが緩み、立ち上がることはできたものの、その瞬間腕に重みを感じた。誰か他の人の腕が繋がれているのは明らかだ。女の身体を引き寄せ、毒づいて、ナイフに手を伸ばす。と、もうもうとした煙のどこかで鋼がコンクリートをカチッと打つ音がした。

「おまえなあ」おれは唸った。二人を切り離す唯一の手段をなくしてしまったのだ。おれは女の後頭部を手のひらで包み、その耳元に唇を寄せた。「この過ちを一生後悔するぞ」

女はおれのシャツをぎゅっとつかむ。「置いてかれたら困るのよ」彼女は語気強くして囁いた。「置いてかれたら絶対殺される」

「おれがあんたを殺さないって、どうして言える？」言い返し、女を引きずってドアに向かった。そして何の迷いもなくドアを引き開けた。シェリダンはおれに死なれたら困るはずだ。おそらくはこの女と一緒に逃がしてようすを見ようとしているのだろう。この女におれを誘惑させて、お宝のありかを聞き出すのが目的に違いない。おれもずいぶんと見くびられたものだ。

戸口の手前で立ち止まり、側柱から少し顔を覗かせて外のようすを見た。到着したときには目隠しをされていたので見ることができなかった。建設途中のオフィスビルの中にいるようだ。ここは窓のない地下室だ。「こっちよ」女がおれの前に踏み出して言う。

おれが足を踏ん張ったので、彼女は即座におれのほうに引き戻された。「ついさっき、おれに脅されて逃げる手伝いをさせられてる芝居をしてたのに。あれはどうなったんだ？」

彼女は目にかかった長いこげ茶の髪を払いのける。「ドアの外には監視カメラはない。わたしが何かを企んでると思ってるようだけど、そんなんじゃないわ。ただ生き延びたいだけ」

「それとおれの口を封じておきたいってことだろ」おれはそっけなく言い添えた。おれにとって彼女の話は、サンタクロースの存在と同じぐらいの信憑性しかない。「上には何人いる？」

「倉庫に十人と研究室に十人。だけど爆発のせいで、ここに通じるドアはふさがれているはずよ。まあ確かではないけど。さっき仕掛けといたの」

おれは目を丸くした。「仕掛けた？　きみ一人でやったのか？」

「ええ。前もって計画したわけじゃなかった。彼らの計画に気がついたときもう時間に余裕がなかったの」彼女はおれに質問をする間も与えず先を続ける。もっともこっちだってその話につられて不用意な質問をするつもりはない。「非常階段を使って裏の路地に出られるはずよ。でも急がないと。誰かが助けを呼んでたら、わたしたちが出たときに鉢合わせになる」

「ここは何て街だ？」

女おれの質問を無視して急かす。「もう行かなくちゃ」ひどく落ち着かないようすだ。

「ここはどこだって聞いてるんだよ」おれは一歩も譲らぬ構えで聞き返した。

「オースティンよ。ここが彼らの――」

「シェリダンの石油王国の拠点だろ。知ってるよ」おれの地元も近くだが、拉致されたデンヴァーからは遠く離れている。「オースティンのどこだ？」

「中心街」打ちっ放しのコンクリートの床を横切りながら彼女は答えた。「廊下に出たら階段をのぼる。そしたら左手に出口がある。右側が、わたしが封鎖したはずのドア。そこがメイン倉庫なの」

「出口の外は？」

「細い路地よ。でもすぐセブンス・ストリートに出られる。今のところそこが唯一の出入り口だから、面倒なことが待っていなきゃいいけど。もう誰かが助けを呼んでいるに違いないもの」

「面倒に対処するのは得意だ。それは覚えていてもらったほうがいい。おれにとってはきみも面倒の一つだからな」おれは出口のところで立ち止まった。「これからの五分間の成り行きは、二十の違ったシナリオが考えられる。そのうちの十九で、きみは命を落とす。十八番目の筋書きでは、きみを殺すのはこのおれだ」

「そしたらわたしの死体を引きずっていかなきゃならないわね」

「いい運動になるよ。ダーティハリーの台詞を借りれば『面白そうじゃないか』」

彼女はおれのクリント・イーストウッドのものまねは楽しんでくれていないようだ。睨みつけてくる目には怒りが燃え立っていたが、青い瞳の奥底には恐れも見え隠れしていた。悪夢に現れるララの瞳に浮かんでいるやつと同じだ。シェリダンも案外馬鹿じゃなかったってことかもしれない。そもそもおれがここに連れてこられたのも、女に裏切られたからだ。それにこの女はかなり賢い。「〝二度騙されるのはこっちが悪い〟と言うが」おれはつぶやいた。「一度だけでも、騙されたおれが馬鹿だった。この上二度も騙されそうになったら、あんたの顔を蹴飛ばして歯をへし折ってやる」

「わたしはあなたを騙そうとなんか――」

「言うだけ無駄だ。聞くつもりはない」苛立ちが募る、今すぐにでもこの女を切り離したかった。階段の上のドアを開け、ジリジリと前に進んで廊下のようすを見た。確かに女の言うとおり、右手のスチール製のドアの隙間から煙が出ている。しかし大した勢いではない。火が燃え広がる前にシェリダンの手下が消火器で消し止めたか、あるいはこの全部がおれを騙すための大芝居だってことだ。

さらに苛立ちがこみ上げてきて、おれは手枷を引っ張りながら廊下へ出ると、出口に向かった。頭には十五分以内にこの女を捨て去る計画ができ上がっている。おれたちはものの数秒でドアを出て、人気(ひとけ)のない路地に立った。街はまるで死んだようだ。さながら、クリスマス休暇中、人がみんな去ってしまった後の、閉店したショッピングモールの駐車場だった。おれたち二人だけが行く場所もなくぽつんと立っている。

「わたしの車はこの先の通りに停めてある」おれを捕らえていた一味の女は、右手を指差す。おれは左に向かった。「車」彼女は反論しつつ、おれについてこようとして、ハイヒールの靴でつまずきそうになっている。

「足がつく」

「そんなことないわ。言ってるじゃない。わたしはシェリダンの一味じゃないの」

「やつの会社で働いているんだろう？」

「そうだけど」

おれは彼女のほうは見向きもしなかった。「しかもきみはやつが何を探しているか知っている」

「そうだけど、でも――」

「だったらきみの車は追跡されている」角を曲がり通りを見渡しながらおれは言った。がらんとしていてまるで悪夢に出てくる街のようだ。すべての店舗が営業を終え、通りには人っ子一人いない。

「ここじゃ目につくわ」彼女は繋がれた手首をあげた。「これだもん」

「靴を脱げ」おれは命じた。

「え？　そんな――」

「言い争ってる暇はない」おれは彼女の細いウエストに腕を回して持ち上げ、足の先で彼女のハイヒールを蹴り落とすと、腰をかがめて拾い上げた。「ハイウェイの向こう側に一気に渡る必要がある」靴を彼女に渡し、言った。

「向こうはイースト・オースティンよ。危険な地域だし――」

おれは構わず歩き出した。彼女は必死についてくるしかない。左瞼が腫れているせいで視界が狭まっている。だからこそ余計に急いで州間高速35号線を渡る必要があった。シェリダンから逃れるためなら、荒れた地域だろうがそんなことは構わない。

おれたちは高速道路の端にたどり着いた。なんとしてでもシェリダンの倉庫から遠ざかり、せめて主要な道路一本隔てた状態を作ろうと、行き交う車の間を縫って渡った。そして道路脇の小高い丘を登りその先の集落へと近づいていった。

「そっちはギャングの縄張りよ」彼女がしつこく警告する。「危険だわ。だいたい目が見えてないんじゃないの。その瞼――」

「このおれだって危険だぞ」おれは凄んでみせた。「それにおたくのボスは、ここのちゃちなギャングに比べたら、親玉中の親玉みたいなもんだ」

「わたしのボスじゃない。ボスなのかな。複雑なのよ。でもとにかくここが危険だっていうのは間違いない。昼間だってこんなところうろうろしちゃいけないのに」

「きみの言うとおりだ。安全ではない。だけど女と腕を繫がれてる状態で身を潜めるには絶好の場所だ。誰もその程度のことで警察を呼んだりしないからな」おれは鋭い目で彼女を見た。「だからわめかずに静かにしていてくれ。でないと余計に人目につく」丘の上に登ると、ピニャータの店が見えた。この店はおれがパーティーに出るためオースティンに通うようになった十代のころにはもうすでにここにあり、ギャングの街の目印になっていた。その先はどこに行こうと小競り合いが待っている。店に近づいていくと四十がらみのメキシコ系の男が、鉄柵で囲まれた場所を戸締まりしているところだった。そこにはキャンディーを入れてクリスマスの余興に割るくす玉、ピニャータをはじめ、ありとあらゆるカラフルなものがぶら下がっている。

男は手を止め、近づいてくるおれたちのほうを注意深く見つめていた。鉄柵の外に立ったとき、彼の鋭敏な瞳と目が合った。おれの殴られて腫れ上がった顔を眺めているに違いない。男は続いておれの隣の女に目を移した。彼女は相変わらずほっぺたにべっとりおれの血をつけている。男は手のプラスチックバンドにチラリと目をやってから、またおれと視線を合わせた。そして再度血に染まった彼女の顔へ視線を移してからふんと鼻を鳴らし、おれに注意を戻した。

「ケ・チンガドス・パソ?」彼はいったい何があったんだとスペイン語で尋ねる。

おれはすでに頭の中で筋書きを用意していた。スペイン語で手短に突拍子もない経緯を説明し助けを求めた。彼は熱心に耳を傾け、目を見張って同情するような顔つきをしてから小声でおれに指示し、素早く鉄柵を開けながらおれたちを中に招き入れた。手枷がおれを見上げる。街灯の明かりで表情豊かな瞳が輝いている。「何て説明したの？」

「本当に知りたいか？」

「ええ」彼女は譲らない。スペイン語がわからないのか、あるいはまたしても名女優ぶりを発揮しているのか。

「お生憎様」おれは先に行けと仕草で示した。彼女が動こうとしないので二人を繋いだ拘束具を強く引っ張り、引きずるようにして連れていく。ヒューゴと名乗る店主に詫びながら、彼女が恥ずかしがっていてと言い訳をした。そして足を止めヒューゴの顔を見た。彼はニヤニヤ笑いながら鉄柵を閉め、おれたちの先に立って中へ入った。

「危険だわ」ヒューゴが傾きかけた家の入り口で立ち止まったとき、女が小声で言った。

「この人はおれほど危険じゃないよ」おれは太鼓判を押した。店主の後について中に入ると、そこは店舗に改装された部屋で、カウンターとレジがあった。さらにいかにも七〇年代風のゲロっぽい緑色のキッチンを通る。ヒューゴが引き出しからハサミを取り出してる間、おれと連れ合いは廊下で待っていた。彼はおれにハサミを手渡し、廊下の先の客用寝室とバスルームで手当てをしろと指示した。

「電話？」彼は英語で尋ねる。

「けっこうです」即座に答える。連れ合いが反論するかと思ったが、彼女は賢くも口をつぐんでいた。

ヒューゴはなるほどと言いたげな眼差しで、おれに向かって頷いた。彼に礼を言い、救急箱を受け取ると、女を急き立てて右手に一つだけあるドアに向かわせた。彼女はドアを開け、おれはその後について中に入った。そこは小さくて簡素ながら清潔な寝室だった。ヒューゴが言ったとおりバスルームに通じるドアがある。おれは寝室のドアを閉め、彼女のハイヒールを放り出し、虹色のメキシカンブランケットに覆われたツインベッドの片方の上に救急箱を落とした。女はそれを切るのを邪魔するかのように、おれたちの腕を繋いだプラスチックバンドをつかむ。

「手をどけろ。一緒にちょんぎるぞ」頬に血が垂れてくるのが苛立たしく、おれは脅しかけた。「時間がないんだ。手首を繋がれたままここを出るわけにいかない」

「わたしを置いていったらだめ」

「誰がそんなことを言った？　シェリダンか？」

「わたし」女の声が震えている。「わたしが頼んでるの」

　おれは訝しさに目を細めて女を見た。少なくともそうしたつもりだった。片方の瞼の感覚がまったくなくなっている。おまけに――ったく、くそいまいましいことに――血が腕のほうまで垂れてきていた。「きみにいったい何の関わりがあるんだ？」

「言ったでしょう。それが彼の手に渡るようなことになっては困るの。ねえ、あの人を信用してだいじょうぶなの？　時間稼ぎをして警察かギャングに知らせてるかもしれないじゃないの」

　女の質問は無視した。女に質問したい気持ちも抑え込んだ。「手をどけろ」

「また血が出てきてるわ。ひどい出血」

「手をどけろって言ってんだろ」

「お願い」彼女が囁く。「お願いだから置いていかないで。わたしはあなたに賭けたの。あなたがシェリダンの要求に屈せず沈黙してくれるほうに賭けたのよ。シェリダンはわたしを許してはくれないし、わたしのしたことを忘れてもくれない。どうやってやつらから身を隠したらいいかわからないの。どうしたらいいかわからないのよ」

　必死に訴える彼女の口調に、苛立ちは募る一方だった。あのメグというくそアマのことを思い出す。おれはメグの〝危機に瀕した乙女〟の芝居にすっかり騙された。蓋を開けてみれば彼女はシェリダンの操り人形だった。それを思い出しカッとなった勢いで、彼女の肘を内側からつかみ、ひねりあげて、無理やり拘束具から手を離させた。その隙に素早くおれたちを繋いだプラスチックバンドを切り、間髪をいれずに彼女の腕に残ったプラスチックの輪一つとおれの腕に残る三つを切り取った。ハサミは女の手の届かないところに置いておきたい。唯一の武器を手放すのはごめんだ。おれはそれをポケットに突っ込んだ。

おれは女の頭を挟むような格好で壁に両手をついた。勢い彼女のスカイブルーの瞳を覗き込む格好になる。彼女は顎をつんと上げ、その奥底にある恐れを隠そうとしているように見えた。強がっているそのようすを見て、つい情にほだされそうになる。なぜか妹の生意気な態度を思い出してしまうのだ。エイミーはこの女にちっとも似ていない。三十のおれより五つくらい下だろうか。年齢的には妹と大差ないが、女の瞳には秘密を抱いているのが窺える。エイミーの目に映っていたのは純真さと真実だけだった。だがそんなことはお構いなしに、おれにとって敵でしかないこの見知らぬ女を見ていると、なぜか妹のことばかり思い出す。そっちの方向に行くのはあまりにも危険すぎる。おれとしては絶対に足を向けるつもりはなかった。

「きみがいるこの森には狼がうようよしている。きみも対等に戦えると思っているかもしれないが、実際にはそうじゃない。おれたちはきみを生きたまま丸呑みにできる。ここの森から逃げるんだ。おれがきみを晩飯に食らう前にな」

おれは壁から手を離し、彼女から離れた。顔の血を拭いながらベッドに置いた救急箱をつかむ。バスルームに向かって一歩足を踏み出したとき、ふと気がついた。この女は盗聴器か追跡装置の類でもつけているかもしれない。「びびらせてくれるじゃねぇか」おれはぼんやりしていた自分に腹を立ててつぶやいた。

踵(きびす)を返して彼女のほうを向き、その手首をつかんでバスドアへ引っ張っていった。中にはトイレと洗面台があった。おれの目的を果たすには十分だ。女を先に入らせ、洗面台と鏡の前に立たせて、その後ろに立った。両手を女のウエストのくびれを挟むように置く。曲線を描きつつも引き締まった細い腰と、ふっくらしたほぼ完璧な尻がいやおうなしに目に飛び込んでくる。シェリダンが彼女をこの任務に当てたのは、このあたりの武器に目をつけたからだろう。

そう考えると無性に腹が立ち、おれは鏡越しに女を睨みつけた。女の目に現れたパニックの表情はとても演技とは思えない。上等だ。ここは当然パニクってもらわなければこまる。「何をするつもり?」女が尋ねる。

「早めの晩飯にしようと思ってね」

女がこちらを向こうとするが、おれは一歩前に出て太腿で彼女の脚を挟み、その動きを封じ込めた。彼女が動けないように姿勢を整え、身体を密着させる。女の柔らかな尻がおれの股間にいい感じで当たっている。おれの一物は、まるでご褒美でももらったかのように即座に反応する。この女がシェリダンお抱えの女狐だってことがおれにとって重要でも、息子のほうはまったくお構いなしのようだ。

「放して」彼女が言う。

「ついさっきそっちの部屋でまったく逆のことを言ったじゃないか」

「わたしを置いていかないでと言っただけよ。洗面台に押し付けてくれなんて頼んでない」

女がまたもがき、おれのズボンのファスナーのところが痛いほどにパンパンになる。

「いい加減にしろ」奥歯を噛みしめ、うなった。「盗聴器や追跡装置をつけてないか確かめさせてもらう」

彼女は身を固くし、鏡越しにおれを見た。黒に近い茶色の髪が乱れ、無造作に額にかかっている。「盗聴器？　追跡装置？　まさか、そんなものつけてないわ」

「申し訳ないがその言葉を信じるわけにいかないんでね」

「いったい何するつもりなの？」彼女は質問を繰り返す。パニックは彼女の瞳だけではなく、声の震えにも表れている。

「おれが自らこの手で確かめるんだよ。方法としては二つある」女をおれのほうに向かせてから、またすぐに太腿で彼女の脚を挟み、両手をウエストに置いた。わざとその指に力を込める。

「おれがきみを身体検査することもできる。隅から隅まで、セクシーな感じでね」効果を狙って少し間を置いた。二人を取り巻く空気が、おれの意図からすれば少し早すぎる感じで親密になる。「あるいはきみが自分で服を脱いで隠すものはないってところを見せてくれることもできる」

彼女は口を開け、声のない悲鳴をあげる。「まさか本気で言ってるわけじゃないわよね」

「今まさに鹿の喉元を食いちぎろうとしている狼と同じくらい本気だよ。しかもことは急を要する。さっさと決めてくれ。どっちがいい?」

「シェリダンがわたしに盗聴器を仕掛ける理由がないわ。彼はあなたがこうするって知ってるもの」

「もちろん知ってるさ。狙いはおれがきみの服を脱がせるってところなんだ。やつはきみをおれのベッドに入らせようとしてる。せっかくその身を捧げようとしてくれるんだったら、こっちも応じるにやぶさかではない。だけど言っとくが、おれがきみをやるんだ。おれがきみにやられるわけじゃない」

「誰も何にも捧げようなんて思ってないわ」彼女は両手のひらでおれの胸を押し返す。「ここから出して」

「どうぞご自由に」おれは言い、彼女の期待とは正反対のことをしてみせる。女から手を離し、狭いスペースで許されるかぎり距離を置いた。それでもまだ近い。せいぜい二十センチってところだ。彼女の肌の忌々しいフローラルの香りが鼻をくすぐる。女は背後の洗面台をつかみ胸をゆっくりと大きく上下させている。それでも彼女は出ていこうとしない。そりゃそうだ。シェリダンの使いなんだから。たとえ出ていきたくても行けないいんだろう。

女は無言のまま、どうすることもできなくなっている。おれは仰々しい仕草でドアのほうを示した。「どうぞご自由に。お好きなところへ行けばいい」

彼女の顔を戸惑いの表情がよぎる。おれの血の汚れが磁器のように美しい肌と鮮やかな対照をなしている。ったく、何だっておれは彼女の肌なんか見てるんだ？　自分自身もこの女も腹立たしかった。おれは彼女のウエストをつかみ文字どおり持ち上げて脇にどかした。洗面台に歩み寄り、棚に置かれたタオルをつかむと、蛇口を開けた。

「何してるの？」女が尋ねる。

おれはちらりと彼女のほうを見上げた。「その質問はもういい加減聞き飽きた。だけどどうしても知りたいって言うなら教えてやるが、身支度を整えてここから出ていくつもりだ。たった今話し合いは着いたから、おれ一人で行く」

「わたしに追跡装置がつけられていると思うなら、なんですぐに出ないの？」

「きみに追跡装置がつけられてるってことは、シェリダンがおれの逃亡を仕組んだってことだ。やつはしばらくおれたちの動向を見守るつもりだろう。ってことは、おれには比較的余裕がある」

「だったら教えてあげるけど、そんな余裕はないわ。わたしは盗聴もされてないし、追跡装置もつけられてない」女がおれの腕をつかみ、おれは彼女のほうを見た。「わたしはあなたが思ってるような色仕掛けの道具じゃない。だけどそれを証明するために裸になるのも嫌」

彼女の真摯な口調にも、必死に訴えかける瞳にも、かなり説得力があった。だけどまあ、必死になるのも当然だ。シェリダンの指令を果たせなければ大きな代償を支払うことになる。あの地下の取調室で彼女が見せた度胸はたいしたものだった。「好きにしろ」おれは彼女の手を払いのけ、また洗面台に向き直ると、身をかがめて顔に水をかけた。女はまた無言で動かなくなる。おれのほうはすぐ近くに立つ彼女の存在が一呼吸ごとに気になって仕方ないものの、とりあえず無視しつづけた。洗面台に置かれた石鹸を使い腕と顔を洗ったが、努力も虚しく、かえって頬の傷口が開き、血だらけになっただけだった。

「くそ」おれはつぶやき、水を止めて、救急箱に手を伸ばした。縫わなきゃならないようだが、今は到底無理だ。

「なんでまだいるんだ？」おれは箱から絆創膏を二枚取り出した。

「どこも行くあてがないもの」

「とりあえずおれから離れてくれ」おれは包みから取り出した絆創膏を傷に貼った。

「言ってるでしょ。行くあてがないのよ」

「その割に、あの監視カメラの前でおれを弄んだときは、ずいぶんと自信たっぷりだったじゃないか」

「手が震えてたわ。怖くて仕方なかった」

「いや、大した名演技だったぞ」

「アドレナリンでハイになってたの。今になって現実に戻ったのよ」

「今さらごたごた言うんじゃない。おれがきみを誘拐したみたいに偽装したくせに」

「あとで捕まったときのためにね――だけどシェリダンはそんなことじゃ騙されない。お願い、助けてほしいの。あなたに信じてもらえるんだったら何でもするわ。身体検査して。裸になるよりはましだと思う。そうよね。いいからさっさと済ませて」

それ以上の誘いはいらなかった。おれは女の手首をつかみ、また洗面台とおれの間に立たせて、もう一度太腿で彼女の脚を挟んだ。女はおれのシャツをぎゅっとつかみ、睫毛を伏せる。青ざめた頬にはまだどす黒い血がついている。

「こっちを見ろ」おれは命じながら、なんでこの女に対して冷徹になれないんだろうかと考えていた。

女が目を開け、つんと顎を上げる。彼女の顔を眺めながら、この女を手荒に扱うべき理由は山ほどあるんだと自分に言い聞かせた。だがそれに反対する理由も一つだけある。女の傷ついたような怯えた瞳だ。おれを裏切った例の女は、自分はシェリダンの被害者なのだと言っておれを納得させたが、それでも一度だってこんな目をしたことはなかった。

おれは彼女の前にしゃがみ、ほっそりした足首を両手で包んだ。しばらくの間そのままの姿勢で、彼女を敵として扱わなければいけないと自分に命じた。この女には居心地の悪さを味わってもらわなければならない――それでもなぜか妹のことが頭に浮かんでしまう。妹は、何の責任もなく何の選択の余地もないまま、まるで絨毯が足元から引き抜かれたみたいに、人生をそっくり奪われてしまった。この女もひょっとしたらエイミーと同じように被害者なのかもしれない。そう思うと妙に気持ちがざわついた。

大きく息を吐き、彼女の身体を探りはじめた。手のひらを両脚に這わせ、太腿丈のストッキングの上までくると、ゴムのところに装置が隠されていないか調べた。続いてヒップへ手を進め、さらに太腿の間を撫でる。彼女が息を呑む。おれはさっきから同じ調子で息を詰めたまま吐くことができない。女はTバックを穿いている。そそられる尻ではあるが、セックスが目当てでもなければ、この機に乗じて彼女を口説く目的でもない。彼女が確実にシェリダンが遣わした小悪魔だとわかっていたならまた話は別だが。

もしも彼女が今回の件に関してまったくの無実だとしたら、これはとんでもない人権侵害だが、彼女にもおれ自身にもそれを考える暇を与えたくはなかった。おれは立ち上がり、女を鏡のほうに向かせる。女がうなだれ、細絹のようなこげ茶の髪が顔にかかる。おれは彼女が着ている黒いシルクのブラウスの裾をスカートから出し、その中に手を入れた。細いウエストから肋骨、そして胸の両脇を素早く探る。さらにほんの一瞬ためらってから、どうしても譲れない一箇所を攻めた。盗聴器や追跡装置を隠すとしたら一番可能性が高い場所だ。彼女の乳房を両手のひらで包んだ。女の柔らかな肉以外何も感じられないのがわかると、レースのカップを引き下ろし内側も確認した。女は息を喘がせている。たぶんおれも同じ状態だろう。そしておれは手をブラウスの下から抜き、彼女の髪をかき分けて首筋を探った。

それが済むとまた彼女をおれのほうに向かせ、上から下へと軽く叩きながら脇を確かめた。女はおれを見下ろしている。相手を誘惑しようとしている表情からは程遠いが、こうやってまたおれを騙そうとしているんだろう。ともあれ、装置の類はつけていなかった。おれはなぜか彼女に向かって言い訳していた。「こうするしかなかったんだ」

女がはっとしたようにおれを見る。その頬が赤く染まる。「わかってる」彼女は囁き、小さく咳払いした。「わかってるわ。ありがたいと思ってる、あなたがそこまで――」

「ありがたいなんて思うな。もしきみがほんの一瞬でも変な真似をしたらおれは即座に襲いかかる。信用したわけじゃないからな」

「わたしだって信用してるわけじゃない」

「それでいい。きみの名前は？」

「ジア・ハドソン」

「本名か？」

彼女が答える前に睫毛を伏せ一呼吸間を置いたのを、おれは見逃さなかった。「もちろん本名よ」彼女はおれの目を見る。「チャドはあなたの本名？」

おれはその質問を無視した。自分がそれを聞かれてなぜ妙に苛立っているのか考えたくなかった。「そもそもきみはシェリダンのところで何してたんだ？」

寝室のドアにノックが響いた。「顔の血を洗っておけ」おれは命じてから返事を待たずに小さな部屋を横切り、ドアに出た。気が昂り、一物は固くなっている。念のためドアを細めに開けると、ヒューゴによく似た十代の少年が廊下に立っていた。

「大変だよ、セニョール」少年は英語で言った。「男たちが近所を探してる。父さんが明かりを消してドアにかんぬきをかけたけど、裏から出てもらったほうがいいだろうって」

おれは声を潜めて毒づき、頰の髭を撫でた。さっさと剃ってしまいたくてたまらない。「おれたちはすぐに出るよ」ジアを呼びに行こうと振り向くと、彼女はもう靴を手にすぐ後ろに来ていた。

「聞こえてたわ」ジアは言う。「おれたちっていうのはわたしも含んでるのよね。わたしを置いていかないわよね、身体検査させたんだから」

何が利口かと考えれば、彼女を置いていくことだろう。ジアが罠である可能性は九割だ。おれの味方になる可能性はわずか一割。だいたいおれは聖人君子じゃない。いやむしろ罪人としての実績のほうはなかなかのものだ。それでも罪を犯す相手については選ぶことにしている。この女を犠牲者にはしたくない。シェリダンがどれくらい危険かはおれがよく知っている。彼女が本当にやつを裏切ったのだとしたら、シェリダンは生かしてはおかないだろう。

彼女の手首をつかみ、引き寄せた。「おれがこうしろと言ったら、言うとおりにするんだ。いいな？」

彼女はごくりと喉を鳴らした。「いいわ。わかった。言われたとおりにする」

彼女の長い艶やかな髪に指を絡めてつかみ、おれのほうを向かせた。「おれはやられたらやり返す。即刻、十倍にして返す。この場合のやるってのは、気持ちいいこととは関係ないぞ」おれは警告してから彼女を放した。手首はつかんだまま、ジア――まあ本名かどうかわからないが――を引き連れて廊下に出た。シェリダンが笑いながら、おまえまた同じ手に引っかかったのかと言っている姿が、マジで脳裏に浮かんだ。

そんなことはどうでもいい。この女を連れていく。少なくとも彼女をどうするか決心がつくまでは。

2

ヒューゴの家の裏口からジアを引き連れて出たとき、おれはまだ彼女の手首をつかんでいた。あたり一面真っ暗で蒸し暑いテキサスの夜だ。今ではすっかり馴染んだニューヨークの冬とはまったく違う。コンクリート張りのパティオのような場所に出たものの、漆黒の闇に包まれ自分の手もろくに見えない。二、三歩進んだところで、ジアが家具のようなものにつまずいた。おれは彼女を引き寄せ、支えながらその口を手で塞ぐ。彼女はおれの妹と同じように小柄で、ちょっとしたことでも怪我をしてしまいそうだ。だからといってジアが無実だということにはならないが、もしも本当に彼女がシェリダンを裏切っていたとして、やつの手に引き渡したら、確実に命を奪われるだろう。おれはろくでもない人間だが、少なくとも人殺しではない。たとえ間接的にでも人を殺める(あや)ことはしない。

ジアはパニックを起こしたかのようにおれの腕にすがりついた。彼女の髪が髭に絡まる。おれは声を潜めて言い聞かせた。「小さな悲鳴一つでもあげたら、二人とも死ぬことになるぞ」彼女が頷いたのを確認してから手を離し、また手首をつかんで庭を横切っていく。それにしても暗い。おれ自身もつまずきそうになり、声を出さずに罵った。この暗闇はおれたちにとって格好の隠れ蓑になるが、同時に視覚を奪われてしまう。ただでさえ危険なギャングに加え、さらにはシェリダンが放った追手がうようよしている地域で、武器の一つも持たずに逃げ惑っているというのに。

金網のフェンスがあるところまで来た。おれはいったんジアの手を離し、金網を軽く揺らして軽々と乗り越えた。「来いよ」命じても彼女はすぐに乗り越えようとはしない。ぼんやり見える彼女の輪郭は、スカートをたくし上げ金網に足をかけようとしてもがいているようだ。彼女の一方の手には靴が握られている。おれは空いているほうの手をつかみ、フェンスの上を乗り越える間バランスが取れるように支えていた。彼女がはっと息を呑むのが聞こえる。続いて短く息を喘がせる。怪我でもしたのだろう。転げ落ちては困るのでおれはその身体に腕を回し抱きかかえるようにして地面に下ろした。勢い彼女の肉体がおれの胸にぴったり密着する。おれの手は、スカートがめくれ上がって剥き出しになった彼女の尻に当たっている。股間がまた緊張していることに苛立ち、歯ぎしりをした。今そうなっては困る理由がごまんとある。おれが彼女の身体を離そうとする前に、ジアは自分からおれを押しのけ、スカートの裾を引き下ろした。

彼女が落ち着きを取り戻す間ふた呼吸分だけ時間を与えたあと、靴を履こうとしているのを見て、またその細い手首をつかみ、走り出した。当然ジアも一緒に走らなければならなくなる。

しきりに瞬きをして闇を見据えながら、小さな家々の後ろを通る細い路地を突き進んだ。おれたちが通りかかると犬が何匹か吠えたてる。まずいと思っても、この方向に進むのだと決めて、とにかく前を目指した。路地の突き当たりに来たので、はたと足を止める。ジアははずみでおれの背中にぶつかる。おれはしゃがみ込み、彼女もそれにならった。通りの左右に目を走らせると、懐中電灯の明かりがちらついているのは左側だけだ。

ジアのほうに身を乗り出し囁いた。「這って右に進む。建物沿いに」

目が闇に慣れたせいでいくらか見えるようになっている。ジアが驚くほど落ち着いたようすでしっかり頷くのがわかった。片手を挙げ、待つように仕草で伝えてから手招きをし、匍匐（ほふく）前進で巨大な倉庫のような建物を目指した。この地域では住宅地の真ん中にこうした倉庫がいくつも建てられている。

おれたちは倉庫のスチール製の壁際を進み、その向こうの駐車場へ入った。次の倉庫の端にたどり着いたところでおれはしゃがみ、建物の壁に寄りかかる。頭上の街灯はうまい具合に切れていて、闇がおれたちを包んでくれる。ジアが滑るようにおれの隣に来た。彼女の膝は匍匐前進のおかげで擦りむけていることだろう。けれど彼女の命と膝小僧の肌の両方を救うのは無理だ。周囲に物音がしないか耳をそばだてた。くぐもった話し声が左右両方から聞こえる。追手に挟まれているのでは形勢はかなり不利だ。ここから抜け出すには前に行くか後ろに戻るかだが、そのどちらも上手く抜けられる保証はない。それでもおれの中には親から受け継いだ山師の血が流れている。

「前に行く」ジアに言った。「さっき来た方向に戻るんだ。やつらもおれたちがそっちに戻るとは思っていない。すぐ動くぞ」

彼女に考える隙を与えず、そして敵どもに追いつく時間を与えずに、ジアを引き上げるようにして立たせると、一目散で通りを渡った。一つの倉庫の横に沿って駆け抜けた後、また別の倉庫の脇を抜ける。どちらもあいにく街灯で照らされてはいたが、幸い通りに人影はなかった。

シェリダンの手下どもの声が遠のく、このまま逃げ切れるのではないかという希望が湧き、走る足に力がこもった。眼前にハイウェイが見えてくると、アドレナリンが速度を増して体内を巡りはじめる。ひらけた二ブロックを駆け抜ける間、記憶すら飛んでしまうほどだったが、足取りは揺らぐことなくしっかりしていた。ジアの手を握り、迷いのない力強さで地面を蹴り、ハイウェイの端にたどり着いても止まらなかった。

シェリダンの追手との間に少しでも距離を稼いでおきたい。ジアをつかむ手に力を込め、容赦ない速度で突っ込んでくる車の間を縫った。目指しているのは、繁華街でパーティーをする連中が利用する巨大な駐車場だ。そこに着くとジアを引き連れて身を屈め、ドアのロックされていない車を探しはじめた。そうしている間にも、車は駐車スペースの両脇を勢いよく通り過ぎ、頭上のハイウェイランプにも行き交っている。周囲には人が大勢いる。金曜の晩で、近くのシックスス・ストリートはこの街の週末の人気スポットだ。実のところ、人混みに紛れるのがおれの狙いだった。

ジアのそばを二人連れが通り過ぎる。彼女は混じりけのない恐怖の表情を浮かべていたが、おれにとっては好都合だ。ジアも焦ったようにおれと一緒にドアをチェックしはじめた。「よし」フォード社製のＦ１５０型トラックのドアを開けながら言う。「乗って」彼女に命じた。

今おれと一緒にいる理由が何であるにせよ、彼女は素直にその言葉に従い、慌てて這うように乗り込んだ。おれもすぐその後に続いてから、また命じる。「身を低くして」だが彼女は爆弾を仕掛けるぐらい頭のキレる女だ。言われるまでもなくすでにトラックの床に身を伏せて隠れている。

おれは運転席に座って身を屈め、ハンドルの支柱の下のプラスチックパネルを引き上げた。「このトラックを盗むつもり？」彼女が不安げに尋ねる。

「道徳心を養いたいんだったら、そもそもシェリダンと関わるべきじゃなかったんじゃないのか」

「鏡に向かって言ったら？」

「おれに道徳心があるなんていつ言った？　実際あるかどうかも疑わしい。次回おれに助けを求めるときには、そいつを思い出すんだな」

「盗難車両じゃ余計に注意を引いてしまうんじゃない？」おれの格好つけたセリフは完全に無視し、彼女は尋ねる。「警察に通報されたら？　シェリダンたちが警察無線を傍受してて、追いかけてくるかも」

その言葉は聞かなかったことにし、ワイヤーを引き出すと作業に取りかかった。手を動かしている間、彼女はシェリダンに近い人間だからこそ、おれの信頼を得ようとしてわざとそういう忠告をするのだろうかと考えていた。確かにそう発言しておいたほうが彼女の有利になる。おれは六十秒でエンジンをスタートさせ、できるかぎり身を低くしながら車のギアを入れた。「まだ起きるな」ジアに警告した。彼女は血のついたティッシュを握っている。金網を乗り越えたときの傷なのだろうかと思ったが、おれの目的は彼女の命を救うことであって、ネイルサロンに連れてっておしゃれさせてやることじゃない。

バックで駐車場から出るとき、ハイウェイの路肩に二人の男が立っているのが目に入った。通りを渡るために待っているのだとすれば、あまりに辛抱強すぎる。おれはその二人の目につかないよう、一番遠い出口を使って駐車場を出ることにした。「財布を持ってきてないの」ジアが言う。「クレジットカードも。まあ持ってても使えるとは思えないけど。とにかく何もないっていうことが言いたいわけ。銀行に行かなくちゃ。連中の注意をひかないように、どこか別の街に着いてから。現金を調達したら、彼に見つからないうちに、わたしたちどこかへ高飛びしましょう」

「〝わたしたち〟なんてもんはないんだよ。足のつかない資金源ってことでは、おれにちゃんと当てがある」おれは車の流れに乗り、州間高速35号線のランプへ向かった。

「なんで財布も持ってないんだ?」

「さっき言ったでしょう。とっさに行動したのよ。彼らはあなたに自白剤を飲ませようとしていた。飲まされたらしゃべってしまっていたかもしれないわ」

　おれは可笑しさのかけらもない短い笑い声をあげた。「おれはその辺のところにもちゃんと準備している。シェリダンだってわかっているさ。飲ませたって効果はなかっただろう」

「薬なのよ。拷問でもないし、意志の力でどうなるものでもないわ」

「おれはありとあらゆることに対して用意周到なんだ」口ではそう言ったが、嘘だった。自白剤を使われるなど考えてもいなかった。

「わたしが無計画だと言いたいのなら」ジアは床から身体を引き上げ、座席に腰かける。車は車線を変え、ベン・ホワイト大通りへ向かう出口に進もうとしている。「そのとおり。結局そのツケを払わなきゃならない。あなたも知ってるように、シェリダンを裏切ってただで済むわけがない」

　彼女の言葉を聞き、ハンドルを握る手に思わず力がこもった。両親を失ったことを思い出し胸がえぐられるようだった。「きみはやつにとっていったい何なんだ？」

「化学研究所の所長の秘書」彼女は言った。答えは即座に出てきたものの、なんとなく気まずそうだ。まあ嘘ってのはたいていそういうものだが。

「秘書ね」おれはそっけなく答えた。

「ええ、秘書。ボスはシェリダンの側近なの。だからわたしは二人に仕事を頼まれてた。重要なのは、わたしは二人に信頼される立場だったってこと。だから裏切りは絶対に許されない」

おれは乱暴にハンドルを回し、貸し倉庫の敷地に車を入れた。この土地でシェリダンの調査をしているときに借りた場所だ。車のギアをパークに入れ、ジアのほうを向いた。「おれは嘘が嫌いだ」彼女が記憶を呼び覚ましてくれたおかげで、六年前の怒りが新たにこみ上げ、声は低く荒々しく震えていた。「嘘をつく人間はもっと嫌いだ」返事を待たずにトラックのドアを開け、セキュリティシステムのパネルのところまで憤然と歩いていくと、暗証番号を打ち込んだ。

ゲートが開きはじめ、おれはトラックに戻った。ジアをどうするべきか、頭の中では同じ考えが堂々巡りを続けている。彼女がシェリダンに近い場所、やつの活動の中枢にいたのは明らかだ。それを考えれば利用価値は絶大だが、同時に恐ろしく危険でもある。核融合レベルの怒りのエネルギーを感じながら、乱暴にドアを引き開け、彼女とは目を合わせずにトラックに乗り込んだ。瞳を見てしまったが最後、なぜかおれの中の保護本能が刺激され、彼女が口にするくだらない嘘のすべてを信じたくなってしまう。

敷地内に車を入れた。ジアは振り返り、ゲートがふたたび閉まるようすを眺めている。おれがいつ襲いかかってくるか、戦々恐々としているに違いない。おれに人が殺せるとは思わないが、シェリダンがおれの家族を殺害した件に彼女が関わっているとわかれば、自分自身何をするかは責任が持てない。シェリダン・スコットの傘下で働いていて、いつまでも無垢でいられるわけがないのだ。ずらりと並んだ貸し倉庫ユニットの一つの前で車を停めた。街灯がトラックの座席を照らしている。ジアがドアに手を伸ばす。おれはその腕をつかむ。そのとたん男の本能が刺激され、無性に腹立たしくなった。「ここにいろ」おれは命じた。「すぐ戻る」

今回は彼女のほうが目を合わせないようにして、こくりと頷いた。ああ、この女は緊張しまくっている。ここでおれが危害を加えないかと不安なのだ。味方か敵かと。

くそっ。

もしも彼女が無実なら、怖がらせるような真似はしたくない。おれはまたドアを押し開け、トラックから降りた。かゆい顎をかきながら、メグに騙されたときのことをもう一度振り返ろうとした。地下室では殴られるのに忙しく、思い出す余裕もなかった。

再度暗証番号を打ち込んでロックを解除し、ユニットのスチール製のドアを開けて中に入った。古新聞の束と子供用のミニプール、ビーズクッションが六つ。中を見る者がいたとしても、このユニットはガラクタだけだと思わせるためのものだ。ひときわ大きい赤のビーズクッションに歩み寄り、ひっくり返して縫い目を引きちぎる。詰め物を取り去り、自分で後から縫い合わせておいた。中に入れた三つのダッフルバッグを、一つずつ取り出す。おれにとって大事なものはみんなこのバッグの中にあるのだが、出ていくときにもう一度ドアをロックした。将来またこのユニットを使うときが来ないとも限らない。

トラックに戻ると、ジアはまだそこにいた。そりゃそうだろう。おれをハメようとしてるにしても、本当に行くあてがないにしても、ここにいるしかない。彼女をどうしたものか、依然としてまったく見当もつかないまま、三つのバッグを二人の間の座席に放り投げ、運転席に乗り込んだ。頭上の室内灯をつけ、武器の入ったバッグのファスナーを開ける。

「オースティンは初めてじゃなかったみたいね」彼女は言った。

「おれが育った場所はここからわずか一時間の距離だが、きみはそれを知らないってとぼけるのか？」

「知るわけがないでしょう。さっきも言ったとおりわたしはただの秘書。自分でもよくわからないことに巻き込まれてしまっただけなの。でも全部良かれと思ってしたことなのよ。それだけは信じて」

秘書のわけがない。そう思ったが、彼女には嘘がもたらす偽りの安心感に浸らせておいた。ダッシュボードに片足をのせ、ジーンズの裾をめくり上げて、拳銃のホルスターを足首に装着してから、彼女をまっすぐに見た。「敵が己とその周辺を知る以上に、敵とその周辺を知るべし」バッグの中に手を入れ拳銃を取り出した。「きみがここにいるのもそのためじゃないのか？」おれは挑発してみた。「シェリダンはおれが危機に瀕した美女に弱いって思ってるからなんだろう？」

彼女はこちらを向き背中をドアにつけた。その身構えたような仕草を見るかぎり彼女を居心地悪くさせることに成功したようだ。背後に隠した手で、おそらくはドアの取っ手を握っていることだろう。「わたしは罠なんかじゃない。本当よ」

挿弾子(クリップ)を拳銃に差し込む。「だったらなぜきみが巻き込まれることになったのか、信憑性のある理由を聞かせてもらおうじゃないか」

「信じてくれる？」

「いいから質問に答えろ」

「あなたが、持っているだろうと思っているものを持っているんだったら、それは間違った人の手に渡っては絶対にいけないの。シェリダンは間違った人の最たるものよ」

「おれが持っているだろうと思ってるものってのは何だ？」

「クリーンで安全なエネルギーを生み出すシリンダー。他のエネルギー資源にそれだけで取って代わることができて、原子力や石油や石炭業界を無用の長物にしてしまう物体。シェリダンは石油業界の人だから、彼も過去の遺物になってしまう」

シェリダンだけじゃない。世界中の莫大な富を持つ悪徳極まりない人々を過去のものにしてしまう——おれは思ったが口には出さず彼女の言葉を肯定も否定もしなかった。「で、きみはそれをどうやって知ったんだ？　いや、やっぱいい。言わなくてもいいよ。どっちみちおれはきみを信じないから」

「ゆうべ残業していて、シェリダンと化学研究所の所長のセルジオが、シリンダーについて話しているのを聞いてしまったのよ。まるで奇跡のような信じられない話だったけれど、二人の会話を聞けば聞くほど、彼らが世間には公表しないつもりだっていうのがはっきりしてきた——少なくとも彼らの利益になるような使い道がわかるまではね。どうしたらいいかわからなかった。かいつまんで話せば、その二十四時間後、わたしはわざと財布をデスクに残し、忘れ物を取りに戻るふりをしてオフィスに行き、ようすを窺ったの。そのときシェリダンがセルジオに当たり散らしているのが聞こえた。『あの山師の口を割らせろ』って言ってた。セルジオが自白剤を作れると言ったら、今夜のうちに用意しろと命じた。セルジオはとても才能があるの。彼だったらきっと作れるってわたしにはわかってた。もう迷っている暇はなかった。あなたはしゃべってしまうし、そうしたら殺される」彼女は深く息を吸った。「これで答えになったかしら。わたしの話は以上よ」

「たまたま二人の会話を聞いておれを救い出すために倉庫に走った――そんな話を信じろっていうのか？」

「ええ。わたしは担当者に、セルジオから送り込まれたって言ったの。女なら口を割らせることができるかもしれないからやってみろって言われたって。彼らは信じなかった。話が長くなりそうだから手短にまとめると、ちょっとみっともない真似をした。やらせてってせがんだの。で、こういうことになったってわけ」

「なんでセルジオに送り込まれたって言ったんだ。シェリダンのほうが良くないのか？」

「時間を稼ぐためよ。担当者はまずセルジオに電話するでしょ。セルジオはよくわからなくて調べようとするだろうから」

おれはしばらくじっと彼女を見た。ジアはたいしたものだ。瞬きもせず、顔を背けることもなかった。おれの中で彼女の点数が上がった。嘘つきは目を背ける。おれは銃を掲げ、銃口を上に向けた。「この手のものの扱い方は知ってるか？」

「撃ち方なら知ってるわ」彼女は答えてから、すぐに話題を変え、すがるような口調で尋ねた。「本当にシリンダーを持ってるの？」

「銃の扱いはわかるわけだ」おれは無視して言った。彼女が求める情報を与えるつもりはない。「なぜだろう、それを聞いても全然驚かないんだよな」

「都会に女一人で住んでるのよ。自分で自分の身を守るくらいのことは考えるわ。ねえ、チャド、お願いだから――」

「一人暮らしの女だから自衛手段が必要ってわけか。シェリダンの秘書がやつの強欲さからこの世界を救おうとしたってのと同じぐらい信じられる話だな」おれは皮肉たっぷりに言い、銃をホルスターに突っ込んだ。「秘書が爆弾の作り方なんて知るわけがない」完璧な言い訳を聞かせてくれるつもりなのか、彼女は口を開けたが、おれはそれを遮った。「よせよ。嘘をつかれたら、またむかっ腹が立つだけだ」

「わたしの言うことが何一つ信じられないのなら、なんでここに連れてきたの？」ジアは心底憤慨しているかのようにおれを問い質す。「わたしをどこかに放り出すか、さっさと始末すればよかったじゃない」おれは彼女のほうを向き、片方だけ開いた青い目で精一杯睨みつけた。たぶん今は怒りで血走っていることだろう。「きみが役に立つかどうか、まだ判断つきかねてるからだ」それは事実だった。この女のボスに出会うまでは、おれのレパートリーに殺人はなかった。だがやつのせいで変わってしまった。ああ、そうだよ。そうなんだ。おれは怒りに任せて身を乗り出した。「どっちかって言うと今は役に立たないってほうに傾いてるがね」

さっき寝室でも目にした彼女の虚勢が、今や最大のスケールに膨れ上がっている。ジアはおれを嘲るように言った。「やつらは言ってたわ。あなたはお金のためなら何でもするって」

罪悪感が残忍な鋼の刃となっておれの胸を切り裂いた。「やつらって誰だよ？」

「誰かなんてどうでもいいんじゃない？　それ本当？」

「おれは他の誰にも見つけられないものを見つける。現ナマを積まれればね」おれはろくに考えず、感情で動いていた。ジアにつかみかかり、引き寄せる。彼女の言葉にある真実から逃れたかった。その嘘の奥に隠された事実を見つけたかった。彼女の髪に指を差し入れて荒っぽく引き寄せ、唇を近づけた。そして唇を寄せたまま、責めるように囁いた。「だけどきみには金はないんだよな？　前にも言ったが、その身体を捧げようって言うんだったら、こっちもやぶさかじゃない」

彼女は弱々しくおれの胸を押し返した。その手の下には、六年間血の涙を流しつづけているおれの心臓がある。「わたしはあなたに何も捧げようなんて思ってないわ」彼女は語気を強くして囁く。「シェリダンにも、あなたにも、身体を売るつもりなんてないから」

「だったら証明してみろよ」おれは彼女に唇を重ねた。まるで罰を与えるように。舌で彼女の舌を撫で、激しく求める。彼女はほろ苦い誘惑の味がした。まるで彼女がイヴでおれがアダムで、禁断の林檎を味わいたくて仕方がないかのように。この女を信用することはできない。それでもやはり求めてしまう。おれは執拗にその唇を味わいつづけたが、彼女は反応しなかった。ためらいを装うのも作戦なのだろう。それらしく見せるために。そしてそれは、必ず崩れるときがくる。彼女は呻き、舌で柔らかくおれの舌を撫でる。おれの中の欲望に火がつくのと同時に怒りも燃え上がる。唇を彼女の唇から引き剝がし、遠ざけた。答えは出た。やっぱりシェリダンが送り込んだ売女だ。知は力なり――おれは自分に言い聞かせていた。誘惑されたからではなくおれ自身が選べば、それは力になる。

「こんなもの何の意味もないわ」彼女は囁き、しきりに浅い息を吐きながら彼女自身の身体を抱いている。

そうだったらどんなにいいだろうよ。おれは苦々しい思いだった。「そいつが今夜最大の嘘だってことは、おれたち二人ともよくわかってる」おれがダッフルバッグの中に手を入れると、彼女は怯んだ。おれがもう一丁銃を出そうとしていると思ったんだろう。実際におれが取り出したのは携帯電話とバッテリーで、おれはバッテリーを電話にはめた。

「こんなの何も証明したことにはならない」彼女はまた囁く。「何の意味もないのよ」まるで彼女自身に聞かせているような口調だ。だが彼女のその主張がおれにまったく響いてないのは、二人ともよく知っていた。おれはトラックのギアをドライブに入れ、素早くUターンした。ジアがドアに手を伸ばす。おれは急ブレーキをかけ彼女の腕をつかんだ。「縛らなきゃいけないのはごめんだぞ」

「シリンダーはあるの?」彼女はなおも尋ねる。「教えてよ。わたしがこうして耐えてるのはちゃんと意味があるんだって」

「もし持っているとしたら、それを見つけてほしくないやつらには絶対見つからないようにしている。それを手にしようとしておれをはめたところで、おれは簡単には騙されないし、ちょっとやそっとじゃ口を割らない。メグに聞いてみろよ。シェリダンが前回送り込んだ売女だ。彼女もおれをはめようとして失敗した。まあおかげで今夜こうしてきみと一緒にいることになったわけだ。シェリダンに関しては、やりたきゃ一人でやってろって感じだな。やつは絶対にシリンダーを手にすることはできない」おれは言葉を切り、奥歯をぐっと噛みしめた。「まあおれが持ってればの話だ」

「わたしはメグなんて人は知らない。あなたのことを誘惑しようとしているわけでもない。あなただって、本気でわたしがそうしているとは思っていないはずよ。でなければとっくに縛り上げてるはずだもの」

おれは奥歯を噛みしめてはまた緩めながら、数秒間彼女をじっと見つめていた。その言葉が正しくなければ、どんなにことは容易だろうと思いながら。だが彼女の言うとおりだ。おれは、ジアの有罪に疑いを抱いている。そんな余裕なんかないってのに。彼女の腕を放し、またアクセルを踏み込んだ。核融合レベルの怒りのエネルギーが自分から放射されているのを感じながら、トラックを出す。彼女のほうも明らかにそれを感じ取っているようで、じっと口をつぐんでいる。ジアがじりじりとドアのほうへ近づく。おれはまたその腕をつかみ、バッグを全部床に落として、彼女を自分のほうへ引き寄せた。

まだティッシュを握っているジアの手をつかみ、彼女の内腿に押し付けた。「行かせて」彼女は懇願する。「わたしだって考える頭はある。あなたがいなくたって、なんとか切り抜けられるわ」

「一時間前と、ずいぶん話が違うじゃないか」

「あのときはハイヒールとスカート姿で、電話も財布も持たずにイースト・オースティンにいたのよ。そりゃあ助けてもらいたくもなるわ。でもここからはなんとか一人でだいじょうぶ」

「ああ、そうだな。だいじょうぶだろうさ」

「どういう意味？」

「そのうちわかる」おれはある計画を思いつき、またアクセルを踏んだ。そのとき、彼女の手だけではなく、膝からも血が出ているのが目に入った。それについては何も言わず、おれの知ったことかと自分に言い聞かせた。そうだ、おまえの知ったこっちゃないだろうが。今、おれの頭にあるのはただ一つ、妹の安全だけだ。絶対に妹を失うわけにはいかなかった。

3

自分の手がジアの脚に置かれているのをいやがうえにも意識しながら、おれはトラックを州間高速35号線に進めた。ジャレッドに電話して妹の安否を確かめたくなる衝動を、意志の力を総動員して抑え込む。ジャレッドは過去六年間、おれが信頼を置くことができた数少ない人間の一人だ。携帯電話をトラックのドアのポケットに滑り込ませた。ジアの手に渡っておれに対する武器として使われたり、エイミーがやつらの標的にされるようなことになってはたまらない。ただでさえおれがメグを信用したばかりに、エイミーに危険が及びそうになっているのだ。

「痛い」ジアが力を込めて囁き、おれの手を拳で殴りつけた。「そんなに強くつかまれたら血が止まっちゃう」

彼女の脚をぎゅっとつかんでいたことに気づき、おれは目を瞬(しばたた)いた。そして手のひらに付いた彼女の血に考えが及んだ。「トラックのそっち側に戻れ」手を離して命じた。「だけどドアを開けようなんて思うなよ」

「アスファルトに顔から突っ込むなんてごめんだわ」彼女は言い、座席の反対側に尻を滑らせる。「わたしを放り出したいんだと思ってたけど」

おれは答えなかった。あらかじめ計画を説明して対処する時間を与えるつもりはない。もうあれこれ考えるのはやめた。過ちを犯す確率が高くなる。今は過ちを犯す余裕などはないのだ。シェリダンを筆頭に、世界中の石油王たちが、おれが手にするものを血眼になって追いかけている。石炭業界からも、何人か手を伸ばしてきているだろう。加えてCIAも。シェリダンを別にすれば最低の悪党どもだ。

高速を降り、細長いショッピングモールの裏の側道を通ってから、脇道を抜けてバスターミナルの駐車場に入り、空いているスペースに停めた。床に手を伸ばし、バッグをまた二人の間に置く。まだ使っていない小さなバッグに札束を詰め込み、彼女に渡した。

「きみの分だ。五万ドルある」ダッフルバッグの中からペンを出し、紙に名前を走り書きして彼女のバッグに入れた。「ニューメキシコに行って、ここに書いた男に会うんだ。彼が新しいIDを作ってくれる。だがそれだけじゃ身は守れない。きみがするだろうとシェリダンに予測できるようなことは一切するな——同じような仕事もだめだし、同じような生活スタイルもだめだ。銀行預金には一切手をつけず、知り合いとも連絡を取るな。さもないと必ずやつに見つかる」

彼女はショックを受けたように口を開ける。その唇にキスした記憶が鮮明に残っているのが、たまらなく嫌だった。

「それだけ？」信じられないと言いたげな口調だ。「それを持って出てけと？　もうわたしは用無しってこと？」

「簡単に言えばそういうことだ」

彼女の頭の中で展開している論争が目に見えるような気がした。だが驚いたことにジアは、むっと唇を引き結び、靴を履いてバッグを肩にかけた。彼女がドアに手を伸ばしたところで、おれは自分でもなぜかわからないうちに、彼女の腕をつかんでいた。ジアがこちらを向く。ウェーブのある茶色い髪がハート型の輪郭を縁取っている。青い瞳は頭上のライトに照らされて輝き、期待を映している。けれどおれがその期待に応えることはない。「きみのようなリスクを抱えるわけにはいかない。大勢の命がかかってるんだ」

彼女の瞳の期待が、怒りに取って代わられた。「あなたは命なんかじゃなくてお金にしか興味がないんだと思ってた」

「もしそうなら、おたくのボスが報酬として提示した五億ドルをさっさといただいていたよ。もう金の問題じゃないんだ。もうだいぶ長いこと、金なんて関係なくなっている。シェリダンのおかげでね」

「あるいはあなたは、彼が欲しがってるものなんて最初から持っていないってことなのかもしれない。だから絶対に口を割らない自信があったんじゃない？」

「おれを釣ろうって言うんなら、無駄だからやめておけ」

キスを誘うような甘い唇が不機嫌にこわばる。口調も堅苦しくなる。「わたしはただ確認したかっただけ。わたしはその秘密を守りたかったけど、実際にはそんな秘密を持ってもいない男のために、すべてを投げうったのかって」

「この話はもう終わりだ」

「だからって街を離れるわけにいかないわ」

「だったらいればいい。ここで死ねばいいじゃないか。きみが命を落とすことになっても、おれのせいじゃなくて、きみ自身の愚かな過ちのせいだと思えば、こっちも罪悪感を抱かずに済む」

ジアが息を吸う。刃のような冷たさを感じているのだろう。まるで今にも墓に埋められそうな顔をしていた。「ええそうね。お礼を言われるほどのことでもないわ。わたしの命を棒に振ってあなたの命を助けることができて、恐悦至極でございます」彼女は皮肉たっぷりに言う。

「おれは別に殺されそうになってたわけじゃない」

「そうでした。わたしの誤りね」おれの態度のせいで打ちのめされているはずなのに、勇敢にも威勢よく言い返してくる。「あなたは自白剤やら何やらわけのわからないものをあれこれ打たれて、必要な情報を引き出されて、そのあとで殺されるんだったわね」

「言っただろう。おれは用意周到なんだ。やつらに口を割らされたところで、命を落とすことにはならなかっただろう」

彼女は迷っているような表情だったが、不意に口走った。「わたしにもシリンダーを守る手伝いをさせて。お願い。これが何かの役に立つって思いたいの」

「おれが持ってればの話だ」吐き捨てるように言った。彼女の言葉には信憑性があり、おまけにその姿は美しい――自分が今そう思っていることに苛立ちを覚えた。それでは彼女を選んだシェリダンが一枚上手だったということになってしまう。「持っていたとしても、それを守るのにきみの助けはいらない。少しでも考える頭があるんなら、今のうちにこの件からできるかぎり遠ざかるべきだ。さっさとバスに乗れ。ニューメキシコに行って別人として生きるんだ。きみがおれに言ったことが本当で、今夜あんな機転を見せたくらい賢いんだったら、おれが今言ってることに従うくらいの頭はあるはずだ」

「わたしはあなたを騙したそのなんとかって女とは違う。わたしは彼女とは違うって約束する」

おれは自分の顔がこわばるのがわかった。鞭のような言葉が口をついて出てくる。

「さっさと行け、バスに乗ってこの街を出るんだ」

ジアはさらに数秒間おれをじっと睨んでいた。その唇が震えているのは怒りからなのか何か別の感情からなのかはわからない。やがて彼女は言った。「シェリダンはこの世界を良くしようなんて考えてなかった。彼自身の利益しか考えてなかった。だからわたしはあなたを――それを守るためにすべてを捨てたの」

「バスに乗れ」彼女の言葉に現れた真実か嘘かわからない情熱に揺さぶられまいとして繰り返した。

「もしあなたが――」

「さっさと降りてくれ、ジア。さもないと力ずくで放り出すぞ」

彼女はおれの脅しにショックを受けたと見え、息を呑んだ。そしてドアを開けると急いで降り、おれを残しドアを閉めた。おれはエンジンをかけ、彼女に戻る隙も与えず駐車場から出た。車を動かしながら、バッグを胸に抱えて歩く彼女の姿をバックミラーで眺めた。彼女は小柄ながらなかなか威勢のいいパンチを繰り出すが、今度ばかりは打ちひしがれているようだ。おれは良心の呵責は感じまいとした。とにかく答えが欲しい。その答えはすぐに出るはずだ。

車道を外れ、通りの向かいにあるホテルの駐車場に車を入れて、目的にかなう場所に停めた。ジアからは見えないが、彼女の動きを探ることができる位置だ。そして待った。彼女ほど頭が良ければ、シェリダンの追っ手が真っ先に探しにくるであろうバスターミナルの危険性に気づくはずだ。そうなると、彼女は建物の中に入って誰かに電話で迎えに来てもらうか、安全な場所を求めて歩きはじめるかのどちらかを選ぶことになる。ジアが逃げたところで、作戦を失敗した廉でシェリダンの怒りを買うことを恐れているのか、あるいは裏切ったことでシェリダンの逆鱗に触れることを恐れているのかを見分けることはできない。だがいずれにせよ、彼女がもうシェリダンの下で働くつもりがないことだけは確認できる。

ドアポケットから携帯電話を取り出し、ジャレッドにかけた。留守番電話に繋がり、思わず毒づいた。「おれはまだ生きてる」発信音の後に言った。「紙吹雪でも撒いて祝ってくれ。ただしその前にまず電話しろ。妹は生きて元気でいるんだろうな。さもないとおまえもすぐ同じ運命をたどることになるぞ」おれは録音を終え、またすぐダイヤルした。まったく、確かにこのおれの弱点は女だ。まあ、この場合は妹だが……。ふたたびジャレッドの留守番電話が応答し、いったん切って再度かけ直そうとした。そのときジアが通りの向こうの駐車場から歩いて出てくるのが見えた。

携帯電話をバイブモードに変え、自分のポケットに入れて、彼女が周囲を見回しているようすを観察した。ジアは駐車してある車にざっと目を走らせるも、おれの車にはまったく気づかないようだ。やがて決心がついたのか、おれたちを隔てる通りを渡ってくると、おれの右手のショッピングモールに向かって歩き出した。おれは残る二つのダッフルバッグを両肩に斜めがけし、トラックを降りた。後を尾けるつもりだが、彼女がホテルの建物に入ろうとしかけているのを見て、慌てて身を隠した。思わず毒づく。よほど軽率なのか、シェリダンの手下とそこで落ち合うつもりか、のどちらかだ。ところがジアは少し迷っているような表情を見せてからまた歩き出した。その先にはすでに明かりが消えた人気のないショッピングモールの駐車場がある。普通の状況下なら、女一人で暗く寂しい駐車場へ入るのは愚かだと言うだろう。しかし隠れ場所としては賢い選択だ。

ジアの目的はショッピングモールに身を隠すことのようだ。とは言え最終的には建物の正面に出てハイウェイのほうに行くつもりなのだろうと、おれは確信していた。彼女が夜の暗闇に消えた瞬間、おれも動きはじめた。ホテルの駐車場内を進み、ドアがロックされてない別のトラックを見つけた。バッグを中に放り込み、ここでも点火装置に細工をしてエンジンをかける。この車の持ち主が誰であれ、無くなっていることに朝まで気づかないだろう。そのときすでに、おれはこの土地を去っているという寸法だ。

ショッピングモールへの進入路にそのトラックを走らせているころ、ジアの影は二十四時間営業の朝食専門店に向かっていた。おれは車を停めてようすを窺い、彼女が店内に入るのを確かめてから駐車場に入って、レストランの敷地のほんの少し先の縁石沿いのスポットに駐めた。トラックを降り、バッグを4ドアの後部座席の下に押し込みながら、ドアをロックできたらと痛切に感じていた。

縁石を飛び越え、大股に進んで、レストランの横の入り口から中へ入る。案内係は入り口の定位置にいなかった。左手に折れ、表示を確かめて化粧室へ行く。ここは当然女性用を選び、怯むことなく中へ入った。二つ個室のある化粧室の中で、ジアは洗面台の側に立っていた。バッグの口を開け、ストッキングを脱いで、膝にできたいくつもの傷を手当てしている。

おれは彼女に歩み寄り、洗面台に尻がつくまで追い詰めると、両手を彼女のウエストに置いた。

ジアの両手がおれの胸を押し返す。「放して」

「シェリダンに電話したのか？」おれは自分の脚に当たっている彼女の片膝をつかんだ。

「え？　なんでわたしがシェリダンに電話なんかするの？」

「シェリダンに電話したのか？」

「まさか。電話なんか持ってないし、わざわざ彼に連絡してあなたがされたみたいな拷問をしてもらうつもりはないわ。あなたはシェリダンに電話した？」

「なんだっておれがシェリダンに電話なんかするんだよ？」

「そのためにわたしをバスターミナルで降ろしたんじゃないの？　わたしがシェリダンに見つかるように。それにしてもなんで本物のお金を渡したりしたのかしら？」

「あそこで降ろしたのはきみがどうするか確かめるためだ。そしてきみはおれが言ったとおりニューメキシコに行こうとはしなかった。どうするつもりだったんだ？」

「バスに乗るつもりはないわ。絶対シェリダンに見つかるもの。死刑宣告にも等しいアドバイスをありがとう。せっかくだけどお断り」

「もう一度聞く。どうするつもりだったんだ？」

「二十四時間営業のウォルマートまで歩いていって必要なものを買うつもりだった」

「歩く？　どれくらい遠いかわかってるのか？」

「ええ。だけどタクシーもバスと同じだもの。無線や記録と直結してる。今夜はその手のものと一切関わりあいたくないの。まあこれから先一生そういうことになるんでしょうけど」

「ウォルマートの後は？」

「中古車販売店に歩いていって車の中で眠って、朝になったら現金で一台買う。チップを弾めば、契約書類は失くしたってことにしてくれるんじゃないかと思って」

完璧な答えだった。少々完璧すぎるかと思えるくらいだ。おれは彼女を見つめた。瞬きしたり怯んだり、メグを相手にしたときには見つけることができなかった嘘の証拠を、いま彼女に見ることができるか注視していた。ジアはすでに目の下に滲んでいたマスカラを拭き取り、髪を整えている。なるべく人目につかないようにしようとしているのだろう。それでも怪我をしたと思しき手には、依然としてティッシュを握っている。

おれは奥歯を噛みしめ、唇をむっと引き結んだ。彼女が逃げていることは間違いないが、目的が何かはわからない。それでも現時点で、大事なことが一つだけはっきりした。その関係がどういうものであるにせよ、彼女はシェリダン・スコットに近い人間だったということだ。彼の息の根を止めるために役立ってくれるかもしれない。おれは彼女のバッグを手に取り、無理やり腕を組んで、ドアに向かって歩き出した。彼女は壁面をつかんで足を踏ん張る。「やめてよ。ちゃんと説明もしてくれないのに、一緒に行くつもりはないわ。どこへ向かっているの？」

「おれが行くと決めた場所だ」化粧室の入り口のドアが開き、女が一人入ってきた。

「出てってくれ」おれは女を怒鳴りつけた。彼女は驚いた顔で後ずさりして出ていった。おれはジアに向き直った。「手間を取らせないでくれ。抵抗するなら抱えてでも連れ出す」

「そんなことをすればいたずらに注目を浴びるでしょ」

「必要ならばそれも仕方がない。きみはわかっていないようだな。シェリダンが悪魔なら、おれはやつの赤毛の義兄弟だ。しかも地獄に六年間も閉じ込められていた。むかっ腹立ってて、簡単に爆発するんだよ」

「あなたはシェリダンほどワルじゃない。脅してるつもりだろうけど、ちっとも怖くないわ」

おれは彼女の向きを変えさせ、背中を硬い壁面に押し付けた。「怖がったほうが身のためだぞ。きみが六年前の出来事とほんの少しでも関わりがあるとわかったら、この手で殺す」

彼女は大きくごくりと喉を鳴らした。「六年前なんて、シェリダンの存在を知りもしなかった。それは確かよ。わたしのことそこまで憎んでるなら、なぜ一緒に連れていこうとするの？」

「憎んでるのはきみじゃないからだ。憎む相手はやつだ。やつの息の根を止めるためにきみの力を貸してもらう」

「バスターミナルで放り出して見殺しにするつもりだったくせに」

「きみがやつに連絡するかどうか確かめたかったんだ。で、どうする？　歩いていくか、それとも抱えてかなきゃいけないか？」

「わたしもあの男を倒したいの。あなたに脅されるまでもなく協力するわ。だけどわたしはあの男にも、そしてあなたにも、身体を売ったりしない。売女みたいに扱わないで。あらかじめ言っとくけど、もしそんなふうに扱ったら、あなたにとって一番厄介な敵になってやる。さっきの質問の答えだけど、歩いていくわ」

このときおれが彼女に向けた眼差しは皮肉っぽいものだったに違いない。おれにはもう怒りと皮肉しか残っていないようだ。「だったら行こう」おれは彼女の手首をつかむと化粧室を出て廊下を通り、入り口の案内係のカウンターのところまで行った。そこではさっき化粧室に入ろうとしていた女が、支配人と思しきスーツ姿の男と話しているところだった。「化粧室が空きましたよ」おれは言い、そのまま正面入り口に行ってドアを開けた。

ジアを引っ張り先に出させようとするが、彼女は振り向いてさっきの二人に呼びかける。「どうぞ楽しい夜を」

レストランの裏に向かって外の歩道を二人で歩きながら、おれはふんと鼻を鳴らした。ジアは驚くほどの速さでおれの歩調に合わせてくる。「『どうぞ楽しい夜を』？マジか？」

「警察を呼ばれたくないでしょ。シェリダンが警察無線を傍受してるかもしれない。だからあなたにもちゃんと手をつなぐか放すかしてほしいのよね。これじゃあまるで捕虜だわ」

足を止め、彼女を引っ張っておれの前に立たせ、三十センチ近い身長差を生かして上からねめつける。「きみはおれの捕虜なんだよ。用が済むまで、その状態でいてもらう」おれはまた歩き出した。

彼女は倍の歩調でついてきながら、恐れるでもなく、むしろ信じられないと言いたげな口調で尋ねる。「用が済む？　そしたらどうするの？　殺すの？　それともシェリダンに渡して代わりに殺してもらう？」

おれはショッピングモールの駐車場との境目の縁石をまたいだ。ジアがそれにつまずいたので、とっさに彼女のウエストに腕を回し、支える羽目になった。腕の中の彼女の身体はとても小さく柔らかく、女らしかった。腹の底のほうから温かさがこみ上げてくるが、そんなものを感じたくはない。彼女の身を遠ざけ、先に立ってトラックまで引っ張っていった。そして急にその手首を放した。炎に氷をくべたように、戸惑いの要素が消えてほっとする。

トラックのドアを乱暴に引き開け、仕草で彼女に乗れと伝えた。ジアは足を踏み出したものの、そこでおれのほうを振り返る。雲の切れ間から覗いた月が、彼女の顔に暖かな光を投げている。「わたしの質問に答えてくれてない」彼女は囁く。「あなたがシェリダンを倒した後、わたしをどうするつもり？」

おれは窓枠の上に手を置き一歩前に出て彼女を閉じ込めた。「さっき五万ドルを渡したときと同じようなもんだが、もう少し上乗せする」

「罠にはめようとしたくせに」

「言ったろう、あれはテストだった。おれがシェリダンを倒すのを邪魔しなければ、きみに危害を加えることはない」

「なぜかしら、そう言われてもちっとも安心できないのよね」

「今言えるのはそれだけだ」おれはトラックの中を示した。「さっさと乗れ」

「嫌だと言ったら？」

「乗らないのか？」

「さっき化粧室では一人でちゃんとやってたわ。計画もできてたのよ」

「五万ドルの計画じゃ、シェリダンから長く逃げつづけることはできない。おれたち二人ともわかってるはずだが、きみが隠れるべき理由は二つに一つだ。本当にやつを裏切ったのか、あるいはおれと寝て骨抜きにすることができずにやつをがっかりさせたか。どっちにしてもきみはおれに頼ることになる。後者の場合には、まだおれと寝て骨抜きにしようとするだろうがな」

「わたしは――」

「何度も言うな」

「わたしはあの男にもあなたにも身体を売ったりしない」ジアは語気強く囁いた。

「何度も繰り返し言ってれば、そのうちあなたにも理解できるかもしれないもの。あなたはわたしから情報を引き出したい。わたしは命を落とすことなく逃げ切りたい。それだけの話よ」彼女はトラックに乗り込んだ。その言葉がいつまでも宙に漂っていた。それだけの話——不意におれは一年前のニューヨーク、メグと出会った地下鉄の駅に引き戻されていた。

おれは地下鉄を降りた。エイミーが仕事から上がる前に彼女の職場に行こうとしていた。妹にはわからなくても、そばにいてやりたかった。話しかけることができないのは胸が裂かれるほど辛いが、危険を冒すわけにはいかない。おれは毒だ。妹がそもそもこんな地獄を生きなければならなくなったのは、このおれのせいなのだ。だが妹はよくやっている。おれのことなど必要としていないように見える。でももしおれを必要とすることがあれば、今度はもう妹を泣かせるようなことはしない。あのとき妹をどん底に突き落としたようなことは、二度と繰り返さない。あのとき両親を死の淵に追いやったようなことは、絶対に再現してはならない。ただ、妹が元気でいる姿を無性に眺めたくなるときがある……。

おれはグランドセントラル駅の雑踏をかき分けて進んだ。通りに出る直前、おれの隣で階段をのぼる女がいた。二人の肩がぶつかり、おれはとっさに女の腕をつかんで支えた。細い腕だった。金髪で小柄なところが妹によく似ている。おれは思わず女の顔を覗き込んだ。女はおれのほうを見ようとしない。小声ですみませんとつぶやき立ち去ろうとする。おれはその腕を離さなかった。「だいじょうぶ？」

「ええ、わたし――」女はおれのほうを見まいとしながらも見ずにはいられないような表情だった。一方の目の周りに痣ができ、頬にマスカラが流れ落ちていた。とても小さく、儚げで、途方に暮れているように見えた。おれは彼女を助けずにはいられなかった。

無理やり現在に意識を引き戻し、瞬きをしてジアを見た。彼女はおれを見ようとしない。だがメグはおれを見ていた。メグはおれの目をまっすぐに見て、瞬き一つせずに嘘をついた。おれは〝それだけの話〟に裏があることなど想像もしていなかった。五年間シェリダンのレーダーにかからず身を潜め、ミス一つ犯すことはなかった。メグはおれの犯した最初にして唯一のミスだった。あの女のことを本気で愛してすらいなかったのに。

怒りに任せてドアをバタンと閉め、トラックの運転席に回った。ハイヒールを履いた小悪魔に惑わされるのは二度とごめんだ。一度で十分。今日捨て身で助けてくれたジアのために彼女にふさわしいヒーローになるべきだなんて考えは、はなから抱かないようにする。もし仮に彼女がそうだとしても、おれは自分の妹にさえ近づくことができない男だ。ヒーローなんて最初から柄じゃない。

大きく息を吸い、運転席に乗り込んでドアを閉めた。ビリビリ感じられるほどのジアの怒りの波動は、罪深いほどに甘く鼻腔をくすぐる柔らかな女の匂いと、残酷な対照をなしている。そういえば、こんなふうにメグに気持ちをかき乱されたことはなかった。

ジアのほうをちらりと見ると、彼女はおれに目を向けるのを拒むかのようにまっすぐ前を見据えている。か弱い乙女を演じるつもりは毛頭なさそうだ。ああそうだ、ジアはメグのように被害者を演じることはない。となると残る疑問は一つ——ジアもメグのような嘘つき女なのか？

頭上の明かりをつけ、前に身を乗り出して、ダッシュボードから引き出した配線をまたつなげる。ジアは小さく唸ってから言う。「何が情けないかわかる？」おれは手を止め、その先に何が来るのか見当もつかずに答えを待った。彼女は先を続ける。「わたしはあなたのことを知らないし、あなたがわたしを信用していないように、わたしもあなたを信用してなんかいない。だけどね、わたし、今知ってる他の誰よりも、あなたを信じてるみたい」

その言葉はおれの胸の奥に届き、そこに焼き付いた。もう焼けたり傷ついたりすることはないと思っていた場所に。誰も信じられないというのがどんなものか、おれ以上に理解している人間はいないだろう。誰一人として。もしもジアが真実を話しているとしたら、最終的に無実の被害者で、自分が属するべきでない世界から逃れようとしているのだとしたら、ひょっとしたら、そう、ひょっとしたら、このおれにも彼女のヒーローになるチャンスがあるかもしれない。真実はきっとおれを自由にしてくれるだろう。そして彼女も。「だったらきみはとんでもない馬鹿だ」おれは言った。「おれ自身、おれのことなんか信じちゃいないのに」

4

「あとどれくらい車を走らせるの？」ハイウェイに乗ってから三十分ほどして、ジアが尋ねた。おれが信頼について警告してから、彼女が口を開くのは初めてだった。もっとも、おれが見たところ、ジアは戦うべき場所を慎重に選ぶ性格のようだ。つまりその動機は何であれ、今夜彼女が下した決断は、けっして生半可なものではなかった。ジアは彼女の選択の一つ一つがどれほどの重みを持っているかわかっている。大声で助けを呼ばずにおれのトラックに乗ることがどういうことかを。

ダッシュボードに目をやると、時計は真夜中を示している。目的地ラボックまでの時間を計算した。「五時間」

「運転代われるわよ」

おれは鼻で笑った。「死んでもありえない」

「全然寝ていないんじゃないの」彼女は言い返す。囚われの身でも、怯えるつもりはないようだ。

「取調室の壁を眺めるのはかなり退屈だったからな」

「椅子に縛りつけられて血を流しているのは睡眠時間のうちに入らないわ」

「ちゃんと目が閉じられるところに行ってから眠るよ」

「あなたが眠ったからって、このわたしが素手で刺し殺せるわけでもないし、わたしだって頑張ればこの怪物みたいなトラックを運転できるかも」

おれは信じられないと言いたげな目で彼女を見た。「死にたいのか?」

「死にたいんだったら、文句も言わずにあなたに運転させとくわよ」

「きみはおれの捕虜だって言ったの覚えてるよな?」

「あなたが助けてほしいって言ったのも覚えてる。つまりあなたにとってわたしが必要でなくなるまでは安全だってことよ」

「女にしちゃ大した度胸だ。まあ度胸がなきゃ爆弾仕掛けるなんてことはできないか」

「度胸じゃなくて頭脳です。母がよく父にそう言ってたわ」

「小賢しい人間は嫌われるぞ」彼女が過去形で両親の話をしたことを記憶にとどめつつ、おれは冷ややかに言った。彼女の恐れを知らない覚悟は、おれにとっては苛立ちのタネだが、たいしたものだと認めざるを得ない。

「だったらチャド、あなたには友達なんていないわね」

「おれが小賢しいって？　冗談じゃない。おれはお馬鹿路線を目指してるんだ。もっと頑張ることにするよ。それと、友達はもともといらない。寝首を掻かれるだけだからな。そういう意味では捕虜もそばに置きたくはないんだが」

「だいじょうぶ、もう十分馬鹿野郎よ。でもあの倉庫に今夜入ったときに聞いた話じゃ、あなたを尋問したシェリダンの手下たちは、あなたが小賢しさを伝説の域まで高めたと思ってたみたい。相当嫌われてたわよ。怪我が外から目立たないように足の指を切り落とす相談をしてたくらい。化学研究所の所長がその選択を退けて自白剤を選んだの。所長は気が弱いほうだから」

「今度そいつにあったら礼を言うべきだろうな――ぶっ殺す前に」

「その必要はない。彼、あなたに輪をかけたような馬鹿野郎だから。友達について言ってたことだけど。友達って寝首を掻いたりしないものじゃない？　本物の友達は家族と同じよ。家族はどんなときでも頼りになる。家族にがっかりさせられることはないもの」

それがあるんだよ。おれは思った。彼女の言葉は開いた傷口を酸で焼かれるようなものだった。もうこれ以上この話を続けたくない。おれは後部座席に手を伸ばし、さっき彼女に与えたバッグを引っ張り出すと、二人の間に置いた。「五万ドルの枕だ。女性の扱い方を知らないなんて評判が立っちゃたまらないからな。横になって休めよ」

「おれを信用するなって言ったじゃない」彼女は言い、脚を座席に引き上げ、ドアのほうに流すと、フロントガラスの向こうをまっすぐ見つめた。「だから信用しない。つまりあなたがちゃんと起きているかどうか確かめなきゃならないってこと。これから四時間ぶっ通しで話をするの。五時間だったたっけ？」

「ありえない。おれたちが五時間も話すわけないじゃないか」

「たわいもないことでいいのよ」彼女はおれの言葉など無視して続ける。「だってお互いに信頼してないんだから。フットボールなんてどう？　わたしに言わせれば、ジェリー・ジョーンズが引退して、誰かにオーナーの座を譲り渡さないかぎり、優勝の望みはないと思うんだけど」

おしゃべりなんてものは性に合わない。危険なのだ。ちょっとした情報をつい相手に与えてしまう。さっきジアが両親のことを過去形で話したように。だがここは彼女の誘いに乗ってしまいそうだ。テキサスで生まれ育った男なら誰しも、カウボーイズについては一家言ある。おれの持論を展開したくなる衝動を抑えるためにラジオを点けた。ガース・ブルックスの「フレンズ・イン・ロウ・プレイセズ」が流れ、一瞬にしてジャスミンハイツに引き戻された。我が家へ、家族のもとへと。白い壁の家。緑の芝生。家族で楽しむバーベキュー。頭の中で数節一緒に歌ったところで、その映像が一気に炎に包まれた。燃え盛る家。おれは人生の中で二度と蘇らせたくない時期を追体験していた。何度も何度も繰り返し蘇らせてしまうあの時間を。

苦々しい思い出を押しやり、なんとか思考をエジプトに持っていった。ララとともに両親に見守られ、幼少期と十代を過ごした考古学の発掘現場へと。あのとき妹はララだった。おれたち兄妹は両親が教えてくれるホームスクールよりも、彼らと一緒に発掘現場にいるときのほうが、はるかに多くを学んだ。いい時代だった。兄妹喧嘩と、たくさんの笑い声と、歴史的な発見に全員が心を躍らせる機会に満ちていた。けれど懐かしい時代は、思い出すのと同じくらい簡単に、おれの手をすり抜けて闇に消え去ってしまう。そしてせっかくの楽しい日々は、シェリダンが父に会うためにまさにその発掘現場を訪れてきた日の記憶へと移ろってしまう。そのうちおれは、父に代わってあの悪党と取引をするようになった。

曲が変わった。そのラジオ局は斬新な選曲で、月をテーマにありとあらゆるジャンルの曲を流しつづける。実際には雲に隠れて月などどこにも見えず、ただ闇だけが果てしなく続くかに思えるこの夜に。ジアは車の揺れの催眠効果に屈して横になっている。おれはまったく眠気は感じなかった。罪悪感のせいで夜も眠れず、歩き回るのが常だった。ニューヨークにいたころは、よく走りに出たものだ。そして気がつくといつのまにかエイミーのアパートメントの前に立っていた。それも妹をデンヴァーに移す前の話だ。

今度はシーザーの「ブレイクダウン」がかかった。歌詞がおれの魂の深くに沁み入り、焼け付く痛みをもたらす。おれはおまえが絶対に信用しちゃいけない男だ。傷はいつも人の本性を暴くものだから――歌詞があらゆるレベルで訴えかけてくる。ジアのほうをちらりと見た。彼女が寝ついてからこうして眺めるのは初めてではない。ありあわせの枕に垂れ落ちるこげ茶色の長い髪を見つめた。そしてなぜ彼女を眺めていたくなってしまうのだろうかと考えた。こんなふうにメグを見つめることはなかった。彼女とはただ寝ただけだ。そして六年間の孤独によってできた空洞を埋めようとしながら、彼女もまた彼女なりに埋めてほしいと思っているのだろうと考えていた。おれはどうしたわけか自分の周囲に張り巡らせた壁に隙間を作ってしまい、彼女はいつのまにかそこから入り込んだ。羊の皮を着た狼がそうするように。

ここでジャレッドにまた電話をし、案の定同じ留守番電話が答えるに至って、いきおい不安が募ってきた。シェリダンにも、さらには〈アンダーグラウンド〉のトレジャーハンター仲間にも、あえてそうではないような印象を与えているが、完全に信用することができるのはもはや彼一人だ。ジャレッドがおれの電話に出ないということは、彼が命を落とした可能性も考えなければならない。そしてもし彼が死んでいるならどういうことになるかは、想像するのも耐えられなかった。エイミーを失うわけにはいかない。絶対にそうはさせない。

いてもたってもいられなくなって、左のつま先で床をトントン鳴らしはじめた。すぐにもこのトラックの外に出たい。休憩所は無視し、なんとか自分に言い聞かせてさらに十分耐えた。ようやくテキサス州アビリーンに着いたところでハイウェイを降り、必要な物を買い揃えてトイレを利用するのにさほどありきたりでない場所を探そうとした。そして結局オースティンでジアが行こうとしていた二十四時間営業のウォルマートに行き着いた。

午前二時とあって、駐車場にはせいぜい五、六台の車しかなかった。おれは出入口のすぐ左のスポットに車を駐めた。万が一のときに素早く逃げることを考えての対策だ。エンジンを切ったところでジアがはっとしたように起き上がり、目を瞬(しばたた)いた。

驚き、混乱しているように見える。それが無性に腹立たしかった。「眠らないと言っていたのはどうしたんだ?」声を荒らげた。おれの怒りを理解する間も与えずにトラックを降り、彼女の側のドアを開ける。

「降りろ」乱暴に命じる。

「なんでそんなに怒ってるの?」彼女は尋ねながら靴を履く。髪の乱れが、色っぽさを引き立てている。それがおれの怒りのレベルを一段と引き上げる結果になった。

「何か気がつかないうちに怒らせるようなことでもした?」

「よく寝てたじゃないか」

「そうね」座席の端まで尻を動かし、おれのほうを向く。スカートの裾が上がる、男殺しの美脚が露わになっている。「眠っちゃった。やだ、あなたも眠りそうになったの? 起きててちゃんと話しかけてたほうがよかった?」

彼女の腕をつかみトラックから引きずり出した。腕を彼女のウエストに回すと、その柔らかな曲線がおれの硬く緊張した肉体に重みを委ねてくる。「きみがおれを信用してるからっておれがきみを信用してるってことにはならない」

彼女はおれの胸を押し返す。「放して。悪い男のふりはやめてよ」

「信用できない相手を信用しようとするのはやめるんだな」

「あなたを信用しちゃいないわ。だけどあなたはわたしを必要としている。だから今のところは安全ってことよ。こっちは正直に率直なところ言わせてもらった。だいたいなんでそんなふうにいちいち気にするの？　どうせわたしのこと、あなたを陥れに来たと思ってるくせに」

「きみの目的について、おれの見方が正しかろうが間違っていようが、そんなことは関係ない。きみは今死の淵からわずか二歩離れたところにいる。その二歩のうちの一歩がこのおれだ。つまりきみの運命は、当面きみを敵とみなすことしか許されない男の手に握られているということだ。おれにとってきみは敵。そしてきみにとっておれは敵だ。きみを殺すしか選択の余地がなくなるかもしれない。それを忘れるな」

「どうして？　そう言っておけば実際殺さなきゃならなくなったとき、罪の意識を感じなくて済むから？　冗談じゃないわ。もしわたしを殺したら、化けて出てずっとあなたにつきまとってやる。それだけは間違いないわね」

「おれも同じだ。寝込みを襲って、やってやる」彼女の背後に手を回しドアを閉めた。彼女の手元に目を落とすと、指を血が伝っているのが見えた。思わず毒づき、手首をつかんだ。

ジアは手を引き抜こうとする。「しょっちゅう手を切るのよ。どうってことないわ」

「それはおれが判断する」彼女に覆いかぶさるように身を乗り出し、トラックの中に手を入れてダッシュボードの物入れを開けると、どこかのファストフードの店のナプキンをひとつかみ取り出した。「手を開いて」おれが命じると彼女はしぶしぶ従った。血を拭き取り、手のひらにできた深い傷を調べる。「縫わなきゃならないが、今は無理だ」手のひらで彼女の手を包むようにして握らせ、ナプキンと傷に圧がかかるようにした。「とりあえずしっかり握るんだ。中で洗って包帯を巻く」

トラックのドアを閉め、彼女の手を離した。「だいじょうぶ」彼女は言い張る。「こう見えても強いのよ。あなたがシェリダンを倒すのを手伝う前に、感染症にかかって死んだりしない。わたしもあの男を憎んでるから」

ジアが語気強くして言い切るので、おれは眉を上げて彼女を見た。「憎んでる？そりゃよかった。もし本当ならな」彼女の腕をつかみ、引き寄せる。「詳しいことは後で聞こう」二人の視線が合う。初めて目を合わせたときからずっとおれたちの間で炸裂していた火花のような化学反応は、確かにそこにある。

「欲望の塊みたいなやつだもの」

「それだけじゃないってことはおれたち二人ともよく知ってるはずだ。いつどこで何があったのか、何もかも全部話してもらう。だが今はとりあえずこの店で、十五分で用を済ませたい」

「そうやって脅しつづけてるけど、わたしが逃げようとしたらどうするの？」

「逃げたいのなら逃げればいい。シェリダンに殺されたいのならご自由にどうぞ」おれは彼女を引き連れて建物の自動ドアに向かい、入り口を一歩入ったところで店内を見渡した。客と店員合わせても十人程度だ。

「せめてどこに向かってるか教えてくれない？」おれが彼女の怪我をしてないほうの手をとって、薬局を目指して歩き出すと、彼女は言った。

「知らないことは話せないからな」

「嘘発見器にかけられてもだいじょうぶっていうようなこと？」

「釣り餌にひっかかるのは馬鹿な魚だけだよ」おれは応急手当商品が並んだ通路で足を止めた。「おれはそうじゃない」ジアの手を離し、通路の端にあった買い物かごをつかむと、彼女の怪我が大事（おおごと）にならないのを心から祈りつつ、手当てをするのに必要な商品を放り込んでいった。

「せめて何かの役に立てるって思いたいの」彼女はなおも続ける。「自分が何かを守ってるって思いたいの」

「シェリダンを憎んでるって宣言してたじゃないか」おれは彼女の怪我をしていない

ほうの手にバスケットを突きつけて言った。「やつを破滅させるだけで十分だと思うがね」おれは彼女の足に目を落とし少し下がった。「靴のサイズは？」

「7」

「パンツは？」

「6。待って。服を買ってくれるの？」

おれは答える代わりに店の隅の化粧室の表示を指差した。「行って傷口を洗ってこい。商品の代金は出るとき払う」

「万引きだと思われたらどうする？」

「それくらいの危険は覚悟の上だ」彼女の頬に手を当て行くべき方向を向かせる。ついでに少し屈み込み、相変わらずのいい匂いを吸い込んで、こういうのは勘弁してくれと思っていた。「ここで過ごせる十五分のうちの五分がもう過ぎちまった。おれはここで待ってる」

幸い彼女はそれ以上言い争おうとはしなかった。彼女が表示の下の短い廊下に消えるのを見守った。続いて店内を見渡し、店員に合図して呼び寄せる。まだ十七にもならないように見える赤毛の少年は、すぐにおれのもとへ駆けつけた。

「はい、お客様、何か御用ですか？」

「手短に言うと、おれと妻は乗り継ぎ便に遅れた。おまけに来るときの便で預けた荷物を紛失されてしまった。二時間でオースティンにたどり着かないと、代わりの便のチケットも他の客に回されてしまう。百ドルあげるからおれの代わりに商品を集めてくれないかな。おれは妻と化粧室で身なりを整えたいんだ」

少年は目を輝かせ、ポケットからメモ帳とペンを取り出した。おれはそのメモ帳に欲しいもののリストを書いた。「十分以内にこれを全部レジに持ってきてくれたら、あと五十ドル謝礼を弾むよ」

「はいお客様、承知しました」

少年は走り去り、おれはもう一度店内の見える部分に目を走らせてからジアの後を追って女性用の化粧室に入った。短い廊下の角を曲がると、彼女は二つ並んだ洗面台のうちの一方で手を洗っていた。彼女の右手には個室が三つあり、どれも空のようだ。ジアははっとしたようにこちらを向いた。手から水と血が床に滴り落ちる。「心臓が止まるかと思ったわ。ここで何してるの？」彼女はペーパータオルを取り、手を拭う。「何かあった？」

「きみが無事だってのを確かめに来ただけだよ」おれは言い、化粧室の中を調べた。

「女性用の化粧室に入る癖はやめてもらわなきゃね」ジアはおれの後について三つあ

るうちの一番奥の個室に入ってきた。ここは他より大きく、車椅子用のスペースがある。おれは彼女に背を向け、ズボンのファスナーを下ろした。

「ちょっと――チャド！」

肩越しに彼女のほうを見る。「時短テクニックだよ。さっさと手当てしてこい。おれがやらなくてもいいように」

彼女はいらだったような声を立ててから足を踏み鳴らして個室を出ていった。おれは口元を歪めて笑った。この女を怒らせるのがたまらなく楽しいことは、自分でも認めざるを得なかった。用を足し終えると、洗面台の彼女のもとへ行った。包帯を手のひらに巻きつけるのに苦労している。おれは手を洗い、彼女の手を取って作業を引き継いだ。二人の目が合い、とたんにあたりは欲望と不信が混ざり合った濃密な空気で満たされる。

「こんなところにいたら通報されるわ」彼女は声が出ないかのように囁く。

「テキサスのウォルマートだ。ちゃんとズボンを穿いてくれればそれだけで歓迎される」

ジアは笑いをこらえつつも吹き出した。「そうね。余計な注目を浴びたくなくて神経質になっているだけかも」

「だいじょうぶだ」おれは彼女の手の包帯をさらにテープでしっかり留め、カウンターに置いておいたバスケットに商品を戻した。

「そうね」彼女は頷く。「だいじょうぶよね」

ジアは納得していないように見えた。おれは彼女を納得させたいという気持ちを、なぜか抑えられなかった。「おれが捕まってたからって、誤解されちゃ困る。やつがおれを探し出すのには何年もかかった。おれはこの道に長けてるんだ。もう二度と捕まらない。つまりきみも捕まらないってことだ」

「あなたにとって不要になるまでは」彼女はつぶやき、おれから目を逸らす。全身から不安が放射されている。イースト・オースティンのバスルームで感じて以来、初めてのことだ。そんなことは気にするなと自分に言い聞かせた、こっちの心に付け入る手段かもしれないと。だがおれはそんなことなどどうでもよくなってしまっているようだ。

彼女の顎を指で支え、おれのほうを向かせる。「今夜こういうことになったとき、きみのそもそもの動機が何だったにせよ、おれに協力してくれるなら、本気で協力してくれるなら、きみの安全はおれが保証する」

「わたしはシェリダンの手先なんかじゃない。なんでこの言葉を繰り返してるのかわからないわ。言ったってあなたが信じてくれないのはわかってるのに」

「言っただろう。おれを助けてくれ。そうすればおれもきみを助ける。それでいいだろ？」

「ええ、いいわ」けれど彼女は信じていない。実のところを言えば、おれも信じていなかった。おれがメグに出会う以前、エイミーを含めて人と関わらないようにしてきたのには理由がある。おれの近くにいるとみんな命を落とすのだ。だがジアにはそれは言わなかった。おれは手を下ろし、その手を腰に当てた。

ジアは腕で彼女自身の身体を抱いている。やがて彼女は唇を舌で湿した。おれはその口を見ないように努めた。彼女にキスすることなど思い浮かべないようにしたが無駄だった。どうしても考えてしまう。彼女のすべてが欲しくてたまらなくなるほど鮮明に。

「あなたはいつもこうしてるの？」ジアが尋ねる。「こんなふうに生きてるの？　いつも用心して後ろを振り返りながら？　わたしもこれからそうやって生きることになる？」

「おれがどうしているかは前に話したとおりだ。おれはおれが属してる組織の他の連中と同じように、誰にも見つけられないものを探し出す」

「高値でね」

「ああ、高値で。おれたちは他の連中が見つけられないように物を隠すこともできる」

「シェリダンはシリンダーを探させるためにあなたを雇った」

「ああ」

「見つけたの？」

「見つけたかどうかこの際関係ない。やつに渡さないということだけは確かだ」

「でも彼はあなたが見つけたと思ってる」

「ああ。だからおれたちは動きつづけなきゃならないんだ。シェリダンは、おれたちを探すのに懸賞金をかけてるだろう。それもかなり高額の」おれは化粧室の個室を指した。「きみもこの際だから時短に協力してくれ。この先しばらくは停まらずに走りつづける」

「わかった。だけどあなたは出てて」

「ここにいる。ドアを閉めればいい」

「いやよ」ジアは首を横に振る。「それはお断りです。出てって。お願い。急いで済ませるから」

彼女が恥ずかしそうに頬を赤らめているのを見て、しぶしぶ譲歩した。「二分で終わらなきゃまた入ってくるぞ」おれはそれ以上時間を無駄にするまいと、入り口の角を曲り、化粧室から廊下へ出た。ここでもう一度周囲にざっと目を走らせ、身近に危険が迫っていないことを確認する。壁にもたれ携帯電話を出して、気づいていない着信がないか確かめた。ジャレッドが連絡を返していないのがわかり、焦りを感じた。

頭の中で最後に彼に残した短いメッセージをリプレイする。あのときはその先一時間も生き延びることはないだろうと考えていた。捕らえられるまでその後二週間も身を隠しつづけていられるとは思っていなかった。いきなり襲われたため、メグについて伝えることもできなかったのだが、おれのその過ちのせいで、ジャレッドや妹の命を危うくする事態になっているのかもしれない。ジアがおれのもとへやってきた。おれは問い質さずにはいられなかった。バスケットを彼女の手から取り、床に落として、両手で彼女の肩をつかんだ。「おれの妹について何か知っているか?」

「え? 何も。何も知らない」

「エイミーについて何も聞いていないって言うのか?」しつこく尋ねた。「何一つ?」

「エイミー?」彼女は驚いた顔をした。その声がかすれる。「妹さんはエイミーって言うの?」

「妹について何か知ってるのか？」全身が緊張に締め付けられる。

「何も知らないわ。ただ、何か聞いたような気がする」

指に力がこもり、彼女の腕に食い込む。「なんだ？　何を聞いた？」

「誰かと話してたのよね」

「誰が？」さらに問い詰める。

「シェリダンが。エイミーを探せって言ってた」

「誰と話してたんだ？」

「わからない。電話で話してたのよ。わたしが取り次いだわけじゃないから」

「それは会社の電話だったのか？　それとも携帯か？」

「それもわからない。オフィスの前に立ったとき、ドアが少し開いてたの」

「いつのことだ？」

「先週」

「先週」繰り返した。「先週っていうのは確かなんだな？」

「ええ」ジアがおれのシャツをつかむ。「チャド。もしも妹さんを捕らえているなら、あなたの口を割らせるために使ったはずよ。彼はそういう人間だもの。わかってるでしょ？」

「妹を捕らえていなくたって、おれの口を割らせるために使ったはずだ。なぜそうしなかったんだ?」

「わからない。わたしはあなたに妹がいることも知らなかった。彼がそれを利用しなかったなんて理解できないわ」

「もし後で、きみがもっと多くを知っていることがわかったら――」

「そういうことにはならない。わたしは知らないもの」

昔のおれだったら、今の彼女の答えだけで十分だっただろう。けれどそれは、おれが悪魔と取引をし、その悪魔に両親を殺される前のことだ。おれは彼女の表情を探った。青い瞳の奥に他の人間だったら見過ごしたであろうものをおれは見つけた。おれが朝昼晩、食事代わりにくらっているもの――嘘と秘密と罪悪感。おれは指先で彼女の頬を撫でた。「シェリダンはメグがその身体でおれを陥落させられると思っていたようだが、実際にはそうじゃない。おれは彼女に同情したんだ。だがきみには同情しない」

「ここは怒るべきところなのかしら。それともお礼を言うべき?」

「きみが怒ろうが笑おうがおれはどうだっていい。ただこれだけは覚えておくんだな。おれたちが二人きりになるのは時間の問題だ」

「何を言いたいかわからないけど、とりあえずは脅しなんでしょうね」

「脅しじゃなくて約束だ」おれは彼女の手を取り、バスケットはそのまま残して、必要なものがすべて揃っているはずのレジへ向かった。なぜシェリダンはエイミーをネタにおれを落とさなかったのだろう？　そしてなぜジアはやつがそうしなかったのだとわかるのだろう？　ジアと二人きりになる機会がますます待ち遠しくなった。


ウォルマートを出てふたたびハイウェイに乗ったとき、店に入ってからすでに二十分が経過していた。おれの隣では、ジアが嬉々としてハイヒールを脱ぎ、店員が彼女のために選んだぺたんこのサンダルに履き替えている。「わたしの足があなたにありがとうって言ってる」サンダルに足を滑らせながら彼女は言った。「わたしからもありがとうって言うわ」

「買い物袋からドライバーを出してくれるか？」もっと大事なことに意識を戻した。

ジアは座席に身を乗り出して袋の中身をあさり、ドライバーを取り出した。おれは左に曲がって住宅街の通りに入り、明かりのついていない家の脇に車を停めた。「何してるの？」

「追跡できなくする」おれはドライバーを受け取った。「ここで待ってろ」トラックを降り、手早く前後のナンバープレートを外してから車内に戻ると、二人の間の座席の上にそれを置いた。

「ナンバープレートがなかったら余計に人目を引くんじゃない?」また車を走らせているとジアが聞いた。

「ああ」左折してハイウェイの進入路に戻り、二十四時間営業のデニーズの駐車場にバックで車を入れた。テキサスのナンバープレートが付いた二台の小型トラックの間に停め、エンジンはかけたままにする。

「待ってろ」また指示すると、さっきのナンバープレートをつかみ、身を低くしてトラックから降りる。今度は素早く隣のトラックからプレートを外し、自分たちのトラックから取ったものを留めた。新しいナンバープレートを盗んだトラックに付けたところで、運転席に戻り車を出した。

これで一つ問題が解決した。次に片づけるべき問題は、助手席に座っている。

5

車を走らせ、一時間ほど経ったところで、おれの瞼は重くなり、ガソリンタンクは空になった。人気のない二十四時間営業のスタンドに寄り、店員に気づかれないよう素早く給油する。カフェインと食料が必要だったが、店内に入ることは諦め、そこからだいぶ先のドライブスルーの店を選んだ。閉店した別の店舗の駐車場の暗い一角に車を停め、ジアとおれは丸呑みにする勢いで、ハンバーガーとフライドポテトを食べた。

「ウエストラインが崩れる元だわ」食べ終えた包み紙を紙袋に入れながら、ジアがつぶやく。「でもこの際どうでもいいかな。もうすぐ死ぬかもしれないし。最後にもう一度だけフライドポテトを食べないわけにいかないもの」

「おれはウエストラインが崩れてもかまわない」自分の包み紙を紙袋に入れた。「きみがもし本当のことを言っているんだったら、死ぬことはない。おれが死なせない」

また車を出した。「居眠り運転すれば話は別だ。その場合は今のが最後の晩餐ってことになる」

「せっかくほっとしたのに、一瞬で台無しにしてくれてありがと。あなたが医者じゃなくてよかった。病人の枕元でとんでもないこと言いそうだわ」彼女はおれのほうを向き、折った膝を二人の間の座席にのせて、ウォルマートで手に入れたフードパーカーをかけた。「代わりましょうかってもう一度言ってもいいけど、どうしても運転させてはもらえないものね。ってことで、ここはプランBで行きましょう。カウボーイズの件どう思う？」

ジャレッドから一切連絡がないことについて思い悩む状態から抜け出せるんだったらこの際何でもいい。おれはそう考え、答えた。「ジミー・ジョンソンを解雇すべきじゃなかったな」

「そうでしょう？　ジミーはきっとジェリーの失策を見て一人でほくそ笑んでるわ。いつか自分がこのチームを率いることになると思って」

彼女の答えに感心し、試しにいくつか質問をしてどの程度の知識があるか探ってみた。何人かの選手の功績についてなかなか実のある議論をした後、話題はやがてカウボーイズからテキサス大のロングホーンズへ移った。驚いたことにあっという間に一時間が経ち、おれたちはすでにラボックの近くまで来ていた。「なんでそんなにスポーツに詳しいんだ？」

「テキサス人はフットボールが大好きだもの。少なくともうちの父はそうだった」

「そうだった？」彼女について知る格好のチャンスを逃す手はない。「なぜ過去形なんだ？」

「亡くなったの。何年も前に、交通事故で」

胸を詰まらせるような声音を、おれは聞き漏らさなかった。彼女は咳払いでごまかそうとする。形だけの同情を示そうとは思わなかった。そんなものは何の役にも立たない。「お母さんは？」

「出産のときに動脈瘤で亡くなったわ」

「そんな話は聞いたこともないな」

「分娩のストレスによって引き起こされることがあるんですって」

「酷（むご）い話だな」

「わたしは母を知らないから、父を亡くした件のように、大きな衝撃を受けることはないの。父に関しては、わたしの人生にぽっかり大きな穴が開いてしまって、もう二度と埋まらないような感じがする」

彼女のほうをちらりと見た。「兄弟はいないのか？　いればその穴を多少は埋めてくれるだろう」

「わたしは両親にとって初めての子供だった。父は再婚しなかったから」

「やもめとして過ごすにはずいぶん長い歳月だな」

「父はわたしを失うことを恐れてた。これ以上誰かを失うっていうことを不安に思う余裕すらなかったんじゃないかと思う。それに父は仕事に情熱を傾けてた。研究に没頭してたの」

「研究とは？」

「両親は共にヒューストンのテキサス大学の研究者だった。わたしもそこで育ったのよ」

「たいしたものだ。おれは考古学者の家で育った。おれたち、ディナーパーティーの席だったら、なかなか面白い会話ができたかもしれない」おれはしばらく黙っていたがやがてはっとしてかぶりを振った。「待てよ。研究者？　爆弾の作り方を覚えたのもそういうことか？」

ジアは少し悲しげに笑った。「そうとも言えるし、そうでないとも言える。父が言うには、わたしには本来爆発するべきでないものを吹き飛ばす才能があるらしいわ。

父はそれをものすごく恐れてた。言うまでもなく、わたしが研究室で過ごすのは、父にとってものすごいストレスだったの」

おれは息を呑んだ。彼女の説明を聞き、愕然としていた。ジアは爆弾を仕掛けた。おれが生まれ育った家を吹き飛ばしたのも爆弾だ。その共通点がどうしても引っかかる。「お父さんは研究者だったのに、きみがオースティンで秘書をすることになったのはどういうわけだ？」

「わたしは最終的にバークレーの大学へ行ったんだけど、カリフォルニアはあんまり性に合わなかった。テキサス大がわたしに仕事の口を与えてくれたと思ったら、帰省する前にプログラムが打ち切りになった。そのままヒューストンにとどまろうかとも思ったんだけど、大学で働けなければ、ただ父を思い出して寂しくなるだけだから」

「専攻は化学？」

「ええ」

「それがなぜ秘書に？」おれはもう一度訪ねた。

「最初の一年ほどは、シェリダンのところで研究者として働いてた。でも人員整理があって、かろうじて秘書として雇いつづけてもらうことになったというわけ」

ありえない。そんな話を信じろというほうが無理だ。「今の話については逐一調べることができる。それくらいわかってるよな?」

「だって事実だもの」

「きみは何歳だ?」おれなりの真実を突き止めようとして尋ねた。

「二十六」

おれより四つ年下だ。おれの両親が焼き殺されたとき、まだ二十歳だったということになる。しかしそんなことに何の意味もない。おれが二十歳のころには、けっして自慢できない愚行をすでに山ほどしていた。ラジオに手を伸ばし、音量を上げた。一人の思索に戻りたかった。ジアがパズルの一部になることを考慮に入れ、もう一度すべてを組み合わせようとする。六年前の悪夢のようなあの晩、彼女もそこにいたのだろうか? あるいは彼女の父親が? おれの直感はノーと言っているが、彼女にはどこか引っかかるところがある。ジャレッドの助けが得られない今、馴染みの私立探偵の一人にでも彼女を調べてもらうしかない。

ジアは会話がもう終わりだということを察したのか、また座席に身を横たえた。けれど眠ってはいない。落ち着かないようすでピリピリしているのが伝わってくる。今おれに話したことを後悔しているのか? あるいは今夜のすべてが悔やまれてならないのだろうか? おれが自分自身の決断の多くを悔やんでいるように。そう思ったとき、ふと過去の記憶に引き戻された。おれはふたたび二十二歳の、自分は何をしても見過ごしてもらえるのだと勘違いしていたころに戻っていた。父はいつも真っ当なアドバイスをくれていたのに、それを聞こうともしなかった。あの晩おれと親父は焚き火を囲んで座っていた。パチパチ音を立てていた焚き火の煙や薪の香りが今も鼻をくすぐり、あの晩飲んでいた強烈に濃いコーヒーの味が舌に蘇る。

「トレジャーハンターとやらの活動で、金持ち老人のために得体の知れないものを探して地球上のあちこちを走り回るのは、そろそろやめにしたほうがいいんじゃないのか」

「どのみちそれがうちの家業だろう？」おれは言い返した。「宝探しが」

「おまえが追い求めてるのは金だ。歴史じゃない。歴史ってのは未来を開く鍵なんだ」

「シェリダンがおれに美術品のありかを探してほしいと依頼してきたんだ。さほど面倒な仕事でもない。それを見つければ、父さんに貸した金をチャラにすると言っている」

「やつのような男と懇ろになってもいいことは一つもないぞ」

「父さんはこの発掘現場の資金をやつから借りたじゃないか」

「それで身に沁みた。懇ろになるべき相手じゃない」

おれはさらにしばらく当時をさまよい、己の過ちを思い起こして、今回のジアの一件は、けっして新たな過ちにしないと心に誓った。そうこうするうち夜明けが近づき、ついにテキサス州ラボックに入った。いくつかの選択肢を下見した後、たくさんの安モーテルの中から一つを選んで敷地へ車を入れた。見たところ大型トラックは駐まっていない。それが決め手だった。トラック運転手が市民無線を使って懸賞金目当てにシェリダンに連絡するのも避けたいし、ロビーの監視カメラの目にさらされるのもごめんだ。

隣の座席でジアが身を起こそうとし、おれはその肩に手を当てて押しとどめた。

「身を低くしていてくれ。モーテルに着いた。シェリダンはおれたちの人相風体に会う男女のふたりづれを探せと懸賞金を出しているはずだ」

彼女はトラックの床に身を滑らせ、ふたたびパーカーを膝にかけてそこに座った。

「ここはどこ?」

「モーテル」彼女の囁くようなセクシーな声に揺さぶられていることに苛立ちつつ、同じ答えを繰り返す。運転している間は、つい彼女への警戒を解いてしまった。メグを相手に警戒を解いたのと同じように。もう二度と同じ過ちは犯さない。

「どこの町の？」彼女はしつこく尋ねる。

「今夜おれたちが泊まる町」座席の後ろに置いておいた買い物袋から野球帽を取り出し、髪色が目立たぬよう、長く伸びすぎた金髪を中に押し込んだ。トラックを降りながらジアに言う。「すぐ戻る。降りて電話を探そうなんて思うなよ。このモーテルは外にチェックインブースがある。窓口はトラックのすぐそこだ」

「それは残念。シェリダンに電話してさっさと殺しに来てって言いたかったのに」

「捕虜にしちゃあ威勢がいいな」

「あなたも人殺しにしちゃ辛抱強いわね」

「言っただろう。きみを殺す予定はない」

「その予定って言葉、すごく嫌なんだけど」

おれは彼女が仕掛けた爆弾のことを考えた。その瞬間、両親を包み込んだ炎と同じぐらい激しい怒りが燃え立ち、見る間に広がった。「これだけははっきり言っておく」おれは吐き捨てるように言った。「妙に言葉の裏を探るのはやめてくれ。もしおれの両親が焼け死んだことに、きみがどんな形でも関わっていたとしたら、即命はない。もしエイミーの身に何かがあって、きみがそれに関わっていたら、即命はない。もしおれがシェリダンを潰すのを邪魔しようとしたら——まあ、これについてはお楽しみってことにしておこう。以上の点だけクリアしてれば、きみは安全だ」おれはドアをバタンと閉めた。全身の筋肉が獰猛なまでの怒りにこわばっている。その怒りの対象は、実のところジアではない。怒りの矛先はシェリダンであり、おれ自身だった。

トラックから離れながら、ジアに対して無情な態度をとったことを微塵も悔やむことなく、野球帽のつばを下げた。今おれたちは崖っぷちにいる。事実以外のものに基づいて動く余裕はない。モーテルの事務所に近づくとブザーを押した。十八歳にも満たないであろうと思われるドレッドヘアに野球帽という格好の白人の少年が、奥の部屋から出てきてガラス貼りのチェックイン窓口に立った。少年はほとんどおれの顔を見ることもなく、一部屋分の宿泊費を現金で受け取った。すでに時刻は朝の五時。チェックアウトまでの六時間では、しっかり眠って身支度を整えるところまではできないので、二泊分渡しておいた。おれは手続きを待つ間落ち着かない気持ちでトラックのほうに目をやりながら、頭の中では爆発直前の我が家の裏のポーチのようすを思い出していた。ちらりと見えた明かり。パチパチいう音。不安が震えとなって背筋を走る。あの爆弾の裏で手を引いていたのはいったい誰だ？　これまでも突き止めようとしてきたが、手がかりは得られなかった。どうしても解き明かさずにはいられない。

だいぶ待たされたあげくにようやく鍵を受け取り、フォードのトラックに戻った。

ジアはまだ床でうずくまっている。「少なくともトラックを盗もうとはしなかったわけだ」

「あなたのご家族については何も知らない」彼女は感情的になっているかのようなかすれ声で言う。あたかも本当に気にかけているかのように。「ねえ、チャド、わたし本当に知らなかったの。誓って一切関わってない。あなたに協力するわ。何をすればいいか教えてくれたら、あなたに協力する」

その言葉を信じたかった。くそっ。トラックに戻りドアを閉めた。「何も言うな。古傷に塩をすり込むようなもんだ。その傷に触れるのはおれたち二人にとって得策じゃない」

「わかった」

彼女のほうは見なかった。見ることができなかった。ハンドルを握る手に力がこもった。「いや、きみはわかってない」おれは突っぱねるように言い、十二部屋が連なった建物の裏に車を回した。駐車場はおれたち以外、一台の車もない。それは良くもあり悪くもある。他の客の目に触れる心配はない。だが大勢に紛れるというわけにもいかない。あてがわれた部屋のドアの前でエンジンを切り、座席の後ろからバッグを取った。「ここでおれの合図を待て。開けたところに二人でいる時間は極力短くしたい」返事は待たず、急いでトラックを降りると、部屋のドアの鍵を開け、彼女に手招きした。

ジアは即座に従った。もう一つのバッグを手に、フードパーカーを胸に抱えて、おれのそばを素通りし中へ入った。おれはすぐにその後に続き、足でドアを閉めた。

「ロックして」おれは彼女に命じ、シングルよりはやや大きいフルサイズのベッドにバッグを投げた。マットレスは凹み、青いブランケットのようなものがかけられている。見るからにぐらつきそうな木製テーブルの向こうにある窓に目をやり、クラッカーの箱程度の大きさの部屋を横切って、カーテンの隙間を閉じに行った。壁は擦り切れ、グレーのカーペットもくたびれている。カーテンから手を離すとまたすぐに隙間ができてしまうので、テーブルのそばに置かれていた二脚の椅子のうちの一つをつかみ、背を押し付けて強引に留めておいた。続いてエアコンを点けると、それは百年走ったシボレーのような大げさな唸りをあげた。

おれは腰に手を当て、ジアに背を向けてしばらくそのまま立っていた。これから数時間、彼女とここで二人きりで過ごすことを恐れながら。いったい彼女の何が、おれにこんなにも信じたいと思わせるのだろう？　そしてなぜメグのことは一度も疑おうとしなかったのだろう？　なぜメグを独りぼっちのか弱い存在だと信じてしまったのだろう？　実のところはおれをはめようとしていた女狐だったのに。

今この場は何としてでもこのおれが支配するのだという決意を固め、カーテンベルトをつかむと、ベッドの端に腰掛けているジアのほうを振り向いた。彼女はベルトとおれの表情を見比べ、即座に腰を上げる。「それで何をするつもり？」

「おれはシャワーを浴びたい」

「バスルームにはもっと大きなタオルがあると思うけど」

彼女の間の抜けたコメントを聞き、口元を歪めて微笑んだ。「まったく口の減らない女だ」

彼女は腕組みをし、大きく息を吸って吐き出す。「失礼。緊張のせいなのよ。父の話じゃ母もそうだったんですって。その……あなたにはずいぶんと緊張させられるから」

彼女の言葉はあまりにも率直に聞こえ、おれはその信憑性を疑おうとも思わなかった。これまでおれが出会ってきた人々の中で、これほど本物に見えた人間は数少ない。ましてや自らの不安をこんなふうに認めるとは……。とは言え、ジアがそれを認めた相手は、彼女を捕虜にすると言ってはばからない男だ。おれのほうは、彼女にそんな信頼を与えるつもりは毛頭ないし、彼女に与えられる資格もない。おれは彼女に近づいていった。ジアは一歩後ずさりし、マットレスにぶつかって、きゃっという小さな悲鳴とともに尻餅をついた。彼女が身を起こすよりも早くそこに行き、両脚で彼女の膝を挟む。ジアは上半身を起こし、おれの腹を押し返す。「縛られるなんて絶対に嫌」

「必要悪だと思ってくれ。シェリダンに電話させないためだ」

「あの男を憎んでるって言ったでしょ」彼女は語気強くして言う。

「たとえその言葉を信じたとしても――」

「わたしを嘘つき呼ばわりするのはやめて」

「嘘だろうが本当だろうが、どっちだっていい。用心するに越したことはない」手をつかもうとしても、ジアは身をよじり、必死に逃れようとする。「いい加減にしろ」おれは荒っぽく言い、その手首を強引につかむと、彼女をマットレスに押し倒した。そして彼女の腰の上に馬乗りになり、両手を頭の上に押し付けた。

「やめて」彼女は怒鳴り、虚しく身体をばたつかせたりよじったりしていたが、やがて諦め、おれを睨みつけた。「どいて。どいてったら！」

「落ち着けよ、ジア」

「落ち着け？　女に落ち着けって言って落ち着いたためしがある？　馬乗りになってるのよ。落ち着けるわけがないじゃない！」

「危害を加えるつもりはない」

「あなたにレイプされるとか殺されるとか思ってない。こんな状態で縛られて、誰かがそのドアから入ってきたら、何の抵抗もできないのが不安なだけよ」

「誰がそのドアから入ってこようが、おれが始末する」

「シャワーに入ってたらそうもいかないでしょう？　それに信用するなって言ったのはあなたじゃない」

　おれは彼女をじっと見た。彼女もじっと見つめ返す。意志と意志とがぶつかり合い、火花を散らすうち、それはやがて何か別の、熱く濃密なものへと変わっていった。おれは低くかすれた声で答えた。「そうだな、気が変わった」つぶやきながら、不意に自分が彼女の唇を見つめていることに気がついた。ふっくらしたキスを誘う唇。アドレナリンと欲望が解き放たれ、血管を駆け巡る。唇を近づけていく。今のこの一瞬、目の前にいるこの女に溺れてしまいたいという欲求は、獰猛な獣のように首をもたげ、その存在を主張している。

「やめて」彼女が切羽詰まった口調で囁く。

「何をやめてなんだ？」おれは彼女の唇が今にも味わえそうなほど顔を近づけ、尋ねた。

「さっきみたいにキスすることよ。そうしたらわたしもキスを返して、そのあげく、わたしたち二人とも、わたしを嫌いになる」

彼女の言うとおりだ。それでもおれはキスしたかった。

「お願い」ジアは囁く。

「お願いキスして、なのか？　お願い縛って、今までされたことがないくらい激しくファックしてなのか？　お願い、誰にハメられたか二度と忘れられなくなるぐらい何度もイカせて、わたしはわたしで、あなたを別の意味でハメるつもりだけど、ってか？」

「お願い、今言ったことは全部しないで」

「してほしくないのか？」

「理由はもう言ったでしょ。後になってあなたが、嫌気がさすのがわかっているからよ。それにあなたにそういう隙を与えたことで、わたし自身もわたしが嫌いになる」

「おれはどうなんだ？　きみはおれのことも嫌いになるのか？」

「わたしにはあなたを嫌いになる理由はないわ、チャド。あなたのことは何にも知らないもの」

「それでもおれが欲しいわけだ」

「それに対してはどう答えたらいいかわからない」

「正直になれば楽になるぞ」

「誰も信じてくれなければ、正直になったって楽にはならない」

その言葉の何かが、おれの胸に突き刺さり、深くえぐった。それは遠い昔に葬り去った記憶で、今ではもう呼び覚ますこともできない。それでも、その衝撃に揺さぶられ、おれは理性を取り戻した。本当にこの女と寝ようとしているのか？　ほんの一時間前まで、この女が両親の死に加担したことを疑っていたというのに。いったいおまえは何をやっているんだ？　おれは彼女の腕を引っ張り、手早く縛った。

「やっぱり縛るの？」彼女はすがるように尋ねる。「どうして？　ねえ、お願い」

「〝お願い〟なんて言うなって言っただろう」

「そんなこと言ってない――」

「だったら今言う」おれは床に立ち、彼女を引っ張って立たせた。

「こんなことする必要ないわ。わたしどこにも行くところがないもの。キーを使わずに車のエンジンかける方法も知らない。電話線を抜けば済む話じゃないの」

「爆弾の作り方は知ってるのにか」

「そのことならもう説明したでしょ」

「ああ、きみの答えはいつだって完璧だ。おれにはまだ聞きたいことがたくさんある。こっちへ来い」彼女をバスルームへ連れていった。

「一緒に入るわけにいかないわ。何をするつもり？」

おれは足を止め、彼女のほうを振り向いた。「言っただろう。おれは常に用意周到なんだ。安全のためにそばにおいてやろうって言うんだよ」

「そんなの無理。あなたにだってプライバシーは必要だわ」

「おれはプライバシーなんてどうだっていいんだ。とにかくこれ以上煩わせないでくれ」おれはまた進もうとしたが、ジアは引き戻す。歯ぎしりをし、彼女を睨みつけた。

「さっさとシャワーを浴びて眠りたくてたまらない。おかげで苛立ちも限界なんだ。なんなら担ぎ上げてもいいんだぞ」

ジアは睨みつけながらも、これ以上抵抗するほど馬鹿ではなかった。おれは彼女を、小物入れ程度のバスルームに引っ張っていき、トイレの蓋に座らせた。「楽にしていてくれ」さすがに彼女もおとなしくしているだろうと考え、寝室に戻って、窓際に下がっていたカーテンベルトをもう一本取ってきた。バスルームに戻るとジアの足元に膝をつき、彼女の足首を逃げられない程度にしっかりと結んだ。

おれは両手を彼女の膝に乗せた。二人の目が合ったとき、彼女の瞳は、怒りと挑むような表情に燃え立っていた。けれどそこには別の何かもある。男が女の目を覗き込んだとき、この女はおれを求めているんだなとわかる、そんな熱を帯びた光が宿っていたのだ。ジアも自覚しているのだろう。彼女はそれを隠そうとして睫毛を伏せた。敵だろうが味方だろうが、そんなことは関係ない。今おれたちは二人きりで、悪魔を相手に戦おうとしている。

「潮目が変わったようだな。立場が逆転した」おれはからかうように囁いた。

彼女はぱっと目を開き、反応する。「わたしはあなたが逃げるのを助けてあげたのよ」

「おれだってこうしてきみが逃げるのを助けてる」

「なんだかそういうふうには感じられないんだけど」

「だったらどんなふうに感じるんだ、ジア?」おれの口調は欲望と熱を含んで、低い唸りに変わっていた。指先が彼女の肌に食い込む。

「縛られてる」

「身の危険を感じる?」

「いいえ」彼女はしぶしぶ認める。「それはないわ」

「だったらどう感じるんだ?」

彼女の美しい青い瞳が、おれの顔を探っている。おれという謎を解き明かそうとするかのように。「混乱してる」彼女は沈黙ののちに白状した。「あなたはわからないことだらけだもの」

「おれって人間はいくつものピースが欠けちまったパズルだ。おれ自身も無くしたピースを見つけることができない。理解しようなんて思うな。どうせ無駄だ」しゃがんだ姿勢で後ろの壁にもたれ、ズボンの裾を上げて銃をつかむと、それを彼女の手の間に置いた。「もし誰か入ってきたら、自分がテキサス生まれだってことを思い出すんだ。最初にまず撃って、質問はその後でいい」

「え？　待って、わたしを縛っておきながら銃を与えようって言うの？」

「おれが撃たれることになったら、それはそれで仕方がない。とにかく縛られていれば、シェリダンに電話してこの場所を知らせることはできない。おれにしてみれば極めて明快な理由だ」立ち上がり、着ていたシャツを乱暴に頭から引き抜いて、放り投げた。ジアは目を丸くし、一瞬にしておれの全身を見回してから、頬を赤らめ顔を背けた。

「二度とそんな目でおれを見るな」足首のホルスターを剥ぎ取り、洗面台の中に置きながら警告する。「さもないと、誰が誰を嫌うなんてことは忘れて、とりあえずやっちまうかもしれない」下卑た言い方だった。下卑た気分だった。無性に腹立たしくなり、その理由がわからなくてもかまわなかった。彼女の前を通る。狭い空間で膝と膝がぶつかり合い、むかつくことに、その衝撃でビクッとした。そのせいで余計に腹立たしさが増した。シャワーの湯を出し、温度を調節する。

「わたしよ」ジアが答えを提供し、おれは彼女を見下ろす形で振り向いた。「忘れてるといけないから一応思い出させてあげる。さっきトラックでキスしたとき、その後あなたがどれくらいわたしを憎らしく思ったか。あなたがわたしを嫌うの」

「もしおれがきみを嫌うことになったとしても、いいか、ジア、それはきみやきみとのファックがよかったとかよくなかったとか、そういうこととは一切関係ない。それだけは約束するよ」おれは彼女から一歩離れ、背中を向けてズボンのファスナーを下ろした。ズボンを下げ、脱いだものを蹴飛ばす。振り向くと、ジアは膝に顔を埋め、長い茶色の髪が、その顔にかかっていた。

「シャワーに入ったら教えて」

　これはどう考えても誘惑しに来た小悪魔ではないし、演技に長けた女狐でもない。ここまでうまく演じられる女がいるとは思えない。自分でもなぜかわからなかったが、彼女が顔を伏せるようすを見て、おれの周りに張り巡らしていた氷の壁が、ハンマーで打たれてひび割れたように感じた。おれは思わず笑っていた。腹の底から出る低い笑い声。自分でもこんなふうに笑えるのを忘れていた、本物の笑いだった。最近では微笑むことすらなくなっていたというのに。それをどう解釈するべきかは、自分でもわからない。たった今まで腹を立てていた。今も腹を立てている。しかも昂ぶっている。一物は、居心地悪いまでに大きくなっている。ジアが知ったら呆れ返るだろう。だが本音を言えばおれは彼女を呆れさせてみたい。呆れさせた後に、他のありとあらゆることをしたい。おれはこの女を求めている。これほど何かを求めたことは、もう長いことなかったような気がする。それでも触れたい衝動をなんとかこらえ、彼女の前を素通りした。今はまだそのときじゃない。たぶんそのときは絶対に来ないだろう。

シャワーに入ると、身体を流れ落ちる湯が、たった今感じていた笑いと欲望の奇妙な組み合わせを消し去り、無数の打撲の痛みを和らげてくれた。温もりが、疲れた肉体に沁み渡ってきて、ほっと大きなため息をついた。ああ、これだ。ずっとこれを待っていたんだ。

「そういう声を出すのはやめてくれない？　でなきゃ馬鹿な歌でも歌って、あなたが裸だってことを忘れさせてよ」

口元を歪めて笑った。「そういう声ってどんな声だ」

「恍惚の呻き」

思わず満面の笑みになった。「おれは汚れにまみれるのが好きだが、たまにはそれを洗い流すのもいいもんだ」

「わたしを恥ずかしがらせようとしてるだけでしょ」

「きみとやれないんだったら、くそ面白くもない遊びでもするしかないじゃないか」

「あなた、『くそ』っていう言葉が好きね」

おれはまた笑いながら、髪にシャンプーを泡立てる。「そのようだな」

「うちの父もそうだったわ。みんなそれを聞いて驚いてた」

「一流大学に、『くそ』って言葉はおよそ似つかわしくないからな」泡をすすぎながら答えた。

「名門校の名前に惑わされないで。所詮はテキサスだもの、ところかまわず思ったことを口にする貧しい白人青年たちだっていた。うちの父はそのうちの一人だったのよ。でも身なりや第一印象が洗練されてまともだったから、裏の顔を見せると、誰もがショックを受けたのよね」

おれは湯を止め、シャワーカーテンを開けてタオルをつかむと、腰に巻きつけた。

「つまりおれはくそ野郎ってことになるのか?」

彼女はおれの半裸の身体には目を向けず、顔を見て笑った。「くそ珍しいやつだってことは間違いないわね。それでいてうちの父は、わたしがこの言葉を使うとショックを受けるのよ」

おれはもう一枚タオルをつかみ、髪を乾かした。その言葉から彼女がどれほど父親を好きだったかが伝わってきてはっとした。過去を完全に捨て去るのは、ジアにとって難しいことになるだろう。たとえ彼女自身が未来を恐れず、過去を捨てる不安を否定していたとしても。おれはバスタブの縁にタオルをかけ、彼女のほうに向き直った。そしてジアが銃をつかんでいる上からその手を包み込んだ。「生き延びたいか?」

彼女の瞳から愉快そうな光が消えた。「生き延びてみせる」

「よし。だったら昔のきみはもう存在しない。おれだけがきみの安全地帯だ。これ以後きみが何者なのか、きみがどういうところの出なのか知っているのは、おれただ一人ということになる。きみが過去にしてきたことはすべて、これからのきみの生活の一部ではなくなる。さもないとシェリダンに見つかってしまう」

「でもあなたがシェリダンを倒すって言ったじゃない」

「シェリダンを倒すだけでは十分じゃない。他の莫大な権力や財力を手にした連中と、やつは結託している。みんなこぞってシリンダーを欲しがっているんだ。きみが話しているることが真実だとすると、きみはおれの逃亡を助けることで、やつらの手からお宝を奪ったことになる」

ジアの瞳に翳り(かげ)が差した。それでも彼女は泣いていない。「教えて」彼女は震える声で言う。「わたしがこうしてることには、ちゃんと意味があるんだって。知りたいの。でなきゃせめて、そのうちわかるようになるって言って。わたしがこうしてることが、せめてくその役に立つんだって言って」

「知ることが多くなれば、きみは余計に危険になる」

「そんなんでごまかさないで。わたしの人生はもうめちゃめちゃになったの。わたしは逃げつづけなきゃならない。知る権利があるはずよ」

現時点で明らかにしている以外に、ジアには何か秘密がある。おれはそう踏んでいた。けれど彼女がシェリダンの手先だとは、もう思っていなかった。仮に彼女がそうだとしても、あるいはそうだったとしても、それは自らが選んだことではなくて、彼女自身それを胸を引き裂かれるほど後悔していることだろう。おれが同じような過ちを犯したことを、ずっと悔やんでいるように。そして今おれは、ジアをさらなる危険にさらすことで、その後悔を大きくしたくないと思っている。

「おれが学んだことがあるとすれば、人生ってのはまず公平じゃないってことだ。中でも死は、不公平の最たるものだろう」おれは手を伸ばし、彼女を縛っているベルトを解いた。「ここにいて」おれはバスルームを出て銃をナイトスタンドに置いてから、彼女の身の回りの物が入った買い物袋をかき集め、バスルームに戻ると、それをジアの足元の床に置いた。

「チャド——」

「ここには窓がない。バスルームを自由に使ってくれ。ただし急いで。突然逃げなきゃならなくなったときのことを常に考えていてくれ」おれはバスルームを出てドアを閉めた。一人になりたかった。一人になって、彼女の件をどう処理するか、そして彼女をどうするか、考えたかった。

壁にもたれ、目を閉じた。確かなことが一つ。ジアはおれが悪魔と取引をし、シリンダーを見つけたことによって、その人生をめちゃめちゃにしてしまった人々のリストに新たに加えられた一人だということだ。バスルームの中から聞こえるくぐもった小さな泣き声を締め出すかのように、ぎゅっと目を閉じる。ジアは弱さを表に出すまいと、口を塞いで泣いている。けれど彼女は弱くなんかない。彼女は強い。その涙は、彼女が生き延びるために経験しなければならない、現実を受け入れるプロセスの一部なのだ。けれどそのプロセスには痛みが伴う。彼女の痛みを思うと、おれは胸が引き裂かれる思いだった。それにしてもこんなに苦しいとは。おれの胸に残っていたなけなしの魂をえぐられる感じだ。そして今のおれの体内を血の代わりに巡っている復讐心が流れ出る。シェリダンはおれが生きていることを知っている。エイミーが生きていることも知っている。この先はもう、やつとかくれんぼをして遊んでいるわけにはいかない。これは戦争だ。悲惨な戦いになるだろう。終わらせるためには、誰かの血を流すことになる。六年を経ておれはようやく気づいた。シェリダンを相手にするかぎり、他の選択肢はない。

シャワーの音が聞こえはじめ、おれは自分がタオル一枚で立っていることに気づいた。急いで逃げなければならない事態を考えれば、あまりに無防備だ。

ウォルマートの店員がおれのために選んでくれた色褪せたジーンズと黒のコカコーラTシャツに素早く着替えた。明日になったら、おれの数多くの財源に手が届くようになる。ジアに偽の身分証明書を作り、二人でこれよりずっとましなホテルのベッドがちゃんと二つある部屋に滞在することになるだろう。今夜この一つのベッドをどう分け合うか――それもなかなか面白くはあるが。

ベッドに腰を下ろし、携帯電話のアラームを五時間後にセットした。エイミーのいるデンヴァーへすぐさま駆けつけたい気持ちは山々だが、身体が睡眠を求めて言うことを聞かない。疲労のあまり愚かな判断ミスを犯す危険も、避けなければならない。バスルームの壁面に取り付けられたドライヤーの音がしはじめる。おれは電話帳を手に取り、最寄りの自動車販売業者を調べて、住所を携帯電話に打ち込んだ。それが済み、ブーツを履いた足を組んでヘッドボードにもたれていると、バスルームのドアが開き、ジアが出てきた。

シンプルな黒いノースリーブのワンピースを着ている。黒に近い茶色の髪は、ドライヤーでストレートに伸ばされ、艶めきながら肩に垂れ落ちている。顔についた血やマスカラは綺麗に洗い流され、その肌は白く美しい。唇がうっすらピンク色に染まっているのは、ウォールマートの買い物袋の中に見つけたリップグロスの色だろう。けれどその瞳は充血し、不安げな表情を湛えて、どこか苦し気にも見える。

彼女はもじもじし、ワンピースのヒップのあたりを撫でている。「買い物袋に、化粧道具とヘア用品も少し入っていたわ。驚いちゃった」

「きみが普段買うような代物じゃないだろうけどね」

「背に腹は代えられないわよ」ジアは気まずい沈黙をおしゃべりで埋めようとしているようだ。とは言え彼女は、おれたちの見るからに問題含みの寝室事情を見て怖気づいているようすでもない。肝の据わった女だ。それでもどこか愛らしさが残っている。

もない」

「二十四時間後にはきみの好きなものを買える。くたびれたベッドに二人で寝ること

「二十四時間後にはどこにいるの？」

「教えるはずないってことはわかってるだろう」おれはベッドの端に寄り、マットレスを叩いた。「来いよ」

彼女は眉を上げる。「そこに来いって？」

「ああ、ここに来い」

「反対したら聞いてもらえる？」

「おれのすぐそばに来るか、また縛られるかどっちかだ。おれとしては、手荒なことはしたくない」

彼女は息を吸い、おれのほうへ歩いてくると、おずおずとベッドに腰を下ろしかけた。おれは彼女が腰を落ち着けもしないうちに、その腕をつかみ、もろとも横たわった。彼女を抱き寄せ、脚の一方を身体に巻きつける。空いているほうの腕も彼女の肩にかけ、さらに引き寄せる。二人の身体はぴったり寄り添い、ジアが少しでも動けば確実に気づく状態になった。

「寝ろ」彼女の耳元で命じた。洗いたての髪が細絹のように柔らかく、おれの頬をく

すぐる。

「明かりがつけっぱなしよ」

「どうせすぐ日が昇る」

彼女は少し黙ってから言った。「たいていの男の人は――」

「自分をごまかそうとしなくたっていいんだ、ジア。おれはいいやつなんかじゃない。これまでもそうだったし、これからもそれは変わらない。いいから言うとおりにしろ。今は眠るんだ」

6

たった今まで、ジアの静かで安らかな寝息を聞いていたはずなのに、次の瞬間、おれは眠りに引き込まれていた。鮮やかな六年前の記憶が、残酷なまでに詳細におれを取り囲む。鼻腔には煙の匂いさえ感じた。

おれは叫びながら家のドアに飛び込む。「母さん！　父さん！　ララ！」即座に煙に呑み込まれ、肺がそれに抗うように痙攣した。咳き込み、目の痛みを感じながら、シャツで顔を覆う。家族の安否への不安に、全身をアドレナリンが駆け巡り、身体が震えた。前に突進し、キッチンを横切る。炎は見えない。つまり火元は二階だということだ。角を曲がり階段の下にたどり着くと、二階の踊り場が炎に包まれているのが見えた。すぐさま階段を駆け上がる。「母さん！　父さん！」

「チャド！　チャド！」

母の声を聞いてほっとしたのも束の間、その声がする廊下の右方向へ行こうとすると、炎が行く手を阻み、熱風が吹き付けてくる。パニックに押しつぶされそうになった。どうやったら母のもとにたどり着ける？　あちこちに火の手が上がっている。

「母さん！　母さん、窓から飛び降りるしかないよ！」

「無理よ！　周りは火の海なの。ララを助けて！　ララを部屋から出して！」

「身を守るものを身体に巻きつけて、炎をくぐり抜けるんだ」

「お父さんを見捨てて行けないわ」

母の言葉に胸が締め付けられた。「父さんはどうしたんだ？」

「頭を打ったの。とにかくララを連れ出して。こっちはわたしがなんとかするから」

涙で目が熱くなったのは煙のせいだけじゃなかった。両親がここから生きて出られるかどうか、もうわからない。咳き込みながら顔を覆い、左に方向を転じた。廊下を駆け抜け、妹を救い出せますようにと祈りながら右に曲がる。だが無理だった。戸口を完全に塞いだ炎が、見る見る迫ってくる。

「ララ！」おれの叫び声は、煙と絶望にかすれていた。「ララ！」

母の血も凍るような悲鳴が響き渡り、それが剣のようにおれを真っ二つに切り裂く。

「母さん！　母さん！」おれはまた母のほうに駆け戻り、角を曲がって必死にあたりを見渡した。炎から身を守ってくれる物は？　何もない。震えながら咳をし、涙が頬を伝う。もう手遅れだ。

とそこでララの声がし、はっとした。「ママ！　ママ！」

ララは生きている。妹はまだ生きている。おれの妹を生き延びさせるんだ。また大急ぎで妹の部屋の前に戻る。「窓から飛び降りろ、ララ！」おれはぎりぎりのところまで炎に近づき、叫んだ。この火炎を突き抜け、妹のところまで行けるだろうか？

「今すぐに！」

「お兄ちゃんやママやパパが一緒じゃなきゃいや！」妹が切羽詰まった口調で怒鳴り返す。

「炎に囲まれてるのが見えるだろう！」おれは答えた。「おまえのところまで行けないんだ」

背後ではたった今通ってきた廊下を炎が舐め尽くそうとしている。もはや逃げ道は一つしかない。おれの正面の客用寝室だ。「おれは別の窓から出る。外で会おう」

「ママはだいじょうぶ？」ララが叫ぶ。「パパはママを助けに行ったの？　パパがママを助けてあげられる？」

「いい加減にしろ、ララ。何べん言ったらわかるんだ。さっさと窓から飛び降りろ。お兄ちゃんももう時間がない。おまえがさっさと逃げてくれないとおれが逃げられないんだよ」

妹の悲鳴が聞こえ、おれは一瞬心臓が止まりそうになった。妹のところまでたどりつけない悔しさに腸（はらわた）がちぎれそうだった。「ララ！」

「わたしはだいじょうぶ。パパとママを助けて、チャド。お願い、みんなで逃げて」

「飛び降りろ！」炎が背中を焼くのを感じながらおれは怒鳴った。「さっさと飛べよ！」

「ママとパパはどうするの？」妹は頑なに言い返す。

「言うとおりにするんだ、ララ！」おれは怒鳴った。「飛び降りろ！」

母の悲鳴が、またあたりを切り裂く。甲高い悲痛な声に表れた苦しみを感じ取り、おれは拳を固めた。母の命が尽きようとしている。それでもおれに助ける術はない。

「ママ！」ララが叫ぶ。「ママ！」

炎に取り囲まれ、もう時間はない。「今すぐ飛ぶんだぞ、ララ！」険しい調子で声を限りに叫び、客用寝室のドアを開けて窓へ駆け寄った。屋根伝いに妹や両親のところまで行けるといいのだが……。

「チャド、チャド！　起きて」

目を開けると、モーテルの部屋だった。ジアをきつく抱きしめていて、彼女の息が止まらなかったのが不思議なくらいだ。おれ自身も、ほとんど息をしていなかった。腕を緩めた。「くそっ。痛くなかったか?」

「いいえ、ただ驚いただけ。あなたがどうかしてしまったのかと思って」

おれは彼女を放し、上半身を起こして頭を抱えた。どうにも逃げられない煙の匂いと母の悲鳴——あの腸をえぐられるような悲鳴——をなんとか消し去りたかった。罪の意識という名のしつこい悪女がおれの頭の中に棲んでいるからなおさら面倒だ。おれが追い出そうとすると、彼女は気がふれたように高笑いしてみせる。

おれの傍らのマットレスが動いたかと思うと、ジアがそばにすり寄ってきた。彼女の脚がおれの脚に触れ、彼女の手がおれの背に当てられる。「だいじょうぶ?」

「いや」彼女が意識の中に入り込みつつあることに苛立ち、おれは荒っぽく唸った。ジアのせいで、肉体のすべての感覚が何倍にも敏感になっている。「ちっともだいじょうぶなんかじゃないよ」

「わたしも悪夢を見るから、その気持ちはわかる」

おれはかっとなり、彼女に襲いかかった。マットレスに組み敷き、彼女の両手を昨夜のように頭上でつかむ。「これはただの悪夢じゃない。記憶なんだ。おれは燃え盛る我が家にいて、今まさに焼き殺されようとしている母親の悲鳴を聞きながら、どうすることもできなかった。助けることができなかったんだ」

「妹さんも家の中にいたの？」

「ああ。エイミーもいた。そのときはララだったが。幸い火災からは生き延びて、人に頼んで隠してもらった。それっきり妹とは音信を絶ったんだ。少なくとも妹のほうは独りぼっちだと思っている。おれが生きていることも知らない」さらなる罪悪感が胸に焼け付く。おれはジアを放し、ベッドを出て室内を歩き回りはじめた。カーテンのわずかな隙間から一条の朝日が差し込むことにわけもなく苛立ち、罵り言葉を吐いた。いっそ欲望に身を任せ、アドレナリンを放出させて、その闇ですべてをかき消したかった。けれどあるのはこのちっぽけな部屋と、母の悲鳴の記憶だけだ。まあ少なくとも父さんは、自分や母さんに何が起きたかわからないまま死んでいった。おれは拳を壁に押し付け、がっくりとうなだれた。思い切りパンチを繰り出して穴をあけたい衝動を、なんとかこらえた。

「チャド」

　ジアの声がすぐ後ろから聞こえる。その声はおれの全身に響き渡り、歓迎されざる白熱した欲求をかき立てる。欲望。肉欲。その方向は間違いだと自分に言い聞かせる。この女と寝るのは得策じゃない、と。だがその一方で、根拠すらわからないくせに、彼女はとてもしっくりくる感じがする。もう長いこと、何一つしっくりくることがなかったおれの人生で……。全身のすべての筋肉が、彼女に触れられることを期待して強張っている。そして彼女の手がおれの背に触れた瞬間、おれが心から待ち望んでいたアドレナリンが炸裂し、野火のように体内に広がった。

おれは彼女をつかみ引き寄せながら一歩近づいた。おれの両脚は彼女の脚を挟み、両手は彼女のウエストをつかんでいる。指先が柔らかな肉に食い込む。ジアがおれを見上げたとき、その瞳には、おれが自身に感じているような非難の色はまったくなかった。彼女の立場で示すことができるとは到底思えない理解が、そこにあった。

そして彼女はそこにいた。

ジアが捧げようとしていたのは、おれにとって何の役にも立たない同情の言葉ではなく、彼女自身だった。瞳を見ればわかる。ジアの欲望は、おれと同じぐらい高まっている。もし仮におれが、ジアはシェリダンの手先だと、いまだに信じていたとしても――まぁ実際そんなことは信じていないが――もうそんなことはどうでもよくなっていたかもしれない。

手を彼女の首にかけ、引き寄せる。二人の身体がぴったりと合わさり、彼女の唇が近づく。あまりにも長いことお預けだった二度目のキスは、息がかかるほどすぐ先にある。

「あとになって誰が誰を嫌うなんてことは、もうどうだっていい。ただきみが欲しい」

ジアはおれのシャツをつかむ。「だったらつべこべ言ってないでさっさと抱いて」

「このおれは、きみの手には負えないぞ」

彼女は挑むように顎を上げる。「試してみたいわ」

「願い事をするときは気をつけたほうがいい。現実になるかもしれないからな」

「脅して追い払おうったってそうはいかない。むしろ言われればもっと欲しくなる。あなたが記憶から逃れたがってるのと同じように、わたしも今は忘れてしまいたい記憶があるの」

彼女からの後押しは、もう十分だった。おれは首を斜に傾け、唇を重ねた。舌を彼女の唇の中に差し入れる。めくるめくような彼女の味、誘惑の蜜の甘さが、感覚を満たす。

キスを深め、中毒性のあるクスリのような、その快感に溺れた。今おれの保護下にいる以上、彼女の行く末には責任がある。後々おれがそばにいられなくなったとき、彼女がこの高揚感や絶頂感を求めて命を落とすようなことだけはさせたくない。それでも今おれはここにいる。そして所有欲にも似た自分本位の欲求によって、自分が彼女にとって、はけ口を与える男になりたいと思った。彼女がまだ知らないであろう世界を教える男になりたかった。他のことが何も考えられなくなるほどの、完璧なまでに濃密な官能のほとばしりを体験させたかった。そう思いながらさらにキスを深め、彼女の口の中を舌で弄り、もっと多くを求めた。彼女の甘く柔らかな舌が、初さを感じさせつつも、おれの求めに応じようと夢中で反応してきたとき、おれの熱は一気に高まった。

喉の奥で低い唸りを漏らしながら、彼女の向きを変え、壁に向かって立たせ、両手を突かせた。一瞬悪夢の痛みが蘇ってきて、ふと思った。なぜメグを、はけ口として使わなかったのだろう？　なぜおれは自分という人間を、自分の背負っているものすべてを、抱え込もうとしてきたのだろう？　だがこの女は違う。ワンピースに手を伸ばし、裾をヒップのところまでめくりあげると、彼女の尻を覆っているのはスマイルマークのついたTバックだけだった。ジアは振り返り、息を喘がせながら恥ずかしそうに言う。「わたしが選んだんじゃないのよ」

「よかった。おれの好みじゃない」それをちぎり取り、ジアが驚いて息を呑んでいる間に、ワンピースの裾を頭から抜き取って、脇に放り投げた。ブラをしていない全裸の彼女に一歩近づく。両手でその乳房を包み、指先で乳首を弄ぶ。身を乗り出し、彼女の耳元に唇を寄せて言った。「ことが済むころには、きみは完全におれのものだ」

「できるもんならやってみなさい」反抗的な答えは、おれが彼女に感じ取っている経験の浅さと初さをごまかすものだ。今にして思えば、こんな初々(ういうい)しさは、メグにはまったく感じられなかった。

彼女にこれほど威勢よく言い放つ気概があること、そして生き残る力があること。それがおれの血を沸き立たせ、より強く求めさせる。彼女にどれほど大きな考え違いをしているか、教えてやりたくなる。こっちはいとも簡単に、彼女をおれのものにできるのだ、と。それは彼女にとって学ぶ必要があることで、それを教えてやることが彼女のためなのだと自分に言い聞かせる——ったく、情けない男だ。

おれはただ、ジアとやりたいだけなのだ。今ここで、彼女をものにしたいだけなのだ。おれが求めているのは、快感と、支配する満足感、そして高揚感——どれも皆表向きはいい男の顔をしてメグと接していたとき、ずっと押し殺していたものだ。

ジアの両手を包んで上に上げさせ、頭上の壁に押し付けた。ふたたび身を乗り出し、唇を彼女の首筋に、さらに耳に寄せる。「おれがしようとしているのは〝やってみる〟以上のことだ。二人きりでこの部屋にいるかぎり、支配するのはこのおれだ。おれがご主人様だ」彼女の手首をつかむ手に力を込める。「おれが手を離しても動くな」

「動いたら？」彼女は尋ねる。おれの限界を試しているのだろう。別の場所、別の時間、別の相手なら、危険になるかもしれないところまで、おれを駆り立てるつもりなのだ。

「代償を支払ってもらう」

「わからないわ。どんな代償？」

おれは手で彼女の腕をたどり、曲線を撫でて、また乳房を包んだ。指で荒っぽく乳首をつまみ、ひねる。痛みと喜びが混ざり合った呻きが、彼女の唇から漏れる。「これでわかったか？」

「ええ」彼女は息を喘がせる。

だが彼女はわかってはいない。そしておれは不意に気づいた。それがどれほど危険なことか。妹も理解していなかった。もし理解していたなら美術館の仕事についてシェリダンの網にかかるようなことはなかっただろう。常に防御を固めていくことを、ジアは学ぶ必要がある。今すぐに。

彼女の髪に指を絡めわざと乱暴に顔を上げさせる。彼女の唇を、おれの唇に引き寄せる。「さっきからきみには理解できないだろうと言っているが、今にわかるようになる」おれは激しく深く短いキスをしてから、彼女の唇を甘噛みして罰を与えた。ジアは小さくあっと叫ぶ。「信用してはいけない男を信用するからだ」語気強く言った。

「もしおれが別の男だったら――」

「だけどあなたは別の男じゃないわ」

おれは歯ぎしりをした。ジアの信頼を求める気持ちや、彼女の信頼に足る男になりたいという気持ちもある。けれどその一方で、信頼してはいけないおれという人間を信頼するよう、ジアを仕向けてしまっているのではないかという恐れがあって、その二つの間で揺れていた。「手を下ろすんじゃない」不機嫌に命じ、ここは言葉よりも行動で示すべきだと決めた。「わかったな」

「ええ」彼女は囁く。

ジアから手を離し、服を脱ぐ。おれの一物は彼女の中に入りたくて、硬く疼いている。けれどジアは、おれがメグ以前に付き合っていた、大勢のセックスフレンドとは違う。彼女の中に深く身を沈めたいという欲求が、急速に怒りに変わりはじめる。おれ自身は彼女をけっして傷つけることはないとわかっているが、ジアはそれを知らない。知りようがない。おれは彼女にとって見知らぬ男だ。ジアは誰かれかまわず信じてしまうことによるツケを、学ぶ必要がある。この先シェリダンの影がずっとつきまとうとなればなおさらだ。財布の中にしまっておいたコンドームを一つ出し、手早く装着した。そしてまたジーンズを穿いたが、ファスナーはおろしたままでいた。

ジアのもとへ戻り、彼女の足下にしゃがみこんだ。指を彼女の細い足首に絡め、しばらく撫でていた。さらにしばらく。それを続けながらじっと時を待つ。案の定、ジアは振り返った。「前を向いていろ」命じると、彼女は身を硬くしたものの、素直に従った。おれはわざともうしばらくそのままでいた。時は刻々と過ぎていく。ジアはおれの視線が裸身を這い回っているのを感じているはずだ。その状態を続け、無防備な気持ちにさせる。実際には彼女は今安全だ。そしておれの中には、彼女の人生で最後に恐れを感じることなく過ごした時間の記憶を与えたいという気持ちもある。だがその思いは抑えつけた。おれたちにはそんな贅沢は許されない。彼女にはもはやそんな贅沢は許されないのだ。

ジアを十分待たせ、彼女の皮膚感覚が最高に高まっていると納得したところで、おれは親指でゆっくりとその足首に触れた。ジアは一瞬こわばりつつも、すぐに緩む。おれはそれを合図に数センチずつゆっくり上がって、ふくらはぎを撫でていった。そのまま膝の後ろまでたどり、ここでまたしばらく親指で撫でつづける。やがてついにそのときが来ると、膝を使って彼女の脚を広げさせた。「開くんだ」おれは命じた。

振り返ろうとする彼女に警告する。「向くな」

　彼女は大きく息を吞み、脚をV字に広げた。おれは彼女の膝のすぐ上をつかみ、相変わらず親指を誘うように動かしていた。しばらくそうしてから、彼女の内腿の線を焦らすように辿りはじめる。その道は、脚のVが合わさる至福の場所の直前まで続いた。だが今はまだ、目的地まで行くことはない。

　もちろんおれとしてはたどり着きたい。そこにたどり着きたくてたまらないが、今はお預けだ。代わりに両手の人差し指で、彼女の美しいハート型の尻をなぞった。尻の割れ目に沿って上に向けて指を滑らせたとたん、ジアは息を吞み、わずかに身をよじった。彼女の両手は下がりつつある。ジアが本格的に動く前に、おれは立ち上がり、身を乗り出して、その両手を抑えつけた。

「お仕置きをしなきゃいけないようだな」カーテンベルトはバスルームに置いてきてしまったので、自分のベルトをジーンズのループから抜き取り、それで間に合わせることにした。身体でジアの動きを封じ、片手で彼女の両手をつかむと、素早くベルトをその手首に巻きつけた。

「何するの？」彼女がはパニックを起こしかけたような不安げな口調になる。おれが意図したとおりだ。今回のレッスンは、短く効果的なものにしたい。放逸するアドレナリンが導くままに動いた。

「自ら招いた結果だ」おれは答え、ベルトを巻きつけてバックルを留めた。「きみの決断の一つ一つが結果に結びついているということを、覚えていてもらうためだよ」

おれは彼女の手首をつかんだまま、空いているほうの手で剝き出しの尻を撫でた。指を大きく広げ、唇を彼女の耳に寄せながら言い添える。「そして今、おれはきみを好きなようにできる。きみはおれを止められない。怖いか?」

「怖がらせたいの?」

「おれの質問に答えろ。怖いか?」

彼女は息を大きく吸い、吐いた。「緊張してる」

緊張は恐怖とは違う。それだけでは十分ではない。ほんの数分だけでもパニックに陥らせたかった。信頼が毒になることを教えたかった。おれはジアの尻を両手で包み、彼女の太腿を挟んでいる脚に力を込めた。「スパンキングをしよう」

「え? いやよ。そんなの、わたし――」

「その後でファックする」

「やめてよ、チャド」

「いや、やめないよ、ジア。おれはこれから後ろに下がって服を全部脱ぐ。動いたらその場ですぐにきみの尻を叩く」

「動いてしまうわ」彼女は言う。

「だったら尻を叩くまでだ。選ぶのはきみだよ。おれを信用するなと言っただろう」

「つまりあなたを信用しちゃいけないっていうことを証明するためにしているってこと？」

おれはその質問を無視した。「スパンキングの経験は？」

「ないわ。それを変えようとも思わない」

「それがどれほどセクシーでゾクゾクするか、驚くかもしれない」

「叩かれるほうの立場になってみてから言って」

おれはまたしても、思わず笑っていることに気がついた。そんな自分にやたらと驚いていた。彼女の尻っぺたをぎゅっとつかむ。「おれはこれから服を脱ぐ。警告を忘れるなよ、ジア」

おれは少し離れ、ジーンズを下ろした。そのとたんに彼女が振り向く。彼女に逃げる隙も与えずそばに戻り、また壁のほうを向かせて抑えつけ、両脚で彼女の脚を挟んだ。「チャド――」彼女が切羽詰まった口調で言うが、おれはそれを遮った。

「反論しても抵抗しても意味はない」おれは彼女の尻をつかんで揉みしだいた。これからすることのために、温める必要がある。「余計に大変な思いをするだけだ」

「チャドったら」彼女が懇願する。

「今何を考えている？」

「あなたはサイテーの馬鹿野郎だって」

「他には？」

「あなたは今裸だってことと、サイテーな男なのに、どうしてわたしったらこんなに興奮して、あなたが欲しいって思っちゃうんだろうって」

おれは口元を歪めて笑った。「他には？」

「わからない。まともに考えられないの！」

「それが目的なんだよ。逃避することが。きみとおれ、今ここにいること以外、すべてが無になる。おれが何を考えているかわかるか？　きみとファックすることだ、きみの中に入って、どれほど熱く濡れているか、どれほどきつくおれを締め付けてくるか、感じることだ。それ以外は何もない。だがその前に、きみにスパンキングをしてやらないとな」

「わたし……それって痛い？」

「ちょっとピリッとするだけだ」身を乗り出し、彼女の首筋に鼻先を埋める。「おれときみと二人で楽しむための行為だ。きみを傷つけたりはしない。いいね？」

「いいわ」彼女は囁く。「わかった」

　彼女の横に移動し、その横顔を眺めた。おれの一物は彼女の腰とお腹に当たっている。片足を彼女の前に置き、もう一本の足を後ろに置いた。彼女は縛られた手首を胸の前に置いているが、おれはそれを動かそうとはしなかった。その位置なら、スパンキングの衝撃を受けても、壁に突くことができる。おれは片手を彼女の腹に当て、一方の手を彼女の頭に添えて、おれのほうを向かせた。「ここが、おれを信じるべきところだ」

「皮肉なものね。こうなったらわたしに選択の余地はないじゃない」

「おれはきみを傷つけたりしない」もう一度繰り返し、約束の徴（しるし）に唇を重ねた。舌を彼女の歯の間に潜り込ませ、口の中を探って、優しく誘いかける。おれの言葉を裏づけるためであると同時に、彼女の緊張を鎮め、興奮を高めて、不安を消すためでもある。「キスまで頑固な味がするな」おれはつぶやき、指を彼女の脚の間に滑り込ませると、クリトリスに軽く触れた。「信用するな――このルールを肝に銘じるんだ。ここから先は、誰も信じちゃいけない。おれはたった一度誰かを信じたせいで、あの椅子に縛りつけられる羽目になった」

「わたしはそんなふうに生きられない」

「もう選択の余地はないんだ」尻をぎゅっとつかみ、命じる。「何人たりとも信じるな」彼女に反論する暇を与えず、指を彼女の脚の間へ、体内の濡れた熱の中へと滑り込ませた。ジアは息を呑み、呻いた。「濡れている」おれは言った。血管を巡る欲望が、一物を充たす。「これからもっと濡れさせてやる」

「どういう意味」

指をさらに深く進める。彼女の気を逸らしつつ、あえてショックを与えるべく、いきなり尻を叩いた。強くはない。おれが普段官能のゲームの中でするよりもはるかに弱いが、一つのメッセージであることに変わりはない。それは可能性を教えるものだ。彼女にとって新たに開き、二度と閉じることはない扉を示すものだ。一度きりではやめなかった。もう一度繰り返す。さらにもう一度ぴしゃり。五つ叩き終わったころ、彼女は息を喘がせていた。今度は指が主導権を握る。ジアが崩れて懇願するまで、彼女の身体がその刺激に震えはじめるまで、ひたすら指を使い、焦らす。

ジアの身体からがっくり力が抜けたのを見届けると、彼女と壁の間に入り、引き寄せて、おれの昂ぶりを彼女の太腿の間に当て、体重を預けさせた。ジアはおれの肩に顔を埋めた。両手で彼女の顔を挟み、引き寄せる。頬の紅潮よりも、濡れた瞳が気になった。ふと決意が揺らぐ。「痛くなかったよな？」

「まさか、痛かったわけじゃないわ。ただ……なんだか心細くて、自分が無防備に思えて、そして……」彼女の声が小さくなる。頬の赤みがいっそう増した。

「そして、なんだ？」おれは尋ねた。

「さらけ出してる感じだった。それでも興奮してしまったの。すごくそそられてた。わけがわからない」

「官能的だからだよ。おれが今この瞬間どれほどきみの中に身を沈めたいか、きみにはわからないだろうな。だけどきみには、おれが今送っているメッセージをわかっていてもらう必要がある。おれはきみを悦ばせることしかしない。だが他の誰かは、それほど親切じゃないかもしれない。きみは危険を冒すわけにいかない。どんな状況でも、けっして人を信じるな」

「その中にはやっぱりあなたも含まれるの」

「ああ。おれは有害物質なんだ、ジア。おれはきみの人生に毒を注ぎ込む。だからきみの安全を確保し次第、きみの目の前から消える」

「妹さんから隠れているのもそういうわけ？」

「ああ」

ジアはしばらくおれの顔を眺め、表情を探っていた。おれたちの間で何かが変わった。情熱が頂点まで高まり、雰囲気が最も官能的な方向に向かって妖しさを増す。

「解いて」彼女は言う。「あなたに触れたい。触れずにはいられないの、チャド」

激しい感情が、ありとあらゆる方向から押し寄せた。彼女に対しては責任がある。自分が何年も前に下した判断の影響を、それがおれの人生に完全に沁み渡ってしまっていることを、今もひしひしと感じている。彼女の顔を包む指に力がこもった。「その前に理解したと言ってくれ」

「あなたが思っている以上に」彼女は囁く。それがどういう意味なのかおれにはわからない。彼女は何かを隠している。おれはそれが知りたかった。

「解いて」ジアは繰り返す。「お願い。そうよ、このお願いには、さっきあなたが言ったことを全部してってていうのも含まれてる。あなたの名前を叫ばせて。あなたが誰か、忘れられないようにして」

彼女の言葉が怒濤のように打ち付けてきて、さっき目覚めたときに感じた——そしておれがこの人生で日々感じている——どす黒い感情をかき立てる。彼女に口づける。深く情熱的なキスは、悪夢から目覚めたとき以来ずっと押し殺してきたすべての感情を含み、緊迫していた。おれが束の間の安息を得られる唯一の術は、この女なのだ。

唇を彼女から引き剝がす。少しの間、おれたちはただ見つめ合っていた。二人の間にあるものが何なのか、おれにはわからない。だが痛み以外の感情をこれほどリアルに感じるのは、もうずいぶん長いことなかった。手を伸ばし、ベルトのバックルを外すと、手早く緩めて脇に放り投げた。取り去ってしまうが早いか、また彼女にキスをした。ジアの指が、柔らかく、温かく、繊細におれの肌を弄る。けれどその手が求めてくる激しさは、おれ自身が感じている欲望に勝るとも劣らない。

彼女の髪の下に手を差し入れ、指でその首筋を包んだ。そして唇を引き寄せ、さらに激しく貪るようなキスをした。ここでようやくおれは、彼女に好きなだけ触れる自由を自分に許した。思う存分その身体を弄り、乳房や乳首を探索する。二人の身体の向きを変え、ジアの背を壁に押し付けた。彼女の片脚を上げ、おれの一物を彼女の花芯に当てて、中へ押し入る。深く激しく、たどり着けるかぎり奥まで、彼女に身を沈める。二人の視線が合い、見つめ合う。彼女があの拷問部屋に足を踏み入れた瞬間から感じていた二人の結びつきは、ここで大きく花開き、輝いた。血管に熱が広がる。そして感じたくはないが、胸にも不思議な温もりがあった。確かにそこに。本物の生きた感情が、二人の間を行き交い、欲望の絆となっておれたちを結びつける。

不意にどちらからともなく、またキスを始めた。ジアの尻をつかみ、持ち上げる。

彼女は両脚をおれの腰に絡める。ジアをそのままマットレスへ運んでいって横たえ、その上に覆いかぶさった。そして夢中で腰を突き立てた。おれの手は相変わらず彼女の尻の下にあって、彼女をおれのほうへと引き寄せている。ファックしている。おれたちは今ファックしている。この根源的で動物的な野性の迸り(ほとばしり)こそが、おれと彼女の求めるものだった。ジアの立てる色っぽい小さな声が、おれを狂おしいまでに駆り立てる。同時にその声は、今まで他のどの女の呻き声にも感じたことのないほど、おれの中に深く沁み渡っている。おれはジアとファックしている。そして相手が誰だろうが関係なく、セックスすることだけに意味のある、忘却の仄暗い場所を目指そうとした。けれど無理だった。少し顔を上げてから、彼女の首筋に顔を埋め、腰のリズムを緩め、身体を落ち着かせるように努めた。深く息を吸い、ペースをゆっくりにして、おれと同じ高みまで、彼女がたどり着けるようにする。

ジアの乳房を包み、乳首を舐めて、弄ぶように吸う。首筋に、耳たぶに、肩に、口づける。彼女は乱暴におれの髪をつかんだかと思うと、消え入りそうな必死の声でおれに嘆願する。「チャド……」ここでようやくおれはまた彼女にキスした。そしてまた激しく腰を突き立てた。おれたちは燃え盛る絶頂の際(きわ)にいた。腰を打ちつけ、互いを弄り、相手と一つになろうと必死だった。

そしてその瞬間は、あまりにもあっけなくやってきた。ジアがおれの背中に爪を立て、身体をこわばらせる。数秒後、彼女の痙攣する秘所がおれを包み、絞り上げた。おれは最後にもう一度深く彼女の中に身を沈め、一気に精を放って、強烈なオーガズムに身を震わせた。時がゆったりと流れ、おれは最高のセックスの後にもたらされる甘い忘却の彼方へと、運ばれていった。

意識が、やがてゆっくりと部屋に戻ってきた。ジアのもとへ、純粋にセクシーな女に似合いの、彼女生来の香りへと。彼女に覆いかぶさったままその感触に浸っていると、起き上がりたくなくなる。そこでふと気づいた。これは単なるファックではなかったのかもしれない。それはおれにとって初めてであるというだけでなく、厄介なことでもある。気持ちを奮い立たせ、彼女から自身を抜き取り、立ち上がる。ジアのほうを見ないようにしながら向きを変え、ジーンズを拾い上げてバスルームへ行った。コンドームを外してトイレに流し、壁にもたれる。いったいおれはどうなってしまったんだ？

この女には会ったばかりだ。情などはわくはずもない。今後も情を抱くことはないし、今も抱いていない。壁から離れ、ジーンズを穿き、寝室に戻る。

ジアはおれたちがファックした壁のすぐ近くに、こちらに背を向けて立っていた。

美しい全裸の後ろ姿をもろにさらしながら、ワンピースを頭からかぶろうとしている。けれどおれの心をひきつけたのは彼女の美しい裸身ではない。おれがはっとしたのは、彼女から放射されている緊張感のせいだった。それがおれの胸を締め付け、さらにパンチを食らわせる。くそっ。

彼女のところへ行くとその肘をつかみ、おれのほうを向かせた。「だいじょうぶか？」

ジアがこわばった笑い声を立てる。頰が薔薇色に染まっている。「あなたはわたしの慎みを全部かなぐり捨てさせておいて、この先一生、こんなふうに無防備になってはいけないって言ったのよ。だいじょうぶに決まってるじゃない」

皮肉。緊張。おれもだんだん彼女のパターンが吞み込めてきた。「これは……おれたちが今したみたいなファックは、二人にとって現実逃避だ」

「そうよ。それはわかってる。そしてそこからわたしが学ぶべきなのは、この次どこかの男と裸になるとしたら、そいつはわたしを縛り上げて傷つけるかもしれない、だから銃を隠し持ってろってことでしょ？」

彼女が他の男に抱かれることを思い浮かべると妙に落ち着かない気分になった。そしてそんな自分が嫌だった。彼女はおれの女じゃないし、この先そうなることもない。

「人生にセックスは必要だ」おれは言った。「どこかでそうなることもある。ただ注意しろ。意識しておけ。そして長く続く関係を持とうと思うな。誰かがきみの防御を取り払って、心に入り込んでこようとしたら、それがきみの命取りになる」

「あなたはそういう目にあったのね」

おれは心の周りに張り巡らす壁を元に戻し、彼女から手を離した。「買物袋の中に、サイズに合うパンツとスニーカーがあるなら、それに着替えろ。これから二、三キロ歩くことになる」彼女から顔を背け、シャツをつかんで頭からかぶった。

「チャド……」ジアが囁く。

「おれは山ほどの失敗をしてきたんだ、ジア。そしてそのツケを払ったのは、おれの周りの人間たちだ」彼女のほうに向き直り付け加える。「きみをそのうちの一人にはしない。さっさと着替えろ」彼女が動こうとしないのを見て、おれはそばに行きたくなった。けれどその選択肢がないのは、肝に銘じておかなくてはならない。「おれはきみが言っていたとおりの男だ。スリルと金のためなら、おおよそどんなことでもする。あんまりそばにまとわりついていると、きみを売り飛ばすかもしれない。それなりの高値がつけばね」

ジアは殴られたかのように背中を丸め、青ざめたかと思うと、バスルームに駆け込み、ドアを閉めた。おれは壁に拳を打ち付けそうになるのを、すんでのところで堪えた。

7

十五分後、おれはナイトスタンドに置かれた時計に目をやった。もう十一時だ。思わず毒づいた。予定していた出発時刻よりすでに丸一時間遅れている。さっさと荷造りをしてこのネズミ捕りのようなモーテルから出たい。銃をアンクルホルスターに留め付け、もう一度ジャレッドに電話してみた。鳴りつづける呼び出し音に耳を傾け、壁に電話を投げつけたくなったとき、バスルームのドアが開く音が聞こえた。顔を上げると、ジアはベッドの足元に立っていた。長いこげ茶色の髪はふたたびブラッシングされ、艶めいている。唇にはグロスが塗られ、さらにおれの見間違いでなければ、少し化粧もしているようだった。ブラックジーンズと赤のミッキーマウスのTシャツに、これまた赤の――〈ケッズ〉か類似品かはわからんが――スニーカーを合わせている。おれは二つの点で驚いた。その一、彼女は昨日と別人のように見えるが、それでも相変わらず可愛らしく、ありえないほどにセクシーだ。その二、このTシャツはいったいなんだ？

「勘弁してくれ」おれは呻きながら電話を耳から離し、放り出した。「あの店員のガキ、道行く人々の視線をことごとくきみに集めようって魂胆か？　ウォルマートの袋の中に他の選択肢はなかったのか？」

ジアは腕組みをする。彼女が注意深く視線を合わせないようにしていることに、おれは気づいた。「キャラクターもので統一したつもりらしいわ。残りは蛍光グリーンとホットピンク」

「ああ、そうだろうな」目立たず素早く買い物を済ませるためだけに、あの年端も行かない店員に大枚を叩いたことを後悔した。「フードパーカーを上に着ろ」空のダッフルバッグを彼女のほうに投げた。「持っていきたいものは全部その中に入れておけ。目的地に着いて腰を落ち着けたら、もっと好みに合ったものが買えるってことを忘れるな」

彼女の視線がまっすぐおれに向けられる。ついさっきおれが縛り上げてファックした女や、バスルームに逃げ込んだ女のもろさはそこには微塵もなかった。この女は冷ややかに心を隠し、落ち着き払っている。「それはいつ？」

「予定どおり進めば今夜遅くには着く」

彼女は一呼吸分おれの顔を眺めていた。さらにもう一呼吸。当然次に来るであろう質問を覚悟したが、彼女はしなかった。代わりにジアは、ただバスルームへ歩いていき、すぐにウォルマートの買い物袋とフードパーカーを手に戻ってきただけだ。彼女は買い物袋をベッドに置きフードパーカーを頭からかぶってから袋の中身を選り分け、二、三の商品だけをダッフルバッグに入れた。

「準備できた」彼女は言った。

おれは現金の入った小さなバッグを、これを持っていけと言わんばかりにベッドの彼女の目の前に投げた。ジアがそのバッグとおれの顔を見比べる。「わたしが逃げると思わないの？　機会があったらわたしを売るって言ったくせに」

「安心しろ。今のおれにとってきみは十分利用価値がある。言っただろう、シェリダンを倒すためにきみが必要なんだ」おれは彼女に近づき、間近に向き合った。どれほど彼女を抱き寄せてまた最初からファックしなおしたいと願っているか、思い知らされる。「逃げようとしたら、追いかけるまでだ」

「でしょうね」彼女はこわばった口調で返す。その声にはこれまでになかったよそよそしい冷たさがあった。その気になったら彼女を売り飛ばせると言ったおれの言葉が、かなり引っかかっているようだ。それがおれたちの間に距離を作ったことを歓迎すべきだが、なぜか喜べなかった。

「わかり合えたようだな」おれは言った。

「ええ、この上なく明快に」彼女は答える。

二人とも目をそらさなかった。意思のぶつかり合いであったはずが、やがてはセクシーな熱を帯びはじめる。おれはなにもかもどうでもよくなって、また彼女の服を脱がせてしまいそうになる。けれどこれまで散々過ちを重ねてきた上に、ここで新たな過ちを加える余裕はない。歯ぎしりをし、ダッフルバッグの一つを手に取った。「さあ、行くぞ」突っぱねるように言い、ドアのところに行って開けた。

ジアは動こうとしない。「歩いてどこまで行くの？」

「行けばわかる」

「そうくると思った」ジアは足早に近づいてきて、驚いたことにおれの前に立った。青く燃え立つ瞳で、おれの目をまっすぐに見る。「そうやって確かめてるのよね。あなたがわたしに教えたかったことが、ちゃんと身についたかどうか」

おれは彼女に、このおれも含めて誰も信じてはいけないと教えた。何でも思いどおりにしなければならない男としては、ときに成功の苦さを味わわされることもある。それは砂糖とカフェインを摂りすぎた女のように、不機嫌に嚙み付いてくるのだ。

彼女の後についてドアの外に出ると、周年暖かいテキサスの陽気が、今日は暑いくらいだということがわかった。野球帽をかぶりながら言う。「こんな蒸し暑い日にフードパーカーを着てるやつはいないな。髪をフードの後ろに押し込め。ぱっと見ロングだということがわからないように」

ジアは素直にしたがう。おれはドアを閉めながら、彼女に先に行けと仕草で示した。二人で歩きはじめた直後、ジアがダッフルバッグのストラップを斜めがけにし、おれも同じようにした。ジアがおれの右の車道側を歩いているので、その腕をつかみ、おれの左の安全なほうに寄せた。彼女は腕組みをし、そのまま歩きつづける。

おれたちはハイウェイ沿いの歩道を少し歩いてから、レストランや商店が立ち並ぶ一角に入った。「車で移動しはじめたら、食い物を手に入れる。人目につく危険を犯したくない」

「わかってる」彼女は相変わらずまっすぐ前を見据えて言う。「どうやって車で移動することになるのかは、聞いちゃいけないんだろうから聞かないことにする」

おれはハンバーガー屋の隣の寂れた中古車販売店を示した。「答えならそこだ」

「車を買うの？」彼女は足を止め、おれのほうを向く。

「おれはすべてにおいて用意周到なんだ。言ったろう？」彼女の腕を取り、緊急事態だから仕方がないと自分に言い聞かせる。けっしてまた彼女に触れたいからではないのだと。「見通しのいい場所に出た。さっさと動かなきゃならない」彼女の腕を取って歩きはじめる。ジアはおれの歩幅に合わせるために二倍の速さで足を動かし、おれたちはレストランの駐車場を横切った。「顔を伏せて」駐車場で車から降りてきた数人とすれ違いそうになり、おれは言った。

「シェリダンは本当にそこまで手を伸ばせるの？　わたしたちが普通に通りを歩いているのをいきなり捕まえられるくらいに？」

おれは正直に答えた。「ああ」

「本当に？」

「金は愛する者を取り戻させてはくれないが、愛さないものを破壊しようと思ったらかなりの力を発揮する」おれたちは駐車場の端まで来ていた。旗の下がったロープを持ち上げ、ジアをくぐらせる。彼女は素早くその下を通り、おれも後に続いた。わけもなく落ち着かない気分になり、足を止めて怪しい兆候がないか周囲を見渡す。

「どうかしたの？」ジアは尋ね、同じように周囲を見回すが、おれの目立たないやり方とはだいぶ違う。

彼女の腕をつかみ、足早に小さな灰色のコンクリート製の建物の裏に向かった。テキサスで人気があるダブル幅のトレーラー程度の大きさだ。角を曲がるときに立ち止まり、周囲を窺う。壁に背をつけ、ジアの身体をぴったりと抱き寄せて、そこから中古車販売店の敷地全体を見渡した。

ジアの肩越しに反対方向にも目をやる。ポリエステルのスーツとカウボーイブーツに身を包んだ年輩の男が見えた。セールスマンと思しきその人物は、ジーンズにビーサンという格好の中年カップルと話し込んでいる。セールスマンはおれの視線に気づいたらしく、手を振ってきた。「すぐそっちに行くよ」

おれは手を振って応え、視線をジアに向けた。顎に力を込め、こわばった口調で言う。「怪しい気配を感じて周囲を窺うときは、絶対にあからさまな見方をしちゃだめだ。それをやったらむしろ目立つ」

ジアがおれのシャツをつかむ。「怪しい気配を感じる?」

「常に注意してるだけだ」殺気を感じてうなじが総毛立っているが、ジアには言わないことにした。「きみもそうする必要がある」

「それじゃあ答えになってない」

「あとでトラックの中で話そう。今は無理だ」彼女の肩に手を乗せ、中古車展示場のほうを向かせた。「あそこの隅のありふれた白のやつ。なぜおれがあれを選ぶと思う？」

「この展示場で大きなトラックはあれだけだわ。あなたは大きなトラックが好きだから」

また彼女の向きを変えさせ、おれのほうを向かせる。「これも勉強だ。すべてが勉強なんだ。それが生死を分かつ。テキサスはトラック王国だ。トラックの中にならぬ紛れやすい。さっきから繰り返し言わんとしているのは、とにかく目立つなということだ」

ジアは息を呑み、それをゆっくりと吐いた。「わかった。目立たないことね。覚えておく」

「今すぐ実行しなきゃだめだ」

「わかってる。そのうち慣れると思う」

「慣れるのもいけない。慣れてしまえば、うっかりミスをおかす。慣れないように気をつけることだ。六年の経験から言えるのは、慣れないようにするには並々ならぬ努力が必要だ。人は誰でも、嵐が過ぎ去ったと、ほっとしたくなるときがある」

「何度も六年と言うけど」ジアは両手でおれの上腕をつかんだ。その声がかすれている。「六年前に何があったの？」

おれは片方の眉を上げた。ジアは気づいていないようだがセールスマンが近づいてきている。「そんなに昔のことだとは知らなかったというのか？」

「そんなに昔って何が？」

「あの野郎がおれの両親を殺したのがだよ。なあ、ジア――」

「六年って」彼女は繰り返す。「チャド――」

「遅くなってすまないね」セールスマンの声がしたのを合図に、おれはジアの肩に腕をかけ、二人で彼のほうを向いた。「今日はどんな御用で？」

「あの隅の白のトラックをもらいます」

男は眉間に皺を寄せる。「試乗してみたいってことかい？」

「いいえ、すぐ乗りたいんです。いくらですか？」

「五千ドルだ」

「十五分以内に出発できるようにしてくれたら、六千払います」相手が目を丸くしているのを見て、おれは余計な疑いをかけられないよう急いで説明した。「これから急いでオースティンに、妹を助けに行かなきゃいけないんです。妹の旦那ってのが、ろくでもない暴力亭主でね。だけどおれのＢＭＷは故障してしまって、修理に必要な部品も一週間は来ないってことなんですよ。日が暮れるまでになんとかやつのケツに一発食らわせないと」

セールスマンは眉を上げた。「そんな多額の現金を持ち歩いてるのかい？」

「そのろくでなしはコンピュータプログラマーでハッキングもできるんです。妹はとにかくそいつに怯えてて……。まずは妹にクレジットカードの利用をやめさせて、おれがやつをなんとかする間、亭主に見つからないように身を隠させることにしたんですよ。ここで使ってしまうと妹に渡す金がなくなるけど、現地に駆けつけたらまたそこで下ろせばいいんで」

驚いたことに、ここでジアが話に入ってきた。「本当に酷い男なの」彼女は指で目頭を押さえる。「彼女とは実の姉妹も同然なんです。ごめんなさい。彼女のことが心配で」

「お嬢さん」老セールスマンは見るからに納得したようすで同情を示した。騙されるのも無理はない、おれまで彼女の話が本当に思えてきたくらいだ。「おれはこの世で女を殴る男ぐらい嫌いなものはない。十五分で出発させてあげるよ。千ドル余計に払う必要はないから、とっておきなさい」彼は事務所のドアを開け、おれたちに手招きした。

おれはジアのウエストに手を回し、彼女を建物の中へ導いた。人に後ろに立たれるのはあまり好きではない。この爺さんも例外ではないが、ジアの背後に立たせるよりはまだましだ。それにしてもジアの今の演技を見て、つい願わずにはいられない。彼女が握るナイフが、今おれの背中に突きつけられてるなんてことはありませんように、と。彼女を先頭に細い廊下を通り、おれたちは簡素な事務所へ入った。ドアの両脇にスチール製の机が一つずつあり、その正面の壁はガラス貼りで展示場が見渡せる。

ジアとおれは同時に戸口を入ってすぐ右に寄り、セールスマンに道を開けた。彼は左側のデスクの後ろに立ち、引き出しを開ける。するとここでジアがいきなり尋ねた。

「化粧室をお借りできます？」

「今通ってきた廊下のドアだよ」セールスマンが言った。

おれは眼差しでジアに警告したが、彼女の目が充血しているのに気づいて訝しさに目を細めた。「どうかしたのか？」穏やかな口調で尋ねた。おれがトラックを選ぶ理由すらわからない女が、なぜここまで演技に長けているのか、不思議でならなかった。

彼女はおれに寄り添い、胸に手を当てて頬にキスしてくる。「車が故障してトラックを買わなきゃならないなんて、すっかり動揺してしまったの。ちょっと気持ちを落ち着けてくる」

彼女の手を取り、耳元に顔を近づける。「おれを欺こうなんて夢にも思うなよ。あとで後悔するぞ。ドアを見張ってるからな」

「よかった」彼女は答える。「今は一人になりたくない気分なの」

それがどういう意味か尋ねたかったが、ジアはすぐに離れた。人目がある以上おれも彼女を行かせるしかない。それでもジアが睫毛を伏せて瞳の表情を隠そうとしたのを、おれは見逃さなかった。ここはひとまず、逃がしておこう。

「これでよし」セールスマンは相変わらずデスクの後ろに立っている。「書類も準備できたし、キーもある」彼はおれに手を差し出した。「そうそう、おれはジェフだ」

化粧室のドアが閉じる。おれは一歩前に出て、彼と握手した。「力になってくれてありがとう、ジェフ」自分の名前は名乗らずにいた。何年もの間に身についた習慣だ。

「お役に立てて嬉しいよ」彼はおれの手を離し、椅子に腰掛けるよう仕草で示した。おれがその勧めに従ったのは、そうすると化粧室のドアがよく見えるからだ。

「身分証明書と現金を出してもらおうかな」

財布を出しながら椅子の角度を変え、正面のガラスとジアがすぐにも出てくるであろうドアとを、両方を眺められるようにした。ケヴィン・ムーアと書かれた身分証明書をデスクに置き、ジェフに見せる。「金は契約書をいただいたらお渡しします」

「ああ、それでかまわんよ」彼は身分証明書に目をやった。「ミスター・ムーア」

　十分後、契約書のサインが済み、現金とキーを交換する段になった。まだジアが出てくる気配はない。とここで、青いシボレーの４ドアセダンが展示場に入ってきて、ジェフがため息をついた。「家内が昼飯を持ってきたようだ」彼は腰を上げた。「ちょっと追い払ってくるよ」

　おれも椅子から立ち上がる。「その必要はないですよ。おれたちはすぐ失礼する。支払いをさせてください」

　彼は戸惑っている。「うちの女房の前で金を数えるのはあんまり気が進まなくてね。さっさと追い返してくる。すぐ戻るよ」彼は答えを待たずにドアに向かった。それでも抜け目なくキーは机から掠め取っていく。おれは遅れたことに苛立ち、罵り言葉を吐きながら、化粧室のドアのところまで行ってノックをした。「ジア、もう出発するぞ」彼女はすぐには返事をしない。不安が胸にこみ上げる。「ジア――」

　ドアがパッと開いた。「ごめんなさい」彼女は言いながら髪を耳にかける。目は充血し、顔が青ざめている。「あんまり気分が優れなくて。もう出られるの？」

　彼女が何を企んでいるにせよ、おれはどうも気に入らなかった。だが今はそれについてじっくり解き明かしている時間はない。ジアの手を取り、事務所まで連れ戻してジェフの姿を探したがどこにも見当たらない。彼の奥さんのものだという青のセダンも消えていた。悪い予感が背筋を走る。

「セールスマンの人はどこ？」ジアが尋ねる。

「当然の疑問だな」おれはつぶやき、デスクの裏に回って引き出しを開けた。「ビンゴ」青のダッジと書かれたタグ付きのキーをつかむ。ウィンドウのところまで歩き、ずらりと並ぶ車を見渡す。人の気配はない。ダッジは展示場の中央にあって、他の車にブロックされている。「くそっ」

「何があったの？」ジアがおれの隣に来る。

「いいことではないな」おれはそれ以上のことは言わなかった。ジアではなく、ここから生きて逃れることに集中する。裏のドアからではようすを窺うことができない。表のドアからだとターゲットになる危険はあるものの、すぐそばまで車が並んでいるので身を隠すことは可能だ。

「見つかったのね、そうなの？」すぐ隣で彼女が尋ねる。

おれは足首のホルスターから銃を取り出し、彼女のほうは見ずに指示を出した。

「表のドアから出て右手の二台の車の間に入るんだ」ここで顔を向ける。「後ろから援護できるように先に行け。できるだけ身を低くしておくようにな」

「低くね」彼女は同意する。「了解」

ないようにという目的もあるが、これはまだ包囲されていなければの話だ。

「今だ」ジアに緊張する間を与えないよう、すぐに言った。敵に包囲する時間を与え
ジアは身をかがめ、前に飛び出した。おれもすぐ後に続く。バッグのファスナーを開け、銃を持った手をその中に入れて隠す。二台の車の間にたどり着くまでの時間は、鼓動百個分にも感じられたものの、実際には十個程度だっただろう。

「そのまま進んで」おれはジアを次の車列の陰に行かせた。その先にはこの展示場とマクドナルドを仕切るロープがある。もしもすでに見つかっているとしたら、そこがおれたちの最も逃げ込みそうな場所だ。すなわち、ここでためらったら、蜂の巣にされる。

ジアもその点は理解しているようだ。猛然と前に進み、ロープをくぐる。おれもすぐその後に続く。言葉を交わさなくても、並んで駐車された車のところへ二人揃って行き、一番手前の二台の間で膝をついた。おれはジープに似た車のロックをチェックする。彼女は小型トラックのドアを開けようとする。

「こっちだ」自分のほうが開いたので、声をかけると、ジアは間髪をいれずに乗り込んで、身をかがめた。おれもすぐ彼女に倣(なら)い、バッグを二人の座席の間に置くと、銃を手の届くところに準備した。この車の持ち主がすぐに現れないことを祈りつつ、手

早くダッシュボードのパネルを外し、ワイヤーをつなげてエンジンをかける。

「チャド」ジアが切羽詰まった口調で声をかける。目を上げると手袋をした男が二人、今まさにロープを潜ってこちらに近づいてくるところだった。おれが見たところでは二人ともメキシコ系で、いかにもその筋のプロというような険しい顔つきをしている。

おれはギアを入れ、車をバックさせると、思い切りアクセルを踏んだ。

8

おれは後ろを振り向かず、逸(はや)る気持ちをなんとか抑えて急加速を控え、ジープのアクセルにじっと足を置きつづけた。猛スピードで逃げ去れば、むしろ人目を引く。頭の中では、小さな町で盗難車を走らせた結果引き起こされる事態について、一つ一つ考えていた。建物の裏を回って幹線道路に出る。マクドナルドを離れ、他の数台の車とペースを揃えてそこに紛れようとしているうちに、アクセルに置いた足がかなり疲れてきた。

「今のはどういうことだったの?」ジアが尋ねる。「わたしが化粧室に入っている間に——」

「何も言うな」おれは考えに集中したくて声を荒らげた。ジェフがおれをはめようとしたのか、ジアがおれを裏切ったのかのどちらかだ。ジアはずいぶん長いこと化粧室にこもっていた。

「チャド――」

「何も言うなって言ってるだろう、ジア」おれは唸った。また彼女に関して愚かな間違いを犯してしまったことに腹を立てていた。ジアにもおれが本気だということが伝わったのだろう。それ以上はせっついてこなかった。だがおれのほうは彼女を問い質すつもりだ。できるかぎり早く。ああ、楽しみにしてるがいい。近道を使ってハイウェイに乗った。ジープを探している警察の目から逃れるのが先決だ。とはいえ、どこに行っても人目を気にしなければならないことに違いはない。しかもおれには、どうしても寄らなければならない場所がある。その場所をジアに知られるわけにもいかない。

「床にうずくまれ」おれは命じた。

「え？　どうして？　これから――」

「いいから言うとおりにするんだ、ジア」

彼女ははっと息を呑むと、命じられたとおりにして、その後はずっと口をつぐんでいた。おれは運転に集中した。十五キロほど走ったところでハイウェイを降り、住宅が密集した地域に入って、いくつか角を曲がった末に、ラボックの中流世帯のシンプルな家屋が並ぶ一角にたどり着いた。赤いレンガ作りの家の前に車を寄せ、縁石沿いに駐める。

「何も訊くな」ジアが口を開こうとしているのを感じ取り、牽制してから、ダッフルバッグをつかんだ。「行くぞ」ジープを降り、手をバッグの中の銃に添えながら歩く。フアン・カルロスはおれに借りがあるので忠義を尽くしてくれるが、だからといって彼が単独でいるとは限らない。ジープの後ろを回り、助手席のドアまでジアを迎えに行く。彼女はひどく居心地が悪そうな表情だった。

「ここで何をするの？」ジアは尋ねる。

「頼みごとをする」おれは彼女の腕をつかみ、歩き出した。

「って言うことは、お友達？」

「言ったろう」玄関の前で足を止めて答える。「おれには友達なんていない」ベルを鳴らす。「どちらかと言えばおれをはめようとしていない人物というだけだ」ジアは彼女の腕をつかむ手に目を落としてから、おれの顔を見た。「どうしてわたしのことをそんなに怒ってるの？」

「その話は後だ」

「お願い」彼女は食い下がる。「あなたのご機嫌っていうプレイブックが全然理解できないの。せめて少しヒントが欲しいのよ」

ドアが細めに開き、ジーンズにTシャツという姿のメキシコ系の女が顔を覗かせた。

「よお、マリア、フアン・カルロスはいるか？」

「予約は入ってないはずよ。兄は予約のない客はやらないの」

「おれだってことを話してくれれば、問題ないって言うはずだ」彼女が反論しようと口を開けるのを見ておれは語気を強めた。「おれが来たと伝えてくれ」

マリアは眉間に皺を寄せながらも、ドアを閉め奥に入っていった。おれはジアのほうを見ずに言った。「おれたちが話し合わなきゃいけないのは、きみのプレイブックについてだ」

「いいわ。わたしも持つべきだものね」

おれはここで彼女を見た。「きみがすでに持ってることは二人ともわかってる。それをちゃんと見せてもらおう」

「シェリダンを倒すのを手伝うってことはもう言ったはずよ」

「疑いを逸らそうったって無駄だぞ」

「疑い？　わたしが何を疑われてるの？」

マリアがまた戸口に現れた。「裏庭に回って」彼女がドアを閉め、おれはジアの腕をつかんでまた歩き出した。

「逃げないってことはわかってるでしょ？　どこに行くあてがあるって言うの？」

「今ここでする話じゃない」おれたちは黒いエスカレードのピカピカの新車が駐められている庭の車回しを横切り、また芝生に足を踏み入れて裏門へ向かった。裏門を開け、ジアを先に追い立ててから自分も中に入り、門を閉める。

「チャド――」

「後にしてくれ」吐き捨てるように言い、彼女の腕をまたつかんで、三十メートルほど先にあるガレージをオフィスに改装した小さな建物へ向かった。ドアのところまで来ると、ノックもせずにいきなり開け、ジアを連れて中に入った。そこで彼女から手を離し、足でドアを閉める。

　ファン・カルロスはマホガニー製のデスクの向こうに座っている。長い黒髪をポニーテールにし、片方の頬には縦に一筋の傷跡が走っている。不運にも彼がそれを負うところをかつてこの目で目撃した、曰くつきの傷だ。「チャド、我が友よ」彼は立ち上がり、手を差し出す。

「ここにいろ」ジアに小声で命じると、前に進み出て彼と握手をした。

「妹が失礼をしてなきゃいいんだが」ファン・カルロスは言う。

「兄を守るためだ、多少噛み付かれるのは仕方がない。表のエスカレードはいくらした？」

　ファン・カルロスはジーンズを穿いた腰に両手を当てる。彼に関するおれの豆知識を披露するなら、左手に嵌めたマヤの太陽のシンボルの指輪は、値段がつけられないほど高価なものだ。「十万。どうだい、べっぴんさんだろう？」

「十二万で買う」

「なんだって？　無理だよ。家に連れて帰ってきたばかりなんだぞ。車が必要なら手配してやる」

「今夜必要なんだ。今すぐ」

「それが目的で来たのか？」

「それと、この女のために書類が一式必要だ」

「だったら時間がかかる。明日の晩までに車とＩＤを用意してやる」

「おまえんとこのＩＤは、すぐ使える一式が用意できてるだろう」

「それなりに上乗せしてくれればな。だがおまえから特別料金を取るわけにはいかない」

「だったら取るなよ」

「おれは商売人なんでね」

「いくらだ？」

「ＩＤ一式で十五万」

おれはヒューと口笛を吹いた。「ぼったくりだな」

「明日の晩まで待て。そうすれば車も用意できるし値段も割り引いてやれる」

「今夜だ」おれは譲らなかった。「もちろんツケで。おれにそれだけの信用があるのは知ってるだろう」

「おまえがいつも間一髪のところで死神から逃れてるのも知ってるがね」

反論の余地はない。おれはバッグに手を入れ、ひとつかみの札束を取り出してデスクに放り投げた。「前金だ」

フアン・カルロスはそれを見下ろし、頭の中で金額を計算してるように見えたが、やがて引き出しを開け、フォルダーをいくつかめくった後、そのうちの一つを選んだ。彼はそれをデスクに置き、おれに向けて開いた。見下ろすとジアとは似ても似つかず、お世辞にも魅力的とは言い難い黒っぽい髪の女の写真が付いた、テキサス州の運転免許証があった。名前はアシュリー・ウッズ。「差し替える彼女の写真はいつ撮るんだ？」

「今すぐ」フアン・カルロスは携帯電話を取り、ダイヤルしてスペイン語で妹に連絡してからおれに注意を戻し、こっちとしては先刻承知済みの内容を伝えた。

「マリアがここに彼女の写真を撮りに来る。その写真を、各種の公的データベースにあるこの女のものと、七十二時間以内に差し替える。経歴に信憑性が出るように、いくつか違った姿のものを用意する必要がある。おまえはもう知ってのとおり、一式の値段には、家族関係や大学の学位、出生まで遡るすべての記録が含まれている」

「社会保障カードは？」

「もちろんだ。出生証明書もな。いつもどおり、今の彼女という人物を消すために必要なものを全部用意してやる」

背後のドアが開き、マリアが入ってくる。おれはファン・カルロスの斜め前に移動した。マリアはすばやくデスクの向こう側に回り込み、おれたちに背を向けてファン・カルロスと話をした。ここでおれが合図すると、ジアは近づいてきた。「ありがとう」

「何がだ？」

「あなたがいなければ、わたしにはとても払えなかった」

おれは彼女の頼りなげな言葉に胸を締め付けられつつも、それを無視した。背筋に力を込め、この女を相手に隙を見せてはいけないと、自分に言い聞かせる。「助けてもらうには生きててもらわないとな。おれ自身のためだ。きみのためじゃない」

たった今まで感謝の表情を浮かべていた顔がショックにこわばる。「そういうことね」

「わかればいい」

「いいえ、何もわからない——まあこの先ずっとこうなんでしょうね」ジアは顎をあげた。おれにとってはすでに見慣れた表情だ。心細いときに限って、こうして強がってみせる。あるいはそれも含めて演技なのかもしれない。「わたしは何をすればいいの？」彼女は尋ねる。「まずは何から？」

きびきびした彼女の言葉に滲む痛みを感じ、おれは奥歯をぐっと嚙みしめた。彼女を慰めたいという馬鹿な衝動が湧いてきたのを、慌てて抑えつける。ふたたびジアの腕をつかみ、彼女をマリアとファン・カルロスのほうに向かせた。「好きにしてやってくれ」言ったものの、ファン・カルロスがちらりと彼女を見たとき、瞳の奥に好奇心が潜んでいたような気がして、おれはその言葉を後悔した。

マリアがジアに向かってドアの奥へ来いと手招きする。ファン・カルロスも二人の後をついていく。彼女を守りたい思いが、怒濤のように押し寄せる。そんな気持ちになるとは、まったくお笑い草だ。なにせこの女は、おれを操ることができないのならばシェリダンに差し出して自分だけ命拾いをしようとしたに違いないのだ。そう考えるのが当たり前だった。さっき起きたのはそういうことなのだ。だからジアのことも、彼女が隣の部屋でどれほど心細い思いをしていようとも、まったく気にするべきじゃない。それでもおれは気がつくとドアのところまで行きかけていた。そこでピタリと足を止め、毒づいた。そして結局、彼女の身の安全を確保することがおれ自身のためなのだと言い訳をしながら、ジアのいる場所までの短い距離を歩いた。そう、おれは単にシェリダンとの戦いに利用できる武器を守ろうとしているだけなのだ、と。

部屋に入ると、ジアはこちら向きに椅子に座っていた。所狭しと化粧道具やヘアケアグッズが並ぶなかで、マリアが彼女の髪を梳かしている。ジアと目が合った。二人を結ぶ見えない糸のようなものを感じ、また思わず毒づいた。こんなものはまやかしなのだ。そう自分に言い聞かせる。今おれたちが買おうとしている偽のＩＤと同じ、まがいものなのだ。マリアがおれたちを遮る位置に入り込み、一瞬の魔法は消え去った。おれは無意識のうちに詰めていた息を吐いた。壁にもたれていると、フアン・カルロスがカメラを手に隣にやってきた。彼は女たちの準備が整うのを待っている。

「あの女はおまえの何だ？」フアン・カルロスが尋ねる。

「おれの人生というつづら折りの道の新たなカーブってところだ」実際それぐらいシ

ンプルだったらどれほどいいだろうと思ったが、そうでないことはわかっていた。

「彼女は誰を怒らせた？」

「おれだ」

「つまりおまえがお宝を手にするのを邪魔したってことだな」

「おれのものはおれのものだ」おれの評判を保つために答えた。「目下のところそれには彼女も含まれている」

「そうなのか？」

おれはフアン・カルロスのほうをちらりと見た。「そうだ。おれのものだ。これではっきりしたと思うが、彼女に関するかぎり、妥当な値段ってのはない。誰かが彼女を探してると耳にしても、いくら金を積まれようがそんなのは問題じゃない――とにかく黙っていてくれ」

「おしゃべりだったらこの商売は成り立たないよ」

「だがおまえは金が大好きだってことは、おれたち二人ともよく知っている」

フアン・カルロスは左手を挙げ、指輪を見せる。「いつでも好きなときに高飛びできるだけの金を左手にはめてるんだ」

「前々から不思議でならなかったんだが、なぜ高飛びしない？」

ファン・カルロスの笑い声は低く、どこか皮肉めいていた。「女だ。いつだってたいていはそれじゃないか？　おれが怪物じゃないってことを彼女に納得させることができれば、ひょっとしたら一緒に逃げてくれるかもしれない」

「確かにな」おれも同意した。メグのときもまさにそういうことだった。ジアに関しても、おれがうかうかしていたら、そういうことになってしまうのだろう。それにしても、その怪物という言葉は、妙におれの胸に引っかかった。おれが今回の一部始終を引き起こしたと知ったら、エイミーはおれをそんなふうに見るようになるのだろう。

マリアがファン・カルロスに合図した。おれは彼の後について女たちのところへ行った。二人でジアの顔を覗きこんだが、彼女はおれのほうもファン・カルロスのほうも見ようとしない。「ジア」おれは穏やかに話しかけた。彼女の視線がこちらを向く。その目には不安と動揺が表れていた。おれがそれを引き起こすのはOKだが、他の誰かがそうさせるのは許せない。「十五分以内にここを出る」全員に言った。

「だったら最初の免許証用の写真をさっさと撮ろう」ファン・カルロスが言う。「マリアがスクールアルバムやその手の写真を二、三撮ってる間に、おれが書類を手直しする——そちらのご婦人の本名を教えてくれるって言うなら話は別だ。その場合は実在する記録をハッキングすることができる」

ジアが目を丸くし、おれは答えた。「いや、写真を撮ってくれ」

「了解だ」ファン・カルロスは言い、マリアに合図して下がらせると、ジアにカメラを向けた。「笑ってくれよ。可愛い顔してるんだからさ」ジアは微笑まない。ファン・カルロスもそれを気にするふうでもなく、何枚かの写真を撮ってから、一旦休止し、マリアがジアの髪をまとめ、上着を取り替えるのを待った。

四度衣装替えをしたところで、おれの忍耐も限界に来た。「これでいい」ジアを立たせ、赤いジャケットのようなものを脱がせた。ジアが囁く。「やれやれだわ」おれは彼女と指を絡めて手を繋ぎ、事務所のほうに出た。ファン・カルロスがパソコンを前に作業している。「時間切れだ」彼に言った。

ファン・カルロスは椅子を回してこちらを向き、フォルダーを差し出した。「必要なものは全部揃ってる」

おれはフォルダーを受け取った。「キーは?」

彼がポケットからキーを出し、おれに手渡す。おれはジアを出口へ連れていった。彼女を先に外に出し、立ち止まって振り返る。「前の縁石のところに、プレゼントを置いておいた。さっさと片づけたほうがいいぞ」ファン・カルロスが罵り言葉を呪文のように吐きつづけるのを背中で聞きながら、外に出てドアを閉める。

　重苦しく気まずい空気が漂うなか、二人とも無言だった。ジアと二人足早に裏庭を抜け、エスカレードの運転席側のドアを開けた。ジアは自らおれの前に進み出て、先に乗り込む。おれは彼女の見事なお尻をじっくり眺められる幸運に浴した。もちろんジーンズに包まれているより裸のほうがずっといいのはわかっている。おれがその後から乗り込むと、ジアは自分から床にうずくまった。

「ここへの道のりを知らせたくないんでしょ」彼女が言うのを聞きながら、エンジンをかける。

「そのとおりだ」

「中古車ディーラーで起きたこと、わたしの仕業だと思ってるのよね」

　おれは車回しからバックで出た。「言っただろう、ジア、きみを信用している余裕はないんだ」

「つまり、今わたしが言ったとおりってことね。わたしは携帯電話も持ってない。持ってたとしても本当にシェリダンの手下だったとしたら、今回のこれはあなたの信頼を得るための大芝居ってことになるはずよ。なんでこんな中途半端なところで彼に電話して、あなたの居場所を教えたりするの？」

　ブレーキをかけ、ギアをドライブに入れてから、彼女に非難がましい視線を向ける。

「おれを操るのは無理だと判断したからじゃないのか」

「それで？　失敗しちゃったからさっさと彼に申告して自分を殺してもらおうって思ったってこと？」

「あるいはもう一度おれを捕まえることに協力すれば、命だけは助けてもらえると踏んだのかもしれない。まあ、甘いにも程があるがね」アクセルを踏み車を発進させた。

「電話なんて持ってないのよ、チャド」彼女は声をあげる。

「ずいぶん長いことあの化粧室にこもっていたよな、ジア」

「前にも言ったでしょう――」

「気分が悪かったとね。その割に今は平気そうだが」

「わたしはあなたみたいな最低男とは違うの。この先平気になる日が来るなんてとても思えない」

ジアは座席に背を凭せ、膝を抱える。「さっき起きたことでわたしを責めるより、次に同じことが起きる前に原因を解明して阻止したほうがわたしたちのためなんじゃないかしら」

「わたしたち、か。わたしたちなんてものはないんだよ。その程度のことを覚えていられる頭はあると思ったが」おれは険しい調子で言い返したものの、ハイウェイに車を戻してからも妙に落ち着かず、彼女の警告をもう一度思い起こしていた。中古車販売店で起きたことの一つ一つを丹念に思い出していく。ジアに対する疑念がなかなか消えないのは、セールスマンの仕業と考えるには、彼が事務所を出てからあの二人のチンピラが現れるまでのタイミングがあまりにも短かったからだ。けれど仮にジアが何らかの方法で電話を手に入れていたとしても、彼女からシェリダンに電話し、あの男たちを駆けつけさせるだけの時間的余裕があったとも思えない。おれはあの場の出来事を何度も頭の中で再現してみた。脳裏に何か硬く鋭い棘のようなものが引っかかっているのを感じながら、それを押しやり、否定しつづけていた。

車を走らせはじめてから二時間。ニューメキシコの砂漠地帯を抜け、確実にデンヴァーに向かいつつあったが、おれは相変わらず休みなく考えを巡らせていた。一方ジアは、深い息遣いから察するに、床から座席に上がろうともしないまま、そこで寝ついてしまったようだ。棘のように頭に刺さった可能性を否定しようとするあまり、おれは気が変になりそうだった。何キロも何もない風景が続いた後、突如として休憩所の表示が現れた。素早くハイウェイを逸れ、並木道を進んでいくと、人気のないパーキングエリアがあった。パーキングエリアといっても未舗装道路に木造の丸太小屋を模した建物がぽつんと建っているだけだ。

車を停め、神経を尖らせながらそのまま運転席に座っていると、ジアが伸びをした。「着いたの？　目的地がどこかは知らないけど」

その質問には答えずにエスカレードを降り、ドアをバタンと閉めた。車の前を回って助手席側にたどり着くころには、ジアはすでに降りていた。「助かったわ」彼女は唸る。「お手洗いに行きたくてしょうがなかったの」

彼女は本当に美しく愛らしく、腹立たしいくらい純粋無垢だ。もちろん上っ面だけという可能性もあるが、まったくそうは見えない。おれは寂れた建物に向かって歩き、彼女は小走りについてくる。木製の階段をのぼり、ポーチに上がる。この先は男性用と女性用に分かれている。

ジアは女性用化粧室の戸口に立ち、おれのほうを向いた。「ここでも二人一組態勢は健在でしょ？」

彼女の腕をつかみ、引き寄せる。「なんであのとき化粧室に行ったんだ？」

「弱気になってたからよ。現実に押しつぶされそうで泣き出してしまったから。いつもはそんな泣き虫じゃないのに、あのときばかりは――」

おれは彼女に口づけた。指を髪に差し入れ、舌で彼女の口の中を探る。彼女が必要だった。逃げ場が必要だった。彼女のジーンズを引き下ろし、今この場でその肉体を味わうこと以上に、求めるものはなかった。ジアは呻きを漏らし、腕をおれの首に絡めてくる。彼女をぴったりと引き寄せ、頭の中で鳴る警告の声を無視しようとした。ジアの尻を持って抱え上げ、化粧室の中へ運び込む。

彼女を壁に押し付け、唇を離したとき、ジアが囁いた。「あなたに嫌われるのは嫌」

その言葉に、はっと現実に引き戻された。ジアを下ろし、顔を背けて、洗面台に手を突く。うなだれ、大きく息を吐く。おれが嫌う相手はジアではない。おれの憎しみの対象はシェリダンだ。そしておれ自身は、エイミーに憎まれることになる。エイミー――おれは妹の今の名を頭の中で繰り返した。どうか生きていますようにと祈りながら。そしてこれまで目を背けてきた現実を見ることを、自分自身に課した。ジアがシェリダンに連絡せず、あのセールスマンも通報していないとしたら、残る可能性は一つしかない。そしてそれは、かなり厄介な事態だ。

洗面台を押すようにして身を起こし、携帯電話の背面パネルを取り去ってＳＩＭカードを取り出し、二つに割った。続いて携帯電話自体もへし折り、個室へ行って両方とも便器に流した。出てくると、ジアが驚いたような顔で立っていた。「何があったの？」

「きみのせいにするのをやめたんだ。すぐに出発しなきゃならない」ジアが大きく目を見張る。おれは彼女を急き立てるようにして化粧室を出ると、階段をおりた。「今すぐだ」おれは繰り返し、ジアは駆け出した。おれもすぐその後に続く。エスカレードに乗り込み、エンジンをかけると、追われるようにしてパーキングエリアを後にした。ここに罠を仕掛けられていても、不思議はなかったのだ。

ハイウェイに戻ったものの、走っている車はあまりにも少ない。これではおれたちが目立ってしまう。「携帯電話で位置情報が漏れていると考えたのね」ジアが言う。「ああ。この番号から何度も繰り返しかけていた。発信者を非通知にせずに」

「つまりあなたが電話していた相手が裏切ったってこと?」

ハンドルを握る手に力がこもる。「いや、やつがおれを裏切ったとは思っていない」

「そう」彼女は少し間をおいてから付け加えた。「だからってその人が死んだってことにはならない。だからって妹さんが危険な目にあってることにもならないわ」

ジアはおれを慰めるつもりで言ってくれたのだろうが、それに耳を貸せば自分が弱くなりそうで、おれはそれを拒んだ。「はっきりわかるのは、今この瞬間、きみとおれが生きてるってことだ。それ以外は憶測に過ぎない。それ以外のことはすべて」

9

デンヴァーまであと二時間というところで、おれはジアの尋問を始めた。彼女がシェリダンの下で働いている一年の間に知り得たすべてのことを引き出し、利用したかった。来訪者や従業員の一人一人について詳しく描写させ、彼女がそこで出会った人物すべてについて、その関わりを説明させた。メグではないかと思われる人物については特に多くの質問をしたが、メグがシェリダンのもとを訪れていた、あるいは彼と連絡を取っていたと信じるに足る回答は一つも得られなかった。メグはシェリダンと通じていたに違いないのだが、シェリダンは賢いため、やたらとミスは犯さない。だが人間である以上、一つも犯さないということはないはずだ。

デンヴァーの市境にたどり着くころには、販売店で新しい携帯電話を入手していた。その傍らで、特に怪しいと思われる一人の人物についてじっくりと考えを巡らせた。四十がらみの魅力的なブロンド女性。ジアの話によれば一カ月前からシェリダンのもとを訪れるようになったそうだ。

「男女の関係なのか？」おれは訊いた。「確かなんだな？」

「当然でしょう。絶対にそうだと思う」

「二人がベタベタしてるところ見たのか？」

「そうじゃないけど、一緒にいるときの雰囲気がそんな感じだった。お互いを見る眼差しとか、扉を閉ざして二人きりで部屋にいる時間の長さとか。何時間もこもってることも多かったわ」

「それでもきみは彼女がどこの会社の人間か知らなかったというわけか？」

「ええ、来訪者名簿を見て誰かを突き止めることもできなかった」

おれは眉を上げた。「きみはなんでそこまで興味を持ったんだ？」

「正直なところよくわからないの。ただ、その人、どこか場違いな感じがしたのよね」

「場違いか。なるほど。他の誰かが二人の会合に同席することは？」

「一度もなかった。役に立たないわよね？」

「いや参考になるよ」

「でもどこの誰かもわからないんじゃ……」

「それは調べればいい」

車はチェリー・クリーク付近の出口に差し掛かっている。チェリー・クリークは目下急速に開発が進んでいる地域で、おれは何年か前、投資対象として――そしてエイミーをかくまう場所として――ここにいくつかの不動産を購入した。通り過ぎるべきだと自分に言い聞かせた。行けばおそらく、追手の目がある。けれどもうそんなことはどうでもよくなってしまったようだ。気がつくと出口を降り、道路を見つめていた。完璧に落ち着き、集中している一方で、アドレナリンが全身を駆け巡っている。鼓動に合わせて、こめかみがドクドク鳴っていた。

「チャド」ジアが優しく話しかける。「何を心配しているの？」

彼女にこれほどたやすく気分を読まれてしまうということは、心の周りに張り巡らせた壁の間から滑り込むのを許してしまったということだ。おれは信号で停止して答えた。「予定より遅れているってこと以外、何か問題あるのか？」

「あなたの気分。それとこの出口で降りたってこと。なんだか気になるのはどうしてかしら。妹さんのいる場所に近いの？」

険しい眼差しを彼女に向けた。「妹がいるべき場所にいるんだったらな」信号が変わり、おれは左に曲がってエイミーの新しいアパートメントがある方向へ車を進めた。

だが実際、ホテルの真向かいに立つエイミーのアパートメントの前に差し掛かったときには、前を素通りした。停まりたいのは山々だが、頭には別の目的地が思い浮かんでいた。「また髪をパーカーの中に押し込んでおけ」命じながら野球帽を取り、かぶってからまた左折した。

「誰かに裏切られたのなら、シェリダンはエイミーの居所を知っているかもしれない。妹さんのところに乗り込んで、ただ連れ出すなんてことじゃないわよね。お願いだからそうじゃないって言って。やつらが待ちかまえていて、あなたと妹さんをもろとも拉致しようとするかもしれない」

「もし妹がここにいることをシェリダンが知っているのなら、もうとっくに連れ去ってるはずだ」

「そんなのわからないじゃない。ひょっとして彼女のほうは予備の計画かもしれない。わたしたち二人とも疲れてて、今は冷静に分析することができなくなってる」

「〝わたしたち〟なんてものはないんだよ」

「〝わたしたち〟はあるじゃない。わたしはここにいるし、あなたが信じようと信じまいと、わたしだってこれに命を懸けてるの」

おれは〈イン・アット・チェリー・クリーク〉というホテルの前に車をつけた。

「もしもやつがまだ妹を見つけていないのなら、ここで時間を無駄にして、見つける暇を与えるようなことはしたくない。バッグを持って」おれがドアを開けると、ドアマンが出迎えた。助手席側でも、もう一人のドアマンがドアを開ける。おれはドアマンに向かって頷き、ダッフルバッグを取って、中から出した高額紙幣を彼に渡しながら小声で言った。「この車は、ホテルの脇にキーを中に入れたまま駐めておいてくれ」彼はチップに目を落とすや、直ちに同意した。

ジアが車の前を回ってくる。おれは彼女と指を組み合わせ、中へ導いていった。

「チャド――」彼女は切羽詰った口調で言う。

「ここではケヴィンだよ」おれは静かに言った。「そしてきみはアシュリーだ。まあ口をきかないに越したことはない」

ブティックホテルの優雅なロビーに足を踏み入れる。ジアのほうを向かなくても、彼女が睨んでいるのはひしひしと感じていた。と、ジアはおれの前に立ちはだかり、手のひらをおれの胸に当てた。忌々しいことに、彼女の触れた皮膚が、焼けるように熱く感じられる。「罠だったらどうするの?」

彼女の手に手のひらを重ねた。「こんなことをしたらいたずらに人目を引くだけだ。上で話そう」

ジアは表情をこわばらせたものの、おれの脇に退いた。背の高い大理石のカウンターに二人で歩み寄る。

「いらっしゃいませ。こんばんは」六十代ぐらいの白髪交じりのフロント係が話しかける。

おれは彼に向かって頷き、ジーンズのポケットから財布を出して、クレジットカードと偽の身分証明書をカウンターに置いた。「二泊お願いします」

「ご用意できるのはエグゼクティブスイートだけなのですが」

「結構です」

「お値段のほうが――」

「問題ありません」おれは彼の目をまっすぐに見て、顔にできた多彩なあざや腫れを隠すことなく見せた。「すべてお任せします。二日前に自動車事故にあったんです。妻はどうも気分が優れないようでね。すぐにでも部屋に連れていって休ませてやりたいんです」

フロント係は目を丸くし、ジアのほうを見た。「それは大変でしたね奥様。すぐにチェックインの手続きをいたします。お二人ともご無事で何よりでした」

「ありがとう」ジアが調子を合わせて言う。「ご配慮いただいて、わたし――わたしたち二人とも感謝します」

おれは彼女の皮肉に顔をしかめた。フロント係は言葉どおり五分後にはおれたちをエレベーターに案内してくれた。エレベーターの扉が閉まるなり、ジアがおれのほうを向き、おれも彼女に向きなおった。

おれは彼女を見下ろした。この女は、この見知らぬ女は、おれの敵かもしれない。騙されるのはごめんだと思う一方で、もう敵だと信じることはできなくなっていた。彼女には——おれたちの間には——不思議な何かがあった。彼女がおれの中にかき立てるものが何であるにせよ、それは生々しく、鮮烈で、深く胸をえぐる痛みを伴うものでありながら、同時になぜかとても甘く優しかった。もうこの先一生優しさなどには縁がないと思っていたのに……。ついでに言えば、彼女はまた、おれが妹のアパートメントに行く前にホテルに立ち寄ろうと思った唯一の理由でもある。

「チャド、わたしたち——」

「ケヴィンだ」おれは繰り返し、彼女の髪に指を差し入れた。そしてほとんど無意識のうちに、唇を重ねていた。その一瞬、彼女しかなかった。この世に存在するのはおれたち二人と、すぐにも白熱しそうな口づけの感触だけだった。

柔らかい電子音とともにエレベーターの扉が開き、ジアと浸ることのできた数秒間の平穏をかき消した。その平穏は、おれ自身が気づいている以上に必要なものだった。顔を上げ、彼女のほうは見ないようにして、今何が大切なのか、なぜその平穏なひときを必要としたのかに集中を戻そうとした。それは、もうすぐ妹がここにいないという事実が判明してしまうかもしれないというプレッシャーにほかならない。

ふたたびジアと指を組み合わせ、決然とした足取りで、彼女を廊下の突き当たりまで連れていきドアを開けた。エグゼクティブスイートは、暖炉の上にフラットスクリーンテレビが置かれたリビングと、それを挟む二つの寝室から成っている。

「これからどうするの？」ジアが尋ねる。「わたしたち何をするの？」

「〝わたしたち〟は何もしないよ。どうするか、わかってるだろう。妹を助けるためにここに来たんだ」

「今すぐ？　どこで？　どうやって？」

「きみに話すつもりがないのもわかってるはずだ」

彼女は苛立ったような声を出した。「ただいきなり押しかけて彼女を連れ出すようなんじゃなく、ちゃんとした計画が必要だわ」

「いきなり連れ出すんじゃない。安全な場所に移す」

「驚いた。本当に計画がないのね。もう一度言うけど、やつらはあなたと彼女ともろとも拉致することができるのよ。それを待っているのかもしれない。それとも今まで彼女の居場所をつかんでいなくて、それを狙って、わたしたちのあとをつけてるのかもしれない」

「その可能性があるとすれば、きみが手引きしている場合だ。そうではないことを心から願っているがね」

「わたしは手引きなんかしてないけど、やつらが彼女を見張ってないとは限らない。あなたが逃げたときのことを考えて彼女を泳がせてたのかもしれない。あるいはあなたに、妹の写真や画像を見せて脅すつもりだったのに、その前にあなたが逃げ出したのかもしれない。お願いよ、チャド。よく考えて。闇雲に突っ込んでって命を落とすようなことはしないで」

「きみを助けることができるのはおれだけだからか？」

彼女は怯んだようにびくっとした。「意地悪ね。言っておくけど、今この瞬間、あなたを助けることができるのはわたしだけだって気がしてる」

おれは肩をすくめ背を向けた。「すぐ戻る」

「一緒に行く」

「ありえない」

　言い争っている時間はない。ジアをバスルームに連れていき、中に押し込んだ。

「メイドがきみを見つけるときまでにおれが戻らなかったら、死んだってことだ。肩にかけたその現金のバッグと、おれが置いていくダッフルの金の両方を持って、とにかくここから逃げろ。エスカレードは乗っていかないから、必要ならきみが使えばいい。叫んだりして人を呼ぶなよ。間違った人間の耳に入ってしまうかもしれない。そうなればおれたち二人とも命はない」

「お願いだからやめて」彼女の言葉を無視してドアを閉め、すぐ後ろにあった椅子を取ってその背をドアノブの下に突っ込んだ。

「すぐ戻る」言いながら、そのときは妹も一緒だと心に誓った。

「チャド！　待って！　あなたに言いたいことがあるの」

　おれは足を止めた。「なんだ？」

　彼女は数秒間をおいてから言った。「お願いだから死なないで。必ず戻ってきて」

　彼女の口調は熱っぽく、必死の思いが溢れていた。まるでおれのことを本当に大事に思っているかのように。そして困ったことに、もう二度と会えないかもしれないと思いながら彼女置いていくのは、おれにとってもたまらなく辛かった。

ホテルの玄関を出ると、ドアマンがすぐに近づいてこようとしたが、おれは手を挙げてそれを制し、エスカレードを使わないことを伝えた。高級住宅街の道のりは短かった。小さな店舗やレストランがひしめく賑やかな交差点や、建築中の高層アパートメントの前を通って、二ブロック歩く。ここはおれが全米各地に数カ所購入した他の不動産と同じように、必要とあらばその中から安全な楽園を選ぶためのものだ。その一方で、シェリダンと彼の仲間たちの捜索の手から逃れるため、何重にも偽造をしたホールディングカンパニーを使って、少しずつ資産を蓄えてきた。おれは一歩歩みを進めるごとに、エイミーを想った。きちんと顔を合わせて会うという意味では、もう六年間妹と会っていない。妹を抱きしめ、どれほど大切に思っているか告げることを思い浮かべると、胸が震える。おれが妹のために用意したアパートメントに彼女が住んでいることが明らかになったとき、双方の胸にこみ上げる感情は、非日常的で極端なものになるだろう。二人とも安堵や嬉しさを感じるだろうが、妹のほうはたちまち激しい怒りがこみ上げてくるはずだ。それでもおれはその怒りを受け止める。妹が生きて元気でいてくれるなら、妹に触れ、抱きしめることができるなら、妹が安全でいてくれるなら、好きなだけ噛み付いてくれていい。とにかくそこにいてくれと祈った。生きておれに怒りをぶつけ、思い切り困らせてくれ。

　最後の一ブロックを歩きながら、さらに胸が高鳴っていた。そして今からおよそ二カ月前、ジャレッドが海外から電話してきたときのことを思い出していた。シェリダンの仲間内の会話を傍受したところ、エイミーがニューヨークの美術館で働きはじめたことが彼らの注意を引き、おれたちの過去が暴かれそうになっているようだと、やつは知らせてきた。いまだに理由はわからないのだが、おれ自身はその通信を捉えることはできなかった。ともあれジャレッドは、気づいてはくれたものの、海外にいたのでは助けることができない。その問題に直面し、おれはメグに初めて、エイミーのことを話さざるを得なくなった。今にして思えばあのタイミングは、エイミーの居場所を明確にするため、仕組まれたものだったのかもしれない。それでもジャレッドが関わっているということだけはどうしても信じたくなかった。

　おれは歩調を早めた。おれが囚われている間エイミーが無事生き残れたかどうか、今まさに確かめようとしているのだと思うと、一秒が一時間にも感じられた。アパートメントの玄関に入り、エレベーターには乗らず階段を使った。すぐに二階にたどり着き、ドアから廊下へ飛び込んで、エイミーの部屋のドアを目指した。足で蹴ってぶち破りたい気持ちだったが、一応ノックをした。さらに続けてノックをする。返事がないので、震える手をポケットに入れ、何年も前に作った鍵を取り出した。それを鍵穴に差し込んだものの、うまく動かない。

毒づきながらまたポケットに手を突っ込み、ニューメキシコあたりを走っているときにバッグから移しておいたピッキングの道具を取り出し、手早くドアを開けた。銃を用意してから足を踏み入れる。ドアを閉め、じっと立って、人の気配がしないか耳をすませた。何も聞こえない。静まり返っている。少しずつ前に進むと、がらんとした室内が目の前に広がった。エイミーが必要だろうと思い家具はひととおり揃えておいたのだが、それもすでにここにはない。もちろんエイミー自身も。いったい家具はどこに行ったんだ？　おれの妹はどこだ？

何でもいい、エイミーの居場所を示す手がかりを求めてあたりを見回す。壁に画鋲でとめた一枚のメモが目に飛び込んできた。駆け寄って何の変哲もない白い紙にプリントされた電話番号を見つめた——これではまるで誘拐犯の身代金要求だ。

おれは唸り、関節に血が滲むまで何度も壁を殴った。どれぐらいそうしていただろう。やがてふと我に返った。少し冷静になり、空のアパートメントの残りの部屋を調べた。誰もいないとわかると、銃をジーンズのウエストバンドに突っ込み、シャツで隠してから、デンヴァーに来る途中に買った新しい携帯電話を取り出した。紙にプリントされた番号をダイヤルし、呼び出し音が鳴る間うろうろと歩き回った。一回、二回。四回鳴ったところで留守番電話に切り替わった。応答メッセージは何もない。「この番号に電話しろ、馬鹿野郎」おれは荒々しく言った。「おれの妹の髪一本でも傷つけてみろ、おまえの頭の皮を剝いでやる。ポップコーンを食いながらおまえが出血多量で死ぬのを鑑賞してやるからな」通話を終え、そこに立ちつくしたまま大きく息を吸い込んだ。あたかも嗅覚で妹がここにいたかどうか嗅ぎわけようとでもしているかのように。やがて理性を取り戻し、匂いではわからなくても、ご近所さんならわかるかもしれないと気づいた。

シェリダンがおれをふたたび捕らえようと手ぐすねを引いていることを考えれば危険極まりない。重々承知していても、なぜか気にならなかった。エイミーがここにいないとしても、メグがシェリダンに対し、おれが妹のために用意した場所だと報告している可能性は十分ある。

だが、そんなことは一切かまわなかった。

部屋を出て、一軒一軒ドアを叩きはじめた。二軒先で小柄な老婦人が出てきた。彼女は自身の部屋の番号すらわからないような状態だったので、何の助けにもならなかった。失敗だ。

この作戦は諦め、階段をおりて、正面玄関からアパートメントの建物を出た。左に折れ、携帯電話の販売店に立ち寄る。ほんの少し迷ったあげく、二、三、店に立ち寄ってみれば後を尾けられているかどうかわかると腹を決めた。足早に通りを渡り、別の小売店に入って、使い捨てタイプの携帯電話をいくつか購入した。ここではさっきとはまた別のクレジットカードと偽の身分証明書を使う。ドアを出て、来たときとは別の経路をたどり、ホテルに向かって歩き出す。

神経がピリピリし、肌がぞくぞくして、誰かに見られているような感じがする。それでも尾行されている兆候は何一つ見つからなかった。なぜこんなに落ち着かない気分になるのか解き明かすために、ホテルの周辺を歩き回る。ショッピングモールに入っていくつかの店舗を巡り、外が十分暗くなるまで時間をつぶすことにした。新しく買った縁のある帽子をかぶり、ようやくモールを出てふたたび通りを歩きはじめた。見られているという感覚は薄らいでいた。ホテルに戻ると、レストランから建物に入り、横の通用口からロビーへ足を踏み入れた。

エレベーターで部屋に向かったときには、すでに夜八時近かった。暗証番号がなければ入れないセキュリティ万全のフロアに着くと、スイートルームに入った。そのとたんに声が聞こえた。「チャド！　帰ってきたのね？」

「ああ。おれじゃなきゃ誰なんだ？　お化けか？」

「シェリダンっていう名前のお化けかも」

ちくしょう。おれは二、三度その場を行ったり来たりした。最近これが癖になっている。何の役にも立たないことが身についてしまっている。この癖を直ちにやめなければ。妹を見つけなければならない。シェリダンを倒すのだ。怒りに任せてドアの前に置いた椅子をつかみ脇へ押しやった。

「ああ、よかった」ジアが感極まった声をあげ、おれの首にすがりついてきた。「無事だったのね」

ジアの反応と甘美な曲線が押し付けられてくる感覚にとまどいながら、こみ上げる欲望を抑え、彼女の腕を首から解いて、両手を頭の上に挙げさせ壁に押し付けた。

「おれの妹について知ってることを話してくれ」険しく問い質す。

「何も知らないわ、チャド。前にも言ったでしょ。彼女――ねえ、彼女は――」

「見つからなかったことは見ればわかるだろう」

「見つかればいいと祈ってた。あなたの気持ちを考えると不安でならなかった」

胸の中に怒りが広がり、血管に沁み込む。あるレベルでは、ジアのせいではないということはわかっていた。あるいはおれは、それがジアのせいだということを恐れているだけなのかもしれない。信用しておきながら裏切られるようなことは絶対に嫌だと。「おれのことなんか知りもしないくせに」

「あなたが苦しんでるのは知ってる。独りぼっちでいるのがどんな感じか、わたしにもよくわかる。あなたが今感じてるのはきっとそれだもの」

独りぼっち。

その言葉を聞き、おれの心に罪悪感が突き刺さった。妹が六年間感じていたのもそれに違いない。彼女に残されたのはおれだけだった。たとえ妹自身、おれが見守っていることを知らなくても、妹が頼りにできるのはおれだけだった――にもかかわらずおれは妹を守れなかった。痛みが種となり、それが芽吹いて、おれの中で瞬時に広がっていった。そして突然――いやけっして突然のことではなかったのかもしれない――ジアに裏切られることは、ジアの信頼に応えられないことほど辛くはないように思えてきた。おれは彼女の顔を両手で包み瞳を覗き込んだ。「おれにはきみをかくまってやるだけの金もあるし伝もある。きみを誰にも見つからないようにすると約束する。だがおれがそばにいてやることはできない。そばに誰かを近づければ、その人間をおれの毒でだめにしてしまうんだ。きみはそれを忘れちゃならない。おれもそれを忘れちゃならない」

彼女に考える間も与えず唇を重ねた。舌を彼女の唇に差し入れ、何度も撫で回して、それは瞬く間に激しく深いキスになった。ジアが呻くと、その声がすでに妹を想って血を流しているおれの魂を、粉々に砕いた。今この瞬間おれに残されたのはこの女だけなのだという気がした。

手首を放すと、彼女はすぐに抱きついてきた。ジアは小さく繊細でいながら、同時に大胆で勇敢でもある。彼女の手の感触と唇の味は、ちょうど怒りの炎が燃え立つように、情熱と欲望に火をつけ、おれの中で燃え盛って、さらには彼女にも飛び火した。いま彼女にキスをし、彼女もキスを返してきたかと思うと、次の瞬間には二人とも全裸でベッドに身を横たえていた。彼女の愛らしいピンクの乳首を口に含み、一物をよく締まる蜜壺に深く埋め、腰を動かしていた。これに始まりはない。終わりも来てほしくない。今はただこの世に二人だけ。おれが彼女にキスをし、彼女をファックして、ジアも飽くことなく求めてくる。おれと同じくらい激しく。おれはこの女に、彼女の喘ぎ声と柔らかなその手の感触に溺れる。彼女はおれに残されたただ一つの楽園の欠片(かけら)になった。

「チャド」ジアが囁く。その瞬間おれの名は、快感の呻き声よりも重要な意味を持ちはじめる。それは彼女が、おれが何者かを知っている——本当に知っている——ということなのだ。おれは彼女からは何一つ隠していない。良い面も悪い面も含め、悲惨なこのおれをすべて見せているのだから。

　彼女の口を舌で撫で回すことでそれに応え、静かに囁く。「ジア」この瞬間に溺れてはいるが、誰と溺れているかはちゃんとわかっていると彼女に知らせる。

　ジアは、彼女が求める答えをおれがすべて与えたかのように、脚をからめてくる。そして何一つ惜しむことなくすべてを捧げてくる。おれは彼女の完璧な愛らしいお尻の下に手を滑り込ませ、それを揉みながら彼女の腰を上げて深く突き立てる。キスをしながら、ジアといるときの自分は、これまで肌を合わせてきた大勢の名前すら憶えていない女たちといたときの自分とは違うと、あらためて感じていた。かつてのおれは、親密さを示す感情には目を向けようともしなかった。ジアは逃避の香りを甘い蜜で包んだ味がする。彼女は腰を上げ、おれを脚で締め付け、肩に爪を立てる。彼女の肉体はおれを包むように収縮し、おれは自制を失いそうになる。彼女に深く身を埋め、激しく突き立てる。その肉体が痙攣しながらおれを絞り上げたとき、おれもまたオーガズムに身を強張らせ、すべてを解き放って身震いした。時間と空間の感覚が遠のき、快感だけが存在するぼんやりとした恍惚の海にしばらく漂っていた。

　がやがて、平手打ちを一発食らったように、今いるこの部屋に戻ってきた。おれが逃げたかった現実は、いったん舞い戻ってくると、それが永遠に続くように思える。

現実はここにある。しっぽりと濡れそぼった甘美な感覚もまた現実であり、同時に大きな過ちでもあった。「くそっ」おれはつぶやいた。「避妊を忘れてた」すぐにジアの上からおり、バスルームに飛び込んでタオルを取ってくると、彼女に放り投げ、また室内をうろうろ歩きはじめた。「くっそー」ジアは何も言わない。こちらに背を向けてベッドの縁に腰掛け、じっとしている。「どうして何も言わないんだ？　今おれたちにとって一番困るのは、この地獄に赤ん坊が生まれてくることだろう」

相変わらずジアは何も言わず、静かに立ち上がってジーンズを拾おうとしている。おれは苛立ち、彼女に歩み寄ると、その肩に手をのせ、おれのほうを向かせた。「これが大問題だってことがどうしてわからないんだ？　おれは狙われている。子供を育てる余裕はない」

「その必要はないわ」

「何を言ってるんだ。もしきみが妊娠したら――」

「妊娠はしない。できないの」

おれは目を瞬き、かぶりを振った。「なんだって？　どういう意味だ？」

「十八のとき、感染症にかかったの」震える声に感情の迸りが現れている。「その結果妊娠できない身体になったのよ」

彼女の胸の痛みが、手に取るようにわかった。その刃は彼女の胸を何度も切り裂いてきたのだろう。おれが罪悪感に切り裂かれてきたのと同じように。ある意味では、その二つは同じだった。家庭を持てない辛さ。家族を作ろうとすることも許されない苦しみ。「ジア――」

「同情はいらないわ。そんなもの役には立たないってわかってるでしょ。どっちみちこの地獄みたいになっちゃった生活で、子供なんて欲しくない」彼女はおれを振り払うようにして顔を背ける。もう一度彼女に手を伸ばし、おれのほうを向かせたものの、自分が何を言おうとしていたかわからなくなっていた。いったい何が言えるだろう。一人の辛さは身に沁みているのに、そのほうが気楽だとでも言うのか？　時間が経てば慣れると。けれどそうではない。どれほど時が経とうと、慣れることはない。

「ジア――」

「同情なんかしないでって言ってるでしょ」彼女は声を荒らげる。「昨日今日始まった話じゃないの。それにね、ずっとなんでわたしがって問いつづけてきたけど、これでその答えがわかった。こうとなったら子供を持てば、余計にことを複雑にするものね」

彼女を慰める言葉は一つも見つからなかった。口にしたところで、単なる気休めか嘘になるだけだ。それでも希望を告げることはできるかもしれない。妹の身を案じながらも、彼女の未来に希望を抱いているように。「きみはきっと生き残る」おれは約束した。「このおれが絶対そうしてみせる」

「ええ、生き残るでしょうね。でもそれがあなたのおかげじゃないってことは、わたしたち二人ともよくわかってる。あなたはわたしから必要なものを引き出したら、現金と新しいＩＤを持たせて放り出すのよ。ちゃんと現実を直視しましょう。セックスはただのセックス。わたしたち二人とも、この状況に適応するのにそれが必要なだけよ」

今彼女が口にした言葉のすべてをきちんと受け止めるべきだとはわかっていても、おれはそれが気に入らなかった。代わりにおれたち二人とも、その存在すら忘れてしまえばいいと思った。そうしなければいられなかった。いや、自分が何を求めているのかすら、もうわからない。彼女の手からジーンズを奪い取り、放り投げると、髪に指を差し入れた。「状況に適応するのにセックスが必要だって？」

「あなただってわかってるでしょ」

「だったらもう少し適応してみよう」

「ええ」彼女は囁く。「してみましょう」

彼女の同意を得て、おれの一物がとたんに元気になる。全身に力が漲り、火照りはじめる。

いくら彼女を抱いても飽きたりないが、それでも飽きるまで続けてみたい。彼女の唇をまた味わうことを期待しつつ、ふたたび彼女の中に身を埋める瞬間を思い描きつつ、首を下げて唇を近づける。だが突如として携帯電話が鳴った。おれははっと動きを止めたものの、情熱に焦がれ欲望に霞がかかった頭では、一瞬何が起きているのかわからなかった。それでももう一度呼び出し音が鳴って、ようやく現実に引き戻された。

血管がドクドク鳴りはじめる。ジアから手を離し、携帯電話を手元に置いておかなかった自分を呪いつつ、慌ててジーンズを探し出した。ほっとすると同時に、どんな知らせを聞くことになるのか無性に恐ろしかった。電話をポケットから取り出し、切れないうちに受信ボタンを押す。「電話してやったよ、馬鹿野郎」

10

ジャレッドの声を聞き、おれの背筋の緊張がほんの少し和らいだ。「妹は生きていると言ってくれ」

「生きているよ。それに安全だ。今のところは。だが相談する必要がある」

「〝安全〟の定義は?」

「さしあたっての危険はない」

「妹はどこにいるんだ?」

「この会話、本当に電話でする気か?」

「他に誰か、おれがあのアパートメントに行ったのを見た者がいる可能性は?」

「アパートメント自体はゼロだ。おれは盗聴器とカメラとサイレントアラームを仕掛けておいたんだよ。最初に罠にかかったネズミがおまえだったってわけだ。だけどその後でリセットしておいた。他に誰か訪ねてくるかもしれないからね」

それはメグかと尋ねようとして口を開けたところで、ジアのほうに目をやった。彼女は裸で身体を抱いている。なぜかジャレッドをここに呼ぶのがためらわれた。「三十分後にワージー通り一七三二番地」おれが通話を終えたとき、ジアはすでに服を着はじめていた。「おれが連絡を取ろうとしていた相手が妹のアパートメントに電話番号を残していたんだ。二人で行って彼に会う必要がある」

「二人で？」

「この近くにセキュリティ万全の家を用意してある。次に何をするか決めるまでそこで過ごす」

「だったらなぜこのホテルに来たの？」

「おれがアパートメントから戻らなかった場合、メイドがきみを出してくれるだろうと思ってね」

彼女はTシャツを頭からかぶる。「ありがとうと言うべきか、頭おかしいんじゃないのって言うべきかわからない」

「どっちでもないよ」おれは腰を下ろしブーツを履いた。

ジアも座ってスニーカーに足を入れる。「妹さんは生きていたのね？」

「彼は生きていると言ってる」

「その人を信じてないの？」

おれは立ち上がりダッフルバッグをつかんだ。「この目で見ないと」

ジアは頷き、腰を上げて、彼女のバッグを肩にかけた。「わたしもあなたの立場ならそうだわ、チャド。これから会うその人のこと、どれぐらい信用してる？」

「妹の命を預けるくらい」

「そうよね、当然」

おれは訝しさに目を細めた。「どうしてだ？」

「人の欲って恐ろしいものだから。あなたが持っているもの、あるいはあなたが持っていると人が思っているもの、それには人を変えてしまう力があるのよ」

「どうしてそれがわかるんだい？」

「誰でも本能的に知ってるわ。それが人間ってものだから」彼女は息を吸う。「あなたはいい値段がついたらわたしを売り払うって言ったわよね。その人は、もしいい値がついたらどうするかしら」

おれは胸を締め付けられた。彼女をつかみ、引き寄せる。「きみに誰も信じるなってこと教えたかったんだ。きみを死なせたくなかった」

「それはわかってる。あなたはトレジャーハンターよね。わたしは、自分が誰にとっても何の価値もないってことが幸運だと思ってる——まあシェリダンが彼を裏切ったことでわたしを罰したいと思っていることは別にして。でもあなたの妹さんとなると話は違う。彼女はあなたにとってすべてだし、シェリダンもそれを知っている。わたしたちがこれから会おうとしているその人も知っている。メグも知っている。わたしでさえも知っているくらいなんだから。あなた自身のアドバイスに従って。誰も信じちゃいけない。これからわたしたちが会うその人のことも」

「やつは妹を守ってくれてるんだ」

「あなたを捕らえようと思ったら、誰を使うのが一番だと思う？」

「そいつはシェリダンが何を探しているかも知らないんだぞ」

「あなたの妹を守ることを任せられるぐらい優秀で有能な人なら、とっくに調べて突き止めていると思わない？」

「シェリダンは今回のことは特に公表していないからな」

「本当にその人に見つけられないと思う、チャド？　誰も信じちゃいけないんでしょ」

「そういうきみもね」

「わたしはあなたに信じてほしいなんて言ってない。頭を使ってほしいの。ここは頭を使うべきところよ」

「なんできみはそこまでこだわる？」おれは彼女の腕をつかむ手に力を込め揺さぶった。「どうしてなんだ？」

「なぜって」彼女はためらわずに声をあげた。「あなたがもし本当にシリンダーを持っているのなら、それが本物で役に立つなら、それはこの地球を救うこともできれば、同じくらい簡単に破壊することもできるからよ。それが今あなたの手の中にあるの。ある意味、わたしの手の中にあるとも言える。あなたに影響を与えてそれを守ってもらうことができるなら」

「もしおれがそれを持っているとしたら？　きみはそれで何がしたいんだ？　きみは誰のために動いてるんだ？」

「あなたではないわね。もしもあなたが一番の高値をつける人に売ろうとしているなら。売っちゃいけないものなのよ。それを乱用する人に絶対に託してはいけないものなの。どうしたらいいかなんてわたしには見当もつかない。でもわたしを売るって言ったみたいにそれを売っちゃいけないっていうことだけはわかってる」

「きみを売ったりしないよ。シリンダーもね」

「持ってるんでしょ。教えて」

「誰も信じちゃいけないんだろう。きみを含めて」

　彼女はおれのシャツをつかんだ。「全員を納得させて。相手が誰だろうと、あなたがそれを持っていないってこと――さもないと彼らはけっして諦めずにあなたを襲いつづける」

「やつらがそれを信じると思うか？」

「信じさせなきゃだめなのよ」

　ジアは震えている。唇も、身体も。彼女の全身が震えていた。おれは彼女を見下ろした。おれはこの六年間、シリンダーをどうしたらいいか答えを見つけることもできなければ、バックアッププランを練りつづけながら、それを完成させることもできなかった。にもかかわらずこの女は、それをやすやすと解き明かしてみせる。

「そうだな。はいすいませんすべては間違いでした、だからもうおれたちのことはそっとしておいてくださいってやつらに言っておくよ。もしもそんなことができるならもうとっくにやってると思わないか？」

「彼らはあなたが死んだと思ってたのよ」ジアが反論する。「こうなる前は何も言う必要がなかったじゃないの」

「いや明らかにおれが死んだとは思ってなかった。でなきゃおれを探しつづけるようなことはしなかったはずだ」

「だからこそ彼らにあなたが持ってないって納得させればいいんじゃないの。あなたがこれから会うその誰かさんも含めて。簡単ではないかもしれないけど、方法はきっとあるはずよ」

おれは彼女を睨み返した。「おれに話しておくべきことがあるんじゃないのか？」

「わたしの話なんてこの際どうでもいいの。大事なのはあなたの話よ」

おれはさらにしばらく彼女の顔を探っていた。その表情に何か答えが見つかるかのように。続いて、髪を野球帽に押し込め、言った。「行くぞ」バッグから現金を取り出し、使いやすいようにポケットに入れる。さらに銃は足首のホルスターではなくウエストバンドに突っ込んだ。

ジアはおれのこの仕草に気づき、一瞬銃に目をやってからパーカーのフードを頭にかぶって、言われる前に長いこげ茶色の髪を隠した。おれたちはまた見つめ合った。なぜこうしてしまうのかが理解できない。そしてそれを言うなら、すぐに出発しようとしないのも変だ。それでもおれたちはそんな調子だった。ただ見つめ合い、立ち尽くし、動こうとしなかった。やがておれは歩き出した。

低い唸り声とともに、ずっと彼女を抱きしめていたい衝動をなんとか抑え込み、ジアと指を絡めてドアへ引っ張っていった。エレベーターに乗っても、彼女をずっとそばに置いていた。降りるころには緊張でピリピリしていた。それはジアのせいかもしれない。まあ、普段からある程度は緊張している。けれどジアが隣にいると、いつ何時銃を抜いて地面に転がってもいいような身構え方になってしまう。

ドアマンにチップをはずんだ。彼はエスカレードを駐めてあるホテルの脇におれを案内しようとしたが、おれは手を振って結構だと伝えた。おれの本能が警告を発している。今回のこれはジアに関してでもなければ彼女の警告についてでもない。これはシェリダンと敵対する前、トレジャーハンターとして慎重に行動する癖がついたころからずっと抱えてきたある種の意識のようなものだ。当時おれを飛び抜けて優れたトレジャーハンターたらしめていた本能が、今でも普通の人なら逃れられないようなトラブルからおれを救い出してくれる。おれは今この場で一歩間違った行動をとれば命に関わることを感じ取っていた。周囲にはおれを監視する目がいくつもある。あのアパートメントでおれを見た人間がいないというジャレッドの言葉は当たっていない。あの妹の身を案じるあまり感情的にボロボロになっていなかったら、きちんと計算できていたはずの危険だった。あのときは前後の見境がついていなかった。全体を見ることができていなかったのだ。

ジアの後についてエスカレードの助手席側のドアのところへ行き、ドアを開けて彼女を乗せ、安全を確保すると、すぐに運転席のほうへ回った。車に乗り込み、ドアをロックしてエンジンをかける。身体の全神経が波立っていた。

「チャド――」

「後にしてくれ。安全なところに移動してからだ」

道路に車を乗せると、危機感はさらに募った。ホテルの裏通りに車を入れ、細かく縫うように進む。面倒な相手につけられていないことがわかったところでハイウェイに乗り、二、三ロキ先の繁華街へ向かった。それでも緊張は解かずにいた。住宅街を走っているとき、二本前の通りからずっと後ろについている黒っぽいセダンがあることに気づいた。おれは何の前触れもなしに車をUターンさせ、その車に近づいていった。セダンはバックする。おれはギアをパークに入れて銃を取り出した。

「チャド!」ジアが声をあげる。

「ロックしておけ」彼女に命じ、エスカレードを降りてドアを閉めた。

セダンはアイドリングして停まっている。おれは突進し素早く距離を埋めた。だが次の瞬間、急速に近づいてくるバイクのエンジン音が聞こえ、うなじが総毛立った。肩越しに振り返ったそのとき、エスカレードの助手席側の窓が割られた。ジア! セダンはどうでもいい。おれは向きを変え、全速力で駆け戻ると、助手席側に回った。ジアの悲鳴が空気をつんざく。革ジャンにヘルメット姿の男が――少なくともおれには男に見えた――エスカレードの車内に身を乗り出している。もう一人の男がそばのバイクにまたがり、おれに向けて銃を構えている。

撃てるもんなら撃ってみろ。おれを殺せばシリンダーは手に入らない。おれは構わず突き進んだ。バイクのタイヤを狙ったものの、弾は外れた。男はエンジンをふかし、突っ込んでくる。一方ジアは車から引きずり出されている。おれは彼女をつかんでいる男に体当たりした。男もろとも地面に倒れこむ。尻から落ち、頭もアスファルトに打ち付けて、思わず毒づいた。おまけに取り落とした銃が、路面を跳ねて遠ざかってゆく。顔に拳が降ってきた。さらにもう一発。

「チャド!」ジアが叫び、おれはもう一人の男が彼女を捕らえるのではないかと不安に駆られた。

「銃を取れ!」怒鳴りながら揉み合っている相手の革ジャンをつかみ、やつの股間に膝を打ち付ける。

銃声が空気を切り裂いた。おれにのしかかっていた男がごろんと横に退く。男を追いかけたい気持ちを抑え、反対側に転がって立ち上がった。ジアが銃を構えて立っている。おれはその手から銃を奪い取った。二人の男はバイクにまたがり猛スピードで走り去った。

「中だ」おれはとっさに命じ、ジアをエスカレードのほうに押しやった。

ジアはガラスが散乱したシートの端でためらっている。おれは彼女をほとんど放り投げるようにして座らせた。彼女はきゃっと声をあげる。ガラスが食い込んだに違いない。おれ自身運転席に座りながらジーンズに覆われた足にその痛みを感じていたが、彼女が死んだり誰かに連れ去られることを考えれば、生きて一緒にいてくれるほうがずっといい。

車をバックさせたとき、すでに黒のセダンはどこにも見えなかった。さほど遠くない場所からパトカーのサイレンの音が聞こえる。

「なんでやつらはきみを追ってるんだジア？　いくらシェリダンがきみに復讐したくて仕方ないと思っていたとしても、おれを無視するほどじゃないだろう？」

「わたしにもわからない。でもあなたを無視したってどうして言えるの？」

「やつらの狙いはきみだったんだよ、ジア」ギアをドライブに入れ、すぐに加速した。

「しかもこれでこの車のナンバープレートは、完全に目をつけられちまった」

「わたしが狙いではないはずよ」彼女は言い張る。「そんなの意味がわからないもの」

「そうだよな。確かにそうだ。誰も信じるなって？　やっぱりそういうことなのか」

視線を落とすと彼女の手に血が滲んでいるのが見えた。「くそっ」

ジアはもう一方の手でそれを隠す。「傷口がまた開いちゃった。でもだいじょうぶ。それよりあなたの目がまた腫れてるわ」

おれは乱暴にTシャツを脱ぎ、彼女のほうに投げた。「これを巻いておけ。きみはだいじょうぶじゃない。今は何一つだいじょうぶじゃないんだ」ジアの言うとおり、おれの目はまた腫れ上がっている。愚かなおれ自身に、馬鹿みたいなこの状況に、怒りがこみ上げる。角を曲がり、繁華街のメインストリートに車を乗せ、さらに二回方向を変えた。そしてある建物の車回しに駐車した。かつてビール工場だったのを、全長二キロ近くのハイテク監視センター付き巨大アパートメントに改装した物件だ。暗証番号を入れてガレージのドアを開いた。前後二列計四台駐車可能なガレージに車を入れると、白い小型トラックがすぐ後から続いて入ってきた。

「あれは？」ジアが切羽詰まった口調で尋ねる。「あなたのお友達？　お願いだからそうだって言って」

「友達かどうかはすぐわかる」おれは答え、ガレージのドアを下ろして銃を手にエスカレードを降りた。トラックの前を回り、今まさに開こうとしている運転席側のドアを見つめて狙いを定める。けれど男の顔を見る前から、それが誰かはわかっていた。襟足で結んだ明るい茶色の髪とオレンジ色のテキサス大ロングホーンズのTシャツを見れば一目瞭然だ。

「今までしてくれたなかで一番気の利いた挨拶だ」ジャレッドは笑い、車のドアを閉めて両手をジーンズに包まれた腰に当てた。「おれは招待されてここに来たんだぜ、忘れたのか？　それにおまえの綺麗なお顔を不細工に腫れ上がらせたのも、シャツを盗んで裸にしたのも、おれじゃないからな」

「一キロほど手前で襲われた」おれは責めるような口調になるのを止めることができなかった。「おれたちがここに来るのを、そしてこれからどこに行くのかを知ってるのはおまえだけだ」

「おれからおまえの居場所を聞き出そうとするやつはいない。おれは誰の目にも触れてない。おまえがあのアパートメントに来たのを見たものは誰もない。それは確かだ。ところでそのおれたちって誰なんだ。そいつは信用できるのか？」

何かが変だ。違和感がすごいのだが、それが何なのかわからない。ジャレッドが原因であるはずがない。彼のことは八年前から知っている。今まで一度だって失望させられたことはない。となると残るはジアだ。「おれにもまだわからない」おれは答え、銃を収めて、ジアのために助手席側のドアを開けた。彼女は座ったまま身をよじっておれのほうを向く。足はガラスまみれのシートから床へと下がっている。おれは壁のように彼女の前に立ちはだかり、言った。「話がある」

「そうよね。わたしはもう少しで拉致されるか、殺されるか、どうにかされるところだった。にもかかわらずわたしはまたあなたの敵になったってことなのよね。いっそさっさと縛り上げて拷問でもしたら？　シェリダンがあなたにしたみたいに」

「そそられることを言うな」

おれは手を伸ばして彼女のウエストをつかみ、ガラスだらけのシートから抱え上げて床に立たせた。彼女は血まみれの手をおれの胸に当てる。「シャツはどうした？」

「落としちゃった」

彼女の背後に手を伸ばし、Tシャツを拾い上げて彼女の手に巻きつけ、結んだ。それが終わると彼女に言った。「話をするなら嘘抜きで頼む」

「自分こそそんなのできないくせに」

「どういう意味だ？」

ジアはジャレッドのほうをちらりと見てからおれに視線を戻す。「二人きりのときに。嘘抜きで話をするなら二人きりのときにお願い」

おれは微笑んだ。「ああ、もちろん二人きりのときだ。だけど全部打ち明ける覚悟を決めておいてくれ。きみがまだ何か隠してるのは、おれたち二人ともよくわかってる」おれは彼女の肘をつかみ、ドアのほうへ連れていった。ジャレッドは壁にもたれ、ブーツを履いた足を足首のところで交差させている。彼はおれの胸についた血を眺め、眉を上げた。「荒っぽいプレイが好みなのか」

「笑えない冗談だぞ」おれは唸った。そしてなぜかは説明できないが、ジアをおれの先に行かせ、彼女とジャレッドの間に入った。まるで問題は彼女ではなくジャレッドであるかのように。ジアを後ろに置いておくより先に行かせたほうが安全だと感じつつ、壁のパネルにまた別の暗証番号を入れる。彼女を急き立て、ランドリー室を通ってから、その先のキッチンへ入る。天然石のカウンターの上にステンレス製の換気扇フードが下がった本格的な仕様だ。ジアの腕をつかんだまま、右側のまだ内装の済んでいないリビングと左側のダイニングルームを見渡した。最後にここを訪れてから二年分の埃が積もっている以外、とりたてて変わったものはない。

目の前にある黒い金属製の螺旋階段を示し、ジアに耳打ちした。「主寝室はその階段をのぼって右側にある。バスルームの洗面台の下に救急箱が入ってる。おれもすぐに行く」

彼女は動こうとしない。振り向いて、キッチンに入ってきたジャレッドのほうを向く。ジャレッドは眉をひそめる。「何かおれに言いたいことでもあるのか？」

一秒、二秒、三秒、間があった。「ないわ」彼女はようやく答え、くるりと背を向けて階段を駆け上がっていった。

ジャレッドがヒューーッと口笛を吹く。「なんだありゃ？　いったいどこの女だ？」

誰も信じないで──脳裏に彼女の言葉が蘇る。ジャレッドを前にしてこうして不安を感じているということは、この世で唯一残されたひとかけらの安心感を奪われたようなものだ。それが無性に腹立たしかった。彼の脇をすり抜けてランドリー室に入り、このアパートメントを閉鎖（ロックダウン）状態にする番号を打ち込んだ。誰かがここに出入りしようとしたとしても、同じ数列を打ち込まなければ解除することはできない。

キッチンへ戻ると、おれはジャレッドと正面から向かい合う格好になった。彼はおれを思い切り抱きしめた。「死んだかと思ったぞ」

おれも抱きしめ返しながら、安堵感が骨の髄まで沁み渡った。こいつは友達だ。真の友なんだ。ジアはおれの中に未知の感情をかき立てるかもしれないが、ジャレッドとの間には歴史がある。「やつらにおれは殺せないよ」

彼は腕を離しおれを見つめた。「あいつらがそんなにも欲しがるなんて、おまえはいったい何を持ってるんだ？」

　おれは一歩下がり、おれたちは二人ともカウンターにもたれて向かい合った。ジャレッドが眉を上げる。「答えないつもりか？　話してくれたっていいだろう。やつらが追っているのは何なんだ？」

「そんなことより、妹はどこだ？」

「ニューヨークに戻って安全に暮らしてる。保証するよ」

「ニューヨークは安全じゃない」

「デンヴァーのほうが安全じゃないんだ。ここにはメグがいて、彼女に近づこうと必死になってる。それがどんなに厄介な問題か見せてやるよ」彼はポケットに手を入れ、二つ折りの携帯電話を取り出し、それを開けて写真を見せた。おれは思わず電話をつかんだ。

「ローリンか」おれは唸った。「あのろくでなしは死んだと思ってたんだが」

「おれたちはみんなそう思ってた。となると疑問は、親愛なる父君はやつが生きてるってことを知ってるかどうかだ。ローリンは今のところシェリダンのレーダーにまったくかかってない」

「メグはどうなんだ？　彼女はシェリダンと連絡を取り合ってるのか？　今どこにい

るんだ？」

「完全に姿を消した。彼女はエイミーの後を追ってニューヨークへ行った。そこでまたエイミーの生活に多少の混乱を引き起こした後消えたんだ。探そうとはしてみたんだがね」

「少なくともおれが残した手がかりを受け取って、妹に与えてくれたんだろう？」

「それは間違いない。エイミーに手がかりを与えておいた。おまえが彼女に残した手紙をエイミーはちゃんと見つけたよ。それとシェリダンのビジネスパートナーのあたの罪のリストもね。エイミーはそれを持ってシェリダンのところに行き、彼女に手を出したらシェリダンとパートナーたちを警察に突き出すと宣言した。その上彼女が最近婚約した男は、もっと過激な手に出た。殺し屋を雇って、エイミーや彼女と親しい人間の身に何かあったら、そのリストに上がったやつらを片っ端から片づけると脅しをかけた」

「婚約？　いったい何の話だ。おれは長期間いなかったわけでもないのに、婚約しただって？　この問題に引きずり込むほどの信頼関係が築けるとは到底思えないんだが」

「恋に落ちて妊娠するには十分な長さだったよ」

「妊娠？　エイミーが妊娠してるのか？」

彼は鎮痛な面持ちで首を横に振った。「いや、流産した。相当堪えていたようだ」

なのにおれは妹のそばにいてやれなかった――妹が独りぼっちで、寂しさから見知らぬ男に縋ったかと思うとおれは胸が引き裂かれそうだった。「妹がなぜ、どういう経緯でニューヨークに戻ることになったのか説明してくれ」

「そこが億万長者の婚約者リアム・ストーンの拠点だからだ」

「億万長者？　妹は逃げている最中にたまたま男に出会い、そいつの子を妊娠して、で、そいつがたまたま億万長者だったってわけか？」

「まあにわかには信じられないよな。だけどリアム・ストーンはエイミーを愛してると言っている。それになかなか説得力もあるんだ。おまけに経歴はかなりのものだぞ。有名な建築家の弟子で、彼自身も名前が知れ渡ってる。仕事を請け負って財を築いてるだけじゃなく、養父でもある師匠の財産を受け継いでる」

「エイミーとはどこで会ったんだ？」

「デンヴァー行きの飛行機の中」

「偶然にしちゃできすぎてる。どうも気に入らないな」

「何か不純な動機があるはずだと？　おれもその点は同意するが、確たる証拠がないんだ。それに殺し屋を雇ってシェリダンの急所を突いたりもしてるしな」

「エイミーの信頼を得るための芝居かもしれない。そもそもシェリダンの一味である必要がどこにある？　シェリダンのお仲間以外でもやつと同じものを欲しがっている連中はごまんといる。その全員が、おれに脅しをかけるために妹を利用する可能性がある」

「だからそれは何だって聞いてるんだよ。両親を殺されて、妹も、おまえ自身も、そして今回はおれまで危険に晒すだけの価値がある物っていったい何なんだ？　何が問題なんだよ？　なんでやつらに欲しいものをさっさと渡しちまわないんだ？　おまえが金になる話を断るなんて、今まで一度たりとも見たことがない。いったいどういうことなのか、そろそろ話してくれてもいいんじゃないのか」

「そろそろ出ていってもらう頃合いかもしれないな。おれが知りたいことだけ教えてくれ。そうしたらおれからできるかぎり遠く離れたところへ逃げるんだ」

「行方をくらますにも遅すぎる。おれが関わってるのはリアムも知ってる。シェリダンもな」

おれは奥歯を嚙みしめた。「おまえを巻き込みたくなかった」

「ああ、そうだろうよ、おまえがおれを巻き込みたくなかったってのはわかってる。

おれが〈アンダーグラウンド〉に入らなかったのには理由があるんだ。だけどもうこうして関わっちまった。日に日にどっぷり浸かって抜け出せなくなってる。やつらに欲しいものを渡せ。でなきゃそれのありかをさっさと教えちまうんだ」

「そんな簡単な話じゃないんだ」

「なんでだよ?」

もうジャレッドに真実を話さなければ。おれはその場に立ち尽くし、なんとか言葉を口にしようとしていたが、出てこなかった。それがジャレッドを守ることになるのだと自分に言い聞かせ、おれは言った。「片づけなきゃならない用事がある。すぐに戻る。そのあとでリアム・ストーンって男について、おまえが集めた情報をすべて見せてくれ。そいつ以外にも、おれが捕らえられてる間妹に近づいた人間に関するすべてを報告してくれ」

「そうくると思ってたよ」ジャレッドはおれの胸に付いた血に目を落とした。「で……片付けなきゃならない用事ってのには、名前があるのか?」

「彼女の名前は〝おまえの知ったこっちゃない〟だよ」彼に反論する隙を与えず、背を向けて階段を駆け上がった。直感で感じ取った感触をうやむやにしてしまいたくはなかった。ジアは秘書なんかじゃない。彼女には包み隠さず真実を話してもらう。寝室のドアのところに行き、それを引き開けて中に入る。レンガの壁に囲まれ、天井には鋼鉄製の梁が渡され、中央には巨大なキングサイズベッドがある。その端にジアが腰掛けていた。まだおれのシャツを手に巻きつけている。おれがこの部屋に隠しておいた銃のうちの一丁が、彼女の膝に置かれていた。

11

用心しつつドアを閉めた。「おれの武器コレクションを見つけたみたいだな」

「これで互角ね」彼女は答える。「あなたに一丁、わたしにも一丁」おれは彼女の方に足を踏み出す。「来ないで」

「どうしてだ？」

「銃を奪うつもりでしょう。わたしは身を守る唯一の手段を手放す気はないの」

「おれから身を守る必要はない。今日だって、襲ってきたやつらから救ってやっただろう。もう忘れたのか？」

「後で利用するため。あなたの目的のためよ」

「シェリダンを倒したいってことでは、二人とも同意していると思ってたが」

「あなたはわたしを利用するだけ利用したいと思っているだけ。そのあと、前に言ったみたいに、一番高値をつける相手に売るんでしょう」

「きみを売らなきゃならない理由はない」

「そのうち理由を見つけるわ」

おれは訝しさに目を細めて彼女を見た。「あの男たちはなんできみを捕らえようとしたんだ？」

「シリンダーはあるの？」

「矛盾してるよ。持ってないってことを皆に納得させろって言ったじゃないか。それにはきみも含まれてると思うが」

彼女は立ち上がり銃口をおれに向けた。「シリンダーはあるの？」

「もしあったらとっくに売り払ってると思わないか？」

「わたしにはわからない。そう？」

「なんできみはそこまでこだわる？」

「それを守ろうとしたから、わたしは今何もかも失って独りぼっちなの。わかってるでしょ」ジアは唇を噛んでいる。「いいわ。言わなくてけっこう。ただこの質問には答えて。お金のためなら何でもするって言ったのは本当？　それなりの値段がつけばどんなことでもするって言ったでしょ？」

「どうしてだ？　儲け話でも持ちかけてくれるのか？」

「口先でごまかすのはもうやめて。あなたはお金のためなら何でもするって言った。でもその一方で五億ドルのオファーを断ったとも言ったわ。これはお金には代えられない問題だからって」彼女の声の震えに複雑に混ざり合った感情が現れていた。怒り？　それとも恐れか？「どっちなの？」

怒りと恐れ。確かにそうだ。それは彼女の表情にも表れている。けれどそこには痛みもあった。子供のことを話したときに彼女が見せたのと同じような心の傷が。彼女が内に秘めているのは、本人が説明しているよりもずっと個人的なものなのだろう。

「ジア」おれは静かに囁いた。「銃を置くんだ」

「答えて、チャド！」

おれは二人の間の距離を詰め、銃を手で覆って、銃口をおれの背後に向けた。「ジア」

「いい加減にして。わたしは答えが欲しいの」

「なぜこれがきみにとってそんなに大事なのか教えてくれ」

「言ったでしょう――」

「本当の理由だよ、ジア。きみの目を見ても、手の震えを見ても、何かがあるのはわかる。きみがそのためにすべてを投げうった理由を聞かせてくれ。きみがあの男たちに追われる理由を」

　彼女は銃を放し、ベッドに座り込んだ。おれは彼女の前に膝をつき、銃を彼女の手の届かない床の上に置いた。「話してくれ」静かに命じた。

「わたしは秘書じゃない」

「わかってる」

「最高機密のプロジェクトで働いてたの。それを、あなたを助ける直前に破壊してきた」

「シリンダーの再現か？」

「ええ」

「チームに加わることになった経緯は？」

「わたしは賞を取って、クリーンエネルギーの分野で最先端の研究をする科学者たちのもとで研修を受けられることになった。それは父が……好んで講義してた内容だったの。父はその研究に情熱を傾けてた。そしてそれがわたしの情熱になった。そうすれば父といつまでも繋がっていられるもの。石油会社が世の中を変えようとしてるってことが、とても魅力的に映ったの。普通だったらそういう変化に抗うところでしょう？　今から考えると世間知らずもいいところだけど」

「新たなシリンダーを作る目標には、どこまで近づいてたんだ？」

「あと一年かもしれないし、何十年もかかるかもしれない。でもわたしたちの研究にはこれから何か特別なものに育っていく種があると感じてた。結局は実を結ばなかったけど」

おれは彼女が膝に置いている手に手のひらを重ねた。「本当に研究の成果を燃やしたのか？　それとも持ち出したのか？」

「燃やした」

「もし持ってたらおれに話すかな？」

「もちろんノーよ。これを知らないうちから、わたしを一番高値をつける相手に売るって言ってたんだもの、あなたに対しても他の誰に対しても、自分の値段を高く見せるようなことはしないわ。一応答えるとすれば、持って出なかった。時間がなかったの。でもあのチーム全員、シェリダンが他人には絶対渡したくない知識を持ってる。だからそれは単にわたしが彼を裏切ったってだけの話じゃない。シェリダンの目から見て、わたしが何を持ち出したか、わたしがよその人間に何を渡そうとしてるかってことなの。皮肉な話だけど、もしあなたが彼の欲しいものを渡したら、わたしのほうはもうどうでもよくなるのよね――でもそうなればわたしがここまでしている意義がなくなってしまう。あの悪人をこの地球上で最も力のある人間にしてしまう」

「もしそのつもりだったら六年前にそうしてる」

「シェリダンはあなたが他の誰かに渡したと思ってるの？　だからあなたの家族を殺害したんじゃない？」

「おれはやつに見つからなかったと言った。だが〈アンダーグラウンド〉――おれが一緒に活動してたトレジャーハンターのグループで、本当なら血を分けた兄弟も同然の連中なんだが――その内部の誰かがおれを裏切って、おれが持ってるって、やつにバラしたんだ」

「本当に持ってるの？」

「きみは何度も繰り返しそれを訊くが、その度におれは答えるつもりはない。もう堂々巡りはやめよう。今はまずきみの傷の手当てをするのが先決だ。その後でジャレッドから妹の情報を聞く」

「手当てなら自分でできるわ」ジアは言う。おれもそうするべきだったが、考えるよりも先に彼女を連れてバスルームに行っていた。そしてなぜかはわからないが、彼女にもっと多くを求めていた。彼女の何かを。何でもいい。とにかくもっと欲しかった。

　おれたちはスチール製の洗面台とレンガで覆われた埋め込み式のバスタブのある部

屋に入った。このアパートメントは悉く金に糸目をつけないモダン様式でできている。おれが蓄えた大規模な資産のポートフォリオの一部だ。

「チャド――」

おれは彼女を洗面台に向かせてその言葉を遮った。蛇口をひねり、その手からおれのシャツを取って水流にさらす。その間、おれの胸に彼女の身体がすっぽり収まっていることを、彼女がどれほど華奢で女らしいかを意識していた。鏡越しに目が合ったとき、二人の絆を感じ、無性に胸が震えた。この女の何がそうさせるのかはわからない。あるいは単にタイミングかもしれない。あるいはおれは救いようのない悪党だが、彼女には善良さを感じるからかもしれない。とにかくジアはありとあらゆる方向から、おれの心に訴えかけてくる。

「知らなくちゃならないの」ジアは囁く。

「知らなくてもいい」おれは言い、水を止めた。

彼女はタオルを取り、おれのほうを振り向く。彼女の怪我をしていないほうの手が胸に当てられ、焼け付くように感じる。「わたし……どうしても……」

おれが濡れた手で彼女のウエストをつかみ、あまりに近くまで唇を寄せたとき、その先の言葉は消えた。彼女を包む空気が濃密になり、おれたちの間に通い合う熱が、煽るように火照っている。キスしたかった。彼女の服を脱がせ、ほんの束の間だけでもこの地獄から逃げ出したかった。けれどおれはその衝動に抗った。すでにヘドロと化しているこの泥沼をさらに澱ませることをしてはならない。そうなってはいけない。おれたちには限界がある。

「だめだ」おれは言った。現状に、おれたちに、そして与えることのできない答えを求める彼女に対して。

「それだけ？　そんなんじゃ答えになってない」

「きみにやれる答えはそれだけだ」ジアから一歩離れる。そのとたん、彼女に触れられない痛みをあまりにも深く感じていることに気づいた。スチール製のキャビネットから救急箱を出して彼女の前に置くと、隣の洗面台に移り、血だらけの胸を洗った。

　無言のうちに時間が過ぎる。二人でバスルームを共有することの親密さを、おれはやたらと意識していた。急いで肌の水滴を拭き、クローゼットのところまで行って、掛けてあったTシャツの一枚を取った。Tシャツを頭からかぶりながらバスルームに戻ろうとすると、ジアがおれの前に立ちはだかって、押しとどめるように両手を挙げた。

「ここにいつまでもいられないんだ」おれは言った。「妹はニューヨークにいる」

「それっていい知らせでしょ？　無事なのよね？」

「〝いい〟って言葉の定義にもよるな。おれがいなかったわずかな間に、妹は億万長者と婚約したそうだ」

「その人、シェリダンが送り込んだんだと思うの？」

「間違いなくそうだろう。だからおれたちもここでのんびりしてるわけにはいかない。妹のところへ行く」

「わたしも一緒に行くの？」

「ああ」

「階下にいる人も？」

「ジャレッドだ。ああ、やつも一緒に行く」

「あの人はあなたにとって何？」

「おれがいないあいだエイミーを見守っていてくれた。世界で二十位内には入る優秀なハッカーでもある。おれと妹が、死亡届やもろもろの記録を偽造して、六年間姿をくらますことができていたのは、やつのおかげなんだ。ここ数カ月はエイミーとその婚約者とも親しくしてる。今現在、妹はまだおれが生きてるかどうかも知らない」

彼女は青ざめ、両手を挙げる。「ちょっと待って、妹さんはあなたが死んだと思ってるの？　なんでそんなふうに悲しませたりするの？」

「隙を見せれば、シェリダンは妹を、おれと戦う道具にする。二人一緒にいればターゲットとして狙いやすくなる。こうするしかなかったんだよ」

「これから妹さんに説明しに行くの？」

「妹の身を守るためだったらどんなことでもする。とにかく今は階下に行ってジャレッドから二、三情報を聞き出して計画を立てる。やつにはシリンダーのことは言わないでくれ。準備ができたときにおれから話す」

「エイミーとあなたが身を潜める手伝いをしていたのに、知らないなんてありうる？」

「おれたちがなぜ面倒に巻き込まれたのか彼にいちいち説明する理由はなかった。エイミーもおれも、シェリダンにとって死んだ人間だった。ジャレッドもこの件からは離れて、遠くからおれのためにネットでいくつかのキーワードをモニタリングしてくれてるだけだった。いずれやつには真相を話さなきゃいけないと思ってるが、今はエイミーに集中していてほしい。シリンダーを巡る何百万って疑問が湧いてきても面倒だからな。時間ができ次第、やつにきみの人事ファイルをハッキングしてもらうことになるが、その前には当然話すことになるだろう」

ジアはしばらくおれの顔を眺めていた。「妹さんを取り戻したらその後はどうするの？　また彼に頼んで全員の消息を消してもらうの？　シェリダンがわたしたちのうちの誰かを探し当てて本当に殺すまで。もうあなたが生きてるってわかったんだもの、次はあなたを見つけるまで、あるいはわたしたちを見つけるまで、六年もかかることはないわ」

おれはジアをつかみ、引き寄せた。「言っただろう、もう誰もおれのせいで死ぬことはない。シェリダンには、おれを追い詰める余裕を与えない。今回はおれがやつを追い詰めるんだ。やつの世界を完全に崩壊させるまで、手を緩めるつもりはない」

「もしそう約束してくれるなら、わたしは満足だわ」

「約束する」おれは考える余裕もないままその約束を激しいキスで封印した。ついさっきもうしてはならないと諦めたキスだ。深く熱く彼女を味わいながら、これが最後だと自分に言い聞かせた。やがておれは唇を離し、彼女を脇へ押しやった。そうしなければこの〝最後の一回〟をもっと長引かせ、忘れないほど印象的なものにしてしまいそうだった。「ジャレッドが階下で待っている」

おれたちは見つめあった。キスで生じた熱が周囲で炎をあげ、おれたちを呑み込もうとしていた。いや、おれたちには限界がある——自分に言い聞かせ、ジアの手をつかんだ。触れただけで肌が焼け付くように感じるがそれでも歩みを止めず、彼女を廊下へ、そして階段へと引っ張っていった。

キッチンに入ると、ジャレッドは部屋の中央の天然石のアイランドカウンターのそばに立っていた。彼の前にはコーヒーカップとノートパソコンと一冊のファイルがある。「コーヒーポットを見つけたようだな」おれはジアを守るかのように彼女の背中に手を置いて言った。

「ビールはコーヒーよりもさらに古かったからコーヒーにした」ジャレッドは言ったが、彼の注意はおれはではなくジアに向けられている。「で、きみの名前は？」彼はジアをざっと眺め回しながら言う。

「ジア」彼女はジャレッドを避けようとはせず、カウンターの彼の正面で身を乗り出した。「あなたはジャレッドね。お噂はいろいろ伺ったわ」

「残念ながらおれのほうはきみについて何も聞かせてもらってない」彼は言い返す。

「なんでまたチャドみたいなろくでなしと関わることになったんだ？」

「おまえみたいなろくでなしと関わることになったのと同じ理由だよ」おれは言いながら、ジアの隣に立った。「運悪くたまたまそこに居合わせたんだ」

「わたしはシェリダンの会社で働いてたの」ジアが説明する。「シェリダンがチャドについて、彼から何か聞き出すって話してるのを耳にしたと思ったら、その後彼を拷問しろっていう命令が来た。だからとりあえず……そのふりをしたの」

ジャレッドがおれたちの顔を見比べている。「その前からの知り合いだったのか？」

「いいえ、とっさに衝動的に動いただけ。後先も考えずに」

ジャレッドが眉間に皺を寄せる。「こいつが大変な目にあってるってわかってたのに、なんで警察を呼ばなかったんだ？」

「シェリダンは影響力がとても強いのよ。警察が来て捜査をするころにはチャドはどこか他の場所に移されてしまうし、この変な女が勘違いしたって片づけられるのがオチだわ」

「ちょっと込み入った話なんだよ」おれは言いながら自分のコーヒーに山ほどの砂糖を入れた。「今はそれをちゃんと説明している時間はない。一口で言えば、ジアは彼女なりの決断をし、シェリダンは彼女が実際以上に多くを知ってると思ってるってことだ。とにかく今はエイミーをリアム・ストーンって男から引き離すことに集中したい」

「簡単じゃないぞ。やつは独占欲も保護本能も強くて、常にエイミーの守りを固めてる。おまけにエイミーは彼に惚れ込んでいて、そばを離れようとしない」

「妹はそのリアム・ストーンってくそ男と一緒にしておくわけにはいかない。おそらくは妹を餌にするつもりで捕らえてる。釣ろうとしてる魚はもちろんこのおれだ」

「確かにそうかもしれないが」ジャレッドが言う。「エイミーにそれを納得させるのは容易なことじゃないぞ。リアムのそばを離れたくないと抵抗するだろう。今じゃエイミーもおまえが生きてることを知ってる。もっと言えばひと月ほど前から知っていた。エイミーにおれを信用してもらうために、おまえから来たボイスメールを聞かせてやる必要があったんだ。今度ばかりは、ただメモ一枚で警告すれば彼女が動くってわけにはいかないだろうな」

ジアがおれの腕に触れた。「へたをすれば妹さんを傷つけることになる。ここは慎重に動かなくちゃ。あなたを歓迎するよりもむしろ遠ざかろうとするかもしれない。そうすれば彼女はかえってリアムに近づく。リアムはもっとエイミーを支配するのが容易になる」

エイミーを傷つけることになるかと思うと、あるいはエイミーに傷つけられることになるかと思うと、胸が千々に引き裂かれそうだった。だが妹を助けるためなら彼女の怒りを受け止める覚悟はできている。エイミーさえ生きて元気でいてくれるなら。

「まず第一に考えるべきは、妹の身の安全だ。妹のところへ行く。今すぐ、今夜中に」

ジアがおれのほうを向き、おれの腕をつかむ手に力を込める。「シェリダンはあなたが妹さんのもとに行くことを見越してるわ。ただ飛んでいって捕まえようなんて無理よ」

「言っただろう、おれはいつも用意周到なんだ。計画はちゃんとある」

「〝とりあえず妹を捕まえて逃げて、あとは野となれ山となれ〟なんて、計画とは言えないでしょ」

「おれがそうだと言ったら、それが計画だ」

12

　シェリダンのレーダーにかからないと確信できる方法で飛行機を手配するのは、悪夢とも言えるほど面倒で、おまけに多くの資源を費やさなければならない難事業だった。現金を投入するだけではなく、ある人物に連絡して別の人物の弱みをつかみ、その人物からあるパイロットの弱みを聞き出してそのパイロットを手配するという手順が必要だった。おれたちがデンヴァーから優に一時間は離れた民間飛行場に着いたのは、翌朝五時近かった。そこからプライベートジェットでニューヨーク・シティに飛ぶ。

　肩から下げたパソコンケースにジャレッドから渡されたフォルダーと写真を収め、ジアの後について機内に乗り込んだ。革張りの座席と、ラウンジエリア、テレビも数台備えた豪華な内装だ。おれの状態は疲れて苛立ってるなんて生易しいものではなかったが、昨晩ジャレッドを何時間も問い詰め、リアム・ストーンについて、そして彼がここ数週間目撃したことについて片っ端から聞き出した結果、動かしようのないたった一つの結論にたどり着いていた——一刻も早く妹のもとへ行かなければ。

ジアの背中に手を当て、彼女を窓際の席に導き、自分もすぐ隣に腰掛けた。おれたちがシートベルトを装着していると、ジャレッドが目の前で足を止めた。「尋問が終わったんならおれは後ろのほうへ行って少し眠らせてもらう」

「機内インターネットが利用できるようだから、おれは少し調べものをする。また後で質問をさせてもらうが、それまで寝るといい。寝不足はお肌の大敵だもんな」

ジャレッドは両手を広げる。「仕方ないだろう？　お肌の調子が悪いとハッキングの調子も乗らないんだ。いやマジな話、おまえも少し休めよ。最後に眠ったのはいったいいつだ？」

「この二日間で四時間ほど寝たわ」ジアが代わりに答える。「その前は椅子に縛られて時々うとうとしてただけ。どれくらい長くその状態だったかは知らないけど」

「さっさと行け」おれはジャレッドに命じた。

ジャレッドは笑う。「おやすみなさいませ、魅惑の王子さま」彼はジアに同情の眼差しを向けた。「この男に耐えられなくなったらいつでも後ろにおいで。歓迎するよ」

ジャレッドは去り、おれはやつがたった今まで立っていた場所を見ながら顔をしかめた。「あの男には近づかないほうがいい」

「まるでわたしはあなたのものみたいね。それとも……彼のこと信用してないのかしら」

エンジンの唸りとともに、おれの中で何かどす黒いものが弾けた。彼女のほうを向き、焦げ茶色の髪に指を差し入れてうなじを支える。「おれは誰も信用しない」首を下げ、互いの熱い息がかかるほど唇を近づけながら言った。「それからおれがもういいと言うまで、きみはおれのものだ。何か反論は？」

「反論したところでどうなるの？」

「質問に質問で答えるな」

「いいわ。自分でも理由はわからないけど、なぜか嫌だとは思わない。でもこの答えはいつ何時変わるかもしれませんから」

そしておれも理由はわからないが、彼女の答えが変わってほしくなかった。おれは彼女に口づけた。それは何かを求めるキスだった。何でもいい、彼女にしか与えることのできない何かを。おれがずっと抱えてきた罪悪感は、もうこの胸一つに収めることができなくなっているが、彼女を求める思いは、その唯一のはけ口のようだ。

「そういうことなら」唇が離れたとき彼女は囁いた。「わたしはここにいるわ」

「ああ」肉体のこわばりを感じ、おれはしゃがれ声で言った。「そうしてくれ」

おれは彼女を離さない。離したくなかった。それでももう一度キスしたいという欲求には屈するわけにはいかない。代わりにただ大きく息を吸い、彼女の香りを嗅いだ。香水の匂いじゃない。過去六年間おれの人生にまとわりついていたまがい物の香りではない純粋な誘惑。やっぱりキスをしてしまおうか。どうしてもせずにはいられない。がその瞬間、機体が滑走路から浮き上がり、おれは現実に引き戻された。おれたちが今生きている移動式の地獄へと。どこに行こうとこの地獄は追いかけてくる。

おれはジアから手を離し、前を向いた。穿いてるジーンズを両手で撫でながら、たった今起きたことはすべて、今ではすっかり馴染みになった単調なエネルギーの賜物だと気づいた。そろそろこれが自分の道連れだと気づくべき頃合いだ。それはあの火事以来何年もの間、おれが自分の一部として抱えつづけてきたものだった。それを振り払おうとしながら、パソコンバッグを床に置き、中からフォルダーを取り出した。

隣でジアが身震いする。「この飛行機に毛布はあると思う?」

「当然あるだろう」おれはシートベルトを外して立ち上がると、頭上の物入れを開け、見事毛布を探し当てた。そうして立ったまましばらく考えた。なぜジャレッドがジアに冗談を言ったとき、あんなふうにムキになってしまったのだろう。ジャレッドは長年の友人だ。おれがいない間に妹を見守ってくれていた。いったいおれはどうなってしまってるんだ？

毛布一枚と枕二つをつかみ、物入れの扉をバタンと閉めてジアの隣に戻る。彼女は嬉しそうに毛布を被り、おれはまたシートベルトを締めた。「あなたの中にも多少は魅惑の王子の部分があるみたいね」彼女は毛布の中で姿勢を整えながらからかう。

「きみの魅惑の王子がひねくれ者でいいならな」おれは後で使うために枕をそれぞれの座席の肘掛けの横に押し込んだ。ファイルに手を伸ばし、膝の上で開ける。ジアがそれを閉じる。彼女の手はファイルの上、おれの膝の上に乗っている。「もう何時間もそのファイルの中のデータや写真ばかり見てる。わたしも覚えちゃった。テラー・フェルプス、警護担当、元軍人。ミリタリーカットで長身で筋肉質。メロディ・エスリッジ、エイミーの新しい友達。ブロンド、二十七歳、高額物件専門の不動産会社勤務。趣味はショッピング」

「彼女の兄のデレク・エスリッジだが」おれは険しい調子で言った。「リアムの親友で裕福な不動産投資家だ。彼が関わってきた金融投資パッケージは、中東や石油業界に結びついている」

「リアムがエイミーに出会ったとき、デンヴァーに行った理由は、その人の仕事がらみみたいね」

「繁華街の開発地区をデザインしたんだ。なるほどな。いいアリバイを見つけたものだ」

「アリバイ？　チャドったら、彼が妹さんをファーストクラスに移してお近づきになろうとしたからって、犯罪ってわけでもないじゃない。むしろかなりロマンチックだわ」

「ずいぶん都合よく運んだ。なにもかもできすぎてる」

「繁華街の大規模な開発計画でリアムのような高名な建築家が必要だった。ジャレッドが確認したら本物だったってことでしょ？　ファイルにも実在の開発計画だったって証拠がある。こんな巨大なプロジェクトがそう簡単に持ち上がるとは思えないわ」

「おれの件で妹を危険に晒すための策略だとしたら、かなり前から計画されてたということになるな」

「あなたが妹さんをデンヴァーに送ることを、やつらがあらかじめ知ってて計画するなんてことは不可能じゃない？　土壇場で決める前に誰かにそのことを話した？」

「なぜきみはリアム・ストーンをかばおうとするんだ？」

ジアは肘掛けを上げ、おれのほうをまっすぐに向いた。「別に彼をかばってるわけじゃない。ただあなたが妹さんをどれほど大事に思っているかはわかるけど、彼女があなたと同じように感じるとは限らないと思うのよね。あなたが生きていてそれは嬉しいでしょうけど、その後で独りぼっちにされてたことで怒りを覚えると思う。慎重に進めないと妹さんを遠ざける結果になって、かえってリアムが彼女に対してもっと大きな影響力を持つことになるかもしれない。それにもし彼が本当にエイミーを愛しているなら、そしてエイミーのほうも彼を愛しているなら、彼女は永遠にあなたと距離を置くことになってしまうかもしれない」

「別にヒーロー気取りするつもりはないよ。ただ妹を危険から守りたいだけだ。もし一連のことが解決して、ストーンがまともな男だっていうのがわかったら、妹と一緒になってもかまわない」

「解決するなんてことがあるのかしら？　わたしにはそうは思えない。とにかくよく考えて。いきなり押しかけて自分の妹を誘拐するなんてありえないから」

「別にいいじゃないか？」

「エイミーはものすごく反発するわよ」

「でも命は救われる」

「リアム・ストーンが仮に悪党じゃなかったとしても、シェリダンはあなたが妹さんのところに来るのを期待してる。今じゃもう、やつが彼女の居場所をつかんでるのはわかってるのよ。エイミーを見張ってるのは間違いないけど、あなたが現れるまでは手出しをしようとはしないでしょう」

「今のところはそうだとしても、その状態は長くは続かない。シェリダンはおれが生きていることを知ってる。おれを捕らえる囮として妹を使うことを考えるだろう。妹のもとへ行かなきゃならない。もう何度も言ったが、おれはいつでも用意周到なんだ。今回も例外じゃない」

「前に聞いたかぎりじゃその用意周到な計画は、ただ妹さんのところへ行って捕まえるってだけだったけど」

「それは今も変わらない。おれのやり方、おれの筋書きで、安全にね。いいから少し寝ろ。せっかく何時間か飛んでるんだから」

「あなたとの話はまだ終わってないけど、睡眠も必要ね。それはあなたも同じ」彼女はボタンを押しておれの座席をリクライニングさせると、覆いかぶさるようにして寄り添ってきて、二人に毛布をかけた。いい感じだ。危ういほどに心地いい。頭の中で警告のベルが鳴る。メグに判断力を曇らされることはなかったが、ジアにはその力がある――おれ自身それを許してしまえば。それでもおれは彼女を押し返さなかった。

片方の手では肘掛けをぎゅっとつかみ、もう一方の手の指は自分の脇をつかんでいる。

「おれを信用はしないけど一緒に寝るのはＯＫってわけか？」

彼女は首をかしげておれを見上げる。彼女がいきなり手を出してきて何日分か伸びた無精髭を撫でたので、おれは驚いた。「信用してないなんて一度も言ってない」おれがあっけにとられているうちに彼女はまた寝る体勢になる。

「ジア――」

「二人とも疲れてるんだから、言い合いはもうこれくらいにしましょう」彼女はおれのほうを見ずに言いながら、おれのシャツの胸のあたりをつかんでいる。「こんなに疲れてるんじゃ勝てる自信もないわ。寝ましょう」ここでチラリとおれのほうを見る。「だけどこれだけは言っておく。あなたを信用するとも言ってないから」

彼女はまたおれの肩に頭を乗せる。おれ自身なぜだかわからないが、めったに笑うことのないおれの口元が自然に緩んでいる。今回もまた、そうさせたのはこの女だ。

おれは横たわり、ジェット機の天井を見上げていた。胸にかかるジアの甘美な重みが、なぜか復讐計画の妨げになっている。いつのまにかホテルの部屋の場面を思い出していた。彼女の肉体に深く身を沈め、ただ彼女だけに包まれて、それ以外のすべてを忘れたときのことを。そして彼女に口づけたときのことを。彼女の唇の味をぼんやりと思い出しながら、おれはようやく眠りに落ちた。予想できたことではあるが、まどろみの中、悪夢を見ていた。タイヤが滑走路に触れる衝撃で目覚めたとき、おれの唇には灰と復讐の味がしていた。

ジアが伸びをする。おれは彼女の寝乱れたブルネットの髪を両手で撫でる。彼女を飛行機の後部に引きずっていき、もう一度その髪を乱してしまいたくて仕方なくなる。二人の目が合ったところでジアは眉をひそめた。そしてまたしても不意に手を伸ばしてきて、おれの目にかかった髪を払いのける。「目に怒りが浮かんでる」

おれはその手を自分の手で包んだ。「いつものことだ」

「わかるわ。おまえにはわからないだろうなんて絶対に言わないでよね。それを言うほどわたしのことを知らないいんだから」彼女の言葉には生々しい痛みが現れている。いま彼女自身がどれほど孤独か、身につまされているのだろう。悲しいかな、おれ自身もそれが痛いほどわかる。

ジアは手を引っ込めようとするが、おれはつかんで離さない。「おれはきみのことが知りたい、ジア、きみのすべてが――だけどそれはできない。わかってるだろう」

「あなたには何も望んでないわ。約束してくれたこと以外は」

「約束とは？」

「シェリダンを倒すこと」

胸の底から湧き上がるような怒りで、彼女の声は荒み、瞳は暗く陰っていた。おれはこのとき初めて曇りのない頭で、シェリダンを破滅させたいという彼女の欲求はどれほど切実なのだろうかと考えた。「きみがまだおれに話してくれていないこととはいったいなんだ？」

「その話はもう済んだはずよ」

「いや、済んだとは思えない」滑走路の上で機体が止まり、おれたちはもうそれ以上ここにいて危険に身を晒すわけにはいかなくなった。「このことは後で話そう。必ずな」立ち上がり、ジャレッドのほうを見ると、彼は夢中でキーボードを叩いている。ここまで熱中している姿は初めて見た。おれの視線にも気づかないようだ。と、彼は不意に目を上げ、おれと視線が合った。その瞳には何やらおれを警告するような表情が現れている。才能溢れるジャレッドのことだ、何かジアに関する情報をつかんだのだろう。彼が探し出した事実が、ジア自身がすでにおれに話してくれたことと合致するのを、祈るしかなかった。

背後でジェット機のドアが開き、通路に出た。ジアを先に行かせ、ジャレッドに背を向けて歩き出す。パイロットがコックピットから出てくる。おれたちは視線を交わし、今回のフライトについて彼が口外しないことを無言のうちに確認した。おれはその後すぐ、タラップの上で足を止めているジアのもとへ行った。

「行こう」おれはまた彼女の背に手を当てて促す。どうやらこれが癖になってしまったようだ。

「あのスポーツ用多目的車（SUV）――」

「おれが手配したやつだ」

彼女はほっとしたようにため息をついた。機内ではそんな素振りも見せなかったが、かなり緊張しているようだ。続いて彼女が後ろを振り返りながら言った言葉は、おれの見方が正しかったことを示していた。「知らない土地で、なんだかすごく緊張する」

「だいじょうぶだ。おれはいつも――」

「用意周到だからね」彼女が先回りして言った。

「そのとおり」おれはジアのお尻をポンと叩き、彼女がきゃっと声をあげる。「さっさと動け。のんびりしてるのは得策じゃない」

今度ばかりは彼女も素直に従い、足早にタラップを降りた。ジャレッドがすぐ後ろに来たので、おれは振り返った。「何かおれが知っておかなきゃならないことでも？」

「今じゃなくていい」背後で彼が言うのを聞きながら、おれは最後の一段を降りた。ジアの前では言いたくないのだろう。つまりそれはおれにとってあまり聞きたくない話だということだ。

「ひどいありさまね」ブルックリンからマンハッタンへ向かう途中、生活困窮者の地域を車窓から眺めながら、ジアが言った。

「馬鹿げてるのは」ジャレッドが答える。「ここで生活苦に喘いでいるやつらも、それだけの収入があれば、他の地域で中流の暮らしができるってことだ」

「だったらなぜここで暮らすの？」ジアが尋ねる。「わたしには理解できない」

ジャレッドはジーンズに包まれた脚を撫でている。「おれがハッキングから学んだことがあるとすれば、人間っていうのは自分が馴染みのあるものに固執してしまうってことだ。それにまあ現実的に考えれば、ここまでギリギリの生活をしているやつが、他の街や州に移れるか？　引っ越して再出発するだけの蓄えがないんだよ」

ジアが不安げな眼差しをおれに向ける。「こういうところで身を隠すなんて言わないわよね？」

「むしろ逆だ」おれは答えた。「だがこういう場所はこの街にいくらでもある」

彼女はまた考え込むような眼差しを窓に向けた。「ニューヨークは好きになれそうにないわ」

「きっと気に入るよ」おれは約束した。「いいことだけを見るんだ。悪いことは忘れる」

彼女は身をよじっておれのほうを向く。「忘れる？　ずいぶん簡単に言うのね。まるでそれが正しいことみたいに」

「世の中には手放さなきゃいけないものもある」

「過去とか？」

「ああ、過去とか」

「自分でもそんなの信じてないくせに、簡単なことみたいに言うのよね。実際簡単じゃないし」

「確かにそうだが、少しずつできるようになる」

「できるようになんかなりたくない」ジアは囁き、顔を背ける。彼女の痛みがおれたちの間に生々しくリアルに横たわっている。

エイミーが隣にいなくて幸いだった。妹の痛みを感じたら耐えられないだろう。自分可愛さで言ってるんじゃない。妹の命が危険にさらされているとき、心を鬼にしてだめだと言えないかもしれないのが不安なのだ。

車内は沈黙に包まれ、おれはなぜかジャレッドの存在が気になった。おれがジアを慰めるのを、やれるもんならやってみろと待っているような気がした。まるで彼が、これをあまりにも不安定な関係だと考え、彼女やおれ、あるいは二人に対して、呆れているような気がしたのだ。ひょっとしたらその非難は、ジャレッドが彼女の過去について見つけたものに基づいているのかもしれないと思うと、おれは押しつぶされそうな不安を覚え、彼女に触れたくなるのを思いとどまった。

さらに四十分ほど車を走らせ、なんとか渋滞を回避してマンハッタンのミッドタウンに到着した。運転手に命じ、高級デパートが立ち並ぶ地下鉄の主要駅のそばに車を停めさせる。そこで料金を払い、車を追い払った。おれたちの最終到達地点を見せないようにするためだ。

「お買い物タイムだ」周囲を見回しているジアに言った。摩天楼の下に大勢の人々が渦巻くニューヨーク。それを初めて経験する新参者が皆そうするように、青い目を見開いてぽかんとしている。「ありとあらゆる状況に備えなければならない。つまりおれたち二人とも、最終目的地にふさわしいワードローブの一揃いとスーツケースが必要だってことだ。ちなみにその目的地とは金が唸りを上げている地域だ。しかも手早く済ませる必要がある」

「そしておまえはあの運転手に、おれたちの目的地を知らせないようにした」ジャレッドが言う。「賢いな」

「馬鹿よりはましだろう」おれは冷ややかに返した。

「ああ」彼はジアのほうをちらっと見てから付け加えた。「そうだな。不安要素があるからなおさらだ。シェリダンがおまえの人生にメグを登場させたとき、そもそもどうやっておまえを見つけたのか、まだわかってない」

ジアは即座にこれに反応し、ジャレッドに詰め寄った。「わたしはメグとは違うわ。あなたが言いたいのはそういうことでしょ？」

「普通に話をしてただけじゃないか、ジア」

「あなたはわたしを信用してないかもしれないけど、わたしもあなたを信用してないから」彼女は言う。

「きみがパーティーでクッキーを配る係じゃなくて良かったよ。うまいものにありつけないのは悲しいからな」

「いい加減にしろ」おれはブチ切れた。ジャレッドがおれたち二人だけの話にしておいてくれなかったことに苛立っていた。しかもよりによってこんな場所で始めるとは。

騒ぎが大きくなれば要らぬ注意を引くことになる。「とにかくさっさと終わらせよう」おれは言い、ジアの腕をつかんで、用事を片づけにかかった。

ジャレッドが意気揚々とついてくる。ジアは二倍の歩数で追いつこうとし、危うく転びそうになる。おれは振り向き彼女のウエストを支えて引き上げた。二人の目が合い、しばし見つめ合う。ジアの瞳には、とっさに隠す余裕のなかった不安や恐れが見て取れた。けれど言葉をかけたところでそれを消してやることはできない。「だいじょうぶか?」

「だいじょうぶ。すっかり舞い上がったおのぼりさんね」

なぜかはわからないが、思わず声をあげて笑った。彼女も一緒になって笑う。さっきの諍いで生じた緊張はかき消えた。指を彼女の指と組み合わせ、ジャレッドのことは無視してまた歩き出す。それでもいつの間にか、三人で歩くリズムができていた。

「彼にあんなこと言われたのにまだわたしと手をつなごうとするなんて、ちょっと意外」ジアはオレの耳元で囁く。

「言っただろう。きみが死ぬとしたら、おれがそう決めたときだ。それはおれ自身で判断したいから、とりあえず手元に置いておく」

「優しいお気遣いに感謝するわ」

彼女にそれ以上のことは言わなかった。まずはジャレッドが攻撃した根拠を確かめなくては。

それからの一時間、おれたちは買い物に勤しんだ。ジアがこんなに散財してはもったいないと抗議するたびに、おれは彼女を黙らせた。おれたちはありとあらゆるイベントや活動や移動に備える必要があり、この先買い物できる機会があるかどうかはわからない。おれは断固としてその目的を達成すべく動いた。そして優に高級車一台買えるだけの金を使ったのちに、おれたち三人のワードローブ一揃いと、ジアのためのアクセサリーや様々な美容関連商品を手に入れた。買い物を済ませると、それぞれのブランドもののスーツケースにショッピングバッグを詰め、入りきれないものは配送を依頼した。そこからおれたちは地下鉄に乗り、おれが借りている小型貸し倉庫に移動して、そこに保管しておいたダッフルバッグを予備のスーツケースに入れた。中に武器が詰まっていることは、ジアにわからないよう気をつけた。

それからまた地下鉄を乗り継ぎ、最終目的地に到着したのは夕方近かった。公園沿いの高層ホテルの別館の〈ザ・ＴＷＯ57レジデンス〉。八十階建てビルの入り口に立ったとき、ジャレッドは上を見上げて長い口笛を吹いた。「これがリアム・ストーンの住む世界ってわけか」

「それよりも大事なのは、おれが何年も前に手に入れた、投資としてはかなり実入りのいい賃貸物件てことだ。タイミングよくここ三カ月空き家になっている」

おれは前に進み出てドアマンに自分とジアの偽の身分証明書を渡し、ジャレッドに合図して彼の分も提示させた。三人分すべて、すでにおれの仲介業者を通じて居住者リストにのせてある。今朝の四時に起こされた仲介業者は、あまりおれを歓迎してくれないようだった。「恋人と親友が数日間同居するからよろしく」

軍人上がりと思しきドアマンは、おれの顔の様々な裂傷や痣を冷ややかに眺め、けっして熱烈歓迎という雰囲気ではなかった。まあ、とりあえず中に入れてくれさえすれば、こいつにも好感を抱けるはずだ。

ドアマンは一本電話をかけ、おれたちの身分証明書の情報を読み上げてから、ようやく納得したようすで挨拶してきた。「お帰りなさいませ、ミスター・ウェイドとお連れ様。お荷物を運びましょうか？」

「ええ、お願い」ジアが嬉しそうに言い、彼に笑みを向ける。ドアマンはここで初めて多少和らいだ表情になった。おれたちの入館許可証をジアがまとめて受け取る。

「豪華ね」ラスベガススタイルの高級感溢れるモダンなロビーに足を踏み入れながら

ジアがつぶやく。大理石の床と低く下がった巨大な照明器具。その奥にあるフロントデスクにはおれ一人で行くつもりだった。

「ここのセキュリティシステムは装飾よりももっと感動的だぞ」おれはジアに言う。ここでもまたいつのまにか彼女の腰の後ろに手を当てていた。カウンターから数メートル手前で立ち止まり、ドアマンから返してもらった偽の身分証をジアの手に戻す。

「求められたらこれを見せろ。きみは恋人のアシュリーで、おれと同居している」ジアがIDを眺めようとしているので注意した。「見るな。バッグに入れろ」

「アシュリー」彼女は繰り返しながらおれが言ったとおりにした。「もうジアじゃないのね」

「ジアは珍しい名前だからな」ジャレッドが言う。明るい茶色の長い髪がほつれ、顔の周りに垂れ落ちている。「どうしても印象に残る」

「母の名前だったの」

彼女の悲しみを痛いほど感じている自分に、まずいと思った。「だとすると今はなおさら危険だ」おれは答えた。

「そのとおり」ジャレッドも同意する。「おまえがルームキーを受け取る間、おれが玄関に目を光らせとく」

監視する目が増えたことをありがたく思いつつ、おれはジアと指を組み合わせてカウンターに近づいた。

「賃貸仲介業者が鍵を届けてくれているはずですが」おれは言い、カウンターに身分証を置いた。

フロント係はおれの顔の多種多様な傷を興味津々の目で眺めているが、おれはわざわざ説明するつもりはない。するとジアが笑いながら言った。「ひどい顔でしょう？食後の皿洗いをサボるからこういうことになるの」

「酒場の喧嘩なんですよ。相手の顔を見せてやりたかったな」おれが笑いながら言い添えると、おれたちを担当した品のいい中年の黒人男性は眉をひそめた。

ジアが肘でおれを小突く。「いい加減にしなさい。実は自動車事故なんです。ごめんなさい。あっちこっちでいろんな人に見られるものだから。それに旅行気分でハイになっちゃってて」

フロント係も笑う。「そうでしたか。皆さんご無事だといいんですが」

「全員無事でした。でなきゃこんなふうに笑いのネタにはしないわ」ジアがスラスラと言ってのける。

「それはよかった」男は言い、おれに向かって頷く。「ただいま鍵をご用意いたします、ミスター・ウェイド。そしてこちらは……ミセス・ウェイド？」

「まだ〝ミセス〟じゃないんだ」おれは答える。「目下その方向に向かって奮闘中です」

フロント係はここでまた微笑み、奥の壁に設えられた棚のところに行くと、コンピュータに情報を打ち込んだ。

おれはカウンターに肘をつき、ジアを褒めようとして彼女のほうを見た。するとジアが静かに尋ねた。「メグはこの場所を知ってるんじゃないの？」

「いや、本人はおれについて多くを知っていると思っているかもしれないが、実際の知識はごくわずかだ。このアパートメントは投資会社の名義で所有している。おれたちはただ単に新しい入居者というだけだ」

ジアは首をかしげ、しばらくおれの顔をじっと眺めていた。「あなたは彼女のこと、自分の世界に入れるつもりはなかったのね。ララのことで助けが必要になるまでは」

「エイミーだ」おれは訂正した。「おれにとって妹はもうエイミーだ。家族を失って一人になったとき、エイミーとして生きるしかなくなったんだ」

「でもあなたはまだチャドのままなのね」

「それ以外の名前もたくさん名乗ってきた」

「メグに対しては？」

「メグに対してはあえてチャドと名乗った。だけど今となってはもうそんなことはどうでもいいだろう？」おれはジャレッドが見つけたジアの嘘のほつれ目を探そうとした。「メグは出会った瞬間からおれが誰か知っていたんだ。そしてあの日地下鉄の駅で、虐(しいた)げられたかわいそうな女を演じて助けを求めてきた」

おれは彼女の顔を眺め、その表情に居心地の悪さが出ていないか探った。現れたのはそれ以上だった。「彼女はそうやってあなたに取り入ってきたの？」ショックを受けているようだ。驚愕してると言ってもいい。「虐げられた女の振りで助けを求めたのね？　あなたがわたしを信用してくれないのも無理ないわ。卑劣なことこの上ないもの」

そのとたんにほっとした。ジャレッドが何を見つけ出したかは知らないが、もしもジアが演技をしているとしたら、その演技力はアカデミー賞ものだ。なんならおれがこの手でオスカー像を授与してやりたいくらいだ。「シェリダンに関わりのある人間で卑劣じゃないなんてありえないだろ？」

「いい人だと思ってたのよ。それについてごまかすつもりはない。本気でそう思ってたの、チャド。完全に騙されてた。本当に馬鹿よね」

たった今感じた安堵感が跡形もなく消え去ってゆく。彼女の口調に現れた苦しみは告白か謝罪のようで、おれはそんなものは聞きたくなかった。「いったい何が言いたいんだ？」

「ミスター・ウェイド」フロント係に話しかけられ、おれたちはぎくっとした。「不動産業者から電話がありましたのは、今朝わたしどものオフィスが開いたばかりのときでして、ついさきほど通常の手順として、アパートメントの鍵を交換しました。終わりましたら保守チームがこちらに鍵を届けることになっております。今ロビーに向かっているということですので」

「わかりました。早急に対処してくださって感謝します」おれがニューヨークの不動産数件を管理してくれている仲介業者を起こしたのは、早朝のことだった。それを考えれば当然のタイミングだろう。「他の物件とギリギリまで迷っていて、ここに決めたのがけっこう急だったので」

「もしよろしければロビーの一角にありますコーヒーショップでお待ちください。わたしが鍵をお届けに参ります」

「そうさせてもらいます」おれは答え、ジアの肩に腕を回して、彼女とともにジャレッドのほうを振り向いた。ジャレッドはロビーの隅で腕組みをし、仁王立ちになってドアを見張っている。

おれたちが近づく気配に気づいたのか、やつは顔を上げ、ロビーの真ん中まで近づいてきた。「鍵が届くのをコーヒーショップで待つことになった」

「おれはドアを見張ってるよ」ジャレッドが答える。「この街にいるってだけでどうも落ち着かなくてさ」

おれは頷き、ジアを連れてコーヒーショップへ向かった。中に入り、隅の席に座ると、すぐにウェイトレスが注文を取りに来た。おれはさっきのジアの告白めいた言葉についてもう一度問い質すつもりでいたが、彼女のほうが機先を制した。「わたしもジャレッドと同じ。なんだかすごく緊張しちゃう。だってどこから狙われてもおかしくないんだもの」

「だいじょうぶだよ、ジア。さっききみが言ったことについてもう一度聞いておかなきゃならない」

ジアは背筋を伸ばし、こげ茶色の髪を耳にかける。「え？　何の話かわからないんだけど」

「本当にやつのことをいい人だと思ってたと言ったじゃないか。で、何をしろと命じられたんだ？」

「わたしがしたことじゃなくて、してしまったかもしれないことについてよ」

「どういう意味だ？」

「あなたはわたしが聞いたような話は聞いてないものね。あの男は神になろうとしてたの。彼がシリンダーを手に入れたら、この世界を根本から変えるって。わたしが彼の力になろうとしていたこと、彼を尊敬さえしていたことは、今となってはもう……耐え難いけど。いっときはわたしにとって父親代わりみたいな存在だった」

「父親代わりだと？　どれだけ親しかったんだ？」

「彼はチームメンバー全員と懇意になれるよう時間を割いてくれていたの」

「全部で何人いた？」

「四人」

「たったの四人か？　だとすると随分近かったってことだよな？」

ジアは首を横に振る。「そうじゃないの、違うのよ。あの日わたしが会話を立ち聞きしたときの彼は、わたしの知ってるシェリダンじゃなかった。彼はわたしたちの前で、この世界をより良いものにすることを志す高潔な人間を演じていたの」

おれは苦々しく笑った。「傑作だ。この世をより良いものにする、か。都合良いものにするってほうが当たってるよな。きみとはどんなふうに親しかったんだ？」

「チームで毎週食事会に呼ばれた。なんだか馬鹿みたいだけど、でもあの男は本当に人を欺く天才なのよ」

コーヒーが届き、おれはウェイトレスが去るまで待った。その間に、ジアはまた落ち着きを取り戻したかのように澄んだ眼差しになっていた。「まだきみが全部話してない気がするんだが、なぜだろうな」おれは彼女のほうに身を乗り出した。穏やかかつ断固とした口調で言う。「前にも話したと思うが、ジャレッドは地球上で最も優れたハッカーの一人だ。やつはきみのことを徹底的に調べるつもりだ。きみがおれに話してくれていないことはいずれわかってしまうよ」

「ミスター・ウェイド」呼びかけられて顔を上げると、フロント係が立っていた。「鍵をお持ちしました」彼は小さな封筒をおれの前のテーブルに滑らせた。「アパートメント内にコンシェルジュサービスのメニューと、当ホテルの様々な情報をご用意しております。お荷物はすでにお部屋に運ぶよう手配しておきました。他に何か御用はございますか？」

「買い物した商品の配達を依頼しています。まもなく届くはずです」

「到着次第上階(うえ)にお持ちするよう手配いたします」

「よろしくお願いします」

フロント係は立ち去り、おれはジアを見た。真相が知りたかった。たとえそれがどんなに残酷な事実でも。「きみがそもそもシェリダンの仲間だったのなら」おれは言いかけた。

「本当に意地悪ね」彼女は語気強く囁く。「信用するなって言う一方で、ありとあらゆるやり方で信用するように求めてくる。で、わたしが勇気を振り絞って辛い経験を打ち明けると、今度はどう？　わたしが身も心も捧げて、シェリダンがこの地球上で最も大きな権力を持つ男になるために協力したって責めるのよね」ジアが立ち上がる。おれは彼女を追って、指を絡めて手を繋ぐと、吐息が混ざり合うほどすぐ近くに立った。

「きみを傷つけるつもりはこれっぽっちも無い。ただおれ自身やけどしたくないだけだ」

彼女はハッとしたようにおれを見上げる。その手はおれの胸に当てられている。激しい鼓動を感じているはずだ。「わたしだってしたくない」

「とにかくここではまずい。上階に行こう。そうすれば二人きりで話せる」

彼女は顔を伏せ、瞳を隠す。おれを見てほしかった。ジアがおれに与えてくれない答えが、彼女が敵だと証明するものではないことを、その目を見て確かめたかった。

だがここはあまりに人が多すぎる。せっかくの機会だったが見送るしかない。

「行こう」手をつけていないコーヒーを残し、ジアを連れてコーヒーショップの出口へ近づいた。入り口にできている人の列をかき分けてロビーに出たところで、電話で話しているジャレッドの姿が目に入った。

「安全を考えたら、今電話で話せる相手がいると思う?」隣でジアが訊いた。

「まずいないだろうな」

おれはどうやら間違った相手を警戒していたようだ。

13

おれは突進し、ジアも遅れずについてくる。ジャレッドは近づいてくるおれたちに気がついたようで通話を終え、手早くいくつかボタンを押してからおれたちのほうへ歩いてくる。ただでさえかき立てられた怒りがさらに膨らむ。おれたちが至近距離で向かい合ったところで、ジャレッドは答えを求められる前に自ら説明した。

「リアム・ストーンとシェリダン・スコット、それからシェリダンが結託している協会の連中全員についてアラートを設定しているんだ。情報が入るとプログラムから自動的にボイスメールが送られてくる」彼は携帯電話をおれのほうに差し出した。「見てみろよ」

いかなる証拠があろうと、ジャレッドにはそれを消すだけの余裕があった。それを承知の上で、迷わず電話を取る。やつが何かミスを犯しているとしたら、それを必ず見つけるつもりだった。画面を見ると確かにメッセージの着信が表示されている。それでも当初から感じていた疑念が消えることはなく、さらに調べた。何か不審なものはないか通話履歴を開ける。まあこれも、見られた場合に備えてそのつど消しておくことは可能だ。

そう思いつつもざっと目を走らせたが、結局何も出てこなかった。よかったと安堵するべきだろう。妹を助け匿うのを手伝ってくれた男なのだ。が、ここでふと気づいた。誰も信用しないというおれの哲学は、自分で思っていたほど徹底したものではなかった。たった今までおれはジャレッドを信じていたのだ。

長年の〝友人〟を眺めつつ、彼に携帯電話を返した。彼の茶色い瞳は、怒りを湛えている。「馬鹿野郎」彼は静かながら険しい口調で責める。「おまえの顔を見てりゃわかるよ。おれがおまえを裏切るなんてこと、どうして考えられるんだ、ちくしょう。おれはリアム・ストーンとも生身で接してきた。つまりシェリダンにも身を晒してきたってことだ。おまえのためにな。おまえの秘密ってやつを教えてもらってもいないのに」ジアをちらりと見てからおれに視線を戻す。「おれがたった今見つけ出した情報について、ここで話すか？　それともよそに行くか？」

ここではっと気づいた。ジャレッドがジアに寄せる信頼は、おれがたまたま出会った赤の他人に寄せるものと変わらないのだ。そうだろうとは思っていた。覚悟はしていた。けれど彼はいったい何を探し出したのかと思うと、腹の底に恐れが渦巻く。それがたまらなく情けなかった。「上階(うえ)へ行こう」おれは答えた。

おれたちは激しい鼓動二つぶん睨み合っていたが、その後申し合わせたように方向を転じ、エレベーターのほうに歩いた。おれはなぜか彼をジアから遠ざけておきたい衝動に駆られた。ジャレッドがおれの左に立つと、ジアの腕を取って右側に立たせた。エレベーターの中では皆一様に無言だった。監視カメラや録音装置の類がないと確信できる場所に移るまで、爆弾の投下はお預けだ。

おれたちはようやく四十九階に着き、寝室二つを有するおよそ四百平方メートルのアパートメントに入った。黒い硬材の床を横切り、角に巨大な白い梁が渡った全面ガラスの窓のほうへ向かう。ジャレッドとおれは部屋の中央で立ち止まり、向かい合った。「ジア、主寝室はおれの後ろのドアだ。ジャレッドと少し話がある」

「ええ、でも――」

「きみはその後だ」彼女がこの会話に先立ってあらかじめ何か言っておきたそうな顔をしているのが気に入らなかった。

ジアは迷っているようだったが、結局ドアの脇に置かれたスーツケースのうちの一つをつかみ、それを転がして寝室に入っていった。おれはドアが閉まるのを待った。

閉まるなりジャレッドがいきなり聞いてきた。「おれがいったい何に巻き込まれてるのか教えてくれ」

「その前におまえがいったい何を見つけたのか教えてほしい」

「いくつかあるが、目ぼしいものと言えばこれ。リアム・ストーンは普段あまり表に出ない男なんだが、金曜の夜に珍しく婚約者を伴って公の場に出ることになっている」

てっきりジアに関することだと思っていたので、あまりにも意外なニュースに、おれは目をぱちくりさせた。「どこに？　どういう席だ？」

「知事の再選選挙に備えた資金集めパーティーだ。おおよそリアム・ストーンが出席しそうな行事じゃない。ま、それを言ったら彼が出席しそうな行事なんてないんだが。招待客のリストにはウェス・ウェルズがいる」

シェリダンの協会のメンバーの名前を聞き、背筋を冷たいものが走る。「偶然とは思えないな」

「問題は、リアム・ストーンはウェスが出席することを知っているかどうかだ。いや、そんなことはどうでもいい。それ以上に問題なのは、いったいおれはどんな面倒なことに関わっちまってるんだ、チャド？」

おれは拭うように顔を撫で、窓際に歩み寄ると、窓の木製の框に両手を乗せた。ジャレッドがすぐその後に続き、二人でそこから木々や建物があちこちにそびえ立つ街の風景を見下ろした。

「シェリダン、協会、あと誰がいるかわからんが、連中はシリンダーという物が存在していると信じている。たった一つのシリンダーだけですべての需要を賄うクリーンエネルギーを生み出すことができ、石油を含め他のすべてのエネルギーを無用にしてしまう。全世界の需要を満たすシリンダーがどれほどの力を持つことになるか、説明するまでもないだろう。一つが正常に作動すれば、二つ目も必要ないほどなんだ。そしてもちろん、そんな大きな力を手に入れるたった一人になることがシェリダンにとってどういう意味を持つかは、言うまでもない」

「それを探し出す目的で、やつに雇われたのか？」

「ああ」

「で？」

「で、火事が起きたあの日、おれはシェリダンに見つからなかったと言った。ローリンはおれに五億ドルを提示してきたが、おれは渡すことができないと答えたんだ」

「持ってるのか？」

　ジャレッドの強い視線に応え、おれは睨み返した。「それを持ってる人物のところへおれが行く前に、何者かに先を越された」これは真実だ――ただ、随分端折ってはいるが。「ローリンはおれが持っていると責め立てた。〈アンダーグラウンド〉の誰かがおれが持っていると告げ口したそうだ」

「誰が？」

「この件に関しておれは〈アンダーグラウンド〉の誰にも何一つ話していない。ローリンは名前を言わなかった。だがやつとやつの父親は明らかにおれが値を吊り上げる目的で出し惜しみしているものと思ってた。そのせいでおれと家族を皆殺しにしようとしたくらいだからな」

「おまえが死んでしまったら引き渡しようがないじゃないか」

「だがそうすれば他の誰かに渡すこともできない。シェリダンは今誰が持っているか知りたがってる。その傍らで自分もその複製品を作ろうとしている。ジアは秘書なんかじゃない。シリンダーを再現するプロジェクトのために雇われた化学者なんだ。今のところ成功はしていないようだが。ジアはシェリダンがそれを、世界を救うために使うものと思っていた。ところがやつの会話を小耳に挟み、おれを捕らえていることとシリンダーをネタに世界を意のままにするつもりだということを知ったんだ。だから自らこの件に関わる決心をした」

ジャレッドがここでジアを猛攻撃するものと思っていたが、意外にも彼は言った。

「やつはなぜおまえが持ってるってそこまで確信しているんだ?」

「シリンダーがまだ出てこないからだろう。それを手にするためならどんな悪事にも手を染めるって人間がどれくらいいると思う?」その中にはおそらくリアム・ストーンも含まれている。おれは背筋を伸ばし、ジャレッドに向き直った。「ストーンはそのパーティーの招待客リストを見ることができたのか?」

ジャレッドも窓の框から離れ、おれのほうを向いて腰に手を当てる。「正式なルートではないだろうが、リアム・ストーンが何か欲しいと思えば、手に入らないものはない」

「いや、やつにだって手に入れることが許されないものはある」一瞬のうちに、おれの中で怒りが燃え立った——いや、一瞬ではなかったのかもしれない。ジャレッドと再会してからずっとできていた黒い爛れが、自分では直視しまいと目を背けているうちに、悪化して広がったのかもしれない。気がつくとジャレッドのシャツをつかみ窓に押し付けていた。「どうして妹をリアム・ストーンの手から救ってくれなかった?」

これが自分の奥に潜んでいた本音なのだ。ジャレッドからストーンの話を聞かされて以来ずっとこれが胸にくすぶっていたのだ。口に出してみて初めてわかった。

ジャレッドがおれの腕をつかむ。「おれはおまえが見ていないものを見てきた。無理やり捕まえでもしないかぎり、彼女はストーンのもとを去ることはないだろう。なあ、チャド、すまないがおれにはおまえが戻ってくるかどうかもわからなかった。まさかエイミーを檻に閉じ込めておくなんてことまではできないからな。今妹を捕まえようって言うんならそれはそれでおまえの自由だ。だが、やつはエイミーを完全にモノにしてる。もう自分のものだと思ってるものを、簡単に手放す男じゃない」

「くそくらえだ」

「やつはおまえより金も力もある。おまけに厳しい現実を言えば、エイミーに信頼されてもいる。一方、おまえは妹の信頼を一から取り戻さなきゃならない。厳しい戦いになるだろうな」

的を射た言葉に、おれの心の中に残っていた怒りもかき消え、自分の髪を指でかきあげた。エイミーを永遠に閉じ込めておくわけにもいかない。リアム・ストーンと対決しなければならないがその前に妹の安全を確認する必要がある。「金曜の晩よりも前に妹と接触する方法を考えなきゃな」

「考えておくよ」ジャレッドは寝室のほうにちらりと目をやる。「シェリダンの会社のジアの人事記録を覗いてみた。彼女のバックグラウンドは今おまえが話したことと符合していたが、その最高機密プロジェクトについては何の記載もなかった」

「最高機密だからな」

「わずか四人。彼女が所属していた特別チームの人数だ。全員シェリダンが自ら選んで採用している」

「それも全部彼女から聞いてる」事実だったことにほっとしていた。「残りの三人のメンバーはジアが破壊したものを作り直すために研究を続けるだろう。彼らが何者なのか、どういう動機があるのか調べたほうがいいのかもな」

「他の連中についてもファイルにまとめておくよ。だがおれの関心はそこじゃない。大事なのはジアがそのプロジェクトの一員でシェリダンと近い位置にあったということだ。そして今彼女はこうしておまえに近づいた。メグの再来ってことにならないか?」

「メグがどこから現れたのかはまだわかってない。彼女がどうやっておれを見つけたのか、も。ジアに関してはそれがはっきりしている」

「ああ、メグについてもその点を調べないとな。彼女がおまえを見つける前、おまえの生活がどんなふうだったのか、ひととおり教えてもらう必要がある。もっともそれをしたところで、ジアに関する不安は消えないが」

「ジアはあらゆる点でメグと同類じゃない。おれはもうこれ以上誰にも騙されるつもりはない。そういうことで、ジアとはすぐにも話をしておくよ」おれはリビングを離れようとした。

「気をつけろよ、チャド」

いくつか返事を思い浮かべたものの、そのどれも自分がやつの立場だったら受け入れられるものじゃないと思われた。もういい加減剃らなければならない顎鬚を撫で、無言のまま行くことにした。リビングを横切り、主寝室に入る。ここも同様に全面ガラスの窓に囲まれている。ジアはドアのところまでおれを出迎えた。元々色白の肌が象牙のように蒼白で、こげ茶色の髪は肩に垂れ落ち、眉間には不安気な皺が刻まれている。彼女は美しい。そしてここにいる。おれのものだ。たとえ今このときだけだとしても。そしておれは、許されるかぎり彼女をそばに置いておきたいと思っている。

おれはドアを足で閉めた。ジアは後ずさり、おれが望んでいない距離を空ける。

「そのパーティーが罠だってことはわかってるわよね。行ってはいけないわ」

「おれたちの会話を盗み聞きしてたってことだな」

「ええ、そうだけど、チャド――」

おれがいきなりつかみかかったので、ジアはきゃっと悲鳴をあげた。おれは彼女の背をドアに押し付け、両脚を脚で挟んで動けなくした。「ジャレッドがきみの人事記録をハッキングした」

「当然でしょ。わたしあの人のこと信じてない」

おれは乱暴に彼女の髪に指を通し、わずかに引っ張って青い目をおれのほうに向かせる。「やつもきみを信じてない」

「あなたも？」

おれの答えは、飢えたような激しいキスだった。癖になる彼女の唇の甘さがおれの感覚を満たし、もっと多くを求めずにいられなくなる。彼女はおれの〝もっと〟を駆り立てる。逃避を。情熱を。彼女にしか感じることのない、いまだ正体不明の不思議な欲求を。ジアは小さく呻き、その柔らかく色っぽい声音が、おれのこわばった肉体に直接響き、熱となって四肢を伝わる。おれは空いている手で彼女の腰を、ウエストを、胸の膨らみを撫で、この女と漂流したくてたまらなくなる。波に揺られて大海を漂い、誰にも手の届かない世界の果てまで流されてしまいたい。だがとりあえず今ここでできることで満足しなければ。いま彼女に溺れたい。彼女と、溺れたい。

だが彼女にそのつもりはないようだ。その舌がためらいがちに撫でてくるようすで、その指が迷いながら控えめにシャツをつかみかけているようすでわかる。おれは彼女から唇を離した。「さっきロビーでは失言した。だけどな、ジア。このわずかなあいだに、きみはこれまで誰もしたことがなかったほど、おれの頭の中にも、胸の中にも入り込んだ。きみは本当のおれを知っている。それはおれたち二人にとってとても危険なことなんだ」

「そうよね、危険よね」彼女はおれの胸を押し返す。「放して」

「ジア――」

「今度はわたしが何も言うなって言う番よ。こうやって二人で進んだり後ずさったり揺れているのが耐えられないの。あなたはわたしに信じるなって言いながら、今度は別の言葉でまったく正反対のことを求めてくる。あなたとかわたしたちについてこんなふうに葛藤をしている暇はないの。ただでさえすべてを失ってもがいてるときに」

「おれを信じるなっていうのは今ここでの話じゃない。まだ先のことだ。混乱がひととおり治まってからの。きみはおれと一緒にいてはいけない。おれは常に危険を引き寄せてしまう。おれが住む世界をきみは理解することができないだろう」

「わたしもうその世界の一部なのよ。生き残るためには理解しなくちゃ」

「きみは違う。きみはここにいちゃいけない。おれが許さない」

「もうすでにそういうことになってるんだもの、あなたにだって変えることはできない。あなたが見えないところに行けばわたしは安全だと思う？　そんなのは妄想よ、チャド。そのせいで命を落とすかもしれないとわかっていながら、妄想に浸って生きるつもりはないわ。わたしはシェリダンを倒したい。そしてシリンダーを守りたい。あなたが持っているのはもうわかっているの」ジアはオレのシャツをぎゅっとつかむ。「持ってないとシェリダンを納得させるだけじゃ充分じゃない。いつか世界がそれを必要とするときが来るかもしれない。それが正しい人物の手に渡るように、然るべき方法を考えるのよ」

「正しい人物とは？」

「わからない。二人で答えを探さなきゃ。一緒ならきっとできる」

おれたちは見つめ合った。二人の吐息が混ざり合う音がする。窓の向こうの太陽の輝きがぼんやりと暗くなる。おれがこの女に抱いていた抵抗が一段と和らいだのと同じように。「きみに助けてほしい。きみの助けがなければ無理かもしれない。だがきみに嘘をつくわけにもいかない。おれは最初にその機会が訪れたら、迷うことなく、きみをこの件から遠ざける。おれたち二人ともそれを承知しておかなきゃならない」

「わたしが離れたくないと言ったら？」

「それでも行くんだ」

ジアは大きく息を吸い、吐いた。「そしてもう二度とあなたには会えないのね」

「それ以外に道はない」

「わたしが嫌だと言ったら？」

「そうなったら二人で争うことになる」おれは明言した。「勝つのはおれだ」

「遠ざけられたら、わたしは一人でシェリダンを倒しにかかる」

おれは彼女の横の壁に手をついて身を起こした。「そんなのは馬鹿のやることだ。きみは馬鹿じゃない」

「だったら、こんなに膨大なものをたった一人で抱えようなんて、あなたのほうがよほど馬鹿じゃない。ジャレッドがいるなんて言わないでよね。何度も言ったけど、あの人は信用できない。あなたも心のどこかで信じてないはずよ。だってシリンダーを持ってるって、あの人には言ってなかった。六年もの間、何を隠しているのかさえ、あの人に言わなかった」

「おれが言わなければ、やつはそのせいで命を落とすことはない」

「そんなのただの言い逃れじゃない、チャド。連中は、あなたを捕らえるためだけでも、彼を殺すかもしれない。わたしやあなたの妹を殺すのと同じようにね。それを避けるには、やつらを完全に破滅させるしかない。どうしたらそんなことができるかわからないけど」

「必ず方法を見つけ出す」

「まったくどこまで頑固なの」彼女は声を潜めつつ、語気を強くして言う。「そんなんじゃあっけなく死んでしまうわ」

「まあ、これだけは言える。おれが死んだら、誰一人としてシリンダーを手に入れることはできない」こう言って、おれはついに、シリンダーを持っていることを認めた。誰に対しても、初めてのことだ。

彼女の瞳に怒りが燃え立つ。「またそうやって冗談めかす。あなたが死ぬって話を聞いて笑えると思う？」

おれは彼女の髪に指を差し入れた。「またおれが、何も言うなと言う番だよ。ひとまずやめよう。おれたちが今、二人ここにいること。それだけでいいじゃないか」

「この瞬間がどんなに大事でも、現実から逃れることはできない。わたしたち二人がどんなに頑張っても手が届かないほど大きな問題なのよ。必要とあらば、わたしがあなたの武器になる」

「武器になったとしても、命を落としてはだめだ」おれは命じた。「きみはおれに情報を与えてくれればいい。危険な仕事はおれがする。反論は一切受け付けない」彼女は言い返そうと口を開けたものの、キスで黙らせた。脳裏に母のつんざくような悲鳴が聞こえるような気がした。このキスもまた、血の味がするような気がしたが、それは彼女の血であってはならない。おれはジアの頭を支え、二人の結びつきを深める。渇望し、要求し、強奪する。まるで屈しまいとするかのように身を強張らせていたジアが、一転して激しく求めてきて、おれはほっとした。彼女は舌をおれの舌に絡め、両手をシャツの中に滑り込ませてきて、温かく柔らかな手のひらで素肌を撫でる。彼女の手の感触は、テキサスの蒸し暑い晩に静かにそよぐ夜風のようでもあり、同時におれの熱を駆り立てる炎のようでもあった。

けれどジアもまた冷静ではない。夢中で身をすり寄せてくる。自分の物だと言わんばかりにおれに触れ、キスをし、今このときが過ぎても、永遠におれを抱きつづけようとするかのようだった。

慌ただしく動きながら、なんとか二人の服を取り去り、彼女をベッドに運んでいった。二人もろともマットレスに倒れ込む。おれは上になるつもりでいたが、気がつくと横向きに向かい合い、見つめ合っていた。そしておれは彼女の瞳が湛えた深い悲しみの水にどっぷり浸かり、そこに溺れた。

ジアをつかみ、姿勢を変えて、彼女の太腿にいきり立った一物を押し当てる。彼女の髪に指を絡め、おれのほうを向かせる。「ジア」

彼女は身を乗り出し、おれに口づける。その仕草が妙にせっぱつまっているわけが、おれには理解できなかった。それでも彼女に胸を押されると、おとなしく背中をマットレスに付け、上に乗るのを許した。つんと上向きの胸の膨らみと、ピンク色の花弁のような乳首をじっくり眺める。ジアが時間を無駄にすることなくおれをつかみ、昂ぶりに腰を沈めてくると、おれは細いウエストと美しい曲線を描くヒップを両手でつかんで支えた。

ジアはおれのすべてを包み込んだ。身も心も。けれど彼女本人はそれを知らない。知らせるつもりはない。彼女とはまだ知り合ったばかりだ。おれたちはただ、状況によって引き寄せられ、今は二人でいるが、この先もずっと状況に左右されつづける。ジアは今、自分の手で何かをコントロールする感覚を求めている。おれは彼女にそれを与えたかった。彼女の求めるままに、この場を支配させようとした。

だが、彼女は意外にもいきなり身を乗り出してきて、おれの胸に手を置き、頬を寄せてきて囁いた。「独りでいれば楽ってものでもないわ」言葉がおれの胸を締め付ける。

おれは反射的に動いた。彼女の頬に手を当て、もう一方の手を背中に回して抱きよせる。「今この瞬間、おれたちは独りじゃない」

彼女は顔を上げておれを見ようとするが、おれはそのまま唇を引き寄せ、その口に舌を差し入れ、二人の吐息を合わせた。そして彼女の中に息づいている恐れを呑み込んだ。彼女の焦燥は時間を追うごとに募り、膨らんでいるようだが、もしそれが情熱によるもので、今この場で互いをどれほど求めているかということなら、おれにも理解できる。おれは彼女の尻を手で包み、腰を突き立てはじめた。キスがさらに深まる。おれがそれを求めたのか、彼女のほうが求めたのか、どちらかはわからない。もうどうでもいい。ただ彼女が欲しい。そしてこのひとときが。おれがセックスに期待し、そして彼女なら確実に与えてくれる忘却の境地へと逃げ込みたかった。熱狂はさらに高まり、おれたちは乱暴ともいえるほどに肉体をぶつけ合った。もうキスする余裕はない。ジアは身体を起こし、おれを見下ろしている。その表情から恐れは消え、ただ燃え上がる欲望だけを映している。

おれは彼女の動きを眺め、その肉体に、その曲線に、腰のうねりに、弾む乳房に、いっそうそそられた。ジアががっくり首を下げ、長いこげ茶の髪が象牙色の肌に垂れ落ちている様に見とれていた。彼女はやがて上半身を起こしているのを諦め、しなだれかかる。先が硬くなった乳首で、暗いブロンドの毛に覆われたおれの胸をこすりながら、おれの首筋に顔を埋める。

　おれたちは嵐のように渦巻く欲求に駆られて腰を動かし、燃えつくすしかない炎に焼かれながら、肉体を絡ませた。快感の呻きと荒い息遣いは、独自の命を得たかのように、奔放に響きつづける。おれは彼女の尻をつかみ、乳房を愛撫し、荒っぽく乳首を引っ張った。それが彼女を頂へと駆り立てたようだ、ジアは息を喘がせて言った。

「チャド」

　一瞬のち、彼女の肉体はおれの昂ぶりを絞るように収縮し、おれは天国と地獄を一度に味わった。快感の波に身を任せ、一気に解き放ちたいと焦がれるのと同時に、それによってこの交わりが終わってしまうのがたまらなく残念だった。そして終わりは来た。彼女の身体は痙攣を繰り返し、おれはただそれに応えることしかできなくなった。彼女を引き下ろしながら大きく腰を突き上げる。一度、二度。そして快感の光が炸裂し、解放の闇がそれに続く。時が止まったかに思えるその瞬間も、永遠には続かない。終焉はあまりにもあっけなくやってきた。

　ジアはすでに、がっくりとおれに覆いかぶさっている。二人とも疲れ果て、満たされていた一分ほど、あるいは二分だったかもしれない、おれはただ彼女を抱きしめていたが、やがてごろりと横に下ろし、顔を覗き込んだ。しばらく言葉は交わさなかった。二人とも、現実に戻り、それによってまた言い争いになるのを望んでいないような気がした。それでもしばらくのち、ジアが沈黙を破った。「独りのほうがいいなんてことないわ」

まいった。この女には、独りのほうがいいってことを忘れさせられてしまいそうだ。おれは手を伸ばし、彼女の目にかかった髪を払いのけた。「ジア――」

ドアベルが鳴り、おれは即座にベッドから出た。ジーンズに脚を通し、ベッドの足元に落としていたホルスターから銃を取る。寝室のドアを開けると、ジャレッドがすでにアパートメントの玄関に出ていた。「配達です」廊下から声がし、ジャレッドがそれに応える。「ああ、待ってたよ」

おれはドアの側柱にもたれ、体内を駆け巡るアドレナリンを鎮めようとした。ジャレッドが振り返り、おれの裸の胸と、ファスナーを閉めずに辛うじて腰にひっかけているジーンズに目をやって、嘆かわし気にかぶりを振る。彼は本当にジアを信用していないようだ。そしておれは、ジアがまだ状況を完全には理解していないという事実と向き合わなければならないのだろう。彼女はまだわかっていない。おれが住む世界は、配達が来ただけで銃を抜き、誰かれかまわず敵とみなす世界なのだということが。

長年の友人にもベッドを共にする女にも疑惑の目を向ける――独りでいるほうがずっといい――信頼など存在しない世界だということが。

14

数時間後、おれたち三人はそれぞれにシャワーを済ませ、カジュアルな服に着替えていた。太陽はだいぶ前にマンハッタンのスカイラインの彼方に沈み、リビングルームの全面ガラスの窓を夜の帳(とばり)が覆っている。おれたちは大理石のコーヒーテーブルに指令センターを置いて、すでに何時間も情報を突き合わせる作業をしている。シェリダンを倒すために使えそうな情報、あるいはエイミーを守るために役に立ちそうな情報を片っ端から集めていた。

一時間ほど前、テーブルの端に引っ張ってきてからずっと座っていたオットマンの上で、おれは伸びをし、背中をそらした。ジアのほうを見やると、彼女はピザをかじりながら、自分用のパソコンで何やら調べ物をしている。おれの視線に気づいたのか、眉を上げ、問いかけるような表情をした。おれはジャレッドのほうを顎で示した。ジャレッドはジアがもたれているソファの反対の端に腰掛けている。「きみはなんでやつのピザのアンチョビの匂いが平気なんだろうと思ってね」

ジャレッドはパソコンから顔を上げながらもキーボードを打つ手は休めない。「おまえみたいに無駄にデリケートな鼻をしてないんだろう」

「チャドの言うとおりよ」ジアは鼻の頭に皺を寄せる。「それってかなり匂う」

「〝チーズだけのピザ〟なんてものを頼むやつにありがちな発言だな」ジャレッドが言い返す。情報をやりとりしているうちに、やつはジアに対してだいぶ打ち解けてきたように見える。ジアのほうも彼の前でリラックスしているようだ。

「だいたい、トゲトゲしくて臭いものなんか食べ物に入れるべきじゃないでしょう」ジアが反撃する。「あら、トゲトゲしくて臭いって、まるでシェリダンね。わたし今、やつの下で働いてた一年間について、思い出したことを片っ端から打ち込んでおいたの。夕食会とか、会話とか、やつの周りにいる人物とか。それを今、あなたたちからさっきもらったアドレスにメールで送ったわ。わたし、GiaGia@Gmail.comだから」

「〝ジアジア〟だって？」今度はおれが眉を上げて問いかける番だ。

「せめてもの思い出よ」彼女は言い訳する。

「ジア、きみだってわかってるだろう――」

「わたしはもうジアじゃない」彼女は先回りして言った。「そうだけど、フリーメールだし、ちゃんと保護されたジャレッドのリモートサーバーに届くんだから。せめて安全な場所でだけは過去の名残にしがみつかせてよ」

「安全にできるところなんてないよ。おれはその手の油断は一切しなかったがそれでもなぜ見つかってメグを送り込まれたのか、いまだにわからない」

「おれもそれに関しては、今んところまだはっきりした答えがわからん」ジャレッドが言う。「おまえはすでにずいぶん探しただろうけどな。とにかく今はそれにかかってる時間はない。ジアが働いていた研究所の人事部のリストをおれが作ったプログラムにかけてるところだ。金曜の夜のパーティーの招待客リストもね。そのプログラムはおれが予めコード付けした特徴に関わる情報が引っかかれば、フラグが立つようになっている。ひととおり終えるには、一、二時間かかりそうだな。そうだ、他の作業をしてなければ、もう少しスピードアップできる」ジャレッドはブリーフケースを開け別のノートパソコンを出した。「バックアップを持ってきてよかった」やつはおれのほうに目を向ける。「前回メグに関してもやってみたんだが、何も出てこなかった。ネット上では何も見つからないとわかると、デンバーで彼女のあとをつけ、レストランやバーに行って、束の間の交流をしてみた結果、彼女の指紋を手に入れた。以前FBIに頼まれて二、三仕事をしたことがあったから、サーチした痕跡を一切残さずに彼女の情報をＦＢＩのシステムにかけることができた。が、何も出なかった。彼女は存在しないんだ」

ジャレッドがおれのためにしてくれたことを聞き、ショックを受けた。彼を疑った自分が情けなくてたまらなかった。「ありがとう。いや、マジで。おれは行方不明になったときおまえに金を残す余裕もなかった。ありとあらゆる方面で、おまえの恩に十分報いると約束するよ」

「おれの求める報酬は、この件が一件落着することだ。それにしてもメグをおれのレーダーから逃してしまったのは悔しくて仕方がない。彼女はおれたちがテキサスにいたころ、やはりあそこにいた。だがその後忽然と姿を消した。以来、何の痕跡も見つかっていない。彼女はローリンに繋がる唯一の手がかりなんだ。死んだはずの男がその辺をうろついているかもしれないと思うと不安でたまらなくなる。もう墓に入っているはずだから人殺しだって自由にできる」

「いい面もある」おれは言った。「罪に問われずに、やつを本物の墓に入れる名誉に浴することができるってことだ」

ジャレッドがパソコンの画面をジアに向ける。「本当にローリンの顔に見覚えがないか？」

ジアが眉を曇らせる。「そうね、さっき携帯写真を見せてもらったときにはわからなかったけど、こうして大きな写真を見るとなんとなく見覚えがあるような気もする。でもいつどこで見たのかわからない。ひょっとして……シェリダンの書棚に写真が飾られてたとか？」彼女はかぶりを振った。「でも気のせいかもしれない。彼のオフィスに呼ばれて私生活についておしゃべりしたりしたわけじゃないもの」

「行くとしたらどういう用事だったんだ？」おれは尋ねた。

「まずは面接。あと、チームミーティングで何度か。せいぜい四回程度だったと思うけど」

「シェリダンが週一の夕食会を開いたときはどうだ？」畳みかけて尋ねた。「やつは個人的なことはまったく話さなかったか？」

「食事中にはわたしたちに個人的なことをいろいろと訊いてきたわ。その答えにも本当に関心を持っているように見えた。でも食事を終えて皿が下げられると、話題は研究の進捗状態一色になった」

「前からわかってたことではあるが」おれは言った。「シェリダンは本当にそつがなくて、けっしてミスを犯さない」

「だけどドアを開けたままにして、ジアが会話を聞くことができたんだろう。その結果彼女はおまえが逃げるのを手伝った」ジャレッドが言う。「かなり迂闊なミスだと思うがね。欲望に駆られて躍起になるあまり、ヘマをしたってことかな。六年は長いからおそらく相当行き詰まってるんだろう」

ジアのようすがなんとなく変なので、おれは首をかしげて彼女の顔をじっと見た。が、彼女はすぐに立ち上がり、黒のレギンスの上に着た青緑色のTシャツの裾を直して、おれたち二人に呼びかけた。「わたし炭酸を取ってくる。さっき届いた食料品の中から、ビールも何本か冷蔵庫に入れておいたわ。欲しい人？」

ジャレッドが人差し指を上げる。「もらうよ。酒があったほうがハッキングが進む」

ジアはおれに向かって眉を上げながらも、どこか目を合わせるのを避けている。

おれは手を挙げ、ビールの誘いを断った。「おれはカフェインのほうがハッキングがうまくいく。もう一本コーラを持ってきてくれ」

「コーラね」

彼女は背を向け、そそくさとリビングを出ていった。その歩調が普段より少し速いように感じる。「チャドのハッキング・スキルはおれの幼稚園の先生並みだ。〈クールエイド〉でもくれてやって」ジャレッドが振り返り、ジアに向かってお子ちゃま向け粉末ジュースの名を叫ぶ。

「おまえいつから冗談なんて言えるようになったんだ?」おれ自身かなりハッキングの腕を上げたと自負している。自分でもなぜかはわからないが、彼の陽気な挑発に乗ってその事実を明かすことはなかった。

「おまえはいつから冗談を言えなくなっちまったんだ?」彼がやり返す。

「六年前」おれは吐き捨てるように言った。その質問が無性に腹立たしく感じたのはなぜか、理由はわからない。

ジャレッドがおれの目をまっすぐに見た。「だからこそ、この件を終わらせなきゃいけないんだ」

おれが頷きながら正体不明の苛立ちの理由を考えていると、ジャレッドはすでに先に進み、二、三キーを打って付け加える。「今おまえのところにパーティーの出席者の名簿を送っておいた。だけどさっきも言ったように今夜のうちにプログラムで処理してるからな。おれだったらそれが終わるまで分析に時間を食われるようなことはしない」

「パーティーは罠よ」ジアは言い、飲み物をテーブルに置いてまた床に腰を下ろす。ついさっき妙に気が高ぶっているように見えたのはすっかり元に戻っている。おれの気のせいだったのだろうかとふと思った。あるいは、おれ自身がジャレッドのことでピリピリしていたので、彼女の苛立ちと同期してしまったのかもしれない。「あまりにもタイミングが良すぎたり、ラッキーな巡り合わせっていうのはたいていそうよ」「罠のように見えるのは否定しない」おれは言った。「実際そうだろうと思う」ジャレッドに目を向ける。「この招待客名簿にある協会のメンバーはヒューストン在住だ」すでに各メンバーのことは詳細に調べてあるので、何も見なくてもわかった。「この人物がいつパーティーのために到着するか調べることはできるか？」

「それならもうとっくにやってる」ジャレッドが答える。「今は国外に出ているようだ。帰国の航空券は一週間後」

「だとすれば罠なのはほぼ決定だな。そしてシェリダンがエイミーを監視してるってことも」おれは言った。「それにリアムがその状況に合わせすぎているのがどうも気に入らない」

「リアムが妹さんのそばにいるのが気に入らないんでしょ」ジアが言う。「つまりあなたは客観的に見られてないってことよ。彼に気を取られて本物の脅威を見落とすようなことだけは気をつけてね。わたしに対してもそうだったけど」

「リアムが信用できないっていうのは、チャドだけじゃなくておれも同じだ」ジャレッドが口を挟む。「おれはそれをエイミーに対しても、隠そうとはしなかった。それを利用してエイミーに近づけるんじゃないかと思ってるんだ。彼女に電話をして、兄貴の居場所について情報をつかんだが、きみだけにしか話せないと言う。彼女はきっと同意する。ただし、テラー・フェルプスを振り払う方法を考えるのが一苦労だな」

「ボディガードの？」ジアが尋ねる。

「ああ。やたらに優秀なんだ」

おれは部屋をうろうろ歩き回りたくなる衝動を抑えて言った。「他の誰にも口外しちゃいけないっていうのは、文字どおり他の誰にも口外しちゃいけないってことだとエイミーに言うんだ。おれは生きるか死ぬかの瀬戸際だと。いや、もう、なんだっていいよ。とにかく妹をリアムとテラーから引き離すんだ」

ジャレッドはブリーフケースに手を入れ、また別のフォルダーを取り出して、おれのピザの箱の上に置いた。「おまえには現実を直視してもらう必要がある。これはおれが二人を監視している間に撮った写真だ。遠くから見ているときには気がつかなかったことを、後で写真を見て気づいた。雄弁に物語ってるよ。エイミーは、リアムから情報を隠すなんてことは絶対しないだろうな」

ジアがおれの隣のオットマンに移動してくる。おれはフォルダーを開いた。目の前に妹のアップの写真が並んでいるのを見て、胸にパンチを食らったような衝撃を覚えた。これまでの年月、妹を遠くから見守ること、彼女の姿を見て生きていると確認することで、おれはなんとかギリギリの正気を保っていたのだと、このとき初めて気づいた。

ジアの手がおれの膝の上を滑る。そのぬくもりが心地いい。ジャレッドの視線を感じるような気がしたが、やつがどう思おうとかまわない。「あなたとよく似てる」彼女は言う。「あなたのよりもずっと明るい金髪だけど頬骨が高いところも、印象的な明るいブルーの瞳もそっくりだわ」

「妹はスウェーデン系のうちのお袋に瓜二つなんだ」火事の後、エイミーは何年もの間髪を三つ編みにして黒縁の眼鏡をかけていた。その姿を思い出すだけで辛くなる。おれは悲しげに笑った。「親父は二人を、双子(トゥイン)にひっかけて〝トゥインキー〟と呼んでいた。エイミーはそう呼ばれるのが大好きだった。お袋も」

「お父さんはあなたを何と呼んでたの」ジアが尋ねる。

「きみと同じだ。〝馬鹿野郎〟」

ジアが笑う。その声にはまるで音楽のような甘い響きがあって、おれの心をほんの少し和らげ、次の写真を見る余裕を与えてくれた。エイミーとリアムが収められた一枚。妹は花模様のドレスのようなものをまとい、いつもどおり愛らしく無垢な姿で、完璧にドレスアップしたリアム・ストーンと腕を組んでいる。彼女は笑いながらリアムを見上げているが、その幸せ溢れる表情は、あの火事以来、おれが目にしたことのないものだった。一方のリアムはと言えば、ご馳走を前にした狼のような表情で妹を見つめている。

おれはフォルダーを閉じ、ジャレッドを睨んだ。「もう十分だ。よくわかったよ。やつは所有欲丸出しで、妹はやつに夢中ってことだな。たとえリアムが悪魔だとしても、妹はやつをいい人だと信じたがるだろう」

「実際いい人かもしれないじゃないの」ジアが反論する。

「だったらおれは魅惑の王子だ」おれは冷ややかに返し、ジャレッドを見た。「前回、メグはリアムの命が危ないと言ってエイミーをおびき出したと言っていたな。それと同じ手を使おう。妹に、またリアムが危険な目にあいそうだから、彼に間違った行動を起こさせるわけにはいかないと言うんだ。これから人に会うことを彼に絶対話してはいけないと」

ジアが苛立ったように唸り、フォルダーを開けて、おれの前にリアムとエイミーの写真を掲げる。「この写真に何が見える?」

「見たくなくても見えてしまうものが見えるよ」突っぱねるように言った。

ジアは睨みつける。「ふざけないで。何が見える？」

「おれの妹とファックしようとしてる男だ」

「いいわ、そうやって凝り固まってなさいよ。わたしに見えるのは、恋に落ちた男よ。恋にどっぷり浸かりきってる男」

写真をちらりと見てからジアに目を戻した。「やっぱり妹とファックしたがってるくそ野郎にしか見えないね。その上妹を簡単に裏切りそうだ。きみのその見解が、いったい何の役に立つ？　くその役にも立たんだろうが？」

ジアの眉間に皺が刻まれ、恐ろしい形相になる。「まったく、くそ頭にくるわ。くそくそ言ってないで、原始人並みの兄貴から少しは進化したら？　彼女はリアムを愛してるの。妹さんは以前にも、彼の命が危ないと脅されたことがあったのよね？　また同じような恐怖に陥れられたら、彼女はきっと激怒する。妹を取り戻すこともできてないのに、しょっぱなから遠ざけるつもり？」

「どうあがこうが、妹がおれを憎むのはもう確定なんだ。これ以上悪くなるってことはない。少なくともそうすれば妹は生き延びられる」

「今回のパーティーが罠だとすれば、シェリダンの手下が彼女を見張ってるのは確かだって、さっき言ってたわよね。やつらはあなたが次の動きをするのを待ってるんでしょうから、その間エイミーは安全だっていうことになるわ。だけどもしリアム・ストーンが妹さんと愛し合ってるとしたら、やつらは彼を誘拐してそれをネタに脅したり、場合によっては殺したりしてエイミーに揺さぶりをかけ、あなたをおびき出そうとする可能性もあるわよね」

「リアム・ストーンの今までの行動を見れば、やつが自分自身の身を守ることができるのは明らかだ。セキュリティを強化するように忠告はしておこう」ジャレッドに目を向ける。「おまえがエイミーを偽の警告でおびき出すには、いろいろ難しい面もある。何か別の方法を、一つ考えておいたほうがよさそうだな」

「エイミーは毎週火曜と木曜に診療に通ってる」

「何の診療だ？」流産の件を思い出し、不安に駆られた。

「だいぶ前から一時的な記憶障害に陥ることがあってその治療を受けているらしい」

「記憶障害？」ジアが尋ねる。「どういう種類の記憶障害なの？」

おれは大きく息を吸い、吐いた。「外傷後ストレス障害（PTSD）だ。火事以来、程度の差こそあれ、長い間ずっと苦しんでいたんだが、正直なところもう克服したものと思っていた」

「確かに克服していたんだ。一時期はね」ジャレッドが言う。「最近またいろいろあったせいで、再発してしまったようだな」

「ああ」妹の近くで見守ってやれなかったことが改めて悔やまれ、銃弾で胸をえぐられるような思いだった。「だったらなおさら妹を守らないと。診察にはリアムも付き添うのか？」

「彼はエイミーを送ると銀行に行く」ジャレッドが説明する。「その後診療所の隣のコーヒーショップで待ち合わせするんだ。だがテラーは常に彼女に張り付いている」

「テラーは診療室の中にも入るのか？」

「わからん。それについてはハッキングで解決してやるわけにはいかない。火曜に遠くからようすを眺めてひととおりの流れをつかみ、木曜に行動に出るってことでどうだ？　そうすれば明日一日、おれたちは他のたくさんの不確定要素に集中できる。メグとか、ローリンとか」

ジアがおれの腕をつかむ。「次に何をするか、お願いだからよく考えてね、チャド。あなたがこの次何をするかによって、あなたもエイミーも、この先何を背負っていくかが決まる。リアム・ストーンが本当にエイミーの心から愛する人だったとして、彼が命を落とすようなことにでもなったら、あなただって一生苦しみつづけることになるんじゃない？」

　おれは腰を上げ窓辺に歩み寄った。腰に手を当て、明かりに彩られたマンハッタンのスカイラインに目を向けても、実際には何も見えてはいない。妹のことを考えれば、リアム・ストーンという問題は、この先さらに多くの問題を生み、頭痛の種になるだろう。

　ジアがおれの隣に立つ。「だいじょうぶ？」

「くそ見事な夜景だ」おれはつぶやいた。

「妹さんはだいじょうぶよ。シェリダンの狙いはあなただもの。先回りして手を打てば問題ないわ」

　だが彼女は間違っている。おれはジャレッドのほうが正しいと見ていた。六年の歳月の末、欲望に駆られて躍起になるあまり、相当行き詰まってるのだろう。「おれが今回のパーティーに現れなければ、また見失う危険を冒すよりは、どうにかして狩り出そうとするだろう。言い方を変えれば、妹は三日後には、シェリダンのターゲットにされているということも十分考えられる。そしてもしこの件にリアム・ストーンが関わっているとすれば、妹に向けて引き金を引くのはやつかもしれない」

おれたちがようやくベッドに入ったのは翌朝四時近かった。おれは丸くなって身をすり寄せてくるジアを傍らに眠りに落ちた。彼女の身体の温もりは、何もかもが氷のように硬く冷たい世界の中、それを和らげてくれる緩衝材のようだった。最初は眠れないと思っていた。眠ることなど到底できないと。だが気がつくとおれは悪夢のただ中にいた。そして意識のどこかでは、今おれは寝ていて、この夢から逃れることができないのだと気づいていた。

煙に肺を焼かれ、噎せながら妹に向かって叫んだ。「ララ！　ララ！」返事を待つ間にも、火は寝室のある階を舐め尽くしていく。カーペットとともに、残された時間が炎に呑み込まれる。それでもおれは待つ。返ってくることのない答えを期待して。火炎が触れていないのに熱が肌を焼く。おれの不安が、今度は両親に向けられる。二人はまだ寝室に閉じ込められている。消防車のサイレンはまだはるか彼方だ。おれは家に向かって伸びている木の枝をつかみ、そこから屋根に登った。家の反対側がすでに炎に完全に包まれているのを見て吐きそうになった。両親は死んでしまった。もう助けることはできない。けれどララは、まだ間に合うかもしれない。もう一度木の枝をつかみ、高さのことなど考えもせずに地面に飛び降りた。衝撃に骨の髄まで震える。と、ララが目に入った。地面に寝そべっている。隣家の信頼できる友人が、妹の顔を覗き込んでいる。妹のほうへ駆け出そうとしたそのとき、右手に何か光るものが見えた。足を止め、隣の敷地とを隔てる並木や植え込みを見やった。身を低くし、相変わらず炎に包まれている家の建物ぎりぎりのところまで戻る。頭のすぐ上では煙が勢いよく吹き出している。そこでじっと待った。また鈍く光るものが見える。もうこれ以上待つ必要はなかった。火をつけた者が、そこでようすを窺っているのだ。

　息を喘がせ、がばっと身を起こした。心臓は胸を突き破らんばかりに激しく打っている。おれはまだ悪夢の中にいて、火をつけた男を見つけ、体当たりでなぎ倒し、抑えつけたときのことを、頭の中で再現していた。二人揉み合ったあげく、おれは手で相手の喉元を押さえた。そして首を締めあげ、相手の命が尽きるのを感じ、それを楽しんでいた。心から。

「チャド」ジアが優しく呼びかける。すぐそばに横たわる彼女の存在に、ようやく気づいた。彼女はおれに寄り添い、早鐘のように鳴る心臓の上に手を当てる。窓の外から、月が温かな光を二人に投げかけている。「わたしがついてる」彼女は囁く。「あなたは今ここにいるのよ。過去じゃなくて」

　おれは彼女の手を取り、見下ろした。小さな女らしい手。簡単に折れてしまいそうだ。おれは彼女が傷つくのを見たくなかった。シェリダンによっても、このおれ自身によっても。今の状況がどれほど深刻か、彼女自身が地獄のどれほど深いところまで迷い込んでしまったのか、ジアは理解する必要がある。「おれは我が家に火をつけた男を殺した」彼女のほうは見ずに告白した。「絞め殺して死体を燃え盛る家の中に投げ入れた。唯一悔やまれるのは、生きたまま投げ込むことができなかったことだ」

ジアは驚いたことに起き上がり、膝に乗ってくると、おれの頬を手のひらで包んだ。その瞳を覗き込んだとき、そこには非難でなく理解が映っていた。「その人はまた人を殺したかもしれない。あなたや妹さんを襲っていたかもしれない」

「あのときはそこまで考えなかった。ただ両親を殺した罪を死んで償わせたかっただけだ」

「そんな地獄みたいな状況下で、どう行動すべきかなんてわかる人はいない。自分が同じ悪夢を味わわないかぎり、あなたの行いを批判することはできないわ」

ジアはおれの唇に唇を押し付けてきた。その優しい感触は、おれを受け入れてくれたことを、無言のうちに表していた。おれは自分の苛立ちを紛らわせるため激しくファックしたい衝動が湧き上がってくるものと思っていたが、それは訪れなかった。代わりに、もう生まれてこの方ずっと感じたことがなかったと思えるような静けさがおれの胸を包んでいた。それはこの世でジアただ一人が、おれの中に吹き込むことができる〝これでいい〟という甘美な感覚だった。ジアをふたたび横向きに寝かせ、おれは仰向けになった。彼女はおれの胸に頭を預け、脚を絡めて、手のひらをおれの胸に置く。

眠りに引き戻されるころ、おれは彼女は正しいのだろうと思っていた。独りのほうがいいなんてことはない。それでも鼻に熱い煙の臭いがまだまとわりつき、今も悪夢の中で生きているような気がしているうちは、独りでいることを選ばなければならないときもある。

朝が来た。エイミーの住む家を訪ねたい思いに駆られつつも、その衝動をなんとか抑えつける。妹には多くの監視の目が注がれ、おれが現れるのを待っている。やつらに発見され、妹を無事マンハッタンから連れ去るチャンスを逃すようなことだけはしたくなかった。ジアと一緒にリアム・ストーンについて調べ、シェリダンと何らかの繋がりがないか、あるいは他にシリンダーを追いかけていそうな人物と結びついていないか調査した。少なくともリアム・ストーンに関するかぎり、今後やつとエイミーをどうするべきか、おれの判断の助けとなるようなものは出てこなかった。この結果に、おれは安堵と不安を同時に感じていた。

それ以上に問題なのは、ジャレッドがローリンについてさらに調査を進めた結果、やはりこちらも徒労に終わったことだ。ローリンという眠れる巨人がいつ起きだしてきて背後からおれたちのケツに食いつくかと思うと、おれもジャレッドも気が気ではない。なぜ死んだふりをする？　ローリンは今どこにいて、今回の一連のことでどんな役割を果たしているんだ？

夜も更けたころ、おれたち三人はキッチンのガラスの天板のついたテーブルに集い、コンシェルジュサービスで注文したグリルチキン・サンドを食べながら、翌日の計画を立てていた。ベッドに入るころには、たとえ遠くからでもふたたび妹の姿が見られると思うと、興奮が高まっていた。

漲るエネルギーを発散するのにジアを利用することにしたものの、彼女と肌を合わせるのは、これまでの他の女たちとのセックスとは違うということを悟りはじめていた。それは単なる闇雲な欲望のはけ口ではない。シーツに火がつくほど情熱的なセックスではあるが、同時におれがこれまで背負ってきた、そしてジアにだけは見せることができる、すべての感情的な重荷をこめたものでもあった。ことが済むと、おれたちは満たされ、疲れ切り、おれは穏やかな眠りにつけるものと確信した。しかしそうはいかなかった。また悪夢を見た。その記憶はおれの思考の縁の綻(ほころ)びを引き裂き、さらなるダメージを与える。それでも今回はジアを起こさずに目を覚ますことができた。

おれは二時間ほど天井を見つめ、この六年の地獄を終わらせるために選ぶことのできる選択肢をひととおり考えていたが、やがては答えを得られず堂々巡りすることにうんざりしてしまった。そっとジアのもとを離れ、バスルームに入った。おれの心と同じように黒と灰色で統一されている。楕円形の黒いバスタブのそばを通り、デザイナーはこの部屋の仕事をしたとき相当不機嫌だったのだろうなと思いながら、シャワーの栓をひねり、湯の流れに身を浸した。ガラス製のドアを閉めようとしていると、ジアが入ってきて、おれの身体に腕を回した。

彼女は顎を上げ、おれを見上げる。「だいじょうぶじゃないのね？」

次の瞬間、おれはジアの背を壁に押し当て、彼女の中に身を埋めて、おれの中の悪魔を鎮めようとしていた。短くも激しく狂おしい営みではあったが、しょせんは束の間の逃避にすぎず、悪夢の記憶を消してはくれない。おれにはその理由もわかっている。ジアの中から引き抜き、彼女を見下ろした。「質問に答えるよ――ああ、だいじょうぶじゃない。二日後には妹に話さなきゃいけないんだ。両親が死んだのはおれのせいだと」

口に出して言ったのはそれが初めてだった。言葉が、煮えたぎる酸のように舌の上に残った。そしてジアに対して無性に腹が立った。この女はなぜおれを嫌わず、理解してしまうのかと。

彼女から顔を背け、ドアに手を伸ばした。「チャド」ジアが戸惑った口調で呼び止める。

「支度をしろ」おれは彼女のほうを見ずに言った。「必要とあらば人混みに紛れることができる服がいい」シャワーから出てタオルをつかみ、ジアを置いてバスルームを出た。最初から彼女をこうしておくべきだった——独りぼっちに。

ジアとおれは共有する寝室の中、気まずい沈黙のうちに、どうにか身支度を整えた。八時半には、また一日分伸びた髭をそのままに、ブラックジーンズとシンプルな黒のTシャツに身を包んでいた。ショルダー・ホルスターを装着したところで、ジアがバスルームから出てきた。ぴったりした紺のジーンズと飾りのない紺色の長袖のブラウスを着ている。彼女はおれが拳銃をホルスターに入れているのを眺め、啞然とした顔をした。

「今日はただ見ているだけのはずじゃなかった？　昨日あなたが買った車で、ジャレッドがハッキングする監視情報を眺めるだけなんでしょう？」

「そうだ」銃の収まり具合を確かめながら答える。「それでも準備するに越したことはない。だから人混みに紛れることのできる格好をしろと言ったんだ。この間買った黒の膝丈のフード付きジャケットを着ていけ。外は寒い。あのジャケットなら姿を隠すこともできる」

ジアは彼女自身の身体に腕を回す。「そんなこと言われると緊張しちゃう」

「それでいい。緊張すべきなんだ。状況はそう簡単には変わらないからな」おれは彼女に歩み寄り、おれたち二人に対して、近くに行っても触れずにいられるということを証明するためだけに、彼女をじっと見下ろした。「非情な事実ではあるが、おれがシリンダーを持ってないということをシェリダンに納得させることができたら、きみは今以上に狙われることになる。これに手を染めてしまったことをおれ自身どれほど悔やもうと、きみに気休めを言ったところで役には立たない」

「耳ざわりのいいことだけ言ってほしいなんて思ってないわ、チャド。そもそも、いいことなんてどこを探してもないもの。チームのメンバーは他に三人いた。だけど率直な話、あの男を倒すために囮になる必要があるのなら、わたしは喜んでそうする」

彼女は口を引き結び、力を入れる。「たとえあなたなしで、一人で戦うとしても」

「今それに反論をしていたら予定に遅れてしまうから、ひとまずやめておく」おれはグッチの黒い腕時計に目を落とした。前のものは囚われた際、シェリダンの手下に奪われてしまった。「もう出よう」

「エイミーの診療の予約は十一時じゃなかった？」

「そうだが、ここはマンハッタンだからな。ちょうどいい駐車スペースが見つかるなんてラッキーなことはそうそうない。カメラのテストにもじっくり時間をかけたいんだ」戸口に向かおうとすると、ジアが腕をつかんだ。情けないことに、それだけでおれの息子が反応する。

「今日は観察するのが目的よね？」

「ああ。今日はようすを見て、木曜に妹を取り戻す」

ジアは数秒間おれの顔をじっと見つめ、今の返答について考えているようだった。

「よかった」やがて彼女は言った。「リアム・ストーンにどう対処するかについては、もっとちゃんと相談したいから」

こっちはリアム・ストーンの話題などまったく興味がない。おれは腕時計を指先で叩いた。「もう行くぞ。上着を取ってきて」おれの腕からジアの手を離させ、寝室を出た。リビングに足を踏み入れると、ジャレッドがすでに玄関で待っている。長い髪を後頭部でちょっと変わったお団子にまとめている。

「その鮮やかな緑のシャツは何？　〝戦うアイリッシュ〟って？」いつのまにかジアが隣に立ち、おれが口を開くよりも先に尋ねていた。

「指示どおり群衆に紛れようとしてるんだよ」ジャレッドが答える。「ニューヨークには大規模なアイルランド系コミュニティがある。今日のコーヒーショップのそばにもアイリッシュパブがいくつもあるんだ」

　その戦略に賛成はできないが、すでに時間が押しているので、この件で揉めている余裕もない。おれは二人を追い立てるようにしてエレベーターのところへ行き、駐車場に下りた。すでに配車係に頼んで、昨日買ったフォード・エクスプローラーを準備してもらっている。おれはいざとなったらすぐに降りられるよう、運転はジャレッドに任せた。ジアを後部座席に乗せ、一時間ほど駐車スペースを探して走り回った。最終的にはコーヒーショップ正面の縁石沿いのスポットに駐められていた車の持ち主に金を渡し、場所を譲ってもらった。

　車を駐めると、ラジオの下に設えたスタンドにジャレッドがノートパソコンを据えた。画面は四分割され、医療施設が入ったビルとコーヒーショップのようすを様々な角度から映している。十時四十五分、リアム・ストーンのベントレーがビルの前に停まった。おれは反射的に銃に手を添え、全身の筋肉を緊張させた。ジアがおれの腕に触れる。落ち着けと無言のうちに警告しているのだ。彼女にこうも簡単に気持ちを読み取られてしまうと思うと、苛立ちを覚えた。まあ、手を武器に持っていくというのは、誰が見てもリラックスした仕草ではないが。

助手席側の後部座席のドアが開き、リアムが一歩踏み出して、車の屋根の上に頭を突き出す格好で立った。彼はすぐに動いてエイミーを外に出そうとはせず、ドアと車内を隔てる狭いスペースを塞いでいる。リアムは周囲をひととおり見渡し、その間に運転席のドアが開いて、スーツ姿の男が降りてきた。髪はミリタリースタイルの短髪で、その立ち居振る舞いは、いつでも臨戦態勢に入れるような近づきがたい緊張感を醸し出している。

「テラー・フェルプスだ」周囲をさりげなく見渡すボディガードを眺めながら、ジャレッドがつぶやく。

「交渉で安全を確保したはずだが、二人ともそうは見えないな。おれたちが現れる可能性があるって、誰かが警告したのかもしれない」おれは言った。

とそのとき、エイミーがベントレーから降りてきた。長い金髪が風になびき、トレンチコートのような上着の襟元で躍っている。おれは銃に置いていた手をドアに伸ばしそうになった。

相変わらずおれの腕に手をかけていたジアは、空いているほうの手をおれの肩に置く。「彼女は無事よ。今はそれだけで十分でしょ」

おれはなんとか大きく息を吸い込み、吐いた。リアムが妹を抱き寄せ、自分のものだと言わんばかりに唇に激しくキスをするのを眺めた。それが済むと、テラーが彼女に肘を差し出した。背筋に緊張が走り、おれはドアの取っ手に置いた手をぎゅっと握りしめた。リアムはそのまま動かず、エイミーとテラーがビルの中に入るのを見届けている。彼女が安全に中に入ったと見ると、彼は車の前を回り、おれたちに全身を晒した。スーツや佇まいが、〝育ちのいい金持ちのお坊ちゃま〟を絵に描いたようだ。シェリダンと妙に重なるのが気になった。リアムは運転席側のドアの前に立ち、開けたものの、すぐに乗り込もうとはしなかった。またしてもそこで動きを止めて周囲を見渡している。その視線がおれたちの車のほうに向けられ、しばし留まる。さらに数呼吸分その状態を続けたあと、彼はよそに注意を移した。

ジアが大きく息を吐く。「わたしたち見られた？　なんだかここにいるのを気づいたみたいに見えたけど」

「いや」リアムが運転席に乗り込み、車を出すのを見ながら、ジャレッドが断言する。

「おれたちがいるって気づいていたら、エイミーを残してこの場を離れるようなことはしないさ」

「少なくともこれで、リアムが一人で銀行まで車を運転していくというのがわかった」おれは自分の脚を撫でながらほんの少しリラックスしていた。「木曜に銀行の前でパンクが起きれば好都合だ」

「つまり、エイミーを力ずくでリアムの手から奪うってこと？」ジアが非難がましい口調で尋ねる。

「今日の観察を終えた後、おれが正しいと感じる方策を取る。それがいかなるものであろうと」おれは答えた。

「その辺のガキにでも小遣いをやれば、人目につかないようにタイヤに釘を刺すとか、ワイヤーを抜き取るとか、やらせることもできるだろう」ジアの反論など聞こえなかったかのようにジャレッドが言う。

「よその人間は信用できない」おれはパソコンの画面を眺めながら言った。テラーがエイミーとともにエレベーターに乗り込む。「くそっ。糊みたいにべったりくっついてやがる」

「コーヒーショップが一番の狙い目だろうな」ジャレッドが提案する。

おれはそのアイディアを一刀両断した。「リアムの邪魔が入らないうちに二人きりで話す時間が必要だ。つまりあのビルの中でエイミーと接触しなければいけないということだ。やつが銀行でのミーティングとおれたちが仕組んだトラブルに対処している間に」

「シェリダンもきっと、あのビルのセキュリティシステムを監視してるわ」ジアが言う。「チャド、やつの本当の狙い目はあなたなんだから用心しなきゃ」

「ジアの言うとおりだ」ジャレッドも同意する。「まずおれがエイミーに接触するよ。やつらはおれを探してはいないだろうからね。水曜の晩にあのビルに入って、一晩そこで過ごす。診療所の中の監視カメラのないところに潜んでる。ただエイミーをビルから連れ出すときには、何か連中の気をそらすものが要るな」

おれたち三人はその議論に集中し、あれこれアイディアを出し合いながら、エイミーがふたたび現れるまでの永遠とも思われる長い時間を過ごした。そしてついに、妹の姿がまた監視カメラの映像に捉えられ、エレベーターからロビーへと出てくるようすが見えた。テラーは妹のすぐ隣にいて彼女の発言に笑っている。彼が返事をすると、エイミーは足を止め、大笑いしはじめた。

「堅物の軍人に見えたが、そう堅物でもなさそうだな」おれは言った。

「エイミーと仲がいいんだ。それに友人たちの間ではひょうきん者で通ってる」ジャレッドが説明する。「だけどそんなものにごまかされるなよ。かなり手ごわい相手だ」

エイミーは支えを求めるかのように彼の腕をつかみ、涙を拭っている。まばゆいばかりの笑みを浮かべ、テラーとともに歩き出す。そうか、仲がいいのか。エイミーには友人がいる。彼女は何年も友達を作ろうとしなかった。けれど今は幸せそうだ。そしてその幸せな世界を今おれが壊さなかったら、シェリダンが壊すことになる。「エイミーのやつ」おれはつぶやいた。「防御を解いちゃだめだろうが」

「仕方ないわよ」ジアが言う。「彼女だって人間だもの。あなたと同じようにね、チャド」

「いや」おれは険しい調子で答えた。「おれとはまったく違う。妹には幸せになる権利がある。だがここじゃだめだ。敵に囲まれてるような、こんな状態じゃ」

「だからこそ終わりにするんだよ。今度こそ」ジャレッドが力を込めて言った。

エイミーとテラーが通りに出てきた。彼は妹を建物のすぐそばに導き、おれたちや他のすべての人々と彼女とを遮るように間に入る。三十秒後、ふたりはコーヒーショップの中に消え、おれたちはまたパソコンの画面に注意を戻した。二人はコーヒーを注文し、テーブルについて、笑いながら楽しそうにおしゃべりをしている。テラーがこうもぴったり張り付いていたのでは、ここでエイミーに接触するのは不可能だ。

　とそのとき、見覚えのない赤毛の女が二人のテーブルに近づいていき、足を止めて妹と話しはじめた。「あれは誰だ？」

「エイミーの主治医だよ」ジャレッドが言う。「ファイルに入れておいたと思うが」

「いいえ」ジアが妙に苛立ったような声で言う。「なかった」

　おれは眉間に皺を寄せた。確かに彼女の言うとおりだ。いつものジャレッドならしないようなミスだった。女は笑い、わずかにこちらを向いて、その顔が見える状態になった。「何これ」ジアがつぶやく。「ズームできる？　あの人の顔が見たいの」

　おれは座席の上で身をよじり、彼女を見た。「どうした、ジア。何者なんだ？」

「まさか……でも……ズームしてよ、ジャレッド」ジアが命じる。「お願いだから早く、どこかに行っちゃう前に」ジャレッドが彼女の指示に従う。赤毛の女の顔が画面全体に映し出された瞬間、ジアがおれの腕をつかんだ。「シェリダンのところに通ってくる女がいるって言ったでしょ。あの女よ」

「ブロンドだって言ってなかったか」

「あのときはそうだった。でも本人じゃないとしたらまるでドッペルゲンガーだわ。きっとあの医者を使って、エイミーからあなたやシリンダーに関する情報を聞き出そうとしてるのよ」

ここ数日感じることのなかった氷塊のような冷たさが胸にのしかかり、おれを内側から凍りつかせた。「問題は聞き出そうとしているのは誰かってことだ。リアム・ストーンか、あるいはシェリダンか、協会か。さもなきゃ、ローリン？　その全員ってこともあるし、それ以外の誰かってこともある。木曜日まで手をこまねいて見てるわけにいかない。すぐに妹を連れ出すんだ」

ジャレッドが運転席側のドアを開ける。「おれがあの場に行って、エイミーに、二人きりで話をしたいと言ってくる」彼は返事を待たずに、エクスプローラーから飛び出す。おれは毒づき、ポケットからニット帽を出して素早くかぶった。急いでやつの後を追い、車の前で捕まえた。「コーヒーショップの裏口はフィフティファースト・ストリートに面してる」おれが前に立ちはだかると、ジャレッドは言った。「エイミーを連れていくからそこで落ち合おう」

「ドアまでどうやって連れてくるつもりだ？」

「それはやりながら考えるよ。とにかくおまえはそこに来ればいい。こうしてる間にもリアムが戻ってくるかもしれないぞ」止める隙も与えず、ジャレッドは車道を横切っていった。

「ああ、ちくしょう」罵りながら運転席側のドアに突進し、ハンドルの前に腰を据える。ジアも後部座席から助手席に素早く移る。

「これって本当に良い考えだと思う?」ジアが尋ねる。

「いや、いい考えかなんてわかるかよ」おれはエンジンをかけた。「運転があるからジャレッドを見ててくれ。エイミーを拾うのに、裏口に回らなきゃいけない。ジャレッドがコーヒーショップの中に入ったら教えて」肩越しに振り向き、車の流れの中に割り込めそうな場所を探そうとするが、まったく見つからない。

「ジャレッドが中に入ったわ」ジアが知らせる。「だけどベントレーも戻ってきた。それとテラーが建物の外に出てきた。リアムと入れ替わるつもりみたい」ジアがおれのほうを向く。「このタイミングでさっき言ってた気をそらすものっていうのがあればちょうどいいわよね」彼女はドアを開ける。おれは腕を伸ばしたものの、遅かった。ジアはすでに車を降りている。おれは叫んだ。「ジア、戻ってこい」彼女はかまわずドアを閉める。

「くっそーっ」おれは毒づき、強引に車を割り込ませながら、この件が片付いたらジアを鍵のかかる部屋に閉じ込めその鍵は捨ててしまおうと心に決めた。細かくハンドルを切り、なんとか車線を三本渡る。バックミラーにリアムとテラーに話しかけているジアが映り、信じられない思いでそのようすを眺めた。これでエイミーを連れ出すことは容易になったが、代償があまりにも大きすぎないか？

　恐れが胸に重くのしかかる。右に曲がり、フィフティファースト・ストリートに車を入れ、積み下ろし用の車線に停めた。コーヒーショップの裏口を確かめ、そこで待つ。さらにしばらく待つ。そこからかなり待ったような気がしていたのだが、実際には一分程度だったのだろう。いや二分はあった。あるいは三分か。ああ、少なくとも三分は経っていたと思う。

　おれはエクスプローラーを降り、両脇に垂らした拳をぎゅっと握りしめ、どうするべきかと考えたが、次の瞬間には身体が勝手に動き、ドアに突進していた。そこからはただもう夢中で廊下に入ると、エイミーとジャレッドが目の前にいた。エイミーがはっと息を呑む。「チャド……あ……あ……」

　妹はわっと泣き出し、抱きついてきた。こんなことをしている場合ではないのだが、おれはあの火事の晩に匹敵するほど大きな激情の波に圧倒されていた。妹の身体に腕を回し、彼女が息ができたのが不思議なほどきつく抱きしめていた。

「さっさと移動しよう」ジャレッドが警告する。

　やつの言うとおりだ。妹の腕をつかみ、とりあえず身体を離す。「そうなんだ。すぐに行かなきゃならない」

「行くってどこへ？　どうして？　ああ、神様。本当にお兄ちゃん？　お兄ちゃんに会えるなんて！」

「後で説明する。だけどここにいるわけにはいかないんだ。安全じゃない。他の場所に移動する」とにかくこの場を離れなければ。妹をドアのほうへ向かわせようとしたそのとき、声が聞こえた。

「エイミーはどこにも行かせない。行くならぼくも一緒だ」

身を硬くし、顔を上げると、リアム・ストーンの射るようなブルーの瞳がこちらに向けられていた。右手のドアが開く。視界の隅に、テラーがそこから入ってくるのが見えた。左にはジャレッド。リアムはすでにエイミーのすぐ後ろに立っている。

一人欠けている――ジアはどこだ？

15

リアムの声が壁に反響し、周囲に響き渡る。その場を凍りつかせていた魔法を最初に解いたのは、エイミーだった。妹はおれのほうをくるりと向き、抱きついた。

「リアム。兄のチャドよ」エイミーの声は震えている。妹がこれほどまでに激しい感情に揺さぶられていると思うと、おれは不安になった。「本当に生きていたの。信じられる？　本当に生きてたのよ」

「で、きみをさらおうとしているってわけか」リアムがおれのほうを見据えたまま言った。

おれもやつをじっと見つめつづけていた。同時に右手のテラーと左手のジャレッドの動きも意識している。「ジアを探しに行ってくれ」ジャレッドに命じてからリアムに言った。「妹は連れていく」

「え？」エイミーはおれから手を離し、ピンク色のレースのドレスに包まれた胸を腕を抱いた。「リアムと一緒じゃなきゃどこにも行かない」

「行かなきゃいけないんだ、エイミー」おれは力を込めて言った。「おれと二人で」

妹がリアムに近づこうとするのでおれはその腕をつかんだ。「今すぐここを出よう」

妹はおれの手を振り払う。「六年間も放っておいたくせに、いきなり現れて無理やり連れていこうなんて勝手すぎるわ。今わたしにはリアムがいるの。彼とずっと一緒にいたいの。彼のことなら安心していい。信用できる人よ」

「信用できるやつなんかどこにもいない」おれは言った。「おれたちにはな。突然おれたちの人生に現れた人間には、必ず何か魂胆があるんだ。間違いない。おれもリアムみたいな相手に騙され、大きな代償を払わされた」

エイミーは彼女自身の身体を抱いている。その心がおれから遠ざかっていくのが目に見えるようだった。「お兄ちゃんが辛い目にあったと思うとわたしだって悲しい。わたしたちが生きなきゃならなくなったこの人生がどれほど寂しいものか、よく知っているもの。でもね、リアムはそんなことする人じゃないの。彼には魂胆なんてないわ」

信じられん。ジャレッドの言ったとおりだ。妹はこの男に完全に洗脳されてしまっている。「魂胆なんかない？　だったらなんでおまえの主治医がシェリダンの下で働いてるんだ？　やつのオフィスにかつらをつけて現れたって話だぞ」

「先生はいい友達でもあるのよ」エイミーがかばうように言う。「わたしたちのために自分の身を危険にさらしてしまうくらい、友達思いの人なの」

おれは到底信じられずにかぶりを振った。「『シェリダンの下で働いてる』って言ってるのに、なんでそういうことになるんだ？」

「エイミーの言うとおりだ」リアムが口を挟む。「マーフィー医師は、シェリダンの手下なんかじゃない。シェリダンのほうはそう思っている。やつの手の者が彼女に近づいたとき、先生はぼくらにすぐそれを知らせくれた。シェリダンに調子を合わせると言う彼女を止めようとしたんだが、先生は聞く耳を持たなかった。シェリダンの懐に入ればその計画もわかって、ぼくやエイミーを守れると思ったようだ」

おれは笑いだしそうになった。そんなことを言うとは、よほどの甘ちゃんか、あからさまな嘘かのどちらだ。「シェリダンは金で意のままに人を動かす。彼女の崇高な精神をきみは信じたかもしれないが、おれは到底信じられないね」

リアムの眼差しが険しくなる。その奥には怒りの炎が燃え立っていた。「あなたはぼくが妹さんの安全に無関心でいると思っているようだが、ぼくはエイミーの安全を知らない相手に任せたりしない。マーフィー医師とは、ずっと前から家族ぐるみで付き合いがある。アレックスにとっても、とても親しい個人的な友人だったんだ」

エイミーが横から説明する。「アレックスはリアムの養父なの」

「マーフィー医師はシェリダンが新しく手を広げようとしている事業についても、なかなか興味深い情報を教えてくれた。以来ぼくも注視しているんだが、その事業は、協会の他のメンバーにとってはあまり喜ばしくないものだ。それを使って彼らの間に亀裂を作り、力を奪うことができるかもしれない」

「ウィッグまで付けて？」

「先生はシェリダンが極端なまでに神経質になっていると言っていた」リアムが答える。「何か震え上がるようなことでもあったんだろう。まあぼくにも覚えがないわけじゃないが」

詳しいことを訊こうと口を開けかけたものの、リアムの肩を持とうとするエイミーに先を越された。「リアムはわたしたちの味方なのよ。シェリダンや、お兄ちゃんが残してくれたリストの悪党どもに、わたしが対抗するのを助けてくれたの。殺し屋を雇って、わたしやわたしの親しい人に万が一のことがあったら、やつらはみんな命を落とすことになるってシェリダンに警告したのよ」

時間がかかりすぎている。おれは妹の腕をつかみ、引き寄せた。「殺し屋ぐらいじゃ、シェリダンもリストのやつらも含めて、誰一人止めることはできない。連中は機会を窺っておまえをネタにおれを脅すつもりなんだ。おれと一緒に来るんだ。ことが解決したらまたここに戻ってくればいい」

「解決するっていつ？ 解決する日なんて来るの？ お兄ちゃんのことは大好きよ。大好きだけど、リアムのそばを離れたくない。もしわたしが騙されてたとしたって、そんなのはどうでもいいの」

恐れに胸が震えても、おれの意思は固かった。「おまえが傷つくのを見るのは辛いが、それ以上におまえを死なせるわけにはいかないんだ。力ずくで連れていくようなことをさせないでくれ」

「そんなの横暴よ。わたしは絶対に従わない。彼だってそうはさせない。ここにいると決めたのはわたしなの。この先どうなろうとわたし自身の責任だわ」

「おまえやおれの存在なんて比較にならないほど大きな問題なんだ。おれたちが何を望もうと、何を求めようと、その問題の前には無意味なんだよ。さもなきゃおれだってもうとっくに、やつらに欲しいものを渡していたさ」おれは妹を脇にどかし、その腕をつかんだまま、リアムの目をまっすぐに見た。「妹を連れていく」

彼は顎にぐっと力を込め、鋼のような光を帯びた瞳でおれを見つめる。「一つはっきりさせておこう」歯切れのいい口調で彼は言った。「エイミーを連れ去るんなら、その前にぼくを撃ってからにしてくれ。ちなみに、その場合テラーがきみを撃つことになるがね」

「そうやってエイミーを銃撃戦に巻き込むのか？　妹を本当に愛しているならそんな危険は冒さないだろうな」

「訓練された狙撃手なら的を外すことはまずない」テラーがリアムの代わりに答える。「おれもそのうちの一人だ」

おれは皮肉な笑みに口元を歪め、彼に目をやった。「狙撃手だと？」

「そのとおり」彼は答える。「しかも極めて優秀だ」

「おれはカルマってやつを信じていてね、そういう非情な仕事に就いてるやつを相手に、怖気づくことはない。むしろ撃ちたくなってくる」

エイミーがおれの腕をつかむ。「お願いだからやめて。わかった、行きましょう。みんな一緒に。和やかにね。リアムにシェリダンのリサーチの結果を見せてもらうといいわ」

時間は刻一刻と過ぎていく。ジャレッドもそろそろ戻っているだろうが、やつもジアも、車で待たせていたのでは格好の標的になってしまう。今この廊下にいるおれたちに、やすやすと狙いを定められるのと同じように。「エイミーの願いとあれば、その情報を見させてもらうよ。だがやり方はおれが決める。ここを一緒に出る。おれの車で、おれの定めた目的地に行く。その上でじっくり話を聞こう。調査結果はそこに持ってきてくれ」

「車は別だ」リアムが言い返す。「エイミーはぼくが連れていく」

「ありえない」おれは答えた。「そんなことを許したら、シェリダンか、他の誰かに電話をして、おれたちの邪魔をさせることだってできるじゃないか」

リアムはほんの少し迷っているように見えたが、結局一歩譲った。「みんなできみの車に乗っていく。ただし行き先は教えてほしい」

「ロックフェラーセンターの近くにおれが所有しているセキュリティ万全のアパートメントだ。これ以上は教えられない」

「公の場がいい」

「公の場は危険すぎる」おれは反対した。

「閉ざされた場だって同じだ」

「〈マリオット・セントラルパーク〉」おれはホテルの名前を告げた。一秒が一時間にも感じられる。「通りを見渡せるバーがある。駐車場の配車係は、チップを弾めばドアの脇に車を待たせておいてくれる」

「運転はテラーがする。エイミーはぼくと一緒に後部座席に座る」

「わかった」おれは言った。「だがこっちはあと二人いる。きみも知っているジャレッドと、ジアという女だ。きみがコーヒーショップに入ろうとしたときに話しかけた女だよ」

「おれたちにジアを信用しろというのか？　その根拠は？」テラーが尋ねる。

「おれが信じろと言ってるからだよ、このスナイパー野郎」おれは声を荒らげたものの、すぐに集中すべきことに戻った。「おれの車は裏の積み下ろしゾーンにある黒のSUVだ。キーは差したままにしてある。あんたは前を固めてくれ」おれはジャケットの下から銃を取り出した。「後ろはおれが視る」

テラーとリアムは無言のうちに視線を交わし、続いてリアムがエイミーの腕を取った。おれはしぶしぶ妹を放し、リアムがテラーと彼自身の間にエイミーを立たせる。テラーが裏口を開け、少しずつ前に進みながら、出てもだいじょうぶなことを確認する。「行くぞ」

リアムは両手をエイミーの肩にかけ、彼女を進ませようとする。けれど妹はおれのほうを振り返り、ひそひそ声で言う。「お願いだから消えたりしないでね」

「お兄ちゃんはどこにも行かないよ」答えるが早いか、リアムの長身が目の前に立ちはだかり妹を見えなくしてしまう。三人が一列で外に踏み出す。おれはリアムの後につき、数秒遅れてビルを出た。危険がないか見渡しつつ、ＳＵＶのところに行けばジャレッドとジアが待っているものと思っていた。けれどテラーがエイミーとリアムを無事に後部座席に座らせるころには、ジャレッドとジアが戻っていないことは明白になった。おれは胸に鈍く焼け付くような不安を覚えた。

「きみんところの〝あと二人〟はどこだ？」後部座席のドアの前に立っているテラーのところまで行くと、彼が尋ねた。

「いい質問だ」おれは言い、前ポケットから携帯電話を取り出した。「この辺りを一周してててくれ。どこで彼らを拾うか確認する」

反論してくるものと思っていると、彼は頷き、短く「了解」と答えた。何とも怪しいが、そもそもおれを取り巻く世界に怪しくないものなどない。

ジャレッドとジアの姿がないかと、もう一度ビルの周辺を見渡したものの、手がかりすら見つからない。おれは車の後部座席に乗り込みドアを閉めながら、まずはジアに電話をかけた。ジャレッドのやつは自分の身を守ることぐらいできるだろう。ジアの番号に繋がったものの、汎用の留守メッセージが流れた。続いてジャレッドにもかけてみたが、こちらはすぐにボイスメールに転送された。またダイヤルしようとしているとき、着信を知らせるバイブが鳴り、出ようとするとすぐに切れた。「くそっ」着信履歴にも残っておらず、メッセージが入る気配もない。エイミーの前に身を乗り出し、リアムに尋ねた。「ジアがきみに話しかけた後、どっちの方向に行ったか見たか？」

「きみが駐車してた裏口のほうだ」運転席のテラーが声を張る。「車のところまでは戻ったと思うが」

胸の中の焼け付くような感覚が、今や本格的に炎を上げている。携帯のボイスメールの受信音が鳴り、おれはボタンを押した。録音されたジャレッドの声を聴くあいだ、ずっと息を殺していた。「今どこだ？　おれたちは尾けられてる。おれは地下鉄に乗ってやつらを巻く。もしおまえが見つからなかったら……」雑音で途切れたあと、また聞こえた。「コーヒーショップ……おれたちはアパートメントに行く」さらに雑音が続いたあと、途絶えた。

録音を聞き、不安のあまりしばし地獄で凍りついていた。ただ一人の友と、おれにとって急速に大事な存在になりつつあった女が、二人とも行方知れずになってしまうかもしれない。普段の注意深さなどかなぐり捨て、おれは運転席の背もたれをつかむと、身を乗り出してテラーに話しかけた。「〈TWO57タワー〉の場所は知ってるか？ジャレッドは尾けられていると言ってた。最終的にはそこに行くと」

テラーがバックミラー越しにリアムと視線を交わす。おれは毒づき、後部座席にもたれて、今のメッセージをスピーカーで再生した。再生の途中でエイミーが口を覆った。リアムの反応は読めなかったものの、彼は最後まで聞いたところでテラーに命じた。「大至急〈TWO57タワー〉だ」テラーは次の角を左に曲がり、リアムがおれの頬を覗き込む。「ジアは何者ですか？　狙われる理由でも？」

「シェリダンの最高機密プロジェクトで働いていた化学者だ。おれが囚われていることを知って命がけで助けてくれた。シェリダンが公表したくない事実をいろいろと知っているから、当然やつに追われているというわけだ」

「わたしたちが追われているのと同じなのね」エイミーが小さくかすれた声で言う。妹の手を取った。今はゆっくり説明している場合ではないとわかっているものの、時間が経つにつれ、明日が来る保証などないと、切実に感じるようになっていた。

「おれはあるときからトレジャーハンターの一団に加わって仕事をするようになった――」

「〈アンダーグラウンド〉ね」エイミーが言う。「わたしたちも知ってる。ジャレッドから聞いたの。シェリダンに何を要求されていたの？」

「それが何か知れば、おまえに危険が及ぶ」

「それって何かの冗談、チャド？　まさかずっと秘密にしておくつもり？　わたしは六年間息を潜めて暮らしてた。その理由ぐらい教えてもらってもいいはずよ」

「それはわかってるよ。お兄ちゃんだっておまえの知りたいことは全部教えてやりたい。だがこれもわかってほしいんだ――おまえはリアムとテラーを信じているかもしれないが、おれは信じてない。おまえだって最初からこいつらを信じてたわけじゃないだろう」車は渋滞に巻き込まれて停まっているようだ。エイミーの今後に対する不安と、ジアとジャレッドの身の安全を恐れる想いが、頭の中でせめぎ合っている。エイミーの膝に置かれたリアムの手を見て、おれは決意した。「シェリダンがおまえを捕らえたとしても、命までは奪わないだろう。だがやつは、おれに罰を与えるためだけに、ジアやジャレッドを殺さないとも限らない。手遅れになる前に二人を探してくる」

エイミーがおれの腕をつかむ。「やめて。お願い。行ったら危険だわ」

「行かなきゃならないんだ、エイミー。おまえの携帯を貸してくれ。おれの番号を入れておく」

妹は周囲を見回し、携帯電話を探す。「どうしよう、コーヒーショップのテーブルに全部置いてきちゃった。リアムが見ててくれると思ったから」

リアムが彼の電話をおれに手渡した。「アパートメントのビルで会いましょう。どこか他で落ち合いたい場合は連絡してください」

おれは自分の番号を打ち込み、そこから電話をかけて、彼の番号がおれの履歴に残るようにしてから、携帯電話を返した。「妹を守ってくれ。失敗したら、おれがおまえを殺す」

「彼女を失ったらどうせ生きていけないよ」彼は答える。その瞳を覗き込んだとき、ひょっとしたらこいつは信じられるかもしれないと思った。その勘が正しいことを祈った。

エイミーの手をつかみ、そこにキスをして、約束した。「おれたちは絆で結ばれてる。いつだって結ばれてるんだ」その手を放し、ドアを開けた。背中で妹のすすり泣きを聴きながら通りに降り立ち、断腸の思いでドアを閉めた。ポケットから携帯電話を出し、まずはジャレッドに、それからジアに電話したが、両方ともボイスメールに繋がった。通りの角に差し掛かるごとに、二人にリダイヤルを繰り返す。その度にボイスメールに繋がる音が聞こえ、おれの胸を不安が締め付けた。

十ブロックほど歩いたところで、アパートメントのドアにたどり着いた。幸い、ここに初めて到着したときのドアマンがいた。「おれの婚約者は戻ってるかな？」

「いいえ、まだです。お帰りになったらお部屋に連絡を入れますか？」

「本当にまだ戻ってないか？　見過ごしたということは？」

「ありえないです。わたしはずっとここで、チームの者たちを指揮していましたから」

おれは奥歯をぐっと嚙みしめ、ドアマンの前を通ってセキュリティデスクに向かった。受付係は来館者を逐一チェックしているが、確かにジャレッドもジアもサインインしていない。戻っていないのだ。

携帯電話が鳴り、ジャレッドの番号が表示された。「いったい今どこにいるんだ？」

「今ちょっと電話に出られないんだよ」聞き覚えのない声がした。背筋を冷たいものが走る。

「ジャレッドはどこだ？」

「あいにく手がふさがっているようだ。可愛いジアもな。ああ、今はアシュリーだった。身分証にはそう書いてある」

腸（はらわた）がぎゅっと締め付けられる。この男はジアのバッグとジャレッドの携帯を持っている。「二人はどこだ?」

「コーヒーショップだ、決まってるだろう」

「おれはついさっきコーヒーショップを出てきたばかりだ。二人はいなかった」

「そうそう、二人ともいるわけじゃなかったな。彼女一人だ。今おれがそこに残してきたんだよ」

電話は切れた。血の代わりに酸が巡り、血管が焼かれるような気がした。ここ何年もずっと、シェリダンに身を焼かれる思いをさせられているのと同じように。どこかで見られているかもしれない。逸る気持ちを抑えて、走らずに歩いた。建物の出口に向かいながらジャレッドの番号をリダイヤルする。すぐにボイスメールに接続された。重い足で高層ビルの出口を駆け抜けると、リアムとエイミーとテラーがドアマンのところに立っていた。

「たった今ジャレッドの携帯から着信があった」おれはリアムの顔を見て言った。「やつは捕まった。連中はジアをコーヒーショップに置いてきたと言っている。エイミーをどこか安全なところに移してくれ。後で連絡する」おれは返事を待たずに動き出した。数秒の遅れが、ジアの死に繋がるかもしれない。

おれは走り出し、歩道の人混みの間を縫うように進んだ。混み合った交差点をいくつか駆け抜けたところで、テラーがすぐ隣に現れた。「これは罠だ。罠だとわかってるだろう」

「ここで何してる？」おれは唸った。

「おまえの手伝いをしようとしてるんだよ」

「手伝ってくれるなら妹を守ってろ」

「エイミーにはリアムがついてる。追い払おうたっておれはどこにも行かないからな」おれたちは車を避けながら交通量の多い交差点を渡った。ついでにテラーを振り払おうとしたが、できなかった。彼はまたすぐ横に現れ、話しかける。「聞こえただろう？　これは罠だって。詳しいことはわからんが、罠であることは間違いない」

「そりゃそうだよ。罠に決まってる」目的地が近づくと、おれはペースを緩めて早歩きにして、危険が迫っていないか周囲を見回した。「同時に、ジアの命がかかった時間との戦いでもある。やつらはおれの家族を殺した。彼女のことも平気で殺すだろう」

「彼女を救うのはおれに任せてくれ」テラーが言う。「やつらはおれが来るとは思っていない」

「馬鹿も休み休み言え」おれは答えた。やつをビルの外壁に押し付け、この先十年は忘れられないほど強烈な膝蹴りをくらわせてやろうと思ったその瞬間、通りの角に立っている警官が目に入り、やめておいたほうがいいと考え直した。

「ドアを開けたとたんに捕らえられて終わりだぞ」

ここでもまた、おれはこの男の言葉を信じざるを得なかった。「狙撃手が後ろにいてくれればありがたい」ドアの前で足を止めた。「妹はおれに生きてほしいと言ってくれている。おれのせいで誰かが死ぬことは、もう絶対に許せない。ジアは特に」

「だからこそ」テラーがおれのためにドアを開ける。「後ろに狙撃手だ」

時と場合によっては、その発言を訝しんで足を止めていただろう。けれど今はジア以外のことは何も考えられない。全筋肉を緊張させ、全神経をぎりぎりまで研ぎ澄まし、コーヒーショップに入る。歩きながら空いた店内の十人程度の客の中に、ジャレッドやジアの姿がないことを確認し、そのまま裏口に通じる廊下へ出た。先ほどエイミーと再会したこの廊下は、他のテナントとは繋がっていない。人気はないものの、化粧室のドアが目に入り、心臓がドキンと大きく鳴った。

「おれはこっちを見る」テラーが男性用化粧室の前に立ち、上着の下から銃を取り出す。

おれが頷くと、彼は中に入った。おれは誰かを驚かせてしまう可能性などおかまいなしに、銃に手を置き、恐怖に胸を締め付けられながら、ドアを押し開けた。洗面台の前には誰もいない。個室のドアは二つとも閉まっている。身を屈め、誰かが床にしゃがみこんでいるのが見えたとき、心臓が停まりそうになった。あのブーツはジアが履いていたものだ。すぐに立ち上がり、ドアを開けようとした。「ジア！　ジア、開けろ！」彼女は答えない。おれはロックされたドアを強く揺さぶった。勢いよく蹴り開けたら、ジアにぶつかってしまいそうだ。隣の開いている個室に入り、便器の上に立ってジアのいる個室を見下ろし、そのとたん不安で吐きそうになった。ジアは手足を縛られ猿轡を噛まされている。がっくりうなだれ、腕には注射器が刺さっていた。「テラー！」おれは叫び、個室を隔てる壁を乗り越えた。今まさにシェリダンに腸をえぐられている気がした。「テラー！　どこだ、くそっ！」

テラーが化粧室に飛び込んでくる。「ここにいる」

「救急車を呼んでくれ。ジアが何か注射された。ぐったりして動かない」

16

おれは個室の壁を乗り越え、ジアの傍らの便器へと降り立った。鍵を外すと、ドアはすぐさま外から開いた。床に片膝をつき、ジアを抱き起こす。彼女は動かない。おれは息が止まりそうだった。ジアが呼吸をしていなかったらどうする？　注射器に手を伸ばした。すぐに抜きたかった。こんなものを彼女の腕に刺しておくわけにはいかない。が、その瞬間声がした。「だめだ！」

テラーがおれの前で屈み込んでいる。「毒物の中には触れるだけで危険なものもある。手袋をしても防御できないほど強いものもあるくらいだ」

「毒物」呆然と繰り返した。その言葉が舌に重くのしかかる。「勘弁してくれよ……」彼女の猿轡を外す。身を寄せると、微かに息が漏れているのを感じた。「生きてる」

「胸が上下してるからわかるよ」テラーは言い、上着を脱ぐと、それで手を覆い、注射器を抜いた。

仮に、触れるだけで死に至るような毒物を注射されたらどういうことになってしまうのだろう――あまりにも恐ろしい可能性についてなんとか考えないようにしながら、彼女の手首の拘束を解いた。ジアは不意にびくっとし、息を喘がせながらおれのシャツをつかんだ。「チャド。チャド。わたし……ここはどこ？　何があったの？」彼女はぶるぶる震えはじめる。「寒い。とても寒い」

「待ってて」おれはジアを支えながら自分の上着を脱いだ。テラーがそれを受け取り、彼女の上にかける。ジアの上着とバッグがなくなっていることに気づいた。

彼女はテラーのほうを見上げ、しばらく見つめてから、たった今その存在に気づいたかのように、慌てて後ずさろうとする。彼の姿に怯え、おれの腕の中で身をすくめる。「いや、やめて。誰？　来ないで」

「落ち着いて、ジア」彼女を抱く腕に力を込めながら囁いた。「テラーだよ。覚えてるだろう？　エイミーのボディガードだ」

「おれは味方だ」テラーが言う。「今救急車を呼んだよ、ジア。すぐに助けが来る。わかったかい？」

「ええ」ジアが囁く。「わかった。わたし……エイミーは？」彼女がおれのほうを向く。下唇を震わせ、頬を涙が伝っている。「エイミーは……だいじょうぶ？」

「ああ」自分がこんな状況にもかかわらず妹のことを心配してくれるジアに驚いた。

「エイミーはだいじょうぶだ。きみもだいじょうぶだよ」

「いいえ、わたしはもう……お願いだから無駄にしないって約束して。お願い。父は……父は……」彼女は激しく身震いし、おれの腕の中で丸くなる。

「チャド、こんなときにすまないが」テラーが言った。「警察にどう話すか、口裏を合わせておかなきゃならない」

彼の言うとおりだ。この男がいつも正論を言うことが無性に腹立たしかった。当然シェリダンにも腹が立つ。何もかも腹立たしくて仕方がない。おれはジアの顔を手のひらで包み、おれのほうを向かせた。肌が冷たい。まるで氷のようだ。「ジア」彼女は瞬きをする。そしてすぐ目を閉じる。「ジア、聴いてくれ」

「聴いてる」彼女はつぶやく。「目を……開けていられないの」

「強盗に襲われたが、細かいことは何も覚えていないと言うんだ。あとはおれがなんとかする」

「わたしの名前は……アシュリー……」

「いや、ジアでいい。おれはチャドだ。ただ何も覚えてないと言えばいい。おれがうまく話をしておく」

「ありがと」さらなる涙が、彼女の頬を流れ落ちる。

おれはそれを親指で拭った。「どうして泣くんだ？」

「怖いの。怖くて……たまらない」

「怖がらなくていい。おれがついてる。すぐに助けが来る」

遠くでサイレンが聞こえ、おれはあの煙と炎と死の記憶に引き戻されそうになった。ジアを抱きかかえ、立ち上がる。「店の玄関まで連れていく」

テラーが個室を出て、化粧室の入り口でドアを押さえた。おれは急いで廊下に飛び出した。そこから先は、すべてがもやに包まれていた。周囲の人々も、取り囲む景色も、何も見えない。たった今、この腕にジアを抱いていたと思ったのに、次の瞬間には、彼女は歩道の上の担架に身を横たえ、救急隊員に囲まれていた。

「彼女の名前は？」救急医療士(パラメディック)が尋ねる。

「ジア。ジア・ハドソン」

警察官が現れ、おれとテラーが聴取に応じていると、ジアが大声でおれの名前を叫びはじめた。身を起こそうとする彼女をなだめるため、慌てて駆け寄る。おれと目が合った瞬間、彼女はリラックスした。おれは二人のパラメディックの間で膝をつき、彼女の手を取った。「ここにいる。おれはここだ」

「独りにしないで」

「独りにしないよ」点滴が始まったのを見てひとまずほっとしながら、おれは約束した。「きみがおれを置いて逃げないかぎり。聞こえるか？　おれを置いていくなよ」

けれどジアは答えない。瞼を閉じ、黒い睫毛が血の気のない頭に黒い半月を作っている。彼女は動かない。微動だにしないので、おれはその胸をじっと見た。彼女が生きていることを示す証拠なら何でもいい。どんなに小さな動きにでもすがりたかった。

それからの十分間は嵐に巻き込まれたような慌ただしさだった。おれは救急車の後部座席にジアとともに乗り込んだが、彼女はおれがいることには気づいていなかった。心電計とジアの胸を交互に眺めながら、ひどくゆっくりになったかと思えば次の瞬間には急激に上昇する彼女の心拍数に、不安を抱いていた。

「これはどういうことなんですか？」後部座席に乗っているパラメディックに尋ねた。三十代後半と思しき有能そうな男だ。

「まだ何かわかりませんが、打たれた薬物の影響でしょうね。まもなく病院に着きます」

その言葉の響きから、彼女の容態が一刻を争うことが伝わってくる。ジアの手を握り、この苦しいドライブが終わるのを待ちながら、今後、こんな無力な状態に陥ることはしまいと心に誓っていた。こんなのはもう二度とごめんだ。かつて、協会メンバーを一人残らず皆殺しにすることを思い浮かべたときには、そんなことをしても相手の復讐心を煽り、さらなる苦しみを招くだけだと考えたが、今こうしていると、その計画もなかなか悪くないと思えてくる。

救急車が停止し、ドアがいきなり開いた。おれは降り、隊員たちがジアを急いで病院内に運び込むようすを眺めた。少なくとも五人が彼女を取り囲んでいて、その動きからいかに緊迫した状況かがわかった。建物に入るとすぐ、彼女は奥の一室に連れていかれ、おれは両開きのドアの前にぽつんと取り残された。

独りぼっちで。

「何か進展は？」テラーがおれの隣に立ち、尋ねた。赤の他人がそばにいてくれることにこれほどほっとするとは、自分でも信じられなかった。

「何もない。救急車で運ばれてる間目を覚まさなかった。到着したとき、すでに医療チームが待ちかまえてた」

「よかったじゃないか。悪いことではないはずだ」

「病院側も彼女が危険な状態だと思ってるってことだ」

「いや、彼女が危険な状態にならないように策を講じたってことだ。おれは何年も特殊部隊にいた。毒物の特定ができていない場合、生死を分かつのは時間だ。その点おれたちは迅速に動くことができた。病院もだ。まあ、リアムがここに多額の寄付をしていることも功を奏したがね。必要な治療ができるかぎり早く受けられるよう、リアムがあちこち手を回してるはずだ。きみがおれたちのことを信じてないのはわかってる。おれもきみの立場だったら同じように感じるだろう。だけどリアム・ストーンは本当にいいやつだ。それにきみの妹を心から愛してる」

「チャド！」

エイミーの声がして振り返る。妹がこちらに向かって走ってくるのが見えた。どこか安全な場所に匿ってしっかり守るべきなのに、こんなところに連れてきやがって。おれはリアムの首を締め上げたい衝動に駆られた。それでも妹がおれに飛び込み、抱きついてくると、生きていてくれたことがただひたすら嬉しくて、おれは妹を夢中で抱きしめ、離したくなくなった。

「彼女の容態は？」エイミーは尋ねながら少し離れ、彼女自身の身体を抱いて身震いした。「コーヒーショップにコートを置いてきちゃったの」

化粧室でジアがおれの胸に擦り寄ってきたときのことをふと思い出した。とても寒いと彼女は言っていた。そして今、おれは骨の髄まで凍ってしまいそうな寒さを感じている。その一方でおれの凍てついた心は雪解けを迎え、その痛みを覚えはじめている。

「チャド」エイミーの声で現実に引き戻された。見下ろすと妹がおれの腕に手を置いている。ぼんやりしている場合ではない。リアム・ストーンのやつ、こんなところに妹を晒して、これじゃあエイミーの胸に銃撃の的を張り付けているのと同じじゃないか。「だいじょうぶ?」妹が心配そうに尋ねる。「ジアは無事なのよね?」

「運ばれてきたときにはあんまりいい状態じゃなかった。すぐに奥に連れていかれた」

「どんな薬物を注射されたかわかってるの?」

「まだわからない」

　エイミーはしばらくじっとおれを見ていた。「彼女を愛してるのね」

愛。おれはその言葉を心の中で繰り返した。それは胸にずっしりとのしかかり、痛みをもたらす。「愛なんて言葉は、もう長いこと使える身分じゃないよ。愛してると言える相手はおまえだけだ」

　妹はさらにしばらくおれの表情を観察している。「それでも、やっぱりそうかもって思って、その思いがいつまでも消えてなくならないんでしょ?」

「そもそもまだお互いをよく知らない」言い返したものの、妹の言葉は正しかった。もちろん、理屈ではとても正しいとは思えないのだが。

「そして、なんだかとてもしっくりくるって思うんでしょ？　六年間ずっとそんなふうに感じたことがなかったのに。わたしもリアムに最初に会ったときそうだった。理屈じゃないのよね。知らない人には警戒しなきゃならないから、そんな自分がたまらなく恐ろしかった。でも全然気持ちは消えないし、彼にも消えてほしくなかった。口では彼に何度も、わたしに関わらないでって言いながら……」

「そうか。まあおれはおまえとは違う。おれは穏やかな暮らしなんて望んじゃいけない。そしてジアも、おまえと同じように、こんな世界に引きずり込んじゃいけない人なんだ」

「お兄ちゃんだって穏やかな暮らしを望んでいいはずよ。ねえ、チャド。絶対にそうだからね」

「うちの家族がこんなことになったのはおれのせいだ」

「違う。わたし、お兄ちゃんが思ってる以上によくわかってるのよ。会話を盗み聞きして、わたしなりに情報を集めてた。パパは借金をしてた。シェリダンは法外な利息を要求した。ママはローリンと関係を持った。それはパパを守るためなんだってわたし自身を納得させて、気持ちに折り合いをつけようとしてたの。〈アンダーグラウンド〉の仕事を始めて、パパを助けようとしたんでしょ？　悪党はシェリダンよ。お兄ちゃんじゃない」

「ジャレッドのやつ、ずいぶんとおしゃべりだな」

「わたしには答えが必要だったの。知る権利なら十分あるもの」

「わかってるよ、エイミー。だけどそれはお兄ちゃんの口から話したかったんだ。おまえの言うとおりだ。父さんはシェリダンから発掘研究のための資金を借りていた。そもそも借りるには危険すぎるほどの大金をね。だけど〈アンダーグラウンド〉で働きはじめたころは、父さんが窮地に陥ってることは知らなかった。おれはただスリルと金のためにやっていた。だから父さんに、シェリダンは危険だから関わるなと注意されても、やつの仕事を引き受けてた。だが、こっちが父さんの借金を返そうとしはじめると、シェリダンはそれにつけ込んで別の仕事をするよう求めてきた。おれにある物を見つけてこいと言ったんだ。最初は何の問題もないように思えたんだが」

「それがそうじゃなかったのね」

「ああ。自分の手の中にあるものがどういうものか知ったとき、それを誰に渡すべきかわからなくなった。今もわからない。これは憶測に過ぎないが、ローリンは父さんを脅したり母さんと親密になったりして、おれが何をしているか探ろうとしていたんじゃないかと思う。やつから圧力をかけられて、おれは見つからなかったと答えた。だがローリンは、〈アンダーグラウンド〉の誰かからおれが持っていると聞いたと言った」

「〈アンダーグラウンド〉がお兄ちゃんを裏切ったの？」

「その仕事については誰にも教えていない。小遣い欲しさに誰かが嘘をついたんだろう。もし誰かわかったら、生かしてはおかない」

エイミーは眉間に皺を寄せる。「わからなくなってきた。だとすると、わたしが隠れて暮らすのを助けてくれたのは誰？」

「おれの友人だ」

「あの刺青は〈アンダーグラウンド〉のシンボルじゃなかったの？」

「ああ。ある晩、パーティーの最中に、そいつと一緒にノリで彫ったんだ」

「その人は今どこ？」

「死んだ。この件に関わった人間はみんな命を落とす」

「そんな……。ねえ、チャド、どうしてもわからないの。お兄ちゃんはシェリダンに持っていないと言ったのに、やつはなぜその人を殺したり、うちを焼き払ったりしたのかしら」

「実際はおれが持っていると信じて疑わなかったんだろう。そしておれが他の誰かに渡そうとしていると考えていた」

「だけど……そんなことしたら、シェリダンだってそれを手に入れられなくなるのに」

「そうだな。おれも六年間それを考えつづけているが、いまだに答えは出ない」

「それがどういうことかどうしても知りたい。この戦いを続けることにちゃんと意味があるんだって、確かめたいの」

おれは手を伸ばし、妹の顔にかかった髪を耳にかけた。「おまえはそれ以外にもたくさんのことを知る権利がある。それは消しゴムほどの大きさのシリンダーという物体なんだ。それ一つで全世界に供給できるクリーンエネルギーを生み出し、他のすべてのエネルギーを無用にしてしまう」

妹は戸惑った表情で尋ねる。「それっていいことじゃない？」

「いいことでもあるし、困ったことでもある。それによって崩壊する産業や政府もあるだろう。それを手にした者が、この世界を意のままにする絶対的な力を持ってしまう」

リアムがおれたちのところに来て、おれは彼を睨んだ。「話がある」

リアムが頷き、おれたちはエイミーから少し離れ、おれは移動しきるのを待てずにやつに食ってかかった。「妹はなんでここにいるんだ？　天才建築家のくせに、その程度のことを理解する脳みそもないのか？　やつらはおれたちを羊みたいに一カ所に集めて一網打尽にする機会を待ってる。そんな簡単なこともわからないのか？」

「羊みたいに集めて一網打尽にするか、それとも野生動物みたいに散り散りに逃げさせ、一匹ずつ仕留めるか。あの店の廊下で、ぼくたちはエイミーの周りに集まってた。三人とも彼女を命がけで守る覚悟だった。そこでやつらは別のターゲットに狙いを絞ったんだ。現状について言えば、エイミーはぼくたちとここにいるほうが安全だ」

「だったら現状についていっ、いていてもっと教えてやろう。現状、ジャレッドはおそらく知りもしない情報を聞き出すために拷問を受けている。やつからは出てこないとわかったら、また追手が放たれる。エイミーをここに置いておくわけにいかないんだ」

「どういうことになっているか、ぼくにも話してくれないか」

この男に何かを説明してやる気分ではなかった。「エイミーに訊いてくれ。たった今彼女にことの全容を話したところだ」

「ジア・ハドソンのご家族の方！」

振り向くと、ジアが運び込まれた両開きの扉の前に五十代と思しき白髪交じりの看護師が立っていた。おれは急いで駆け寄った。「ジアの夫です」

「容態は？」エイミーがおれのすぐ隣に立つ。

「多少意識が混濁していますが、容態は安定していて、今はよく眠っています」看護師が報告する。「吐き気を抑える薬と有害物質の排出を促す薬、二種類の点滴をすでに始めています」彼女はここで少し口ごもった。「奥様の検査結果を待っているところですが、注射器の検査ではヒ素が検出されました」

エイミーが息を呑み、支えを求めるかのようにおれの腕をつかんだ。「ヒ素……」言葉が鉛のように重く、おれの口からこぼれ落ちた。信じられない。「ヒ素を注射されたというんですか？」

「状況から考えてそのようですね」

「ヒ素中毒だったらどんな治療を？」エイミーが尋ねる。

いや、それ以前にもっと大事なことがある。「生存の確率は？」

「いくつか使用できる薬や方法があって、毒の強さによって、どれを用いるかが決まります」看護師は答える。「今のところ彼女の容態を見ますと、体内に入った量はさほど多くないと考えられます。検査結果でそれが裏づけられることを祈りましょう」

彼女はおれにクリップボードを差し出した。「同意書にサインをお願いします。当院としては、直ちに治療を始めるのが最善と考えています」

「検査の結果を待たずにですか？」エイミーが尋ねる。「それって安全なんですか？」

「毒物の治療では、何よりも迅速さが求められます」看護師が説明する。「わたしどもとしては、それが賢明ではないかと」

これは時間との戦いなのだ。おれは書類にサインをし、クリップボードを看護師に返した。「すぐに治療を始めてください」

「また新しいことがわかったら逐一お知らせしますね」看護師は約束し、ドアの向こうへ消えていった。

おれはエイミーの手を握り、手元から離さずにリアムのところへ戻った。彼はちょうど通話を終えたところだった。「ジアの容態は安定したそうだ。注射器からはヒ素が検出された。マーフィー医師が彼女の治療ができるかどうか知りたい。大至急」

「できるし、引き受けてもいいそうだ。移送方法については、今テラーに計画を立ててもらっている。ただ先生は引き受ける条件として、治療できる見込みがあり、なおかつ薬剤が用意できればと言っている」彼はすぐ先で電話をしているテラーに合図した。

エイミーが息を吞む。「どういうこと？　頭おかしくなっちゃったの、チャド？今ジアを動かすなんて無謀すぎるわ。まだ検査の結果も出てないのに」

「検査結果は後でおれがハッキングする」おれは妹に言った。「死んだら生き返らせることはできないからな。ここにいればその運命は避けられない」

「どうだった？」テラーが通話中の携帯電話を遠ざけながら尋ねる。

リアムが代わりに説明し、テラーはすぐにまた電話に戻る。「ヒ素です。体内に入ったのは微量ではないかと。容態は安定しているそうです」彼はしばらく相手の言葉を聴いていた。「わかりました。手配します」彼は通話を終えた。「ここを出発する前に、必ず薬の投与を始めていることを確認し、点滴の袋をつけたまま連れてこいとの指示だ。先生は三十分以内には投与を開始するだろうと言っていた。問題はどうやって彼女をここから連れ出すかだな」

「治療ならすでに始めてるはずよ」エイミーが答える。「つまり動かしたりしたら危険だっていうことじゃないの？　病院での手当てが必要だわ」

「安全な場所に移すことこそ必要だ」おれは言い返した。「病院は安全じゃない」リアムとテラーのほうを見る。「ここは大胆に行こう。おれが抱きかかえてここを出る。ただそれはジアじゃなくて囮だ。テラーがジアを連れて安全な場所に運んでくれ。そこでみんなで落ち合おう」

「どうかしてるわよ」エイミーはまだ不満そうだ。

「おれはいいと思うな」テラーが言う。

「理想的とは言い難いが」リアムが答える。「時間が限られているなか、それ以上にいいアイディアが思いつかないなら仕方がない。ぼくの親しい友人にデレク・エスリッジという男がいるんだが、彼がマーフィー先生を迎えに行く。デレクの不動産投資会社がハンプトンズにいくつか別荘を保有していて、今はシーズンオフだから空いているそうなんだ。そのうちの一つを使わせてもらう。誰がチャドと一緒に行って、誰がテラーと同行するか決めなきゃな」

よく知りもしない相手にジアを任せるのは断腸の思いだった、が、それが最善の策だということはわかっている。「全員おれと一緒にくるべきだ。テラーもな。彼はジアをマーフィー医師とデレクの待つ車に預けに行き、それから正面玄関のおれたちのところに戻ってくる」

「囮がいないじゃない」エイミーが指摘する。

テラーがにんまりした。「知り合いにココって娘がいる。名前にごまかされちゃいけない。元特殊部隊なんだ。自分に能力があることを証明するためならどんなことでもやる」

「よし」おれは言った。「連絡してみてくれ」

テラーは携帯電話の電源を入れ、番号を押した。「よお、ココ。きみのためにチャレンジを用意した。ただし三十分以内にマウント・サイナイ病院に来なきゃだめだぞ」彼は少し黙ってから言う。「それをコートの下に着てくるんだ。それ以外のものは全部その場に置いていくことになる。埋め合わせるだけの報酬は出すよ。よし。そうこなくちゃ。じゃあな、かわい子ちゃん」彼は通話を終えた。「ココはやってくれるそうだ。患者衣も自前で持ってる。それにはちょっとした逸話があるんだが、安全な場所に移動したところでテキーラでも飲みながらみんなに話してやるよ」

「その電話が追跡不能だとわかったら、安全な気分にもなれるんだが」

「おれは狙撃手だぞ。日曜学校の先生でもあるまいし」

「人を殺せるのと自分が生き残る術を知ってるっていうのはまた別だ」

「おれたち二人、両方とも得意だろうが」

「正直イマイチなんじゃないのか。でなきゃもうとっくに、シェリダンややつのお仲間は片づいてる」おれは答えた。「マーフィー医師の電話が盗聴されてないっていうのもどうしてわかる？　シェリダンとの繋がりを考えれば、されてても不思議はないよな」

「先生も使い捨て携帯を一台持ってる」リアムが答える。「デレクもだ。エイミーが非常時に頼ることになるかもしれない相手には、持ってもらっているんだ」

エイミーは自分の身体を抱き、顔をしかめている。「この計画のどこが安全なんだかちっともわからない」

「ジアをここに置いておくことこそ、安全からは程遠いんだ」おれは断言した。

「脱出計画を立てよう」テラーが言う。「建物内を偵察してくる」

「パソコンを一台手配してくれ」おれは言った。「そうすればハッキングで病院の見取り図も、ジアのテスト結果や治療計画も手に入る」

リアムは周囲を見渡し、ＭａｃＢｏｏｋを開いている男のところに行くと、少し話をしてから札束を渡した。彼は戻ってきてそれをおれに渡した。「ご自由にどうぞ」

リアム・ストーンには金も権力もある。それを持つものは普通、シェリダンのように、より多くを求めるようになる。テラーとエイミーの存在は無視し、リアムのほうに二歩近づいて顔を突き合わせて立った。「この状況からして、おれはきみを信用するしかない。妹が愛する男だということからも、信用するしかない。だけどこれだけは言っておくぞ、リアム・ストーン。妹を傷つけるようなことは、このおれが許さない。そんなことをしたらその首を絞め上げて灰になるまで焼いてやる。うちに火をつけた殺し屋はそうしてやった」

おれは彼に背を向けて歩き去り、パソコンを開けると、忙しく指を動かしはじめた。

リアムとエイミーとテラーは、おれのリアムに対する態度について何も言うことなく、すぐにそばに来てそれを見守った。三分ほどで病院のシステムに侵入することに成功した。まず最初にジアのカルテと検査結果をダウンロードし、内容を携帯メールに書き込んでリアムからマーフィー医師に転送してもらう。

返事はすぐに来た。「ヒ素のレベルは低いそうだ」リアムが内容を伝える。「だがジアの体内からはもう一種類別の薬物が検出された。手術のときに使われる鎮静剤で、それによって記憶の一部を失うことが頻繁にあるそうだよ」

おれは救急救命病棟の見取り図を取り出したところでパソコンから顔を上げた。

「何が起きたか覚えてないのは、そのせいだったんだな」

「幸いその薬物は、ヒ素の毒性には影響を与えないという話だ。治療計画も手に入ったし、あとはジアを無事にここから連れ出すだけだな」

とにかくこれ以上先送りにするわけにはいかない。おれたちは調べた結果を元に計画の実行について話し合った。十分後には脱出計画ができ上がっていた。十二分後、デレクとマーフィー医師が救急救命病棟の裏口に到着した。リアムとエイミーは、おれのSUVを表玄関に用意し、ココもやってきた。小柄な身体にブルネットのかつら。真面目な印象で、その名前や患者衣を持っているという事実とはどこか不似合いに見えた。彼女は身体を抱くようにして黒のトレンチコートの前を合わせながら救命病棟のドアの前で待ちかまえ、他の訪問者の陰に隠れながらドアをすり抜けた。

テラーとおれは彼女の後に付いて廊下を進み、静かにカーテンの中に入った。ジアはベッドに身を横たえていた。青白い頰に、睫毛が黒い半円を描いている。病室で三人に囲まれていることなどまったく気づいていないようだ。ココがコートと靴を脱ぎ、おれはジアに近づいた。心電計の電極を取り外すときにブザーが鳴らないよう、テラーがあらかじめスイッチを切る。

「ジア」おれはそっと呼びかけた。

睫毛が上がり、彼女はぼんやりとした目でおれを見る。「チャド？　来てくれたのね」

おれが彼女のもとを離れたと思っているのだろうか？　そう考えると胸が痛んだ。

「ずっとすぐそばにいたんだぞ。きみを見つけて、ここに運び込んだんだ。これからきみを安全な場所に連れていく」

「そこにわたしを置いていくの？」

「そんなことはしない。だけどきみはテラーと一緒にそこに行くんだ。きみを助けるのに手を貸してくれた友達だよ。テラーがきみの医者のところに連れていってくれる。おれもすぐに合流する」

ジアはベッドに屈み込んでいるテラーに目を向けてから、おれに視線を戻した。

「約束する？」

「ああ、約束する。なんだか空恐ろしくなってきたけどな」

彼女は力無く笑ってみせる。「わたしに爆弾作ってほしいんでしょ？」

「そうだな」おれは微笑み返しながら彼女の身体から電極を外した。「そうだ、それでシェリダンの家を吹き飛ばそう」

「ええ……楽しそう」

顔に苦悶の皺が刻まれているのに、なぜそんなふうに人を笑わせようとするのか、おれにはわからなかった。彼女と過ごす一分一秒ごとに、尊敬の念が増していく。

「薬も一緒に運ぶよ」テラーから点滴の袋を二つ受け取り、それを彼女のお腹の上に乗せた。「これをしっかり抱えていてくれ。何があっても落とさないように」

「わかった。だいじょぶ。わたし……何が起きたか全然覚えてないんだけど」

「おれのことを覚えていればいい。おれたちのことを」身を乗り出し、ジアの耳元で囁く。「やっぱり独りのほうがいいなんてことはないな。きみが正しかった」おれは背筋を伸ばし、テラーに目を向けた。「行くか」

彼は頷き、ジアを抱き上げる。おれは同じようにココを抱えあげた。ココは顔を隠すため、頭からコートをかぶる。おれは息を吸い、勢いよく病室を飛び出した。看護師が後を追いかけてくる。「何するんです？　まだ退院できませんよ」

「いや、退院させる」おれは言い、両開きのドアを押し開けてロビーに出た。ジアを残していくのは、身を切られるほど辛かった。

17

病院から出ると、ＳＵＶはドアを開けた状態でおれたちを待っていた。身を屈め、ココを地面に下ろして、彼女を先に乗り込ませる。ココはすぐに座席の奥へ滑り、ため息とともに言った。「スリル満点」彼女はコートを引き寄せ、袖を通す。おれたちの中で唯一、この作戦を楽しんでいるようだ。

おれはその隣に腰掛け、ドアを閉めて叫んだ。「出してくれ、リアム」

彼は車を発進させてから、肩越しに呼びかける。「何か問題は？」

「こっちサイドはない」

「彼女は出られたの？」エイミーが座席の上で身をよじり、おれのほうを向く。「具合はだいじょうぶ？」

「わからん」おれは答えながらすでにテラーの番号を押していた。「ココとおれは囮チームだ。テラーとジアのほうがどうなったかはわからない」

ココはコートのポケットからフラットシューズを取り出した。「スタッフの対応はグダグダだったし、テラーは優秀だから、間違いなく出られたと思うな。問題は、本当に逃げようとしている相手からうまく逃げおおせたかどうかってこと」

「ボイスメールだ」接続を知らせる音がしたとたん、おれは言いながらまたリダイヤルを押した。

「テラーは警戒態勢のとき、電話に出ないよ」ココが言う。「そういうふうに訓練されてるから」

「ジアはどんなようすだったの」エイミーが尋ねる。「話はできた？」

「だいぶ弱っていたが、やりとりはさっきよりしっかりしていた」おれはまたリダイヤルボタンを押した。

ココがおれの手を軽く押さえる。「あなたを安心させるためだけに彼に電話を取らせるのはまずいんじゃない？　あなたの大事な女（ひと）を守ることに集中しなきゃいけないってときに」

あなたの大事な女（ひと）――その言葉の正当性を考える間もなく電話が鳴り、急いで出た。

「彼女は無事だと言ってくれ」

「おれたち、あらかじめジアの耳に入れるのを忘れてたよ。マーフィー医師はシェリダンの手下じゃないってことを」

「ああ、そうだ。くそっ」

「ああ。彼女、大騒ぎして、まだだいぶ元気があるところを見せてくれた。だがそのおかげでずいぶん消耗してしまったようだ。かなりダメージを受けてる」

おれの大事な女(ひと)でいるせいで、ジアには辛い思いばかりさせてしまう。「先生は何か落ち着かせるようなものを与えてくれたのか？」

「ああ、それが効くのをしばらく待ってた」

「左のバックミラーに黒いセダンが映ってるよ」ココがリアムに小声で耳打ちする。

「これが目的なんだよね――こっちに追手を引き付けるのが」

「聞こえたよ」電話の向こうでテラーが言う。「それがそもそもの目的だったんだが、こうなるとちょっと問題でもある」

「どうしてだ？」

「ジアの神経系は検査結果から見るよりもヒ素に対して過剰に反応しているようだ。マーフィー医師は、当初輸血はしないで済めばいいと思っていたそうだが、こうなるとしたほうがいいらしい。しかも、別荘に着いてからじゃなく大至急必要だと言ってる。こっちのチームのメンバーでできればいいんだが、ジアはAプラスであいにく適合する者がいない。リアムはＯマイナスで誰にでも輸血できるはずだ」

おれは電話を耳から離した。「ジアが輸血を必要としてる」

「ぼくがやる」頼みもしないうちにリアムが答えた。

「今のも聞こえた」テラーが言う。「このバンは移動しながら輸血をするだけの広さがある。だけどそのためにはリアムにこっちに来てもらわなきゃならん」

おれは毒づき、少し考えた。それから前の座席の間に身を乗り出し、リアムに言った。「セントラルパークの近くの〈ＪＷマリオット・エセックス・ハウス〉の正面玄関から入って裏から出る。だがその前にあらかじめ追っ手をまいておく必要がある」

「わかった」リアムは言い、いきなり右の車線に移った。おれとエイミーは倒れそうになり、慌てて座席にしがみついた。

「ここからは五ブロックほど先だな」テラーが言う。相変わらずこちらの会話は全部聞こえているようだ。「この先の角でデレクを降ろす。彼にはタクシーに乗り換えて作戦から外れてもらう。その後まっすぐにホテルに向かうよ。到着したらテキストメールで知らせる」

テラーとの通話は切れ、リアムはその後も忙しく車線変更をしたり、歩行者の間をすり抜けて急に曲がったりを繰り返した。ココが笑いながら言った。「この過激なやつをあと二、三回やったら誰もついてこれないね」

おれはポケットから携帯電話を取り出し、ココに渡した。「どうやらやつらはこれを使っておれたちの位置を追跡しているようだ。ホテルに着いたところでまたきみを抱えあげて、ジアの代役をしてもらう。中に入ったら、きみは極上の部屋をとってくれ。ルームサービスを注文して映画でも観ながら、のんびり過ごすといい」おれはポケットから現金を取り出し、彼女に渡した。「これだけあればその後ショッピングも楽しめるはずだ」

ココが満面の笑みを浮かべる。「だからテラーからの依頼は好きなんだよね。電話が鳴ったらどうすればいい？」

「無視してくれ」

「ホテルを出るときは？」

「壊してほしい。やつらがおれに連絡したけりゃ、リアムの番号にかけてくるだろう」

電話の短いバイブが鳴り、テキストメールの到着を知らせる。ココが画面に目を落とした。

「テラーがホテルに着いたって」

「ぼくたちもあと六十秒で着く」リアムが運転席で声を張り、ホテルの前の通りに車を入れた。「ぼくが助手席に回ってエイミーに付き添う。テラーに連絡して、ココが反対側から先に降りるってことを確認しておいてくれ」

　リアムがホテルの玄関の前に車を停めると、二名のドアマンがおれたちを出迎えた。おれは病気の妻を運び入れなきゃならないと口走りながら、できるだけ話を長引かせ、その隙にリアムがこっそりエイミーを降ろせるようにした。エイミーが車から出たところで、おれはココを抱き上げ、別のスタッフが開けてくれている扉から、足早にロビーに入った。

「協力してくれて恩に着るよ、ココ」おれは言い、彼女を降ろした。そしてリアムとエイミーの後を追い、広々したホテルの中を移動した。店舗の前やエレベーターの前を通り過ぎながら、おれの手は上着の下で常に銃に触れていた。裏口にテラーが立っていた。リアムはエイミーを彼に託し、二人の背後に付いた。おれは出口で一瞬足を止め、危険はないか見渡してから、大股に数歩歩いて、シルバーのバンに乗り込んだ。

　テラーは駆け足で運転席に乗り込む。バンは直ちに出発する。前列のシートにエイミーと並んで座っているリアムが、おれを追いやるような仕草をしながら言った。

「ドアはぼくが引き受けた。早くジアのところへ行ってやれ」

　空いている二列目の間を通って奥へ行くと、長い最後部の座席にジアが横たわり、その脇にマーフィー医師が腰掛けていた。ジアは何枚もの毛布をかけられ、目を閉じて震えている。「具合はどうです？」おれは彼女の横に膝をつきながら小声で尋ねた。

「ヒ素が神経系を攻撃してるのよ。しばらく落ち着いていると思ったらすぐにまた苦しみはじめる」

「輸血をすればそれが治まると？」

「毒を体外に排出するのに役立つわ」

「薬も一緒に出てしまうんじゃないですか？」

「ええ、でもテラーが病室を出るとき、予備の点滴袋を持ってきてくれたの。彼がどうやって手に入れたかはわたしに聞かないでね。とにかくこれがあってよかった」

「なぜ震えてるんです？」

「神経の乱れ、ショック症状、点滴によってそうなる人もいる」マーフィー医師は向きを変えて立ち上がった。「リアムのほうの処置をしてしまうわね。もし何かあったら叫んで」

「ありがとう先生、何もかも――ジアの治療をしてくれて。それからエイミーのことも親身になってくださって」

マーフィー医師はおれの腕をぎゅっとつかんでから前の座席へ移動した。おれはジアに近づき、彼女の冷たい頬を撫でた。睫毛が揺れ、瞼が上がる。青い瞳がおれをしっかり認識しているとわかったとき、天にも昇るような気持ちだった。「よお」静かに言い、手を握った。

「よお」彼女が返す。

「気分はどうだ?」

ジアは乾いた唇を舌で湿す。「寒い」

「そうだな」おれは彼女の髪を撫でた。「リアムが血を分けてくれるそうだ。輸血をすれば気分がよくなるらしい。それが終わるころにはハンプトンズに着く。そうすれば快適なベッドでゆっくり休める」

「まだ彼のこと嫌い?」

「あの男のせいでそれが難しくなってきた。いろいろ助けてくれるし、ことごとく立派なことをしやがる」

「本当にどうしようもない馬鹿野郎ね」ジアが弱々しくつぶやく。

「そのとおりだ」ジアのやつ、この状況でどうやって軽口を叩けるんだろうと不思議に思いながら言った。「何か少しは思い出したか?」

「あなた。あなたが助けてくれたこと。ジャレッドは？　まだ行方不明なの？」

「ああ。メッセージを送ってきた。誰かに尾けられてるから、きみと一緒に地下鉄で逃げると」

ジアは睫毛を伏せ首を横に振る。「ううん……なんだか違うような気がするけど」

彼女のそのようすを見て、おれ自身ずっと気になっていた疑問がまた首をもたげていた。ジアは、地下鉄に乗っていたのなら、どうしてコーヒーショップに戻ったのだろう？　眉間に皺を寄せ、ＳＵＶの車内を思い出していた。ジャレッドのノートパソコンは？　混乱の中で見落としたということも考えられるが、降りたときには運転席の前にあったはずだ。

「そんな顔して、どうかした？」ジアが尋ねる。

おれは目を瞬(しばたた)き、ジアに注意を戻した。「最後に覚えてるのは？」

「あなた」彼女は同じ答えを繰り返す。「あなたのことだけ」彼女はぎゅっと目を閉じる。繊細な顔立ちに痛みの表情が刻まれる。おれはなんとかその辛さを終わらせてやりたくてたまらなかった。「痛い。すごく辛い」

「どこが痛む？」

「全部」

おれは助けを求めに立ち上がろうとしたが、ジアは言う。「いや。行かないで」

「マーフィー先生――」

「耐えるしかないの。ただちょっと……目を閉じてるね」

おれは少し落ち着き、また腰を下ろして、彼女の髪を撫でた。肩をさすっていると、ジアはやがてリラックスし、安定した息遣いになった。眠っているのだろうと思い、彼女と向き合うようにして、座面の縁に頭を凭せた。するとこれほど弱りきっているにもかかわらず、ジアは手を伸ばしてきておれの頬に触れた。まるでおれがそこにいるのを確かめるかのように。おれはここにいる。身も心も、今確かに彼女に寄り添っている。長い間これほどはっきり〝自分はここにいる〟と思えたことはなかった。

どれくらいそうしていただろう。やがてマーフィー医師が、輸血のためにおれの場所を空けてほしいと言い、おれはジアと離れた。ジアはすっかり目が覚めたようで、腕に流れ込む血液を眺めながら言う。「わたしこれで天才建築家になっちゃうかも」

リアムの低い笑い声がエイミーのものと混ざり合い、後ろまで響いてくる。一方のマーフィー医師は声を潜めておれたちに耳打ちする。「おれ様キャラが移らなきゃいいけど」

「聞こえてるぞ」リアムが呼びかける。

エイミーは笑いながら後部座席にやってきて、ジアに自己紹介した。早速おしゃべりに興じている女たちを残し、おれはバンの前方に行ってテラーに尋ねた。「ココから何か連絡は？」

「ホテルのチョコチップクッキーは昇天しそうな美味（うま）さだそうだ。それ以外の報告はない」

「チョコチップクッキーか。彼女はたいしたものだ」

「そのとおり。おれと彼女の間には、それに太鼓判を押せるだけの歴史がある」

「詳しい話は聞かないでおくよ」おれは笑いながら、夕暮れでかすみはじめた地平線に目を向けた。「あとどれくらいで着く？」

「一時間弱ってところかな」

おれは頷き、リアムのほうに目をやって、隣に座った。彼は一列目の座席で、膝に肘を突き、身を屈めるようにして座っている。「かの有名なリアム・ストーンが、こんな地味なバンに乗り、上着も着ないで腕まくりしているとは」

「ぼくはきみが考えるよりはるかに地味な男だ」

「天才建築家。建築界の権威の愛弟子。億万長者。地味なはずないだろう」

「生い立ちは貧しかった」リアムは言う。「おまけに実の父親は飲酒運転で服役中。

やっぱりきみが思うより地味だ」

「資料で読ませてもらった。正直な話、それをこうもあっさり口にするとは思わなかった」

「人というのは、過去の経験と未来への意思の集合なんだ」

「まるで数式だな。建築家らしい答えだ」

「一人の男としての見解だよ。愛する女が、生き残るために何年も過去を抑えつけたあげく、バラバラに崩れそうになるのを見守ってきた男のね」

「エイミーが苦しんできたのは知っている。それを思うとおれも苦しい。そして今度はジアがこの膨大な嘘つきゲームに巻き込まれた。今日彼女を助けてくれたことに心から感謝するよ」

「感謝はいらない」リアムは言う。「それより信頼が欲しい」

「信頼か」おれは繰り返し、その言葉はしばらく舌に乗せて味わってみた。馴染みはないが、ここに来て少しずつ慣れてきたような気もする。「エイミーからシリンダーについて聞いたか？」

「ああ。テラーにも話した。彼を信頼している」

またその言葉が出た。

「エジプトでピラミッドの研究をしていたそうだな」

「ああ」彼は答える。「そのとおり」

「一説によれば、アトランティスの失われた都の秘密が、あのピラミッドのうちのどれかの下に埋められているらしいが、知っているか？」

「実はぼくもその説を信じてる」

「その経緯というのがまた凄い。彼らは宇宙の力を集めることができた。だがそういう強大な力はそれを使う者たちを堕落させ、彼らは自滅した。同じ悲劇が起きないように、その力を得るための秘密は封印されてしまった。この話から学ぶことがあるとすれば、権力というのは崩壊するようにできているということだ。きみは今高潔な志を抱いているだろうが、それがいつか変わらないとも限らない」

リアムは口元を歪めて微笑んだ。「そうだな。だけどもし万が一変わったら、きみはいつでもぼくを絞め殺すことができる。さっき約束したみたいに」

目を丸くして彼を見た。そして自分でも意外なことに笑い出していた。「ああ、だな。そうさせてもらうよ」

「それはいいことだと思うよ。いつでも可能だけれども、必要に駆られなければしないという選択ができるってことは。きみはご両親を殺された後、協会のメンバーを片っ端から皆殺しにすることもできたが、しなかった——その事実からもわかるようにね」

「実際考えたんだ。しょっちゅう考えてた。だがやつら一人一人には、協会以外にも繋がっている人間がいる。そのうちどれぐらいの人数がおれのことを知っているかなんて想像もつかない。だからおれはおれなりに蓄えを作って、結末を導き出す用意をしつつ、その後で復讐をしようと思った。そして今現在はと言うと、ただ結末が欲しい」

「その結末とは」

「わかってたらもうとっくに実現してるよ」

「それについてぼくに一つアイディアがあるんだ」

「おれが何を持っているか知りもしないのにか？　それにきみはいったい何を考えていたんだ？　協会のメンバーが出るであろう行事に、珍しく出席しようだなんて？」

「罠を仕掛けるつもりだった。だけどこの一連の出来事を考えれば、やつらももうぼくたちに対して身構えているはずだ。ここは別の方法を考えなければならない。ついでに言えば、きみの持っているものについては、十五分ほど前にぼくのほうでも確認したよ」

おれは愕然として彼を見た。「どうやって?」

「マーフィー医師は、前回シェリダンのオフィスを訪れた際に、盗聴器を仕掛けることに成功した。デレクが――ちなみに彼には絶対的な信頼を置いているんだが――テラーがこちらの用事で忙しい間、代わりに入ってくる音声をモニタリングしつづけていてくれた。どうやらことはさらに複雑になってきたようだ。もうこの国だけの問題じゃない。デレクが聞いたところによれば、シェリダンは、ローリンが生きていると いう報告を受けたあと、中国の要人と取引をしようとしていたそうだ。シェリダンはそれまで、息子が生きているということを知らなかったらしい。突如として中国が関わるようになってきたのは、言うまでもなく相当厄介な問題だ」

「エイミーは知ってるのか?」

彼はきっぱりと首を振る。「まだ知らせてない。彼女はこのところずっと辛い目にばかりあってきた、こんな話をして不安な思いをさせるのは、ぼくとしてはあまり気が進まない。まあいずれは話さなければならないだろうな。それにことの全容を知ることが記憶障害を完治させる鍵になるかもしれない。ジアはどこまで知っているんだ?」

「シリンダーのありか以外はすべて」おれはあえて危険を犯した。そして言い添えることで彼を試した。「今のところそれはおれしか知らない」

リアムは力を込めて言った。「ずっとそうしておくんだ」テストは合格だ。「知りさえしなければ、意思にかかわらず、口を滑らすことはないからな。シリンダーは絶対手放してはならない。核爆弾と同じだ。産業は衰退し、人々は職を失う。全世界の経済や秩序がことごとく崩壊することになるんだ。もしもシリンダーをたった一人の人物が手中に収めたとしたら、その力をもってすれば、この世のすべてを創造し直すことができる」

「そのとおりだ。かといって破壊してしまうこともできない。いつか世界がそれを必要とするときが来るかもしれない。それにおれが破壊したところで、どうせやつらは信じちゃくれないしな」このとき、長年ずっと探し求めていた対策が、ふと脳裏に浮かび、おれは眉根を寄せた。「だけどもし他の誰かが持っていると信じさせることができたらどうだ？」

「ローリンか？」リアムが言う。

「堕落した男の役なら誰よりも似合う。自分の死まで偽装したんだ。しかも実の父親を裏切った」

「確かに。だけど利用するには本人を見つけないと。しかもやつの父親と先を争うことになる。シェリダンは息子に裏切られて激怒していた。ローリンを捕らえるために追手を放って、情報を集めてる。つまりやつらは内紛に気を取られているか、あるいは二手に分かれてぼくたちを攻めてくるか、そのどちらかということになる」

「おれを捕らえたのはシェリダンだった。ローリンはおそらく親父の実行部隊の中の誰かと通じているんだろう。でなきゃそもそもシリンダーを横取りする計画なんて立てられない。その誰かを突き止めるべきだな」

「ぼくは一時期仕事で中国に滞在したことがある。頼れる伝もある。情報が漏れる心配をせずに相談できる、信頼に足る人脈がある。だけど避難所に行ってプライバシーが確保できるまで、連絡はしないほうがいいな」

バンの後ろのほうからジアの声が聞こえてきた。さっきまでと比べてずいぶんしっかりした声音だ。その後にエイミーの笑い声が続く。「〝避難所〟か」おれは繰り返した。「〝難を避けられる〟かどうかはわからない。彼女たちはまだ安全とは言えない」

「そうだな」リアムが頷く。「安全ではない」

彼をまっすぐに見た。「だったら戦い抜くしかない」

「ああ。戦い抜くまでだ」

ここでマーフィー医師が近づいてきて、おれを手招きした。「ジアがあなたを呼んでるわ」

おれはリアムと視線を交わしてから後部座席へ移った。愛する女たちを守るため、二人の男は確かに手を結んだ。

エイミーが笑いかける。「シェリダンをパパの発掘現場に閉じ込めるのと、ヒ素を盛ってやるのと、どっちがいいか議論してたところ。結局、両方がいいわねって」

「おまえたちを怒らせないように気をつけるよ」

「気をつけたほうが身のためかも」エイミーは近づいてくると、おれの頬にキスをして囁いた。「ジアって本当に素敵ね」妹は言い残し、前方のマーフィー医師とリアムのもとへ行った。

おれはまたジアの枕元に陣取った。

「エイミーのこと大好きになっちゃった」ジアが言う。「馬鹿野郎の兄貴とは全然似てないのね」

おれはにっこりした。「そんなふうに言葉で責められるとそそられるな」

ジアは声をあげて笑ってからはっとし、恥ずかしそうに目を伏せた。「あんまり過激なのはごめんですから」

おれは身を乗り出し、彼女の頬にキスをした。ジアを巻き込むことがなければどんなによかっただろうと思った。この女はおれの罪を知りながら、怯まずにそばにいてくれる。けれどこれは戦いなのだ。どれほど過酷だろうが凄惨だろうが、たとえ法に背くことになろうとも、勝利しなければならない戦なのだ。そしてジアには、おれの真の姿を見せることになるだろう。

18

おれたちが無事目的地に着いたのは、宵闇が迫るころだった。ハンプトンズの海辺に低く翼を広げる別荘が、これからおれたちの我が家になる。どれくらいの期間ここでの暮らしが続くのかは誰にもわからない。おれはジアに自分のTシャツを着せ、本物のベッドに寝かしつけた。マーフィー医師は彼女の急速な回復ぶりを注意深く見守りつつ、化膿しかけていた手のひらの傷の治療もしてくれた。朝までには生活必需品や衣類、そして別荘で快適な暮らしを営むために必要なものすべてが届けられた。おれはジアをなだめ、この家の壁の外の不確定要素は忘れて、養生に専念させようとした。簡単なことではなかった。彼女は隙あらば起き上がり、リアムが〝戦略会議室〟と名づけたキッチンの丸テーブルに集おうとする。

妹とおれは、ジアが〝監獄〟と呼ぶ寝室に留まらせようとあらゆる手を尽くし、彼女が〝ビデオマラソン〟に同意してくれたときには心底ほっとした。おれが一緒にいるときには『マトリックス』シリーズを一気見し、おれがリアムやテラーとローリンの手がかりについて話し合っているときには、『セックス・アンド・ザ・シティ』の続きを観ていた。

エイミーと二人で過ごす時間もたっぷりあった。ときには何時間も話し合うこともあったが、おれは妹を守るため、一部の情報については伝えないでいた。なんとしてでも妹を守らなければならない。しかしそれによっておれは再会のほろ苦い甘さを味わっていた。エイミーはおれに腹を立てると同時に、おれとまた会えたことを喜んでいる。おれもまた自分自身に腹を立てると同時に、妹にまた会えて幸せだ。

おれは毎朝火事の悪夢にうなされながら目覚めた。そして日を追うごとにこれを決着させたいという思いが激しくなっていった。四日目にはついに堪忍袋の緒が切れた。ベッドの上でがばっと起き上がり、まどろみの中で見ていた幻影にまだ半分浸っていた。最後にローリンに会ったときと同じ、やつの頭を車のフロントガラスに叩きつける妄想だ。あのときやつを殺していれば、おれの両親はまだ生きていたはずだ。

「チャド、チャド」

朦朧とした意識の中にジアの声が響いた。「だいじょうぶ?」彼女の手がおれの腕に触れる。肌をそっと撫でる感触に、背筋がぞくっとする。それでも普段のように彼女を抱き寄せて口づけるようなことはしない。あまりにもピリピリし、自分がどうかしてしまいそうで、ここから解放してくれるものが必要だったが、今の彼女にそれを求めるわけにはいかない。

「悪い夢を見た」おれはつぶやき、毛布を剝いで、バスルームへ行った。シャワーの湯を出し、まだ温まらないうちに中に入る。冷たさに震えたのち、やがて訪れた熱を味わった。湯が肌を伝い落ちる。己が感じるものに、もう抗うのはやめよう。それがどれほど有害なものだろうと、その感情にどっぷり浸ることにした。何年も自分の奥底に埋めてきた憎しみ。今それを感じ、正面から向き合うことが必要なのだ。

カーテンが揺れ、ジアが中に入ってきた。その裸はあまりにも痩せ細っている。彼女はおれの身体に腕を回す。「夢について話したい？」

「寝ていなきゃだめじゃないか」

「気分はすっかり良くなったわ。でもあなたは気分が悪いみたい。話してみて。お願い」

おれは彼女を真綿でくるんでおくこともできた。真綿でくるんでおくべきだった。だがそうしなかった。「うちに火をつけた男を絞め殺した話はしたよな？」

「ええ、覚えてる」

「リアムがローリンについて詳しいことを調べてくれた。あの火事の直前、やつは親父から相続人廃除にされたそうだ。あの日おれはやつに現金を渡した。ローリンは火を点けるよう命じ、姿を消したんだろう」

「それなら納得できるわね。あなたが抱いてきた疑問が解けたんじゃない？」

「誰の仕業かどんな理由だったかがわかったとしても、余計に怒りが増すだけだ。もし機会があるのならおれはやつらを殺すよ、ジア。殴られた痣は薄らいでいるかもしれないが、心はまだ傷んだままだ。きみのためにも、妹のためにも、もうそんな情けない男には戻らない。だけどきみには知っておいてほしい。おれの一部はまだ、やつらを殺めることを望んでる――その男は、これからもずっとおれの一部なんだ」

「あなたが何者か、あなたがどんな男か、わたしにはわかってる。それにあなたが思ってる以上に、あなたがどう感じてるかもわかってる」

おれはジアをじっと見た。この女は、ありのままのおれを見てくれる。それをどう捉えたらいいのかわからなかった。「おれは科学者でも医者でもない。億万長者の建築家でもない。いつもギリギリの場所を歩く無謀なトレジャーハンター。スリルを求めて生きるアドレナリン中毒だ」

「人生はお給料袋のためだけじゃないってことを知ってる男（ひと）」ジアはにっこりする。

「それと、『くそ』って言葉をこよなく愛する男(ひと)」
ただその一言で、おれは笑顔になっていた。馬鹿みたいに笑いながら、彼女を壁に押し付け、キスしていた。ジアにはおれをそんなふうにする力がある。彼女のせいでおれは変わりつつある。今この瞬間、それを感じていた。彼女を感じていた。そして、おれたちを。どうやらおれは、これまでの人生で敢えて感じようとしなかったものを感じているようだった。憎しみでも復讐でもない、別の生きる意味を。とは言え、憎しみや復讐の魅力も、まだまだ捨てがたい。

一時間後、おれはジアとエイミーをマーフィー医師の手に委ね、部屋を離れた。もう間もなく、ココがマーフィー医師を迎えに来て、安全を確保するための長期休暇に連れ出すことになっている。その前に二人とも最後の診察をしてもらおうという寸法だった。おれはキッチンに行き、リアムの正面の席に腰を下ろした。左にはテラーがいて、ローリンをどうやっておれたちの最終計画に引きずり込むか、知恵を出し合っているところだ。リアムの眉間に深い皺が刻まれていることも、ついでに彼の黒のTシャツが完璧にアイロンがけされていることも、おれは見逃さなかった。リアムは状況を完璧に把握することができないからと、慎重になりすぎているようだ。そしておれ自身はそれとは真逆で、相変わらずローリンの頭をフロントガラスに叩きつける妄想を抱いている。一方のテラーは、おれたち二人の真ん中あたりの立ち位置で、おれとしてはそれによってうまくバランスが取れることを祈るばかりだった。

おれはエイミーがコーヒーと呼ぶドロドロしたシロップのような代物を持て余しつつ顔を上げた。戸口にジアが立っていた。今日はパジャマではなく、色褪せたジーンズにピンクのTシャツ、スニーカーという出で立ちだ。

「ジア」彼女をベッドに追い返すつもりで腰をあげたが、本人はさっさとテーブルのところまで来て、椅子に腰掛ける。

「いさせてもらう。エイミーはマーフィー先生が診察中よ。少し歩き回ってもいいって先生からお許しをいただいたの」おれが信じられないと言いたげに眉を上げると、彼女は付け加えた。「なんなら先生に聞いてよ。まだいるから」ジアはおれのコーヒーカップを取り、一口飲んで鼻の頭に皺を寄せた。「うわっ最悪」

「ちょっと」ちょうど部屋に入ってきたエイミーが顔をしかめる。「それわたしが淹れたのよ」

「次のポットはわたしが作る」ジアが自ら買って出た。

「ありがたい」テラーが言う。「エイミーはチャドを喜ばせたい一心なんだよ。その前におれが作ったやつもかなりひどかったらしくてね」

「完全復帰おめでとう、ミズ・ハドソン」リアムが言った。「斬新な建物を創造したくてうずうずしてきたかい？」

「いいえ、ミスター・ストーン、残念ながら優秀な建築家はやっぱり無理ね。化学者の末席を汚しつづけるしかないみたい」

「資料を見させてもらうと、きみだって優秀な化学者のようじゃないか」リアムが答える。「シェリダンの最高機密チームにいたんだろう」

「確かに」ジアが認める。「それにそのときは、とても名誉に感じてた。シェリダンは本気で世界を救いたいんだと思ってたの」

「ナポレオンやヒトラーはどうしてあそこまで大勢に支持されたんだと思う？　とにかくきみが洗脳されてなくてよかったよ。さもなきゃチャドは今ここにいないからな」

「そうね」ジアはテーブルの上で手を揉みしだいていたが、やがておれのほう見て言った。「シェリダンがどうやってあなたを探し当てたか、まだわからないの？」

「さっぱりわからん」おれは答えた。

ジアは少しの間唇を噛んでから言った。「まだ誰からもシリンダーを持ってこいって要求されたり脅されたりはしていないわけでしょう？」

「ああ」リアムが答える。「チャドの携帯は処分したからね」

「シェリダンはおれたちが動くのを待ち構えてるんだろう」テラーが言った。「そのうち誰かが尻尾を出すんじゃないかと。やつらが忍耐の限界にくるまでどれくらいかかるかはわからない。中国との取引のせいで相当プレッシャーがかかってるはずだからな」

「そうね」ジアが視線をおれに向ける。「やつらはあなたが今、エイミーやリアムと一緒なのは知っている。だから本当ならリアムに連絡してくるんじゃないかと思うんだけど」

おれは眉を上げた。「特に考えてはいなかったな。なぜそんなことが気になるんだい？」

「ジャレッドに、シリンダーのありかを教えたの？　だから連中は連絡してこないんじゃないかと思って。ジャレッドがローリンに話して、ローリンがそれを売ろうと取引を持ちかけてるってことはない？」

彼女の言葉の言外の意味に気づき、おれは胸が締め付けられた。その疑問は彼女の瞳に浮かんでいるだけでなく、この場全体にも漂っていて、答えるまで消えそうになかった。

「ジャレッドはおれたちを裏切ったりしない。おれをシェリダンに売ろうと思えば、六年間いつでもそうすることができたのにしなかった。ジャレッドは逃れてどこかに潜伏しているか、あるいはもう死んでいるかだ」ジアは何も言わないものの、室内にはなおも確証を求める空気が漂っている。「いや、彼にはシリンダーのありかは教えてない。シリンダーの場所を知っているのはおれだけだ」

全員が揃ってため息をついたように見えた。「それがいい」リアムが言う。「知っているのはきみだけにとどめるべきだ」

「でもずっとそのままってわけにもいかないわ」エイミーが反論する。「必要とあらば世界がそれを利用できるようにする方法を考えなくちゃ」

「ぼくも同感だ」リアムが言う。「チャドだって同じ考えだろうけど、今はまだその時じゃない。最優先にすべきは、その存在を忘れさせること。なくなってしまったと思わせることだ。すべてをひっかぶる悪役としては、相変わらずローリンが最有力候補だが、そのためには居場所を突き止めないと」リアムがテーブルに所狭しと山積みされた書類を示した。「この書類のどこかにローリンの隠れ場所の手がかりが潜んでいるはずなんだが」

おれはファイルを一冊手に取った。「だったらみんなで、もう一度片っ端から見てみよう」テーブルに視線を巡らせると、全員が一斉に頷き、ファイルに手を伸ばした。

数時間後、ココはおれたちの要請に応えてマーフィー医師を安全な場所へと連れ去った。日は傾き、残された全員はすっかり疲れ切っている。顔を上げると、ジアとエイミーの姿がないことに気づいた。ファイルを読むのに夢中になるあまり、ジアの具合が悪くなったことに気づかなかったのだろうか？　心配になって立ち上がり、探しに行った。リビングを通り過ぎたとき、カーテンが揺れているのが目に入った。暖房設備のあるポーチへのドアが開いている。エイミーの声が聞こえ、思わず足を止めた。

「一度くらい吐き気がしたからって、妊娠したとは限らないわ」ジアがなだめるように言う。「みんな今ものすごいストレスを受けてるし、流産したのだってまだそんなに前の話じゃないでしょう。きっと身体が疲れてるのよ」

「赤ちゃんを亡くしたのはわたしの人生で最悪の経験だった。例の火事を除けばね」

エイミーの言葉を聞き、そこに表れた痛みがおれの胸を切り裂いた。記憶を取り戻すことは、なんとか前に進む役には立つだろうが、それでも胸の痛みが簡単に消えることはない。「もう一度家族を持つチャンスを与えられたと思ったの」妹は続ける。「それなのにあっけなくこの手から奪われてしまった」

「わかるわ」ジアが静かに言った。「わたしもそんなふうだった。父を亡くしたと思ったら、今度はお腹の子供まで失って……おまけに……もう一度挑戦する機会までなくしてしまったの。本当に愛する人と家庭を持つ機会を」

おれは愕然とし、ソファの背をつかんだ。ジアがお腹の子を失った？

「赤ん坊を亡くしたって知らせたとき、その人本当に無関心だったの？」

「むしろほっとしたんじゃないかしら」

「あなたはこんなに苦しんでるのに」エイミーの口調には、心からの理解が込められている。

「そうよね」ジアが苦しげなかすれた声で答える。「おまけに独りぼっち。でもあなたはもう独りじゃない。リアムがいるわ」

「ジアったら」エイミーが言う。「あなただって独りじゃないじゃない。わたしだってリアムだってテラーだってついてる。わたしたち、家族も同然なのよ。それに何より、あなたにはチャドがいる」

「そうなのかな」

「なんでそんなこと疑問に思うの？」

「ちょっと……複雑なのよ」

複雑？　なんだそのくそみたいな説明は。意味がわからん。おれは髪をかきあげながら必死に思い出そうとした。ここ二、三日のうちで、おれがそばについていないように思わせるようなことを、何かしただろうか？　彼女と一緒にいたくないようなことを、何か言っただろうか？

キッチンの戸口からリアムの声が聞こえてきて、エイミーとジアの声が小さくなった。もうおれには二人のおしゃべりは聞き取れない。やがてエイミーの足音がし、ドアを閉める音が響いた。ここで自分が立ち聞きをしていることに気づいてはっとした。あまりにも情けない。それでも聞いてしまったものは仕方がない。ジアが言った〝複雑〟という言葉の意味を追求しなければ気が済まなかった。

カーテンのところまで進み出ると、ジアがヒーターの下の手すりのところに立っているのが見えた。海から吹く風にこげ茶色の髪をなびかせている。「どこから聞いてたの？」彼女はこちらを振り向かずに訊く。

おれはポーチに出て、板張りの床を進み、家の隣に立って両手を手すりに乗せた。そして砂浜に打ち寄せる波を見つめた。「全部」

「何が知りたいの？」ここでようやくジアは首をかしげ、ちらりとおれのほうを見る。「今この場でなにもかも聞かせてもらいたいが、一応、ここはかっこよく〝きみの心の準備ができてからでいいよ〟と言ったことにしておいてくれ」

おれの軽口にもジアは笑わなかった。代わりに大きく息を吸い、ふたたびおれから目を背けて、暗闇に僅かに点在する遠い街の灯を見つめている。「父が死んだとき、わたしは途方に暮れてしまっていた。ジェイソンはわたしが通ってた大学の教授だったの。父親代わりの人物を求めていたのかもしれない。多分そのせいで彼のことを愛してると思い込んだんだと思う」彼女は情けなさそうに笑った。「まるで思春期よね。軽はずみもいいところだった。どうして妊娠することになったのか自分でもわからなかった。避妊はしていたのよ。でも実際赤ちゃんができたら、それが神様からの贈り物に思えたの。本当に産みたかった。この腕に抱けたらどんなに幸せだったか……」祈るような悲しげな口調は、次の瞬間険しさを帯びていた。「でも彼はそんなこと望んでなかった。中絶しろと言われたの。わたしは愕然として絶対できないって断った」

おれは黙って彼女が先を続けるのを待った。けれどなかなか口を開かないのでそっと促した。「ジア？」

彼女は両手を上げ、ほとんど事務的な調子で一気にまくしたてた。「盲腸が破裂して流産した。珍しいことなんですって。わたしは死にかけて、なんとか生き延びたら、後遺症が残ったって言われた。ここから先はもう知ってるわよね。わたしったら、なんでいつも間違った男にひっかかっちゃうのかしら」

おれはジアをつかみ、腕にかき抱いた。顔から髪を払いのけると、その瞳には混じりけのない苦悶の表情が浮かんでいた。それでもおれは、自分も〝間違った男〟にされた痛みを、見過ごすわけにはいかなかった。「どういう意味だ？」

「わたしたちの関係は複雑だってこと。エイミーに言ったとおりよ」

「おれがきみのもとを去ると思っているのか？」

「もちろんそのつもりなんでしょう」

「確かにおれはそう言ったが――」

「何べんも繰り返し聞かされました。わたしはあなたに、独りのほうがいいなんてことはないって言った。本気でそう思ってた。でもわたしたちやっぱりまだお互いのことよく知らなかったのよね」

「なんだと？　よく知ってるじゃないか。それにおれはもっと知りたい」

「いいの。わたしは知りたくなんかない。あなたといると感じたくないものを感じてしまうのよ」

「何を感じると言うんだ？」

「混乱してしまうの」

おれは彼女の背を手すりに押し付けるようにし、その脚を両膝で挟むと、頬を両手で包んだ。「そんなふうにおれを押しのけようとしたって無駄だ。なんでそういうことをするのかわけがわからん」

「エイミーがあなたを必要としているときにそばにいてあげなかったわよね」

「それは妹を守るためだろう、ジア」彼女の口調に非難の色を感じ取り、おれは反論した。「問題はそこなのか？　いつかきみを捨てると思ってるのか？　おれはきみのもとを去ったりしない」

「チャド」

背後でテラーの声がし、苛立ちに目を閉じた。「後にしてくれないか」

「今じゃなきゃ困るんだ」彼の口調の厳しさに、おれはジアを放すしかなかった。彼女は即座におれから離れ、腕で身体を抱いている。

やりきれない気持ちでテラーのほうを振り向いた。彼は背筋をまっすぐにして立ち、表情は岩のように険しい。思わず眉根を寄せた。何か問題が起きていることは間違いない。もう情けない男でいるのはやめたはずなのに、ジアもおれ自身もこうして最悪の状態に陥っているとき、それを救うことさえできないのは何とも皮肉だ。

おれはジアに目を向け、おれのほうを見ろと無言で命じた。だが彼女は目を逸らしたままだ。エイミーが横のドアからまた出てきて、ジアに近づいてくる。慰めようというのだろうが、そのタイミングがあまりにもよすぎるのが妙に気になった。しかもテラーとともにリビングに入ろうとしているとき、ジアに歩み寄るエイミーとすれ違ったものの、妹はおれの顔を見ようとしなかった。いったい何が起きてるんだ?

テラーの後についてキッチンに入る。リアムはここ何日かずっと定位置にしている席に陣取っている。だがいつもと違うのは彼の視線の先がパソコンの画面ではなく、おれの顔だということだった。リアムは無言で彼の隣の席を示した。これまでより近くに座らせたいらしい。外に漏らしたくない会話なのだろう。おれはそこに座り、テラーはおれたちの向かいの席に着いた。二人が視線を交わす。落ち着かない気分になり、思わず声を荒らげた。「いったい何なんだ?」

リアムは一瞬むっと唇を結んでから尋ねた。「ジアのことをどれくらい知ってる?」

たった一つの質問のせいで不安が一気に押し寄せ、胸を殴られたような衝撃を覚えた。「なぜだ?」

テラーが答える。「もう一度ファイルを見直したら、ジアについてのものがないことに気がついたんだ」

「おれのパソコンには入っているが、ＳＵＶから消えていた」おれは答えた。

「ニューヨークにいるときジャレッドがまとめてくれたものだ」

「つまりきみはジャレッドのファイルを見たんだな？」リアムが尋ねる。

「ああ。隅から隅まで」おれは訝しさに目を細めて彼を見た。「まどろっこしいこと言ってないでさっさと本題に入れよ」

「マディソン・クックという名前に聞き覚えはあるか？」テラーが訊いた。

「シリンダーを作った人物だ」おれは答えた。

「ジアの父親だ」テラーが言う。

「そんなはずはない」突然投下された爆弾を否定しにかかった。「ありえないよ。彼女の名字はハドソンだ。クックじゃない。それに父親は大学の化学教授だったそうだ。クックはＮＡＳＡの科学者で、ずっとそこでシリンダーの研究をしていたんだが、あるとき研究費を絶たれてＮＡＳＡを離れることになり、そこへシェリダンが個人的な支援を申し出た」

「ジャレッドから渡されたファイルには、ジアの父親が大学で教えていたということを裏づける資料はあったのか？」

「いや」恐れが胸に重くのしかかる。「シェリダンの会社あったジアの人事記録を調達してくれただけだ」

テラーがおれの前にｉＰａｄを滑らせる。そこにはジアの出生証明書があった。「ジア・ハドソン。母＝ジア・マリー・ハドソン。父＝マディソン・クック」

自分が目にしたものが信じられず、手で拭うようにして顔を擦った。「彼女の両親は籍を入れていなかったんだ」一目瞭然の事実を、テラーがわざわざ説明する。「おれがこんなに簡単に調べられるものをジャレッドが見落とすとは、彼らしくもないよな。ジャレッドはきみより前からジアと知り合いだったんじゃないのか？」

「それはない」おれは言いながらその答えが正しいことを祈っていた。「ジアはジャレッドを疑ってかかってた」

「あるいはジャレッドに秘密を暴かれるのを恐れていたのかもしれない」テラーが言う。

「ぼくはジャレッドを信用していない」リアムが言った。「今まで一度も信用したことはなかった。だが今はジアの件に集中すべきだな。父親が生み出したシリンダーというものを彼女がどうしたいのか、ぼくらはまだ把握していない。ぼくたちと同じなら、その点に関して問題は起きない。それをきちんと確かめる必要がある。どうやって確かめるかは見当もつかないがね」

「彼女の望みはおれたちと同じだ」おれは言った。「確かだよ」

「きみは彼女の背景を知らなかった」リアムが反論する。「それはつまり彼女の動機を知り得ないということだ」

おれは首を揉んだ。「ジアのことはひどい扱いをしていた。シェリダンの指示で動いていると思っていたから、こっちも冷酷なトレジャーハンターを気取ってみせた。ジアを脅してこっちに協力させようと、金のためなら何でもすると言って、シェリダンに売り渡すことも辞さないとほのめかしたんだ」

「ジアがその生い立ちについて何も語らなかったことを考えれば」テラーが言う。「きみのその脅しを信じていたんだろうな。となると問題がもう一つある」

「どういう問題だ？」

「記録ではジアの父親は、きみの家が焼かれる一カ月前に交通事故で死んだことになっている」テラーが説明する。「さらに調べてみると、誰かが雑な仕事をしたことがわかった。ジアの父親は、交通事故のためテキサスで死んだとされるその日に、実際にはアラスカにいたんだ」

瞬時にして湧き上がる怒りを、おれは抑えることができなかった。「何を言うつもりかわからんが気をつけたほうがいいぞ、テラー」

テラーが手を上げておれを制する。「まあまあ、きみの仕業だとは言ってない。ただ事実を述べたまでだ。きみはジアに金のためなら何でもすると言った。ジアはきみがシリンダーをどこかから持ってきたことを知っている。そして彼女の父親が何者かに殺害されたのは明らかだ」

リアムがはっとした表情で右方向を見た。その視線の先をたどると、ジアとエイミーが立っていた。「ジア」おれは立ち上がった。だが彼女はすでに部屋を飛び出していた。

19

「ここにいろ」おれは怒鳴り、テーブルの周りを回ってジアの後を追った。キッチンからリビングに出たとき、彼女がカーテンの間をすり抜けポーチに飛び出すのが見えた。その後に続いてポーチに出ると、ジアはすでに階段をおりて右方向に走り、砂浜の暗がりに消えようとしていた。

「ジア！」叫びながら手すりを飛び越え、全身を揺るがすような衝撃とともに着地する。それでも立ち止まることはなかった。闇の中で彼女を見失ってしまうのが何より怖かった。「ジア、待てよ！」呼びかけても彼女は走りつづける。おれはその後を追いながら、彼女もおれ同様薄着だということに気づいていた。たとえヒ素中毒から回復中の身でなかったとしても、ジーンズとTシャツでは、この寒さに耐えられない。

ジアは左に方向を転じようとして、砂の上でつまずいた。その機に乗じ、おれは追いついた。ジアが姿勢を立て直そうとしている隙に手首をつかみ、こちらを向かせる。

「ええ、そうよ」ジアは息を喘がせる。「わたしは娘なの。あなたはお金のためなら何でもするって言った。あなたは——」

「おれが殺したんじゃない」おれを振り払おうとするジアを、ぐっと引き寄せる。つかんだ彼女の両手首を二人の胸の間で押さえ、脚を両膝で挟んで動きを封じ込めた。「おれがこれまで愛したすべて、そして今愛するすべてにかけて誓うよ。おれの両親、妹、そしてジア、きみに——おれはいつのまにかきみを愛してしまったようだ。きみのお父さんを殺してはいない」

「やめて、そんな言葉は聞きたくない。父が殺されたのは知ってたのよね？」

「ああ、だがおれはシリンダーをきみのお父さんから奪ったわけじゃない」

「嘘よ！」彼女が勢いよく身をよじり、おれたちはもろとも砂に倒れ込んだ。ジアは仰向けになり、おれがその上に乗った格好になる。ジアは相変わらず激しく身をくねらせている。

仕方なく彼女の上にまたがり、両手を頭の横で抑えつけた。「じっとしてくれ、ジア。頼むからおれの話を聞いてくれ。おれはきみのお父さんの恩師であるレックス・レナード教授からシリンダーを受け取ったんだ。レナード教授は引退してアラスカに住んでいた」ジアは何度か肩で大きく息をしていたが、もうおれを押しやろうとはしない。その隙に一気にまくしたてた。「きみのお父さんがどういう経緯でシリンダーを隠さなければならないと感じるようになったのかはわからない。だがお父さんの行動は簡単に読むことができた。おれはその後を追ってアラスカに行ったんだ」

「つまり父がアラスカにいたとき、あなたもそこにいたってことね」

「だが結局会えたのはレックスだけだ。しかも一足遅かった。おれが彼の家に到着したとき、スキー帽で顔を隠した何者かがそこにいた。今ではあれはローリンだったんじゃないかと思ってる。とにかくおれはその男ともみ合いになり、追い払った。だけどレックスはすでに刺されていて、出血がひどかった。レックスはおれに隠し場所を教え、それを守らなければならない理由を説明した。そして最期に、なんとかそれを守ってほしいと懇願し、おれがそう約束したところで息絶えたんだ」

「父はどうなったの？」

「わからないんだ、ジア。ただ亡くなったということしか。たぶん何者かに殺されたんだろうということはわかってた。だから絶対にうちの家族を守りきらなきゃならないと思い、急いで帰ったんだ」

　ジアは顔をくしゃくしゃにしたかと思うと、わっと泣き出した。おれは彼女の手首を離し、抱き起こして、その髪に顔を埋めた。「ごめんよ、ジア。きみが誰か知っていたら、もっと早く話してあげられたんだが」

ジアがおれの首に抱きついてくる。その仕草で彼女がおれを受け入れてくれたのだとわかり、安堵に身を震わせた。「本当はあなたが殺したなんて思ってない。だけどあなたが、後悔してるとか、自分を悪い男だとか、そんなことばかり言うから。それに他でもない父のことだから、とても苦しくて、不安だったの。だって――」

おれは身を離し、闇の中で彼女の顔を覗き込んだ。「〝だって〟なんなんだい？」

「あなたに対する想いのせいで、まともに考えられなくなっているんじゃないかと思うと不安だったの」

「想い？」

「あまりにもあなたのことを想いすぎてて……」

「おれに比べればたいしたことないよ」おれは彼女の上から退き、抱き上げた。ジアが震えながらおれの胸に身を寄せ、丸くなる。急いで砂浜を横切り、誰もいないポーチへの階段をのぼった。すぐにも彼女を温めたくて、リビングとその先の長い廊下を一気に抜け、おれたちの寝室へ入った。ドアを足で閉めて振り向くと、雲の切れ間からようやく顔を出した月が、透明なブラインド越しに薄暗い室内を照らしていた。

この先おれたちがどこに向かうことになるのか、二人でじっくり話し合う必要がある。ベッドの横は素通りし、この部屋専用のテラスに通じるガラス戸の前のソファにジアを下ろして、背もたれにかかっていたブランケットで彼女を包んだ。ジアは心細げに膝を抱える。おれにとっては拷問にも近かったが、触れたくなる気持ちをぐっとこらえた。その一方で、今置かれた状況の深刻さを、少しずつ理解しはじめていた。

「きみはぼくに復讐するつもりだったのかい?」

「そんな、まさか、チャド! わたしは父が殺害されたことも知らなかったのよ。あなたが逃げるのを助けたあの日まで、シェリダンが悪党だってことも知らなかった。彼は——今となっては口にするのも辛いんだけど——シェリダンは……わたしの名付け親(ゴッドファーザー)なの」

「なんだって?」

「そうなの。父にとってシェリダンは、親しい友人だとばかり思ってた。父が亡くなったとき、わたしはオースティンで大学に通っていたんだけど、シェリダンも当然、会社のあるオースティンを拠点にしてた。だから彼がわたしのところに父の死を知らせに来て慰めてくれたことも、当たり前のように思ってたの。シェリダンに、父が彼にわたしのことをよろしく頼むと言っていたと聞かされたわ。シェリダンはわたしの学費を払い、卒業式の日に、特別な贈り物をくれた。それは父の研究日誌と、方程式の一部と、全世界を救うクリーンエネルギーについて、父の夢を記したメモだった。シェリダンは、わたしが父と研究室で長い間一緒に過ごしていたことを知っていたのよ。彼はわたしにそのメモを渡して、これはきみにしか解き明かすことができないから、これを使って父の研究を受け継ぎ、成功させなさいと励ましてくれた」

「お父さんの研究に関する法的な権利は、きみにあるんだよね？」

ジアは頷く。「ええ、父の知的財産は全部。それがいつどんな形で問題になってくるのかはわからないけど、シェリダンがわたしを雇って手元に置いておこうとしたのはそのせいだと思うわ」

「きみはひょっとしたら権利を譲り渡すような契約書に知らないうちにサインさせられてしまったんじゃないのかな。シェリダンはきみが、お父さんの研究について、実際認めてる以上に、あるいはきみ自身が思っている以上に、多くを知っていると考えたんじゃないかと思う。だからきみは彼にとって見返りのいい投資だったんだ。そういえばきみは何かに気づいたと言っていたな」

「あんなことを言ったのは、わたしが本当は何者か、あなたに知られたくなかったからよ。あなたはわたしを信用していなかった。父の娘であることは、あなたにとってわたしをさらに疑わしい存在にするっていう確信があった。あるいはトレジャーハンターにとっては、もっと利用価値のあるお宝になるかもしれない」

「しかもおれは、最も高値をつけた相手にきみを売るって言ってたしな。それにつけても、きみがもっと早く言ってくれればよかったんだが」

「なかなかいいタイミングがなかったの。そうこうしてるうちにジャレッドが現れた。この人はきっと真相を突き止めるだろうと思った。結局、彼も気づいていないようなのがわかってほっとしたわ。だってあの人信用ならないから。でもそれで思ったのよね、彼、真相を知りながらあなたに言わないんじゃないかって」

「ジャレッドを信用すべきじゃないというきみの見方は正しかった」言いながら、その事実がたまらなく悔しかった。「やつほどのハッカーが突き止められないなんてことはありえない。ところでその研究日誌は今どこにあるんだ？」

「コピーを一部持ってるわ。シェリダンもきっと持ってるでしょうね。でもオリジナルは、わたしがシェリダンの会話を耳にしてあなたが逃げるのを手伝ったあの日、研究室にあったの。だから燃やしてきた――たまらなく辛かったけど」

おれは思わずジアの脚に触れた。「どうして燃やしたりしたんだ。どうせシェリダンはコピーを持ってるんだろう？」

「それより少し前に、日誌の表紙の中に鍵が縫い付けられてるのを見つけたから、切り裂いて取り出したの。シェリダンには、わたしがそうしたことを知られたくなかった」

「何の鍵だったんだ？　わかってるのか？」

「母の形見の宝石箱の鍵だって、一目でわかったわ」

「それで？」

「宝石箱を開けると、中から紙切れが出てきた。方程式が、手書きで書かれてた。わたしの名前があって、『おまえだけのために』と書き添えられていたの。それをすでにあった方程式に組み込むことでシリンダーが作れればいいと思ったけど、理解することすらできなかった」

「シェリダンには渡していないんだね？」

ジアは首を振る。「だって『おまえだけのために』って書かれてたんだもの。そうしなければと思った」

「今その紙はどこにあるんだ？」

「それも燃やしたわ。でも方程式自体は残してある」彼女はおれに背を向け、襟足の髪を上げて、首筋のタトゥーを見せた。

「なんてことするんだよ、ジア！」おれは彼女の腕をつかんだ。「それはみんなが血眼になって探してる答えかもしれないんだぞ。消してもらおう」

「唯一残された父の形見なのよ、チャド。なくすわけにはいかないの。あなただって気づきもしなかったじゃない。わたし、髪の量が多いほうだから」

「気づかないなんてどうかしていた。消さなきゃだめだよ。どこか安全に保管できる場所を探そう。どっかの山奥の岩肌に刻んでおいたっていいじゃないか。だけどきみの身体に彫っておくことだけは絶対にだめだ。あとそれについてはおれたち二人以外、絶対に知られないようにしろよ。エイミーにも秘密だ。話さないことがきみ自身と周りの人たちを守ることになる」

「そうね、わかった。でもそれって本当に辛いのよ、チャド」

「わかるよ。誰よりもよくわかる。でもそうするしかないんだ」

「わかった」彼女はしばらくぎゅっと目を閉じてからおれを見た。「あの日、中古車販売店の展示場でご家族が六年前に亡くなったって言ったわよね、覚えてる？」

「ああ、覚えてるよ」

「あのとき気づいたの。父はきっと殺されたんだって。そしてわたしが教父と慕っていた男がその犯人なんだって。だから化粧室にこもったの。崩れ落ちそうだった。なんとか踏ん張ろうとしたけど、叩きのめされてしまってた」

おれは彼女を抱き寄せた。「すまなかった。あの日のおれは相当意地悪だったよな」

「ええ、そうだった。意地悪な最低野郎だった」ジアは大きく息を吸い、吐き出した。

「ひょっとして……うちの父が生きてるってことはないかしら？　シェリダンたちの手でどこかの研究室に囚われてるとか？」

それに対してどう答えたらいいかわからなかった。やつらはうちの両親を殺した。彼女の父親も殺したと考えて間違いない。ジアが首を横に振る。「いいの、忘れて。死んだってことはわかってる。もし父が生きてたら、シェリダンはわたしなんて必要としないものね」ジアは顔を両手に埋めてつぶやく。「父が死んだなんて、どうしても思いたくなくて……」

おれは彼女の頬を包み、おれのほうを向かせた。そして今まで自分に考えることさえ許していなかった言葉を口にした。「わかるよ、ジア。おれもうちの両親が生きててくれたらと思う。だけどおれたちには今、お互いがいる。きみを今まで突き放そうとしていた。おれを信じるなと言った。でもそれは、きみをあまりにも求めてしまっていたからだ。きみを愛しはじめて、そして今も、日に日に深く愛するようになってしまっているからなんだ」

「わたしも」ジアが囁く。「わたしもあなたを――」

おれは彼女に口づけた。ゆったりした深いキスが終わったとき、おれはつぶやいた。

「おれと同じ気持ちだなんて言わないでくれ。おれはまだその言葉を受ける資格がない。でも約束するよ、ジア。きっとそれにふさわしい男になる」おれがまたキスをしようとすると、彼女はおれの唇に指を置いた。

「別の誰かになろうなんて思わないで。そういうことをしようとした人はたいてい失敗するわ。ある朝目覚めて気づくのよ、もうこんなのは無理。だから出ていくしかないって」

出ていくしかない――おれがエイミーを独りにしておいたことを、なぜジアがあんなふうに責めたのか、ようやくわかった。ジアは彼女にとって大事な人々をことごとく失った。母親と父親。お腹の子供。そして信頼していた名付け親まで。それなのにおれは、いつかきみのもとを去ると言いつづけていた。何度も繰り返し。「おれはどこへも行かない」

「そんなふうに言えるのは今だけよ」

「ジア、きみはおれが妹を独りぼっちにしてたことを知っている。これまで何度も、『おれたちなんてものはない』って言葉を聞かされたのもわかってる。おれは両親の死に関して自分が負うべき責に苦しむあまり、これまでの六年間その責を負うのに似合いの男になろうとしてきたような気がする。自分の中にぽっかり空いた穴を、ことごとく間違ったもので埋めようとしていた。本当に埋めるべきものが他にあるってことにも気づかずに。今ようやくわかった、この穴を埋めるべき存在はきみなんだ」おれはジアを仰向けに寝かせ、彼女はおれの髪に指を通した。「きみを失うことを思うと、息もできなくなる」

おれの顎を彼女の指が包む。「だったらもう離れようなんて思わないで」

「言葉で約束しても、きみのその不安を拭い去ることはできないだろう。だから今はただこう言っておく」おれは口元を歪めた。「きみに何度馬鹿野郎と罵られようと、おれがどれほどきみを苛立たせようと、おれたちはこの先何度も喧嘩しては、そのたびに仲直りをする。それは幸せなことだと思うよ」

「馬鹿野郎になるのを止めてくれればいいと思うんですけど」ジアが言う。

「それでもおれはおれだからな――そうか、だったらとにかく謝る練習をしておくよ」おれは彼女と軽く唇を触れ合わせた。「そしてちゃんと行動で示す。今まですきだったことも含めて。間違った口実できみとファックするんじゃなく、真っ当な理由できみと愛を交わす」

「チャド」ジアが囁き、おれは彼女の唇からこぼれた自分の名前を呑み込むように熱く激しく口づけた。舌を深く差し入れ、彼女を味わう。そしてゆっくりと服を脱がせた。舌で探索する新たな場所を見つけては、その悦びに浸る。ジアが愛らしい小さな呻きを漏らすのを聞くと、おれの一物は固くなり、心は愛しさに包まれた。

　彼女の服の最後の一枚を剝ぎ取り、その脚の間に顔を埋める。クリトリスを舌で弄んだり唇で吸ったりしていると、ジアはたちまち快感に震え、身体がすっかりほどけてしまったようになった。これこそが力だ。おれが手にすべき力は、これだけでいい。ジアの脚を肩に掛け、指を中へ滑り込ませて、ぎりぎりまで高めては焦らすことを繰り返す。そしてついに、熱くいきり立った肉体が限界にきて、彼女の身体に包まれずにはいられなくなったところで、ジアをベッドに運び、その脚を開かせて、間に身を置いた。中へ沈み込んだとき、ジアの顔が悦びの表情に震えた。頬と頬を触れ合わせ、かすれた声で誓った。「おれは絶対、どこへも行ったりしない。きみもだ」そして、彼女の奥深くへ突き立てた。

　ここからは嵐に巻き込まれたようだった。狂おしいほどの熱い欲求にかき立てられ、彼女の腰を両手で持ち上げ、さらに奥へと腰を進めて、激しく求めた。おれたちは今、ファックしている。そしてこれはおれの人生で最高のファックだ。なぜなら、彼女はおれの人生に現れた最高のものだから。この女はおれを地獄の淵から引き戻してくれた。そこでのおれは、生きながら火に焼かれていたのでなく、自ら地獄を作り上げていた。そして今、もうそれを終わりにすると誓った。

身も心も満たされ、眠りに落ちたジアを抱き寄せたとき、天井を見上げながら、ふとジャレッドのことが頭に浮かんだ。コーヒーショップでジアが消えたときのことを思い起こすと、自分が彼女をまったく疑わなかったことに気づかされる。ジアがおれを裏切って逃げたなどとは、一度たりとも思わなかったのだ。その一方でジャレッドに対しては、あと一歩のところでずっと心を許せずにいた。そしてそれを、ジャレッドの身を守るためだとおれ自身に言い訳していた。ジャレッドは志を高く持ち、トレジャーハンターの活動から足を洗った。おれよりはずっと立派な人間だ、と。けれどどうも腑に落ちない。どうしても引っかかるものがある。

そして大方のことは理屈でごまかすことができるが、少なくともメグがおれに近づいてきたとき、おれの居場所を知っている者はいなかった。彼の他には誰も。このとき悟った。おれたちはただじっと次の事件が起きるのを待っているわけにはいかない。ただ書類を隅々まで調査して答えを探してるだけでは十分ではないのだ。シェリダンとローリンのスコット親子を地獄の穴に落とすまで、おれたちの地獄は終わらない。

「ジア、起きろ」

彼女は寝返りを打ったあと、すっと頭を上げ、がばっと身を起こした。「何か事件？」

「何でもない。むしろその逆だ。服を着て。作戦を立てる必要がある」

「作戦？」

「ああ」おれはジーンズをつかんで脚を通した。「これを終わらせると約束した。それを今からやるんだ。不完全だけれども見た目はそれらしいシリンダーの試作品（プロトタイプ）を作ることができるか？」

「多分。回路図もある」

「どこに？」

「いくつかのリモート・ストレージアカウントに分けて保存してる。あとテキサスの貸し金庫と」

「それだけあれば十分だ」おれは手を振って彼女を急き立てた。「早く、服を着て」

ジアは慌ててベッドからおりると、ソファのそばの床に落ちた服に駆け寄った。

「何を考えているの、チャド？」

「みんなが集まったところで説明するよ。まだ頭の中で組み立ててる最中なんだが」

五分後、ジアとおれがキッチンに入っていくと、エイミーとリアムとテラーがテーブルに着いていた。ずっと休まず調査を続けているようだ。全員の目がジアに集まるに及んで、彼女は両手を挙げた。「ええ、シリンダーを作ったのはうちの父。シェリダンは父を殺してわたしの父親がわりになった。シリンダーが存在していることについてわたしは知らなかった。わたしはシリンダーがこの世界を崩壊させないようにすることが父の遺産を守ることだと思っているし、それに全力を尽くすつもり。今はまあ、こんなところかしら」ジアはおれに合図し、腰を下ろした。

おれは椅子の背をつかみそれによりかかった。「まあそんなこんなで、おれはたった今あることに気づいた。前置きとしてはこれでいいかな？」

テラーがジアに険しい眼差しを向ける。「なぜもっと早くにおれたちにそれを話してくれなかったんだ？」

ジアは少しむっとした顔をしてから、彼女自身が以前、緊張したときの癖だと告白したとおり、わざと高飛車な言い方で応戦した。「なぜなら、父を殺した男にヒ素を盛られ、中毒に陥って、それどころではなかったからです」

「了解！」テラーが言った。「おれ的にはＯＫだ」

「ぼくも納得したよ」リアムが言う。

「これでよし」おれは言い、椅子に座った。「新しい戦略について相談したいと思う。

ローリンはひとまず忘れよう。まずはシェリダンを始末する。その方法は中国と直接交渉することだ」

テラーが身を乗り出し、おれを睨みつける。「何か悪いものでも飲んだのか？シェリダンやローリンとは比較にならないくらい危険な相手だぞ。おまけにこっちは連中に差し出すものなど何もない」

「いや、それがあるんだよ」おれは答えた。「ジアには、お父さんの研究日誌に加えて、シリンダーに関するメモや方程式もある。初期のプロトタイプを作るための回路図もね」

「その両方を手にしたところで、最も才能溢れる科学者たちでも、無駄に堂々巡りを続けるの」ジアが補足する。「父は自分にしかわからないようにそれを暗号化していた。他の人たちにとっては、ただいたずらに混乱させるだけのものよ」

「シェリダンはその研究日誌を六年前から所有しているが、彼が雇った科学者たちの中で一人としてそれを解明できる者はいなかった」おれは付け加え、身を乗り出した。「そこで計画なんだが、彼らに研究日誌と回路図を渡すと提案する。そしてその代わりにシェリダンとやつの協会の仲間、さらにはローリンも、十把一絡げにしてひねり潰してもらうんだ」

リアムが首を横に振る。「シェリダンが中国側にどの程度話をしているか、ぼくたちにはまったくわからない。彼らが日誌や回路図で満足する保証もない。危険すぎる」

「シェリダンと同じ伝を頼ろうと思ったらそういうことになるだろう」おれは頷いた。「だがおれが言ってるのは、体制の圧力に不満を抱く過激派勢力だ」

エイミーが目を丸くする。「過激派？　なんだか危険そうだけど」

「おれたちは六年前から〝危険〟を通り越し、〝邪悪〟に囲まれて生きてきたじゃないか」おれは妹に言った。「そろそろまともな人生を取り戻してもいいころだ」

「だからこそ余計に危ない目にあってほしくないのよ」エイミーは言い張る。「シェリダンの中国の交渉先に、チャドのことが伝わってるかもしれない。シェリダンを排除したところで、今度はその人たちがお兄ちゃんを追い回すことになるかもしれないでしょう？」

「シェリダンがおれのことを彼らに話すわけないじゃないか」おれは言った。「ジアのこともね。入手先を明かしたら、中国側はシェリダンを飛ばして、直接交渉しようとするかもしれない、そうなれば、やつの懐には金は入らない」

「その点についてはぼくも同感だ」リアムが言った。「シェリダンが入手先を明かすことに関して、心配する必要はまったくないだろう。そんなことをすればやつは力を明け渡すことになる。シェリダンは確実に金を手に入れたい。つまりシリンダーは彼から先方に直接渡すつもりだってことだ」

「わたしはむしろ、彼がその力を手放そうとしてるってことに驚いてる」ジアが言う。「彼という人間をよく知ってるから、シリンダーを所有することにしがみつくと思ったのに」

「金こそが力なんだ」リアムが応える。「きっとある時点で気づいたんだよ。シリンダーはどれほど慎重な形で世に出したとしても、みんなも知ってのとおり、世界経済を揺るがすことは避けられない。ところで中国側には、プロトタイプが使えるとは言えないよな」

「シリンダーを実際に見たことがあるのはチャドだけなの」ジアが答える。「わたしだって見ていない。つまり、誰の目から見ても、わたしたちが彼らに渡すのが存在するすべてということになるはずよ」

リアムは頷き、おれのほうを見た。「いい作戦だ。ぼくは中国に伝がある。信頼できる人々に頼んでこの作戦に最適な人物に紹介してもらうことが可能だ。だがその後はどうする？　最後まで明確にしておかないと」

「交渉はおれが直接する」おれは言った。「他の誰かではだめだ。おれがこちらの手中にあるものと引き換えに、彼らの力を貸してくれるよう話を持ちかける」

「ローリンはどうやって始末してもらうんだ？　ぼくらにも探せないなら、探しようがないだろう」

「ジャレッドだ」おれは険しい口調で言った。「やつは両方にいい顔をしているらしい。これからシェリダンに電話を入れてシリンダーがあると言ったら、それは必ずローリンの耳に入り、そっちからも取引を持ちかけてくるはずだ。おれの計画を伝えて、うまいこと時間を調整する」

リアムがテーブルをトントンと叩く。「それがうまくいく前提として、ジャレッドにまつわる仮説が正しければということだろう？」

「メグがおれの人生に送り込まれてくる際、おれの居場所を知っていたのはジャレッドだけだった。そしてその結果おれを拉致したのはシェリダンだった」

「だが彼はエイミーに、ローリンとメグが一緒にいる写真を見せてくれたんだぞ」テラーが反論する。

「わたしを信用させるためよ」エイミーがこわばった口調で言う。「あの写真とチャドのボイスメールのおかげでジャレッドを信じていいんだと思って、チャドが他の誰にも見せてはいけないと言ってたものを見せてしまったの」

「人の心を操る天才だ」やつにどれほど長く、どれほど深く裏切られていたかと思うと、低く唸るように発した言葉に、怒りがにじみ出た。

「わたしはデンヴァーで誘拐されそうになったの」ジアが言った。「あのときジャレッドはわたしがあそこにいることを知ってたのよ。きっと彼がローリンに知らせて、わたしが何か有力な情報を知っていると思ったローリンが、父親との競争に勝つためにわたしを利用しようとしたんだわ」

「そのとおりだ」おれは言った。「そしておれの秘密を探りだすためにジャレッドを張り付かせた」

「それがうまくいかないとわかると」ジアがおれの考えているとおりのことを、代わりに言う。「あなたとエイミーをもろとも罠にかけて、エイミーを使ってあなたの口を割らせようとしたのね」

エイミーの顔からさっと血の気が引いた。「この取引がうまくいったら、もう終わりって思ってもいいのかしら。この先はもう心配ないって？」

おれはリアムと顔を見合わせ、互いの瞳に苦悶の色を見てとった。二人とも「そうだよ」と言いたいのは山々だったが、期待させておきながらまた失意の底に落とすことはしたくない。

「そこに希望があるかもしれないってことよ」ジアが言い、エイミーの手を取る。

「それだって昨日と比べたら格段の進歩じゃないの」彼女はテーブルに集った顔を見渡した。「中国に電話しましょう」

20

皆の安全を考え、中国側に名前を明かすのはおれ一人にするということで話がまとまった。それを念頭にリアムが、彼の信頼する中国の複数の知人に電話をかけ、慎重に探りを入れた。彼らはリアムの名前が相手方に伝わらないよう気遣ってくれるはずだ。ひとたび一連の電話をかけ終えてしまうと、おれたちは避難所にこもってじっと待つ以外、何もすることがなくなった。そして待ちつづけた。気が遠くなるほど長い三日間、おれたちは半狂乱になりそうだったが、ついにようやくリアムの人脈が実を結んだ。有力な反体制過激派グループの英語が話せる幹部の連絡先が、おれたちのもとに知らされてきた。いよいよ作戦を実行に移すときだ。おれの出番がやってきた。

一同は〝戦略会議室〟のテーブルに集い、一番端におれが腰を据えた。リアムがおれの正面に座り、ジアとエイミーとテラーも顔を揃えている。目の前に置かれた一枚のメモには、交渉先の名前と電話番号が、リアムの端正な手書き文字で記されている。

携帯電話を手に、おれはダイヤルするのをためらった。疑いや後悔からなどではない。むしろおれを取り囲む人たちの顔に刻まれた緊張や、その身体から発する緊迫したエネルギーを感じつつ、この瞬間をじっくり味わっていた。おれ自身が今感じるもの――この一体感や支えられているという感覚――は、かつて両親やエイミーと一つのテーブルを囲んでいた時代以来、ずっと味わえなかったものだ。おれは彼らを信じている。心の底から信頼している。今にして思えば、おれがどれほどジャレッドに信頼できる友人であってほしいと願っていたとしても、それは彼を本当に信じていたというより、むしろ独りになりたくないという恐れからだったのだろう。独りのほうがいいなんてことはない。おれはきっとそのときすでにそう感じていたのだ。

必ずやこの作戦をやり遂げ、人が正義と呼び、おれ自身が復讐と呼ぶほろ苦い瞬間を手に入れる。そう決意し、番号を押した。呼び出し音が三回鳴ったあと、男が強いアクセントの英語で電話に出た。おれは自己紹介した。

「電話を待っていたよ、チャド」彼は愉快そうに笑いながら言った。「わたしはチェンだが、そんなことはきみも先刻承知だろう。地球の裏側まで電話してきた理由を話してもらおうか」

まずはおれたちの置かれた状況、すなわちシェリダンとローリンのスコット親子が、中国の要人に対してシリンダーの購入を持ちかけていることについて説明した。チェンがその要人を忌み嫌っていることは、すでにリアムの情報筋から確認済みだ。「こちらの手元に最新のプロトタイプ用の回線図と、それを作った科学者のノートがあります」

「その科学者は今どこだ？」チェンが尋ねた。

「死にました。シェリダンとローリンは、利益を独り占めしようとしたんです」

「きみがそれを手に入れた経緯は？」

「科学者の娘がおれの恋人なので。彼女もシェリダンとローリンに命を狙われています」

「なぜ娘まで殺す必要がある？」

「彼女自身はその情報を明け渡すことを拒んでいるから、それによっておれを脅すつもりなんでしょう」

「その彼女が、今回は渡すことに同意しているのか？」

「危うく命を落としそうになって、もうこの件を終わらせたいと言っている」

彼はしばらく黙っていた。「なぜわたしを交渉相手に選んだ？」

「復讐のため。シェリダンとローリンのスコット親子がこれを欲しがっている。だから彼らにも彼らの協力者たちにも、絶対に渡したくないんです」

またしばらく沈黙があった。「いくらだ?」

「シェリダン・スコットとローリン・スコット、そしてシェリダンの活動を支えている協会を完全に崩壊させること」

「金はいいのか?」

「金ならあります」

「ふむ。なるほど。復讐や血に価値を見出す者も多い。モノを送ってくれ。満足したら復讐を成し遂げてやろう」

「研究日誌の半分と回路図の半分を先に渡します。そっちが取引の条件を遂行してくれたら、その時点で残りを」

彼は黙っていた。一秒、二秒。「書面をデータで送ってくれ。満足したら取引成立としよう」彼はEメールアドレスを伝えた。「興味が湧いたらこちらから連絡する」

「待ってくれ」明らかに相手が電話を切ろうとしていることに気づき、おれは言った。

「七十二時間。それが過ぎたら他の誰かに譲る」

「九十六時間」

「いいでしょう」おれは同意した。

回線は切断され、おれは受話器を置いた。一瞬も無駄にしたくない思いでパソコンの電源を入れながら、周囲から注がれる期待の眼差しをひしひしと感じた。「書面をメールで送ってほしいそうだ」顔を上げ、みんなに知らせた。「興味が湧いたら連絡してくることになっている」

そこにいる全員が息を呑む音が聞こえるようだった。たった今おれが告げたニュースの不確かさに打ちのめされたかのように。テラーは席を立ち〝戦略会議室〟とメインキッチンを隔てるカウンターの向こうへ消えた。おれはパソコンの画面に視線を戻し、『送信』の文字が『完了』に変わるのを見届けた。「送ったよ」おれは椅子の背にもたれて、太腿を手のひらでさすった。「あとは待つだけだ」

テラーが戻ってきて、テキーラのボトルとショットグラスを五個、テーブルに置く。「今のおれたちに必要なのはこれだろう」

彼の提案に、テーブルを囲む全員が活気づいた。テラーが一人一人のグラスを満たす間、おれたちはやんやと囃し立て、雰囲気が確実に明るくなった。驚いたことにエイミーは迷いもせずにグラスを受け取った。その仕草はまた、彼女が結局妊娠していなかったことを示している。ほっとすると同時に、妹の心情を思うと悲しくもあった。けれど今はまだそのときではない。だがもうじき必ず。そう信じたかった。

エイミーがグラスを取り、テキーラの香りを嗅いで鼻の頭に皺を寄せた。「あらかじめみんなに警告しておくけど、わたしは下戸で、おまけに笑い上戸よ」

「ぼくが運んでやるよ」リアムが約束する。その瞳の輝きを見て、二週間前だったらやつにパンチを食らわせたくなっていただろう。けれど今は妹を守り、愛してくれる男がいるということが、ただひたすら嬉しい。

ジアに目を向けると、彼女もおれを見ていた。おれはウインクし、彼女のほうに身を乗り出して、首筋に鼻先を押し付けながら囁いた。「おれもきみを運ぶよ」

彼女は冗談めかして睨んでみせる。「チャドったら。わたしのことまだ全然知らないのね。飲み比べしたらあなたのほうが確実に潰れるわよ」

おれは身を起こし眉を上げた。「マジで？」

「まさか」彼女は笑う。「言ってみたかっただけ」

おれは彼女の肩に腕を回した。テラーがグラスを掲げ、一同はそれに倣う。「敵を一網打尽にすることを祈って！」彼は高らかに宣する。

「一網打尽に乾杯！」おれも唱和した。皆一斉に笑い、グラスを触れ合わせ、一気にあおった。おれとジアは飲みながら顔を見合わせて笑っていた。そしておれたちは席を立った。おれはジアを肩に抱え上げ寝室へ運んでいった。

それから三日間、おれは毎晩悪夢の中であの火事を追体験し、汗まみれになって目覚めた。そのたびにジアはそこにいて、おれに口づけ、おれとファックして、この世に引き戻してくれた。そして最後には優しく愛を交わしてくれた。苦しんでいたのはおれだけではない。苦しいのは皆同じだった。三日目には、皆で〝戦略会議室〟にいる最中、エイミーが数週間ぶりのブラックアウトの発作で一時意識を失った。

それによってリアムは、事態の打開に向け、強硬モードに突入した。彼はまた中国に電話し、彼の人脈を使って、おれたちが予備の買い手を募っていることを意図的に広めた。ベッドに入る時間が来ても、先方からの返事は届かなかった。約束期限の前夜、ジアと二人ようやく寝室に引き上げてきた後も、彼女は落ち着かないようすで部屋をうろうろしていた。まるでおれの癖が彼女に伝染ってしまったようだった。なだめようと話しかけても、彼女はなおさらせわしなく歩き回る。おれはジアを連れてベッドに入った。この晩おれたちは、愛は交わさなかった。ただ激しくファックした。一息ついてから、さらにそれを繰り返した。そしてようやく、二人一緒に丸くなって眠りに落ちた。それだけ疲れたにもかかわらず、おれはやはり炎に追われ、悪夢から目覚めた。するとベッドにはジアの姿がなかった。寝室に付属するテラスへのドアが開き、冷たい風が吹き込んでいる。

　おれははっとしてジーンズをつかみ、穿いた。なぜかはわからないが、彼女のことが無性に心配でたまらなくなった。ドアに駆け寄り、乱暴にカーテンを引き開ける。ジアはおれのTシャツを一枚身につけた姿で、手すりのところに立っていた。海から吹き寄せる冷たい風の中で震えながら、昇りくる太陽に染まりはじめた水平線を見つめている。おれがすぐ後ろに立っていることは気づいているだろうと思い、その手首をそっとつかんだ。ジアは驚いたように悲鳴をあげ、振り払おうとしたが、かまわず彼女を部屋に引き入れ、ドアを閉めた。

「凍えたいのか？」厳しい口調で言い、彼女のガウンを取ってその身体を包んだ。

「ええ」ジアは歯の根が合わないほど震え、ガウンに袖を通しながら答える。「凍えたかった。恐れと不安以外だったら何でもいい、何かを感じたかったの」

　その言葉がおれの心に沁み入った。まるでおれ自身の気持ちを代弁しているようだった。彼女の肩に手を置いた。「わかるよ、ジア。おれにもよくわかる。待つのは辛い。頭がどうかしそうになる。だからおれはずっとトレジャーハンターを続けてきたんだ。エイミーとシリンダーを救うために、大量殺人以外の方法はないか、探そうとしてた。トレジャーハンティングのおかげで気持ちの高揚も味わえたし、エイミーとおれが必要とするだろうたくさんの金を得ることもできた。これからは万が一のときにはその金がおれたちを助けてくれるよ、ジア」

「お金なんていらないわ、チャド。ただ普通の生活がしたいの。どこかの研究所で働きたい。エイミーが考古学の発掘現場で暮らしたいって言うのと同じように。突然誰かに捕まってヒ素を盛られたりする心配なしに、あなたと散歩がしたい。それだけなの」

「わかるよ。とにかく信じるんだ。行動は起こした。きっとうまくいく。そんな予感がするんだ。おれにはわかる」彼女をベッドのほうへ導いていった。「もう少し横になっていたほうがいい」

ジアは首を横に振る。「無理よ。眠れない。だったら走ってくる」

そのとき、ベッド脇に置いていたおれの携帯電話が鳴った。ここ何日か、どこに行くにも持ち歩いていたが、ずっと静まったままだった。おれはナイトスタンドに駆け寄り、電話をつかむと、ベッドに腰を下ろした。ジアがおれの前で床に膝を突く。おれたちは期待に胸を膨らませながら視線を合わせた。一つ大きく息を吸い込んでから通話ボタンを押す。「我々としてはきみの条件を呑むということで話がまとまった。だがローリンは死亡と記録されているようだな」

安堵とアドレナリンが混ざり合った異様な感覚が全身を駆け巡る。「彼は父親から相続人廃除にされたんです。おれたちの持ってるものを盗み、父親の裏をかいて取引を横取りするつもりなんですよ」

「すぐにもローリンに電話しておびき出せ。詳細が決まったら連絡しなさい。シェリダンと協会の仲間を破滅させる計画は、すでに進行中だ」電話はぷつりと切れた。

「それで？」ジアは膝をついたままおれのすぐそばに来て尋ねる。「どうなったの？」

「引き受けてくれるそうだよ。あとはローリンに罠を仕掛けるだけだ」

「すごいわ。本当に実現するのね？　決着がつくのね？」

おれは彼女を抱き寄せその首筋に顔を埋め、女の——おれの女の——甘い香りを吸い込んだ。この女を傷つけることは、何人たりとも許さない。「ああ、実現する。必ずうまくいく」

彼女は身体を離し、おれの顔を見る。「それで次は何をするの？」

ちらりと時計に目をやった。午前六時。「シェリダンのやつを起こして、ローリンの鼻先に餌を垂らそう」

ジアは床に座って耳を傾け、おれが電話をかけるのを眺めていた。呼び出し音が鳴る。一回、二回。そこでシェリダンが出た。やつの声を聞くと、傷口に砂がすり込まれるようだった。この男に与えるのは、挨拶一つだってもったいない。「チャドだ。このくそ野郎。貴様の勝ちだ。ジアはもう少しで命を落とすところだった。もうこれ以上誰かが傷つくのを見たくない。欲しいものはくれてやる」

「まったくおまえってやつは、気持ちのいい起こし方を心得てるな」シェリダンは間延びしたテキサス訛りで言った。満足そうにほくそ笑んでいるのが目に見えるようだ。

「場所と時間は？」

「テキサスの例の場所。おれが最後にローリンと会った場所だ」

「いつだ？」

「また連絡する」おれは電話を切った。

シェリダンは着信記録からかけ直してきた。おれはわざと電話番号を隠さなかった。ジャレッドがシェリダンの通話記録をハッキングしていれば、この番号を見るはずだ。おれはシェリダンとローリンの間で膠着状態が起きることを狙っていた。電話は鳴るに任せ、立ち上がって、ジアを床から引き上げた。「みんなに知らせよう」

ジアと指を組み合わせて廊下に出た。「中国から電話があったわよ！」彼女がいきなり叫び出したのでおれは笑った。

家のあちこちでドアが開いた。「絶妙な起こし方だ」彼女を連れてリビングルームへ行くと、ガウンを羽織ったリアムとエイミー、そしてトランクス一丁のテラーがすぐに駆けつけてきた。

「電話があったのね？」エイミーが尋ねる。「何て言ってた？」

おれは相手方との会話をすべて報告した。「ジアとおれは、今夜テキサスに発つ」

「おれも一緒に行く」テラーが言った。

おれは首を横に振った。「いや、きみは妹を守ってくれ。ジアとおれはテキサスにある隠れ家にしばらく籠っている。なにもかも決着したと確認できるまで」

「シリンダーを完璧に守り、なおかつ世界がそれを必要としたときに提供できる方法を見つけないかぎり、決着したとは言えないんじゃないのかな」リアムが指摘する。

「だったらここは、ジアを説得してとりあえず二、三カ月トンズラするってことにしておくよ」

エイミーが目を丸くする。「行っちゃうの？　いやよそんなの。せっかく再会できたばかりなのに」

「少しの間だけだよ。別に消えてしまうわけじゃない。ちゃんと連絡する」おれはジアの肩に腕を回した。「時間が必要なんだ。おれはジアが言うような馬鹿野郎じゃないってことをわかってもらうためにね。おれ自身にそれをわからせるにも、少し時間が必要だしな」

ジアが腕の中で向きを変え、おれの胸に手を当てた。「少しは馬鹿野郎の部分も残しておいてね。でないと好きでなくなっちゃうかも」

おれは彼女の頭を支えキスをした。たった今まで笑っていたはずが、想いのこもった深刻な口調になっている。「みんな大好きよ。みんなのために正しい結果が出ることを願ってる。みんなの幸せを願ってる。わたしたち全員にとって、この苦しみがきれいさっぱり終わることを、心から願ってる」

ついさっきジアを寒風の中に立たせていた彼女の胸の痛みが、そのまま言葉に滲み出ていた。その痛みは室内を満たし、おれたち全員を包み込んだ。エイミーが喉を詰まらせたような声を出し、ジアを抱きしめる。おれはリアムに歩み寄り、一緒に来るよう手招きして、数歩離れた場所で立ち止まった。「もしおれに何かあったら――」

「そんなことは許さないぞ」リアムは声を荒らげる。「死んだって墓穴から引きずり出してやる」

「偉大なるリアム・ストーンの力で救済していただけるのなら光栄だが、まあとりあえずシリンダーのありかを知っているのはおれだけだ。おれが死んだら、シリンダーもなくなってしまう。もしおれが戻らなかったら、エイミーに、うちの親父の墓石が手がかりだと伝えてくれ。もちろん、親父の墓の中に埋めるなんて馬鹿なことはしない」

「そのヒントでエイミーにはわかるんだな？」

「多少時間はかかるかもしれないが、その気になればちゃんと解き明かすだろう」

おれの携帯が鳴った。ジーンズのポケットから取り出すと、知らない番号が表示されている。「これがローリンだったら、父親のところに盗聴器を仕掛けていたか、シェリダンがすぐにジャレッドに連絡したということだ」おれは通話ボタンを押し、耳に当てた。

「よお、チャド」

ローリンの声が、寒気とともに背筋を伝い降り、おれの神経をことごとく逆撫でする。この男を憎んでいるからだけではない——これだけ早く反応があったことにより、ジャレッドに対するおれの仮説が正しいと証明された。彼の無実を信じたいと思う最後の希望が潰えてしまったからだ。「死人の割には元気だな」おれは言った。「ゾンビ社会での戦いぶりはどうだ？」

「苦戦してるおまえよりはマシだろう。親父に売ったら、おれはしつこくおまえにつきまとう。おれに売れば、親父を殺して消えてやるよ」

彼の馬鹿げた策略に乗っかったふりをした。「おまえのような腐れ野郎は大嫌いだが、魅力的な提案ってのを知ってることにかけちゃ、大したもんだ。いくら出す？」

「五億。それだけありゃ、おまえだって永久に消えていられるだろう」

「そんな金ありもしないくせに」

「買い手の当てがあるんだよ」ローリンは言ってのける。

「まずはブツの半分。おまえんところの親父さんが死んだら、残りの半分を渡してやる」

「場所と時間は？」

「場所はわかってるだろう。親父さんの電話を盗み聴きしてるみたいだからな。同じ日、同じ時間だ」おれは電話を切り、中国にリダイヤルして、取引先にローリンを嵌める計画を伝えた。電話を切ると、大きく息を吸い、室内を見回した。「準備は整った。二日後。木曜の日没。ローリンを中国人に引き渡す。ジアとおれは、飛行機の予約が取れ次第、二、三時間で発つよ」

「死んだりしたら承知しないからね」エイミーがおれの首に抱きついてくる。「絶対に無事でいて」

「お兄ちゃんもおまえが大好きだ」応える代わりに言い、エイミーの肩越しにジアを見た。彼女は理解してくれている。おれが今何を考えているのか、これからどうするつもりなのか、すべてわかってくれている。妹を相手に、守れない約束はできない。エイミーのこともジアのことも愛している。二人のためならこの命を投げうってでも戦い抜いてみせる。だけどやっぱりおれはヒーローなんかじゃない。ローリンとの取引をセッティングしたのには、おれなりの理由があった。我が家が火事になったのも、ジアの父親が殺されたのも、やつの仕業だ。必ずや真実を暴いてやる。そしてそれが明らかになったとき、おれはやつの死神になるだろう。

21

二日後、おれがローリンと会うわずか二時間前に、チェンはおれが指定した取引場所を拒否してきた。あまりにも開けているため、忍び寄って急襲することが困難だというのがその理由だった。それでもおれはこっちには計画があるからと言い、彼を説得した。その計画をジアに話すことはできない。彼女を巻き込み、危険に晒すつもりはなかった。ともあれ、おれはその前日ジアと一緒に選んだ黒のジャガーの新車を、ジャスミン・ハイツに建つレストランの入り口に寄せた。ここはかつておれの家があった場所だ。上着を車内に残したので、凍りつきそうな気温とちらつく冷たい霙のなか、おれを守ってくれるのは黒い半袖Tシャツとジーンズだけだが、それを気にも留めずに車の前を回る。なにも寒さによって、この場所がおれにとって痛みの象徴であることをごまかそうとしてるんじゃない。むしろこの最後の瞬間の一秒一秒を感じ、心に刻んでおきたかった。

ジアのために助手席側のドアを開ける。彼女はパーカーのフードを被ってから立ち上がり、どんよりとした夕刻の湿っぽい寒さのなかに足を踏み出してから、レストランの上に掲げられた看板を見て眉をひそめた。「〈レッド・ヘヴン〉？　ずいぶん変わった名前ね」

「オーナーはシェリダン。ここが我が家の焼け跡だよ」

「そんな」ジアがおれの胸に手を当てる。「チャド、ごめんなさい。その名前、これって――」

「炎と血、そして死」

濡れはじめたおれのTシャツを、彼女の指がつかむ。「なんでこんなところに来たの？」

「始まりの場所に戻ってきたんだよ。ごめんなさいと言うために。さよならを言うために」

「この店に……入って食事するの？」

「いや食事はしない」黒のセダンがおれたちのすぐ横で停まる。「ココが来た。きみはその車に乗って終わるまで彼女と一緒にいるんだ」

「え？　いやよ。わたしには彼の死を見届ける権利がある」

おれは彼女の両腕を撫でた。「それはわかってる。だが今、両親が生きながら焼かれたこの場所に免じて頼む。ここはおれの言うとおりにしてくれないか」

ジアが顔をくしゃくしゃにする。「あなたの身に起こることを考えると、心配で仕方がないの。命を落とすかもしれないのよ」

ココが近づいてきた。カーゴパンツと黒のジャケットで戦闘態勢に入っている。ジャケットの下には数種類の武器を隠しているのだろう。安心した。ココにはしっかり装備を固め、ジアを守ってほしい。

ジアはおれの視線を追い、ココのいるほうへ振り向いた。「あなたと一緒に行くわけにはいかないわ。前回わたしの命が危険にさらされたとき、助けてくれたことには感謝してるけど、今日はだいじょうぶ」

ココはそれには返答せず、おれに視線を向けて包みを渡した。「盗聴器。これで全部聞くことができる」

「それだけじゃ納得いかない」ジアが反論し、おれのほうに向きなおる。その勢いでパーカーのフードが脱げた。「わたしもその場にいたいの」

おれは彼女の頬に手を当てた。「きみは取引場所から数キロ離れたところで車を降りてくれ。先にプライベートジェットに乗っておれを待っててほしい。二人でそれでダラスへ行くんだ。パイロットはテラーとココの友達だ。ココはおれの救援部隊でもある。もし何か問題が起きたら、きみはパイロットのもとに留まって、そのまま発ってくれ」

「マーフィー先生はどうしているの？」おれが彼女をセダンの助手席に導こうとしていると、ジアは尋ねた。

「別のボディガードを雇ってある」

「最初からそのつもりだったくせに話してくれなかったのね、チャド。本当にあなたって馬鹿野郎なんだから」

おれは彼女の身体に腕を回し、頬に手のひらを当てた。「ああ、その馬鹿野郎はきみを愛してる。きみにはわかっていてほしいんだ、ジア。おれが愛してることを」

彼女のブルーの瞳が涙に沈む。「わたしも愛してるわ、馬鹿野郎」

おれはにっこりし彼女に口づけた。「さあ、行けよ。きみにいられちゃ困るんだ」

ココのセダンのドアを開け、半ば強引にジアを押し込んだ。彼女は恨みがましい顔でおれを見上げる。おれがドアを押さえている間に、ココが素早く運転席に乗り込み、エンジンをかけた。車は一旦バックしてから走り去った。

おれはそのまま車を見送っていた。見えなくなったところでジャガーに戻り、黒のジャケットを取り出して、肩にかけた。もう一度〈レッド・ヘヴン〉の看板をしばらく見つめてから歩き出した。

　レストランの建物に入り、案内係のカウンターのところで立ち止まる。ずらりと並んだブース席。長いバーカウンターの上方にはテレビが設置されている。けれどおれの心の目には、我が家が映っていた。我が家の壁やソファ、火事の晩エイミーと話したキッチンのテーブルも見えた。実際には何もないところに階段が見え、炎も見える。

　化粧室に入り盗聴器を身につけると、またフロアに出てブース席に腰を下ろした。ハンバーガーとフレンチフライを注文する。仇をおびき寄せるまで、この場所にとどまる時間を稼ぐためだ。

　そしてあまりにもあっけなく、思っていたよりもずっと早く、魚を釣り上げた。ローリンがおれの向かいに座る。いきなり現れて、おれの計画を混乱させたつもりなのだろうが、実際にはここまでがおれの計画だ。

　やつは偉そうに黒い眉を上げる。「きっとここに来れば会えると思ってたよ」

「そうか」皮肉っぽい口調になった。こいつの首を締め上げたくて指が疼いている。息の根を止めてやりたい。

「大きな取引を前に、思い出の小道をたどろうってんだろ？」いかにも面白がっているような口調。以前と比べてややしゃがれた声だ。肌は前より日焼けして、魂の抜けた黒い瞳の周りの皺が深まっている。

おれは胸の中で自分に落ち着けと言い聞かせた。計画から逸れてはならないと。

「いいスーツだな、ローリン」いかにも高そうな生地に目を向けて言った。「おれがやったお金はまだ使い果たしていないと見える。おまえは相続から排除されて金が必要だったんだよな」

ローリンは薄い唇をいかにも邪悪な感じで歪め、微笑む。「あの日のおまえの贈り物にはずいぶん世話になったよ。親父はおれがおまえに会ったことすら知らなかった。だが親父は諦めずにおまえを追いつづけるに違いなかった。あの金をおれが貰ったことも、バレるのは時間の問題だった」

「だからおれの両親を殺したんだな」なぜか感情を排したそっけない口調になった。それでも、この男を殺したい欲求の強さを考えると、テーブルにセットされたナイフは、あまりにもおれの手に近すぎる。

「すべきことをしたまでだ」

この男の息の根を止めたい。自ら死神役を買って出たい。けれどおれが自分でしてしまったら彼のほうは手を引くと、チェンは言っていた。息を大きく吸い、それを吐きながら尋ねる。「ジアの父親もか？　彼もおまえの〝すべきこと〟のリストにあったというわけか？」

「いや彼は親父の〝すべきこと〟のリストのほうだ。殺すのを少々急ぎすぎてしまったようだな。親父はレックスが目的のものを持っていると思っていた。だがおまえが現れるのが、ちょっとばかり早すぎた。かくして」ローリンはテーブルを指の先で叩いた。「おれたちはこうして会う羽目になったというわけだ。ここは暖かくていい。さっさと取引を終わらせてしまおう。現金は車にある」

おれは身を乗り出した。「おれは両親に別れを言うためにここに来たんだ。シリンダーを持ってくるほど馬鹿じゃない。今は取引場所に移送中だろう」

「だったらおれたち二人でそこに行くしかないな」スーツを着込んだやつの手下の一人がテーブルの横で足を止め、上着をめくって銃をちらりと見せる。「さあ、行こうか？」

「まだだ。ハンバーガーを食ってない。シリンダーがなければおれを撃つわけにはいかないだろう？」

「かまわんよ。食えばいい。代わりにあのドアから入ってくる次の客を撃つ」

おれは両手を上げた。「わかった。だがシリンダーは約束の時間までは現地に届かないぞ」

席を立つと、ローリンの手下が裏口へおれを追い立てた。

予想どおりの展開に、思わず口元を歪めた。ローリンに罠を仕掛たとき、まさにおれが望んだとおりのこと、そしてチェンが望んだとおりのことが、こうして現実になった。店の廊下を裏口へと進みながら、その先には人気のない砂利引きの裏庭があり、そこにはほとんど明かりもないことがわかっていた。背中を強く押されて裏口から一歩外に踏み出すと、車のヘッドライトにねめつけられた。崩しかけた体勢を立て直したとき、三人の男が目の前に横一列に立っていた。そのうちの一人がジャレッドだとわかり、怒りに血がたぎった。

やつはおれをまっすぐに見て、瞬きもしなければ目を背けもしない。そこに平然と立っている。ローリンと並んで。良心の呵責など露ほども見せずに。「裏切り者め」おれは吐き捨てるように言った。

「もうそろそろ終わりにすべきだったんだ」ジャレッドが声を張る。

「終わるのはおまえだ」おれがやつに突進しようとすると、彼を囲むローリンの手下どもが銃をかまえた。

「落ち着け」ローリンがおれの前に進み出る。「せっかく紳士的にやろうとしてるんだ。血なまぐさいことはやめようじゃないか」

「こいつがいるなら、取引はなしだ」

「五億を考えれば、この男を大目に見ることぐらいできるだろう」ローリンがその言葉を言い終わるか終わらないかのうちに、至近距離からいくつものエンジンの唸りが聞こえ、次の瞬間には、スキー帽で顔を覆った男たちが操るバイクの群れに取り囲まれていた。しばしの混乱の末、ローリンの一派は全員頭に銃を突きつけられ、一台の車にまとめて押し込められていた。

バイカーのうちの一人がジャレッドを引きずっていくのを見て、おれは叫んだ。

「待ってくれ！」駆け寄り、やつの前に立ちはだかる。

「なぜだ？　なぜこんなことを？」おれは尋ねた。

「おれだってしたくてしたわけじゃない。ハッキングにしくじって、トラブルに巻き込まれた」

「ローリン相手にか？」

「いや。最初から罠だった。やつらに首根っこを押さえられたんだ」

「好きでそうしたんだろうが」

「やつらにモノを渡せば、おまえを自由にしてやれると思ったんだよ」

「そんなことを本気で信じてるのか?」

「おまえを守りたかったんだ」

「へえ、そうか。あいにくおれはおまえを守るつもりはない」おれはジャレッドを捉えた男に合図し、背を向けると、レストランの裏口のそばに立つ別の男のところに行った。

「資料を」彼は言う。

おれは上着の内ポケットから約束のものを取り出し、男に渡した。「やつらはどうなるんだ?」

「おれたちの好きなようにさせてもらうよ」

おれは大きく息を吸い、吐き出した。ジャレッドの行く末がなぜこれほど気になるのか、自分でもわからない。けれどそれは動かし難い事実だった。ドアを開け、〈レッド・ヘヴン〉に入った。

ジアとココが店に入ってきた。チェンの軍団から、もう安全だと知らされたのだろう。

ジアはおれに駆け寄ってきて抱きついた。おれは彼女を抱き返した。「終わったのね? 本当に終わったのね?」

携帯電話が鳴り、すぐに出ると、チェンの声が響いた。「バーの上にあるテレビを点けてみろ」電話はぷつりと切れた。

ジアの腕をつかみ、ココに合図して、前に進み出た。バーテンダーがカウンターに残していったリモコンをつかむ。チャンネルを変えるうち、手錠を嵌めたシェリダンが、オフィスから連行される姿が映し出された。字幕には「石油王とその関係者、米国国家機密を中国に売却しようとした疑いで逮捕」と記されている。

ジアのほうを向き、手のひらで彼女の両腕をなでおろした。「本当に終わったんだ」彼女を抱き寄せ短くも激しいキスをする。今彼女とこうして結ばれているのだと感じたかった。それからジアの手を取り、ドアへと導いていった。戸口で足を止め、最後にもう一度過去を眺めようとした。それはすでに消えていたものの、この先一生忘れることはないだろう。前を向き、ジアと手を取り合って夜の闇に踏み出したとき、おれの胸には希望の灯がともっていた。バラバラだったおれをふたたび丸ごとの人間にしてくれたこの女こそが、おれの未来になるのだと。

ジアとおれは空港に向かう車中で、リアムやエイミーと話をした。皆ほっとすると同時にいくばくかの不安を抱えている。ダラスに到着したのは真夜中だったので、とりあえずはホテルに一泊することにした。おれが所有する家には明日移動すればいい。途中で食料品のストックも買い、数カ月と言えど、我が家らしく見えるようにするつもりだ。おれは相変わらず警戒を緩めず、二人分の偽のIDを出してチェックインした。ここから何カ月か経ち、シリンダーをどうするべきか長期的な計画ができ上がるまでは、すべて終わったと安心することはできない。

部屋に入るとルームサービスを頼んだ。ジアはTシャツとパンティーだけの姿になり、おれはトランクス一丁になった。食事を終えるころ、テレビではニュースのレポーターが、ローリンの逮捕を伝えていた。父親の違法行為に彼が関与していた証拠とともに、現在の彼の居場所について、匿名で通報してきた者がいたそうだ。

「よかった」ジアがため息をつく。「あの男を殺すつもりかと思ったわ。間接的とはいえ、わたしたちの手を血で汚すのは、やっぱり気が進まないもの」彼女はここで眉根を寄せた。「でもジャレッドについては何の報道もないわね。本当に中国の人たちが連れていったの？」

「ああ」おれはむっとして答えた。「彼らが連れていった。だがあいにくジャレッドまではチェンとの取引に含まれていなかった。ジャレッドは人を操るのに長けているからな、命を助けてもらうのと引き換えに彼らのためにハッキングをするぐらいの交涉はお手の物だろう」

「それってわたしたちにとってまずいことだと思う？」

「何とも言えない。不確定要素を残しておくのは好ましくないんだが。メグが姿を消していることでさえ気になって仕方がないんだ。まあ利用価値がなくなってもなんとか生き延びて、ローリンに放り出されたってところだとは思うが」

「ローリンって男は人の命を何とも思ってないみたいね」

「欲というのは危険なものだよ。人を変えてしまう。ジャレッドがいい例だ」

「違うと思うな」ジアは言いながらおれの脚を撫でる。「ジャレッドは本性を現したのよ。あなたがいざ選択を迫られたとき、お金を持って逃げるよりもシリンダーを守ることを選んだのと同じようにね。これであなたが気づいてくれたらいいと思う。自分は怪物だなんて思ってるかもしれないけど、本当はそうじゃないってこと」

「おれたち二人で言えば、やつのほうがいい人間だと思っていた。今でもおれの中には、ジャレッドの行動には彼なりの理由があったんだって思いたい部分がある。おれにもおれなりの理由があったように」

「そうかもしれないけど――」

「いや」おれは首を横に振った。「やつの目を見てわかった。あいつはおれが信じていたような男じゃない。とにかくシリンダーをずっと守りつづける方法が必要なんだ。おれにいい考えがある」おれはずっと落書きをしていたホテルのメモ帳をジアに見せた。

　彼女はそれをちらっと見てから興味を引かれたような顔でおれを見た。「円の中の円？　飛行機の中でもこんなの描いてたわよね」

「完璧な円だ」これは説明した。「何重にも重なって守られているから壊れることはない」

　ジアはかぶりを振る。「よくわからないわ」

「不確定要素があるおかげで、シリンダーを守ることの重要性がなお一層増している。おれが考えてるのは、世界規模の人の円を作ること。様々な背景を持つ人々が集まった多様性に富んだグループを作る。一人一人がパズルのピースを一つずつ手にしてそれを後世に伝えていくんだ」

「その人たちはどうやって選ぶの？」

「いい質問だ。当然のことながら判断基準や審査の方法をじっくり検討する必要があるだろうな。しかもできるだけ早く実現しなければならない。今日起きたことでなんとか時間を稼ぐことはできるが、〝円〟を育てるには時間がかかる。現実のものにするためにはかなり精力的に動かなければならない」

「そのとおりね。あとわたしも飛行機の中で考えてたんだけど、今のところシリンダーのありかを知っているのはあなた一人しかいない」

「おれの身にもし何かあったら、エイミーにあることを伝えてほしいとリアムに言ってある。エイミーならきっと答えを見つけるよ」

「まったく何もないよりはマシだけど、手がかりがエイミーに結びついてるということになれば、彼女が危険になるわ。それにエイミーとリアムはいつも一緒にいる。もし彼に何か起きたらどうするの？　その手がかりを封筒に入れて弁護士に託したらどうかしら。そしてもしわたしたちが一定期間以上連絡をしなかったら、特定の人々に対して、特定の順番でそれを郵送してほしいと依頼するの。まずはリアム、次にエイミー、もし二人とも生存していなかったら、テラーとか？」

おれはゆっくりと頷いた。「いい考えだな。うん。きちんと論理的に組み立てる必要はあるが、使えるかもしれないぞ。カンザスかどこか、ありえないような場所の弁護士をランダムに選ぶ。おれたちが依頼をするとは誰も想像しないような弁護士を選んで手配しよう」

「そうね。そうすれば〈信頼の輪（サークル・オブ・トラスト）〉ができるまでの間、今よりは安心していられるわ」ジアはためらいがちにおれのほうを見る。「ねえ、チャド、わたしシリンダーがどこにあるか知りたい。父の研究の成果だもの。ただ……知っておきたいの」

「知らないことなら、話す心配をしなくてもいい」

「わたしをそんな理由で退けないで。お願い。誰かがシリンダーが存在してるだろうと思ったら、どっちみちわたしが狙われることになるのよ。そしてわたしが無理やり白状させられたら、今答えられるのは、あなたが今言った、エイミーが手がかりを知っているということだけだわ。わたしがその場所を知っていれば、エイミーが安全になる。わたしとあなた以外、手がかりに結びつくものがないほうがいいのよ。この件で他の誰も危害を加えるようなことがあってはならない。わたしとあなたはもう二人一組でしょ、チャド。わたしたち二人で戦い抜くの。危険を冒すのはわたしたちだけでいい」

ジアは勇敢で、自ら犠牲になることも厭わない。この瞬間おれは彼女を以前にも増して愛するようになっていた。おれの中のすべてが彼女を守りたいと望んでいたが、ジアの言うことが正しいのも事実だ。さっき彼女に手がかりについて話したことによって、彼女をまた新たな立場に置くことになってしまったのだ。おれはスーツケースからパソコンを出し、テーブルの上を片づけて電源を入れた。そしてコロラド州グレンウッド・スプリングスにある小さな墓地の画像を呼び出した。

「墓地ね」ジアがつぶやく。

「ああ」おれは答えた。「小さな町にある墓地だ。中流階級の住宅地、家々の真ん中にぽつんとある」おれは墓の一つを拡大した。「ここに埋まってる」

ジアは目をぱちくりさせ、墓碑銘を読んだ。「ドク・ホリデイ？」

「おれも親父も『トゥームストーン』って映画が大好きだった。何年も前、ドライブ旅行したときに親父と一緒に立ち寄ったんだ」

彼女は首を振り、笑い出した。「頭おかしいんじゃないの。わたしったらなんて変人を好きになっちゃったんだろう。誰もそんなこと思いつかないわ」

おれは彼女をベッドに連れていき、仰向けに寝かせると、その頭の両脇に手を突いた。「おれの中にはドク・ホリデイの部分があるんだ。彼と同じ、読めない男(ワイルド・カード)の部分が」

「だったらわたしは、そのワイルド・カードに恋したのね」

「それじゃ、ドク・ホリデイが、いや、『トゥームストーン』の中でヴァル・キルマーが言った台詞を贈ろう。『おれがおまえの相手(ハックルベリー)になるぜ、ベイビー』」ジアの笑い声を聞きながら、おれはすでに、それをため息に変えることを考えていた。

Unbroken

結婚：互いを愛し守ることを目的として二者が誓い合う永遠の絆。指輪の継ぎ目のない（アンブロークン）円によって象徴される

夫：多くの男性の美徳を保有する者。それを妻を魅了し、悦ばせ、守るために用いて、彼女との絆を壊れない（アンブロークン）堅固なものにする

妻：夫が知るよりも遥かに強い女性の美徳を有する者。世の夫はこの事実に気づくべきである

第一章　イリュージョン

光沢のある黒い棺が、数メートル先に置かれている。頭上のテントには、テキサスの十二月の寒さからわたしたちを守る効果はほとんどない。わたしは黒いドレスにレインコートという、胸を裂かれるほどに悲しい雨の木曜日にふさわしい服装をしていた。わたしのボディガードでもあり友人でもあるテラーが左手に立っている。わたしが心から愛する男リアムは右手に立ち、腕をわたしの腰に回して支えてくれている。にもかかわらず、わたしは膝に力が入らずよろめき、テラーが肘に手を添えてくれた。単なるボディガードとしての職務を超えた兄のような気遣いに目頭が熱くなる。そこでまた、失ってしまった兄を想った。

もうわたしたちしかいない。驚くほど大勢の参列者はすでに帰っていった。そのなかには、今は亡き家族の友人、両親の研究を評価していた学者たち、兄を知っていたトレジャーハンターたち、わたしがかつて故郷と呼んでいた町、ジャスミン・ハイツの人々もいた。チャドが事故現場に残した日記によって、わたしたちの凄惨な過去が、詳細に至るまで明らかになった。今日来ていた人たちはみな、わたしがエイミーではなく本当はララだと知っていた。兄はその日記のなかで自らの過去とともに、わたしの過去についても、公表したい部分を選んで記していた。兄はかつて、わたしの身を守るために存在を世間から隠し、彼自身もわたしに対して死んだものと思わせていたのだが、その方法も日記の中で説明されていた。

上空で雷鳴がとどろいても、わたしは驚かなかった。たぶん頭と心のなかでも無数の爆発が起きているからだろう。一つ増えたところで、どうってことない。そしていつも見られているのにも、もう慣れっこだ。わたしは詮索好きな視線など気にするまいと決め、リアムとテラーから離れて進み出た。葬儀の間じゅう開けられることのなかった棺の横まで行くと、片方の手袋をはずし、手のひらを光沢のある表面に当てた。兄を失ったことによるうら寒さは天候よりもはるかに厳しく、この手のひらを冷やし、骨まで沁み込んでくる。唯一の慰めは、わたしを守ってくれる者たちがすぐにそばにきて、その大きな身体で風雨を遮ってくれたことだった。

「エイミー」リアムがそっと言った。「わかっているだろう、これは——」

「わかってる」わたしは囁き、首を傾けて彼を見上げた。射るような青緑（アクア）色の瞳に浮かんだ気遣いは、今まさにわたしが求めている絆を感じさせてくれる。「わかってるわ」繰り返しながら、彼を安心させようとしているのか、それとも自分自身を安心させようとしているのかはわからなかった。「でもわたしにとっては色んな意味で真に迫りすぎてるの」

彼はわたしの手を取り、指の関節を唇に当てながら、しばらくそのままにしていた。「家に帰ろう」

「家？」わたしは囁いた。その言葉が、ぼろぼろになったわたしの心に切ない歌のように響いた。今いる場所からわずか数キロの場所で起きた火事によって両親が亡くなって以来、わたしにそんなものはなかった。

「そうだ」リアムは言った。「家だよ」彼はわたしの唇にはりついた髪の毛を優しく払いのけた。彼にしかできないこうした何気ない仕草が、わたしは彼にとって特別だと思わせてくれる。「ついでに言っておくが」彼は付け加えた。「きみがいるところならどこでも、そこがぼくの家だ」

葬儀で枯れ果てたと思っていた涙が、またこみあげてくる。「愛してる、リアム・ストーン」

「ぼくもだよ。きみはこの命より大切だ。さあ、雨で凍えないうちに帰ろう」

わたしは頷き、彼に促されるままに棺に背を向けた。もう一度目を向けたら、きっと完全に泣き崩れてしまうだろう。リアムはわたしのレインコートのフードを引きあげ、テラーがわたしに傘を差しかけてくれた。テントの外に一歩踏みだすと、冷たい雨が打ち付けたけれど、この場所をあとにしたら本当にすべてが終わってしまうような気がして、わたしはゆっくりと歩いていた。

レンタカーの黒いセダンのところまで行くと、リアムが後ろのドアを開けて、わたしを先に乗せた。続いて彼が乗り込み、テラーがドアを閉じてできた空間は、なぜか狭く感じられた。わたしはフードをはずし、濡れたコートを脱いだ。リアムも同じようにした。脱いだコートをドアの前に押しやり、わたしたちは座席の中央で寄り添った。リアムのほうを向くと、黒髪が濡れている。手を伸ばして彼のきれいに整えられた顎鬚についた水滴を払った。「びしょ濡れね」

彼がわたしの手に手を重ねる。まるできみをしっかりつかまえてけっして放さないと言われているような感じがして嬉しかった。「二人で乗り越えよう」

やだな、もう。しっかりしなきゃと思っているのに、また涙がこぼれてくる。でもリアムはこうしてそばにいて、わたしの身体に腕を回し、彼の温かい繭(まゆ)で包み込む、ささやかだけれどすごくじんとくるやり方でわたしを救ってくれる。わたしはその胸にもたれかかり、黒いスーツのジャケットの中に手を滑り込ませた。もう爆発する感情に抗うのはやめた。リアムはそれをわかってくれて、わたしを抱きしめ、絶妙なタイミングで囁きかけながら、この新たな嵐を一緒に乗り切ってくれた。彼は普段他の人たちに見せている顔とは違って、こんなふうにわたしに何が必要かを細やかに察してくれる。表向きはおれ様キャラでパワフルだけれど、わたしに対して猛牛のように突進するのが効果的ではないのを見極める繊細さを持っている。

雪崩のように襲いつづけていた感情がようやく胸の中の鈍い痛みに変わり、頰を流れていた涙も止まった。手をリアムの心臓にあてて、その安定した鼓動を感じていると、擦り切れた神経も落ち着いてくる。車はすでに動いていたが、いつ走りだしたのかは気づかなかった。時間が止まったようだった。あらゆる意味で永遠に止まっているかに思えたが、かといって思考は静かではない。ハンプトンズの隠れ家でチャドと最後に別れたときの一秒一秒を、頭の中で再現していた。

兄をハグしたときの感触を百回ほど再生したところで、車が停まった。そこは闇に包まれた滑走路で、プライベートジェットがわたしたちを待っていた。わたしの感覚よりも遅い時間なのだろうかと思いリアムのロレックスに目をやると、まだ夕方の五時だった。テラーが傘をさしかけながらドアを開けてくれる。車の外は土砂降りの雨。

リアムが傘を受けとり、わたしが濡れないよう気遣ってくれるけれど、雨に濡れることなど、葬儀の惨い衝撃に比べたら何でもなかった。わたしたちは急いで階段をのぼり、ジェット機の調理室（ギャレー）に濡れたレインコートと傘を置いた。リアムはパイロットと話すためにコックピットへ行き、わたしはキャビン前方の革のソファの横を通りすぎた。今朝ここに来たときのフライトと同様に、今夜もこのエリアはテラーの専用席。わたしは後ろの静かな席のほうがいい。

　左手のソファは無視し、行きのフライトと同じ右手の窓際の席に座った。シートベルトを締めていたところにリアムがやってきて、客席の前方とを隔てるカーテンを閉めた。彼は無言でわたしの隣に腰を下ろし、確固とした目的があるかのように、シートの下に置いたブリーフケースからノートパソコンを取り出した。

「何しているの？」肘掛けからテーブルを引き出してパソコンの電源を入れ、キーボードを叩いてスカイプのチャットの最初の画面を呼び出している彼に、わたしは訊いた。

「チャドにかけてる」

　わたしはノートパソコンを閉じた。「いいの。今は話したくない」

　彼は力を入れた顎に決意をにじませてわたしを見た。

「きみに必要なのは——」

「あなたよ」わたしは囁いた。「今、わたしに必要なのはあなた」

彼は優しい眼差しになり、ノートパソコンをシートの下に置いた。そしてテーブルをたたんで肘掛けの中に収納すると、わたしの前に片膝をついた。「きみはまるで彼が本当に死んでしまったかのように悲しんでいるが、ちゃんと生きてるじゃないか、エイミー」

「でももういない」

「いなくなったわけじゃない」

「この六年間いなかったわけじゃないのと同じ？」わたしはついむきになった。「わたしたちが関わってしまったものの重大さはわかっているわ、リアム。あのシリンダーは、奇跡であると同時に厄災だって。消しゴムほどの大きさなのに、全世界の需要を満たすクリーンエネルギーを供給できるけど、その一方で、経済を崩壊させ独裁者を生みだす危険もはらんでる。他に呼びようがないわよね」

「だからこそチャドは、それが彼とともに消えたと思わせた」

「だから兄は、わたしたちをふたたび危険にさらさないよう、二度と会わないつもりよ。わたしはあなたのこともわかってるわ、リアム・ストーン。あなたは黙ってそれを許す人じゃない。ただ……兄がわたしたちにこの爆弾を落としてからの七十二時間、あまりにもいろんなことがあったから……。ここまでする必要はないじゃない。兄がつくった〈信頼の輪〉だけでもわたしたちを守れるはず。十二人の人が、シリンダーの場所の地図の十二分の一と、それを一つにする〝トリガー〟を持っている。わたしたちも〈サークル〉に関して助言はしたけど、兄が誰を選んだのかはわからないのよ、リアム。チャドは偽名を使って接触すると言っていた。今にして思えば、すべてはこの日のための準備だったのね」

リアムの唇が悲し気に微笑む。「三日前、彼からこの爆弾をきみに渡してくれと頼まれたとき、ぼくも同じ質問をした」

「それで兄はなんて？」

「安全だと言うには、ぼくたちと彼を結び付けて考える人間が多すぎると」彼は言った。「だからそうした人々に、彼はぼくたちには秘密を明かさず死んだと思わせる必要があるんだと」

「両親を殺して何年間もわたしたちを追っていたやつらは、全員刑務所にいるわ」

「シリンダーを見つけるためにチャドを雇った連中は、確かに塀の中だ。だがジャレッドとメグは姿を消したまま、行方がつかめていない」

兄は信頼していた人間にことごとく裏切られた。それを思うとわたしがリアムにいだいている信頼がなおさらかけがえのないものに感じられる。「ジャレッドはわたしたちが未完成の試作品(プロトタイプ)を渡した中国人に捕まったはずよ」

「ひょっとしたら、ぼくらの秘密を明かすのと引き換えに、解放してもらっているかもしれない。ぼくたちを裏切った男だ。何するかわかったものじゃない」

「あの人はわたしたちの秘密なんて知らないわ」

「エイミー、連中はそれを知らないんだ。肝心なのは、さっき言ったとおり、彼とぼくらを結び付けて考える人がいまだ大勢いて、チャドが安全ではないと感じていたってことだ。チャドの目的は、そうした人々に、ぼくたちを叩いたところで何の情報も出てこないと思わせることなんだ」

リアムの言葉に、わたしは兄に裏切られたような痛烈なショックを覚え、それを正面から受け止めるしかなくなった。「チャドは〈サークル〉を思いついたときからそれがわかっていたんだから、最初からこの死を計画していたということよね」

「そういうことになるな」

「打ち明けてくれたってよかったのに」

「ぼくもそう言った」

「そうしたら兄はなんと弁解した？　それとも弁解もせずに開き直った？」

「きみに反対されるのが辛かったんだろう」リアムが沈痛な面持ちで言った。

わたしは首を振った。「反対するにきまってるじゃない。だって馬鹿みたいじゃない？　チャドがわたしの人生とは関わるまいと思っているのなら、なぜわたしは自分の人生に兄を取り戻すために、これほど必死になっているの？」

「エイミー」リアムがなだめるように言う。「辛いのはわかるよ。だが前回とは違う。彼は六年前のように死を偽装して、きみにまで死んだと思わせたわけじゃない」

「それはそんなことをしても、兄がそうするのを予測して、わたしが探しつづけるからよ。チャドだって馬鹿じゃないわ、リアム。きっとわかっていたのよ。わたしをおとなしくじっとさせておくにはこれしかないって」

彼の表情が曇る。違うと否定してほしかったけれど、そう言ってはくれなかった。

「いなくなったわけじゃない」リアムは代わりに言った。「電話をかけてごらん。声を聞けば、これが過去の繰り返しではないと思えるだろう」

「今、かけて兄が出なかったら、もう二度と会ったり話したりできないのかって、フライトの間ずっと心配しなきゃならなくなる。もし出たとしても、チャドになんて言ったらいいのかわからない」

「感じるままを言えばいい」

「そうね。だとすると当然、思い切り食ってかかることになるでしょうね」

「食ってかかるくらいは許容範囲だろう」エンジン音がひときわ大きくなり、機体が動きはじめた。リアムはわたしが無意識のうちに握りしめていた手を挙げ、わたしの手にキスをした。「パイロットは、離陸はかなり揺れるだろうと言っていた。シートベルトを締めたほうがいい」

わたしは頷き、このままずっと握っていたいという気持ちをこらえて、彼の手を放した。心のどこかに不安があった。みんなわたしの人生から去っていってしまったように、彼も消えてしまうのではないかと。その考えに身体の芯まで揺さぶられ、あのおぞましい棺の光景が頭に浮かんだ。あれがチャドの未来になることも十分考えられる。そしてわたしは、それを知らされることすらないかもしれない。シートベルトを締めながらそう思い、なおさら動揺した。すでに隣の席に座っているリアムが、わたしが震えているのに気づいたのか、手を伸ばしてシートベルトのバックルをはめてくれてから、わたしの手を握った。「気を楽にして」

わたしはごくりと喉を鳴らした。「わかってる……ただ、大変な一日だったから」

「そうだな。マーフィー先生に言われただろう？　こんなときはゆっくり深呼吸するといいって」

わたしは息を大きく吸ってから吐き出し、なんとか気持ちを落ち着けようとした。

「そうね、深呼吸しなくちゃ。もうだいじょうぶ」

「ぼくがいる。どこにも行かない。きみのそばにいるよ」

胸がいっぱいになる。「わたしも、あなたのそばを離れない」リアムはどんなにおれ様気質で支配的でも、彼自身傷や喪失感を抱えながら生きてきた。だからわたしの傷や喪失感も理解して、互いにそれを埋め合うように寄り添ってくれる。

彼は温かな眼差しでわたしを包みながら顔を寄せてきて、長い指でわたしの顎を包んだ。「ぼくたちにはお互いがいる」彼はそう言って、唇をそっと触れ合わせ、少しの間そのままでいた。離れたとき、わたしたちの間には電流のような刺激と優しい温もりが生まれ、痛みの一部をとり去ってくれた。と思った瞬間、無粋な飛行機は突然がくっと揺れて、わたしたちは現実に引き戻された。リアムは急いで座席に体重を戻さなければならなかった。

わたしたちの間の小さな隙間が、なぜかとてつもなく大きなものに感じられる。そう、わたしの恐怖の象徴、ゴジラが間に立ちはだかっているかのようだ。リアムに手を伸ばして引き戻し、その強さと穏やかさに包まれて悩みを忘れたくても、機体は前後に揺れつづけ、どうしても動けない。とは言え、離陸時に立てつづけに発生した大小の振動も、わたしの内なる不安に比べたら何でもなかった。揺れは数分間続き、おさまったと思うと、今度は窓の外に稲妻が走り、飛行機に落ちたように見えた。命が脅かされそうな状況でも、わたしは妙に冷静で、一つのことを考えていた。こうして一緒にいるかぎり、わたしたちは死なない。なぜってわたしは死なないもの。死ぬのはわたしの周りの人たちだけ。

わたしの心の声が聞こえたかのように、リアムはわたしのシートベルトをはずして立たせ、代わりにわたしの座席に腰を下ろすと、わたしを膝の上に座らせた。わたしが彼から逃げたあげく見つかった晩にしたように。わたしは彼にもたれ、男っぽい濃密な匂いを吸い込みながらその肩に頭を乗せた。興奮を誘うかと思えば、今みたいなときには心を落ち着かせてくれる独特な香りだ。あの晩考えていたことがふと蘇る。もしわたしの人生が一編の物語だったら、わたしはリアムを信じるわたしのことを、読者は愚かだと思うだろうか？　そして今、わたしはまた考えていた。彼のもとに留まり、彼の人生をこんなふうに変えてしまったわたしを、読者は身勝手だと思うだろうかと。

「エイミー」

リアムの低く豊かな声に起こされ、瞬きして彼を見ると、彼はわたしの前にひざまずいていた。頭がぼうっとしていたが、すぐに自分が深い眠りから覚めたところだと気づいて驚いた。フライトの途中で、リアムはわたしを、座席の向かいにあるソファに寝かせてくれたようだ。毛布がかけられ、頭の下には枕もあてがわれている。「どれくらい眠っていたの？」

「フライトの間ずっと。もうすぐ着陸だ」

わたしは重い頭を上げて身を起こし、伸びをした。彼はスーツの上着を脱ぎ、ネクタイをゆるめ、シャツのボタンもいくつかはずしている「あなたも眠れた？」

「家に帰ったら寝るよ」彼は言い、わたしを座席に座らせた。わたしたちはシートベルトを締めた。飛行機はすでに着陸態勢に入っているようだ。

リアムが目を合わせようとせず、なんとなく身をこわばらせているようすなのを見て、わたしは眉をひそめた。「疲れているんじゃない？　葬儀のためにハンプトンズからテキサスへ出発したのは夜明けだったもの」

彼が応える前に、飛行機が滑走路に着地し、轟音で会話が難しくなった。ようやく音がやんだと思ったら、彼の電話が鳴りだした。その音はまるで、わたしの身体の中で鳴り響くアラームのように感じられた。瞬時にして全神経が病的なまで研ぎ澄まされる。わたしは息を詰め、彼がポケットから電話を取り出すのを見守った。かけてきたのがチャドだったら、兄と話さなければならない。同時に、もし兄でなかったらどうしようと心配していた。リアムは発信者番号をちらりと見て、顔をしかめながら通話ボタンを押した。「同じ飛行機の中にいるのになんで電話なんかかけてくるんだ、テラー？」

わたしは息を吐きだした。がっかりすると同時にほっとして、ついでにチャドに腹を立てていた。そのあげく、そんな自分にも腹が立った。わたしを人生から切り離そうとしてる兄貴のことを、なんでこんなに心配したりしてるのよ？

「ああ」リアムは電話に言いながら、わたしのほうに面白がっているような眼差しを向けた。さっきまでの妙な緊張感は嘘のように消えている。「起きているしちゃんと服も着ている。そんなことを訊いて、エイミーの逆鱗に触れる覚悟はできてるんだろうな」

「そうよ」わたしは渋い顔をして言った。「それにあなたもよ、リアム・ストーン、そんなふうに笑うなんて」

リアムはまるで気にせずに笑い声をたてながら電話を切ってわたしの頬にキスした。「車の手配をチェックしてくるよ」彼はそう言うと、シートベルトを外し、さっさとカーテンの向こう側に消えた。まるで逃げ出そうとしているような感じだ。でも何から？　わたし？　それとも、わたしに何か隠し事をしているの？　まさか。チャドのこと？　わたしが心の中で兄を責めてるうちに、チャドの身に本当に何か起きてしまったの？

わたしはシートベルトのバックルを外し、弾かれたように立ち上がると、急いでカーテンを突っ切った。その向こうではリアムとテラーが額を突き合わせて何やら話し込んでいる。

「リアム」わたしが言うと、二人揃って視線を向けた。「何かあったの？」彼はテラーから離れ、わたしのほうへ通路を歩いてくる。「チャドは無事？」目の前に来たリアムの胸に手を置き、尋ねた。

「チャドとは話していないよ」彼は答えた。「きみも話したくないと言っていたじゃないか。なんなら今からかけてみてもいいけど」彼は電話に手を伸ばす。

「いいえ」わたしは彼の腕をつかんだ。「今はいいわ」彼の表情は読めなかった。「何を私に隠してるの、リアム・ストーン？」

彼はわたしの顔を両手で包んだ。「心配することは何もない。むしろその逆だ。実は――いや、まあ、今のきみに明るい気分になれと言っても難しいだろうが」

「いったい何の話?」

「きみはもう隠れる必要はないんだ、エイミー。隠れ家は必要ない。テラーが荷物をぜんぶ家に運ぶように手配してくれた、それに――」

「ねえ、チャドにあんな爆弾を落とされて、もう驚かされるのはまっぴらって気分なの。テキサスを飛び立つ前に、行き先はハンプトンズじゃなくてニューヨークだって教えてくれてもよかったんじゃない?」彼の上着の襟をつかんだ。「わたし、まだ準備ができていないのよ、リアム。わたしたち、まだ準備ができていないもの。安全だっていう確信がなきゃ」

「安全を確信していなかったら、ここには来てないよ。それにいつまでも隠れていたら、何か秘密があるんじゃないかと疑われる」

「チャドがバックパックの中に耐火フォルダーを入れていたなんて、不自然だと思わない?」

「そんなことはないさ、ぼくらには警察が言わなかったこともわかっているからね。彼はその中に、シリンダーの失敗版のデータを仕込んでおいた」

「つまり、今後も誰かが情報を聞き出そうとしてわたしたちのところにやってくるということよ」

「もちろんそうだ――だからこそ何か隠しているはずだと疑われるような素振りをしてはいけないんだ。もうそろそろ日の当たるところへ出るころだよ」

わたしは目を伏せた。悔しさと怒りに身を切り裂かれるように感じるけれど、それが何に対するものなのかもよくわからなかった。チャドに？　それとも過去に？　どうしても……わからない。「一日ではとても消化しきれないわ」

「怖いだろうな。これまでの六年を考えると無理もない。確かにこれまでは隠れていなければならなかったが、もうその理由はなくなったんだよ」わたしが無反応だったので、彼は言葉を切った。「ぼくを見るんだ、エイミー」一つ深呼吸して目を上げた。彼は囁くように言う。「一緒に本物の人生を始めよう」

わたしは彼のジャケットをつかんでいた手を離した。「わたしだってそうしたい。わかっているでしょ？　でも終わったと信じられないの。逃げること、隠れること、いつも後ろを振り返ってびくびくしてること――そういう生き方しか知らなかったのよ。永遠にも思えるくらい長い間ずっと」

「ぼくがもっとたくさんの生き方を教えてあげるよ。約束だ」

「車が来たぞ！」テラーが呼ぶ。

リアムは眉を上げてわたしの顔を覗き込む。「家へ帰ろうか？」

「家」繰り返してはみたけれど、その言葉は不思議な舌触りだった。

「そう」彼はわたしの髪を撫でた。「家だ。だけどこれも覚えていてほしい。ぼくらはどこでもきみの好きな土地で暮らすことができる。ご両親の家の跡地にあるレストランを買って建てなおしてもいい」

「あなたにはジャスミン・ハイツのような小さな町は住みにくいわ。それに、あの辛い記憶とはさよならしたいの」

「エジプトやメキシコのピラミッドを見て回ってもいい。なんならテント生活だってかまわない。大事なのは、ぼくたちが一緒にいれば、そこが〝家〟だということだ」

自由な暮らし。リアムと二人で選ぶ住まい。そうした考えが、現実離れしたものに思えた。小さなアパートメントに独りぼっちで隠れ住んでいた年月を考えれば……。

「わたしはマンハッタンのあなたの家が好きよ。あの街が好きなの。六年間暮らしたから慣れているし、なんだかしっくりくるの。そこで暮らしましょう」

「マンハッタンのぼくの家じゃない。ぼくたちの家だ。ぼくたちの家だ」わたしが頷くと、彼は首を振った。「それじゃだめだ。言ってごらん。ぼくたちの家。ぼくたちの家」

力説する彼を見て、胸がきゅっと締め付けられた。「わたしたちの家」繰り返す。

「わたしたちの家(うち)」

リアムは微笑み、わたしの額にキスすると、ふたたび席に連れていって荷物を回収した。リアムに安全だと言われても、ニューヨークに戻る不安を払拭できないまま、わたしは出口に向かった。途中でコートを手に取り、テラーの後に付いていく。そしてすぐ後ろにリアムの存在を感じながら、飛行機の階段をおりた。そこがプライベート格納庫の中だと気づき、ほっとした。おかげで現実世界への復帰まで、もうしばらく心の準備をすることができる。舗装面に降り立つと、開いたドアから吹き込む十二月の冷たい風を感じながら上着をはおり、今日という日の寒々しい時間が早く終わってくれるようにと願った。

わたしが足早に待っている車に近づくと、リアムも急いでわたしを追い越し、助手席のドアを開けてくれた。それがレンタカーではなく彼のベントレーだと気づいたとき、慣れ親しんだ車に、安心感と安らぎを覚えた。

リアムが問いかけるように眉を上げたのを見て、自分がにやにやしながらつっ立っているのに気づいた。ついさっきまで惨めな気分だったのに。「そんなにこの車が好きなのかい？」彼が訊いた。

あなたが好きなのよ——心の中で言った「あなたにぴったり」

リアムはわたしを抱きよせ、身体をぴったりと押し付ける。「ぼくにぴったりなのはきみだ」彼は身をかがめて、付け加えた。「二人きりになったら、証明してみせるよ」

親密でエロティックな約束に、苛立ちでピリピリしていたわたしの神経は、一転して期待に震えはじめる。リアムを求めるあまり全身が敏感になっていたので、彼がふざけてお尻を叩いたとき、服の布地越しにもかかわらず、思わず声をあげてしまった。

わたしは頬を火照らせ、苦笑いしながら車に乗り込むと、ちらっと左側を見た。テラーはこの車をここまで運んできた運転手と話していて、わたしたちのやりとりは見ていないようだ。リアムが続いて乗り込んできて、たまらなくセクシーな唇から低い笑い声を漏らした。その声を聞き、彼がたった今叩いた場所が余計に疼いてくる。リアムがドアを閉めるとすぐにテラーが車に乗り込んできた。わたしはお尻をぶたれたことに加えて機内でのテラーの冗談のことも思い出し、ここはいったん頭を冷やさなければと考えた。コートを脱ぎ、リアムと距離を保つことにした。少なくとも、そうするつもりだった。

「手伝おう」リアムは言い、わたしの考えが甘かったことを証明した。リアム・ストーンはいかなる理由であれ、問題から注意をそらされるような人間ではない。そして彼の当面の問題は、わたしが彼以外の何かに気をとられることだ。リアムはわたしのコートを脱がせるだけにとどまらなかった。その手はいつまでもわたしの腕の上にあった。熟練した誘惑の愛撫に対して、ドレスの薄い生地などなんの防御にもならない。わたしは背筋に甘い戦慄が走るのを感じた。けれどそれよりもっと強烈だったのは、髪に差し入れられた彼の指がうなじを撫でたことだ。わたしの乳首はいとも簡単にそれに反応し、硬くなる。わたしたちがいちゃいちゃしているのをテラーに気づかれるかどうかなど、気にするどころではなくなった。リアムに触れられるたび、二人きりになったら、わたしがどれほど彼に〝ぴったり〟かを証明するという彼の約束が思い出されてしまうのに、他のことを気にする余裕などあるわけがない。リアムはわたしをいつものあの場所へ誘ってくれると約束しているのだ。快感は絶対に揺るぎなく、危険など兄の死と同様に幻にすぎない、あの場所に……。わたしは今度こそ、永遠にそこに留まることを願っていた。

第二章　安全

リアムが彼のコートを脱ぎ、テラーがギアをドライブに入れる。わたしは大きく息を吸い込むと、リアムから密かに十数センチ離れて、彼の巧みな誘惑から逃れ、冷静さを取り戻そうとした。当然リアムのほうにはわたしに体勢を立て直す時間など与えるつもりはなく、我が物顔でわたしの膝に手を置くと、ふたたび彼のほうに引き寄せ、二人の四肢が絡まるような姿勢をとらせた。彼の才能豊かな長い指に太腿の内側を撫でられて、もう少しで声を漏らしそうになり、とっさにリアムの手を握って口走った

「マーフィー先生も、もう隠れなくてよくなるの？」

「来週にはね」リアムは言った。口元に愉快そうな笑みを浮かべているのは、彼の気を逸らそうというわたしの手口などお見通しだということだ。「ぼくらとタイミングが同じだと、目立ってしまうからな」

テラーが嘲るように鼻を鳴らしながらハンドルを切り、滑走路のような場所に車を

走らせる。「早く帰りたがっているってわけじゃなさそうだ。ココと二人、コスタリカで贅沢な暮らしを満喫しているよ」

ココというニックネームで呼ばれているサマンサは、わたしたちがハンプトンズの隠れ家に無事移動できるよう力を貸してくれた女性ボディガードで、その後わたしたちの恩人であるマーフィー医師を護衛してもらうため、再度リアムが雇っている。ココとテラーはどうやら曰く付きの関係らしいと睨んでいるけれど、彼はあまり話そうとしない。「ココもマーフィー先生と一緒に戻ってくるんでしょう?」

バックミラー越しにテラーと目が合った。「あと一週間マーフィー先生の警護をして、そのあとはここニューヨークで別の警備を請け負う話が来てるそうだよ」

「つまり戻ってくるのね。よかった。あなたたち二人、相性がよさそうだもの」

「喧嘩相手としては最高だがね」テラーが訂正した。

「何か問題でも?」わたしはからかった。「美人で、しかもあなたのお尻に蹴りを食らわせられるから怖いのかしら?」

リアムがくすくす笑いながら指をさらに上に滑らせる。わたしは彼のほうに身を寄せ、囁き声で警告した。「お行儀よくしないと、お尻に蹴りを食らわせるわよ」

「かまわないよ。それも楽しそうだ」

うだ。

「サマンサに蹴りを食らわされるなんて、ありえないよ」テラーはわたしのからかいを真に受け、苛立った声で答える。リアムとわたしのやりとりには気づいていないようだ。

「どうやら実際に蹴りを食らわされた経験があるらしい」リアムが皮肉っぽく言った。

「わたしもそう思う」笑いながらちらりと車窓を見ると、車は渋滞した高速道路に入るところだった。故郷であるテキサスから遠く離れているというのに、やかましいクラクションやあわや衝突しそうな車に囲まれながら、妙に気持ちが落ち着いた。まあ考えてみれば、テキサスはわたしの愛する人々を奪ったけれど、ニューヨークはわたしとリアムを巡り合わせ、チャドとも再会させてくれた。

わたしは車窓を流れる車やビル群を眺め、リアムとテラーが軽口をたたき合うのを聞きながら、二人の活気がわたしの心を元気づけてくれるのを感じていた。すでにわたしの人生の一部になったこの男たちを、彼ら独自のやり方を、いつの間にか心地よく感じている。数カ月前には想像もしなかったことだ。わたしたちが隠れ家としていたハンプトンズの別荘でも、安心感に包まれ、幸せすら感じながら、彼らとともにずっと暮らしつづけることもできただろう。わたしは隠れることに慣れている——必要に迫られそれを受け入れ、それにすがってきた。けれどもちろんそれは、わたし自身心から望んでいたことではなく、ましてやリアムやテラーまで巻き込みたいことでもない。

車はマンハッタンの奥深くへ進んできて、〈メイシーズ〉の前を通りかかった。百貨店の正面の幅いっぱいにライトで描かれた巨大なクリスマスツリーを見て、思わず微笑んだ。ここ数年クリスマスの季節と言えば、希望もわくわく感もなく、胸の痛みと孤独しか感じられなかったけれど、今年は興奮が湧き上がってくる。「クリスマスはどうするの、テラー？」

「例年は家族大勢で集まる」彼が答えた。「でも今年は両親がパリに家族旅行しようと言い出して、おれは遠慮することにしたよ」

「楽しそうなのに」わたしは家族と何度も行った外国旅行のことを、懐かしさと悲しさの入り混じった気持ちで思い出していた。「行かないの？」

「妹の一人と一緒に留守番する。そいつはひどい失恋をしたばかりなんだ。パリに行けば家族がこぞって自分を金持ちのフランス男とくっつけようとするのが目に見えているから、それを避けようってことらしい。確かに、うちの女きょうだいはそれくらいのことはやりかねない。母親もね」

「妹さんは何歳？」

「三十」

「仕事は何をしているの？」

「弁護士。恐ろしく頭がキレるしとびきりの美人だが、おれがそう言っていたなんて、本人には言わないでくれよ」

「典型的な兄妹愛ね」勝手に結論づけつつ、いかにもチャドがぶっきらぼうに言いそうな言葉だと思った。その瞬間、胸を痛みが刺すのを感じたけれど、それには気づかないふりをした。「デレクにぴったりなんじゃないかしら」

「だめだ」リアムとテラーが同時に言った。

「紹介しようなんて思うなよ」リアムが念を押す。

突然降って湧いたアイディアにすっかり魅了され、笑いながらかまわず話を続けた。

「妹さんの名前はなんていうの、テラー？」

「ケリー」

テラーが答えたあと、リアムが言う。「ケリーをデレクと引き合わせたりするのはナシだからな」

「もちろんしないわよ」わたしは笑みを押し殺しつつ言った。

リアムは不機嫌に唸る。顎鬚としかめ面が通りすぎる街灯に照らされ、海賊のように見えた。わたしは彼をからかうのを楽しんでいた。テラーに質問を続け、彼のかなり個性豊かな家族についてのこまごまとした話を聞きだした。そうした些細な話を聞いているうち、両親がかつてわたしに夢見させてくれた、色彩に富む生き生きとした人生を、今あらためて望む気持ちがこみ上げてきた。リアムとともにそういう人生を歩むことも可能なのだ。もし本当に過去から逃げられたなら……。

車がハドソン川沿いに建つリアムの現代的なガラス張りの邸宅に近づき、煉瓦の壁に挟まれた鋼鉄製の扉の前で停まったとき、どれほど多くの人々がここにわたしたちを探しにくるだろうかと思い、胸がどきどきしてきた。それでもテラーがセキュリティパネルに暗証番号を打ち込むのを見て、わたしたちは安全だと再確認した。隣には多くの住宅と店舗を擁する高層ビルが建っているが、そこもリアムが所有しているため、その警備員も全員が彼の部下ということになる。

カメラにモニターされながらわたしたちが門をくぐったあと、門扉はふたたび閉まり、車は石畳の私道に入った。ふたたび隠れなければならない事態になる前、ここで一カ月半暮らした経験から、アラーム装置やカメラ、人感センサーといった機器が入念に設置され、厳重な警備がなされているのは知っている。ガレージに車を入れるためにまた別の暗証番号を入れると、ドアが上がると同時に照明が点いた。ガレージのドアさえ閉まり、密室状態になれば、ここを離れるまでわたしたちは安全。そしてその後は……。

リアムがわたしの手にキスをする。「中にクリスマスのサプライズを用意しておいたよ」

わたしが不安にならないよう気を紛らせようとしてくれたなら、それは功を奏したようだ。〈メイシーズ〉のクリスマスデコレーションを見たときの興奮が戻ってきた。

「そうなの？　どんなサプライズ？」

「言ったらサプライズにならない」

思わず口元が緩む。「そう言われたら余計気になっちゃう」

「少しの辛抱だ」彼はわたしの手を放して、家のほうを指した。「行って見てごらん」

「どこにあるの？」

今度は彼の口元が緩む番だ。「入ったらすぐわかるよ」

わたしは満面の笑みを浮かべた。「もう、降参よ。待ちきれないわ」車を降りながら、何が待っているのか知りたくてうずうずしていた。まるでクリスマスの朝の子供のように気が急いて、暗証番号を二度も間違えたのち、ドアはようやくブザー音とともに開いた。

中に一歩入ると、心地よい暖かさと、リアムに似合いのスパイシーな男っぽい香りに迎えられた。背後で、二人のうちどちらかが照明のスイッチを入れてくれた。わたしはスタッコ塗りの短い階段を駆け上がった。正面玄関の前までやってきて、思わず息を呑んだ。ピラミッド型の天井から下がるガラス製シャンデリアの下に、巨大なツリーが設置され、その周りに少なくとも十個の箱が無造作に置かれている。この思いがけない歓びに、わたしは唖然とした。ほんの数週間前、リアムから、幼少期以来一度もツリーを飾ったことがないと聞かされていたからだ。まったくもう、こんなことされたら、また涙が出ちゃうじゃないの。彼がこのサプライズで何を伝えようとしているのかはわかっている。ここがわたしたちの家(うち)なのだ、と。そしてここでわたしたちの伝統を、新たな生活を、築いていくのだと。

「じゃあまたな、エイミー!」テラーの声がして、ガレージのドアが閉まる音が聞こえた。隣の建物内の彼のアパートメントに帰っていったのだろう。六週間前、リアムとともにハンプトンズの隠れ家に移って以来、二人きりになるのはこれが初めてだ。自分でも馬鹿みたいに思えるほど緊張し、気持ちが昂っている。

足音が響き、リアムが近づいてくる気配を感じて素肌がぞくぞくする。彼に触れられるたびに感じる衝撃を待ちながら目を伏せた。リアムの両手が肩に置かれた瞬間、素肌への刺激は百倍にも増幅した。

「何を考えているんだい?」ベルベットのように滑らかで深い声は、わたしの密やかな部分を撫でると同時に、それ以上に強くわたしの心を揺さぶる。

彼の腕の中で向きを変え、その首の後ろで指を組み合わせた。「すごく気に入ったわ」わたしは彼が亡くした母親のことを、そして今は刑務所にいる彼のアルコール依存症の父親のことを思った。「これがあなたにとって辛いことじゃないといいんだけど」

「クリスマスを嫌っていたのはアレックスで、ぼくじゃない。彼は交通事故で家族が亡くなったことから完全に立ち直ることができなかった」

彼はアレックスについては話してくれる。でもけっして母親の話はしない。彼女を失くした痛みは、心のずっと奥底にしまいこまれているのだろう。「アレックスはクリスマスには旅行をするのが常だったと言っていたわね」

彼は短く頷いた。「休暇中にぼくと一緒に旅行することで、どうにか正気を保てると言っていた。彼が亡くなってからも、クリスマスに家にいることはほとんどなかったな。いつも仕事で飛び回っていた」

なぜなら彼は独りぼっちだったから。この六年間、わたしがそうだったように。

彼は箱を指さした。「どんな飾りにしたいのかわからなかったから、色々と少しずつ注文しておいたよ。だけど明日になったら、きみが本当に欲しいものを買いに行こう。なんなら、ツリー自体を交換しても——」

わたしはつま先立ちをし、彼にキスした。「このままで完璧。それにこれは特別だもの。あなたがいつもわたしにそう感じさせてくれるように」

彼は片手でわたしの頭を支えた。「ぼくにとってきみがどんな存在かを表現するには、〝特別〟なんて言葉じゃ到底足りない」リアムが屈んでキスしようとしたそのとき、彼の携帯電話が鳴り、二人ともびくっとして離れた。わたしはなぜか急に寒気がして、自分の身体を抱くようにして、リアムを見守った。彼はポケットから電話を取り出し、発信者IDを見ている。

彼は不満そうに唇を引き結び、「切」のボタンを押した。「デレクだった」彼は言った。「たぶんこれからここに来て、マンハッタンにお帰りと言うつもりなんだろうが、そうはいかない」彼はわたしのほうを見た。「その前に、きみが彼と誰かをくっつけようとしているって、警告しなきゃいけないしな」そのジョークにも笑えなかった。部屋の雰囲気もぎこちなく感じられるなか、彼は電話をポケットに戻した。

わたしは不安に胃が締め付けられるようだった。飛行機の中で彼に感じていた違和感の正体がこれでわかった。隣に寄り添い腕を絡ませる。「ずっとチャドと連絡を取ろうとしていたのに、取れなかったのね」

　リアムは両手でわたしの肩をつかむ。期待していた否定の言葉は聞くことができなかった。「たいした問題じゃない」

「だったらなぜ心配しているの？」

「きみが気にするとわかっているからだよ」

「兄とは話したくないって言ってたでしょ」

「それは、もう彼と話せないんじゃないかと恐れてるからなんだろう？　チャドがもう電話に出ないんじゃないかと不安なんだ」

「だからあなたは電話をかけた。そしてわたしの思ったとおり、兄は出なかった。出るとでも思っていたの、リアム？」

「彼との話では、当然出るだろうと思えたからね」

「兄の六年の態度を見れば、当然出ないだろうとわかっていたわ」

　リアムの携帯がふたたび鳴りだした。彼は発信者ＩＤを確認すると、すぐにわたしのほうを見た。「チャドだ」

　彼は電話に出てから、わたしの耳に押しつけた。兄の声が聞こえた。「エイミーはだいじょうぶか?」

　その声にわたしの全身の神経が逆立った。「わたし今日、お兄ちゃんを埋めてきたのよ」食ってかかるように言いながら、ツリーの陰に回り、リアムに背中を向けた。

「どうしたらだいじょうぶだろうなんて思えるの?」

「エイミー!」

　その声にはショックと罪悪感が感じられた。「そうよ、エイミーよ」わたしは言って、箱の一つに腰掛けた。「お兄ちゃんは、何週間も前からこれを計画していて、わたしたちには言わなかった」

「これ以外に方法がなかったんだ」

　わたしは乾いた笑い声を立てた。「そう。じゃあ、次の家族のバーベキューで会えるのね」

「おれはここにいる。どこにも行かない」

「わたしを見守ってるって言いたいんでしょうけど」わたしは言った。「それだけじゃだめなの」

「前回とは違う。会おうと思えば会えるんだ」

「いつ?」わたしは訊いた。

「おれとシリンダーにまつわる騒動がおさまり次第」

わたしの顎がこわばる。「答えになっていない」

「今言えるのはそれだけだ」

「つまり、また六年後ってことでしょ」

「そうじゃない」兄は苛立った声で言った。「エイミー、おれだっておまえを独りにしておきたくなかった。おまえが独りぼっちなのにそばにいてやれないのはたまらなく辛かった」

怒りの言葉が喉元まで出かかっていた。でもわたしはこれまでの人生で、今日の偽の葬儀が明日本物になることは十分ありうると学んだ。だからその言葉をぐっと呑み込んだ。

「おれは当面死ぬ予定はない。生きる理由がたくさんある。おまえと同じようにね。おまえたちはいつ結婚するんだ？」

「まだその話は出ていないの」言葉を濁したのは、不安に思うべきではないのに、実際には不安だったからだ。

「これが片づくまで結婚しないとおまえが言ったからだろう」

思わず言い返した。「当然でしょ？」

「もう終わったんだ、エイミー。あいつと結婚してやれ」

「まだ兄の葬式を出したばかりですので、終わったと思えるまで、少なくとも一日、二日は必要なのよ」チャドは六年間分の不安がそんな簡単に片づくとでも思っているの？　ましてやリアムがこれに巻き込まれたのはわたしのせいだっていうのに。苛立ちのあまり、つい突っぱねるような口調になった。

「六年間、地獄で過ごさなきゃならなかったんだ。もう一日だって無駄にするな。二日も無駄にするなんてもってのほかだぞ」兄が過去を認めたことで、わたしの気分は少し和らいだ。「それはお兄ちゃんも同じでしょ。ジアとは？　どうするつもりなの？」

「まずは自分が彼女にふさわしい男だって、おれ自身納得できないとな」兄はため息をついた。「なあ、話していたいのは山々だが、飛行機に乗る時間なんだ。どこ行くかは訊かないでくれ。言えないからな。お兄ちゃんはおまえを愛してるぞ」

「わたしも愛している」そう言うと、通話は絶えた。それでも兄が息絶えたわけじゃない。あのおぞましい棺が、すべての終わりを暗示しているように感じられたとしても。

「どうだった？」リアムがわたしの前にひざまずき、膝に両手を置く。

「あなたの言うとおりだった」わたしは素直に認めて、彼に携帯を返した。「チャドの声が聴きたかったんだと思う」

「それに怒鳴らずに済んだ」彼は言った。

「怒鳴ればよかった。チャドのやつ、怒鳴られて当然だもの」

「もう一度電話すればいい」

わたしは息を吸って吐き、首を横に振った。「次にとっておくわ」

「それは次があると思っているということかい？」

「そう。どうかな……」わたしはためらった。「チャドは予想がつかないのよ。まあ、そのうちわかるでしょ」

彼はしばらくわたしを見つめてから、意外なことを言った。「きみがぼくたちのことをどう話したかはわかっている」

わたしは目を瞬いた。「え？」

「きみはお兄さんに、ぼくからまだ結婚してくれと言われてないと話したんだろう？」

突然ヘッドライトに照らされた鹿のように、思考が停止し、言葉に詰まった。「その……そうだけど……」

「エイミー、ぼくがまだプロポーズしていないのはなぜだと思う？」

「わたしがしないでって言ったから」そう答えつつも、どこかに自分でも認めたくない不安があるのだろう。それを否定しようとして心が震え慄いていた。

「きみの不安を慮って結婚を申し込むタイミングをずらすような男だと、本気で思っているのかい？」

そうよね。今まで目を逸らしてきた不安を、直視するときがきた。いいえ、彼はそんなことはしない。リアム・ストーンは、自分の欲しいものは何でも手に入れる。

「今までしなかったのは、隠れ家でのプロポーズなんて、ぼくたちにふさわしくないからだよ」彼は言った。「きみのことを愛しているから、そんなふうに済ませたくなかった」

十分納得できる答えだ。だったらなぜわたしは、もっと多くを望んでしまうの？

「愛してくれているのはわかってる」わたしは静かにつぶやいた。

「なんでその言葉のあとに、無言の〝でも〟が付いてるような気がするんだろうな？」

その答えはわかっている。自分の恐怖の根源が何か、ようやく理解した。「出会ってからずっと、わたしの人生があなたの人生を邪魔しつづけてる。わたしが困っていたときに助けてくれたのに、こんなんじゃ申し訳なくて」

「エイミー、いいかい、きみがぼくを助けてくれたんだ——もしそれがきみに伝わってなかったとしたら、ぼくの失態だな」

「そう言ってくれるのは、今はわたしを愛しているから。わたしは身勝手にも、ずっとこのまま愛しつづけてほしいと願っている。でもチャドのせいで思い出してしまったの、ここまでのわたしの人生では、確かなものなど何一つなかったってことを」

返事を待った。どんな言葉が返ってくるのかわからなかった。リアムはアクアブルーの瞳でわたしを見つめているけれど、その表情は読み取れない。わたしに腹を立てているの？　それともチャドに？　落ち着かない気分になり、膝の上で指を絡み合わせた。「怒っているのね」

「そのとおりだ、怒っている」彼はわたしをひっぱって立ち上がった。そしていきなり肩に担ぎあげ、両手でわたしの脚をおさえて歩きだした。

ショックで呆然としながら彼のスーツの上着の裾をつかんだ。頭に血がのぼる。靴は脱げてしまっている。顔にかかった髪をなんとか払いのけたところで主寝室に入ったのがわかった。照明はひとりでに暗くセクシーな色調になり、月光と星明かりが壁一面の窓から射し込んでくる。

リアムはわたしをベッドの足元の近くに下ろした。わたしが靴を履いていないので、優に三十センチ背が高い彼は、目の前にそびえる塔のようだ。彼は手に絡めるようにして髪をつかみ、わたしの視線を上げさせた。「ぼくたちは不確かなものなんかじゃない。不安のせいでぼくらの関係を壊すようなことはぜったいに許さないぞ。今すぐプロポーズしてもいいんだが、芝居とは言え、お兄さんの葬儀を出した夜にはしたくない。ついでに言っておくよ――チャドにこうするだけの十分な理由があったのは事実だが、きみにはあまりにも酷なやり方だった。もし彼が今ここにいたら、殴り倒してやるよ」

「あなたが？」わたしは笑い、緊張がほぐれていくのを感じた。「自制の権化のような人が？」

「勝てばいい。それでこその自制だ」

「兄を殴るのはわたしよ。その役をあなたに奪われるわけにはいかないわ」

「そう、そうだった」彼は両手でわたしの首を包み、親指で顎の線を撫でて、声を低くした。「だがぼくにできることもある――きみが今感じている痛みを取り去ることだ。忘れさせてあげるよ」

「いいえ」わたしは言った。「今日という日を忘れたくない。チャドの葬儀のお芝居は悪夢のようだったけど、兄は死んでいない。それにここまでの車の中でも、わくわくしていたの。クリスマスツリーを見たらなおさら。二人で飾りつけをして、あなたと一緒にわたしたちの伝統を作りたいわ、リアム」

彼の瞳と口元の表情が優しくなった。「だったら、いい思い出を作ろう」

「ええ、お願い」彼に優しくキスされて、わたしの言葉は彼の舌の上に落ちた。二人の唇はしばらく重ねられたままで、わたしは自分の身体が息を吹き返し、彼がわたしと同じリズムで呼吸しているのを感じた。自分が本当の意味で息ができるのは、彼とこうしているときだけのように思えることがある。

二人は魔法に包まれたまま、リアムは姿勢を変え、四柱式の大きなベッドのほうにわたしを向かせた。このベッドには数々の官能的な思い出があるけれど、もちろんさらにそれを増やしていくつもりだ。彼はドレスのスカート部分のファスナーを下ろし、巧みな指でそれを脱がせ、二人を隔てるものを、まずは一枚取り払った。ゆっくりと、誘うように。わたしの肌にはけっして触れていないのに、全身のあらゆる場所で彼を感じる。乳首がうずき、秘所が勝手にきゅっと締まる。素肌は、彼に叩かれたお尻のようにピリピリと火照っている。リアムがわたしを焦らそうとしているのはわかる。彼という男と、この部屋と、わたしという女しか存在しない場所へ、誘おうとしているのだ。背後の気配が変わり、彼がもうわたしのすぐ後ろにいないのが感じられた。全裸にしたきり、触れずに放置している。彼の前で、自分の意思によって無防備になること。それはぞくぞくするほどセクシーだった。他の男とは、とても考えられない。「こっちを向くんだ」リアムが命じた。昂ってかすれた声を聞き、自分が彼を興奮させているのだとわかる。リアムは相変わらず自制を発揮しているけれど、そんななかで彼の箍の一部を自分が外したのだと思うと、妙に嬉しかった。

振り向いたとき、彼はそこにいた。けれど距離が少し遠すぎる。リアムが上着を脱ぐ。わたしは彼に、その力強さと優雅さに魅了され、うっとりした。すべての動きが美しく統制されている。すべての行動が計算されている。ここで気づいた——本当は初めからずっと知っていたことなのだろうけれど——わたしたちは同じ。二人とも傷ついている。二人とも心の奥深くに欠けた部分を抱いている。そして自身をコントロールすることによって、これ以上傷つくまいと身を守っている。

彼はネクタイをはずし、手に巻きつける。無言のうちに、きみはもうすぐぼくの言いなりになると約束している。縛られるのは初めてではないし、毎回新鮮なときめきがある。けれど今夜は、まったく初めてのように感じられる——まるでわたしたちが、新たな章の扉を開けようとしているかのように。

初めて出会ったころ、彼は言った。「コントロールを手放してもいい安全地帯があれば、それがほかのすべてを遮断する最善の方法になる。ぼくがその安全地帯であることを、これから教えてあげたいんだ」

そして今、リアムは確かにわたしの安全な場所になっている。

「エイミー」

彼の声にはっとし、目を上げる。彼がその美しい裸身に至るまでのおいしいところを見逃してしまったのだと気づいた。わたしは彼のお腹の円周率の刺青（タトゥー）、3.14から始まる数列が逆三角形を形作る図案に目を留めた。これは、人生の限りない可能性を示しているのだそうだ。これから彼と一緒にその可能性を考えるのだと思うと、湧きあがるときめきとともに、胸を揺さぶる戦慄を覚えた。

「両手を前に出して」彼は命じる。わたしはもう、リアムにすべてを委ねることに躊躇することはない。

片方の手首にネクタイを巻きつけられながら、過去から逃げようとするわたしを、彼があらゆる方法で助けてくれたことを思い出していた。でも彼の過去は？　それもわたしのものと同じくらい深い傷になってるのに。彼はたった一度だけ感情を爆発させたことがあっただけで、それ以来、母親のことを話そうとしない。あれからずっと彼はわたしを守ってくれた――でも彼のことは誰が守るの？

　彼はわたしの両手首を縛り上げ、引き寄せた。「さあ、これできみを悦ばせるのも焦らすのも、思いのままだ」

「そうよ」わたしは同意した。「わたしもあなたの安全な場所なの、リアム？」

　彼は一瞬表情をこわばらせ、射るような眼差しでわたしを見つめた。瞳の中に底知れぬ感情が浮かんでいる。「きみはぼくの人生で知りえたたった一つの安全な場所だよ」

「でもあなたはけっして自制を手放そうとしない」

「ぼくはそれでは感じない。コントロールすることが快感なんだ。きみがぼくの快感だ」

「あなたの人生すべてが、わたしを守ることになってしまってはいけないわ。わたしたちの関係がそれだけになってしまうのが嫌なの。あなたが必要とするなら、今度はわたしがあなたに息を吹き込んであげたい。あなたがわたしのためにそうしてくれているように」

　リアムはわたしの手首の拘束を解き、ネクタイを床に落とした。その瞳は暗く、表情は読めない。彼は無言のうちにふたたびわたしを抱き上げると、数歩歩いて、大きなベッドの真ん中に下ろした。彼の重みが圧し掛かってきて、彼の昂りが太腿の間に温かく押し付けられる。

「ぼくにとっては、きみこそが呼吸する唯一の理由に思えることがあるんだよ、エイミー・ベンセン。だけどきみの言いたいことはわかった。これからは、二人で一緒に息をしよう」

彼の言葉が心に深く沁み込んできて、傷を一つ一つ癒し、欠けた部分を埋めてくれる。そう、リアムはわたしを、満ち足りた女へと近づけてくれる。

「ええ」わたしは囁き、彼の首に腕を巻きつけた。「一緒に」

彼が首を屈めてキスし、わたしたちは外の世界を忘れ去った。

第三章　悪夢

リアムの隣で丸くなって眠りに落ちたことは覚えている。手は彼の大切な一部であるタトゥーの上に置いていた。そうすることで自分も彼の一部だと感じられる。リアムはわたしに話を聞かせてくれていた。そう、初めてのアジア旅行の話。男らしい穏やかな声は、リラックスさせると同時に誘うような響きでわたしを撫で、心地よい子守唄のように感じられた。彼に質問したのも覚えている。わたしの声にはすっかり寛いだ気分と疲れが表れていた。彼がわたしのために作ってくれた安全な場所に満足し、幸せに浸っていた。そこには闇はなく光だけがあった。重くなる瞼をなんとか開けつづけ、押しよせてくる眠けを近づけまいとした。けれど悪夢を追い払おうとする努力も虚しく……。

煙を肺いっぱいに吸い込み、息ができない。炎が足元に迫っている。

「飛び降りろ！」チャドが叫ぶ。「飛べ！」

　心臓が早鐘のように鳴り、お腹も肺と同じくらい、焼け付くように熱い。窓枠に乗せた足が震えた。わたしには、これが最後の別れになるだろうとわかっていた。チャドとの。そして母との。別の部屋からさっきまで苦し気な母の叫びが聞こえていたけれど、今はもうその声も途絶えている。これまでの生活とも、これでさよなら。手放したくない。どうしたら、手放せると言うの？

「飛べ！」チャドにまた怒鳴りつけられ、とっさに従った。窓から飛び出したとき、胃がひっくり返り、鼓動がさらに速まり、全身にアドレナリンが駆け巡った。わたしは叩きつけられる衝撃に身構えた。ただでさえ息苦しいのに、きっと呼吸が止まってしまう。それから……。その後は……。何も起こらなかった。痛みも、衝撃もない。無だった。すべてが闇に包まれた。でもこれは実際に起きたこととは違う。実際には、別の展開が待っていた。そして心のどこかで、今自分は眠っていて、例によってまた悪夢を蘇らせているのだとわかっていた。

　突然わたしは数年先に移動し、ニューヨークで、正体の知れぬ敵から隠れて暮らしていた。家賃をもう少し待ってほしいと頼むために家主のドアの前に立ち、緊張してもじもじしていた。初めてではない。前回、もうこれが最後だ、二度と先延ばしにしないと言われたのに、また遅れてしまった。息を大きく吸い、家主のおじいさんの不愛想な応対を覚悟して、ノックをする。そして待った。ふたたびノックした。返事はない。ああ、そうか。今日はクリスマス・イヴ。おじいさんには家族がいる。今夜は愛する人々のところで過ごしているのだろう。胸が締め付けられるのを感じながら廊下を戻り、階段を数階分のぼった。もう一人の借家人と共有している自分の階まで上がったとき、最後の一段を残して足を止めた。そしてわたしの部屋のドアの前に置かれた箱を見つめた。

心臓がドキドキし、耳の中でドクドク血管が鳴る。今夜、過去がわたしを訪ねてきたのだ。なんとか息をしつつ一歩踏み出し、箱の前に膝をついた。冬物の長いコートが、肩にのしかかる恐怖とともに重く感じられる。箱の上にシンボルが書かれている。ヒエログリフの文字が中に記された三角形。それは、この小包みを送ってきたのが姿の見えないわたしの守護天使だということを告げている。けれどいいニュースなのか悪いニュースなのかはわからない。

胸の中に小さな希望が生まれた。逃げるのはもう終わり？　もう隠れなくてもいいという知らせなのだろうか？　とたんに気が急いて立ち上がり、ドアの鍵を開けた。扉を押し開け、明かりを点けると、箱を足で押して狭いアパートメントの室内に入れた。わたし自身も中に入り、ドアの鍵をかける。そしてあらためてショックを覚えながら殺伐とした狭い室内を眺めた。シンプルな紺色のソファベッドと揃いの椅子、木のコーヒーテーブルが置かれたリビング。そしてその左手のクローゼットほどの大きさのキッチン。ここがわたしの隠れ家であり、わたしに許された聖域のすべてだ。

口をむっと引き結んで涙をこらえる。なぜかはわからないけれど、その小包みを開けたくなかった。恐ろしかった。わたしはいつも怯えていて、そんな人間になってしまったことが嫌でたまらなかった。それでもわざと時間をかけてバッグをドアの上のフックにひっかけ、コートを脱いだ。黒いスカートを手で撫でつけながら身を屈め、箱を持ち上げると、リビングへ運び、コーヒーテーブルに置いた。そしてじっと見つめた。それがひとりでに開こうとしないので――開くとでも思った？――わたしは二年前に買った高さ百二十センチほどの造りもののクリスマスツリーに目をやった。立ち上がって数歩歩き、ライトを点けて、点滅する色とりどりの電球とシンプルな赤、青、緑の飾りを見つめながら、かつて家族で飾った、天井を突くほど立派な樅の木のことを思い出していた。笑い声と歓び、心をこめて選んだ贈り物を……。

気持ちを奮い立たせてソファに戻り、腰を下ろしたとき、小包には何重ものテープが巻かれているのに気づいた。テーブルの上にあったペンを取ると、自分の弱さを追い払おうと、手の震えを抑えながらテープをひっかいた。「何をびくびくしてるの?」自分を叱りつける。「あなたはそんな弱虫じゃない」腹立ちまぎれに何度か荒い息を吐いた。こんなふうに何もわからない孤独な状態にしておく〝守護天使〟に腹が立った。こんな生き方、どうしたら耐えられるって言うの? どうしたら?

何度も何度もテープを突き刺し、引き裂いたあげく、ようやく蓋が開いた。引きちぎるようにして箱を開き、息を呑んだ――中身はお札の山だった。ショックと失望に襲われながら――その理由はわからないけれど――札束の上に載っている宛名のない封筒に手を伸ばし、開けた。プリントアウトしたメッセージが入っていた。「金遣いが荒くなったり銀行に預金したりすれば、不要な注目を招く。必要なときには使ってもいいが、人目を引かないよう気をつけること」

目に涙がこみあげ、嵐のような感情に襲われた。これでお金には困らないけど、まだぜんぜん終わりじゃない。わたしは監視されている。そして危険に晒されている。理由さえまったくわからないまま、いつ何時、何者かに危害を加えられるかもしれない。わたしの家族が襲われたように……。それでも、見守ってくれている人がいるということには、安堵を覚えた。わたしの守護天使のはずの〝ハンドラー〟からはここ数年間何の音沙汰もなく、そのせいですっかり不安になっていたのだ。でもわたしは完全に独りではない。そう……独りぼっちじゃない。ソファに横たわったとき、またすべてが闇に包まれた。

気がつくと、数年後になっていた。わたしは勤務先の美術館の化粧室にいる。個室から出たところで、鏡に貼られたメモを見つけた。内容を読む前から、自分の世界がふたたび砕け散ったのだとわかっていた。せっかく新しい人生を始めようとしていたのに……。新しい仕事に就き、友人もいて、幸せを感じていた。わたしは強くなり、恐怖を乗りこえたのに……。

頭の中が真っ暗になり、次の瞬間には空港にいた。また逃げていた。カウンターの職員に、次の空席待ちのフライトには乗れないかもしれないと言われ、今まで以上に孤独を覚え、怯えていた。この瞬間ほど自分が独りだと感じたことはなかった。カウンターから振り向いたとき、見知らぬ男と目が合った。射感じたのは、繋がり。周囲の景色は消え、束の間にせよ不安はなくなり、そこは彼とわたし、二人だけの世界になった。もう独りじゃない。けれどそこで、映像のトリックか何かのように、リアムの姿が消えた。まるで最初からいなかったかのように。わたしが愛したすべての人たちと同じように……。

はっと目覚めた。息を喘がせ、毛布をぎゅっと握りしめて、暗い室内に目を走らせる。目に飛び込んできた情報のおかげで、すぐに現実に戻った。ここは寝室。マンハッタンに帰ってきたのだ。正面のカーテンの向こうからほのかに月光が漏れている。リアムのほうに手を伸ばしたけど、彼の姿はない。そのとたん、悪夢の中で彼が消えた場面のフラッシュバックに襲われた。頭の中がザワザワしはじめる。六年間ずっと悩まされてきたブラックアウトの発作の前兆だ。ここ一カ月は一度もなかったのに。だめ、だめ、だめ。失神なんてしてる場合じゃない。

深く息を吸い、意志の力で落ち着こうとした。深呼吸するのよ、エイミー。その言葉を頭の中で何度も繰り返したのち、部屋が見えてきたのでほっとした。と、カーテンの隙間に立っているリアムに気づいた。さっき部屋を見渡したときには、ちゃんと見えていなかったようだ。パジャマの下だけという格好で、まるで彼の名前である石(ストーン)を体現しているかのように、微動だにしない。ちらりと時計を見ると、朝四時。本格的に心配になってきた。ベッドを共にするようになって数カ月が経つけれど、目覚めたときこんな彼の姿を見たのは初めてだ。

毛布をはねのけ、ベッドを出て、Tシャツの裾を引き下ろしながら、裸足で音もなく近づいていった。フローリングの床暖房が足の裏を温めてくれたが、身体は震えている。不安が常につきまとっていた。リアムがどれほどわたしを安心させようとしても、不安から逃れることはできない。悪夢がすべてを物語っている。我が身を恐れているのではない。シリンダーのせいで、リアムとチャドが永遠に危険にさらされつづけるであろうことが恐ろしいのだ。

背後に立ったとたん、リアムは無駄のない動きでわずかに振り向き、わたしを胸に抱き寄せた。彼が常に周囲の物事を察知し、コントロールしているのがわかる。わたしは一瞬にして冷たい窓に押し付けられた。彼の力強い太腿で脚を挟み込まれ、彼の剝き出しの男らしさにうっとりと圧倒される。

「なぜ起きてきたんだ?」彼が尋ねる。黒髪は寝乱れている。その両手がわたしのウエストをつかんで抑えつける。たとえ足元の世界が揺れても、その手が錨になって、わたしをつなぎ留めてくれる。

「あなたが起きていたから、心配になったの。チャドが――」

「きみが彼と話してからぼくは話していないが、心配ないはずだ。彼は強いから、どんなことがあっても生き延びる。妹と同じようにね」リアムはわたしの目にかかった髪を払いのけた。彼の鋭い目は月光を反射してきらめき、ほとんど明かりのない部屋の影を射ぬくようだった。「また悪夢を見たのか」

「そう。なぜわかったの？　ここのところずっと見ていなかったのに」

「きみの目を見ればわかる」

「マーフィー先生は、コントロールの問題だって言ってた。あなたも知ってるわよね」

「マンハッタンに戻ったことで、コントロールを失ったと感じたのかな」

わたしは悪夢のことを思い出し、首を振った。「むしろ葬儀だと思う。目覚めているときの悪夢が、眠っているときの悪夢を生みだしたのよ」

「ある意味、それは仕方がないことかもしれないな。でもぼくは、きみが眠る前、その問題は排除できたと思っていたんだが」

「眠りに落ちたときには、まったく頭になかったのに」わたしは彼の黒くて張りのある胸毛の上で手をぎゅっと握った。「なぜあなたは朝の四時に起きているの?」

「きみのことを考えていた」

「わたしのこと?」

「ぼくはきみに安全だと感じてほしいと思っているが、それには時間がかかるだろうなって」

「あなたがだいじょうぶならわたしもだいじょうぶよ、リアム。さっきの悪夢は、チャドと過去のことだけじゃなかった。あなたも出てきたの。きっと警告なのよ。あなたはここから抜け出さなきゃならないっていう」

　彼はわたしのウエストに置いた手に力をこめた。「ぼくはどこにも行かないよ、エイミー」

「そうね」言いたくないけれど、もう避けているわけにはいかない。「わたし、わたしが行くわ。あなたとチャドとシリンダーの接点になっているのはこのわたしよ。この方程式からわたしがいなくなれば、あなたはここから抜け出して、前に進める」

　彼は片手でわたしのうなじを包むようにして引き寄せた。「きみはもう、ぼくのすべての方程式に入ってる——今も、これからもずっと。一緒に新たな人生を始めて、新しい伝統を作っていくはずじゃなかったのか?」

「あなたが甘やかすから、つい身勝手なことを望んでしまうのよ。あなたは女なら誰でも夢に見る魅惑の王子様だもの。でもおとぎ話では、王子様は死なない。でも今の悪夢で、わたしの人生はおとぎ話じゃないって思い出したの。あなたは死ぬかもしれない。もし彼らがシリンダーを手に入れようというとき、あなたが邪魔だと思ったら、きっと殺される。そしてリアム、あなたはきっと彼らの前に立ちはだかる。あなたはそういう人だから。善が悪に負けるのを傍観することができないのよ」ゆうべ考えていたことが、ふたたび脳裏に蘇っていた――リアムはわたしを守ってくれているけれど、彼のことは誰が守るの？　そして今、自分の考えがどこに向かっているのかに気づいた。「わたしはあなたのために戦わなくちゃ」

「もしきみがどこかに行ったら、ぼくはその後を追う。必ず見つけ出す。きみと結婚していつまでも幸せに暮らすんだ。なんとしてでもね」彼の言葉は激しく、声は張り詰めていた。

わたしが反論するより早く、彼の口が唇を塞いだ。服従を迫るかのような熱いキスだった。今も、そしてこれからもずっと、おまえをけっして離さないと言っているかのようだ。わたしにはそれがわかっていたし、それを求めてもいた。けれどその一方で、自分が彼に及ぼす影響に目を塞いでいるには、あまりにもリアムを愛しすぎている。

彼の舌がさらに深く差し入れられる。意思の力が急速に弱まっているのがわかり、パニックに陥りそうになって、彼の胸を押した。いったんこのキスから逃れ、話をしたかった。にもかかわらず、彼の舌にまた撫でられると、わたしは呻きを漏らし、押し返す手から力が抜けた。形勢としては、リアムが圧倒的に有利だ。彼自身完全にコントロールすることができない現実など認めるものかと、激しく拒絶するリアムの想いが、キスの味に表れている。わたしも不意に、彼とともにその現実を拒絶することができたらどんなにいいだろうという願いに揺さぶられた。

両手を彼の硬い胸板に這わせ、その肩に乗せる。リアムはわたしの乳房を手のひらで包み、乳首を親指で刺激する。わたしは手を下ろし、彼の両手に手のひらを重ねて、唇を触れ合わせたまま喘いだ。彼を拒むはずが、いったいいつの間に、こうなってしまったのだろう。今はただ、他のすべてを脇に押しやり、この瞬間だけに生きたい。彼にもそれはわかっている。リアムはその願いに応えるかのように、身体から混じりけのない支配的なセックスアピールを放射させながら、ただでさえ激しく求めはじめたわたしを、さらに駆り立ててくる。彼がわたしのTシャツ型のナイティを上にめくりあげると、わたしそれを自分で頭から引き抜き、床に打ち捨てた。リアムは彼自身のパンツを脱ぎ、全裸になる。その肉体は硬く引き締まり、昂ぶりはそれよりもなお硬い。

なぜかわたしたちは、互いに触れようとしなかった。手の届かない距離を保ち、熱い眼差しで互いの肉体を眺めまわしたのち、視線がぶつかり合った。次の瞬間、これまで語り合った百万の言葉と、これから見つけるであろう百万の言葉が、二人の間で交わされた。わたしたちが互いを、それらの言葉を越えたところで理解し合っているという確信とともに。

わたしから沈黙を破り、告白を漏らした。「さっきも言ったけど、あなたが甘やかすから、わがままになってしまうのよ」勝利の手応えに、彼の瞳が妖しく翳る。リアムはわたしの言わんとしていることを理解している――わたしはあなたのもとを去ることができない、と。

リアムがわたしをつかみ、引き寄せる。「それはお互い様だよ」彼はわたしのお尻に手を当てて抱え上げる。

わたしは脚を彼の腰にからめながら、思わず口走った。「わたしと逃げて、リアム。見知らぬ土地で始めるの。新しい名前を手に入れて、新しい人生を生きるの」

「いや、逃げる必要はない」彼は向きを変え、わたしを寝椅子に横たえて、上にのしかかった。

「隠れる必要もない。もう怯えなくてもいいんだ」

「リアム、お願い」わたしは囁いた。「一生のお願いよ」

「ぼくに願うのは、オーガズムにしてくれ。快感が欲しいと言ってくれ。それ以外、きみは何一つ乞う必要はない。ぼくを含めて、誰に対しても」彼はわたしに反論する隙も与えず、身体を離した。わたしが彼を求めて手を伸ばすと、リアムはその手を取って引っ張り、彼の目の前に立たせた。リアムはわたしを寝椅子のほうに向かせ、逞しい身体で背中から覆いかぶさってくる。わたしの身も心も、そして恐怖も、すべては彼のもの。

言い返すつもりで振り向こうとしたけれど、彼はわたしの背中を押してさらに身体を密着させる。首筋に彼の温かい息がかかる。「これから激しくファックして、ぼくら二人の頭から、その悪夢を追い払う。その後きみをベッドに連れていって、愛を交わす。二人が眠りに落ちるまで」

リアムがわたしの中に深々と押し入ってくる。快感が全身を貫き、椅子をぎゅっとつかんだ。「そして朝目覚めたら」リアムは低く唸るような声で先を続ける。「一緒にツリーの飾りつけをする。心ゆくまで楽しみながら」彼はいったん引いてから、さらに激しく、深く、突き入れる。そしてそれを何度も繰り返す。わたしは熱が身体じゅうを這い回るのを感じながら呻き、クッションの端をつかんでなんとか身体を支えつづけようとしたけれど、手が滑り、突っ伏すしかなかった。

目を瞬（しばた）いて開けると、冬の眩しい日差しが飛び込んできた。ベッドに戻る前と後にリアムがわたしにした、ありとあらゆる官能的な行為の記憶が、ゆっくり蘇ってくる。ため息をつきながらごろりと向きを変えると、またしてもリアムの姿が消えていた。身を起こしたとき、手が一枚の紙に触れた。きちんと整ったリアムの文字が並んでいる——**ちょっと銀行へ行ってくる。十時までには戻るから、ツリーの飾りつけを始めよう。**

わたしは書置きをベッドに落とした。リアムは銀行へ行った。まるですべてが平常どおりであるかのように、恐れもせずに歩き回っている。けれど彼自身に対するのとおなじように、わたしに対しても恐れ知らずでいられる？　テラーがここに来ているかどうかわかれば、わたしたちがマンハッタンに戻ったことに関して、リアムが実際どの程度寛いだ気分でいるか、確認できるというものだ。

ベッドから出てバスルームの奥にある巨大なクローゼットに向かった。わたしの服は、すでにちゃんと整理され、掛けられている。手早く黒のスウェットスーツに着替え、同じく黒の〈ケッズ〉のスニーカーを履いた。洗面台の鏡の前を通るとき、自分の髪が奔放に乱れているのを見て顔をしかめた。しばし足を止め、歯を磨いてからヘアブラシを探したものの見つからない。時間に余裕がないのであきらめ、手櫛で髪を整えながら寝室のドアを出て、廊下を進んだ。

リビングに誰もいないのを見て、キッチンへ行く。濃淡二色のブルーで彩られた円形のアイランドキッチンを眺め、そのユニークな美しさにあらためて圧倒された。頭上の黒い塗装を施したキャビネットからは、高級品の鍋やフライパンが下がっている。その前を通り過ぎると、黒の長いテーブルに三人の男が座っているのが目に入った。一方の端にリアムが、もう一方の端にテラーが座している。中央にはわたしの知らない金髪の美青年の姿があった。オーダーメイドのグレーのスーツとそれに似合ったシャツとネクタイで、びしっとキメている。

わたしはいやがうえにも自分の格好を意識し、乱れた髪に指を通した。どうかリアムとのワイルドなセックスを楽しんだんじゃなく、強風に吹かれてたみたいに見えますようにと祈りながら。リアムのほうをちらりと見る。愉快そうにアクアブルーの目を丸くしているその表情から察するに、どうやら前者に見えているらしい。

「客人がいることを、きみに知らせに行こうと思っていたところだ」リアムが〈ポロ・ラルフ・ローレン〉の細身の黒いレザージャケットを脱ぎながら言う。その下はコーディネートした襟付きシャツだ。「紹介するよ、ジョッシュ・チェイスだ」

「ジョッシュ・チェイス」わたしは呆然と繰り返した。リアムが〈サークル〉に入れるよう勧めた男が、わたしたちの家にいることに驚いていた。「〈チェイス・エレクトロニクス〉のCEOね」

「よくご存じで」彼は親しみのこもった口調で言う。〈サークル〉への推薦リストにリアムが挙げた人物を自宅に招き入れることの危険性に、誰一人として気づいていないかのようだ。しかもわたしたちはつい昨日マンハッタンに帰ってきたばかりだというのに。

「ジョッシュはわずか十六歳にして〈スカイ・フォン〉を設計したんだ」テラーがわたしのために説明する。

「十六」六年間、嘘に嘘を重ね、素早く決断しながら生きてきたおかげで、内心とは裏腹に、落ち着き払った冷ややかな返事をすることができた。「ほんとに？　三十代の天才億万長者二人と知り合いだって言えるなんて、そんな幸運に浴することはそうそうないわね」

ジョッシュは笑いながら両手を挙げる。その手首には高価な腕時計が嵌められている。「やめてくれよ。ぼくはストーンとやらとは違う。持っててもたかだか数百万だ」彼はウインクする。「それに見た目もやつよりずっといい」

リアムは笑い、立ち上がる。「せいぜいいい夢見るんだな、ジョッシュ」

「それをそっくりきみに返してやるよ」ジョッシュも言ってから腰を上げ、わたしに手を差し出した。「会えて嬉しいよ、エイミー」

わたしはためらわず、彼と握手した。下手にためらえば、かえって注目を浴びる。

「わたしも会えて嬉しいわ」

ジョッシュは少しの間わたしの手を握り、表情を探っていた。長さで言えば数秒間。そして彼は笑いながら手を離した。「今のは説得力ゼロだな。もっと第一印象をよくするように努力するよ」

わたしは頬を赤らめた。「あなたのせいじゃないの」服装と乱れた髪を示しながら、慌てて言い繕った。「こっちこそ、もっと第一印象をよくしなきゃって気になってたものだから」

リアムはわたしの隣に来て、背中に温かい手のひらを当てた。「ぼくは自然のままのきみが大好きだ。真の美しさは偽りなき天性に宿るってことだな」

ジョッシュがにんまりする。「どうせその言葉はきみよりずっと偉い人の受け売りなんだろう」

「確かに、アレックスがよく言っていた言葉だ」リアムが笑う。「アレックスは中国の偉大な師の言葉だと言い張っていたが、ぼくとしてはどこかの映画で聴いたんじゃないかと睨んでる」

「そうに違いない」ジョッシュも答える。「アレックスは映画が大好きだったもんな」

「アレックスを知っていたの?」わたしは尋ねた。ジョッシュとリアムはわたしが思っているよりずっと古くからの間柄のようだ。

「一時期、彼らの父親が〈チェイス・エレクトロニクス〉の中核だったんだ」リアムが説明する。「アレックスはジョッシュの父親に次いで二番目の大株主だった」

「そして今はぼくらに代替わりした」ジョッシュが言う。

「ぼくら?」思わず訊き返した。

「守り手が代わったんだ」リアムが補足する。「ぼくはアレックスから引き継ぎ、ジョッシュが彼の父親から引き継いだ。アレックスの思いどおりになっていたら、ジョッシュはもっとずっと早くＣＥＯの座に就いていただろうがね」

「リアムの助けがなかったら、ぼくがＣＥＯになることはなかった」ジョッシュは意外にもあっさり認めた。「ってことで、そろそろ仕事に戻るよ。それじゃ、明日の晩、また会うのを楽しみにしているよ、エイミー」

わたしは眉根を寄せた。「明日の晩？」

「〈チェイス・エレクトロニクス〉恒例、年に一度のホリデイ・パーティーだ」リアムが言った。

「毎年ジョッシュに来てくれとせがまれてる」

わたしはリアムを見上げた。「あなたが世捨て人だってこと知らないの？」

「誘われるたびに言ってるんだが、覚えてくれなくてね」リアムが冷ややかに言った。

ジョッシュがにんまりする。「こいつときたら、わざわざ証拠として自分のことを書いた〈ウィキペディア〉のページを送ってきやがった」

思わず笑った。わたし自身、少し前にそのページを引用したことがあったのを思い出した。「効果あった？」

ジョッシュが顔をしかめる。「そんなもの、ぼくには通用しないよ。まあ、きみにパーティーのことを話していなかったところを見ると、出席するつもりはなかったようだがね。つまり、ぼくが自らこうして訪ねてきて出席を促した努力は無駄じゃなかったってことだ。これでぼくの勝ちは決まり」彼は仰々しくお辞儀をしてみせる。

「では、明日、お目にかかりましょう、エイミー」

リアムがドアのほうを示す。「そこまで送っていくよ」

テラーがすぐに腰を上げ、言った。「おれが送るよ——どうせ隣に急いで戻らなきゃならん」

ジョッシュとテラーはドアに向かい、わたしはリアムに向きなおった。きちんと答えを聞くまでは、逃がすつもりはない。「まさか彼、〈サークル〉のメンバーに選ばれていないわよね？　彼、何も知らないわよね？」小声で尋ねた。

リアムはわたしを引き寄せ、キスをする。

「彼が行ってしまったら答えるよ」言い残し、リアム自身が立ち去ってしまった。

それはわたしが求めていた答えとは違っていた。

第四章　新たな始まり

わたしは気を紛らせようと、クリスマスツリーに向かった。今日ジョッシュが訪ねてきたのは、〈サークル〉とは何の関係もなくて、ただパーティーの件でもう一押ししたかっただけなのかもしれない。そう、誰も危険な目になんかあわない。わたしはたくさんあるデコレーションの箱のうちの一つの前に座り、きらめく赤いオーナメントを見下ろしたけれど、視界はぼんやりとして、何も見えていなかった。リアムのことならよくわかる。彼が危険を感じていたなら、わたしだってそれを察知できるはずだ。けれど、いつもははっきりものを言う人なのに、さっきのわたしの質問に対する彼の答えは謎めいていた。

ガレージに通じるドアが開き、リアムが階段をのぼって現れた。彼はわたしのほうをまっすぐに見据えながら近づいてきた。「さっきは驚かせてすまなかった」彼はわたしの前にしゃがんで言った。「銀行で彼の秘書とばったり会った。ぼくがマンハッタンに戻っていると、彼女がジョッシュに知らせたんだ。本人から電話があって、家に寄りたいと言われたとき、ちょうどいいからきみと引き合わせたいと思った。彼とは十代のころからの知り合いだし、どういう倫理観や技能の持ち主かということもよくわかってる。実はここ三日ほど彼のことを考えていた。チャドが自らの死を偽装すると言い出して、ぼくらを驚かせてからずっとね」

「どうして？」

「考えてもごらん、危険をモニターする役目をチャド一人で担っていたとして、彼が突然行方不明になったらどうする？　チャドがまだ生きていて、モニタリングを継続しているかどうか、ぼくらには知りようがないだろう？　ジャレッドは世界最高水準のハッカーだが、ジョッシュなら彼の動向を探ることもできる。ぼくらとしては絶対確実な警報システムを構築する必要があるんだ。そのためには、〈サークル〉の中や、あるいは外でも、誰かがジャレッドのように裏切ろうとしたとき、その動向を素早く察知するためのモニタリングの方法を確立することが必須だ。シリンダーに関わる人間のリストは、今や以前の十倍にも膨れ上がろうとしている。潜在的な危険を察知するためサイバー世界をモニタリングするには、ジョッシュと彼の才能が必要なんだ」

「ジャレッドはチャドもわたしたちも裏切った。チャドはきっと、また同じようなことが起こらないかと恐れるでしょうね。わたしだって怖いわ、リアム。ジョッシュにそこまでの信頼を預けるなんて、わたしたちにしてみれば、あまりにも大きな決断だもの」

「それはわかってる。だからこそ、チャドは〈サークル〉にジョッシュを入れることを断ってきたんだろうと思う。だからまず、ジョッシュがどういう男か、話を聞いてほしいんだ。〈チェイス・エレクトロニクス〉の傘下で違法行為が行われていることに気づいたとき、アレックスは当時CEOだったジョッシュの父親を問い質し、かなり熾烈な言い争いに発展した。ジョッシュはずっと父親から精神的な虐待を受けていたが、にもかかわらず父親を擁護した。その結果、何年にもわたって、ぼくらは疎遠になった。アレックスが亡くなり、ぼくが取締役会の彼の席を引き継いだところでようやく、また関係を再構築するようになった。そのころにはジョッシュはすでに彼の才能を発揮して、同社が公開した新たなテクノロジーの開発にことごとく貢献していたが、経営には積極的に関わろうとしていなかった。それでもあるとき彼の父親の違法行為の証拠を偶然見つけて、ぼくのところへやってきた。そして会社にとっても、ジョッシュ自身にとっても大きな痛手ではあったが、ぼくらは協力して彼の父親をCEOの座から引きずり下ろした。ジョッシュは口をつぐんでさえいれば、静かに父親の財産を引き継ぐこともできたんだ。それでも彼は、ぼくの協力を得て会社を再建する道を選び、結果的には〈チェイス・エレクトロニクス〉を救った」

わたしはしまったと思い、身をすくめた。「どうしよう、わたしったら、億万長者だなんてからかったりして、申し訳なかったわ」

「だいじょうぶ。彼はそんなこと、これっぽっちも気にしてないよ。とにかく、ぼくらにとっては、ジョッシュに仲間に加わってもらうのが必須だと思う。状況を探ることもできないままリスクにさらされることを考えたら、彼を引き入れるほうがよほど危険が少ない。それにもしチャドがこのアイディアに乗ったとしても、ジョッシュにはすべての詳細を説明する必要はないし、〈サークル〉について話さなくてもいい。理想を言えば、チャドに国や居住地域を知らせてもらい、特定のキーワードについてモニターすればいい。チャドがこれでだめだと言うのなら、どういう属性についてなら可能か話し合えばいい。それだけでもかなり徹底したモニタリングが可能なはずだ」

「もし問題が起きたら？　テラーに力を貸してもらうの？」

リアムは首を横に振る。「ジョッシュが発見した手がかりをテラーに追わせれば、ぼくらに無用な注意を引きつけてしまうことになるかもしれない。どんな問題が生じようと、テラーに関してはぼくらと同様、それとは一切関わらない立場をとりつづけてもらわなきゃならない」

「だったら誰に調査してもらうの？」

「それもすでに検討中だよ。ダンテという男に頼もうと思う。ジョッシュの以前からの知り合いだ。ひととおり調査したところ、彼が適任だと思う」

「もう一人、信頼を託さなきゃいけない人ができるわけね。なんだか不安になるわ」

「ダンテは政府のトップレベルで働いていた。慎重で思慮深く、信頼のおける人物だ。賢明な選択をするほうが、選択肢が何もないよりはよほどいい。ぼくらに注意が向けられる現実はどうあがいても変わらない。だったらできるかぎりその状況をコントロールしていくまでだ」

「コントロールしていくっていうのは大歓迎だわ」

「よし。この計画でなんとかチャドを説得する予定だが、連絡がつかなかったり、同意が得られなかったりしても、実行に移すつもりだ。ぼくらにとって必要な手段だからね。明日、ジョッシュと朝食ミーティングをセッティングする。それと明日の晩の彼のパーティーにも出席しておいたほうがいいな」

「そんなことをしたら、ジョッシュとわたしたちが関わっているって宣伝しているようなものじゃない？　それにダンテも。あなたを少しでも調べたことのある人にとって、パーティー嫌いってことは周知の事実なんだから」

「〈チェイス・エレクトロニクス〉とより積極的に関わるようになれば、ジョッシュと過ごす時間が増えたところで不自然じゃない。それに今、彼から本社社屋を建て直すから設計してほしいと持ちかけられているんだ。その件もこの際だから引き受けようと思う」

わたしは一つ大きく息を吸い、吐き出した。「あなたは一歩も引かないつもりなのね。この件から手を引くようにあなたを説得できると思っていたなんて、今朝のわたしはどうかしてた。考えが甘すぎたわ」

「ああ、そのとおりだ。きみだってそうだろう。きみが悪夢を見たことで、あらためて考えたんだ。きみにはしっかり現実を生きているという感覚が必要なんだよ。そのことをすっかり忘れていた。ぼくはきみに終わったと言った。チャドもきみにもう終わったと言った。確かに逃げ隠れする生活は終わったかもしれない。だが、シリンダーの問題と、ぼくらがそれに結び付けられてしまうという現実は、この先もずっと変わらない」

彼の言葉を聞いていると、呼吸がだんだん楽になっていくような気がした。あまりにも長い間感じたことのなかった穏やかさが全身を包んでいく。「ありがとう」わたしは彼の手をぎゅっと握った。「現実をしっかり感じることができそう」

「こうすることでぼくらは正しい方向に進めるんだってことを、きみに理解していてほしい。二、三年もすれば、シリンダーなんてものの存在すら忘れていられるようになるだろう。エイミー、ぼくらは一心同体なんだ。だからジョッシュにこの件を相談する前に、きみに話しておきたかった」

こんなとき、わたしは彼の類稀なる人間性をあらためて感じる。圧倒的なおれ様気質ではあるけれど、たまにはこうしてわたしにもちょうどいい分量の支配権を分けてくれる。「ありがとう、リアム。わたしが一番頭に来るのは、大事な問題を知らされないことなの」

「わかってる」彼はそう答えると、隣の部屋のほうを示した。「きみに見せたいものがある。いいものが」

「またサプライズ?」腰を上げたリアムが、わたしの手を取って立たせる。

「またサプライズだ」彼は言い、指を組み合わせて前に引っ張っていく。床はタイル張りから、廊下の艶のあるダークウッドへと変わる。廊下からは一段低いリビングルームが見える。居心地のいいリビングには暖炉と茶系のふかふかのソファセットがあり、全面ガラスの窓の前には太い円柱が並んでいる。わたしたちはその先の階段をのぼり、二階に行った。二階にはわたしたちの寝室があるのだが、リアムは寝室のある右ではなく、左手に折れて長い廊下を進んだ。

廊下の突き当たり近くまできたところで、彼はわたしを書斎の中へ導いた。淡い色合いの硬材張りの床が足元に広がり、すべての壁面には窓がなく、書棚がずらりと並んでいる。一角の短い階段をのぼった先にはデスクが置かれ、今私たちの目の前にあるソファセットのエリアを見下ろす格好になっている。リアムは壁のスイッチを入れてソファセットの右手にある暖炉に点火してからわたしをソファのほうに導いていき、長方形の楢材のコーヒーテーブルの向こう側に回った。わたしたちは上質な紺色のソファのクッションの効いた座面に、隣り合わせに座った。両脇にはお揃いの椅子が二脚ある。リアムはここで、コーヒーテーブルの天板の下の棚に手を伸ばし、細長い銀色の箱を取り出すと、テーブルに置いた。

箱の表面に彫られたシンボルを見て、わたしは目を丸くした。手を伸ばし、「3.14」を頂上にピラミッド型に並んだ数字に触れる。「あなたのタトゥーと同じね」

「このシンボルは、永遠のものはあるということを思い出させてくれる」リアムがわたしの髪を撫でる。「開けてごらん」

急にドキドキしてきた。手を伸ばし、箱の端にある取っ手をつかんで、蓋を端まですべらせる。中のものを目にしたとき、心臓が二、三拍打つのを忘れた。革張りの日記帳が六冊。その上に置かれた白いカードの表には、わたしの逃亡を助けていた〝ハンドラー〟のシンボルが描かれている。震える手でカードを取り、開けた。

エイミー……ララ……おれが奪ってしまった過去を返してやることはできないが、楽しい思いでのいくつかを取り戻し、それによって悪夢を消し去る手助けができたらいいと願っている。愛しているよ。チャド

わたしは日記帳に手を当て、うなだれて震える息を吸った。リアムがわたしの肩を抱く。「チャドは……」言いかけてから語を切り、ごくりと喉を鳴らして胸のつかえを押しやろうとした。「チャドはわたしに、過去を忘れて前に進めって言ってるんだと思ってた」

「タトゥーと同じ印の箱に納めたのは、きみに覚えておいてもらうためだ。ご両親と過ごした特別な時間は、誰にも奪うことはできないってことを。思い出はずっときみの中にあったし、いつまでもそこにとどまりつづける」

わたしは深く息を吸った。「両親が存在しなかったかのように振る舞うのは、二人を裏切っているようで、後ろめたかったの」

「もう偽る必要はない。チャドはこの日記とともに、きみにそれを贈りたかったんだろう。きみが望めば、ふたたびララに戻れる機会を」

首を横に振った。「今はもうエイミーだもの。ララは両親と一緒に死んだの」日記のうちの一冊を手に取り、胸に抱いた。失くしていた自分自身の欠片をふたたび手に入れたような気がしていた。

「前に、人生はおとぎ話じゃないって言ったでしょう?」わたしは姿勢を変え、彼のほうを向いた。「それに、おとぎ話にしたいとは思わない。ただわたしの人生にしたいの。だから魅惑の王子なんて要らない。あなたはわたしを守る必要なんてないわ。ただ愛してくれればいい」

「ぼくはきみを守る。そしてきみを愛する。未来永劫」リアムがわたしの手に彼の手を重ねる。と、次の瞬間、驚いたことに床にひざまずいた。「ぼくと結婚してくれ、エイミー。きみと一緒に人生を歩みたいんだ」彼はまた天板の下に手を伸ばし、小さなベルベットの箱を取り出した。彼が蓋を開けると、淡いピンクのダイヤモンドが現れた。完璧な輝きが円の奥に向かって渦を巻き、中央に星が浮かんでいるように見える。「繊細で完璧、きみによく似ている」

わたしは日記帳を握りしめた。目に涙がこみ上げてくる。「今まで見たなかで、一番素敵な指輪だわ」思わず微笑んだ。「でもわたしは繊細なんかじゃない。その気になれば、あなたのお尻を蹴飛ばすことだってできる。できないと思ったら大間違いよ、リアム・ストーン」

頬に零れ落ちた涙を、彼が指先で拭ってくれる。「結婚してくれ。そして一生かけてそれを証明してくれ」

「そこまで言われちゃ断れないわね」わたしは笑った。「ええ、あなたと結婚するわ」

「十二月三十一日(ニューイヤーズ・イヴ)はどうだい？」

「二週間もないじゃない！」

「ぼくにしてみれば、それでも待ちきれない。だけど新しい門出に、新しい年はちょうどいいんじゃないかと思ってね」

「そうね、ええ、言われてみればいい考えだわ」

リアムがわたしの指に指輪を滑らせた。わたしたちはしばらくその輝きを見つめていた。今この瞬間を迎えられたことが二人とも信じられないかのように。でもこれは、この上なくしっくりくる。

リアムが顔を近づけてきて、囁いた。「愛してる」彼の顎鬚がわたしの頬をくすぐる。唇は官能的な気配を漂わせ、次に来るキスを約束するかのようだ。けれど彼の舌がわたしの口に差し入れられたとき、それは想像以上だった。優しく甘い口づけに、全身が震えていたけれど、わたしはどこよりもそれを魂の奥底で感じていた。わたしの魂はすでにリアムによって虹色に染まりはじめている。この先ずっと色鮮やかな人生を二人で歩んでいけるのだ。

彼は唇を離すとソファに腰かけ、日記帳を示した。「読みたくて仕方ないんだろう？　ぼくはちょっと席を外して、コーヒーを淹れてくるよ」

リアムの優しさを感じつつ、やはりそうなのだと納得していた。他人にここまで理解してもらうなどありえないと感じられるほどに、リアムはわたしのことをよく理解している。「嬉しいわ。完璧」

リアムはわたしの額にキスし、腰を上げると、例によって優雅で力強い足取りで去っていく。その後ろ姿を眺めながら、どこか現実離れした感覚に捉われていた。あの人がわたしの夫になる。わたしはあの人の妻になる。そしてここがわたしの家になる。「わたしも愛してる」

つぶやいてから日記帳を広げ、読みはじめとたんに父の言葉に引きこまれた。花嫁姿を両親に見せられないのは悲しいけれど、二人の生きた証の欠片を手に入れることができたのは大きな歓びだ。父の言葉に、わたしはいつしか笑い声をあげていた。大胆不敵な父の性格が、ページのそこここに表れている。リアムが戻ってきて、完璧に淹れたコーヒーを手渡してくれた。

「ずいぶん楽しそうだな」彼は隣に腰を下ろしながら言った。

「父は自分とチャドとわたしの三人を、〝三銃士〟って呼んでたの」

「お母さんは？」

「危機に瀕した乙女の役よ。だから笑ってたの。母はそう言われるのが大嫌いだった。父は母をからかうためにわざと言ってたの」一瞬、母がローリン・スコットにキスしている姿が脳裏に浮かんだ。あれは父を負債から救い出すための苦肉の策だった。胸がぎゅっとしめつけられ、その像をなんとか頭から振り払った。「母は……強い人だった。ときには、強すぎると思えるくらいに」

リアムがわたしの顎に触れる。「強いのはいいことじゃないか。きみも強い。お母さんから教わったんだな」

「あなたもお母さんから学んだの？」リアムの母が虐待する夫に抗い、その後は癌に侵されながらも女手一つでリアムを育てたことを思い出した。

「ああ」彼の声はかすれていた。「ぼくも母から教わった」わたしは詳しい話が聞けるかと期待したけれど、そうはいかなかった。リアムはコーヒーを飲んでからカップを置き、肘掛けにもたれた。「こっちへおいで」わたしを手招きする。

わたしもコーヒーを一口飲んでから、繭のように心地いい彼の身体に寄り添い、その胸に背を凭せた。「きみの家族について話してごらん」いつものことながら命令形だ。

わたしは喜んで挑戦を受けて立った。日記の中の面白かった文章を読み上げる。リアムがたまらなくセクシーなよく響く温かい声で笑ってくれたので、嬉しくなった。日記のあちこちから無作為に読んでいくと、リアムはやがてわたし自身の話も聞きたいと言い出した。それは、彼自身や婚約指輪と同じくらい完璧な提案だった。リアム・ストーンだからこそ、そこまで理解してくれるのだ。わたしが未来へと踏み出す最善の方法は、ひとかけらの過去を胸に抱くことだと。

第五章　大胆に行くか、引きこもるか

　翌朝、わたしはコーヒーを手にキッチンに立ち、ジョッシュとのミーティングに出かけたリアムの帰りを待ちながら、口元をほころばせていた。昨日、リアムがプロポーズしてくれたあと、二人でツリーの飾りつけを楽しんだ。今もまだ、雲の上を歩くような夢見心地が続いている。服もダイヤモンドの指輪に似合う淡いピンクのレースのトップを選び、ブラックジーンズとブーツに合わせた。リアムがこんな特別な指輪を選んでくれたのだから、わたしもそれが大好きで、ついでに彼のことも大好きだってことをリアムに知らせたかった。彼がいないのを寂しく思いながらカウンターに置いた携帯電話を手に取り、時刻を確かめる。十一時。ミーティングはすでに二時間も続いているようだ。その結果を知りたくて仕方なかった。今ではジョッシュの協力を求めることにもすっかり納得し、それが正しい道なのだと信じられるようになっていた。

リアムがその件についてチャドに連絡しようとして電話が通じなかったときも、わたしは別段驚かなかった。兄はわたしとリアムも含め、誰の手も届かないところに身を置くことが、わたしたちを守ることだと信じているのだ。

携帯電話のバイブが鳴り、テキストメッセージの着信を知らせた。きっとリアムからだと思い、カップを置き、急いでボタンを押した。けれどそれはテラーからだった――入り口に着いた。警報が鳴っても驚かないように。彼が今までこんなふうに知らせてきたことはなかった。何カ月ぶりかで独りきりになったわたしが、解放感のあまり裸で走り回っているとでも思った？　返事を送ろうとしていると、ガレージのドアのブザーが鳴り、警告を発した。

コーヒーのお代わりを注いでいると、背後で声がした。「おはよう」テラーはアイランドカウンターを回って現れると、まっすぐにコーヒーポットを目指した。

「わたしが裸だったらどうするの？　返事を待たずに入ってきちゃって」

テラーはキャビネットからカップを取り出した。その顎にギザギザの傷痕があるのが見える。どういう経緯でできたものなのか、わたしはいまだに尋ねる勇気がない。

「リアムは今家にいない」彼は答えながらコーヒーポットに手を伸ばす。「だからきみは服を着ていると見て間違いないだろうと思ってね」

わたしは頬が火照るのを感じた。「よくも言ってくれたわね」テラーはシュガーポットを取り、ケーキ一個焼けそうなほどの量をコーヒーに入れる。「すごい。さぞかし虫歯の治療費がかかるでしょうね」

テラーは肩をすくめ、わたしの向かい側でカウンターにもたれる。「人生は一度きりだ。砂糖ぐらい好きなだけ味わわせてもらうよ」

「まあ、わたしもピザについては似たようなことを言ってきたけど」言いながら、テラーの紺色のスーツを眺めた。今日は明るい茶色の髪もきちんと後ろに撫でつけられている。「なんで今日は『ボディガード』のケビン・コスナーばりにキメてるの?」

「もう海辺の別荘にいるわけじゃないからな。リアムと同じように活気あるビジネスシーンを駆け回る準備をしておかなきゃ」

「それはそうね」今にして思えば、あの〝隠れ家〟にいる間、リアムが仕事関係の電話をしている姿を見たことは一度もなかった。身勝手にも、わたしはそれに気づいてさえいなかったし、ましてやそれが彼にどんな影響を及ぼすかなど考えたこともなかった。だからこそリアムに、彼がこれまで成し遂げ築き上げたすべてを捨て、わたしと一緒に逃げてほしいなんてことが言えたのだ。

「リアムのやつがクリスマスツリーを飾るとは信じられんな」テラーが言い、物思いに耽るわたしを会話に引き戻した。

「そうなの、二人で飾ったのよ。リアムが注文しておいた飾りは、二人とも一つとして気に入らなかったけど」飾りつけたときのことを思い出して笑った。「リアムの手にかかると、オーナメントの配列まで、設計プロジェクトみたいに精確さを要するの」

「まあそうだろうな。リアムは人生を建築に捧げている。あと、きみにね」

ここ数週間、リアムが彼の仕事を放り出していたことを思うと気がとがめた。彼が最後に鉛筆を手に設計図を描いたのはいつだったか思い出せないほどだ。

「今夜は妹のところへ行って、ツリーの設置を手伝ってやるつもりなんだ」テラーが先を続ける。「それで少しでも元気を取り戻してくれれば」彼はここで眉根を寄せた。頬に刻まれた深い傷のせいで、かなり凄みのある形相になる。「例の元カレがかなりのダメージを与えてくれたからな」

わたしはなんとか今の会話に集中しようとしつつ尋ねた。「何か厄介なことにでも巻き込んだの？」

「いや、あっさり捨てたんだ。そんなもん、気にする必要はないのに、妹はかなりの痛手を受けてる。そいつとは五年間付き合っていたんだが、そのあげく、やつは秘書に鞍替えすることにした。妹は感謝祭の前夜、二人がオフィスでよろしくやっているところに出くわしちまったんだ」

「ひどい。それに比べれば、わたしが過ごしてきた独りぼっちの祭日のほうがまだマシね」

テラーはわたしをまっすぐに見た。「今年も、来年以降も、きみはもう独りぼっちじゃない。わかってるだろう？」

「ええ、わかってる。それって、素敵なことよね」

テラーはその調子だと励ますように瞳を輝かせ、コーヒーカップを掲げて乾杯の真似事をした。「ありとあらゆる素敵なことに」

「ありとあらゆる素敵なことに」わたしは繰り返し、カップを触れ合わせた。

「手始めは今夜の盛大なパーティーだ」テラーが言う。「ドレスを買うために、きみの買い物に同行することになるんだろうな」

「ドレスなら、少し前にリアムに買ってもらったのが二、三着あるわ。使えるかどうか、見てみなきゃならないけど」

テラーはふんと鼻を鳴らした。「金（きん）で塗りたくられてるんでもなきゃ使えないよ。今夜のイベントは現ナマ農場だからな」

わたしはコーヒーで噎せそうになった。「現ナマ農場?」

「みんなそのために集まるんだ。金(かね)を作り育てるためにね」

「それを聞いたら、俄然楽しみになってきたわ」皮肉たっぷりに言った。

彼は肩をすくめる。「これが現実だからな」

「ちゃんと現実を見てくれてる人がいてよかった」わたしの人生の多くが偽りのものになってしまったときにも、テラーはいつも現実を思い出させてくれた。わたしは彼のそういうところが大好きだけれど、それは同時に、機会あらば彼をやり込めたくなってしまう理由でもある。「こうしてみんなでマンハッタンに戻って、リアムはあなたの警護無しで通りを歩いてるけど、それについてはどう思う?」

「いましがたの威勢のよさはどこにいっちまったんだ?」

「自分に関しては威勢よくいられても、リアムのこととなるとそうはいかないのよ」

「大胆に行くか、引きこもるか、二つに一つだ」テラーが言う。「ここは大胆に行くべきところだろう、エイミー。不安になる気持ちもわかる。これまできみが経験してきたことを考えると、不安になるなって言うほうが無理だ。だけど今ここで前に踏み出すことで、自由が手に入る。そしてそれが、これからずっと安全に暮らしつづけるための道でもある」

わたしは頷いた。「わかってる。それはわかってるんだけど。ジョッシュのことはどう？　彼についてはどう思う？」

「いいやつだよ。もちろん、リアムがこの件にジョッシュを引き入れると同時に、不穏な動きがあったとき調査をする人間を探そうとしていることも知ってる」

「リアムがその役目からあなたを外すつもりだってことについてはどう感じているの？」

テラーはカップを置き、両手を背後のカウンターに突いた。「おれは現実主義だからな。きみともリアムとも近くなりすぎて、おれが手がかりを追えば、必ずやきみたち二人に注意を向けてしまうことくらいわかってる」

「だったら、その仕事をする人を選ぶのを手伝ってくれる？」

「リアムがそうしろと言えばそうするよ。だが彼は、おれが関知する部分は少ないほうがいいという考えのようだ」

わたしは眉根を寄せた。「でもジョッシュについては話したのよね」

「きみの近くにいる人間は、どうしてもおれのレーダーに引っかかることになる」

わたしにはその意味がわからなかった。「わたしはジョッシュと親しいわけじゃないわ」

「きみやリアムに対する危険を察知する目的でモニタリングするってことは、〝近い〟ってことだ。おれの任務はきみを守ることだからな」

その熱っぽい口調を聞き、あらためて、彼のような援軍に恵まれたわたしとリアムはなんて幸運なのだろうと思った。「ありがとう、テラー」

「何がだ？」

「何度も、そしていろんな形で、わたしを助けてくれたことに」

テラーは大きく息を吸い、それを吐き出した。「実はきみに、ずっと言いたかったことがある」わたしが問いかけるように眉を上げると、彼は答えた。「きみに謝らなきゃならない」

「何を？」

「最初に会った晩、きみのことを誤解していた。きみがどれほど孤独で、どれほど困窮しているかわかっていなかった。独りで生き抜くためには、並々ならぬ根性や明敏さが必要だったはずだ」

「リアムを守るのがあなたの役目だったんだもの。それにあなたが雇った私立探偵が、わたしについて嗅ぎまわっていたせいで殺された直後だったんだから無理もないわ。あなたの立場だったら、わたしだってきっと同じ判断をしていた」

「きみは何一つ間違ったことはしていなかった。間違っていたのはおれのほうだ」

「わたしは長いこと、何一つしていなかったの。何かを訊くことさえ恐れてた。殺されることも怖ければ、貧しさも怖かった。怖いもののリストばかりが延々と連なってたのよ」

「ご両親が亡くなったときにはまだ十八だったのに、隠れて生きなければ命はないと言われたんだ。ローリンや彼らの一味は強敵だ。自分から謎を解き明かそうと調べはじめていたら、きみは囚われ、シリンダーに関してチャドの口を割らせるための武器として使われていたかもしれない。何もしないのが正解だった」

「そうかもしれないし、そうじゃないかもしれない。もう過ぎたことだし、今もこうして生きてる。チャドも生きてる。危険な兆候が現れたらちゃんと察知できるように、対策も講じつつある」わたしは人差し指を立て、付け加えた。「おまけに、過保護で仕切りたがりのリアムがずっとそばにいてくれる。考えてみれば、あなたとリアム、わたしのそばにいてくれる二人とも、そろって過保護で仕切りたがりよね」

「おれは仕切りたがりなんかじゃない」

「何言ってるの。いつも大声で命令してるじゃない」

「必要に駆られたときだけだ」

「それって、リアムが使ってるのと同じ〝模範回答集〟から引っ張り出してきた答え？」

ここでガレージのドアのブザーが鳴り、リアムの到着を知らせた。わたしは寄りかかっていたキャビネットから離れた。リアムのもとに駆け寄り、ジョッシュとのミーティングの詳細を尋ねたくなるのを、なんとかこらえた。

「落ち着け」テラーが言う。「だいじょうぶ、きっとうまくいったよ」

わたしは頷いた。ようやくドアが開き、グレーのスーツに白いシャツ、シルバーのネクタイを身に着けたリアムが、アイランドカウンターを回って近づいてきた。その表情は読めないものの、顎の線に力が入り、全身からパワーを漲らせている。彼はわたしの隣で足を止め、テラーのほうを見た。視線一つで、テラーに席を外してくれと伝えたのだ。

リアムはわたしの正面に移動し、ウエストに手を置いた。彼の大きな身体が迫ってきてわたしはカウンターに押し付けられる。射るようなブルーの瞳がわたしの目をじっと見つめる。ドアが閉まる音がしたところで、彼は言った。「今ぼくがどれほどきみのジーンズを脱がしてこのカウンターの上でファックしたいと思っているか、想像もできないだろうな」

リアムが好きな大胆な言葉に刺激され、全身を熱が駆け巡る。ブラの下で乳首がきゅんと硬くなったことから見て、わたしもその言葉が大好きなようだ。欲望にかすれそうになる声で、なんとか尋ねた。「お祝いのため？　それともストレスを発散するため？」

リアムの視線がわたしの唇に落ち、しばらくそこにとどまってから、またわたしの目に戻ってきた。「ぼくがそうしたいからだ」彼は息を吸い、手をわたしの両脇のカウンターに突いた。「だがしてしまうと、その後きみをベッドに連れていくことになり、そこから出したくなくなる。なかなか魅力的な展開ではあるが、今夜のパーティーのためにきみのドレスを買わなきゃならないからな」

「それはジョッシュとの話し合いがうまくいったってこと？　それともその逆？」

「うまくいった。つまり、今後ぼくらは彼と頻繁に接するようになるから、それらしい口実を作っておく必要があるということだ」

「〝うまくいった〟って？」

「ジョッシュにモニタリングしてもらうキーワードのリストの一部を渡した。今日の午後から早速始めてくれるそうだ」

「シリンダーについてはなんて言ったの？」

「世界経済を震撼させるようなクリーンエネルギー源だと。今のところはそれだけ伝えておけば十分だ」

リアムはわたしと指を組み合わせる。「ショッピングに行こう」彼に導かれてドアに向かいながら、わたしはテラーの言葉を頭の中で繰り返していた——大胆に行くか、引きこもるか。過去の経験によって条件反射のようになってしまった不安が、お腹の底から湧き上がってくるのを感じる。けれど過去は過去。今は状況が違う。引きこもるなんて、もうごめんだ。

数分後、テラーは午後の混んだ通りにわたしたちが乗ったベントレーを進めていた。

「行き先は?」彼は肩越しに問いかける。

「〈サックス・フィフス・アベニュー〉」リアムが指示を出す。

目玉が飛び出るほどの高級品揃いのデパートの名を聞き、顔から血の気が引くのを感じた。「クリスマス直前の土曜よ。ミッドタウンの通りがこれだけ混んでるんだもの。中はこれ以上に混雑してるはず。もっと小さな店を知ってるから、そっちに行きましょう」

「ドレスを選ぶのに値札を見る必要はない」リアムはわたしの意図を見透かしたよう

に答える。「きみの散財恐怖症を克服させないとな」

「恐怖症なんかじゃないわ。ただ……なんとなく居心地が悪いだけ」

「だったらその居心地の悪さを克服するんだ」彼は腕時計に目を落とす。「たっぷり四時間ある。訓練には十分だろう」

「たっぷり四時間って言うけど、そうでもないわよ。ランチもとらなきゃならないし。パーティーがあること、もっと前に知らせてもらえればよかったのに」わたしはリアムのほうをちらりと見た。「そういえばジョッシュは、あなたがわたしにパーティーのことを話さなかったって言っていたわよね。あなたはいつパーティーのこと知ったの？」

「記憶にあるかぎり、ずっと前からさ。ジョッシュは毎年このパーティーを開いてる。自動的にスケジュールに組み込まれてるんだ。そして彼は毎年十二月一日に電話してきて、必ず出てくれとプッシュする。そしてぼくのほうも自動的に彼を無視する。今年はその〝幸運〟に浴することができなかったが、将来に関しては、ぼくらの財産はもっと有意義なことに活用したいと彼に説教しておくよ」

　リアムが〝ぼくら〟という言葉でわたしも含めてくれていることに加え、パーティーを断固として避けようという決意も微笑ましくて、わたしは内心にっこりしていた。「タキシードは持ってるの？」

「一着ある」彼は答える。

「どういう世捨て人なの？　怪しいわ」わたしはからかった。

「〝いつも準備に余念がない世捨て人〟だ」

「常に主導権を握っていなければ気が済まない世捨て人でもあるわね」さらにからかってみる。

「ああ、常にね」彼は同意し、わたしのほうを見る。その瞳の奥に挑むようなセクシーな炎が燃えているのは、見紛いようもなかった。

彼の野性的で男らしいセクシーさに圧倒されるのは、かねてからのわたしの歓びではあるけれど、今はそんな生易しいものではない。切られていた翼を取り戻すことができた鳥のような気分なのだ。今この場で、彼の言葉を試してみたくてたまらなくなった。「常に？」吐息混じりに訊き返した。

彼の細めた目が妖しく翳っているようすを見れば、わたしが伝えようとした言外の意味をくみ取っているのは明らかだ。わたしは狼を誘惑してしまった——思わず息を詰めた。

「デパートの前につける。駐車してくるから、先に入っていてくれ」テラーが言う。

「一緒に駐車場まで来たいならそれでもいいが」

「前で降ろしてくれるんでかまわないよ」リアムは言い、わたしの腕をつかんで身を乗り出してくる。彼が頰を寄せながら囁くと、温かな息が首筋にかかった。「きみがどんないけないいけないことを考えているかは知らないが、ぼくの考えはその十倍はいけないことだ。試着室のドアはちゃんとロックしておくんだな。ぼくのいけないい考えがどういうものか知りたいんじゃなければね」彼は身を離し、ドアを開けて車を降りてしまう。残されたわたしの肉体はざわめき、頰は紅潮していた。

全身が火照るのを感じながら、リアムに倣ってコートを車内に残し、彼が買ってくれたシャネルのバッグを斜め掛けしたとき、なぜかふと、以前リアムに説得され、携帯するようになった銃のことを考えた。ドアのほうを見ると、リアムが手を差し出している。彼と視線が合う。どこか挑むようなその仕草を見て、この場の支配権を渡せと要求されているように感じられ、わたしは首をかしげた。ときとしてわたしに責め苦を与えることもある彼のセクシーな唇が微笑む。火花が出そうなほど官能的なエネルギーがあたりの空気に漂う。濃密な数秒間が過ぎた後、わたしたちはどちらからともなく笑い出した。

リアムがわたしの手を取り、車を降りるのを手伝ってくれる。次の瞬間、彼はわたしを引き寄せ、腰の後ろに手を当てて、身体を密着させていた。「愛しているよ、エイミー・ベンセン」彼は囁く。冬の冷たい外気のなか、吐息がひときわ頬に温かく感じられる。

「わたしも大好きよ、リアム・ストーン」通りの露店で焼かれているナッツの香りを吸い込みながら言った。街の活気がわたしの周囲に広がっている。見渡すかぎり、人々がせわしなく動き回っている。この瞬間、自分がなぜテキサスよりもここにいるほうが落ち着くのかに気づいた。この街はもうずっと前にわたしの故郷になっていたのだ。「あとこれも大好き」

「これとは？」リアムは少し身を引き、興味深げにわたしの顔を覗き込む。

「この街の人々と活気」「サンタが街にやってくる」を奏でるギターの音色を耳にし、わたしはにんまりした。「通りの露店やストリートミュージシャンも」彼の胸の心臓の上に手を当てた。「テラーに駐車をまかせて二人でこうしていられるくらい安全だってことも」

リアムがわたしの肩に手をかけ、わたしたちは人波を縫って、混んだ歩道をデパートの入り口へと進んでいった。が、腹立たしいことに、そのとき首筋にちくちくするような刺激を感じた。後ろを振り返りたくなる衝動を、勢いよく抑えつける。神経質になる必要はない。頼りになるテラーが、ちゃんと見守ってくれている。不安が幅を利かせるつもりなら、こっちはそれ以上に大胆になってやる。

第六章　試着室

リアムとわたしがデパートの入り口に着いたとき、年配の女性がドアが開かずに苦労していた。リアムがすかさずドアを開けてあげると、彼女は感謝いっぱいの眼差しで彼を見上げた。その表情を見てリアムもわたしも思わず笑顔になり、手をつないだまま店に入った。白いタイルの床に足を踏み入れたとたん、暖かさに迎えられる。キラキラ光るガラスケースに化粧品や香水やアクセサリーが納められ、高級なハンドバッグが通路沿いにずらりと並んでいる。店内をざっと見渡しつつも、わたしの注意はすぐに正面の白いクリスマスツリーに引き寄せられた。魔法のように美しいツリーは、五メートル近い高さがある。

リアムが「婦人服売り場はこっちだ」と言いながら手を引っ張っていこうとしたとき、わたしの視線はツリーのてっぺんに飾られた優美なクリスタルの天使に注がれていた。

「待って」足を踏ん張り、彼を引き止めて、ツリーの上を指さした。

「ツリートッパーかい？」彼が尋ねる。

「ええ」わたしは彼の前に立ち、その胸に手を当てた。「どう？　とても壮麗だと思わない？」

「確かに壮麗だ」彼はわたしの言葉に目を輝かせて繰り返す。「となると、なんとしてでも手に入れなきゃな」

「あなたが気に入らないならその必要はないわ。あなたはどう思うの？」

彼はわたしの頭の後ろを支え、キスをする。「ああ、ベイビー。ぼくも気に入ったよ」彼はわたしの頭から手を離し、周囲を見渡すと、赤毛の小柄な女性店員に合図をした。店員はすぐに駆け寄ってきた。「あれをください」リアムは天使を指さして言った。

店員は笑い声をあげる。「どれほど多くのお客様が今まであの天使についてお尋ねになったと思います？　おかげで問い合わせなくてもすぐわかるんですけど、あれは非売品です」

リアムのほうは笑っていない。「ぼくらはあれが欲しいんです」リアムは繰り返しながらポケットから財布を取り出す。「売り物じゃないのなら、販売者を調べてください」彼は店員にこの店専用のクレジットカードを手渡した。「値段はいくらでもかまいません。新品を取り寄せていただく手数料も合わせてお支払いします」

店員は目を丸くし、クレジットカードを見つめながら居心地悪そうにしていた。

「ミスター・ストーン、大変申し訳ございませんが、価格の問題ではないのです。これはもう何年も前からこのツリーに飾られていまして、製造業者はすでに廃業しているとのことです」

「だったらこれを売ってください」

彼女は首を横に振る。「そういうお申し出をいただいたのも、お客様が初めてではないのですが、上層部に販売を禁じられておりますので」

リアムは彼女が面白い冗談でも言ったかのように口元を歪めた。「だったらあなたの重荷を楽にしてあげましょう」彼は店員の名札に目をやった。「ミズ・ウィリアムズ？　あなたの上の方と話をさせてください」

「そうですか……。はい、承知しました。呼んでまいります。お客様はどちらにいらっしゃいますか？」

「レディス・フォーマルに」リアムは言い、手をわたしの腰の後ろに当てた。

「かしこまりました。そちらに伺います」彼女は踵を返し、足早に歩き去った。

リアムとわたしはフロアを横切り、エレベーターに向かった。「別のを探せばいいわ」わたしは言った。「大した問題じゃないもの」

「でもきみはあれが欲しいと言った」彼は頑なに言い張る。「だったら手に入れてやる」

わたしは足を止め、彼の腕をつかんで引き止めた。「リアム、わたしは別のトッパーでもぜんぜんかまわないのよ」

「ぼくが嫌なんだ」彼は言うと、二人の指を組み合わせた。「おいで、ぼくらは試着室を探さないと」

リアムはまっすぐに目的地を目指す。わたしは彼に追いつくために歩くテンポを倍にしなければならなくなる。「試着室を探さなきゃいけないのはぼくらじゃないのよ、リアム・ストーン」誰かに見つかるかもしれないと思うと、パニックに陥りそうになった。彼はわたしの言葉を無視する。そんなふうに感じている場合じゃないけれど、その大胆さがたまらなくセクシーに思える。今はそれどころじゃない。人目を引かないような振る舞いにずっと慣れてきたのに、いきなりそんな危険を冒すわけにはいかない。「ドアは絶対にロックしますから」わたしは宣言した。

リアムはさっき車で見せたのと同じ、獲物を前にした狼みたいな表情を見せて服のラックの間を進んでいく。「ロックが付いていればいいがね」

彼を睨みつけた。「お行儀よくしてちょうだい、リアム・ストーン。からかってるだけってことはわかってる。あなたみたいに秘密主義の人が、本気でそんなことをするわけがないもの。それにわたしはさっさとドレスを探して食事がしたいの。飢え死にしそうなんだから」

今回、足を止めて向き合ったのはリアムのほうだった。「ぼくだって飢えてるんだぞ、エイミー。求めるのは食べ物じゃないが」彼の声は妖し気な熱を帯び、アクアブルーの瞳は普段より色濃く翳っている。「だが、」彼は先を続けた。「きみの言うことも一理ある。ぼくはまず第一に秘密主義だ。きみのことは独り占めしておきたい。だからこそ今日はドレスを買いに来たわけだしね」

わたしたちはエレベーターに乗り、降りてからもまだ冗談混じりの議論を続けながら廊下を進んでいった。途中、リアムが横手にあるガラス扉に目をやった。彼の後に付いて近づいていくと、そこはブライダル・ブティックだった。

わたしの胸は得体のしれない感情に締め付けられたが、それをここで分析するのは怖かった。「だめよ、今日はそんなことしてる時間はないんだから」

「ここにパーティードレスを運んできてもらって、一緒に試着すればいい」

「どこで式を挙げるかも決めていないのよ。まだどんなドレスにしたいかも考えていないし」

リアムはわたしを服のラックの陰に引き入れる。「今ここで決めればいい。ぼくはきみと結婚したい。早く決めれば、それだけ実現も早くなる」

「でも、ニューイヤーズ・イヴに決めたんじゃなかった？」

「きみはそれでいいのかい？」

「ええ、素敵な考えだと思うわ」

「だったら日取りは決まりだ。場所は？　どこでもいいんだよ、エイミー。飛行機の機内でも、エジプトでも、テキサスでも。イタリアなんてロマンチックだな、でなきゃ――」

「家（うち）がいい。家（うち）でしたいわ。あなたがよければだけど」

わたしの目にかかった髪を彼が払いのけてくれる。「どこでもいいと言ったのは本当だよ。日時も、場所も、それ以外の細かなことも、きみが決めるからこそ大事なんだ。ぼくはただ、きみがいてくれさえすればいい」

まさに完璧な答えだった。「この際だから言っておくわね、リアム・ストーン。あなたって、おれ様気質で傲慢で無理強いしてくることもあるけど、それでも、言うこととすることはなにもかも驚くほど完璧なの」

「それはきみがぼくをよく理解しているからだ。ぼくがきみを理解しているのと同じように。ぼくらは二人でひとつなんだよ、エイミー。最初に目と目を合わせたときからそれがわかっていたような気がする。ぼくらは生涯の誓いを交わすようになるってことを」

彼と出会ったのは両親が亡くなったせいだということ、そして二人ともうわたしの人生にはいないのだということ。その二つの考えが一緒になって、まだ口を開けたままの無数の傷口に刺さったガラスのように感じられた。目に涙が込み上げてきた。

「ここ二日間、泣きたくてたまらなかったの」

リアムがわたしの頬を両手で包み、涙を親指で拭う。「いったいどうしたんだ? わけを話してごらん」

「二人とも、今はいない愛する人たちと、これを分かち合うことができたらよかったのにって思ったの。わたしのママとパパ。あなたのママやアレックスと」

リアムは一瞬顔を背けた。そして彼はまたわたしを見た。彼の気分が変わるのが手に取るようにわかる気がした。「ぼくら二人とも、心から愛する人を亡くして、多くを失った。それもまだ若いうちに。だから出会ったとき、二人とも独りぼっちだった。

それはぼくら二人の関係性に影響を及ぼすことになるんだろうな。ついきみに対して過保護になったり、ときには融通が利かなくなってしまうのもそのせいだ。もしそうなっていたら教えてほしいが、そうなってしまうのはきみを愛してるからだってことも理解してほしい」

わたしはにっこりした。「あなたが自分から言ったってこと、覚えておいてね。わたしが耐え難いほどに神経質になったり不安がったりしたときも」

「覚えておくよ。少なくともいったん威張り散らしたあとには気づくようにする。なにせぼくは、おれ様気質で傲慢で、えーと――」

「無理強いするの」わたしは代わりに先を続けて笑いながら、彼自身についてこんなふうに冗談を言えるリアムのことが大好きだと思った。

「そう、無理強い」彼は同意したあと、囁くような口調になった。「この先どんなゴジラがぼくらの前に立ちはだかろうと、二人でやっつけよう」

わたしは思わずにんまりした。それは二人が最初に出会った晩、わたしが彼に言った喩えだ。「そして、どんな鮫がわたしたちの足元に迫ってこようと？」お返しに、彼が使った言葉を思い出させようとした。

「ああ、鮫もだ」彼は言い、わたしの指の背に口づける。「ってことで、二人でドレスを二、三着見てみないか？」

「二人で？」啞然として訊き返した。「ウエディングドレスをあなたに見せるわけにいかないわ。式のときのサプライズじゃなくちゃ」リアムはわたしの反論は無視し、ラックの陰から引っ張り出す。「リアム、ねえ、本当にそうなんだから」

彼はブライダル・ブティックへのガラスの扉を開けた。「ブティックの中のロビーにいる」

顎の線に力を込めた表情から察するに彼は一歩も引かない構えのようだが、それでもわたしは睨みつけた。一応の努力はしてみよう。「わたしの安全を気遣ってくれているなら、入り口は一カ所だけだから、ドアの外で見張っていてくれればいいわ」

彼は必死に思いとどまらせようとするわたしを愉快そうな顔で眺めながら、平然と立っている。すでに勝利を確信しているかのように、反論しようともしない。

仕方ない。彼の勝ちだ。わたしは唇を尖らせた。「わかった。だけどドレスは見せてあげないから」

彼は口元を歪めてにんまりする。「了解」

「おれがいなくて寂しかったか？」テラーが現れ、リアムの隣に立った。次の瞬間、彼はリアムが開けたガラス扉の奥に視線をやり、目を丸くした。「おれとしたことが、結婚のビッグニュースを聞き逃していたようだな」

　わたしはにっこりし左手を挙げた。テラーがヒューと口笛を吹く。「これぞ誓いの重さだ」

　からかわずにはいられなかった。「フラワーボーイにしてあげましょうか、テラー？」

「可愛いドレスを着せてくれるならね」彼も冗談で返す。

　わたしは呆れたようにかぶりを振りながらも笑いが堪えられなかった。ブティックに入り、エレガントな白の二人掛けソファのそばを通って、ドレスがずらりと並んだ壁際に近づいた。胸をときめかせながら一着ずつ眺めていったが、わたしたちのささやかな結婚式には、ほとんどが大げさすぎるように感じられる。まずは今夜のドレスに集中したほうがいいと判断し、店員を探した。入り口のほうへ戻るとリアムが首にメジャーを掛けた銀髪の女性と話をしていた。

　女性店員は急ぎ足でどこかへ行ってしまい、リアムは二人掛けソファに腰を下ろした。わたしは短い距離を歩いて彼のそばに行った。リアムの目の前で足を止め、腰に手を当てて店員と何を話していたのか問い質そうとした。

「いいニュースだぞ」彼はわたしの手をつかむ。触れた場所から甘い疼きが伝わり、足の先まで一気に駆け下りる。「店員さんに、きみが呆れるほどの大金をつぎ込むよう力を貸してやってくれと頼んでおいた」

「呆れるほどの大金をつぎ込むつもりなんてありません！」

「頼むから店員さんにそんなこと言うなよ。あの人の給料は歩合制なんだ。彼女の一日を台無しにするつもりか？　何でもきみの好きなものを選べばいい。値段のことは一切考えずにね。きみはぼくのものだ。一生に一度の結婚式だぞ」

わたしは彼の頬を手で包み、キスをした。「それを言うならあなたもわたしのものよ、ミスター・ストーン」

「そのとおりだ、ミセス・ストーン」

「ミセス・ストーン」わたしは繰り返した。その響きがたまらなく気に入った。

「こちらが花嫁さんですね」

店員の声がしたので、もう一度彼にキスしてから振り向いた。女性店員は目尻に皺を寄せて微笑んでいる。

「エイミーだよ」リアムが紹介する。「こちらはベティ」

「こんにちは、ベティ」わたしは挨拶した。

「お会いできて嬉しいわ、エイミー。ミスター・ストーンからだいたいのサイズは伺っています。まずは今夜のイベントが火急の問題ですから、イブニングドレスを何着か選んで、試着室にご用意しておきました」

「素晴らしいわ」わたしは答えた。「さっそく拝見します」

ベティがくるりと踵を返して歩き出し、わたしは彼女の後を付いていった。肩越しに振り向いてリアムに手を振り、待合室からは死角になった廊下へと進んでいく。ベティが並んだドアのうちの一つを開け、こちらを振り向いて、祈るように両手を組み合わせた。「パーティードレスを試着していらっしゃる間に、ウエディングドレスをいくつか探してきますね。お式について、細かなことをお伺いできますか？　あと、ドレスのお好みとか、憧れのスタイルがあったらお聞かせいただきたいんですけれど」

「式はとても小規模に、内々でやるつもりなんです」

「でしたら控え目でエレガントな感じなどいかがでしょう？」彼女は尋ねる。

わたしは頷き、髪を耳に掛けた。

ベティが目を見張る。「あらまあ、なんて素敵な指輪でしょう。拝見できます？」

「ええ、どうぞ」わたしは誇らしげに手を差し出した。

彼女は石をじっくり眺めてから言った。「これにぴったりのドレスがあります。すぐ戻りますね」彼女は急ぎ足で廊下の先へと消えていった。わたしはまたしても一人微笑んでいた。今日はずっとこの調子だけれど、我ながらなかなかいい癖だと思う。

広々とした試着室に足を踏み入れ、ドアを閉めた。部屋の壁に掛けられている六着のドレスに目を走らせる。即座にアクアブルーのドレスに引き寄せられた。リアムの瞳の色によく似ている。バッグのストラップを頭から抜き、椅子の上に置くと、近づいてじっくり眺めた。刺繍を施したボディスや透け感のある袖、細身の長いスカートも気に入った。ドレスを裏返して値札を探したけれど、どこにも見当たらない。隣のドレスをめくってみたものの、そちらも同様だった。これはリアムの仕業に違いない。

尋ねる以外値段を知る方法はなさそうだが、尋ねても答えてもらえるとは限らない。ため息をつき、観念した。ともあれドレスを試着しよう。胸をときめかせながら着ていた服を脱ぐ。けれどアクアブルーのドレスのファスナーを上げ、鏡に自分の姿を映したとき、ヒップのあたりの締め付け具合を見て、これはどう考えても間違ったチョイスだとわかり、がっかりした。ドアにノックが響いたので開けると、ベティが入ってきて、淡いピンクのワンショルダーのAラインドレスを壁に掛けた。あまりにも完璧な色合いを見て、思わず息を呑んだ。「素敵だわ。試着するのが待ち遠しい。ああ、お願い、サイズが合いますように」

「必要ならお直しすることもできます」ベティは言い、もう一着のエレガントな白いレースのドレスを示した。ウエストに淡いピンクのサッシュベルトが巻かれている。「こちらはピンクのヴェールと合わせることもできますし、サッシュ以外はすべて白にしてもいいですね」

「可愛いわ。とっても可愛い。でもこのピンクのドレスもすごく気に入っちゃった」ベティが満足げに微笑む。「わたしも大好きなドレスなんです」彼女はここでわたしの全身を眺め、眉根を寄せた。「あまりしっくりこないようですね」

わたしは笑った。彼女の正直さに尊敬の念を覚えた。「色は素敵なんだけど」

「色はお似合いですが、このドレスはだめね。もう一着同じ色合いのがあります。取ってきますね」彼女は言い、ドアの外へ出ていった。

わたしはすぐにウエディングドレスの試着にかかった。パーティードレスを試着するときのさらに十倍くらいは胸をときめかせ、まずはピンクのほうに手を伸ばした。ファスナーを上げながら、あまり期待しすぎちゃだめと自分に言い聞かせる。一着目に選んでもらったドレスが気に入る確率なんて、おそらくはゼロに近い。大きく息を吸い、鏡に向かったとたん、歓びが湧き上がってきた。ぴったりしたシルエットはエレガントでいながらセクシーだ。ワンショルダーの上にかけられた半透明のドレープが、ウエディングドレスに相応しいロマンティックな雰囲気を醸し出している。

　でもやっぱり白じゃなきゃだめかしら？　わたしにとってはたった一度の結婚式なんだし、初めての結婚式のときには白を着るのが伝統よね？　と不意に、母とプロムのドレスを買いに行ったときの記憶が蘇ってきた。母がそばにいてくれないことが寂しくて、急に独りぼっちの気分になった。ドレスについて相談できる相手はベティしかいない。さもなきゃテラー？　そう思ったとたん可笑しくて、すこし元気が湧いてきた。

　こみ上げる想いを押し殺し、ドレスを脱いでハンガーに戻すと、二着目に手を伸ばした。身に着け、ピンクのサッシュを締めて鏡を覗き込む。あらためてとても美しいドレスだと感じた。ストラップレスのデザインも、白いシルクの生地がシンプルで上品なところも気に入った。サッシュに添えられた控え目なピンクが、ちょうどいい具合に指輪を引き立たせている。

　腰を下ろし、ため息をついた。誰かの意見が聞きたかった。ベティに相談しよう。少なくとも彼女は正直に答えてくれる。そうよ、なんなら本当にテラーに戻ってきてもらって、尋ねたっていい。でなきゃ伝統は棚上げにしてリアムに見てもらうこともできる。そうだ、そうしよう。わたしは腰を上げた。彼はわたしと一心同体だし、親友でもあるんだもの。が、また座り込んだ。いいえ、伝統は重んじなきゃ。リアムに尋ねるわけにはいかない。ウエディングドレスは、結婚式当日のサプライズにしておきたい。いっそ二着とも買って、着なかったほうを返品する？

そのとき、ノックもなしにドアが突然開いた。わたしははっとして立ち上がった。リアムがさっきの官能的な約束を果たしにやってきたのだと思った。けれど試着室に入ってきてドアを閉めたのは、黒っぽいボブのヘアスタイルで分厚い眼鏡を掛けた若い女だった。わたしは目を瞬いて彼女を眺め、もう一度目をぱちくりさせた。まさか。きっと目がどうかしてしまったのだ。だがここで、その髪がウィッグであることに気づいた。黒髪のこの女は、本当はブロンドなのだと。

わたしは息を吞んだ。「いったい何しに来たの、メグ？」

第七章　コントロール

「彼、本当に死んだの?」メグが尋ねる。声を震わせ、脇に抱えた柔らかな布製のバッグを指でぎゅっと握りしめている。銃を隠しておくには格好の場所だ。わたしは怖くなった。

両手を挙げ、一歩下がった。おそらく彼女はずっとわたしたちの家を見張り、後を尾けてきたのだろう。そう思うとぞっとした。「メグ——」

「チャドは死んだの?」今にも金切り声をあげそうな勢いだ。「本当に死んだのか、どうしても知りたいの」

メグはわたしのほうに身を乗り出してくる。わたしは椅子に腰を下ろし、自分のバッグをつかみながら、どうしたら中の銃を素早く取り出せるだろうかと考えていた。

「チャドはもういないわ。本当よ」

「いなくなったかどうか訊いてるんじゃない」彼女は歯ぎしりをしながら唸る。「死んだのかって訊いてるのよ」

「死んだわ」わたしは答えた。この女に裏切られたせいで兄が本当に命を落としていた可能性も十分ある。無性に腹立たしくなった。

メグはわたしの表情を探り、首を横に振る。「嘘よ。そんなはずない！　嘘ついてるのよね？」

「嘘じゃない」

「もし本当に彼が死んだのなら、あなたはお兄さんが死んでわずか二日後に買い物して歩いてたりしない」彼女はわたしの全身を見回す。「しかもウエディングドレス？　ありえない」

「わたしはこの六年間、悪いことが起きても、これは現実じゃないんだって自分をごまかしてやり過ごしてきたの。そうしなきゃとてもじゃないけど生き延びられなかった。兄は本当に死んだのよ、メグ」

「隠れているのよね。前みたいに」

「わたしだってどんなにそう思いたいか、あなたにはわからないの？」彼女に真相を言い当てられ、わたしの声は震えていた。「警察が歯の診療記録と照らし合わせて兄だって確認したのよ」

彼女は信じられないと言いたげに、短い笑い声をあげる。「前に死を装ったときみたいに、チャドだったらそんな記録いくらでもでっちあげられる。どうしても彼に会わなきゃならないの。何が起きたか、ちゃんと説明しなきゃ」

「何言ってるの？　何が起きたって言うの？」

「わたしだって彼のことを裏切りたくなんかなかったのよ、エイミー。お願いだから信じて。何もかも、ローリンに無理やりやらされたことなの」

ローリンはわたしの両親殺害の首謀者だ。そしてわたしは、メグがローリンとキスしている写真を見た。彼女がまだ兄の〝恋人〟だったときに。この女は謝罪に現れたわけじゃない。情報を引き出そうとしているのだ。いまだにチャドとシリンダーを探そうとしているのだろう。「あなたが何をしようがしなかろうが、その理由がどうだったとか、そんなことはどうでもいいのよ」わたしは険しい口調で言い返した。「兄は死んだ。今度ばかりは実際、兄の埋葬に立ち会ったんだから」

メグは怒りに目を燃え立たせ、わたしのお気に入りのピンクのドレスをつかんで、バサバサと振ってみせる。「こんな悪趣味なドレス見て。普通、兄弟を埋葬した二日後にドレスなんか見たりしないわよ」

自己弁護したい衝動が湧き上がる。「それが生き延びる術なの。わたしを愛してくれる人はもうこの世にたった一人しかいないから、その人を大事にしたいのよ」

　メグはわたしを睨みつける。この女は今にもブチ切れて何をしでかすかわからない。お腹の底に渦巻く不安は無視し、わたしも睨み返した。わたしたちの間では敵意が火花を散らし、重苦しい数秒間が過ぎる。メグはわたしの表情を見て、隠し事の証拠を探そうとしているけれど、こっちはそんなもの一切明かすつもりはない。最終対決を予感し、バッグを握る指に力を込めた。彼女よりも早く銃を取り出すことができるだろうか？

　が、ここで突然、メグはがっくりとうなだれ、顔をくしゃくしゃにしてすすり泣きはじめた。「死んだなんて嘘よ」片手をバッグから離し、顔を覆っている。「信じられない」

　わたしは歯ぎしりをした。この涙が相手を欺こうとするものだということは先刻承知だ。一度はその作戦にまんまとはめられたけれど、もう二度と騙されない。「わたしだって嘘だったらどんなにいいだろうと思うわ」新たな怒りをかき立てられ、震える声で言った。「でも事実だから仕方ないでしょ」

　メグは濡れた頬を手で拭い、自分の身体を抱くように腕を回している。「誰に殺されたの？　ローリン？」

ローリンはわたしの両親を殺した黒幕というだけでなく、この女が兄を騙していたとき、その上司に当たる人間を少なくとも一人殺めている。名前を聞いただけで怒りがさらに燃え立った。「誰の仕業かなんて知らないわ」

ドアにノックが響き、メグがはっと振り向く。その手をバッグに持っていき、指を中に滑り込ませようとしている。

「もうちょっと待ってて、ベティ！」なんとか事態を鎮静化しようと、わたしは大声で呼びかけた。「今電話中なの」

「わかったわ、エイミー」ベティが答える。「ドレスを選んできたから、ドアに掛けておきますね」

「ありがとう！」わたしは言い、息を殺して遠ざかる足音に耳を澄ませた。ベティがいなくなったと確信すると、メグに警告を発した。「彼女はすぐに戻ってくるわ。わたしにどうしてほしいの？　チャドのことでただでさえ辛いのよ。この傷口に塩を塗る以外に、何がしたいの？」

メグは下唇を震わせた。いや、よく見ると全身が震えている。「怖いの」

わたしは訝しさに目を細め、彼女を眺めた。これもまた、情報を聞き出すための策略に違いない。「怖いって何が？」

「あの怪物父子(おやこ)よ。他にいないでしょ？　ローリンとシェリダン。わたしは何者かに追われてるの。二人のうちのどちらかか、でなきゃ両方が差し向けたのよ」

なぜ追われていると思うのかは訊かないでおいた。「どうしてあの二人だと思うの？」

「わたしが証言したら、やつらにとってはマズいことになるからよ。わたしは知ってるの。知りすぎてるの」

「二人とも塀の中よ」

「やつらの財力と権力をもってすれば、塀の外にも簡単に影響を及ぼせる」

「国家を裏切った人間は、普通の刑務所に行くこともなければ、外界と連絡する権利を与えられることもないわ」すでに世間に公表されている情報を使って反論した。

「そもそも裁判で証言者を必要とするとも思えない。ニュースでは、取引先の中国人に通報されたって言ってたじゃない」

「やつらの弁護士は、あの二人を普通の刑務所に戻して裁判にかけるよう働きかけてるの。シェリダン・スコットと有力な投資家から成る彼の〝協会〟には、お金が唸るほどある。外の世界と連絡を取ることができないなんて、本気で信じてるの？　やつらの弁護士ならそれくらい朝飯前よ」

わたしたちの宿敵が早々と自由の身になるかもしれないと思うと、胃がぎゅっと締め付けられた。「なんでそれがわかるの？」

「後を尾けられていると気づいたとき、ローリンの昔の友達に連絡してみたの。全部話してくれたわ」

「その人はどこでその情報を得たの？」わたしはさらに問い質した。

「その人の友達には今もローリンと付き合いのある人がいて、その人物から聞いたんですって。ねえ、エイミー」彼女はいきなり床に膝をつき、懇願しはじめる。わたしは現実に引き戻された。「助けてほしいの。CIAが求める情報を渡して、あなたに危害を加えようとする人たちを塀の中から出られないようにすればいいじゃない」

「自分でなんとかしなさいよ、メグ。あなた以外に頼れる人がいないのよ」

「だから言ってるでしょ。やつらを裏切った人間は死ぬ運命なのよ。それに、あっちにはもうジャレッドがいる。彼のほうがわたしより知ってるに違いないもの」

「どういうこと？　ジャレッドは刑務所に入ってるの？」

「CIAに協力してるのよ。たぶん。司法取引みたいなことをしたんだと思う。馬鹿な男よね。瞬殺されるにきまってるのに」

ジャレッドの行方がわかって安心すべきなのか、あるいは彼が依然として頭痛の種になるかもしれないことを心配すべきかわからなかった。

「あなたの助けが必要なのよ、エイミー。わたしにはお金も伝もない。チャドだけが唯一の希望だったの。お願いだから助けて。チャドに教わったことを一つ一つ思い出して身を隠そうとしたけど、それでも追手から逃れることができないの」

「チャドと一緒にニューヨークで暮らしてたんだもの。ここにいたら見つかるにきまってるわ」

「ここには隠れるために来たんじゃない。あなたに会うために、わざわざニューヨークに来たのよ」

「兄を裏切ったくせに」

「お兄さんには本気で恋してた。彼に嘘をつきつづけなきゃいけないのは、身が引き裂かれる思いだったわ」

「でも嘘をついたことに変わりはないでしょ」

「本当のことを言いたかったけど、そんなことをしたらチャドに嫌われるし、二人とも命を落とすことになる」

「結局、兄は命を落としたのよ、メグ。わたしに言わせれば、あなたにもその責任がある。あと火事のこともね。リアムの家に発火装置をしかけたでしょ」

「仕方なかったの。やらなければわたしが殺されてた」

「わたしの両親は火事で死んだのよ。炎に焼かれて」

「ごめんなさい」メグがわたしの脚をつかむ。わたしは彼女を押しやりたい衝動をこらえ、身をこわばらせた。「本当に悪かったわ。チャドの復讐をする手伝いをさせて。助けてくれるなら、どんなことでも協力する。本当に何でもするから」彼女はわたしの手をつかみ、一枚の紙きれを握らせた。「わたしに連絡できる番号よ。メッセージを残してくれれば、こっちから折り返しかける。お願い、エイミー。リアムを説得して。わたしを助けるように、彼に頼んで」メグはわたしの手を放して立ち上がった。こっちが呆気にとられている間に、彼女はドアを開け、廊下に消えていった。わたしはしばらく呆然としてその場に座っていたけれど、やがてはっと我に返った。メグからもっと情報を聞き出さなくては。

急いで立ち上がり、ドアを飛び出した。

「リアム！」叫びながらドレスの長い裾を引き上げ、走り出した。「リアム！」メグはブティックを出て外の売り場に消えている。わたしはさらに声を張った。「リアム！」いきなり彼の逞しい肉体に突き当たり、息を呑んだ。よろけそうになって、彼の腕をつかむ。「メグが……」息を喘がせた。「今出ていったのはメグよ。黒のウィッグと眼鏡の」

リアムはわたしを壁に押し付け、身体で覆うようにしながら叫ぶ。「怪我は？」

「いいえ、怪我はしてない。彼女を捕まえなきゃ」

ベティが廊下に現れた。「どうかしたんですか？　何か問題でも？」

「警備係に連絡してください」リアムは命じたもののそれ以上の情報は与えず、すぐにわたしに注意を戻した。「彼女は一人だったのか？」

「わからない。たぶんそうだと思う。とにかく、捕まえなきゃ」

「きみが安全なら他はどうでもいい。下手に彼女を追って罠に嵌められるということもある」

テラーがわたしたちのもとへ駆け寄ってきた。「なぜ警備係を呼ぶんだ？」

「メグが来たの」わたしはまだ息を荒らげている。「わたしに迫ってきてたかと思うと、いきなりいなくなったの。黒いボブのウィッグをかぶって分厚い眼鏡を掛けてる」

「一人なのか？」テラーが尋ねる。リアムと同じことを考えているようだ。

「ええ、おそらく。誰かに追われてるって言ってた。バッグにはたぶん銃が入ってたと思う」

テラーは無言のうちにリアムに視線を向け、問いかける。リアムは頷いた。「ああ、彼女を追ってくれ」

リアムが言い終わるか終わらないかのうちにテラーは動き出し、代わりにベティがわたしたちの隣に立った。「警備の者がこちらに向かっています。何かお手伝いできることは？」

「ブティックを閉鎖してください」リアムが言った。「誰も出たり入ったりできないように」彼はわたしに視線を向ける。「着替えておいで。ぼくはここにいる」

わたしは頷いた。すぐにもここから立ち去りたかった。けれど廊下の先まで行ったところで、何が起きているかもわからないまま試着室にこもることは耐えられないと思いはじめた。外に出ると、ベティの姿はなく、リアムが警備係と話をしていた。待つ時間が何時間にも感じられたが、実際には数分間だったのだろう。やがて警備係が無線で連絡を取り、リアムがわたしのほうを向いて、試着室へ戻るよう仕草で示しながら長い脚で大股に近づいてきた。

わたしは彼の前に立って部屋に入り、リアムがドアを閉めたのを確認してからドレスのファスナーを下ろした。「メグはいったい何の目的で現れたんだ？」

「チャドが本当に死んだか確かめに来たの」ドレスを床に落とし、そこから足を抜く。

わたしがドレスをハンガーに掛けようとして手間取っているのを見て、リアムが代わりにやってくれた。「チャドがまた死を偽装していると考えて誰か探りにくる者がいるだろうとは思っていたが、まさかメグだとはな」

「ジャレッドがＣＩＡに協力していると言っていたわ」

「彼女はどこからそれを知ったんだ？」

「ローリンの知り合いからですって。でも、だとすると中国人たちはジャレッドを引き渡したことになる。世界屈指のハッカーなのに、手放したりするかしら？」

「メグはジャレッドが具体的にどんな協力をしているか言っていたか？」

わたしは首を横に振った。「いいえ、そこまでは知らないみたいだった。もし証人保護プログラムだったら、メグだって知りえないわよね？」

「そうだ。だが、他にもいくつか選択肢はある。ジャレッドはある種二重スパイみたいなものなのかもな。あるいは、両国が単に取引をし、中国側にとってもっと価値のあるものと彼とを交換したということも考えられる」

「そう考えた場合、ジャレッドの行方がわかるのは、いいことなのかしら、悪いことなのかしら？」

「あの女には過去に何度も欺かれている。だからその言葉に基づいて何かを推測しようとするのは無意味だ。ぼくらで調査をし、そこから結論を導き出そう」リアムがポケットから携帯電話を出した。「服を着て。早くこの店を出よう」

わたしは電話を手で覆い、彼がダイヤルしようとするのを止めた。「待って、もう一つ話しておきたいことがあるの。彼女が言うには、シェリダンやローリンをはじめ、シェリダンの仲間の協会の連中は……普通の法廷で裁判ができるように働きかけているかもしれないって」

「彼女はなぜきみにそんなことを言ったんだ？」

「メグはチャドの助けを得ようとしていたんだけど、それが無理なら今度はわたしたちにって、彼女の証言が彼らの罪の決定的な証拠になるから危険が及びそうなのだと言っていたわ。何者かに追われてるって」

「彼女の発言すべては、ぼくらから秘密を引き出すためのでっちあげかもしれないってことはわかっているだろう？」

「わかってるけど、もしそうじゃなかったら？」

リアムはわたしの頬を両手で包み、額にキスをする。「あの女の言うことを鵜呑みにしちゃだめだよ、ベイビー」彼はわたしから手を離した。「何があろうと、ぼくらはいつもどおり、一つ一つ対処していけばいい」そしてわたしの全身を見回す。「まずは服を着よう。ここを出ないとね」続いて彼は携帯電話の短縮ダイヤルボタンを押した。

「やつらは刑務所の中からでも影響を及ぼせるって言ってたわ。どんなに警備が厳重な刑務所でも」

「その〝影響〟ってのは彼女のことかもしれない。メグを使ってぼくらを釣ろうとしているのかもしれないだろう？」リアムは応えてから電話に注意を移した。しばらく耳を傾けたのち、静かに話しかける。「ついさっき、メグがエイミーを訪ねてきた。連絡してくれ」一呼吸おいてから、「大至急」

チャドに掛けたのだ。わたしはジーンズに脚を通し、胸に渦巻く不安を抑えようと、ファスナーを上げる作業に集中しようとした。チャドは連絡してくるだろうか？　今の感じだと、どちらとも言えない。床に置いたシャツに手を伸ばそうとすると、リアムが先に拾ってくれた。けれど渡そうとするのではなく、手に持ったまま、わたしの表情を探っている。その眼差しはきみの気持ちはわかるよと告げているようだった。やがて彼はシャツを掲げ、わたしの頭を通して着せてくれた。「すぐに連絡があるよ、エイミー」リアムは言い切る。「いなくなったわけじゃないからね」

わたしはこくりと頷いたあと手を握りしめ、そこにある紙きれに気づいた。「あ

「……」紙をリアムに渡した。「メグがこの番号を置いていったの。メッセージを残せば折り返し連絡するって」

「ぼくらが何のために連絡すると言うんだ？」

「彼女を助けるために」

「なぜぼくらが彼女を助けるんだ？」

「メグは殺されたチャドの復讐をするのを手伝ってくれるんですって」

「だったらなぜ途中で消えたりした？」

「怖くなったんじゃないかしら。他に理由が見つからないけど」

リアムの表情は納得したようには見えない。実を言えばわたし自身もそうだった。

廊下に足音が聞こえ、続いてノックが響いた。「リアム」

テラーの声がし、リアムがドアを開けた。わたしは壁に寄りかかり、ブーツを履いていた。「ドアのところでメグの姿を見たが、すぐに人ごみに紛れて見失ってしまった。だがすでにジョッシュに連絡して、付近の監視カメラの情報を集めてもらっている。この陽気にコートも着ていないんであれば遠くへ行くとは思えないし、目立つからすぐに見つかるだろう」

わたしはリアムの隣に立った。「ウィッグを取っている可能性もあるってこと、ジョッシュに伝えた?」

「ああ」テラーはここで心配そうに目を細めてわたしを見た。「だいじょうぶか?」

「ええ、ちょっと驚いただけ」彼がまだ問いかけるような眼差しで見ているので、わたしは大事なところだけをかいつまんで話した。「メグはいきなり入ってきて、チャドがまだ生きてるってことを認めさせようとして詰め寄ってきたの。それからジャレッドがCIAに協力しているって言って、その後、わたしたちに助けてほしいって懇願したと思ったら、いきなりいなくなったの」

テラーがわたしの顔をまっすぐに見る。「今のところ何を訊き返すべきかもわからないが、とりあえず、ココが元CIAで、そっち方面に伝がある。まずはここを出て、その後彼女に連絡しよう」

「ココがなぜあんなに優秀なのか、わかった気がする」テラーの友人のココには、過去にわたしたちが危機的状況を切り抜けるのを助けてもらったことがある。

「確かに彼女には卓越した技能がある」テラーが太鼓判を押す。「警備係にチップをはずんで車を正面玄関に回してもらった。今はまだ事実確認が取れないから、とにかくきみたち二人をここから出すのを最優先にしたい」

「了解だ」リアムは言い、わたしを前に押し出そうとした。わたしはそれに抗い、急いで椅子からバッグを取ると、しっかり斜め掛けした。テラーが先に出て、わたしたちに道を空ける。リアムに促され、わたしは彼の前に立って、二人の男性に挟まれる格好になった。三人で廊下を進み、ブライダルブティックのフロアに戻ると、ベティが待っていた。

「今試着室にある商品すべてと、他に何かお勧めのものがあれば、全部いただきます。靴やバッグも含めてね」リアムが彼女に言った。「代金はぼくのカードに請求して、今日じゅうに配達してください」

「かしこまりました、ミスター・ストーン」わたしたちがブティックを出るとき、彼女が「お気をつけて」と呼びかけるのが聞こえた。

扉の外に出て、売り場のフロアを横切る間、わたしは緊張を禁じえなかったけれど、けっしてそれに負けまいと思った。わたしたちはすでにシリンダーがこの世に存在しつづけることの危険性を受け入れることを選んだ。そのとき、わたしの中で何かが変わったのだ。それまでずっと求めていたこの手で何かをコントロールするという感覚を得たような気がした。背筋をしゃんと伸ばし、毅然と振る舞うことは、過去六年間のわたしには許されていなかった。この先もずっと恐れに支配され、見えない敵から逃げつづけるようなことをすれば、チャドがせっかくわたしたちのためにしてくれた決意を無駄にしてしまう。

玄関のところまで来ると、テラーが足を止め、こちらを振り向いた。「おれが先に出て、外の安全を確認する」

リアムがわたしのすぐ隣に来て、テラーに向かって頷いた。テラーがドアを開けたとき、吹き込んでくる寒風を避けるために一歩下がろうとすると、次の瞬間にはリアムの腕に捉えられ、彼の脇に抱き寄せられていた。テラーが足早にベントレーに近づくのを、わたしたちは無言で眺めていた。運転席のドアが開き、警備係が降りる。テラーは後部座席のドアを開け、歩道を見渡して安全を確認してからわたしたちに手招きした。リアムが正面玄関のドアを開けるや、わたしたちは舞い散る小雪のなか、急ぎ足で歩道を横切り、暖かい車内に滑り込んだ。リアムはドアを閉めたあと、自分のものだと言わんばかりにわたしの膝に手を置いた。

テラーが素早く運転席に乗り込んできて車を出した。「ココに調査を頼むにはもっと詳しい情報が要る。まずはメグがジャレッドについて話していたことをひととおり教えてくれ」

わたしはテラーとリアムに、メグとのやりとりを詳しく説明し、わたし自身の疑問を口にする余裕もなく、二人の矢継ぎ早の質問に答えた。テラーがようやくココに電話を掛けたとき、その通話は短いものだった。「すぐ返事ができるかあるいは時間がかかるかは、まだわからないそうだ。彼女の伝がすぐ反応してくれるかどうかによるってことだった」

「当たり障りのないことこの上ない返答だな」リアムが冷ややかに言う。

「ああ、この部署のボスは彼女の元亭主なんだ。ココは今もそいつと時々寝ているが、目下のところ彼がココに腹を立てているらしい」

わたしは口をあんぐり開けた。「元のご主人？　その人と今も関係を続けてるの？」

「ああ、周囲にとって多少気まずい状態だが、今回に限ってはおれたちの役に立ちそうだ」

「問題は、元亭主がどれくらい彼女に腹を立ててるかってところだな」リアムがコメントする。「ジョッシュに最新情報を知らせてもらおう」

「メグの追跡をしている間は連絡しないでほしいとのことだった。下手に連絡すれば、見つけられるかどうかの瀬戸際で貴重な時間を無駄にすることになると」テラーが説明したころ、わたしたちはすでに自宅前のセキュリティパネルの脇に到着していた。

「そうそう、ジョッシュはこの件を調べるために、わざわざミーティングを抜け出してくれた」

リアムの家の門を通ったとき、わたしはまたしても首筋にぞくぞくするような嫌な感覚を覚えた。思わず振り向き、閉まりゆく門を眺めた。

リアムがわたしの膝をぎゅっとつかむ。「どうかしたのか？」

「何でもない」わたしは言い、前を向いた。車はガレージに入ろうとしている。

「ちょっとピリピリしてるだけ」

「それはおれも同じだ」テラーが言う。ガレージのドアが音を立てて閉まる。

「だからこそメグの所在を確かめる必要がある」リアムは言い、彼の側のドアを開けた。「ジョッシュに電話する」彼は即座に車を降り、いつものようにわたしが降りるのに手を貸すこともなく、足早にドアに向かった。

わたしはその後を追おうとしたものの、思いとどまった。「今の状況って、どれくらい厄介だと思う？」テラーに尋ねてみた。

「ココから返答があったら知らせるよ。ともあれメグを見つけてジャレッドの所在がわかれば、おれたちが消し去りたいと思ってる不確定要素を消すことができる。そうすればおれとしては、かなりいい気分になるだろうな」

「リアムはそうは感じていないみたいだけど」

「彼はコントロールすることが好きだからな。今は支配権を手放したように感じて、それを取り戻そうとしているところなんだろう」

「わたしもコントロールすることが好きよ」悪夢のことを思い出しながら言った。

「コントロールしていると思うことが必要なの」

「だからこそリアムはそれを取り戻そうとしてるんだ。取り戻してきみに与えてあげるためにね」

テラーの言うとおりだ。だからこそリアムは今必死になっているのだろう。「ありがと、テラー」車を降りようとしたとき、テラーの携帯電話が鳴るのが聞こえた。首をまた車内に突っ込んで尋ねる。「ココ？」

「デレクだ。マンハッタンにお帰りってことで、きみたちに会いに来たいそうだ。始末しておくよ」

「感じよくね」彼に警告し、車を降りた。

テラーが呼び掛ける。「デレクにはいつも感じよくしてるぞ」実際はその真逆だった。二人はまるで兄弟のようで、常に軽くやり合っている。わたしとチャドも昔はそんなふうだった。でももうそんな日は来ないのだ。そう思うと胸がぎゅっと締め付けられた。

急いで階段をのぼり、リアムの声がするほうへ行った。彼はリビングでこちらに背を向けて立っていた。片手を窓枠に突き、背筋をこわばらせている。「今夜の予定は変更しないとな」彼が言うのが聞こえ、わたしはソファの横で足を止めた。「彼をこっちへ寄越してくれ」ここでしばらく間があった。「今夜を最後に、またここを離れることになる。エイミーを連れて隠れ家へ戻るつもりだ」

胸がどきどきしはじめた。足元の床が今にも崩れそうだ。リアムはまた逃げ隠れする生活に戻ろうとしている。これから普通の暮らしができると約束してくれたばかりなのに。リアムは通話を終え、携帯電話をポケットに入れると、今度は窓ガラスに両手を突き、陽光きらめくハドソン川を見つめている。けれど実際にはその瞳は、外の景色など見ていないのではないかと思えた。わたしがそばにいればいつも気づいてくれるのに、今日に限って気づいてくれないのと同じように……。

今何をしなければいけないか、わたしにはわかっている。大きく息を吸い、それを吐き出した。「隠れ家には行かないわ」きっぱり言った。

リアムが振り向き、こちらを見る。彼の目が頑なな決意を映して光る。わたしはそれを見てことは簡単に運ばないだろうと観念した。リアムにはコントロールが必要だが、それはわたしも同じ。そして今回、ここでの支配権を彼に渡すわけにはいかない。なんとしてでもわたしが握らなければ。

第八章　訪問者

「ぼくらは隠れ家へ行く」リアムは反論を許さない口調で言う。「荷造りをしなさい」

「何を言うの？」わたしは息を呑んだ。「いいえ、わたしたちはもう隠れたりしない。そう約束したでしょう？」

「ぼくらはきみの安全を確保するためならどんなことだってする」

「メグはわたしに危害を加えようとしたわけじゃないわ」わたしは反論しながら歩み寄り、彼の前に立った。「彼女はきっと見つかる。あなただってドレスの配送を頼んでくれたじゃない、リアム。結婚式の予定を話し合ったばかりなのよ」

「そうさ、ぼくらは結婚する。そうさ、きみはあのドレスの中から好きなのを選べばいい。だが、その一方でぼくはメグが写った監視カメラの映像を必ず探し出せると思ってた。でもできなかった。おかげで今は手探りで進まなきゃならない」

「彼女に電話して、会う予定を組めばいいわ」

「罠かもしれないじゃないか」リアムは頑なに言い張る。

「実際にその場に行くのはわたしだとは言ってないでしょ」

リアムはわたしの腕をつかみ、向きを変えさせて、わたしの背を窓際の白い円柱に押し当てる。彼の大きな身体がわたしの動きを封じ込める。「その場に行かないなら隠れ家にいてもいいはずだ」

「あなたってほんとに頑固で傲慢で――」

「いつも驚くほど正しいだろう？」彼は勝手に語を継ぐ。

「驚くほど間違ってる。しかも傲慢が服着て歩いてるみたい」

「これには交渉の余地はないよ、エイミー」

「同感ね」わたしは頷いた。「交渉の余地はないわ」

テラーが咳払いする音が聞こえ、リビングに二人きりではないことに気づいたけれど、リアムもわたしも彼のほうを見ようとはしなかった。二人睨み合い、無言のまま闘いを続けながら、一歩も譲らなかった。得られた結果は、完璧な意見の不一致だ。やがてリアムのほうがようやく瞬きをし、顎にぐっと力を込めて、不穏なほど静かな口調で宣言した。「あとで二人きりになったときに話そう」彼は壁から離れてテラーのほうを向いた。

テラーがこれを合図に報告する。「ココが元亭主に訊いてくれたよ」

わたしはリアムの隣に立った。口論のせいで噴き出したアドレナリンは、依然として血管を駆け巡っている。「それで？」

「ＣＩＡはメグを探し出して刑務所に入れるつもりだ。シェリダンとローリン、彼らの協会の関係者全員と一緒にね」

「ジャレッドはどうだ？」リアムが尋ねる。

「それがなかなか興味深いんだよ」テラーは言い、ソファの隅に腰を下ろす。「ココがジャレッドの名前を出したとたん、元亭主は急にそっけなくなって、電話を切ってしまったそうだ」

「どういうこと？」わたしは腕組みをして尋ねた。

「ぼくが思うに、」リアムが代わりに答える。「彼らはジャレッドを引き込んだが、それをぼくらに知られたくないということだろう」

「でもメグは彼がＣＩＡに協力してるって言ってたわ。まるでもう周知の事実みたいに」

「あるいは、メグが知るべきではない情報を得たってことだ」テラーが指摘する。

「つまり、」リアムがまとめる。「ＣＩＡ内部から情報が漏れてるってことだな」

「そのとおり」テラーも頷く。「その場合、彼らは今まで以上にメグを捕らえなければならなくなる。どこから漏れたのか確認するためにね。CIAがジャレッドの所在を把握していて、メグを彼らに引き渡すことができれば、おれたちにとってはかなりいいニュースだ。不確定要素をすべて消し去ることができる」

リアムはジャケットの裾の中で腰に手を当て、苛立ったように首を横に振る。「チャドが〝死ぬ計画〟をあらかじめ相談してくれていたら、こんな面倒なことにはならなかったんだがな。またスポットライトを浴びてしまう前に、ジョッシュとダンテに対応を一任して、ぼくらの隠れ蓑になってもらう態勢を整えたかったんだが」

「確かにそのとおりだ」テラーが言う。「今夜のパーティーでかならずダンテを口説き落とさなきゃな」

「パーティーはなしだ」リアムが宣言する。「とりあえず会って挨拶だけなんて悠長なことをしてる暇はない。すぐにも本題に入らないと。今日の午後、彼をここに寄越してくれるようジョッシュに頼んでおいた」

わたしは眉根を寄せた。「なぜ最初からそうしなかったの?」

「ダンテはビジネス関係を結ぶ前に、まずは公の場で相手を評価したいという考えなんだ」リアムが説明した。「そこで相手から得る印象を大事にしたいということなんだろうな。それによって正式なビジネスの相談に乗るかどうかを決める」

「いったい何様なの？」このダンテとか言う男は、〝傲慢〟という言葉の一つ上を行くレベルのようだ。

「過去の大統領の何人かの個人秘書を務めていた」リアムが答える。「けっして公式な記録には残らない役目だ。職務に秀でているだけでなく、常に控え目で、感情を排した冷静な判断ができるという評判だ」

「その肩書なら納得ね」即座に答えた。

「それにしてもジョッシュは、いつもの〝審査プロセス〟をスキップしてくれるよう、ダンテを説得できるのか？」

「ダンテはジョッシュを信頼している。ぼくも以前、ジョッシュを通じて彼と仕事をしたことがある」リアムの携帯電話のバイブ音が響き、メッセージの到着を知らせる。彼はそれをポケットから出し、ちらりと目をやると、表情をこわばらせた。「ダンテは今飛行機の機内で、到着はパーティーの直前だそうだ」彼はテラーに目をやった。

「ぼくはパーティーに行くことになりそうだ。ダンテに無駄足をさせてはいけないから、いったんそこで会って、後日あらためて隠れ家まで来てくれるよう話をつけるよ」

「リアム――」わたしは言い争いも辞さない覚悟で切り出したが、あえなく遮られた。

「エイミー、ぼくらは隠れ家へ行く。それから、きみは今夜、ここでテラーと過ごしていてくれ」

「たった今テラーが、メグとジャレッドの件は現時点でほとんど解決したも同然だって言ったじゃない」

「メグの件は解決していない」リアムは言う。「彼女は刑務所に入れられるまいと必死だ。破れかぶれの人間は、何をするかわからない。だからダンテを雇って彼女の件を処理してもらおうとしているんだ。それが片づくまで、ぼくらはまた隠れ家に滞在する」

ドアベルが鳴り、テラーが腰を上げた。ポケットから何かの端末を取り出し、眺めている。「配達が来るから門は開けておいたんだ。携帯電話にモバイル向けセキュリティ情報の送信設定をしたから、ここからでもエイミーのドレスを届けに来た〈サックス〉の配達だとわかる」彼がドアに向かったとき、リアムの携帯電話が鳴った。

わたしは苛立ちが収まらず、彼と少し距離を置きたかった。愛していても、今この瞬間は首を絞めたい衝動に駆られている。テラーの後を追ってドアに出たとたん、ショッピングバッグの数に圧倒された。一人ならず三人の配達員が次々に運び込んでくる。わたしはテラーが荷物を受け取るのを手伝い、二人で何往復もして、それを寝室まで運んだ。

テラーが最後のバッグをウォークイン・クローゼットの棚の上に載せたとき、わたしはどれから開けるべきか迷っていた。「どれがウエディングドレスかわかればいいんだけど。そうすれば他のバッグは開けずに返品すればいい。結局パーティーには行けないんだから」

テラーがわたしの目をまっすぐに見た。説教される前兆に違いない。「エイミー」

わたしは片手を挙げて彼を制した。「何が言いたいかはぜんぶわかってる」

テラーは言葉を選ぶかのように、しばらくわたしを眺めていた。「デレクがきみに会いたがってる。リアムが留守の間、やつを呼んでみようか？　パーティーのことを考えずに済むんじゃないかな」

「人と会う気分じゃないの。デレクを巻き込むのも申し訳ないし」

テラーは大きく息を吸い、吐き出す。「だったら二人で楽しくやろう。ピザなんてどうだ？」

わたしはなんとか笑みを繕った。「そうね、ピザ」

「それじゃ決まりだ」テラーは言い、わたしの顎を拳で突く真似事をしてからクローゼットを出ていった。

　わたしは広々としたスペースを見渡した。リアムのスーツやジャケット、きちんとアイロンがけされたシャツが並び、奥の壁には等身大の鏡があって、その前に革張りのベンチがある。今までじっくり眺めたこともなかったけれど、とても素敵な場所だ。わたしの場所。リアムの場所。わたしたちの場所。ここを離れたくない。

　葬儀の席で折り合いをつけてきたはずの感情が、また怒濤のように襲いかかってくる。わたしはそれを必死に抑えつけながら、重たいビニール製のバッグのファスナーを開けた。わたしの目に飛び込んできたのは、これまで見た中で最も美しい淡いピンクのレースのドレスだった。ボディスはストラップレスで、美しくカッティングされた身頃が身体の線にぴったり沿うデザインだ。バッグから全体を取り出したとき、スカートの部分が繊細なフレアのラインを描いているのがわかり、嬉しくなった。おとぎ話の婚礼に相応しいシンデレラのドレス。わたしの人生はおとぎ話からはほど遠いというのに……。

　不意にそれを着てみたくなって、急いで服を脱いだ。ドアに背を向け、ブラとパンティだけの姿になったとき、素肌がざわめいた。リアムが部屋に入ってきたときにいつも感じる、甘い予感。振り向くと、彼は上着を脱いだ姿で戸口に立っていた。鋼鉄のコントロールを失い、苛立ちまぎれに指でかき上げたかのように、髪が乱れている。彼は力そのもの、雄々しさそのものだった。側柱にもたれ、広い肩が戸口を塞いでいる。わたしも彼の存在に呑み込まれてしまいそうだ。

彼に対して怒りを覚えているにもかかわらず、リアムが睫毛を伏せ、その熱い視線をわたしの身体に這わせたとき、ぞくぞくする刺激が全身を駆け巡った。

「そんな目で見ないでよ、リアム・ストーン」わたしは顔をしかめた。「怒ってるのよ。あなたに抱かれたりしませんから」

彼は傲慢な黒い眉を上げる。「できるもんならしてみろってことかい？」

「本当に怒ってるの」

「知ってるよ」

「言いたいことはそれだけ？」

「いや、ぼくは――」

「このドレスが目に入らない？」わたしは目の前のピンクのドレスのスカート部分を引っ張りながら唸った。「これはおとぎ話を生きる女が愛する人と結ばれるときに着るドレスなの。ねえ知ってる？　今日の昼間は、わたしもそんな素敵な経験ができるんだって、ほとんど信じかけていた。なのに、わたしたちはまた逃げ隠れしなきゃならないことになってる。もう逃げなくていいんだって、あなたに言われたばかりなのに」

言い終わるか終わらないかのうちに、わたしは壁に押し付けられていた。彼の大きな身体がまたしてもわたしの動きを封じ込めている。「強引なことはやめて、リアム」わたしは彼の胸板を押し返しながら言った。「図体の大きさに物を言わせて服従させようなんて思わないで。そんなことをしても無駄よ。ここはわたしが支配させてもらう。あなたの言いなりにはならない」

「エイミー、ぼくの話を聞くんだ」

「その手を離したら聞くわ」

重苦しい数秒間、彼はじっとわたしを見つめていた。どれくらい本気か計っているのだろう。わたしはつんと顎を上げ、彼の強い視線に対して意思を誇示しつつ、引こうとはしなかった。リアムにもそれが伝わったようだ。彼は両手をわたしの両側の壁に突いて身を起こした。ところがわたしの理性は急にどこかへ行ってしまって、彼を引き戻したくなる。これほどまでに守ろうとするほどわたしを愛してくれる人がいるのは、本当に幸せ。それはわかっているけれど、彼に対して腹が立っていた。傷ついていた。リアムのシャツをつかんだ。

「危険が迫っていると信じる理由はどこにもないわ。今はまだ。危険が確認できるまではここに留まる。わたしたちの生活を始めるの。それだけのことよ。メグはわたしから兄を奪った人たちに加担していた。でももう彼女が、わたしのクリスマスや結婚式を邪魔することはない。そんなの絶対に許さない」

リアムの表情が和らぐ。「エイミー、ベイビー」

「甘い言葉でごまかしたって無駄よ」警告を発した。

「悪夢を見たあと、ここを離れたいと言ったじゃないか」

「でもあなたは、留まるべきだと説得してくれた」彼に思い出させようとした。「それに心を動かされたのよ」

「クリスマスも結婚式もちゃんとやろう。場所がどこであろうと」

「ここでなきゃだめなの。あなたと一緒に暮らす家が必要なの。六年間求め続けた自由がせっかく手に入ったのに、それを今また奪うなんて言わないで」

「ぼくだってそんなことしたくはないさ」

「だったらしないで。危険が迫っているという確たる証拠は一つもないのよ。もう怯えながら生きるのは嫌」

彼は壁から手を離し、わたしの両手を手のひらで包み込んで、彼の胸に抱いた。リアムの瞳には過去の暗い影が刻まれ、それが彼を闘いに駆り立てている。「エイミー――」

「わたしはここに留まる必要があるの」もう一度繰り返した。「それはあなたも同じよ、リアム。あなたは仕事もしてないじゃない。最後に鉛筆を手に設計したのはいつ？」

「きみの安全が確保できたらまた設計する」

「六年間、これでもなんとかやってきたのよ。あなたと一緒にいるのは守ってもらうためじゃない。愛しているからなの」

彼の瞳の影がさらに色濃くなる。それを作り出しているのは、胸の痛みと喪失、そしてもう一つ、わたしがあまりにもよく知りすぎているものだ。「きみを失ったら生きていけないんだよ、エイミー」

彼の声には混じりけのない苦悶がにじんでいる。わたしの中に残っていた怒りが一瞬にして消え去った。「恐れを打ち負かすには、まずそれと向き合わなくちゃ」以前リアムがわたしに教えてくれたことを囁いた。

彼の表情がこわばる。影がその瞳に渦巻いている。今回、かっとなったのはリアムのほうだった。彼はわたしの髪に指を差し入れ、いきなり唇を重ねてきた。熱く求める舌が、わたしの舌を撫でる。キスは純粋な恐怖と苦悩の味がした。そしてそれを押しやりたいという彼の欲求が何よりも強く伝わってくる。彼の肉体がわたしの身体に押し付けられる。わたしはとろけるように彼に身を委ね、彼は広げた手のひらをわたしの背に当てて、さらに引き寄せる。一瞬にしてブラが取り去られ、彼の手はわたしの乳房を包み、乳首をもてあそぶ。二人の間にエネルギーが満ちてくるのを感じる。彼の中で何かが変わり、わたしの中でも同じ変化が起きる。この街に留まるか否かについては何一つ解決していないけれど、わたしたちの間の壁は崩れた。リアムは彼の中の過去に抗おうとする気持ちを解き放ち、それをわたしに見せ、触れさせ、感じさせようとしている。

彼は乱暴に唇を引きはがすと、わたしを見下ろして誓った。「きみを失うわけにいかない」

次の瞬間、彼はわたしの向きを変えさせ、壁のほうを向かせた。わたしは姿勢を保つために硬い壁面に手を突いた。リアムは近づいてきて身を乗り出す。彼の腰がわたしのヒップに密着している。「ぼくはきみを失うことが何より怖いんだ」彼は激情にかすれた声で告白した。

「わたしを失うことはないわ」彼の手がパンティの中に滑り込み、クリトリスを撫でる。わたしは息を喘がせた。

「そうだな」彼は確約する。「ぜったいそんなことはありえない。誰にもきみを奪うことは許さない」彼はわたしの両手を壁の高い位置に移動させる。「その手を動かさないで」

そう言い残し、リアムは離れた。彼に触れられていない素肌は寒く、触れてほしい部分は熱く感じられる。それでも彼を感じつづけている。全身いたるところ、余すことなくすべての場所に。肌は彼の視線を感じてピリピリと疼いている。神経は彼が服を脱ぎ捨てる音にざわめき立っている。同時にわたしは気づいてもいた。自分もこの男の気持ちが理解できると。彼には今わたしを抱き、支配することが必要なのだ。なぜなら彼自身、コントロールを失ってしまったと感じているから。リアムはわたしを守れなくなるのを恐れている。彼がどれほど強くそれを消し去ろうと念じても、わたしが彼の人生にもたらしたこの悪夢が真の意味で終わらないのではないかと思うと、苦しくてたまらないのだろう。わたしにもよくわかる。痛いほどに理解できる。そもそもわたしがこの世界にリアムを引きずり込んでしまったのだから。コントロールすることが難しく、そのつどできることをできる場所で一つ一つやっていくしかない世界。ちょうど今、彼がそうしているように。

あたりの空気が変わり、リアムがわたしの腰の右側にひざまずく前から、彼が近づいてきたことがわかっていた。リアムは片手をわたしの腰の後ろに当てた。触れている部分は焼けるように熱い。そこから熱波が素肌を伝って広がっていく。彼は動かない。そのまま数秒が過ぎ、彼はわたしを膨れ上がる期待にもがくままにさせている。すでに秘所はきゅんと締まり、濡れそぼって、彼を中に感じたくて仕方なくなっている。どれほど支配権を求め、欲していても、こういうときに限っては、彼に支配されたい。彼がすべてを明け渡せと求めてくるのを感じていたい。快感以外、欲望以外、そして彼以外には何も入り込む余地がないほどに。

リアムの指がわたしのパンティのシルクの紐をつまむ。熱い息がわたしの腰にかかる。パンティのすぐ下の柔肌を彼の歯がかすめる。「ぼくのものだ」彼はつぶやく。その言葉は、わたしがふたたび自分の人生の支配者となることを、公然と無視しているようにも聞こえるけれど、とても官能的でしっくりくるようにも思えて、今ここでそれについて考えようと言う気は起こらない。「すぐにぼくの妻になる。気が遠くなるほど待ち遠しいが」

妻――その一言が、胸に不思議な感情を呼び覚ます。「ええ」わたしは囁いた。

彼がまた肌を甘嚙みし、わたしは思わず声をあげた。紐のあたりを彼の舌が舐め回し、その刺激が秘所にも乳首にも伝わってくる。彼に手を伸ばしたい衝動に駆られ、壁に突いた手をぎゅっと握りしめた。彼の手はわたしのお腹に当てられていて、それがどこに行くつもりか――彼が次にわたしをどこへ連れていってくれるつもりかを――考えただけで全身が震えてしまう。ゆっくりと彼の指が下へ進んでいき、黒いレースの小さな隙間に滑り込む。わたしは息を詰め、怒濤のように押し寄せるであろう刺激を待つ。彼の指がクリトリスに軽く触れ、弄んだとき、わたしの脚は自分でもどうしようもないほどに震えていた。仕方なく手を下ろし、頭の近くの壁に突いて堪えるしかなかった。

彼はまたわたしの腰に口を近づけ、舌でエロティックに舐めながら、指はさらに下を目指し、脚の間の熱い蜜の中で泳ぎはじめる。そして彼はこの上なく気持ちいい場所、あまりにも甘美な場所を探し当てた。わたしは太腿をぎゅっと合わせ、どうかそのまま留まってと無言のうちに哀願した。けれど彼はそう簡単にわたしを満足させてくれはしない。不意にその手を抜き、わたしの腰をつかんで、彼のほうを向かせ、壁に背中を押し付けた。

「両手を頭の上に挙げるんだ」彼はわたしから完全に手を離し、命じる。言うことを聞くまで触れないと言うかのように。

わたしは命じられたとおりにし、頭上で手首をクロスさせて彼を見下ろした。全裸の彼はとても美しい。女に懇願させることができるほどに。少なくともこの女はそうだ。彼がなかなか触れてくれないので、全身のいたるところが痛いほどに疼いている。

「お願い、リアム」わたしは囁いた。

彼の瞳に、一瞬満足げな光が見えた。まるでわたしが懇願するのを待っていたかのようだ。彼は指をパンティの中に入れ、引き下ろす。それが足首まで落ちたところで、彼は唇をわたしのお腹に当てた。彼の一方の手は脚の付け根に当てられ、親指がクリトリスにこの上なく軽く触れている。その親指に繰り返し翻弄され、息を吸おうとしても思うようにいかなかった。触れるか触れないかの感触に、どうにかなりそうだ。身体が火照るほどの刺激なのに、息をつけるほど強くはない。

「リアム」わたしは息を呑んだ。またしても、彼が求めていたのはこの懇願だったようだ。それがわたしの唇からこぼれるかこぼれないかのうちに、彼は腫れて濡れそぼった花芯に指を滑り込ませた。続いて彼の才能溢れる素敵な口が、親指に代わってすでにドクドクと脈打つクリトリスを包み込む。彼が吸ったり舐めたりしはじめると、わたしは待つ苦痛から瞬時に解放された。膝が震えはじめ、腰に当てられたリアムの手がわたしを支えてくれる。わたしたちが出会った瞬間からそうだったように……。

自分でもなぜかはわからないけれど、手を伸ばしてリアムに触れたいのに、腕をずっと頭上に挙げつづけていた。彼に触れたくてたまらなくて、指が疼くほどだ。焦がれる想いがそのまま秘所への刺激になり、気がつくと突然、オーガズムという名の甘美な至福の縁に立っていた。次の瞬間、全身を強張らせ、これまでずっと痞えていた息を吸い込むと、完璧と呼ぶしかないその場所の只中に身を投じ、漂った。何もかも忘れた。不安も、時間も、痛みも。そしてこの世に戻ってきたとき、リアムはわたしが倒れないよう腰を支えつづけてくれていた。

彼はまたわたしのお腹にキスをした。今回はずっとそこにとどまり、口づけた場所に頬を当てている。まるでわたしにすがりつき、けっして離さないというのを体現するかのように。その仕草には彼が他の誰にも見せることのない弱さが表れていた。

そう、わたしの前だけ。わたしだけに見せてくれる。わたしがリアムを信じるように、彼もわたしを信じてくれている。今この瞬間ほど誰かに愛され、自分が欠けることのない丸ごとの存在なのだと感じたことはなかった。

リアムの雰囲気が変わった。ついさっきまでの切羽詰まったようすが、同じくらい激しくはあるけれど、角の取れたものに変化している。彼への想いに、そしてわたしのこれまでの孤独を消し去ってくれたことへの感謝に、胸が締め付けられる。手を伸ばし、豊かな黒髪に指を差し入れた。彼は顔を上げ、妖しく翳った深い瞳で見つめ返しながら、わたしの両手を包み、彼の唇に当てた。わたしは彼の前で膝をつき、その心臓の上に手を当てた。

「愛してる」小さく囁く。

彼はわたしの頬を手のひらで包む。「ぼくも愛しているよ。だけどベイビー、きみを守ろうとしてることは謝らないからな」

この瞬間、それに対して言いたいことは百万くらいあったけれど、すでにリアムのキスが口を塞いでいた。深く激しいキスは、優しいひとときが熱い渇望へと変わったことを告げていた。わたしたちは互いにしがみつき、少しでも近づこうと両手で激しく相手を弄りながら、横向きに床に倒れ込んだ。リアムが二人の姿勢を変え、彼の雄々しい昂ぶりは、彼が作り出した濡れた蜜壺を探し当てる。

リアムが唇を離したあとでも、わたしたちは額を触れ合わせていた。そしてわたしたちは誓いを形にした。二人で一緒に息をする。それはとても強烈で素晴らしい感覚。わたしは彼の存在を、全身くまなく感じていた。

リアムが中に入ってくる、一気に、深々と。彼の手が背中をのぼってきて引き寄せ、わたしの乳房は彼の胸板に押しつぶされる。「ここがきみの居場所だ。ぼくの腕の中が。大事なのはそれだけだ」

「そう」わたしは囁いた。「あなたの腕の中」

リアムは唇を軽く触れ合わせ、わたしの下唇に軽く歯を当てる。彼の舌がわたしの舌を捉えた瞬間、また激しいキスが始まった。目くるめくような熱い口づけにしばし溺れる。彼は両手でわたしのお尻を支え、彼のほうへ引き寄せながら、抜き差しを続ける。脚と腰がカーペットに擦れても、そんなことはどうでもよかった。ただ今はこうしていたい。ひたすら彼が欲しかった。けれど次の瞬間、リアムは姿勢を変え、わたしが半ば彼の上に乗り、わたしの肌がほとんど床に触れないような体勢にした。理由はわかっている。彼はどんなときでも、ずっとわたしを守る決意なのだ。わたしが彼を守りたいと思うのと同じように。そう思ったとき、彼の髪に指を差し入れ、引き寄せずにはいられなかった。彼もそれに応え、背中を大きな手のひらで撫でながらわたしを抱き寄せ、すべてを奪いつくす。これこそが、紙切れの契約をはるかに超えた婚姻だった。やがてわたしたちは互いの首筋に顔を埋め、息を喘がせ、二人同じ目的の地を目指していた。彼がわたしのクリトリスを刺激するように腰を動かし、突き立てると、わたしはあえなく二度目のオーガズムに達し、至福の忘我へと突入していた。

この世に戻ってきたちょうどそのとき、彼は低い呻きを漏らしたかと思うと、最後に大きく突き上げ、すべてを放った。リアムは身を震わせ、わたしの肌に指を食い込ませている。わたしは身を寄せ、いつも彼がわたしにそうしてくれるように、彼を抱きしめた。ようやく彼の震えが鎮まったあとも、わたしたちはそのまま、互いにしがみつくようにして、時の流れに身を浸していた。二人とも自分から離れようとはしなかった。

「今夜はここで過ごそう」やがてリアムが言い、顔を上げてわたしの目を覗き込んだ。

「ただし条件がある」

「条件って？」

「明日また再検討する。ダンテに会って、メグとジャレッドが脅威になりうるか、意見を聞かせてもらう。懸念すべき理由があれば、そのときはここを離れる」

「だったら今夜のパーティーに、あなたと一緒に行く」わたしは言い返した。

「エイミー――」

わたしはキスでその唇を塞ぎ、彼を黙らせたあとも、しばらくそこにとどまっていた。「あなたと一緒のほうが安全だわ。一緒にいたいの」

「テラーとジョッシュに相談してから決めよう」

「それくらいは仕方ないわね」わたしは同意した。リアムの頑固さを考えれば、十分な成果だ。今夜マンハッタンに留まるという目的を達成しただけでも大勝利だった。彼はわたしの目にかかった髪を払いのけ、額に口づけた。「服を着よう。ずいぶん待たせたが、きみに何か食べさせないと」

その合図にわたしのお腹がグゥーッと鳴り、二人揃って笑った。「そうこなくちゃ」彼はわたしの中から自身を引き抜くと、身体を起こしてくれてから立ち上がり、美しい裸体を誇示しながら隣接する寝室へ行った。わたしの夫になる男は、セクシーそのもののお尻をしているとあらためて思った。リアムは数秒後に戻ってきて、こちらにタオルを放り投げた。わたしはそれを受け取り、彼は床からズボンを拾い上げた。

ここではっと気づいた。「寝室のドアは閉めてきてくれたわよね。でないとテラーが入ってくるかも」

「ちゃんと閉めたよ」彼は答える。

わたしが身体を拭いて立ち上がろうとすると、リアムが即座に手を貸してくれた。自分の足首にまだパンティが絡まっているのを見て、思わず笑った。

リアムもそれを見下ろし、笑い声をあげる。が、その笑いはすぐにかき消えた。わたしたちは見つめ合い、リアムがわたしの髪を耳に掛けてくれながら言う。「クリスマスは家(うち)で過ごしたいのかい？」

彼のようすには、希望にすがるような物寂しさがあった。きっと亡くした家族のことを想っているのだろう。そして、以来ずっと隠れるようにやり過ごしていたクリスマスのことを。わたしたちは二人とも、これを機会に過去の亡霊と向き合わなければならないようだ。けれど二人ならきっとそれを打ち負かせると、わたしは確信していた。「ええ」彼の手に手のひらを重ねて応えた。「家（うち）で過ごしたい。わたしたちの家（うち）で」

彼はわたしのこめかみにキスをし、しばらくそこに唇で触れていた。それからずらりと並んだシャツのほうへ移動し、パリっと糊のきいた中から一枚を取り出した。

「なぜ着替えるの？」わたしは尋ねた。「どうせすぐ、パーティーの支度をすることになるのに」

「備えあれば憂いなしだ」彼は言う。わたしにはその真意がわかっていた。コントロール。わたしに多少の支配権を委ねはしても、他人には絶対に隙を見せない構えなのだろう。

彼の言うとおりだと思い、わたしも黒のドレッシーなパンツと水色のシルクの長袖ブラウスに手を伸ばした。ハイヒールのアンクルブーツを履いたとき、またお腹が鳴った。リアムは襟にグレーのネクタイを通し、それを結ぼうとしているところだ。

「本当に何か食べさせないとな」

「もう何時間も前からそう言ってるのに」わたしは言った。

ドアベルが鳴り、リアムが眉をひそめる。

「デレクかも」わたしは言った。「でもどうして正面玄関にいるのかしら」

「デレクならあっちからは入らない。それに来るならあらかじめ電話するように言ってある」リアムは上着に袖を通しながら、すでにクローゼットを出ようとしている。

わたしは小走りにその後に続き、階段を下りてリビングルームを横切った。リアムとわたしがクリスマスツリーのところにたどり着いたとき、ちょうどテラーがドアを開けたところだった。その瞬間、わたしの心臓は、鼓動を停めた。

テラーが銃を構えながら言うのが聞こえた。「いったい何しに来たんだ、ジャレッド?」

第九章　すべてのものには裏がある

リアムがわたしをかばうように前に立つ。

「もう一度言う」テラーが凄みのある声で警告する。「いったい何を――」

「マヌケ野郎、このバッジを見ろよ」ジャレッドが言う。「おれはＣＩＡだ。さっさと銃を下ろせ」

わたしは驚きに息を呑んだ、ＣＩＡ？　メグから協力しているのだろうと聞かされてはいても、どうしても信じられない。ジャレッドはチャドの大学時代からの友人だ。何年も前からの知り合いなのだ。

「本当かどうか確かめるまでは、銃を下ろすわけにはいかない」テラーが答える。

「そんなバッジ、いいからしまっておけ。ハッカーならいくらでも作れるだろう」

「このバッジは本物だ。何年も前、あんたの顎にその傷をつけたくそ野郎が現実なのと同じくらいにな」ジャレッドが言い返す。

「いい子だ。ちゃんと予習をしてきたんだな」テラーが冷ややかに応じる。「よく調べたご褒美に、クッキーでもやろうか？　その任務について知ってるなら、おれが唯一の生き残りだってことも知ってるだろう」

「ああ、残る六人は命を落とした」ジャレッドが頷く。「知ってるよ。あんたが殺したってこともな」

「必要とあらば、おまえだって殺す」

「いや、できないね。あんたはおれと同じ、〝いい者〟だもんな。本人は認めたくないだろうが」

「おれはおまえとはまったく違う。自分の目的のために友人を売るような真似はしない」

「売るのは敵だけってか？」

「いや、売るなんてことはせずに、鉛玉を眉間にぶち込んでやる」テラーが警告する。

「ココに電話してくれ」リアムがわたしに携帯電話を渡す。「オートダイヤルの十番」

「ココ・レイノルズ？」ジャレッドが尋ねる。「うちのボスの元妻か？」

「それもハッキングでいくらでも調べられるよ」テラーがうんざりした口調で言う。

「そういえば、ハッカーについて面白いことを聞いたな」リアムがテラーの横に立ち、わたしとジャレッドの間に隙間のない壁を作る。「連中はパーティーに呼んでもらえないから仕方なくハッキングするんだそうだ」

心臓が早鐘のように鳴っていた。ジャレッドが嘘をついている可能性について思考を巡らせながら番号を押した。そうよ、きっと嘘よ——呼び出し音を数えながら考えた。一つ、二つ。そこでココが出て、わたしはいきなり口走った。「ジャレッドがうちの玄関に立って、テラーが銃を向けてるの」

「ヤバいじゃん！」彼女が声をあげる。「ちょっと待ってて」電話が保留になり、わたしは待った。これはどういうことなのだろうと必死に頭を働かせる。ジャレッドはチャドの親友だった。チャドは彼を信じていた。ジャレッドはわたしがメグやシェリダンの手から逃れるのを助けてくれた。けれど彼はＣＩＡだった。それによってわたしたち全員が彼と交わした言動のすべてが、まったく違う意味を持ってくる。

「何しに来たんだ、ジャレッド？」リアムが問い質す。

「おれについて探っていると聞いたもんでね」彼は答える。「そろそろ目隠しを外してやるべきかと思ってさ」

ココが電話口に戻ってきた。「本当よ。彼、ＣＩＡだって。潜入工作員だそうよ」

わたしはショックに揺さぶられつつ、電話を切った。「本当だった。ＣＩＡですって」伝えながらも頭が混乱して、それがどういうことかわからない。

「もう銃を下ろせよ、テラー」ジャレッドが命じる。

「下ろすよりは撃ちたい気分だがな、このろくでなし野郎」テラーが唸る。

「ぼくもぜひそれを見物したいね」リアムも同意する。

「死体を始末する暇はないと思うよ」ジャレッドが言う。「おれがここに来たことを知ってる人間は大勢いる」

リアムは何も答えず、重苦しい時間が過ぎていく。三人は沈黙のうちに膠着状態に陥っているかのようだった。「中へ入れてくれ」やがて強張った口調でジャレッドが言った。「さもないと、きみたちを連行しなきゃならなくなる」

さらに無言の数秒間があり、テラーとリアムが視線を交わすのが見えた。明らかに二人は合意に達したらしく、同じタイミングで左右に別れる。わたしの位置から、ジャレッドの全身が見えるようになった。知人とは言え、本当の意味では知らなかった人物。長身で、明るい茶色の髪を襟足のところで一つにまとめている。服装はいつもどおりの色褪せたジーンズとTシャツ。今日の一枚には、バットマンのエンブレムが付いている。それが一種のメッセージのような気がした。まるでスーパーヒーローたる彼は、友人を背後から刺すような真似をしてでも任務をやり遂げなければならないと言っているかのようだ。

　ジャレッドはクリスマスツリーの横で足を止め、茶色の瞳をわたしに向けた。テラーが彼の背後で玄関ドアを閉め、ジャレッドが近づいてくる。彼はほんの数十センチ離れたところで立ち止まった。「やつは本当に死んだのか？」

　アドレナリンがわたしの全身を駆け巡る。恐れはすっかり影を潜め、怒りが中央に進み出る。「サイテー！」わたしは語気強く囁いた。声と一緒に身体も震えている。無意識のうちに一歩前に踏み出し、彼を殴ろうとしていた。指がジャレッドのシャツをかすめたとき、間一髪でリアムが後ろからウエストを抱きかかえて引き戻した。わたしはもがいたけれど到底勝ち目はなく、殴る代わりにジャレッドを怒鳴りつけた。「チャドの友達だったはずじゃない！　兄さんのこと、考えてくれてもよかったはずよ！　チャドもわたしも、あなたのこと信頼してたのに！」リアムがわたしの向きを変えさせ、ジャレッドとの間に入る。わたしは彼を振りほどき、またジャレッドにつかみかかろうとしたけれど、あえなく引き戻され、リアムの厚い胸板にぶつかった。

「放して！」

　リアムがわたしの両肩をがっしりとつかむ。「エイミー、やめるんだ。落ち着いて」震える息を吸った。「こいつサイテーなんだもの」繰り返した。「こんなやつ、家から追い出して」

「ぼくだって気持ちは同じだ」リアムがなだめようとする。「向こうの部屋へ行っていて。ぼくがこいつを片づける」

「おれはエイミーに訊きたいことがあるんだ」ジャレッドがリアムの背後から言う。

「ここで質問してもいいし、なんならよそに移動してもいい。選ぶのは彼女自身だ」

「あっちへ行ってなさい」リアムが繰り返す。「やつはきみに無理やり答えさせることはできない。なんならぼくの弁護士を呼んで、ぎゃふんと言わせてやってもいい」

わたしは首を横に振った。先延ばしすることなく、今日ここで決着を付けたかった。

「いいえ、隠し事をしてるのは彼のほうよ。わたしじゃない」

リアムは反論したそうな残念そうな顔でわたしを見ている。「本気か?」

「ええ」わたしは頷き、自分の手が馬鹿みたいに震えるのを止めようと、腕組みをした。怒りが湧き上がるたびに、なぜかこうなってしまう。

リアムは大きなため息を一つつき、わたしの隣に立った。思えば彼は出会ったその日からずっと、こうしてわたしをそばで支えてくれている。

自分でも落ち着いていたいとは思うけれど、ふたたびジャレッドを目にしたとたん、冷静さはどこかへ吹き飛んでしまった。「本当にチャドの友達だったことってあったの？」思わずつっかかった。

「ああ」ジャレッドが答える。

「『ああ』？」わたしは声をあげた。「他に言うことはない？」

彼の唇はわずかに引きつり、顎に力が入っている。「おれとチャドについて知りたいか？　だったら教えてやるよ。以前、チャドに頼まれてある仕事を引き受けた。妹の癌の治療費を稼ぐためにね。あいにくうちの妹は助からなかったが、やつの妹のほうはなんとしてでも助けたいと思った。いいか、エイミー」彼の口調がこわばった。

「きみのそばに付いていたときは、実際、守る役割を果たしてた」

「チャドを裏切ったのはその後ってわけか？」リアムが尋ねる。

「妹を助けるためにチャドにもらった仕事のせいで捕まったんだ。刑務所行きかCIAに入るかのどちらかしかなかった」

「刑務所に行くか、チャドを裏切るかのどちらかでしょ」わたしは苦々し気に言った。

脇に垂らした両手をぎゅっと握りしめていた。片方の手の指は手のひらに食い込み、もう一方はまだ無意識に持っていた携帯電話を握りしめた。

ジャレッドは首を小さく横に振る。「違う。おれがスカウトされたとき、CIAはまだチャドを追っていなかった。目を付けられていたのは、チャドが所属していたトレジャーハンターの別のメンバーだ。国家の安全に関わる問題だった。おれは当初から、そんな薄汚いものにチャドが自分から手を染めるなんてことは絶対ないとわかっていた」

わたしはこの男の言葉をことごとく拒絶した。「そんなの信じない」

「さぞかしショックだろう。理解できるよ」彼は冷ややかに答える。「だが、これはわかっていてほしい。チャドがきみを〝消す〟ために力を貸してほしいと言ったとき、他ならぬ親友の頼みだから、おれは無条件に引き受けた。シェリダンは当時すでにCIAの監視リストに載っていたんだが、その時点では、それがシェリダンに関わることだとは知らなかった」彼は顎に力を込め、わたしをじっと見つめてから最初の質問を繰り返した。「チャドが本当に死んだか、知っておかなきゃならないんだ」

「兄が死んだと教えてくれたのは、あなたのお仲間の人たちよ」わたしは言った。

「チャドから、きみがなぜ隠れなきゃならなかったか、事情を聞いたか？」彼は間髪をいれず、チャンスとばかりに言い返す。

「わたしには何も話してくれてないわ。ただわたしを〝守るため〟とだけしか。あなたにも話していないのなら、きっと心の底では兄もあなたを信用していなかったんでしょうね」

ジャレッドは訝し気に目を細める。沈黙の数秒間が何時間にも感じられた。「今日、メグがきみに会いに来たようだな」

一瞬、顔から血の気が引くのを感じたものの、すぐに回復した。「あなたもいたのね」店に入ったとき、背筋がぞくぞくしたのに、それを無視してしまったのを後悔した。

「捜査には令状が必要じゃないのか」リアムが言う。「どうせ取ってないんだろう」

ジャレッドがリアムのほうをちらりと見る。「おれはただクリスマスの買い物をしていただけだ。世界中の人たち同じだよ」

「デパートのカメラをハッキングしたんだな」テラーが一歩進み出る。

ジャレッドは彼を無視し、またわたしに注意を向けた。「彼女は何のために現れたんだ？」

「あなたと同じよ」わたしは答えた。「チャドが死んだのか、確かめるために。なんだか誰もが、チャドが墓穴から蘇って、彼が隠してると思っている秘密を突然暴露するのを望んでるみたいね」

「チャドが何を隠していたのかはわかってる」ジャレッドは明言する。「問題は、おれたちがその秘密についてすべてを知っているかってことだ。そこでメグが必要になる。彼女はチャドと一緒に住んでいた。われわれとしてはメグがその疑問の答えを知っていると睨んでる。彼女を確保したい。きみたちにも彼女を捕らえるために協力してほしいんだ」

「協力したくても不可能だ」リアムが代わりに答える。メグとのやりとりのすべてを、わたしからジャレッドに報告させないようにするためだろう。「エイミーのメグへの反応は、きみがさっき家（うち）のドアベルを押したときと同じだった。エイミーがかっとなって、メグはさっさと逃げ出したんだ」

「メグが急いで帰ったことはちゃんと監視カメラで見ていたんだろう？」テラーが言い添える。

　けれどジャレッドは二人の言葉を無視し、全神経をわたしに向けている。「メグはわれわれにとって大事な武器なんだ。彼女の協力があればシェリダンとやつの仲間を最高警備レベルの刑務所に入れておくことができる」

「やつらが他へ移される危険もあるということか？」リアムが尋ねる。

「弁護士は申し立てを起こしている」ジャレッドが彼のほうをちらりと見る。「われわれとしてはできるかぎりの手段を講じてやつらを閉じ込めておく必要がある。さもないと外部との接触を図るからね」

「外と接触することは可能なのか？」テラーが尋ねる。「あるいは、すでに接触してるのか？」

「今のところはない」ジャレッドが答える。「だけどおれとしては、あいつらを何年もかけて追いつづけてやっとぶち込んだのを台無しにするようなことはしたくない。ありとあらゆる可能性に備えておきたいんだ」彼はまたわたしに注意を戻す。「メグが必要なんだ。彼女の所在をもう一度突き止めるために、きみに協力してほしい」ジャレッドはポケットから連絡先のカードを取り出し、差し出した。

リアムが代わりにそれを受け取る。「また現れたら局に連絡する」

「頼むよ」ジャレッドは背を向け、のんびりした足取りで玄関へ向かった。が途中、ツリーのほうを向き、立ち止まった。

「きれいに飾りつけたもんだ」ジャレッドはわたしに鋭い視線を向ける。「チャドが死んだばかりだってのに、クリスマスを祝うのは辛いだろう」

嘘を責める言葉に、平手打ちを食らったようなショックを覚えた。「チャドはもう六年間、死んだも同然だったのよ」わたしは答え、手の震えを隠すためにまた自分の身体を抱いた。

「そうだった」ジャレッドは言った。「それじゃ、楽しいクリスマスを。何かおれにしてほしいことがあったら言ってくれ。すぐ近くにいるから」

ジャレッドは玄関を出ていき、テラーがドアを閉めた。わたしたちはしばらく無言でそこに立っていた。何が起きたかわからないまま、渦に巻き込まれて身動きができないかのように。わたしの頭に浮かぶのは、ジャレッドはチャドが生きているのを知っているのではないかということだけだった。つまり、チャドはこの先一生、わたしに近づくことができない。考えただけで、まるで魂が血を流すような辛さだった。

大きく息をし、心の中の避難所を探した。生き残るために、これまで数えきれないほど駆け込んだ場所だ。そうしながら廊下を進み、キッチンへ入った。そして巨大なステンレス製の冷蔵庫に歩み寄ると、中からパスタサラダを取り出した。わたしがそれをアイランドカウンターの上に置いたとき、リアムとテラーもキッチンへやってきてカウンターの両側に立った。

「帰ってきたばかりなのに、どうして食料品が揃ってるの？」

「サービスを頼んでるんだよ。掃除と冷蔵庫の補充をしてくれる」リアムが答えた。

「頼んでおいてくれてよかった」わたしは言い、フォークを取り出そうと引き出しに手を伸ばした。

リアムが腰で引き出しを押さえ、開けるのを邪魔しながら、わたしの肩に手を置く。

「ジャレッドはチャドが生きていることを知らない」彼は断言する。「ただきみに揺さぶりをかけに来ただけだ」

「それは成功したようだ」テラーが付け加える。「やつの思う壺にはまっちゃだめだぞ」

「彼がじっと見張ってようすを窺ってるのはわかってる。過去六年間わたしたちを尾け回していたように、これからもずっとそうするんでしょうね」わたしは目の前にある現実に腹立たしさを感じつつ、こめかみを指で揉んだ。「今、わたしにとってチャドは死んだのも同じ。電話することもできない。ジャレッドに携帯の通話を追跡されるから」

「プリペイドの使い捨て電話はそういうときのためにあるんだよ」リアムが気づかせてくれる。「きみにとってチャドは死んでいない。きみを守るために目立たないようにしている必要があるだけだ。本人もそのつもりだろう。今は目立たないようにしている必要があるだけだ。」

「それにもう、ジョッシュはぼくらのために態勢を整えてくれている。ジャレッドがぼくらの動きを追跡しようとすれば、それをブロックしたり逸らしたりしてくれるだろう」

「ジョッシュは本当にジャレッドよりも上手なの？」

「ああ、百パーセント断言できる」リアムが言う。「ジョッシュとダンテがぼくらと問題の間に入って鉄壁の守りを固めてくれる。残念ながら、ジャレッドが見張っているのがわかった以上、今夜のパーティーに行ってダンテと一緒のところを見られるのは危険だ。ぼくらの作戦からやつの目を逸らすためにも、ダンテとはしばらくの間ジョッシュを通じて連絡を取り合うしかないかもしれない。その一方でダンテにはさっそく仕事を引き受けてもらわなきゃな。メグをジャレッドに渡すつもりがないならなおさらだ」

「どうして？」わたしは尋ねた。「彼女を渡せば、わたしたちのことは放っておいてくれるかもしれない」

「ジャレッドはメグが何かを知っていると見込んでいる」リアムが説明する。「彼が言ったとおり、メグはチャドと一緒に暮らしていたからね。ぼくらのうち誰も——チャド本人ですら——彼女がどこまで知っているか、確信がない」

「そのとおりだ」テラーが言う。「その点、ジャレッドよりメグのほうが面倒だな」

「だとすると、メグは時限爆弾みたいなものね。なんだか余計心配になってきちゃった」

「ダンテにメグが行方をくらます手伝いをしてもらおう」リアムが腕時計に目を落と

す。「ジョッシュがパーティーで身動きが取れなくなる前に連絡を入れておくよ。チャドにも電話して、今使ってる電話番号を放棄して新しいのを手に入れるように言っておく」

不安な考えが頭に浮かんだ。「ジャレッドはわたしたちがジョッシュやチャドにした電話を、もう追跡できてるんじゃないかしら？」

リアムがポケットに手を入れ、さっきわたしに渡した携帯電話の隣に、それとまったく同じ型のものをもう一台置いた。「ぼくは安全が確保できない通話には、絶対に自分の携帯を使わない」

「どうやってその二つを見分けるの？」

リアムは通話ボタンに付いた小さな銀の点を示した。わたしたちはこうして、ありとあらゆることに準備をしてきた。それでも今回、メグとジャレッドの出現を予期できなかったのもまた事実だった。

三十分後、リアムとテラーとわたしはキッチンのテーブルに着き、ピザを食べていた。チャドにはメッセージを残し、ジョッシュはなんとしてでもダンテを仲間に引き入れると約束してくれた。その後わたしたちは、これまでジャレッドと過ごした時間のすべてを思い出すことに没頭した。彼がこれまでについた嘘を見つけ出し、CIAの外部の人間と繋がっている証拠がないか探そうとしたのだ。

「おれが見たかぎりじゃ」テラーがピザを呑み下してから言う。「やつもシリンダーを狙ってる。誰もがみんな、あのくそシリンダーを狙ってるんだ。ダンテに防御に加わってもらえば、一安心なんだがな」

リアムも頷く。わたしはもう一度チャドに連絡してみようと、彼の隣に置かれた携帯電話に手を伸ばした。リアムが手のひらを重ねてきて携帯ごとわたしの手を包み込む。「もう一回電話したんだよ。心配ない。きっとメッセージを受け取って、新しい電話に替えてる」

不安に詰まった喉をごくりと鳴らした。「わかってる。ただ、チャドの声が聞きたかっただけ」そして、ふと思ってしまうだけ。兄が本当に死んだりしないと安心できる日は果たしてくるのだろうかと。

「すぐに聞けるよ。だけど今はチャドに沈黙していてもらうことがぼくら全員にとって最善なんだ」

玄関側の門のブザーが鳴り、テラーが携帯電話を取り出して監視カメラからの映像を確認した。「シンプルな黒のセダンだ」彼は立ち上がり、壁の小さなインターフォンのところへ行き、蓋を開けた。「どちら様ですか？」

「ジョッシュだ。贈り物を届けに来たよ」

　わたしは眉間に皺を寄せた。「ここに来たりしてだいじょうぶ？　わたしたちと交流があるって知られてしまうんじゃないかしら」

「ジョッシュとは表向き、仕事上の付き合いってことにしてある」リアムは言い、テラーに向かって顎を上げた。「通してやってくれ」

「出迎えに行ってくる」テラーは言い、門を開けるボタンを押してから玄関ドアに向かった。

　リアムが腕時計に目を落とす。「パーティーの一時間前にジョッシュが会いに来るとは思わなかったな」

　わたしはふと思い立ち、また携帯電話に手を伸ばした。「チャドにジャレッドのこと言ってなかったわ。もう一度メッセージを残さなくちゃ」

「そんなことをすれば彼はきみを守ろうとここに駆け付ける。そうなってもいいのかい？」リアムが尋ねる。「それこそまさにジャレッドの思う壺だ」

「やつはチャドやきみたちのうちの誰かがミスを犯すのを、手ぐすね引いて待ってる」

ジョッシュの声がして顔を上げると、彼はアイランドカウンターの端に立っていた。その隣には四十代前半くらいの男性がいる。鍛えぬかれた長身の体軀。銀髪を格好よくキメている。二人ともハンサムな容姿にタキシードがとても似合っていた。

リアムが腰を上げ、わたしも彼に倣った。「ダンテと一緒に来るなんて、無謀じゃないか」彼は言った。

「窓はスモークガラスだし、車もライセンスプレートも追跡不能だ」ダンテが言った。「無謀な真似はしない主義なんでね」

リアムが尊敬のまなざしで彼を見る。「それを聞いて安心しました」彼はテーブルを回り、彼に挨拶した。「やっと会えて嬉しいです」

「ミスター・リアム・ストーン」ダンテが言う。その口調はやや鋭く、表情はそれ以上に鋭かった。「天才にしてその道の大家の弟子、おまけに億万長者。もっと傲慢な人物を想像していましたよ」

わたしは思わず笑い声をあげ、一同の視線を浴びた。「いえ、実は彼、傲慢そのものなんです。悪い人ではないんですけど」

「ぼくもその意見に賛同するよ」ジョッシュが言った。「傲慢なやつだが、いい男だ」

テラーもわたしたちのところへ来てジョッシュの脇に立った。「おれはコメントを控えさせてもらう。本人と毎日顔を合わせなきゃならないもんでね」

「いい心がけだ」リアムが冷ややかに言った。

ここでダンテが急にこちらに注意を向けた。「エイミー・ベンセン」彼は知的なグレーの瞳で推し量るようにわたしを見る。「きみには尊敬の念を禁じえない。六年間たった一人で逃げつづけたにもかかわらず、それに屈しなかったとは」

「逃げること自体はそれほど辛くなかったんです。辛かったのは、自分が何から逃げているかがわからなかったこと。もういい加減それを終わりにしたいわ」

「コントロールを取り戻したいんだね」彼は言う。

「ええ」わたしは頷きながら、この人との間に、通じ合うものを感じた。

「ひとまず座らないか」ジョッシュが封筒を掲げて言う。「見せたいものがある。きっと興味を示してもらえると思うんだ」

リアムがテーブルのほうを示し、わたしたちは腰を下ろした。艶めく黒のダイニングセットの両端にリアムとテラーが座り、わたしはリアムの隣の席に着いた。ダンテとジョッシュは中央の席に向かい合って座り、ダンテがリアムの左手にくる格好になった。

「今日ダンテを連れてきたのは、危急の問題に素早く対処するには彼を雇う必要があると判断したからだ」ジョッシュが切り出した。「彼は、われわれには守らなければならない秘密があることを理解している。その秘密は全世界を揺るがすほど重大なものであることもわかっている。チャドの件も承知済みだ。そして最後に、われわれが彼を、秘密を守る〈サークル〉の中心人物の一人にしたいと考えていることも知っている」

ダンテがリアムに目を向ける。「詳細については、またあらためて話そう。今の切迫した状況を切り抜けた後に」

「実は事態はきみたちが考えているよりも複雑なんだ」ジョッシュが言い添えながら封筒を開け、一枚の写真をテーブルに投げた。

わたしはショックに啞然とした。メグとジャレッドが二人で通りに立っている。リアムが写真を手前に引き寄せ、黒髪のウィッグと眼鏡を付けたメグをじっくり眺めた。

「あの野郎。これは今日撮られたものじゃないか」

「メグが〈サックス・フィフス・アヴェニュー〉を出た直後の衛星写真のフィードから手に入れた」ジョッシュが言う。「彼女は法の手を逃れようとしてるわけじゃない。CIAはすでにメグを見つけていて、エイミーから情報を引き出すために彼女を利用しているんだ」

わたしは眉根を寄せた。「でもそれってある意味喜ぶべきことじゃない？　わたしたちは、チャドの秘密についてメグが何かを知っていて、それを広めてしまうかもしれないってことを恐れてた。でもＣＩＡの情報集めをメグが手伝っているとしたら、明らかに彼女自身は重大な情報を提供することができなかったってことだわ」

「こうした状況では」ダンテが説明する。「まず考えられるのは、彼女の自由や減刑と引き換えに協力を求めたというケースだ。そしてこうした状況下に置かれた人間は、現金の束を隠し持つ銀行強盗のように、秘密を胸にしまっておこうとする。自由になったときに利用するためにね」

「つまり問題は」ジョッシュが代わりに先を続けた、「彼女が最終的に秘密をバラすかもしれないという危険性を放っておけるかってことだね？」

「だめだ」リアムが即座に答える。「そんな危険は冒せない。そうなると、残る手段は？」

「会うと言って彼女をおびき出すんだ」ダンテが答えた。「あとはわたしのほうで片づける」

わたしは喉がからからになった。「〝片づける〟って、どういう意味？」

「彼女を別の場所に移す」ダンテが答えた。「そして監視する」

「殺すんじゃなくて？」わたしは思わず口走った。

彼は眉を上げる。「殺してほしいのかい？」

「まさか」わたしはすぐに答えた。「もしわたしがそう言ったら殺すんですか？」

「人を殺せるか？」ダンテが訊き返す。「ああ、それが必要かつ妥当だと判断されるような状況ならね」

直接的な答えではないが、直接的な答えが欲しいのかは自分でもわからない。

ジョッシュが封筒から携帯電話を取り出した。「メグに電話して、会いたいと言ってくれ」

「こちらからメッセージを残せば折り返し電話すると言っていたわ」わたしは説明した。

「メッセージではだめだ」ダンテが答える。

「ぼくがこの回線をモニタリングしておく」ジョッシュが言った。「彼女が掛けなおしてくればすぐわかるよ」

ダンテがリアムに目をやった。「これが片づいたら、二人で話をしよう」

リアムが腰を上げる。「その前に話しましょう」

ダンテはリアムを鋭い眼差しで見つめてから席を立ち、二人はリビングルームへ消えていった。

　わたしはテラーとジョッシュに目をやった。「二人とも、ダンテを信頼しているの？」

「しているよ」ジョッシュは迷いもなく答える。「彼はこの世の腐敗が我慢ならないんだ。権力というものがいかに腐敗を生むか、そしてそれが人間をどう変えるか、彼は知り尽くしている。シリンダーがこの世界にどんな影響を及ぼすか、ダンテは誰よりもよくわかってる」

「おれはジョッシュほど彼のことは知らない」テラーが言った。「だが、彼の履歴書を読んだり、おれなりに調べたりした。普通の状況なら、あまり関わりたくはない相手だな」

「これだけはわかっていてほしい」ジョッシュが言い添える。「ぼくは彼を知っているし、信頼している。そしてリアムはぼくを知っていて、信頼してくれている」

「チャドもジャレッドを知っていたし、信頼していたわ」わたしは言い返した。

「ジャレッドはろくでなしだ」テラーが言う。「まあ、つまるところやつはＣＩＡだからな。なかなか辛い稼業だよ。ココに訊いてみるといい。だから彼女は局を辞めたんだ」

「それにジャレッドはハッカーの腕じゃぼくに及ばない」ジョッシュが約束する。「ぼくは彼を見つけ、その動きを把握し、彼について知るべきすべてを知っておくことができる。一日に何度トイレに通うかまでね」

キッチンのドアが開き、リアムとダンテが戻ってきた。リアムが紙切れを電話の隣に置く。わたしがさっきメグに渡されたものだ。「明日の朝十時にそのカードに書いた場所で会いたいとメッセージを残してくれ」

わたしはカードに書かれた住所に目をやった。タイムズスクエアのど真ん中。人ごみに紛れるには格好の場所だろう。「他に何か、言っておくことはある？　わたしなら何か言い添えるわ。そういう性格だから。ジャレッドがメッセージを聞いたらそれに気づくかも」

「至急話したいことがあると言ってくれ」ダンテが答える。両手を前で組み合わせたその姿勢には圧倒的な存在感がある。

「折り返しかけてもらう番号を知らせるの？」

「いや」ダンテが指示した。「会いに来る以外選択の余地のない状態にしたい」

わたしはこくりと頷き、番号を押した。メグが電話に出るのではないかと思うと不安だったが、すぐに留守番電話に切り替わった。「メグ、エイミーよ」慌て気味に口走った。「緊急の問題が持ち上がって、どうしてもあなたと話したいの。会いに来て、お願い」わたしは住所を伝えた。「明日の十時ね」通話を終え、携帯電話を置いた。情けないことに、またしても、どうしようもないほど手が震えていた。

「上出来だ」ダンテが言い、前に進み出て携帯電話を回収した。「これでもう、この問題は片づいたと考えてもらっていい」

ジョッシュとテラーも席を立ち、ジョッシュがわたしに挨拶した。「また近いうちに会おうね、エイミー」

「わたしたちはふたたび会わずに済むことを祈ろう、エイミー」ダンテが言う。彼はドアに向かい、ジョッシュとテラーがその後に続いた。リアムが彼らに付いていったので、わたしも腰を上げて彼を追った。角を曲がったところで、リアムがテラーに小声で耳打ちしているのが聞こえた。

アイランドカウンターのそばまで行ったとき、リアムがわたしのほうへ戻ってきて、わたしたちは互いに歩み寄り、二人でカウンターに手を突いた。「さっき、ダンテと二人で何を話したの？」尋ねてみた。

「ぼくが彼の審査を通ったか知りたかった。彼が合格だと言ってくれたんで、いくつか不躾な質問をした。さらに今後の取引についての詳細を話し合うための電話会議の日取りを決めておいた。一緒にいるところを見られるのはまずいからね」

「以前も彼に仕事を依頼したことがあったと言っていたわよね？」

「ああ」

「どんな仕事？」

「きみはあんまり聞きたくないんじゃないかと思うよ」

「いいから言ってみて」

「彼はぼくがシェリダンを脅すために雇った殺し屋だ」

なぜかはわからないけれど、それを聞いてもショックではなかった。メグを殺すかどうか尋ねたときに、その答えはすでにわかっていたのだろう。「テラーがスナイパーで、あの人が人を殺すこともできるって事実が、むしろ安心と思える。そういう人生って、どうなのかしら」

「ぼくが言えるのは、きみはコントロールを駆使することを覚えはじめたってことだ。それはつまり、ぼくたちの身の回りを、有能な人々で固めるということ。敵方があることに秀でているのなら、それ以上に秀でている人材を集めるということだ」リアムはわたしを抱き寄せる。「今日起きたことのすべては、ぼくらにとって都合がいい方向に動いた。明日の朝十時になれば、不確定要素はすべて消えてなくなる」

わたしは彼の心臓の上に手を当て、確かで穏やかな鼓動を感じた。「それは、ここにいてもいいってこと？　隠れ家には行かなくていいのね？」

「隠れ家はなしだよ、ベイビー」リアムは口元をほころばせて言う。「ようやく家(うち)にいられる。お祝いしなきゃな」

彼にいきなり抱き上げられ、わたしは小さな悲鳴をあげた。「何の真似？」

「きみを〝遊び場〟に連れていくんだ」リアムは言い、寝室へ向かう。

わたしは笑った。さっきまでの不安が遠ざかっていく。この瞬間、彼にベッドへと運ばれながら、わたしはお姫様になった気分だった。こうして、わたしだけのちょっと野蛮な王子様と結ばれるのだと。

第十章　終結

わたしはリアムの隣で丸くなって眠りに落ちた。温もりと安らぎのなか、口元に笑みを湛え、優しい思い出に満ちた夢に引き込まれていた。

明かりの消えた自分の部屋で目を覚まし、時計に目をやると、真夜中だった。わたしは微笑み、毛布を剥いでローブをつかんだ。今日はクリスマス。今年は何年かぶりに、家族全員が揃ってクリスマスを迎えることになっている。

廊下の先の寝室にいるママやパパを起こさないように静かにドアを開け、抜き足差し足で階段に向かい、おりていった。一番下の段まで来ると、我慢できなくなってリビングルームへ駆け込んだ。そこでは大きなクリスマスツリーに色とりどりの豆電球が輝いている。チャドがその下の床に座っているのが目に入った。まだジーンズにTシャツという格好だ。わたしたちは子供みたいに顔を見合わせ、にんまりした。もうわたしは十八で、チャドは二十四だけれど、こういう関係でいられるのはとても嬉しい。

わたしは兄に駆け寄り、床に胡坐をかいた。チャドがわたしを小突く。「もうおばあちゃんになったのかと思ったぞ。早々と寝ちまいやがって」

「お兄ちゃんが帰ってこないんだもん」

「ドーンのところへ行ってたんだ」チャドは言う。「すっかり嫌われてるみたいだ」

「恋人の誕生日を忘れたんだよ。当然でしょ？」

「エジプトにいたんだから仕方ないだろう」

「電話の一本ぐらいはできたはずよ」

「ああ、そうだな。結局、おれはあんまりロマンチックなタイプじゃないってことだ」

「ほんと。それは絶対にそう」わたしは笑い出した。「お兄ちゃん、子供のころ、クリスマスの朝になる前にプレゼントを開けて、ママにばれないようにもう一度ラッピングしなおしてたよね」

チャドは目を輝かせる。「いいことを思い出したな」彼はツリーの下に手を伸ばし、包みを一つつかんだ。

「だめだってば」わたしは警告した。「ママに怒られるよ」

「ばれなきゃいいんだろ」チャドはプレゼントの上に付いたタグをわたしに見せた。「おまえのだ」そして包みを開けながら言った。「おれが開けるのを眺めてたら、おまえも同罪だからな。わかってるだろ？」

「見つかったときの言い訳は考えてあるもん。そばで眺めてないと殴るってお兄ちゃんに脅されたって言うから」

「そうそう、おれはいつもおまえを殴ってるからな」兄は冷ややかに応じる。

「ママたちの知らないところでもう何年も殴られてたって告白する」

「まったくおまえは恐ろしいやつだな。ずる賢いことこの上ない」

わたしはにんまりし、チャドは包みの中から箱を取り出して蓋を開け、わたしのほうへ滑らせる。中身を目にして、息を呑んだ。ガラス製のフレームに入れられた一枚の写真。家族揃って発掘現場で撮ったもので、わたしは自分が掘り出した木製のスプーンを手にしている。写真の隣には掘り出した石の欠片が置かれていた。

何にも代えがたいプレゼントを見て、わたしの胸は締め付けられた。「あのころが懐かしい」兄に目をやる。長い金髪が片目にかかっている。わたしは手を伸ばし、それを軽く引っ張った。「またあんなふうにみんな一緒に過ごせる日が来るかな？」

「同じ場所にいることができなくても、おれたちはいつもあのころと変わらない。家族だからな。たとえ空間や時間や障壁で隔てられていようと、いつも一緒だ」

素敵な考え方だったけれど、わたしが求める答えとは違っていた。口を開けてそれを言いかけたとき、ママが角を曲がって現れ、それどころではなくなった。ママは長い金髪とふんわりした白いローブをなびかせて迫ってくる。そして小さな子に言うみたいに呼びかける。「まったく、困った子たちね！」

チャドとわたしは声をあげて笑い、ママは腰に手を当ててわたしたちを見下ろす。「プレゼントを開けるなら、パパも呼んでこなくちゃ。チャド、ホットチョコレートを作って」ママはくるりと背を向け、早足で階段に向かった。

「ララ、ホットチョコレートを作れよ」兄は命じる。

「ママは――」

するとチャドがわたしをくすぐりはじめる。子供のころによくやったみたいに。ママとパパが階段をおりてくるころには、わたしたちは床に寝そべり、二人とも涙が出るほど笑っていた。

わたしは眠りに落ちたときと同じ笑みを浮かべながら目覚め、チャドの言葉を思い出していた——たとえ空間や時間や障壁で隔てられていようと、いつも一緒だ。その思い出はわたしに希望をくれた。チャドを失ったわけじゃないんだと。

リアムの隣で寝返りを打つと、彼はすでに目を覚ましていて、きっかけを待っていたようだ。こちらが瞬きする間に、彼はさっさとベッドから出て、ついでにわたしも引きずり出し、バスルームへ急き立てた。熱いシャワーが彼のせいで余計に熱くなる。その後、わたしは赤いシルクのローブに身を包み、リアムはタオルを腰に巻いた姿で、艶めく白い化粧台の前に並んで立った。二人それぞれ、専用の洗面ボウルがある。わたしは髪を乾かし、リアムは顎鬚を整えていた。わたしはふと手を止め、彼を眺めた。リアムも動きを止めて鏡越しにわたしの目を見る。このときわたしが感じた絆は、どこか神がかっていた。わたしたちは逆巻く波を乗り越え、穏やかな海域へ入ったのだと、直感的にわかった。

十五分後、わたしは髪にストレートアイロンを掛け、憧れのサラサラの金髪にしようとしていたけれど、どうしてもうまくいかなかった。するとリアムがブラックジーンズと黒のセーターにブーツというたまらなく男っぽい姿でウォークイン・クローゼットから出てきた。彼は大きな体軀でわたしの隣に立ち、おまえをシャワーに連れ戻したいとでも言うような狼みたいな眼差しでこちらを見る。

わたしはストレートアイロンを下ろした。「お腹ぺこぺこ。今日はちゃんと食べさせてね」

「おれも飢えてる」彼は言う。「出かける前にジョッシュに連絡しなくていいんなら、今すぐきみというご馳走にありつきたいところだが」

「出かける前って？」

「行きつけのコーヒーショップに二人で行って、結婚式のプランを練りたいと思ってね」

とたんに歓びが湧き上がってくる。「嬉しい！」

「ぼくもだ」彼は言い、ローブの絹地の下でつんと立っているわたしの乳首にちらりと目をやる。「だけどすぐに服を着てくれないと、ベッドの中で相談することになるぞ」

わたしは笑い、リアムがバスルームを出ていくとすぐ、ダークブルーのジーンズと紺のセーターに着替えた。淡いピンクの色調でまとめたメイクをし、唇にグロスを塗る。最後の仕上げに、ハンプトンズにいるときリアムが買ってくれたシャネルの五番の香水を付けた。

新たな一日の始まりにわくわくしながらリアムを探しに行く。彼はクリスマスツリーのそばに立っていた。背筋を伸ばし、身を強張らせているその姿を見ていると、過去という名の亡霊たちが彼にしきりに囁きかけているのが聞こえるようだった。わたしはリアムが独りでいたい場合を考えてあまり近づきすぎないようにしつつ、温もりや支えが欲しければすぐに差し伸べられるよう距離を測って隣に立ち、無言のうちに、わたしが付いているわと伝えた。

丸々一分が経過したころ、彼は言った。「おふくろはクリスマスが大好きだった」彼の眼差しがわたしのほうを向く。「子供のころずっと、我が家は貧しかったんだが、それでもおふくろは年間通してちょっとした贈り物を買って準備してくれていた。クリスマスの当日、ツリーの下にいくつものプレゼントを並べられるように」リアムはわたしの肩を抱き、引き寄せて、わたしを彼の身体で包みこんだ。ここで少し雰囲気が変わり、彼は微笑んだ。「ぼくがまたクリスマスを祝っているのを見て、きっと喜んでるよ」

わたしは彼のほうを向き、両手をその胸に当てた。「その当時からツリーの飾りつけに関して、病的なこだわりがあった？」

「ああ、おふくろは苛立ってた」

「そんなことないでしょ」

「苛立ってたのは親父のほうか」訂正する口調は、苦々し気なものに変わっている。

「まあ、親父はいつも酔っぱらって夕食までには寝てしまっていたから、おふくろと二人だけでじっくり楽しむことができた」彼は睫毛を伏せる。瞼が上がったとき、彼はすでに辛い記憶を押しとどめ、よい思い出のほうに戻っていた。「エッグノッグを用意しなきゃな。おふくろは、エッグノッグがなけりゃクリスマスは始まらないと言ってた」

「必須よ」わたしも同意した。「クリスマスのディナーの計画も立てなきゃね。二、三日のうちに、食料品の買い物に行かない？」

「ぼくらが食料品の買い物をするとは」リアムが言う。「ようやくここまで来たな、ベイビー」

わたしはくすくす笑った。「そう、やっとね」

「それじゃ、明日行こう」彼が提案する。「ついでに銀行に寄って、きみのカードを作り、署名の登録をしよう」

「え？　そんな、わたしには――」

彼は力強くて短いキスをする。「いや、だいじょうぶだよ。それに結婚許可証も手に入れないとな」

わたしは心からの笑みを浮かべながら、彼の胸を指でつついた。「あなたにも指輪を買わなきゃね」

「ぼくの分と、きみの婚約指輪に合わせて嵌めるのを、特注でオーダーしておいた。火曜に届くよ。もちろんきみが他に――」

「ご冗談でしょ？　どんなデザインにしてくれたのか、知りたくて仕方ないわ」

リアムが瞳を輝かせる。「ぼくもきみに見せたくて待ちきれないよ」彼は外に向かって首を振る。「それじゃ、コートを取って、さっさと出かけよう」

「ちょっと待って」歩きだそうとするリアムを引き止めつつ、そんなことが急に気になってしまう自分が嫌でたまらなかった。「ジョッシュのほうはどうなったの？」

「すでにジャレッドの自宅と彼が使ってるオンライン・パーキングの場所を突き止めたそうだ。もう安心だよ」

「ダンテとメグの件もうまくいっているの？」せっかくこれから一日、二人で過ごせるというのに、なんでこんなことばかり考えてしまうのだろう？

「ダンテを雇うことに成功した時点で、メグの件は解決したも同然だ。この国の歴代大統領が信頼した男だからね。ぼくも信じてまかせているよ」

ガレージのドアが開き、テラーがサンタよろしく「ホー、ホー、ホー」と言いながら階段をのぼってくる。

リアムとわたしは声を揃えて笑った。不安が遠のいていく。今日はいい日になりそうだ。


三十分後、テラーはわたしたちを家から数ブロック離れた雰囲気のある小さなコーヒーショップで降ろすと、用事があると言ってどこかへ消えた。わたしとしては、リアムがわたしにわからせるために彼をよそへ行かせたのではないかと思っている。もう隠れなくていい。逃げなくていいのだと。

「二人きりだなんて、信じられないわ」片隅に二つ並んだ心地よさそうな革張りの椅子に、二人それぞれのコートを置いたところでわたしは言った。

「もういい頃合いだろう」リアムは言い、わたしの肩に手をかけると、コーヒーとペストリーを注文するために木製のカウンターのほうへ導いていく。椅子に腰を据えたところで、リアムがスケッチブックを取り出すのを見て、わたしの胸はときめいた。

「デザインするの？」

「〈チェイス・エレクトロニクス〉の社屋の建て直しを設計するなら、作品に意味を持たせないとね」

「あなたがどんなものを作るのか、今からわくわくするわ。何かアイディアは？」

「ハイテクで抽象的な感じかな」彼は言う。「円形もいいかもしれない。この街には円形のビルがまだないからね」

「素敵。あなたが本当に好きなことをしているのを見ているとわたしまで幸せになる」わたしは微笑んだ。「設計することを忘れちゃったのかと心配してたの」

「大好きなことと言えば……」彼はブリーフケースの中に手を伸ばし、わたしの父の日記のうちの一冊を差し出した。「いいことを思いついたんだ」

わたしはそれを受け取り、興味津々の眼差しで彼を見た。「ありがと。いいことって？」

「きみはこれでもう自由に、好きな考古学を好きなだけ探求できるようになった。きみが望むなら、二人で世界中を旅して発掘調査をすることもできる」

「発掘はしなくてもいいけど、あなたがそう言ってくれるのは嬉しいわ」

「今決めなくてもいいんだ。手始めに、お父さんの研究について本を書いてみたらどうかな？　お父さんの功績を讃えると同時に思い出を蘇らせることもできる」

言われた瞬間、胸が躍った。「すごくいい考え。話したいことがたくさんあるの。出会った人々のこととか、発掘場所を探し出した経緯とか、いろいろな危機に直面したこととか、書ききれないくらい」

ここでリアムはわたしにＭａｃＢｏｏｋ Ａｉｒを手渡した。「ぴかぴかのおニューだぞ。きみの作品が打ち込まれるのを待ってる」

わたしは腰を上げ、彼の膝に座ってキスをした。「ありがとう。いろいろ気遣ってくれて」

「おいおい、公共の場での愛情表現はほどほどにしてくれよ。こっちが面食らっちまう」

デレクの声がし、わたしは微笑みながら顔を上げた。立ち上がり、挨拶すると、デレクは大きく腕を広げてわたしを抱きしめた。「会えて嬉しいよ、エイミー」

「わたしもよ」彼のきちんと短めに整えられた金髪やチノパンツに白いポロシャツという出で立ちを眺めながら言った。「プレッピーそのものね。チェスクラブのメンバーって感じ」

デレクとリアムは立てた指二本を軽く振って挨拶する。デレクはわたしたちの椅子の間のスツールに陣取った。「不動産取引の仲介なんて、毎日チェスの試合してるみたいなもんだからな」彼はリアムのスケッチブックをちらりと見る。「ぼくが前から頼んでた例のデンヴァーの複合ビルをやってくれる気になったのか?」

「きみたちはすぐ、また世界一高いビルを建てろと言うが、そういうのは前回で終わりにしたんだ」リアムが答える。「あれで十分だよ」

「今プロジェクトが行き詰まってるから、きみを引き入れることができれば、自由に設計させてくれるって言ったらどうだ?」

「きちんと契約書にして持ってきたら信じるよ。その前に別の仕事を終わらせないとね」

「ずっと姿をくらましてたんじゃないか」デレクが言う。「別の仕事なんてどうやって見つけたんだ?」

リアムの携帯電話が鳴り、彼は画面に目をやった。「〈チェイス・エレクトロニクス〉だ。今ちょうどジョッシュから電話がかかってきた。静かなところで話してくるよ」

リアムは腰を上げ、デレクの脇を通って歩いていく。きっとメグについてだと思い、胸がドキドキした。わたしはデレクの手首をつかみ、腕時計を見た。十一時。メグとわたしが会う約束の時間から一時間が過ぎている。

「〈チェイス〉のビルをやる前にぼくのほうをやるように彼を説得してくれよ」デレクが言う。

「リアムがいつどこのプロジェクトを引き受けるかなんてこと、わたしは口出しできないわ」

「きみはあの男を完全に支配してるじゃないか」

わたしはふんと鼻で笑った。「やめてよ。あの人を支配なんてできるわけないじゃない。わたしたちがここにいること、どうしてわかったの？」

「隣の宝飾店でプレゼントを選んでいたら、テラーとばったり会ったんだ」

「ジュエリーのプレゼントなんて、誰か特別な人でもできた？」

「妹だよ」デレクが答える。「そう言えばきみに会いたがってた。街を出る前、ずいぶん仲良くなってたそうじゃないか」

「そうなの。電話するわね。あ、そうだ！　リアムのプレゼントを選ぶのに付き合ってもらおうかな。おかげで思い出したわ。わたし、彼のクリスマスプレゼントを何も用意していなかった」

「成功を祈ってるよ。あの男はすべてを手にしてる。ぼくなんかもう、彼にプレゼントを買おうとすることさえやめてしまった。それでも去年はリアムに彼の好きなバイオリニストのチケットを手に入れてやったんだ」

「デイヴィッド・ギャレットね」

「ああ。そうしたら、あいつはぼくを誘って付き合わせた。だからリアムに、これはやつからの今年のクリスマスプレゼントってことにしておくと言ったんだ」

わたしは笑ってから、ふと考えた。「なにかロマンチックなものを考えなきゃ。特別なものを」ここでぱっと閃いた。「ねえ、手伝ってくれない？　そうすればそれがあなたからの今年のプレゼントになるわ——わたしのプレゼント作りに手を貸してくれることが」

デレクが身を乗り出してくる。「そいつはいい話だ」

わたしは急いでアイディアを説明した。それが終わったとき、デレクは優しい眼差しでわたしを眺めた。「完璧だよ、エイミー。きみは彼にとって最高の女性だ」

「彼もわたしにとって最高だもの。それに、家で本格的なクリスマスを祝うのは、わたしたち二人にとって素晴らしい経験になると思うの。あなたはクリスマスはどうするの？」

「家族でクリスマスディナーだ。山ほどの料理と、下手なジョークと、例によってなぜおまえはまだ結婚しないんだって質問を浴びせられる」

「結婚って言えば……」

デレクが手を挙げて身構える。「きみまでやめてくれよ」

「テラーには妹さんがいてね――」

「いや、結構」ここで彼はわたしの指輪に気づき、手をつかんだ。「これこそ最高のクリスマスプレゼントじゃないか！　いつだ？」

「十二月三十一日（ニューイヤーズ・イヴ）」

「ぼくも呼んでくれる？」

「実はね、二人きりで挙げようって言ってるの。ロマンチックに」

ここでちょうど戻ってきたリアムが言った。「きみを招待したが最後、歌うって言って聞かないぞってエイミーに警告したんだ」

「そりゃあそうさ」デレクが言う。「結婚式と言えば、ぼくがストーンズの『ビースト・オブ・バーデン』を歌わなきゃ始まらない」彼は腰を上げる。「そろそろ妹んところへ行かなきゃ。じゃ、また近いうちに」

デレクが行ってしまうとすぐにわたしは尋ねた。「で？　どうなったの？」

「メグはダンテが保護した」

わたしはほっと息をついた。「ジャレッドはこれからどうすると思う？」

「ぼくたちを見張るだろう。しばらく見張りつづけるだろうな。でもこれで片づいたんだ、エイミー」

「片づいたのね」わたしは繰り返したものの、真の意味では何一つ終わっていないことは二人ともよく知っていた。それでも、一つの章が幕を閉じたことは確かだ。わたしは新しい章の始まりを感じていた。

第十一章　思いがけない出来事

その夜、わたしはまたチャドと一緒のクリスマスの夢を見た。ママは明るく笑っていて、パパはそんなママを愛しげに見つめていた。リアムの腕の中で目覚めると、彼はわたしの髪を撫でてくれた。癒されていく感覚がわたしの中に満ちている。

「おはよう」彼は優しく囁く。

「おはよう」わたしは答え、ごろりと彼のほうを向いた。ほどなくしてわたしは夢について話しはじめ、それはやがて家族の思い出話へと広がっていた。嬉しいことに、リアムも彼のお母さんや子供時代の出来事について語ってくれた。わたしたちは何時間もベッドに横たわり、おしゃべりしていた。そうしてただ二人一緒にいた。こんなふうに二人の人間が結ばれることができるなんて、これまで知りえなかった。ようやくシャワーを浴びて服を着たのはお昼ごろだった。二人とも申し合わせたように黒ずくめの格好になったのを見て、一緒に笑った。リアムは「これで本物のニューヨーカーだ」と宣言した。

「こっちへおいで」彼はわたしと指を組み合わせる。「きみにサプライズがあるんだ」

「あなたのサプライズは今まで素敵な物ばかりだったから、ぜひ拝見させていただきます」

玄関ホールまで来ると、リアムがツリーのてっぺんを指さし、わたしは歓びに息を呑んだ。

「あの天使ね！」キラキラ輝く美しいクリスタルガラスのツリートッパーを見て思わず声をあげてから、リアムの腕の中で向きを変え、彼を抱きしめた。「本当に素敵！あなたも素敵。あなたって本当にすごいわ、リアム・ストーン」

彼はわたしの髪を撫でる。「こんどぼくに腹を立てたとき、それを思い出してくれよ」

「怒らせるようなことをしなければ、その必要もないんじゃない？」冗談で返した。

「ベイビー、きみを愛し慈しみ敬うことは誓うが、きみを怒らせないことは約束できない」彼は短くて力強いキスをする。「でも仲直りのセックスを考えればそれもいいな。その点は保証するよ」

わたしは唇を嚙み、挑むような顔をしてみせた。「だったら早速喧嘩してみる？」

と、ガレージのドアのブザーが鳴った。テラーがやってきたのだ。「ふむ。やめておいたほうがよさそうね」

「今夜ゆっくりやろう」リアムはまたわたしに口づけ、玄関脇のクローゼットに歩み寄る。テラーが階段をのぼって現れる。

「おはよう」彼は言い、敬礼の真似事をした。「本日の行き先は?」

「どこでもないよ」リアムは艶やかな黒い革のジャケットに袖を通したあと、シャネルの黒のトレンチコートをわたしのためにハンガーから外してくれる。「エイミーと二人きりで出かけるんだ」

唖然としていると、リアムはコートを広げ、着せ掛けてくれる。「ほんとに?」わたしは尋ねた。コートに袖を通してからまた彼のほうを向く。「二人きりで?」

「ああ」リアムは言う。「本当だ。ぼくらには二人きりで過ごす時間も必要だからね」

わたしはリアムのジャケットの襟をつかんだ。「今日は素晴らしいサプライズが二つだわ」

リアムの瞳が妖し気に光る。「まだ一日が終わっていないよ」彼は身を乗り出し、耳元で囁く。「昼の後には夜がある」

テラーにはこのやりとりがすべてお見通しだろう。わたしは恥ずかしさに頬を火照らせた。身をよじってリアムに背を向け、わたしたちの家に舞い降りたばかりの天使を見上げて、これ以上に完璧なツリーはないと思った。

「きみもそろそろ丸一日休んでもいいだろう」リアムがテラーに言うのが聞こえた。

わたしが振り向くと、テラーは眉間に皺を寄せている。「いいのか？　なんだったら距離を置いて付いていったっていいんだぞ」

「いいんだ」リアムがきっぱり答える。「今日はぼくたちだけで出かける」

テラーは反論すべきか迷っているようなようすだったが、わたしの見たところ、それはおそらく不安からではないと思われた。むしろ、休みをもらっても彼自身どうしたらいいのかわからないのだ。可哀そうに、テラーはもう何カ月もの間、昼夜を分かたずわたしたちに付きっきりだった。「携帯は常時電源を入れておく」ようやく彼は言った。「家でのんびりしてるよ」

「ココが戻ってきてないのは残念ね」ココと元夫との関係がまだ続いているという衝撃の事実を知らされても、テラーと彼女の間には何かがあると確信している。「いれば遊んでもらえるのに」

「ココと一緒じゃ、のんびりするなんて絶対に無理だ」ガレージへの階段の上に立つテラーのもとへわたしとリアムが歩み寄ると、彼は言った。「今日は一日寝て過ごすことにする」

　ここでふと気づいた。テラーは二十四時間わたしたちの警護をしてくれただけでなく、ハンプトンズの隠れ家にいる間は、プライベートな交流もすべて放棄せざるを得なかった。わたしは手を伸ばし、彼の腕をつかんでぎゅっと力を込めた。「ありがとう、テラー」

　彼はまた眉根を寄せる。「何がだ?」

「ここ何カ月か、寝ている時間以外はすべて、わたしたちのために費やしてくれた。誰にでもできることじゃないわ」

　テラーの眼差しが優しくなる。わたしたちはこれまで育んできた友情を込めて見つめ合った。「お役に立てれば喜ばしいかぎりだよ、エイミー」

　わたしはにんまりしてからかった。「もっと別の〝喜び〟も探したほうがいいと思うんだけど」

　テラーは彼一流のそっけない無表情に戻って言う。「おれの当面の〝喜び〟は、ビッグマックとフライドポテトのラージサイズだ。この後買いに寄ってから爆睡する」

　わたしはテラーの頰にキスをし、いそいそとガレージへの階段をおりた。リアムがすぐ後ろを付いてくる。数分後、リアムの運転するベントレーでわたしたちは道路に出ていた。彼の無駄のない優雅なハンドルさばきを眺めているのは楽しくて、思わず笑顔になった。

「何をそんなににやにやしてるんだ？」

「テラーじゃなくて、あなたが運転してるから。なんだか現実離れしてて。でも、わたしたちよりもテラーのほうが、さらに現実離れした感じがしているでしょうね。彼にもちゃんと私生活を与えてあげなくちゃ。テラーにはここ数カ月分の功労に、ボーナス弾んだわよね？」

「呆れるほど高額なボーナスだ」リアムは答え、眩い笑みを見せた。

州庁舎への短い距離をドライブしながら、わたしたちは今日片づけたい様々な用事について話し合った。ガレージに到着したところでベントレーを駐車場係に引き渡すと、わたしはリアムの肘に腕を絡め、吹き付ける冷たい風に震えながら早足で州庁舎の正面階段をのぼっていった。リアムがわたしのためにドアを開けてくれて、一歩先に中へ入ったとたん、暖かさに包まれた。玄関ホールは天井が突き抜けるように高く、わたしのブーツの足元には上質なタイル張りの床が広がっている。

リアムが警備係に結婚許可証の申請窓口の場所を尋ねた。緊張と興奮が混ざり合い、胃の中で蝶が羽ばたくような感覚を覚えつつ、彼とともに長い廊下を進んでいった。目的のオフィスが近づいたところで、長い列が目に入り、わたしは呻いた。するとリアムがわたしをオフィスの脇の別のドアに案内した。「ぼくらはこっちだ」

「でも警備係の人は――」

「個人相談の予約を入れておいたんだよ」

わたしは眉根を寄せた。彼の口調の何かに不安を揺さぶられた。「どうして？　何か問題でも？」

「ベイビー、チャドのおかげで、きみの時間は過去に戻ったんだ」

「よくわからないわ」

「きみの法的な名前はエイミー・ベンセンじゃない」

強い衝撃に、具合が悪くなりそうだった。「どうしよう。そうだわ。結婚許可証を申請するにも、証明書がないのよ」

リアムがポケットに手を入れ、折りたたんだ一枚の紙を取り出してわたしに差し出す。「その点は手配済みだ」

わたしは大きく息を吸いつつ、書類を開けた。それはわたしの出生証明書で、氏名欄には「ララ・ブルックス」と記載されている。胸が締め付けられ、手が震えはじめる。「これ……わたしのって言えない。もうずっと……だめなの」

「わかってる」

「そうじゃない。あなたは知らないのよ。わたしは、自分がララであることを証明する身分証を何一つ持ってないの。そんなことに気づかないなんて、何考えてたのかしら。結婚許可証を取ることはできないわ」

「できるよ」彼はまた別の書類を取り出した。「これはきみの名をエイミー・ベンセンに変更するための正式な請願書だ。きみがララでいたいのなら話は別だが」

「いいえ」即座に答えた。「ララでいなくていいの。へんに聞こえるかもしれないけど、ララを過去のものにすることで、長いことなんとか折り合いをつけてきたから、だから……もうどうやったらララに戻れるかわからないの」

「きみはきみが望まないものになる必要はない。今も、この先も」リアムに言われて胸がいっぱいになり、唾を呑み込むこともできなくて、咳払いをした。彼は理解してくれている。と、リアムがわたしを引き寄せ、額にキスをした。「また日をあらためて来てもいい」

　わたしは彼の胸を押しやり、顔を見上げた。「いいえ、許可証をもらいましょう。手配してくれてありがとう。わたしはきっと無意識のうちに頭からこの問題を消し去ってしまっていたのね。でもあなたはちゃんと考えてくれてた。それにしても、わたしの名前は正式に変えたわけじゃないし、ララとしての身分証明書もないのに、どうやって手配することができたの」

「ココがＣＩＡを通じて手続きしてくれた。ぼくらはただ、用意したこの書類を、きみのエイミー・ベンセンとしての身分証と一緒に提示すればいいだけだ」リアムがドアを示す。「中に入ろうか？」

「ええ、手続きしましょう」

リアムがドアを開けてくれて、事務官が一人デスクに座っているだけの小さなオフィスに入った。ひと悶着あったり、気まずい質問をされたりするものと覚悟していたけれど、まったく問題はなかった。十分後、手続きは終わり、わたしたちは手を繋いで廊下に出た。二人顔を見合わせる。数カ月前のあの空港で生まれた小さな結びつきが、わたしたちの間で、魂に届くほど深い特別な絆へと成長し、花開いているのを感じた。

わたしたちは夫婦になる。

車に戻るとき、胸の奥から湧き上がる歓びが大きくて、寒さすら感じなかった。車内に入ると、リアムがわたしを抱き寄せ、手で頬を包んだ。「きみがエイミー・ベンセンでいたのは、きみがエイミー・ストーンになるために必要なだけの期間だった。これはきみの新たな始まりだ。ぼくらの新たな始まりなんだ」

「ええ、始まりね」

リアムはわたしの唇にそっと口づけた。「それじゃ花嫁のためのドレスを探しに行こう」

「ドレスならもうあるわ」この瞬間、わたしはあのピンクの〝おとぎ話のドレス〟を着ることに決めた。わたしたちはいつまでも幸せに暮らすのだと、信じてみたくなっていた。


わたしたちの次なる目的地は酒店だった。そこで結婚式用の祝い酒をロゼのシャンパンに決めた。続いて隣のベーカリーに行き、二人だけの祝宴のためにありとあらゆる美味なるご馳走を選び、すべて結婚式当日の午前中に配達してくれるよう手配した。次にオーダーメイドのスーツを注文するため、リアムのお気に入りの仕立て屋に移動した。リアムは超特急で仕立ててもらうために、喜んで追加料金を払うつもりだ。わたしは彼がどんなものを選ぶのか楽しみだった。店に入ったとたん、温かく迎えられ、リアムがここの上得意であることがわかった。わたしたちはコートを預かってもらい、二人でありとあらゆる服地を見て回った。結局黒のスーツとピンクのネクタイがいいということで意見が一致した。

　リアムが採寸のため奥の部屋へ案内されたところで、店の人にホットチョコレートはどうかと尋ねられて、喜んでご馳走になることにした。わたしは座り心地のよさそうな革張りの椅子が二脚並んでいる店の片隅に行き、腰を下ろした。温かい飲み物をいただきながら、自分が十代のころ以来感じたことのなかった穏やかな気分になっていることに気づいた。わたしは結婚式の誓いの言葉でリアムになんて言おうかと、ぼんやり考えていた。物思いに耽るあまり、男が一人店に入ってきて隣の椅子に腰を下ろしたことには、ほとんど気づかなかった。

「エイミー」

　はっと現実に引き戻され、ジャレッドがいきなり視界に入ってきて、あわやホットチョコレートのカップを落としそうになった。

　ジャレッドがそれをわたしの手から取り、二人の間の小さなテーブルに置く。「ごめん。驚かすつもりはなかったんだ」

「でも驚かされたことに変わりはないわ。言ったでしょう、もう話すことは何もないって」

「だけどおれのほうはきみに言いたいことがある。何よりもまず、この間のことは申し訳なかった。チャドが生きているかどうか、どうしても知りたくて、確かめるにはきみの不意を突いて正直な反応を引き出すしかなかったんだ」

「普通に尋ねることだってできたはずよ」情報を引き出すためにメグを送り込んだことを責めたくても、それを言うわけにいかないので言葉を吞み込んだ。「あなたのしたことはすべてまやかしだったのよね」

「そうじゃない。チャドはおれの友達だった――今も友達だ。きみにそれだけはわかってほしい。チャドにもそれだけはわかっててほしい」

「友達は欺いたりしないものでしょ」

「守るために仕方なく欺くこともある――チャドがきみを守るために姿を隠していたようにね」

「おかげでわたしは傷ついた。でも兄が死んだ今となっては、もう恨んでも仕方ない。それと同じように、あなたも自分のしたことを悔やんだって仕方ないのよ、ジャレッド」

「チャドは死んじゃいない。きみの反応には怒りや恐れはあったが悲しみはなかった」

わたしは信じられないと言いたげに呻いた。「兄の死を悲しんでもそんなふうに責められたんじゃたまらないわ。いいからもうどこかへ消えて、ジャレッド」

「チャドが死んだっておれに思い込ませようとしなくてもいい。やつを捕まえに行こうっていうんじゃないんだ。ただ助けたいだけだ。今までもずっとそうだった。デンヴァーではきみを見守っていた。これからもずっと見守りつづける。もしおれの助けが必要なら、そばにいるから。チャドにはそれだけの借りがある」

「あなたは兄を裏切ったのよ、ジャレッド。そんな簡単なことが、なぜわからないの？」

「おれの目的はただ一つだった——チャドと、きみを、この問題から救い出すことだ。それからジアも。今さら信用しろって言っても無理だと思うが、チャドはおれにとって兄弟も同然だった。それだけはわかってくれ」

「兄弟だったら、ＣＩＡの手が及びそうだってことを知らせたはずよね」

「知らせたかったさ。実際何度も話そうとしたが、シェリダンとの争いでそれどころじゃなくなった。それにＣＩＡの力をもってすれば、チャドやきみを十分助けることができる。おれはおれなりの決断を下すしかなかった。チャドがやつの決断を下したように」

ジャレッドの声はかすれ、切羽詰まった響きを帯びていた。その瞳には傷ついた表情が浮かんでいる。デンヴァーで初めて彼と会ったときのことを思い出した。顔を合わせた瞬間、親しみを覚えたものだ。それと今の状況を比べ、混乱しそうになった。

「もう過ぎたことよ」わたしは言った。「両親と同じように、兄もいなくなってしまったんだもの」

ジャレッドが身を乗り出してくる。「信じようと信じまいと、きみのことも、チャドのことも、これからずっと見守っていくつもりだ。きみたちに害を及ぼすためじゃない。みんながチャドから引き出そうとしてる秘密のためでもない。ただきみたちと、おれのＣＩＡでの居場所を守りたい、それだけなんだ。きみとリアムを見守ると同時に、これからは他の連中がきみたちを監視できないようにする。今日はそのために来たんだ。これがおれからのきみへの結婚プレゼントだよ。エイミー、ララ、幸せになってくれ」彼は腰を上げ、立ち去った。店のドアが閉まり、取り付けられた鐘が鳴る。ひとまずジャレッドはわたしの前から消えた。まだずっとそばにいるという誓いとともに。

戻ってきたリアムが前に立ってこちらを見下ろしたときも、わたしはまだ呆然と座っていた。視線が合ったとたん、彼ははっとしたように床に膝をついた。「どうかしたのか？」

「たった今、ジャレッドが現れたの」

リアムが毒づく。「脅されたのか？」

「いいえ、謝ってた。これからもわたしたちとチャドをずっと守るって言ってた。こんなふうに考えるのは変かもしれないけど、わたし、その言葉が信じられるような気がするの」

「ジャレッドに関するかぎり、何事もにわかに信じるわけにはいかないが、ぼくもきみの言うのが本当であってくれればいいと思うよ。いずれにせよ、もしまたジャレッドがきみに近づくようなことがあったら、少し後悔させてやらないとな」リアムは立ち上がり、わたしの手を引っ張って立たせた。「だいじょうぶかい？」

「これくらい、なんてことないわ。ちゃんと手はずは整った？」

「水曜には完ぺきに準備して送り届けてくれるそうだ」

「ずいぶん早いのね――水曜ってクリスマス・イヴじゃない」

「それだけの報酬は上乗せした。それじゃこれから銀行へ行って、きみの手続きをひととおりしてからお待ちかねのエッグノッグを飲むっていうのはどうだい？」

「あと栗もね。うちのパパは、エジプトでクリスマスを迎えたとき、キャンプファイヤーで栗を焼いたの。それを再現すれば、毎年パパのことを思い出せる」

リアムの瞳に優しい光が宿る。「うちのおふくろに捧げるエッグノッグと、きみのお父さんに捧げる焼き栗か。いいね」

リアムがわたしの肩を抱き、わたしたちはドアへ向かった。外へ出たとき、ジャレッドがわたしたちを見つめているのはわかっていたけれど、ひょっとしたら、そうひょっとしたら、それはさほど悪いことじゃないかもしれないとも思えた。

「起きろよ、ベイビー」リアムがわたしの耳元で囁き、吐息が首筋をくすぐる。

「もう少し寝ていましょう」わたしはつぶやき、さらに毛布に潜り込もうとした。

「ベッドに戻ってきて。わたしの隣に」

「今日はクリスマス・イヴだぞ」彼は言う。

わたしはいっぺんに目を覚ました。両目を見開き、がばっと身を起こしたとき、豪華なラッピングを施した赤い箱が二つ、ベッドの足元に置かれているのに気づいた。

「プレゼントはまだ開けちゃだめなのよ。クリスマスは明日なんだから」

「そんなこと誰が言ったんだ？」

「わたし。ちゃんと待たなくちゃ」

彼は小さな箱のうちの一つを、わたしの膝の上に置く。「これはぼくらの指輪だよ」

「ほんとに？　だったらすぐに見たい！」わたしはリボンも包み紙も引きちぎり、胸を躍らせて箱を開けた。中の黒いベルベットの台には、ホワイトゴールドの指輪が二つ並んでいる。わたしの指輪は、一方の端に永遠を示す無限シンボルが連なるダイヤモンドで描かれ、もう一方の端は婚約指輪にフィットするようアーチ型になっている。彼の指輪も同じように、一方の端に黒の無限シンボルがある。

「完璧だわ。両方とも最高」わたしは蓋を閉めた。「それじゃ、わたしの番ね」毛布を剝ぎ、ベッドから降りると、その下から緑と白で美しくラッピングしたプレゼントを取り出した。「あなたの分、開けてみて」

「まだだめだよ」リアムは言う。「きみにはもう一つプレゼントがある。いや、あと二つか」

わたしは首を横に振った。「その前にまずあなたの分を開けて」

リアムの瞳が翳る。彼が戸惑っているのがすぐにわかった。「プレゼントを受け取るのに慣れていないのね。だったら慣れてもらわないと。これからはわたしと一緒なんだから、毎年クリスマス・イヴの朝にはプレゼントを受け取ることになるのよ」

リアムが眉を上げる。「クリスマス・イヴの朝？」

「これからわたしたち独自の伝統を築くの。これもその一つ」わたしはまたベッドに座り、リアムのほうにプレゼントを押しやった。「開けて」

ほんの少しためらってから、彼は包みに手を伸ばし、一つずつ丁寧にラッピングを解きはじめた。わたしは笑い、手前の部分を引きはがした。「急いで！　ドキドキして死にそうなんだから。あなたがどんな反応を見せるか、待ち遠しくてたまらないの」

リアムは微笑み、残りのラッピングを破り捨てると、黒の革張りの箱を見下ろし、問いかけるようにわたしを見た。

「開けて」ここでまたせっついた。

リアムは壊れ物に触れるようにそっと箱を開け、中から黒の革張りのアルバムを取り出し、表紙を開いて、そこに記されたアレックスへの献辞を見つめた。彼が最初のページを開けると、アレックスが初めて設計した建物の写真が現れた。

「彼の設計した建物のすべてを収めたの。後ろのほうにはあなたの設計もあるわ」リアムの胸が上下している。伏せた睫毛が頬に半月形の影を落としている。顎鬚の上の唇はむっと引き結ばれたままだ。「デレクに手伝ってもらったの」彼の反応を読み取ろうとしながら説明した。「手伝ってくれたら、それがデレクからあなたへの今年のプレゼントになるって言って。どうしても特別なものを贈りたかったから」

依然として彼は身じろぎもせず、無言のままだ。急に怖くなった。わたしは彼の神経を逆なでし、傷つけるようなことをしてしまったのだろうか？「リアム――」

彼はプレゼントを脇に置き、わたしをベッドに押し倒した。彼の甘美な重みを全身に感じる。「完璧なプレゼントだ。きみは完璧だよ」

わたしは彼の顎を指で包んだ。「よかった。怒らせてしまったのかと心配したわ」

「これほど気遣いに溢れたプレゼントに、なんで怒る必要があるんだ？」

「気に入ってくれてよかった。ということで、そろそろまた別の伝統に着手することを提案したいんですけど」

「それはどんな伝統だい？」

「毎年クリスマス・イヴの朝に、あなたのタトゥーを舐めるの」

「きみが先に、どこでもぼくの好きなところを舐めさせると約束するなら」

「わかったわ」冗談まじりに言った。「欲しいものを手に入れるためなら、それくらいは仕方ないわね」

「できるかぎりきみに苦痛を与えないようにはするよ」リアムも冗談で返し、わたしの身体を下のほうへ下りていってお腹に唇を当てた。彼の舌がおへそをくすぐる。わたしは目を閉じ、悦びにため息をついた。ときには予想外の伝統というのもいいものだ。

第十二章　愛

リアムとわたしがシャワーを浴び食事をしたのは、午後二時だった。三時近くになると、二人でリアムの書斎のソファにゆったりと腰を据えた。わたしは例の本の執筆にかかり、リアムは〈チェイス・エレクトロニクス〉の新社屋の設計をしている。わたしは水色のスウェットパンツとタンクトップという寛いだ格好で、髪は少し乱れ、足は裸足だった。一方のリアムは色褪せたジーンズにシンプルな白のTシャツで完璧な美しさを誇っている。わたしはリアムが周囲に張り巡らせた壁を取り去ることに成功した。糊のきいたシャツとオーダーメイドのスーツの鎧を取り去った彼は、優しくて思いやり深い完璧な男だ。彼は女なら誰しもクリスマス・イヴに手にしたいと願う最高の贈り物だった。これからの数時間、わたしは天国で過ごすことが確定している。

夕方になると、わたしたちはリビングルームのソファに移動し、ハドソン川の水面に踊る光を眺めた。わたしはラジオのクリスマス音楽を流し、リアムがグラスにシェリー酒を少し加えたエッグノッグを注いでくれた。そろそろ栗を焼こうかと話していたとき、リアムの携帯電話が鳴った。

わたしはそれがこの晩を完璧にするものであってくれることを祈りつつ、息を殺して待った――どうか、チャドからの電話でありますように。リアムはしばらく相手の声に耳を傾けてから、「入ってくれ」と言い、携帯電話をテーブルに置いた。「テラーがぼくらに渡したいものがあるそうだ」

「きっとあなたが送ったスーパーボウルのチケットを受け取ったのね」わたしは言った。「素晴らしいプレゼントだもの」

「きみが言っていたように、彼はここ数カ月、ぼくらに付いていてくれるために多くを犠牲にしたからね」

ガレージのドアのブザーが鳴り、リアムとわたしはテラーを迎えるために入り口に立った。すると驚いたことにデレクとマーフィー医師とココも一緒に来ていた。

デレクが言う。「結婚式にぼくらを呼びたくないって言うんならそれを尊重するけど、代わりに今夜お祝いするからな」

リアムが腰に腕を回してきて、わたしの耳元で囁く。「きみはＯＫかい？」

「ええ」わたしは言った。みんなの心遣いを嬉しく思いながら彼を見上げた。「あなたは？」

「きみさえよければいいよ」

「ええ、いいわ」

マーフィー医師がわたしを抱きしめ、長い赤毛が頬をくすぐる。「調子はどう、エイミー？」

「元気よ」わたしは断言した。「先生が戻ってきてくれて嬉しい」スリムな白いワンピースに身を包んだ彼女をじっくり眺め、頬の血色がいいことに気づいた。「なんだか輝いてますすね」

彼女はいたずらっぽく微笑む。「きっとマイケルのおかげだわ」

「マイケル？」

「避難先の島で出会ったのよ。おかげで若返っちゃった。クリスマス休暇が終わったらまたランチでもご一緒しましょうって約束してるの」

わたしは呆気にとられると同時に、マーフィー医師の新たな一面に興味をそそられた。先生のことが今まで以上に好きになりそうだ。笑っていると、ココもそばに来てハグしてくれた。

「テラーとわたしが付いてるからね」ココは言う。その口調の力強さは、柔らかなライトブラウンの髪や女らしい美貌と対照的だ。「ジャレッドがまたあなたのそばに近づくようなことがあったら、何が起きたかわからない間に瞬殺してやる」

「ケーキが来たぞ！」デレクが呼びかける。そちらを見やると、彼とテラーがピンク色の巨大な三段のウエディングケーキをキッチンへ運び入れているところだった。

「プレゼントも！」ココが声を張る。彼女はガレージに取りに行き、わたしはリアムのもとに戻ろうとしたが、すでに彼の姿はなかった。

キッチンにいるのだろうと思い、デレクとテラーの後に付いていった。リアムがそこにもいないので不審に思いつつも、二人がケーキをテーブルの中央に据えるのを眺めた。「すごいわ」縁に沿って形作られた繊細な花のモチーフに目を留め、わたしは言った。「それに色がドレスにぴったり。どうしてわかったの？」

「指輪に合わせたんだよ」ココがマーフィー医師とともにキッチンに入ってきた。二人ともいくつかの包みを運んできて、テーブルに並べている。「テラーからピンクだって聞いたんだ。見せてもらわなくちゃ」

わたしは手を差し出した。ココとマーフィー医師は声を揃えて褒めたたえる。すると背後から声がした。「エイミー」

振り返るとリアムがすぐ後ろに立っていた。妙に深刻な表情だが、瞳はまた別の感情を物語っているような気がした。「どうかしたの？」

「きみに見せたいものがある」

「今？」

「ああ、今だ」

「わかったわ。なあに？」

リアムはキッチンのドアを開ける。「来ればわかる」

わたしは彼の後に付いてリビングルームへ入った。その瞬間、窓際で川を見下ろしている二人の人物が目に入り、足を止めた。信じられずに何度も目を瞬(しばたた)く。男性は金髪で、ジーンズにTシャツという格好、そして女性は濃い茶色の長い髪に赤いシルクのブラウス。わたしの鼓動は一気に加速した。

「チャド！」兄の名を喉から絞り出すようにして呼んだ。駆け寄ると、チャドとジアがこちらを向いた。次の瞬間、わたしと兄はもう二度と離れたくないと言わんばかりに固く抱き合っていた。「なんでここにいるの？」目に熱いものがこみ上げてくる。

「来てもだいじょうぶなの？」

「今年のクリスマスもおまえに会えないなんて、どうしても嫌だった。いきなり大勢で押しかけ、驚かせて申し訳ないが、気づかれずにここに来るためにはカモフラージュが必要だった。うまくいったよ。テラーが全部お膳立てしてくれたんだ」

「信じられない」頬を伝う涙を拭ってから兄の腕をつかんだ。「本当に本物だわ！」

「本当に本物だ」チャドはにんまりする。ジアが彼の隣に来て、リアムがわたしの隣に立った。

「ひさしぶり」わたしはジアに言い、抱きしめた。「元気だった？」

「とっても元気よ」彼女は言う。「来られてよかった」

「わたしも来てくれて嬉しい。どれくらいいられるの？」

「数時間だ」チャドが言い、わたしの手を握る。「長居するのは危険だ。ジャレッドが目を光らせてるからな」

「彼、わたしに会いに来たのよ、チャド。わたしたちを助けたいんだって言ってた。わたし、その言葉を信じてるの」

「危ない賭けはできないよ、エイミー」兄は言う。「わかってるはずだ」

「でもわたしたち、三十一日に結婚しようって言ってるのよ。結婚式までいてくれなきゃ」

　チャドはわたしの両肩に手を置く。「おまえの結婚式に出られないと思うと、胸が張り裂けそうだが、留まるわけにはいかないんだ」

「来るならそう言ってくれればよかった。そうすればそれに合わせて結婚式をしたのに」ここではっとひらめき、リアムのほうを向いた。「お式を今夜にしない？」

彼はなんの迷いも見せずに答えた。「きみがそうしたいならぼくはかまわないよ、ベイビー。きみが花嫁になってくれさえすればいいんだから」

一瞬歓びが膨れ上がったものの、それはすぐにしぼんだ。「あ、でも立会人がいない」

「今夜は式だけにしておいて、月曜に治安判事のところへ行き、正式に執り行ってもらえばいいんじゃないか？」

「十二月三十一日（ニューイヤーズ・イヴ）にしたいっていうあなたの希望は？　わたしたちの始まりだからって」

リアムが身を乗り出し、わたしにだけ聞こえるように耳打ちする。「ぼくらの始まりは、最初に会ったあの日だったんだ」彼の一点の曇りもないアクアブルーの瞳を見た。「今夜結婚しよう」

この言葉を聞き、わたしはあらためてリアムと恋に落ちた。「ええ、結婚しましょう」爪先立って彼にキスをする。「一時間後でどう？」

「ああ、一時間後に。ぼくは客用寝室で支度する。客人たちが披露宴を始めたら、またきみをぼくらの寝室へ連れ戻す」

「それで決まりね」わたしたちは熱い眼差しでしばらく見つめ合った。一度は空っぽになったわたしの魂は、今、彼との結びつきを感じて奥底まで揺さぶられている。

そしてわたしはチャドとジアのほうに向き直った。「今夜結婚する。わたしたち、今夜結婚するの！」

「なんだって？」テラーがキッチンのドアを開けて訊き返す。

ジアが歓声をあげ、声を張る。「今夜結婚するんですって！」

他のみんなもリビングルームへなだれ込んできて、そこは興奮のるつぼと化した。わたしはチャドに歩み寄り、その胸を指でつついた。「わたしの結婚式に出ないなんて、許さないんだから」

兄はにんまりする。「さっさとドレスに着替えてこい。おれだって支度があるから忙しいんだ」

わたしはドアに向かおうとしたが、ここでまたリアムと目が合った。二人の間に温かさが通い合い、胸が高鳴る。それに突き動かされるようにして小走りで廊下を進み、階段を駆け上がった。

わたしはリアムと結婚するのよ。

今夜。

そしてチャドも参列してくれる。

それはわたしの望み以上の展開だった。

寝室へ飛び込み、ドアを閉める。バスルームに入りかけたとき、ノックが響いた。

「どうぞ！」呼びかけながら、すでに支度のためのメイク道具を揃えようと、化粧台の引き出しを開けていた。

「手伝いに来たわ」ジアが戸口から言う。「リアムのスーツを届けないと。彼、チャドにも一着貸してくれるんですって。わたしもドレスをお借りしなきゃ」

「こっちへ来て」わたしはジアを案内し、必要なものをすべて揃えた。

手がふさがったジアのために寝室のドアを開けると、廊下にマーフィー医師が立っていた。彼女はシャンパンの入ったグラスを手にしている。「飲みなさい。医者の命令よ」

「すぐ戻るわね」ジアは肩越しに言い、廊下の先へ消えていく。

わたしはマーフィー医師に微笑んだ。「ありがとう。でも飲めないわ。お酒に弱いの。それに、今日のことは一瞬たりとも忘れたくないから」急いでバスルームに戻ると、結婚式のために買ったピンクのアイシャドーを探したけれど、どこにも見当たらないので苛立ちそうになった。

「一口だけならだいじょうぶよ」マーフィー医師がバスルームの戸口にもたれて言う。

「やっぱり緊張しているみたいね。落ち着かせてあげようと思って来たんだけど、それだけじゃなくて、言っておきたいことがあるの。わたし、結婚式を執り行えるのよ」

「あ、ありがとうございます」わたしはアイシャドーを見つけ、ほっとした。「誰に立会人の役をしてもらうかまで、まだ頭が回らなくて」

「本当に結婚式を執り行えるの」マーフィー医師は言う。「役とかじゃなくて」

わたしはヘアスプレーのボトルを手に動きを停め、きょとんとして彼女を見た。

「どういうことですか?」

「去年、親友が結婚するときに、式を執り行ってほしいって頼まれたの。ちゃんと書類を揃えて登録もしたんだけど、そうしたら相手の男が式の直前に彼女を裏切ったのよ」

「それって……素晴らしいわ。いえ、お友達の件はお気の毒だけど、わたしとリアムにとっては。ありえないくらい」

「これを運命って言うんでしょうね」彼女は言う。「以前あなたはたまたま空港に行ったときにリアム・ストーンと出会って目が合ったって話をしてくれたけど、それと同じようなことだと思う。それはわたしたちが考えても仕方のないことなのよ。ただありがたく受け入れるだけ。立会人の資格が切れていないかどうかについては百パーセントの確信はないけど、今夜のところは、これが正式なものになるかもしれないってことにしておいて。月曜の朝には確認するわね」

「十分です」わたしは言った。実際、それはどちらでもよかった。大事なのはリアム。大事なのは、この式がわたしたちにとってどういう意味を持つかだ。わたしは先生に歩み寄り、頰にキスした。「ありがとう。リアムはこのこと知ってるかしら?」

「彼にも話したわ。これが法的なものにならないかもしれなくてもあなたがOKかどうか確認してほしいって言ってた。あなたがいいなら、彼のほうはいいそうよ」

「リアムったら馬鹿ね。兄にも来てもらって、今夜彼と結婚できる。これがよくないなんてこと、あるわけないのに」

それからの一時間は緊張と興奮の渦に巻き込まれたように過ぎていき、気がつくとわたしはウォークイン・クローゼットの真ん中でドレスを身につけ、ジアにファスナーを上げてもらっていた。

「準備完了」彼女は言い、わたしの隣に立った。彼女自身も〈サックス〉から届いた荷物の中にあった水色のドレスをまとい、とても美しい。「眩しいほど綺麗よ」

わたしは鏡に映る自分の姿を見つめ、ごくりと喉を鳴らした。こよなく美しいペールピンクのストラップレスのドレスは、わたしの身体のラインにぴったり沿い、ヒップのあたりを包んでから下のほうでフレアになって、シルク地が優しい衣擦れの音を立てる。今日は髪の毛までが協力的で、艶々でサラサラのヴェールとなって、剝き出しの肩に垂れ落ちている。ずっと憧れながらどうがんばってもうまくいかなかったストレートヘアが、この特別な晩に、初めて実現したのだ。

「ありがとう」わたしはつぶやいた。「あなたとこうしていられるなんて、信じられない。あなたとチャドが来てくれたうえに、式に出てくれるなんて」

「ほんとに感激だわ」ジアが言い、わたしの腕に触れる。「チャドはあなたのこと、それは大事に思ってるのよ、エイミー。あなたが彼に来てほしいと思ってるのと同じくらい、彼もここに来て出席する必要があったのね」ドアにノックが響いた。「きっとチャドだわ。入れてもいい？」

「ええ、だいじょうぶ」

「それじゃ、わたしは階下（した）におりてるわね」ジアはわたしを抱きしめてから言った。

「そうだ、指輪を預からなきゃ」

わたしは婚約指輪を外し、彼女に渡した。

「すぐに取り戻せるから」ジアは言い、急ぎ足で出ていった。

わたしはそのまましばらく鏡の中の自分の姿を見つめながら、マーフィー医師が言っていた空港での出会いを思い出していた。わたしは不意に、その場面に引き戻されていた。チケットカウンターに立ち、危険から逃れる唯一の手段である飛行機の便に乗れないことを告げられたばかりだった。


わたしは無力感を覚えつつ、カウンターに背を向けた。待合所の空いている席を無視し、窓際に行って、足元に荷物を下ろすと、窓ガラスのスチールの手すりにもたれた。姿勢を変え、周りの人々が見渡せるようにする。問題が起きたら差し迫る前に察知できるようにするためだ。そのときだった。彼と視線が合い、周囲の待合所がすべて消えてなくなった。彼はわたしの前方の椅子に座っていた。わたしたちの距離は一列分の座席に隔てられている。顔立ちはハンサムに整っていて、豊かな黒髪が少し乱れているのを見ていると、指を通したくなってしまう。彼は色褪せたジーンズと紺のTシャツを着ていたけれど、仕立てのいいスーツとネクタイも同じくらいさりげなく着こなしそうだった。歳はわたしよりも上。三十代だろうか。けれど彼には年齢以上に世慣れし、自信に満ち、支配力に長けている雰囲気があった。財力と権力と性的魅力を絵に描いたようだ。わたしの位置から瞳の色はわからないものの、知る必要はなかった。大事なのは彼が百パーセントわたしに注意を向け、わたしもまた百パーセント彼に注意を向けているということ。まるで二人を隔てる距離など、何の意味も持たないかのように。目を逸らしなさいと自分に言い聞かせた。誰もが脅威になりうる可能性があるのだからと。それでもどうしても、逸らすことができなかった。

彼がほんの少し目を細める。そして口元を微かに上げる。その表情に一瞬満足の色が浮かぶのを見たような気がした。わたしが目を逸らせないのを、彼は知っている。わたしは彼にとって最も新しい獲物になった。彼が多くの女性をモノにしているであろうことは容易に想像できる。そしてわたしは、屈辱的にも、悦びの呻きの一つすら発しないうちに、彼の手に落ちてしまったのだ。

「ファーストクラスのお客様のご搭乗をご案内いたします」場内放送から女性の声が響いた。

わたしは目を瞬き、自分の新しい……いや、彼がわたしにとって何なのかはひとまず置いといて――彼が立ち上がり、ダッフルバッグを肩に掛けるのを眺めた。彼はわたしの目をさらにじっと見つめる。その瞳に表れた表情がいまーつ読み取れない。挑んでいるようにも見える。挑んでる？　何を？　それを解き明かす時間はない。彼は背を向け、わたしはふたたび、独りぼっちになった。

はっと現実に引き戻され、囁いた。「でももう独りぼっちじゃなかったのよね。あの瞬間からずっと」その考えに微笑みつつ、バスルームへ行き、ふたたび寝室に戻ろうとしたとき、戸口にチャドが現れた。リアムの黒のスーツに白のシャツとネクタイを身に着け、なかなかの男前だ。

兄はわたしの全身を見回し、にんまりした。「土を掘るのが好きな人間にしちゃ、二人ともずいぶんと垢抜けたもんだ」

わたしは笑った。「そうだね」

「綺麗だよ、エイミー」チャドの口調が優しくなる。「ララ」

「エイミーよ」わたしは胸に衝撃を覚えつつ、それを抑え込むようにして言った。

「わたしはエイミー」

「エイミー」兄が言いなおす。「来れてよかったよ」

わたしは警告した。「泣かせないでよね、メイクがくずれるから」鏡のほうを向く。

「緊張してる。リアムは準備できた？」

「準備できたよ。やつもだいぶ緊張してるようだ」

「リアムが緊張？」驚いて訊き返した。

「ああ、そうさ、緊張してる。じっとしていられないらしい」

彼がわたしと同じくらい揺さぶられていると思うと、それも魅力的に思えた。もっとも、リアムのすることなすことすべてが魅力的なのだけど。「それじゃ、そろそろ下りなきゃね」

「いや、まだだ。目を閉じて」

「え？」

「リアムにクリスマスプレゼントを渡してほしいと頼まれた」

わたしは不思議に思い、兄を見た。「どうしてリアムが自分で渡さないの？」

「プレゼントのことで文句を言うんじゃない。いいから目を閉じろ」

言われたとおりにすると、チャドはわたしの後ろに回った。ますます疑問が膨らむ。

首にチェーンが触れるのを感じ、兄が警告した。「まだ見ちゃだめだぞ」わたしが待ちきれずにうずうずしているとようやく、「よし、見ていい」

瞼を開けると、指輪とおそろいのピンクダイヤモンドが胸元に輝いていた。「リアムは何から何まで考えてくれているのね。信じれらない」

チャドはわたしの隣に来て、鏡越しにこちらを見る。「おまえもだよ、エイミー。おまえは勇敢で逞しい。おまえのような女と結婚できるリアムは幸せ者だ」

「チャド」わたしはつぶやいた。

そして兄は肘を出した。二人、鏡越しに見つめ合う。「行こうか?」

兄の腕に手をかけた瞬間、涙がこみ上げた。「また泣かされちゃったじゃないの」

チャドは笑い、わたしの手を手のひらで包んだ。「もう泣いちまってもいいんじゃないか。さあ、おまえを億万長者にもらってもらおう」

「彼のこと、そんなふうに言わないで」寝室を出ながら、わたしは言った。

チャドは愉快そうに笑う。「まるでろくでなしって言われたみたいにお冠だな」

「彼は財産なんかじゃ測れない人なの」わたしは言い返し、階段をおりる間じゅう二人で言い合っていた。まるで昔に戻ったみたいだ。一番下まで来たところで、テラーが前に立ちはだかった。一番上等なスーツでびしっとキメている。彼は壁を越え、リビングルームの中まで後ろ向きでわたしたちを導いてから、中の誰かに合図をした。音楽が鳴りはじめる。柔らかなバイオリンの音が漂いはじめた瞬間、それがデイヴィッド・ギャレットのものだとわかった。リアムのものではあるけれどわたしのものではない趣味があるのを思い出し、にっこりした。

「準備はいいかい？」チャドが尋ね、わたしの腕をぎゅっとつかむ。

「ええ」答えた声には感情の昂ぶりが表れていた。「いいわ」

わたしたちは歩き出し、リアムもこちらに向かってまっすぐに進んでくる。彼の視線のインパクトは初めて彼に会ったときと同じだった。彼の眼差しはあのときと同じように獰猛で、力強く、彼はあのときと同じように、財力と権力と性的魅力を感じさせる。わたしをモノにしようと待ち構えているところも、あのときと同じ。けれどそれだけじゃない。リアムは愛や楽しさや歓びでもあり、わたしの魂の片割れでもある。室内のほかの部分は消え去り、音楽も遠ざかって、彼との距離を埋める旅はものの数秒ではなく、何年にも感じられた。

ようやくわたしと兄はリアムの前に立った。チャドが身を屈めてわたしのこめかみにキスし、離れようとする。わたしはまだ兄を行かせる気にはなれなかった。その腕をつかみ、もう一度近づいていって力いっぱい抱きしめ、つぶやいた。「来てくれてほんとに嬉しい」

兄は数秒間わたしを抱きしめてから囁いた。「大好きだよ、エイミー」そして微笑みながらゆっくりわたしを離した。チャドはジアの隣に立ち、わたしに向かって頷く。リアムの手がわたしの背に当てられる。彼の愛の温もりが全身に広がり、わたしを包む。

大きく息を吸い、リアムのほうを向いた。彼が手を差し伸べる。わたしは手のひらを彼の手に押し付ける。甘い疼きが腕に広がる。彼はそっとわたしを引き寄せる。二人、足を揃え横並びに立って、彼の熱い手がまたわたしの腰の後ろに当てられる。仮に焼き印のように痕が残っても、彼の名なら喜んで記されたかった。数秒の間、二人の視線が絡み合う。とたんに他の人たちの存在が消えてなくなり、二人きりの世界になった。「とても綺麗だよ、ベイビー。ぼくは本当に幸せ者だ」

「あなたもとてもセクシーよ、リアム・ストーン。ネックレス、気に入ったわ」

マーフィー医師が咳払いし、リアムが口元をほころばせる。「どうやら、結婚式の最中だってことを知らせようとしてくれてるらしい」わたしたちは向きを変え、彼女の前に並んで立った。

ほんの数カ月前、わたしは独りぼっちだった。この世にたった独りで、頼れる人もいなかった。それが今、わたしの隣には愛する男性がいる。そして家族や家族同然の友人たちに囲まれている。何もかも変わった。わたしは変わった。

マーフィー医師と目が合った。その瞳には温かい理解の色が浮かんでいる。彼女はわたしがこれまでしてきた経験について知っている。わたしがどんな目にあい、今こうしていることをどれほど誇りに思っているか、わかってくれている。

「わたしたちは今夜、ここに集い、リアムとエイミーの結婚に立ち会います」彼女が式を始める。「今夜のこの式は、普通からは程遠いものです。二人の関係も、二人の愛もまた、普通からは程遠いのです。それは特殊で特別なものです。この時間をわたしの言葉で満たすこともできるでしょう。けれど大事なのは二人の言葉です。エイミー、リアム、どうぞ、あなたたちの時間です」

リアムがわたしに一歩近づき、またわたしの背に手のひらを当てる。わたしは彼の熱い胸板の上に手を置く。手のひらの下で、彼の心臓が激しく打つさまを感じ、わたしと同じくらい彼も緊張しているのがわかった。

「エイミー」彼は低く重々しい口調で語りかける。

「リアム」わたしは返事をしたけれど、それは囁きにしかならなかった。

「きみに出会うまでのぼくは、まるで抜け殻だった。自分が壊れていたことをそのときは気づかなかったが、今ならばわかる。ぼくの人生にはきみが必要なんだ、エイミー。ぼくの全存在をかけてきみを愛することを誓う。いいときも、悪いときもあるだろう。でもどんなときも、ぼくらは互いに正直でいよう。きみはぼくのすべてだ。ぼくは全力できみを守り、愛し、きみを幸せにする」

わたしは震える唇で微笑んだ。「あなたのおかげで、わたしはもう幸せよ。自分で書いた誓いの言葉を、今、度忘れしてしまったのだけど、言えなかったからって悔んだりしたくない。愛しているわ、リアム。心の底から。あと――」彼はわたしに口づけた。甘く優しく、誓いの覚悟に満ちたキス。唇を離したところで彼は囁いた。「息をして」

わたしはまたにっこりした。「あなたがいるからだいじょうぶ」

「だったらこの先一生、ぼくと一緒に息をしてくれ」

「それでは指輪を」マーフィー医師が言う。

ジアが前に進み出て、わたしにリアムの指輪を渡す。

「エイミー・ベンセン」マーフィー医師が尋ねる。「あなたはリアム・ストーンを夫とし、生涯彼を愛し、慈しみ、敬うことを誓いますか?」

「誓います」わたしは答えた。手があまりにも震えているので、指輪をリアムの指にはめるのに、彼の手を借りなければならなかった。

次いでデレクがリアムにわたしの指輪を渡した。

「リアム・ストーン」マーフィー医師が尋ねる。「あなたはエイミー・ベンセンを妻とし、生涯彼女を愛し、慈しみ、敬うことを誓いますか？」

「誓います」彼は言い、わたしの指に指輪を滑らせた。

「まさに奇跡の瞬間です！」マーフィー医師が宣言する。「これで二人は夫婦となりました。誓いのキスをどうぞ」

リアムがわたしの頰を包み、じっと見つめる。「ミセス・ストーン」彼は優しく囁く。

「ミスター・ストーン」わたしはにっこり応えた。彼がわたしに口づけると、室内にわっと歓声が起こった。

独りぼっちのとき、リアムもわたしも、壊れてしまっていたのかもしれない。けれど二人なら、もう何人たりともわたしたちを壊すことはできない。

訳者あとがき

本書は、リサ・レネー・ジョーンズの手になるエイミー・ベンセン・シリーズの第三巻（原題〝Forsaken〟）と第四巻（原題〝Unbroken〟原書は電子書籍のみで刊行）を完結編として一冊にまとめたものです。日本では第一巻『始まりはあの夜』と第二巻『危険な夜をかさねて』が二見書房から出ているので、すでにエイミーのハラハラドキドキの冒険を楽しんでくださった読者の方も多いと思いますが、本書ではついに様々な謎が解き明かされます。

ここで、まだ前二作を読んでいないけれどこの本を手に取ってあとがきから覗いているという方にお知らせがあります。まずは悪いお知らせから。残念ながら、一、二巻を読まずして本書をお読みになるのはお勧めできません。あとがきもあまり先まで読まず、そっと閉じてください。一、二巻を楽しんでいただくためには、できるだけ情報を入れない状態で読み、エイミーといっしょにドキドキしてほしいのです。

続いて良いお知らせを。エイミー・ベンセン・シリーズ一、二巻目をお読みになっていないということは、読みはじめたら止まらない稀代のサスペンスを読む楽しみが、まだ残っているということです。仕事柄数多くのロマンティックサスペンスを読みますが、『始まりはあの夜』と『危険な夜をかさねて』は、年に一冊あるかないかの素晴らしいページターナーでした。

さて、ここからは一、二巻目を読んでくださった方に向けてお話ししますね。この完結編も、前の二冊に負けない怒涛のノンストップで進行します。三作目の主人公は、エイミーの兄のチャド。二巻目のエピローグに少しだけ登場したのをご記憶でしょうか？

第二巻で少しずつ明らかになってきましたが、エイミーがそもそも、あれほど辛い逃亡生活を強いられたのは、この兄のせいだったのです。幸いにしてエイミーはリアムという支えを得ました。エイミーがどれほど逃げようとも必ず見つけ出して守ろうとする安定感抜群の（そしていい感じで傲慢な）リアムの姿勢には、胸がキュンとしてしまった読者も多かったのではないでしょうか。二巻目の最後では、彼のおかげで宿敵シェリダンを脅し、その動きを封じ込めることにも成功しました。

そして本作は、兄のチャドがそのシェリダンに囚われている場面で幕を開けます。チャドはこの世の地獄から魅惑の美女ジアに助けられ、共に逃げることになるのですが、ジアは果たして悪魔の手先でしょうか、それとも救いの天使でしょうか？　それはじっくり中身をご覧いただくとして、この二人の関係がとても情熱的で官能的なものになるということだけは、お約束いたします。

それにしてもこのチャド、ロマンティックサスペンスのヒーローとしては、かなり訳ありです。いや、難ありと言うべきでしょうか。なにせ、女子トイレに押し入った回数&盗んだ車の台数で言えば、ロマンス界での新記録を打ち立ててくれているのです（正式にリサーチしたわけではないですが）。けれどそれも、彼の使命を全うするためですからしかたありません。読者の皆様にも、広い心でご理解いただけますよう、心より祈っております。さらに物語が進んでくると、彼がもっと深い闇を抱えていることも明らかになってきます。

さて、第三巻の部分には、いくつか映画のタイトルが登場します。まずは、第一章、ジアとの出会いのシーン、囚われている地下室で発煙手榴弾が爆発したのを受け、チャドは「おれをコケにすると大変な目にあうぞ。『ローズマリーの赤ちゃん』は観てないのか？」と脅しかけます。『ローズマリーの赤ちゃん』はロマン・ポランスキー監督の一九六八年の作品で、サスペンスホラーの最高傑作の呼び声も高い一本ですが、主人公のローズマリーは悪魔に犯された夢を見て、悪魔の子を宿したのではないかと怯えることになります。

第一章にはもう一つ、チャドがいい気になってクリント・イーストウッドの真似をし、『ダーティーハリー』の名台詞「面白そうじゃないか（メイク・マイ・デイ）」を口にして、ジアに睨まれるシーンがあります。

そしてもう一本、本書の中でもキーポイントとなってくる一九九三年制作の西部劇『トゥームストーン』。この三作を並べてみてあらためて気づいたのは、作者はチャドをダークヒーローにしたかったのではないかということです。自らを悪魔の遣いのように言ってみたり、犯人逮捕のためなら何でもあり、被疑者を射殺することも厭わない〝ダーティハリー〟ことハリー・キャラハン刑事の物真似をしてみたり、後半では『トゥームストーン』でヴァル・キルマーが演じた――〝OK牧場の決闘〟におけるダークヒーロー――ドク・ホリディへの憧れを感じさせる場面があります。

チャドが本当にダークヒーローかは読者の皆さんの判断にまかせるとしても（私としては、真のダークヒーローになるには、ちょっとハートが柔すぎる気もして、それが彼の魅力でもあると思うのですが）、世の女性がダークヒーローという言葉から感じるセクシーさは、余すことなく体現していると言っていいでしょう。

そして本書の後半、第四作目の〝Unbroken〟は、ふたたびエイミーとリアムの物語です。チャドみたいな破天荒な兄をもったばかりに見えない敵から逃げ続けたエイミーには、どんな運命が待っているのでしょう？　そして六年間ずっと身を隠し、エイミーに自らを死んだものと思わせていたチャドは、愛する妹の人生にふたたび関わることができるのでしょうか？　クリスマスシーズンを背景にした、切なくもスイートな物語は、これまでの長いハラハラドキドキをお付き合いくださった読者の方たちへ、著者からの特別な贈り物であるように感じられます。

訳者としても、皆さんが最後までこの極上のロマンティックサスペンスを楽しんでくださることを、そしていつの日かまた、この登場人物たちに出会える幸運があることを願ってやみません（テラーとココのその後も気になりますし……）。

二〇一九年　桜散りゆくころに

長い夜が終わるとき

著者　リサ・レネー・ジョーンズ
訳者　米山裕子

発行所　株式会社 二見書房
東京都千代田区神田三崎町2-18-11
電話 03(3515)2311［営業］
03(3515)2313［編集］
振替 00170-4-2639

印刷　株式会社 堀内印刷所
製本　株式会社 村上製本所

ISBN978-4-576-19004-4
https://www.futami.co.jp/